KB108936

그들 뒤에
남겨진
아이들

그들 뒤에
남겨진
아이들

Leurs
enfants
après
eux

니콜라 마티외 장편소설
이민희 옮김

민음사

오스카에게

"그러나 어떤 이들은
아무도 기억해 주지 않고
존재한 적 없었던 듯
사라져 버렸다.

그들은 태어난 적이
없었던 것처럼 되었으며
그 뒤를 이은 자녀들도
마찬가지였다."

『집회서』 44장 9절

차례

일러두기   본문에서 고딕체로 표기한 부분은, 상품명, 브랜드명, 업체명 등 특정 고유명
          사, 그리고 원서에서 이탤릭체로 표기된 부분이다.

1

1992

**Smells Like
Teen Spirit***

---

* 미국의 록 밴드 너바나가 1991년 발표한 2집 앨범 「Nevermind」의 오프닝 곡. 파티에서 만난 아가씨가 보컬인 커트에게 '틴 스피릿(Teen Spirit)' 냄새가 난다는 말을 한 적이 있는데, 틴 스피릿이 탈취제 이름인 줄 몰랐던 커트는 곡을 쓰다 문득 그때의 일을 떠올리고 제목으로 붙였다고 한다. 이런 맥락에서 틴 스피릿은 십 대의 반항적인 기질과 향수 이름을 동시에 의미한다고 볼 수 있다.

1

앙토니는 호숫가에 우두커니 서서 정면을 바라보았다.

햇살이 쏟아져 내리는 호수는 기름처럼 묵직했다. 간간이 잉어나 곤들매기가 지나갈 때마다 벨벳 같던 수면이 우그러졌다. 소년은 코를 킁킁거렸다. 공기에서 열을 잔뜩 품은 흙과 진창 냄새가 났다. 7월이 이미 떡 벌어진 소년의 등짝에 주근깨를 뿌려 놓았다. 소년이 걸친 건 낡은 축구 유니폼 반바지와 짝퉁 레이밴 선글라스가 전부였다. 날씨가 까무러칠 듯 무더웠지만 그게 모든 것을 설명해 주지는 않았다.

앙토니는 이제 막 열다섯 살이 되었다. 간식으로 바게트 하나에 바슈키리 크림치즈를 발라 먹어 치웠다. 귀에 이어폰을 꽂고 노랫말을 끄적이며 보내는 밤도 있었다. 부모는 아무것도 몰랐다. 개학을 하면 앙토니는 중3이다.

사촌은 아무 생각이 없어 보였다. 언젠가 둘이 함께 여름

캠프를 갔던 해에 칼비 시장에서 산 타월 위에 벌렁 드러누워 깜박깜박 졸고 있었다. 누워서도 덩치가 산만 한 사촌을 보고 사람들은 스물두세 살은 족히 먹었으려니 했다. 사촌은 그런 오해를 술집이나 나이트클럽 같은, 여자들이 있는 미성년자 출입 금지 구역을 들락거리는 데 십분 활용했다.

앙토니는 반바지 주머니에 넣어 둔 담뱃갑에서 담배를 한 대 꺼내며 사촌에게 물었다. 그래도 어쩌다 한 번씩 귀찮은 나이 제한에 걸릴 때가 있긴 하지?

사촌은 가타부타 대답이 없었다. 그의 피부 아래로는 근육이 울퉁불퉁 불거져 나와 정확히 따라 그릴 수 있을 정도였다. 가끔씩 파리 한 마리가 날아와 사촌의 접힌 겨드랑이 틈에 앉기도 했는데, 그럴 때면 말이 귀찮은 등에를 쫓듯 피부가 움찔움찔했다. 앙토니는 군살 하나 없이 날씬하고 근육도 탄탄한 사촌의 몸이 부러워 저녁마다 방에서 윗몸 일으키며 팔 굽혀 펴기를 해 봤지만 아무리 해도 사촌 같은 근육은 생기지 않았다. 앙토니의 몸으로 말하자면 여전히 두툼하고 둔탁한 스테이크 덩어리 같았다. 언젠가 학교에서 축구공을 펑크 내는 바람에 자습 감독 보조 교사한테 한 소리 들은 게 억울해서 학교 수업이 다 끝난 후 잠깐 보자고 했지만 사촌의 덩치를 익히 아는 교사는 코빼기도 보이지 않았다. 게다가 사촌이 쓰고 다니는 레이밴 선글라스는 짝퉁이 아니었다.

앙토니는 담배를 한 모금 빨았다. 사촌은 앙토니가 뭘 하고 싶어 하는지 알았다. 앙토니는 벌써 며칠째 '누드 비치' 쪽으로

가 보자고 사촌을 졸라 댔는데, 그렇게 부르기로 한 것은 그곳에서 여자애들이 누드로 수영하는 걸 볼 수 있다는 과도한 낙관주의 때문이었다. 어쨌거나 앙토니는 완전히 정신을 빼앗겼다.

"야, 한번 가 보자."

"싫어."

사촌이 투덜거렸다.

"좀 보자니까. 제발."

"지금 말고. 지금은 그냥 수영이나 해."

"그런가……."

앙토니는 한쪽으로 삐딱하게 기울어진 눈길로 호수의 물결을 응시했다. 게으름이 딱지처럼 눌어붙은 듯 오른쪽 눈꺼풀이 반쯤 감긴 얼굴이 어딘가 망가진 것 같고 늘 주눅 들어 보였다. 눈은 앙토니의 콤플렉스 중 하나였다. 온몸에 엉겨 붙는 무더위처럼. 땅딸한 몸집, 꾀죄죄한 행색, 265 사이즈 발과 얼굴을 뒤덮은 여드름처럼. 수영이나 할까……. 사촌은 왜 죄다 멀쩡한 걸까. 앙토니는 잇새로 침을 뱉었다.

일 년 전 콜랭 씨네 아들이 바로 이 호수에 빠져 죽었다. 7월 14일[1]이라 기억하기 쉬운 날이었다. 그날 밤 많은 사람들이 호숫가와 숲에 모여 불꽃놀이를 구경했다. 모닥불을 피우고 고기를 구워 먹는 사람들도 있었다. 그런 날이면 으레 그렇듯 자정이 살짝 넘어가자 한쪽에서 싸움이 벌어졌다. 외박 나온 군인

1 이날은 1789년 프랑스 대혁명 기념일로, 국가 공휴일로 지정돼 있다.

들과 신시가지에 거주하는 아랍인들이 맞붙었고, 에니쿠르²의 '대두(大頭)' 일당이 덩달아 가세했다. 결국엔 야영하러 온 젊은 이들과 아버지들, 배가 튀어나오고 햇볕에 그을린 자국이 선명한 벨기에 사람들까지 전부 뒤엉킨 집단 패싸움으로 번지고야 말았다. 고기 기름으로 얼룩진 종이, 핏자국이 선명한 각목, 깨진 술병, 누가 그랬는지 나뭇가지에 아슬아슬하게 처박혀 옴짝달싹못하는 수상 클럽의 어린이용 요트. 이것이 다음 날 눈앞에 펼쳐진 광경이었다. 평범한 일은 아니었다. 그나저나 콜랭 씨네 아들이 보이지 않았다.

녀석은 틀림없이 전날 저녁 호숫가에서 놀고 있었다. 자주 어울리는 친구들과 함께 호숫가를 찾았다는 증언을 확보했으니 분명한 사실이었다. 이름이 아르노라던가 알렉상드르라던가 아니면 세바스티앙이라던가, 아무튼 바칼로레아³를 막 마치고 운전면허증은 아직 따지 못한 지극히 평범한 십 대 중 하나였다. 사라진 녀석과 친구들은 딱히 싸움에 끼겠다는 의도 따위 없이 그저 구경 삼아 호숫가를 찾았는데 어느 순간 싸움판에 말려들게 된 모양이었다. 그다음에 무슨 일이 벌어졌는지가 오리무중이었다. 이런저런 증언들을 조합하건대 녀석은 크게 다친 게 확실했다. 그 애가 피 칠갑이 된 티셔츠를 입은 걸 봤

---

2   프랑스 북부 우아즈주(州)에 에니쿠르라는 작은 마을이 있다. 그러나 이 작품에 몇 차례 등장하는 에니쿠르는 작가가 만들어 낸 허구의 마을이다.

3   프랑스의 후기 중등 교육 종료를 증명하는 국가시험이자 대학 입학 자격 시험.

다, 목덜미 언저리에 상처가 났는데 꽤 커 보였다, 컴컴한 호수 한가운데서 입을 벌리고 버둥거리는 걸 본 것 같다 등등 증언은 다양했다. 어수선한 가운데, 목격자들 중 누구도 녀석을 구할 생각까지는 하지 않은 모양이었다. 다음 날 아침 녀석의 침대는 텅 비어 있었다고 한다.

그다음 날부터 도지사의 지휘 아래 호수 주변 숲에 대한 대대적인 수색과 잠수사들의 수중 수색 작전이 진행되었다. 몇 시간 동안 사람들은 분주하게 오가는 수색대의 주황색 보트를 주시했다. 멀리서 첨벙하는 소리가 들리고 잠수사들이 뒤로 몸을 젖히며 물속으로 들어가고 나면 죽음과도 같은 침묵 속에서 기다림의 시간이 이어졌다.

실종된 녀석의 엄마는 병원에 입원해 진정제를 맞는 중이라는 소문이 돌았다. 또 이미 목매달아 죽었다고 말하는 사람도 있었다. 한밤중에 잠옷만 입고 이 거리 저 거리 헤매는 모습을 봤다는 사람도 있었다. 녀석의 아빠는 경찰이었다. 직업이 직업이니만큼 사람들은 자연히 아랍인들이 복수 차원에서 저지른 짓이라고 의심했고, 경찰인 그가 어떤 식으로든 사건을 해결할 거라고 기대했다. 수색 보트에 탄 작고 다부진 체격의 남자가 실종자의 아버지였다. 뜨겁게 내리꽂히는 햇살 아래 그의 벗어진 머리가 반짝거렸다. 호수 기슭에 모인 사람들은 그의 부동자세를, 그 참을 수 없는 차분함을, 시간이 흐를수록 서서히 벌겋게 익어 가는 그의 대머리를 지켜보았다. 이 아버지의 인내심은 모든 사람에게 차마 눈 뜨고 볼 수 없을 정도였다.

차라리 무슨 짓이라도 해 주었으면, 몸을 살짝 뒤척이든가 모자라도 썼으면 하고 사람들은 바랐다.

이어서 사람들을 정말로 불편하게 만든 건 지역 신문에 실린 사진이었다. 사진 속 콜랭 씨의 아들은 창백해서 이렇다 할 매력이 없는, 한마디로 폭행 사건의 희생자에 딱 들어맞는 얼굴이었다. 좌우로 살짝 곱슬거리는 머리칼, 갈색 눈동자, 붉은색 티셔츠. 신문 기사에는 실종된 학생이 지난 바칼로레아에서 '매우 우수함' 점수를 받았다고 실렸다. 녀석네 집안에서는 금자탑에 맞먹는 영광스러운 점수였을 거라고 구태여 한마디 보탠 건 앙토니의 아버지였다.

결국 시신 수색 작전은 실패로 돌아갔고, 실종자의 아버지는 당연한 수순이라는 듯 직장에 복귀했다. 실종자의 어머니가 목매달아 자살했다는 건 뜬소문이었다. 다만 약을 복용하며 지낸다고 했다.

어쨌거나 앙토니는 그런 호수에서 수영하고 싶은 마음이 눈곱만큼도 없었다. 앙토니가 던진 담배꽁초가 수면에 닿자 미세하게 지직거렸다. 하늘을 향해 눈을 든 앙토니는 눈이 부신지 미간을 찡그렸다. 그 덕에 찰나이긴 했지만 양쪽 눈꺼풀이 균등해졌다. 태양이 한껏 높이 솟았으니 오후 3시쯤 된 듯했다. 좀 전에 피운 담배가 혓바닥에 불쾌한 맛을 남겼다. 정말이지 시간이 안 갔다. 동시에 개학은 성큼성큼 다가오고 있었다.

"존나 씨발⋯⋯."

사촌이 일어났다.

"짜증 나게 하지 마라."

"존나 짜증 나지 않냐. 허구한 날 할 게 있어야지."

"됐어. 자……."

사촌이 어깨에 걸쳤던 수건을 던져 주고는 산악자전거에 올라탔다.

"자, 얼른. 가자고."

"어딜?"

"일단, 빨리."

앙토니는 수건을 낡은 슈비뇸 배낭 속에 쑤셔 넣고 운동화 안에 넣어 두었던 손목시계를 다시 찬 다음 부랴부랴 옷을 입었다. 앙토니가 BMX 자전거[4]를 막 일으켜 세웠을 때, 사촌은 어느새 호수를 휘도는 오솔길로 사라지는 중이었다.

"아 씨발, 기다려 좀!"

어린 시절부터 앙토니와 사촌은 늘 붙어 다녔다. 젊어서 실과 바늘처럼 붙어 다녔다던 앙토니의 엄마와 사촌의 엄마하고 똑같았다. 무젤 시스터스. 위대한 사랑을 찾고 나서 발길을 끊기 전까지 아주 오랫동안 자매는 시에서 열리는 무도회란 무도회는 전부 휩쓸었다. 앙토니의 엄마 엘렌은 카사티라는 성(姓)을 가진 남자를 선택했다. 이모 이렌의 선택이 그보다 낫다고 보기는 힘들었다. 아무튼 무젤 시스터스와 그 남편, 사촌, 처

---

4 Bycicle Motorcross의 약자로, 프리스타일 곡예나 트랙 경기를 위해 만들어 진 자전거.

가 식구 들은 모두 같은 세계 사람들이었다. 결혼식이나 장례식, 크리스마스 가족 모임이 그들 사이에서 어떻게 진행되는지만 잠시 들여다봐도 알 수 있다. 남자들은 하나같이 말수가 없고 수명이 짧았다. 여자들은 머리를 물들이고 자신을 가꾸는 데 노력을 아끼지 않았으며 인생을 낙관적으로 바라보았지만 그런 태도는 점점 빛을 잃어 갔다. 나이가 들면 그들은 규폐증에 걸려 직장에서 죽거나 술집에서 죽은 남편들에 대한 기억을 간직했고, 길에서 비명횡사했거나 집을 나가 버린 아들들을 추억했다. 이렌은 혼자 남겨진 여성의 전형이었다. 사촌이 나이에 비해 어른스러운 것도 그래서일지 몰랐다. 사촌은 열일곱에 이미 잔디를 깎았고, 운전면허 없이 차를 몰았으며, 삼시 세끼를 혼자 해결하는 법을 익혔다. 심지어 자기 방에서 담배 피울 권리마저 획득했다. 사촌은 언제나 대담했고 자존감이 넘쳤다. 사촌과 함께라면 지옥이라도 따라갈 수 있을 것만 같았다. 그렇지만 두 집 사이에 복잡한 문제가 얽히면서 앙토니와 사촌은 점점 멀어졌다. 앙토니가 보기에 사촌네는 규모나 상황, 희망, 심지어 경기 여파로 여기저기 만연한 절망마저 너무나 작고 볼품없었다. 사촌이 보는 앙토니네 집은 회사에서 잘리고 부모가 이혼하는 한심하거나 암적인 집안이었다. 그런데 당시 앙토니 주변에서는 그런 일이 대체로 정상이었으며, 그런 범주 밖에 존재하는 모든 일은 상대적으로 용인되기 어려운 것으로 간주되었다. 가족들은 파스티스[5] 몇 모금만 마셔도 연회가 한창 무르익은 순간 언제고 폭발해 버릴 만큼 단단히 뭉쳐, 지하

세계에 간신히 억눌러 담아 온 고통과 분노를 육중한 보도블록 위로 밀어내며 꾸역꾸역 살아갔다. 앙토니로 말하자면 이 모든 것보다 훨씬 우월한 자기 모습을 상상했다. 멀리 떠나기를 꿈꾸었다.

오래된 선로에 다다르자, 사촌은 쐐기풀 더미 속에 자전거를 내동댕이쳤다. 그러고는 기찻길 위에 쭈그리고 앉아 철도청 건물 경사면에 위치한 레오라그랑주 레저 센터를 한동안 바라보았다. 센터가 소유한 배들이 보관된 창고 문이 활짝 열려 있었고 고양이 한 마리 얼씬거리지 않았다. 앙토니도 BMX를 한편에 놓아두고 사촌 곁으로 다가갔다.

"야, 아무도 없어. 카누 하나 훔쳐서 거기로 가자." 사촌이 말했다.

"진짜?"

"그럼 거기까지 헤엄쳐 가려고 했냐?"

그러더니 사촌은 가시덤불과 잡초를 경중경중 뛰어넘으며 경사면을 오르기 시작했고, 앙토니도 그 뒤를 따랐다. 겁이 났지만 어쩐지 달콤한 데가 있었다. 창고 안으로 들어가 처음 몇 분 동안은 눈이 어둠에 익숙해질 때까지 기다렸다. 창고에는 작은 배와 딩기 420 요트,[6] 카누 몇 척이 금속 고리에 매달

5   아니스 향이 강한 식전주.
6   엔진과 선실 없이 바람의 힘으로 항해하는 소형 요트.

려 있었다. 옷걸이에 걸린 구명조끼에서 곰팡내가 훅 하고 올라왔다. 습기를 머금은 어둠 속에서 활짝 열린 문을 통해 내다보이는 호숫가와 반짝이는 수면, 단조로운 풍경은 마치 영화의 한 스틸컷 같았다.

"일루 와, 이걸로 하자."

둘이 호흡을 척척 맞춰 사촌이 고른 카누를 금속 고리에서 벗겨 낸 다음 노를 집어 들었다. 서늘한 창고를 막 나서기 전 앙토니와 사촌은 잠시 멈춰 섰다. 날씨가 좋았다. 저 멀리 윈드서퍼가 호수 수면 위에 선명한 물결을 따라 선을 그었다. 창고 쪽으로 오는 사람은 아무도 없었다. 앙토니는 엉뚱한 짓을 하기 전에 찾아오는 짜릿한 현기증을 느꼈다. 전에 프리주[7]에서 오토바이를 훔칠 때도 똑같은 기분이었다.

"야, 가자." 사촌이 말했다.

두 사람은 어깨에 카누를 메고 한 손에는 노를 들고 앞으로 돌진했다.

레오라그랑주 레저 센터를 찾는 사람은 개학만 손꼽아 기다리며 자녀를 맡기는 부모들과 그 아이들이었는데 전반적으로 아이들은 부모의 성격에 비해 덜 공격적이었다. 무료한 시간을 달랜답시고 시내에서 쓸데없는 사고를 치는 대신, 레저 센터에서는 승마나 페달 보트 따위를 배우고 즐기면서 건전한

---

7 1931년부터 프랑스 전역에 등장하기 시작한 소규모 슈퍼 체인점 프리주닉 (Prisunic)을 가리킨다. 2003년 모노프리로 상호를 변경했다.

시간을 보낼 수 있었다. 마지막 날 열리는 파티에서는 몰래 짱박아 두었던 술을 마시거나 이성 친구와 진한 키스를 나누는 것이 관례 아닌 관례였다. 발랑 까진 녀석들은 더러 센터 강사를 유혹하기도 했다. 하지만 아이들이 많다 보니 늘 어딘가 이상하거나 황소처럼 억센 벽촌 아이들도 있는 법이었다. 그런 애들한테 걸리기라도 하는 날엔 모든 게 말짱 도루묵이었다. 앙토니는 더는 생각하지 않기로 했다. 카누는 무게가 꽤나 나갔다. 호수까지 적어도 30미터는 가야 했다. 보트에 짓눌린 어깨가 잘게 부스러지듯 아파 왔다. 앙토니는 이를 악물었다. 그 순간 나무뿌리에 발이 걸린 사촌이 비틀거리다가 카누 앞부분을 바닥에 들이받았다. 앙토니는 뒤에서 덩달아 휘청거렸고, 문득 딱딱한 물체에 손이 쓸리면서 찢어지는 느낌을 받았다. 뾰족한 가시 같은 것이 살을 파고든 것 같았다. 앙토니는 무릎을 꿇고 쪼그려 앉아 찢어진 손바닥을 들여다보았다. 피가 흘렀다. 사촌은 어느새 몸을 털고 일어났다.

"야, 뭐 해? 시간 없는데."

"잠깐만. 나 다쳤단 말야."

앙토니는 상처를 입술에 갖다 댔다. 피 맛이 입속에 화악 번졌다.

"빨리!"

사람들의 말소리가 들려왔다. 앙토니와 사촌은 되는대로 카누를 질질 끌고 발밑을 살피면서 다시 달리기 시작했다. 여세를 몰아 둘은 물이 허리까지 닿는 데로 첨벙첨벙 들어갔다.

앙토니가 담배와 워크맨을 주섬주섬 배낭에 집어넣었다.

"타! 얼른!" 사촌이 바깥쪽 먼 호수로 카누를 밀며 말했다.

"어이, 거기!" 뒤에서 누군가가 외쳤다.

틀림없이 남자 목소리였다. 또 다른 목소리가 점점 가까워
졌다.

"거기! 당장 돌아오지 못해! 야!"

앙토니가 어렵지 않게 카누에 오르자, 사촌은 마지막으로
한 번 더 카누를 힘껏 앞으로 민 다음 마침내 올라탔다. 등 뒤
호숫가에서 수영복을 입은 꼬맹이 하나와 센터 강사 둘이 고래
고래 소리를 질러 댔다.

"노를 저어. 지금이야. 떠나자!"

몇 번의 삽질 끝에 소년들은 제법 그럴싸한 방법을 찾아냈
다. 두 사람이 각각 좌현과 우현을 맡았다. 멀리 호숫가에는 어
느새 흥분해서 소리를 지르는 꼬맹이들이 개미처럼 우글거렸
다. 센터 강사들이 창고에 우르르 몰려 들어갔다가 카누 세 척
을 들고 다시 나왔다.

다행히 소년들이 탄 카누는 물살을 날렵하게 가르며 편안
하게 나아갔다. 물의 저항이 어깨까지 전해지고 발밑에는 짜릿
한 속도감이 느껴졌다. 앙토니의 팔뚝을 따라 피 한 줄기가 흘
러내렸다. 그는 잠시 노를 내려놓았다.

"괜찮냐?" 사촌이 물었다.

"별거 아니야."

"확실해?"

"뭐 그렇지."

두 발 사이에 떨어진 핏방울이 미키마우스 얼굴을 그렸다. 손바닥에 상처가 가느다랗게 벌어져 있었다. 앙토니는 손바닥을 입으로 가져갔다.

"노 저어!" 사촌이 말했다.

두 사람을 뒤쫓는 카누에는 어른들이 두세 명씩 타고 있었다. 그들이 바싹 추격해 와 앙토니도 더 힘껏 노를 저었다. 검은 호수 위로 햇살이 수만 개의 유리 조각처럼 부서졌다. 이마와 옆구리에서 땀이 국수 가락처럼 흘렀다. 등짝도 흠씬 젖어서 러닝셔츠가 처음부터 피부와 하나였던 것처럼 찰싹 달라붙었다. 앙토니는 슬슬 걱정이 되기 시작했다. 어쩌면 짭새들한테 알릴지도 모를 일이었다.

"이제 어떻게 하지?"

"계속 따라오진 않을 거야."

"확실해?"

"노나 저어, 씨발!"

잠시 후 사촌은 기슭을 따라가기 위해 방향을 바꾸었다. 호수를 둘로 나누는 좁다란 땅덩어리 푸앵튀에 조금이라도 빨리 닿을 거라는 생각에서였다. 그러면 몇 분 안에 추격자들을 따돌릴 것도 같았다.

"저길 봐." 사촌이 말했다.

근처 호숫가에서 수영하던 사람들이 일어서서 휘파람을 불거나 응원을 보냈다. 앙토니와 사촌이 늘 가는 곳이 있었는데 그들이 '재활용 센터'라고 이름 지은, 배를 대기 쉬운 호숫가였다. 하수구 근처여서 한여름에도 사람이 거의 없고 한적했다. 호수는 여러 가지 얼굴을 지녔다. 그들 뒤에 있는 레오라그랑주 레저 센터의 호숫가. 저 아래에는 캠핑장 호숫가. 좀 더 멀리엔 '대두' 일당이 주로 모이는 아메리칸 비치. 소나무, 금빛 모래사장, 그리고 바닷가 휴양지에서나 볼 법한 탈의실과 바가 있는 푸앵튀 저편 수상 클럽이 있는 곳이 풍광으로 치면 제일 예뻤다.

"됐어. 이제 다 왔어."

사촌이 말했다.

오른쪽으로 100미터쯤 떨어진, 한때 삼림청 소속이었지만 이제는 폐허가 된 오두막이 푸앵튀 초입임을 알렸다. 소년들은 추격자들이 얼마나 따라왔는지 확인하려고 뒤를 돌아보았다. 추격은 더 이상 계속되지 않았고, 센터 지도자들은 의논 중인 모양이었다. 멀리서도 그들의 짜증과 의견차로 신경이 잔뜩 곤두선 분위기를 느낄 수 있었다. 아주 잠깐 한 명이 몸을 일으켜 소년들 쪽을 가늠하는 듯했지만 곧 누군가의 손에 이끌려 다시 앉았다. 결국엔 모두 레저 센터로 돌아갔다. 둘은 마주보며 웃음을 터뜨렸다. 앙토니는 막 등을 보이며 돌아선 레저 센터 지도자들을 향해 가운뎃손가락을 들어 보였다.

"어떻게 할 거 같아?"

"니 생각엔 어떤데?"

"짭새들한테 신고할 것 같은데."

"그래서 어쩌라고? 얼른 노나 저어."

갈대밭을 가로지르고 나니 호수 연안까지 꽤 접근할 수 있었다. 오후 4시가 지나자 따가웠던 햇살도 기세가 한풀 꺾였다. 호숫가에 드문드문 늘어선 나무들의 잎과 가지 사이로 각종 풀벌레며 개구리 울음 소리가 올라왔다. 개구리를 보고 싶어 하던 앙토니는 수면에서 눈을 떼지 않았다.

"손 괜찮아?"

"응. 거의 다 왔지?"

"십 분만 더 가면."

"씨발. 존나 멀어."

"그렇다고 말했잖아. 누드 비치 생각이나 하고 있어."

앙토니가 상상하는 누드 비치는 비디오 대여점 한편에 있는 포르노 영화 섹션 같은 곳이었다. 가끔씩 두려움을 뱃속 깊이 장전하고 주인의 눈을 피해 살금살금 잠입해 손에 잡히는 대로 훔쳐보다가 어른한테 들켜 끌려 나온 적도 있었다. 여자애들의 몸을 곁눈질하고 싶다는 욕망은 그를 떠난 적이 거의 없었다. 서랍장이나 침대 밑은 앙토니가 포르노 잡지나 비디오 테이프, 그리고 당연한 말이겠지만 휴지도 함께 감춰 두는 단골 장소였다. 학교 친구들은 예외 없이 거기에 목숨을 걸었다. 곰곰이 생각해 보면 또래끼리의 싸움은 사실 별게 없었다. 복도에서 눈 한 번 잘못 마주친 것만으로 싸움이 시작되고 온갖 욕설이 동원되었다. 가끔가다 여자 친구와 데이트하는 데 성공하기도 했다. 딱 한 번 버스 구석에서 여자애와 키스까지는 해 봤지만 가슴에는 손도 못 대게 해서 포기했다. 떠올릴수록 아쉬울 뿐이었다. 이름은 상드라, 눈동자가 파랗고 리바이스 C17에 감추어진 엉덩이가 참 예쁜 애였는데.

나무 숲 뒤에서 들려온 오토바이 머플러 소리에 앙토니는 추억에서 벗어났다. 오토바이 소리가 점점 가까워지자 사촌과 앙토니는 바짝 긴장했다. 앙토니는 레저 센터 소유의 어린이용 장난감처럼 작은 미니 오토바이 피위 50을 한눈에 알아보았다. 레저 센터에서는 오래전부터 오토바이 교실을 열었다. 오토바이 교실은 패들볼이나 오리엔티어링보다 단연 인기였다.

"찻길 쪽으로 돌아왔나 봐."

"우리를 찾는 것 같지? 확실해."

"저기선 우리가 안 보일 거야, 평소라면."

그래도 두 소년은 겁을 집어먹었다. 카누에 몸을 숨기고 바짝 엎드리자 심장 뛰는 소리에 귀가 멍멍해질 정도였다.

"티셔츠 벗어." 사촌이 속삭였다.

"뭐?"

"네 티셔츠 말이야. 존나 멀리서도 알아보겠다."

앙토니는 시카고 불스 유니폼을 머리 위로 훌렁 벗어 엉덩이 밑에 깔고 앉았다. 타타타타다다다다다다……. 머리 위로 미니 오토바이 소리가 들려왔다. 마치 먹잇감을 찾아 허공을 맴도는 새 같았다. 두 소년은 초조한 마음으로 아무 말도 주고받지 못하고 꼼짝없이 엎드려 있었다. 습기와 한데 엉켜 썩어 가는 풀 더미에서 쿰쿰한 냄새가 올라왔다. 땀을 흘려서인지 온몸이 근질거렸다. 늪이나 다름없는 곳에서 땅 위에 우글거리는 것들을 바라보자니, 앙토니는 문득 온몸에 소름이 돋았다.

"이러다 너무 늦게 도착하는 거 아닐까……." 앙토니가 말했다.

"닥쳐……."

마침내 미니 오토바이는 희미한 모터 소리를 남기며 멀어졌다. 소년들은 수족 인디언 못지않은 신중함을 장전하고 다시 여정에 올랐다. 푸앵튀를 지나자 호수의 다른 쪽 절반 위로 지평선이 선명하게 드러났다. 마침내 오른쪽에 그 유명한 누드 비치가 보였다. 도로에 가로막혀 접근 자체가 거의 불가능한 누드 비치는 잿빛에 험준하고 황량한 모습이었다. 30미터쯤 떨어진 호수에 모터보트 한 대가 떠 있을 뿐, 완전한 무(無)였다.

"하아, 존나 허무하네. 아무도 없잖아." 앙토니가 허탈하게 말했다.

사실 여자애 두 명이 있기는 했는데, 수영복을 심지어 위아래 다 입고 있었다. 먼발치에서는 예쁜지 어떤지 알아보기도 어려웠다.

"이제 뭐 하냐?"

"이왕 여기까지 왔으니까……."

그들이 가까워지자 여자애들이 분주히 움직이기 시작했다. 실루엣이 좀 더 명확해지면서 당황하는 모습이 드러났다. 그중 좀 더 어려 보이는 여자아이가 모터보트를 부를 생각인지 몸을 일으켰다. 소녀는 두 발을 여전히 호수에 담근 채 손가락으로 휘파람을 불었으나 허사였다. 결국 수건을 냉큼 집어 들고 친구 옆에 바싹 달라붙었다.

"무서워하는 것 같지?" 앙토니가 말했다.

"넌 겁 안 나냐?"

마침내 호숫가에 다다른 두 소년은 카누를 세워 두고 물가에 자리 잡았다. 딱히 뭘 해야 할지 알 길이 없어서 우선 담배를 한 대씩 꺼내 물었다. 소년들은 뒤에서 바라보는 소녀들의 기척과 말없이 전해지는 경계심을 고스란히 느꼈다. 앙토니는 당장이라도 자리를 뜨고 싶어졌다. 한편으로는 그 고생을 하고 왔는데 이대로 그냥 가기는 너무나 아쉬울 듯도 싶었다. 여기서 뭘 할지 제대로 알아보고 왔어야 했는데.

잠시 후 소녀들은 짐을 챙겨 호수의 다른 쪽으로 자리를 옮겼다. 포니테일, 다리, 엉덩이, 가슴…… 그리고 보니 정말 예쁜 애들이었다. 여자아이들이 모터보트를 소리쳐 불렀다. 앙토니는 덩달아 보트 쪽을 바라보았다. 뜻하지 않게 소녀들을 불안하게 만든 꼴이 되어 좀 난처했다.

"쟤 말야, 뷔뤼네 집 딸이야." 사촌이 한숨 쉬듯 말했다.

"누구?"

"키 작고 하얀 수영복 입은 애."

"그럼 다른 애는?"

'다른 애'는 사촌도 모르는 애였다. 어쨌거나 시선을 끌 만했다. 뒷덜미부터 발목까지 섬세하면서도 볼륨감 있는 하나의 라인으로 깔끔하게 떨어지고, 높이 올려 묶은 포니테일은 중력의 법칙을 증명하듯 땅을 향해 풍성하게 늘어져 인상적이었다. 비키니 하의는 가느다란 끈 하나로 엉덩이를 가린 천을 고정시킨 채였는데, 그 끈을 풀면 피부에 선명하게 남은 끈 자국을 볼 수 있을 것 같았다. 특히 그 엉덩이는 믿기 힘들 정도였다.

"맞아……." 이따금 상대의 생각을 곧잘 읽어 내는 사촌이 인정한다는 듯 말했다.

모터보트에 탄 사람들이 마침내 반응을 보였다. 당연히 커플이었고, 모터보트를 즐기는 중이었다. 남자는 제법 건장한 타입에 여자는 불쾌할 정도로 짙게 물들인 금발이었다. 두 사람은 다급히 방향을 틀었는데, 건장한 남자가 시동 줄을 힘껏 잡아당기자 모터보트는 곧 긴 굉음을 토해 내며 수면 위를 미끄러지듯 달리더니 눈 깜짝할 사이에 호수 연안으로 들어왔다. 남자가 소녀들에게 별일 없는지 물었다. 금발 여자는 앙토니와 사촌을, 마치 스쿠터를 타고 등교한 고딩들을 바라보듯 훑어보았다. 앙토니는 건장한 남자가 신은 나이키 에어 신상을 눈여겨보았다. 남자는 물속에 뛰어들 때도 신발을 벗지 않았다. 남자가 소년들 쪽으로 다가왔고, 그 뒤에는 여자들이 서 있었다. 무슨 일이든 불사할 것 같은 느낌이었다. 사촌이 맞짱을 뜨듯 자리에서 일어나자 앙토니도 덩달아 일어섰다.

"너희 여기서 뭐 하는 거야?"

"아무것도 안 하는데요."

"원하는 게 뭔데?"

퍽 까다로운 상황에 처했다. 남자는 건장하다 해도 사촌보다 키가 작았지만 뻔뻔하고 자신감 넘치는 인물이 틀림없었다. 이대로 아무 일 없었던 것처럼 넘어갈 호락호락한 위인이 아니라는 느낌에 앙토니는 벌써 두 주먹에 힘이 들어갔다. 바로 그 순간, 사촌이 던진 한마디에 긴장이 거짓말처럼 날아가 버렸다.

"저기요, 혹시 담배 종이 있어요?"

당장은 아무도 대답하지 않았다. 앙토니는 고개를 푹 숙이고 비스듬히 서 있었다. 다소 슬퍼 보이는 한쪽 눈을 보이고 싶지 않을 때 하는 버릇이었다. 사촌이 물에 흠씬 젖은 OCB[8] 갑을 내밀었다.

"내 건 완전 젖었어요."

"혹시 피울 건 좀 있냐?" 건장한 남자가 놀란 기색을 감추지 않고 물었다.

사촌이 주머니에서 꺼낸 작은 코닥 필름 통에 뭉친 마리화나가 들어 있었다. 모두들, 특히 건장한 사내가 대번에 긴장을 풀었다. 무리는 거리낌 없이 한데 모였다. 건장한 남자가 담배 종이를 꺼냈다. 유난히 들뜬 기색이었다.

"너 이거 어디서 났냐? 요샌 완전히 씨가 말랐던데."

"안 뭉친 것도 있는데 혹시 관심 있어요?" 사촌이 물었다.

물론이었다. 이 주 전 신시가지 조무래기들이 범죄 소탕팀을 습격했고, 그에 대한 보복으로 경찰들이 드가 타워 주변 영세민 아파트 단지를 대상으로 대규모 압수 수색을 진행했다.

---

8   프랑스에서 널리 유통되는 담배 브랜드.

들리는 말로는 메리엠네 가족 중 거의 절반이 감옥에 끌려갔고, 졸지에 공급책을 잃은 사람들은 재미 따위 없이 사는 처지가 되었다. 한여름에 닥친 재앙이었다.

그 결과 다른 조직마저 재난으로 내몰렸다. 조직의 우두머리들은 네덜란드 마스트리흐트를 몇 번이나 왔다 갔다 했고, 사촌은 캠핑장에서 벨기에 사람들을 만나 대책을 세웠다. 온종일 테크노 음악에 맞춰 엑스터시를 복용하며 시간을 보내고 피부가 너덜너덜할 정도로 피어싱을 한 형제였다. 그걸 행운이라 불러도 좋을지 모르지만, 가족 휴가차 보름 동안 에일랑주에 머문 그 벨기에 형제 덕분에 벨기에 몽스에서 네덜란드 마리화나 그리고 맥 라이언이 출연한 영화를 보며 따뜻한 우유에 쿠키를 적셔 먹고 싶은 마음이 간절하게 만드는 불그스름한 모로코 마리화나를 가져온 연락책과 줄이 닿았다. 사촌은 그렇게 입수한 마리화나를 정상가의 두 배인 그램당 100프랑씩 받고 그라프 공공주택 쪽과 그 주변에 팔았다. 소비자 입장에서는 부쩍 뛴 가격에 불만이 없지 않았지만 대부분 얌전히 돈을 지불했다.

땅거미가 내린 뒤 자전거를 타고 동네를 한 바퀴 돌 때마다 살짝 열린 지붕 밑 창틈으로 새어 나오는 마리화나 타는 독특한 냄새가 앙토니의 코끝에 스며들었다. 앙토니보다 기껏해야 몇 살 더 많은 조무래기들이 다락방에서 열과 성을 다해 스트리트 파이터를 했고, 아래층에서는 아버지들이 한 손에 맥주 캔을 들고 「앵테르빌」[9]을 보았다.

사촌이 담배 종이 세 장을 잇대어 돌돌 만 마리화나에 불을 붙여 건장한 남자에게 내밀었다. 알렉스라고 불리는 그 남자는 점점 착해졌다. 곧이어 자신의 차례가 되어 앙토니는 몇 모금 들이마신 뒤 옆 사람에게 돌렸다. 뒤뤼네 딸, 앙토니는 소녀의 이름을 들어서 알고 있었다. 아버지가 의사인데 딸은 철딱서니 없다고 소문이 났다. 토요일 밤에 아버지의 BMW3 시리즈를 몰래 훔쳐 타고 달아난 것은 시에서 모르는 사람이 없는 일화였다. 게다가 동반 운전 허가 면허증[10]도 없었고 외박까지 했단다. 소녀를 바라보며 앙토니는 이런저런 상상을 해 보았다.

반면 또 다른 소녀는 생판 모르는 얼굴이었다. 앙토니는 바로 옆에 앉아서 소녀의 얼굴에 난 주근깨며 허벅지의 솜털이며 배꼽을 타고 수영복 하의 끈까지 흘러내리는 땀방울에 이르기까지 하나도 놓치지 않고 훔쳐보았다.

알렉스는 망설이지 않고 한 대 더 말기 시작한 사촌에게서 마리화나를 200프랑어치 샀다. 긴장은 온데간데없이 사라졌다. 텁텁해진 입에서 웃음이 헤프게 쏟아졌다. 소녀들은 사촌 형제에게 비텔 생수병을 내밀며 마시라고 권했다.

"우린 원래 누드를 보러 왔어."

"말도 안 돼. 여기서 알몸으로 수영하는 사람은 아무도 없

---

9 1962년부터 시작된 프랑스 TV 프로그램. 서로 다른 두 도시 사람들이 나와 각종 게임을 겨룬다.

10 열여섯 살이 넘으면 운전면허가 있는 부모나 어른이 함께할 경우 운전할 수 있는 허가증.

어.”

　“전에는 그랬을지 모르지만.”

　“그래서 우리더러 벌거벗고 있으라고?”

　앙토니는 옆을 바라보았다. 이 소녀가 방금 전 질문을 던
졌다. 굉장한 아이였다. 첫눈에는 수동적이고 한 마리 짐승처
럼 무심해 보이는 인상이었다. 언제 올지 기약이 없는 기차를
기다리겠다고 플랫폼에 마냥 서 있는 사람처럼 막연하고 애처
로워 보이기까지 했다. 하지만 그와 동시에 마냥 재미있고, 일
분 일 초도 놓치지 않고 제대로 즐기겠다는 깡다구가 있는 아
이였다. 소녀는 마리화나 한 모금을 피우고 완전히 정신을 놓
아 버린 것 같았다. 소녀에게서 너무나 좋은 냄새가 났다.

　“거기, 들려!”

　멀리서 한껏 고조된 목소리로 불평하는 소리가 점점 커졌
다. 얼마 전까지 사촌 형제의 뒤를 쫓던 추적자들이었다.

　“우리를 찾고 있어.”

　“누군데?”

　“레저 센터 사람들.”

　“와우! 이번 여름 완전 화끈한데?”

　“아, 그래?”

　“저들이 불을 냈군.”

　“천만에. 불은 대두 일당이 질렀지.”

　“근데 왜 너희를 찾아?”

　“카누 때문에. 센터에서 훔쳐 왔거든.”

"대박! 진짜 그랬어?"

그들은 거리낄 것 없이 편안한 분위기에 젖어 한동안 웃음꽃을 피웠다. 한여름의 열기가 수그러들고 뭔가 감미로운 것이, 숯불과 숲과 마른 소나무 향이 콧속으로 스며들었다. 해가 기울자 곤충들도 말이 없어졌고, 찰랑이는 호수, 멀리 국도에서 들려오는 자동차 소음, 간간이 번뜩이며 공기를 가르는 자동차 불빛들만 남았다. 소녀들이 티셔츠를 입은 다음 안으로 손을 넣어 비키니 상의를 벗었다. 셔츠 속에서 젖가슴이 일렁거렸다. 소녀들은 서로를 보며 깔깔거리고 소년들은 아무렇지 않은 척했다. 마침내 선글라스를 벗은 앙토니는 잠깐 동안이지만 옆에서 그의 얼굴을 바라보던 소녀의 시선에 당황했다. 오후 6시가 조금 지나자 소녀는 초조해하기 시작했다. 집에 돌아갈 시간이 되었는지 부산을 떨었다. 앙토니가 소녀 옆에 양반다리를 하고 앉아 있어, 소녀가 자리를 털고 일어설 때 무릎이 앙토니의 무릎을 살짝 스쳤다. 여자란 얼마나 보들보들한 존재인지. 우리는 죽었다 깨어나도 완전히 알 수 없을 것이다.

소녀의 이름은 스테파니 쇼수아였다.

앙토니는 열다섯 살 여름을 지나고 있었다. 모든 것이 시작되어야 했다.

2

두 소년은 카누를 한쪽에 처박아 두고 프티푸즈레 숲을 지나 자전거를 타고 돌아왔다. 늘 그러듯 앙토니는 도로 한가운데 끊어졌다 이어졌다 하는 차선 양쪽을 요리조리 왔다 갔다 하며 자전거를 몰았다. 사촌이 끔찍하게 싫어하는 앙토니만의 장난이었다. 불과 며칠 전 둘이 창고 근처 비탈을 오르다가 앙토니가 폴크스바겐 미니 트럭과 정면으로 충돌할 뻔했다. 운전자가 아슬아슬하게 핸들을 꺾었으니 망정이지 큰 사고로 이어질 수도 있었다. 넌 도대체 왜 가끔가다 미친 짓을 하는 거냐고 묻는 사촌에게 앙토니는 어쨌거나 우선 통행권은 자전거에 있는 거 아니냐고 받아쳤다.

"우선 통행권 같은 소리 하고 자빠졌네. 찻길 한가운데였어."

가끔 앙토니는 사촌을 열 받게 했다. 과연 앙토니는 제정신일까.

다행히 지금은 도로가 텅 비었고, 두 소년은 자기 그림자를 이끌고 태양을 향해 힘차게 자전거 페달을 밟았다. 오후의 열기가 사라지고 근처 숲이 탄식 속으로 다시 잠겨 들자, 마치 카운트다운이 시작된 듯 하루가 저물어 갔다. 헤어지기 전, 건장한 알렉스가 두 소년에게 근사한 제안을 했다. 그의 친구가 부모님이 없는 틈을 타 집에서 제법 큰 파티를 열기로 했는데, 생각 있으면 잠시 들르는 게 어떠냐는 얘기였다. 물론 '물건'을 가져오라는 조건이 붙었다. 언뜻 듣기로 파티는 수영장이 딸린 저택에서 열린다는 것 같았다. 술, 여자애들, 음악, 그리고 한밤의 수영을 즐길 수 있을 것이다. 앙토니와 사촌은 당연히 알았다고, 갈 수 있으면 가겠다고 했다. 가급적 조급함을 내비치지 않고 비교적 쿨하게 대답하는 데는 당연히 집중력이 꽤나 필요했다.

하지만 그 후로 일이 복잡해졌다. 문제의 파티가 드랭블루아에서 열렸기 때문이다. 아버지의 오토바이 야마하 YZ를 빌려 타고 간다면 모를까, 자전거로 가기엔 상당히 멀었다. 야마하 YZ는 포장을 덮어쓴 채 벌써 몇 년째 차고 구석에서 녹슬어 가고 있었다. 하지만 그것을 타고 간다는 건 꿈도 꾸지 못할 일이었다. 폴크스바겐 미니 트럭에 얼굴을 정면으로 들이받아 깨지건 말건 하는 일은 아무래도 좋았다. 문제는 아버지였다. 아버지와 관련해서라면 웃어넘길 문제가 아니었다.

"눈치도 못 채실 거야, 그냥 하자." 사촌이 주장했다.

"안 돼, 존나 걸리면 어쩔 건데." 앙토니가 대꾸했다. "그냥 자전거 타고 가자."

"됐어. 벌써 7시인데 언제 가. 다 끝이라고."

"솔직히 난 못 하겠어. 아버지 오토바이를 훔쳐 탄 게 들키는 날엔 먼지 나게 두드려 맞을 거야. 너는 몰라서 그래."

사실 이모부에 대해서라면 사촌도 알 만큼은 알았다. 이모부 파트릭 카사티는 나쁜 사람은 아니었지만 어쩌다 TV 화면에 남겨진 지문 하나 가지고도 눈 뜨고 못 볼 푸닥거리를 일으키고도 남을 인물이었다. 한 차례 폭풍이 지나간 뒤 자신이 무슨 짓을 했는지 비로소 깨닫고 나면 눈 뜨고 볼 수 없을 정도로 비굴하게 굴었다. 미안하다고 사과는 못 하고, 애써 말투를 부드럽게 하거나 방금 설거지를 끝낸 그릇의 물기를 닦아 주겠다고 자청하며 용서를 구했다. 성미가 그렇다 보니, 앙토니의 엄마가 보따리를 사서 여동생 집으로 피신 온 일이 벌써 여러 번이었다. 그러다 집에 다시 돌아가면 아무 일 없었던 것처럼 일상이 계속되었다. 어쨌거나 둘 사이에는 가정이 주는 깨알 같은 재미라고는 딱히 말하기 힘든 더께 같은 것이 쌓여 갔다.

"네 여자 친구도 온다잖아. 그러니까 꼭 가야지." 사촌은 고집을 꺾지 않았다.

"그게 누군데?"

"다 알면서 그러냐."

"그렇긴 한데……."

그날 이후 앙토니의 머릿속엔 스테프가 돌림노래처럼 쉬

지 않고 찾아와 미칠 지경이었다. 자연히 앙토니의 생활은 완전 엉망진창이 되었다. 겉보기에는 변한 것이 전혀 없었지만, 그렇다고 제자리를 지키고 있는 것도 없었다. 앙토니는 괴로웠다. 그게 또 나쁘지만은 않았다.

"걔 진짜 괜찮지? 장난 아니야."

"당연하지."

사촌이 피식 웃었다. 중1 때 나타샤 글라스만이라는 여자애한테 푹 빠져 있을 때도 앙토니는 이런 얼굴이었다. 나타샤는 오드 아이에 키커스 신발을 신었다. 뜨끔해진 앙토니가 자전거를 얼른 일으켜 세웠다. 어디가 됐든 뭐가 됐든 넘치는 이 에너지를 발산해야만 했다. 앙토니의 자전거는 당연하다는 듯 이번에도 도로 한가운데로 구불구불 춤추듯 떠났다.

사촌은 엄마, 누나와 함께 이 층짜리 단독주택에 살았다. 양쪽 담 너머에는 다른 집들이 있고 창가에는 제라늄 화분이 놓인 집이었다. 외벽 군데군데에는 페인트가 벗어져 떨어져 내렸다. 집 앞에 도착한 소년들은 마당의 자갈 더미에 자전거를 던져 두고 서둘러 집 안으로 들어갔다. 거실에서 사촌의 엄마가 드라마 「샌타 바버라」[11]를 보고 있었다. 그녀는 늘 볼륨을 한껏 높이고 드라마를 보는 버릇이 있었는데, 크게 듣는 크루즈 카스티요의 대사는 의외로 예언자적 면모를 띠었다. 소년들

---

11   1984년부터 1993년까지 미국 NBC에서 방영한 드라마. 프랑스에서는 1985년 부터 1994년까지 TF1을 통해 더빙판이 방영되었다.

이 계단을 오르는 기척을 눈치챈 사촌의 엄마가 꽥 소리를 질렀다.

"신발 벗고 올라가!"

2층에는 카펫을 깔았기 때문이다. 2층에 올라서면서 앙토니는 사촌 누나 카린의 방을 곁눈질했다. 살짝 열린 문틈으로 미니스커트 차림에 두 다리를 쭉 뻗고 바닥에 주저앉은 바네사의 모습이 보였다. 그의 시선을 눈치채기 무섭게 방 안에서는 다짜고짜 쥐뿔도 모르는 게 발랑 까졌다는 둥, 가서 딸딸이나 치라는 둥 비난이 쏟아졌다. 열아홉 살 난 카린은 두 살이나 어린 바네사 레오나르와 절친이어서 하루 종일 함께 뒹굴었는데, 그래 봤자 온종일 비극적인 사랑 이야기나 상상하면서 훌쩍거리거나 키득거리는 게 전부였다. 여름엔 바네사네 집에서 웃옷을 벗고 선탠을 하며 시간을 보냈다. 이따금 바네사 아버지가 예고 없이 들이닥치기도 했다. 웃어 넘기긴 했어도 바네사는 그런 아빠의 출현에 사실 좀 음흉한 구석이 없지 않다고 생각했다. 반면 소녀들은 같은 공공주택에 사는 앙토니가 가끔씩 쥐똥나무 틈으로 엿본다는 사실은 전혀 몰랐다. 나쁜 짓인 줄 알면서도 앙토니는 들키지 않으려고 조심하고 또 조심했다. 그리고 소녀들이 눈치채 두드려 맞기 전에 늘 잽싸게 뒤돌아 도망쳤다. 아닌 게 아니라 들킨 적도 있다. 여자들이란 좀 신경질적인 데가 있었다.

사촌의 방에 들어선 앙토니는 침대 위에 그대로 몸을 던졌다. 지붕 밑 방은 끔찍하게 더워서 선풍기가 있으나 마나였다.

비디오카세트 테이프를 모아 놓은 책꽂이가 있고, 벽에는 「베이워치」 포스터와 어쩐 일인지 편안한 표정의 이소룡 포스터가 붙어 있었다. 그 밖에 가짜 나무로 만든 TV 상자, 4헤드형 비디오테이프 리코더, 우울증 걸린 뱀이 짧게나마 살다 세상을 뜬 텅 빈 어항도 눈에 띄었다. 구석엔 때가 꼬질꼬질한 양말, 오토바이 잡지, 다 마신 맥주 캔, 야구 방망이 등이 뒹굴었다. 사촌은 어느새 담배 종이 두 장에 마리화나를 마는 중이었다.

"존나 심심하지 않냐……."

"그러게……."

"뭐 하고 노냐?"

"난들 알아."

사촌 형제는 한동안 번갈아 마리화나를 피우며 정신을 놓았고, 선풍기 바람에 연기가 흐드러졌다. 그들은 땀에 젖고 성이 잔뜩 난 서로의 얼굴을 바라보았다.

"이번만큼은 머리털 나고 처음으로 계획이란 걸 제대로 세워 보자."

"좋아. 그런데 아빠 오토바이를 건드렸다가는 그날로 나 집에서 쫓겨나."

"그 여자애를 보고도 그런 말이 나오냐?"

"그래도 안 돼."

앙토니는 잔뜩 골이 난 것 같았으나 사촌은 그런 앙토니를 다룰 줄 알았다.

"네가 생각하는 최악이 뭔데? 잘 들어. 들키지 않을 확률

이 열에 아홉이야. 이모부는 이제 그거 거들떠도 안 보잖아."

틀린 말은 아니었다. 오토바이를 보면 거기에 얽힌 추억, 포기해야 했던 모든 것이 떠오르는지, 앙토니 아버지는 오토바이에 대해 입도 뻥끗 못 하게 했다. 어쩌면 그건 자유와 비슷한지도 모를 일이었다. 그렇다고 앙토니가 아버지의 오토바이를 마음대로 탈 수 있느냐 하면, 그건 아니었다. 앙토니는 습관적으로 손을 들어 오른쪽 눈두덩을 어루만졌다. 연기가 들어간 것 같았다.

"네가 원하는 건 뭔데?" 사촌이 물었다.

"뭐가?"

"너 여자랑 데이트 한번 안 해 봤잖아."

"해 봤지!"

"그때 버스에서? 글라스만 말하는 거야? 너 그 얘기 이 년 동안 우려먹은 거 아냐? 결국 아무것도 아닌 걸 가지고."

앙토니의 목울대가 조여들었다. 초등학교 4학년부터 중학교 1학년이 될 때까지 하루도 거르지 않고 생각한 여자애였다. 앙토니는 교실에서 그 여자애와 가장 가까운 자리에 앉으려고 온갖 궁리를 했다. 체육 시간엔 주인에게 얻어맞은 개의 눈동자로 그 여자애만 쳐다보곤 했다. 라디오를 듣다가 스콜피언스, 발라부안, 조니 등 좋은 노래만 골라 녹음해서 글라스만 헌정 카세트테이프를 만들어 자전거를 타고 그 애 집 앞까지 달려가 어슬렁거렸다. 결과적으로 말 한마디 못 건네 보고 돌아왔을 뿐이다. 결국 수학 선생의 아들 시릴 메드라네가 그 여자애를 차지했다. 앙토니는 녀석의 아구창을 날려 버리고 싶은 심정이었지만, 책가방을 훔쳐 엔강[12]에 던져 버리는 것으로 만족했다. 글라스만도 결국 날라리에 지나지 않았다고 생각하며 앙토니는 실연의 상처에서 벗어났다.

"그럼 별수 없지⋯⋯."

사촌은 마지막 한 모금을 빨고 나서 비벼 끈 뒤 메가 드라이브를 틀었다. 이로써 협상은 끝! 앙토니는 울고 싶은 심정이었다.

"뭐가 이렇게 거지 같냐⋯⋯."

침대에서 뛰어내린 앙토니는 방을 나가 계단을 네 개씩 성큼성큼 내려갔다. 소닉 더 헤지혹 하면서 시간을 보내고 여자애들은 먹고 마시며 꼬시고 꼬심을 당하다가 서로 키스를 나누는 광경을 상상해 보니 차라리 나중에 아버지에게 두드려 맞는 편이 낫지 싶었다. 앙토니는 BMX 안장에 깊숙이 앉아 출발했다. 이미 결심이 섰다. 그런데 길 끝에서 마침 시장을 보고 돌아오는 사촌 누나와 바네사를 맞닥뜨렸다. 가방의 70퍼센트가 맥주로 꽉 차 있었다. 소녀들이 자전거 앞을 막아서는 바람에 앙토니는 두 발을 땅에 디뎠다.

"어디 가?"

"바빠?"

"야, 말을 걸면 좀 쳐다봐라."

12 작가가 이 작품에서 만들어 낸 허구의 강.

바네사가 앙토니의 턱을 치켜들었다. 사촌 누나와 바네사 둘 다 머리를 길게 늘어뜨리고 앞머리 한쪽을 뒤로 넘겨 핀을 꽂았다. 둘 다 민소매 셔츠에 핫팬츠, 쪼리를 신었고, 둘 다 코코넛 오일 냄새가 났다. 바네사의 발목에서 금빛 발찌가 반짝거렸다. 앙토니는 사촌 누나가 노브라 차림이라는 걸 눈치챘다. 사촌 누나는 95D 컵이었다. 누나가 없을 때 방을 뒤지면서 알아낸 정보였다.

"야, 어디 가냐고?" 바네사가 두 다리 사이에 자전거 바퀴를 끼워 앙토니가 도망치지 못하게 하면서 재차 말했다.

"집에."

"벌써?"

"뭐 하러?"

"같이 한잔 안 할래?"

"뭘 상관이야?"

"아무것도……."

앙토니는 얼굴이 화끈거려서 다시 눈을 내리깔았다.

"변태 같은 녀석. 너 선탠 자국 보고 싶어서 그러지?"

바네사가 엉덩이의 유독 하얀 라인을 앙토니에게 보여 주었다. 앙토니는 바네사의 다리 사이에 낀 자전거 바퀴를 빼려고 뒤로 물러섰다.

"나 가야 돼."

"야, 같이 놀자. 게이새끼처럼 굴지 말고."

어느새 맥주 캔을 따서 홀짝거리던 사촌 누나가 뒤에서 빈정거렸다. 그래도 결국 앙토니를 놓아준 건 사촌 누나였다.

"됐어. 그냥 보내 주자."

사촌 누나는 맥주를 한 모금 더 마셨다. 턱이 물기로 반짝거렸다. 하지만 바네사는 놓아주려 하지 않았다. 아양까지 떨면서 매달렸다.

"야, 앙토니이……."

바네사가 앙토니의 뺨을 향해 한 손을 뻗었고, 앙토니는 그 손바닥의 감촉을 느꼈다. 소녀의 손은 정신이 확 들 정도로 차가웠다. 손끝은 특히 더했다. 그런 앙토니를 보며 바네사가 피식 웃었다. 앙토니는 이상한 기분이 들었다. 바네사가 이번엔 참지 못하고 크게 웃음을 터뜨렸다.

"됐어, 그만 가 봐!"

앙토니는 아무것도 묻지 않고 그 길로 서둘러 자리를 떴다.

등 뒤로 누나들의 시선이 느껴졌지만, 클레망아데르 거리의 정지 표지판도 무시한 채 계속 달렸다. 이 시간엔 개미 새끼 한 마리 얼씬거리지 않는 거리가 시내 쪽으로 쭉 뻗어 있었다. 지평선에 걸린 하늘이 어딘지 과장된 색을 띠었다. 앙토니는 뭔가에 취한 듯 핸들에서 손을 떼고 두 팔을 날개처럼 활짝 벌렸다. 자전거가 속도를 낼수록 민소매 티셔츠 자락이 바람을 타고 타닥타닥 펄럭거렸다. 아주 잠깐 눈을 감자 귓가에 바람의 속삭임이 들려왔다. 터져 버릴 듯한 사춘기 소년 앙토니는 다리 아래 호수 연안에 지어진 반쯤 쇠락한, 그런데도 이상하게 흥분되는 이 도시를 온몸으로 전율하며 활강하듯 달리고 또 달렸다.

3

앙토니는 그랑드망주 아저씨의 웃음소리를 바로 알아들
었다. 부모님과 이웃들은 여전히 테라스에서 아페리티프를 즐
기고 있는 것 같았다. 앙토니는 집을 한 바퀴 돌아 테라스로 갔
다. 카사티 가족은 단층 단독주택에 살았다. 집 주변엔 반쯤 죽
어 앙토니가 걸을 때마다 구겨진 종이 소리를 내는 잔디 말고
는 아무것도 없었다. 잔디를 돌보고 잡초를 뽑을 열의도 없었
던 아버지는 마당 전체에 라운드업[13]을 끼얹어 버렸다. 덕분에
마침내 그랑프리 자동차 경주를 보며 한가한 일요일 아침을 보
낼 수 있었다. 클린트 이스트우드가 출연한 영화와 드라마 「나
바론 요새」는 아버지가 유일하게 마음의 평화를 느끼는 대상
이었다. 앙토니는 아버지와 이렇다 할 공유점이 없었지만, 적

13 미국 몬산토사(社)에서 개발한 제초제.

어도 TV, 모터스포츠, 전쟁 영화 등을 좋아한다는 공통점은 있었다. 어두운 거실에서 각자 선호하는 구석 자리에 앉아 TV를 보는 것이야말로 두 사람이 서로에게 허락하는 최고의 사생활이었다.

앙토니의 부모님은 평생 동안 언젠가 전망이 탁 트인 집을 '손수 짓고 싶다'는 야망을 품어 왔고, 그 소망은 그럭저럭 이루어졌다. 아직 이십 년 남은 대출금을 다 갚고 나면 온전한 집주인이 될 터였다. 회반죽을 칠한 외벽에 일 년의 절반은 비가 내리는 지역적 특성 탓에 지붕을 비스듬하게 만들었다. 겨울마다 트는 전기 히터는 따뜻하지도 않으면서 요금 폭탄만 선사했다. 그 밖에 방 두 칸, 부엌, 가죽 소파, 그리고 뤼네빌산(産) 찬장이 있었다. 집은 앙토니에게 비교적 편안함을 주었다.

"아이구, 이 집 미남 총각 왔네."

앙토니를 제일 먼저 발견한 사람은 에블린 그랑드망주 아주머니였다. 앙토니가 아주 어렸을 때부터 알고 지냈다. 앙토니는 그들의 집 앞에서 첫 걸음마를 뗴었다.

"우리 집 앞에서 쟤가 첫 걸음마 하던 걸 생각해 봐."

에블린의 남편이 고개를 끄덕였다. 그라프 공공주택은 십오 년 전에 생겼다. 이곳 사람들은 마을 공동체 엇비슷하게 살아갔다. 앙토니 아버지가 손목에 찬 시계를 보고 말했다.

"종일 어디 있었냐?"

앙토니는 사촌과 같이 있었다고 대꾸했다.

"오늘 아침에 슈미트 씨 집에 다시 들러 봤다."

아버지가 말했다.

"거기 일은 다 끝내고 간 거예요……."

"알아. 그 집에 장갑 놔두고 갔더라. 이리 와서 앉아 봐."

어른들은 정원용 플라스틱 테이블 옆에 캠핑 의자를 놓고 둘러 앉아 피콘[14] 맥주를 마시고 있었다. 에블린은 포트와인을 마셨다.

"흙탕물 냄새가 나는데?" 앙토니의 엄마 엘렌이 말했다.

"수영했어."

"거기 물 더러워서 싫어하는 줄 알았는데. 단추라도 삼키면 어쩌려고 그래. 하수도 물이잖아."

아버지는 그런다고 죽기야 하겠냐고 평했다.

"의자 하나 가져다 앉아." 엄마가 말했다.

그랑드망주 아저씨가 손바닥으로 자기 허벅지를 툭툭 치며 무릎에 앉으라고 농담을 던졌다.

"와서 앉아 봐. 제법 튼튼하니까."

키가 2미터가 약간 안 되는 그랑드망주 아저씨의 손바닥은 나무처럼 단단했으나 손가락 세 마디가 없었다. 사냥할 때는 약지로 방아쇠를 당길 수 있도록 고안된 특별한 총을 사용했다. 딱히 웃기지도 않는데 주위의 반응엔 아랑곳없이 농담을 쏟아 내는 어른을 앙토니는 이미 한 트럭 정도 알고 있었다.

"안 앉을래요."

14 캐러멜 색이 나는 쓴맛의 술 브랜드로 주로 맥주에 섞어 마신다.

"또 어딜 가려고?"

앙토니는 표정이 굳은 아버지를 향해 돌아섰다. 이럴 때면 아버지의 얼굴은 갑자기 꽤 고급스러운 가죽처럼 팽팽해졌다.

"내일이 토요일이잖아요." 앙토니가 대꾸했다.

"그냥 뒤. 방학인데 뭐."

옆집 아저씨가 끼어들자 아버지는 한숨을 내쉬었다. 용광로가 폐쇄되고 얼마 지나지 않아 아버지와 뤽 그랑드망주 아저씨는 렉셀[15] 창고에 새 일자리를 찾았다. 두 사람 모두 자발적 퇴직자였고, 직업 교육을 받은 다음 지게차 운전기사가 되었다. 당시만 해도 그건 두 번 다시 오지 않을 선택이었다. 하루 종일 운전대를 잡다니, 상상만 해도 하루 종일 장난감을 갖고 노는 것처럼 재미있어 보였다. 그 후 파트릭 카사티는 말썽에 휘말려 같은 날 운전면허와 직장을 모두 잃었다. 육 개월에 걸쳐 복잡한 서류 절차와 씨름하고 청십자 연수를 마친 끝에 간신히 면허는 살렸지만, 그가 사는 골짜기에는 일이 극히 드물었기 때문에 울며 겨자 먹기로 자기 사업체를 차렸다. 파트릭은 이베코 트럭 한 대와 잔디 깎는 기계와 연장들을 사고 본인의 이름을 수놓은 작업복 한 벌을 마련했다. 이제 이 집 저 집 다니며 각종 집수리를 해 주어 근근이 살아가는 신세가 된 것이다. 대부분의 일은 세금 신고를 하지 않고 불법적으로 이루

15 프랑스의 전자 제품 유통 회사.

어졌다. 벌이가 좋은 달엔 4000프랑에서 5000프랑은 족히 벌었다. 엘렌이 받는 월급과 합치면 그럭저럭 기본 생활을 유지할 수 있었다. 성수기인 여름에 들어오는 잔디 깎기나 수영장 청소 같은 일은 앙토니에게 맡겼다. 그가 숙취로 일어나지 못하는 날엔 특히 아들이 유용했다. 오늘 아침만 해도 앙토니가 슈미트 박사네 집 소관목 다듬는 일을 했다.

결국 아버지는 발치에 놓아둔 아이스박스에서 맥주를 한 캔 꺼내어 뚜껑을 따 앙토니에게 권했다.

"그저 나가서 돌아다닐 생각만 하지."

"한창 그럴 때잖아." 옆집 아저씨가 철학자처럼 말했다.

티셔츠 밑으로 허여멀겋고 차마 눈 뜨고 보기 거북할 만큼 육중한 배가 드러났다. 어느새 옆집 아저씨는 자기 자리에 앉으라며 의자에서 일어나고 있었다.

"자, 잠깐만 앉아 봐라. 네 얘기 좀 들어 보자."

"지난번보다 더 컸지?" 에블린이 말했다.

이번에는 엘렌 카사티가 아들에게 조금만 더 있다 가라고 고집을 부렸다. 여기는 집이지 호텔이 아니지 않느냐는 말과 함께. 일 초씩 흘러갈 때마다 앙토니는 드랭블루아에서 열리고 있을 파티 생각에 속이 바짝바짝 타 들어갔다.

"손은 또 왜 그래?"

"아무것도 아니에요."

"소독은 했어?"

"아무것도 아니라니까요."

"가서 의자 가져와."

아버지가 말했다.

앙토니는 아버지를 바라보았다. 아버지의 오토바이를 생각했다. 말을 듣기로 했다. 엄마가 부엌까지 쫓아 들어오더니, 90도짜리 알코올과 반창고를 꺼냈다.

"그럴 필요 없다니까요." 앙토니가 말했다.

"우리 사촌 중에 그러다가 손가락을 아예 잘라 낸 애가 있어."

엄마는 늘 대충 넘어갔다가 급기야 치명적인 일을 당하고 말았다는 둥, 자잘한 일에 욕심을 내다가 백혈병 걸려 죽은 사람이 있다는 둥 극단적인 레퍼토리를 늘어놓는 사람이었다. 어떻게 보면 그것이 엄마의 인생철학 같았다.

"어디 보자."

앙토니가 손을 내밀었으나 역시 대수롭지 않아 보이자 엄마와 아들은 다시 테라스로 나갔다.

다 같이 건배를 하고 나서, 에블린이 학교는 잘 다니는지 여름 방학엔 뭘 하고 지내는지 앙토니에게 물었다. 에블린은 얼버무리는 앙토니를 향해 니코틴으로 누래진 이를 활짝 드러내며 자상하게 웃었다. 오늘처럼 저녁 술자리가 있을 때마다 에블린은 골루아즈[16] 두 갑은 족히 피웠다. 이따금 대화가 멈출 때면, 에블린의 익숙한 숨소리가 거칠게 식식거리며 빈자리를

16 1910년 출시된 프랑스의 서민 담배.

채웠다. 에블린이 새 담배에 불을 붙였다. 앙토니 아버지는 아페리큐브 치즈 포장지 위를 윙윙거리며 날아다니는 큼직한 말벌을 손으로 쫓았다. 마침 에블린 아주머니의 질문 공세도 멈추어서, 앙토니는 이때다 하며 전기 파리채를 가져오겠다며 자리를 떴다. 지지직 소리가 나면서 탄내가 나고 말벌은 등을 뒤집고 죽었다.

"진짜 징그럽네." 엘렌이 말했다.

대답 대신 피콩 한 병을 다 비운 아버지는 아이스박스에서 캔 하나를 새로 꺼냈다. 이제 화제는 퓌리아니[17] 참사로 넘어갔다. 코르시카 사람들이 공사하는 모습을 지켜봤던 뤽 그랑드망주 아저씨에게 퓌리아니의 참사는 놀랄 일도 아니었다. 이번에도 변함없이 축구와 코르시카 사람들, 북아메리카 사람들이 화제에 올랐다. 남편이 그런 일들에 신경 쓰는 걸 마뜩잖게 여기는 에블린이 자리를 옮겼다. 최근 범죄 소탕 팀이 벌인 일이 공공주택 사람들을 동요시킨 건 틀림없는 사실이었다. 신시가지는 여기서 가까웠다. 사람들은 보앙블랭[18]에서처럼 복면 쓴 아랍 사람들이 자동차를 불태우는 광경을 상상하며 지레 겁을 먹었다. 점점 다가오는 위협에 옆집 아저씨와 아버지는 그들이

---

17 1992년 코르시카섬 퓌리아니의 축구 경기장에서 프랑스 컵 경기 도중 펜스가 무너져 18명이 사망하고 부상자가 무려 2357명에 달한 사고를 가리킨다.
18 리옹시(市) 외곽 지역. 1992년 10월 당시 18세 청년 모하메드 바리가 경찰 병력의 총격을 받고 사망하자, 이후 사흘 동안 경찰 병력과 시위 세력이 충돌하여 총격전이 벌어지고 차량 33대가 불탔다.

사는 곳이야말로 최후의 보루라고 여겼다.

"앙토니네나 다른 데로 가시든가." 덩치 큰 이웃이 앙토니를 턱으로 가리키며 말했다.

"그놈들하고의 문제가 하루 이틀도 아닌데 뭐." 아버지가 맞장구를 쳤다.

"소방서에서 자원 봉사 할 때 걸핏하면 신시가지에서 화재 신고가 들어왔거든. 요만한 아랍 녀석들이 심지어 소방차 열쇠까지 훔치려고 들더라니까."

"그래서 어떻게 했어?"

"뭘 어째? 불이나 꺼 주고 오는 거지."

"그게 실수야, 불은 왜 꺼 줘."

앙토니를 제외하고 모두 웃음을 터뜨렸다. 앙토니는 은근슬쩍 자리를 뜨려고 몸을 일으켰다.

"어디 가려고?"

이번엔 엘렌이 그를 붙들었다.

"가 봐야 돼요."

"누구랑?"

"사촌이랑."

"이렌 이모는 봤어?"

자매는 발걸음을 완전히 끊었다. 자매가 함께 유산으로 물려받은 집을 이렌 이모가 혼자 저당 잡혀 대출을 받고부터였다. 늘 그렇듯 돈이 문제였다.

"응."

"그래서? 잘 지내디?"

"몰라요. 잘 지내겠지."

"그게 무슨 말이야?"

"잘 지낸다니까."

"어머어머, 얼른 가. 그렇게 뚱하게 앉아 있을 거면."

아버지도 불만을 표시하지 않았다. 이웃과 더불어 이미 새 잔에 피콘을 따랐다. 땅거미가 질 무렵 그들의 분노는 형제애로 변했고, 그것이 두 사람을 더욱 가깝고 따뜻하게 해 주었다.

앙토니는 그 틈을 타서 자기 방으로 들어갔다. 사촌의 방 같은 분위기는 전혀 없었다. 아버지가 주워다 설치해 준 2층 철제 침대 기둥에는 프랑스, 아르헨티나의 축구 선수들과 올랭피크 드 마르세유 유니폼을 입은 크리스 와들[19]의 스티커가 다닥다닥 붙어 있었다. 삼각대 두 개에 합판을 올려 책상으로 사용했고, 의자도 없어서 학교 숙제를 할 때마다 영 불편했다. 그게 아니어도 한잔하러 들르는 삼촌, 친구, 이웃으로 집이 늘 북적거렸다. 앙토니는 붙박이 옷장을 뒤져 비교적 괜찮은 옷을 찾다가 블랙 진과 흰색 폴로 티셔츠를 꺼냈다. 티셔츠는 라지 사이즈였고 가슴에 아그리젤[20]이라고 새겨져 있었다. 앙토니는 부모님 방으로 가서 거울에 자기 모습을 비춰 보았다. 유원지

---

19 크리스토퍼 와들. 1960년 영국 출생의 축구선수.

20 프랑스의 냉동 식품 회사명.

나 '메트로' 오락실에서 용돈을 다 써 버리지만 않았어도 이럴 때 괜찮은 옷을 사 입을 텐데 아쉬웠다. 이제껏 한 번도 옷 문제로 고민해 본 적이 없던 앙토니가 얼마 전부터 또래 사이에 유행하는 것들에 귀 기울이기 시작했다. 아디다스 토션이나 와이키키 티셔츠를 입고 다니면 친구들 사이에서 거만을 떨어도 용서받았다. 거울에 비친 초라한 꼴불견을 새삼 확인하면서 앙토니는 이제라도 돈을 좀 아껴서 옷 사는 데 써야겠다고 다짐했다.

야마하 YZ는 차고 속 늘 있던 자리, 낡은 탁구대 뒤 구석에 처박혀 있었다. 앙토니는 오토바이 덮개를 걷어 조심스럽게 접은 다음, 기름 냄새를 맡아 보고 오톨도톨한 바퀴를 손으로 만져 보았다. 빨강과 하양이 섞인 82 모델은 넘버 16을 달고 있었다. 한때 경기에 출전하기도 했던 아버지는 기분이 좋을 때면 동네 한 바퀴 돌아 보라며 앙토니에게 오토바이를 선뜻 넘기기도 했는데, 엘렌은 그다지 달가워하지 않았다. 오토바이를 타는 사람이라면 예외 없이 한 번씩은 겪는 가드레일 사고가 싫었던 것이다. 누가 타든 마찬가지였다. 아버지는 앙토니의 몸에는 뼛속까지 오토바이 후예의 피가 흐른다고 말했다. 속도를 전환할 때나 커브를 돌 때 앙토니는 몸을 잔뜩 숙였다가 다시 들어 올리곤 했다. 언젠가는 내 오토바이를 가질 거야. 이런 생각이 앙토니의 머릿속에서 바닷가나 노을, 수영복을 입은 여자, 그리고 에어로스미스의 선율과 뒤섞였다.

앙토니는 어둠 속에서 엄마의 오펠 자동차에 닿지 않도록
바짝 신경 쓰면서 오토바이를 굴려 보았다. 그리고 이내 조심
또 조심하며 차고 문을 열었다. 그때 뒷덜미로 엄마의 목소리
가 미끄러졌다.

"무슨 소리가 난 것 같은데."

푸르스름한 저녁을 배경으로 문턱에 서서 담배를 피우는
엄마의 모습이 보였다. 엄마는 어깨에 스웨터를 걸치고 팔짱을
낀 채 다른 곳을 바라보았다. 앙토니는 아무 말도 하지 않았다.
두 손으로 핸들을 움켜쥔 채 울고 싶은 심정이었다. 스테파니
를 생각했다. 엄마가 담배꽁초를 바닥에 던진 다음 가죽 장화
로 짓이겼다.

"아빠한테는 뭐라고 말할지 생각해 봤어?"

엄마가 가까이 다가오자, 서늘한 담배 냄새와 참나무 향
샴푸, 땀, 술 냄새가 섞인 엄마 냄새가 났다. 앙토니는 조심하겠
다고 약속하면서 사정했다.

"너도 알잖니, 우리 강아지······."

마음이 약해진 엄마가 앙토니 옆에 바싹 다가섰다. 가로
등 불빛이 두 허벅지 위에 쏟아지며 어둠 속에서 엄마의 다리
와 넓적다리 라인이 선명하게 드러났다. 엄마가 엄지손가락에
침을 묻혀 한쪽 뺨에 묻은 것을 닦아 주려 하자, 앙토니는 살짝
피했다.

"왜?"

엄마는 딴생각에 빠진 사람 같았다가 곧 제자리로 돌아

왔다.

"외할머니가 돌아가셨을 때 내가 딱 지금 네 나이였는데."

엄마는 아들의 어깨 위로 팔을 둘러 뒷덜미에서 깍지를
꼈다.

"그거 아니? 인생이 언제까지 재미있을 수만은 없어."

앙토니는 말이 없었다. 엄마가 변명을 하거나 같은 편을
찾고 싶을 때 꺼내는 이런 레퍼토리가 앙토니는 끔찍이도 싫
었다.

"엄마, 제발……."

"뭐가?"

엄마는 잠시 망설이다가 결국 아들의 볼에 입을 맞추었
다. 그런 엄마는 마치 죽마 위에서 비틀거리다 벽을 잡고 간신
히 중심을 찾는 사람 같았다. 그러곤 혼자 피식 웃었다. 꼬마가
뭔가로부터 도망치고 싶거나 핑곗거리를 찾을 때 짓는 웃음이
었다.

"오늘은 내가 좀 많이 마셨나 보다. 게다가 다치기까지 했
어."

엄마는 시멘트 벽에 긁혀 찢어진 손가락 마디에 입을 대고
피를 빨고 나서 골똘히 들여다보았다. 그러고는 다시 멋쩍게
웃으며 손가락을 한 번 더 입으로 가져갔다.

"여자애 문제구나, 맞지?"

앙토니는 대답하지 않았다. 엄마는 다시 쿡쿡 웃더니 테라
스 쪽으로 돌아섰다. 그리고 곧장 집으로 들어갔다. 엄마는 키

가 크고 그 나이치곤 이상할 정도로 날씬했다. 그런 엄마를 공공주택 사람들은 '날라리'라고 불렀다.

집에서 적당히 멀어졌다 싶었을 때 발로 차서 시동을 걸었다. 깜깜한 어둠 속에 오토바이의 날카로운 폭음이 연속적으로 터졌고, 앙토니는 그 저녁의 메아리를 향해 나아갔다. 헬멧도 쓰지 않고 빠르게 달렸다. 바람이 불어와 앙토니가 입은 지나치게 헐렁한 폴로 티셔츠를 풍선처럼 부풀렸다. 두말할 것 없이 좋은 날씨였다. 속도를 높일수록 머릿속이 하얘졌다. 앙토니는 달리고 또 달렸다.

4

사촌이 뒤에 올라탔고, 소년들은 비로소 953번 지방 도로로 나섰다. 앙토니는 커브를 돌며 한쪽 다리를 쭉 뻗은 다음 앞으로 나가면서 속력을 냈다. 속도가 높아지자 눈물이 찔끔 나오고 가슴이 벅차올랐다. 이대로 죽기에는 너무나 빠르고, 너무나 젊고, 사고를 낼 깜냥조차 없는 두 소년은 열기가 식은 도로 위를 헬멧도 없이 세차게 달렸다. 어느 순간 사촌이 속도 좀 줄이자고 말했다.

성당과 지방 도로를 따라 농가 몇 채와 최근에 지은 전원 주택, 치과 의사가 산다는 낡은 철대문 집이 위치한 드랭블루아는 전형적인 작은 마을이었다. 거기까지 가는 데 이십 분이 조금 넘게 걸렸다. 일단 마을에 도착한 소년들은 근사한 파티가 열린다는 집으로 곧장 들어가는 대신 집 주변을 몇 바퀴 돌았다. 현대식 통유리로 꾸민 저택이었다. 구석구석 불을 환하게 밝혔고, 정원에는 골프장 같은 언덕이 여기저기 있었다. 정원 한쪽의 수영장이 터키석 빛 조명을 내뿜었다. YZ는 다른 두 대의 오토바이 옆에서 잠시 움찔거리다가 정지했다. 앙토니가 한쪽 발을 땅 위에 내려놓았다.

"여기야."

"그러게!" 사촌이 말했다.

장작 냄새, 고기 굽는 냄새, 막 깎은 풀 냄새가 공기 속에 부유했다. 레게, 아마도 「내추럴 미스틱」[21] 같은 음악 소리가 들려왔다.

"괜찮을 것 같은데."

"도난 방지 장치를 안 가져왔어." 앙토니가 말했다.

사촌이 오토바이에서 내려서며 주변을 살폈다.

"그래도 위험하진 않을 거 같아. 그냥 저기다 세워 두자."

사촌이 덧창을 내린 길쭉한 농가를 가리켰다. 조금 더 떨어진 곳에는 장작더미가 겨울을 기다리며 쌓여 있었다. 그 뒤에 오토바이를 세우긴 했으나 그래도 앙토니의 마음속엔 찜찜함이 남았다.

사촌이 점퍼 속에서 작은 럼주 병을 꺼내 한 모금 가득 들이켠 다음 앙토니에게 건넸다. 그러고는 배낭에서 맥주 캔을 꺼내더니 또 벌컥벌컥 마셨다. 소년들은 그렇게 주거니 받거니 마신 뒤 깎은 지 얼마 안 된 잔디 밭에 캔을 던졌다. 뭐가 그리

---

21 「Natural Mystic」. 밥 말리의 곡명.

좋은지 소년들의 얼굴에는 웃음이 사라지지 않았다.

테라스 한쪽에 젊은이 한 무리가 벌써 커다란 테이블을 중심으로 모여 있었다. 테이블 위에는 샐러드, 감자칩, 빵, 와인병 들이 가득이었다. 제법 도수가 높은 술병은 얼음을 꽉 채운 통에 담가 놓았다. 맷집 좋은 청년들이 멕시코산 맥주 솔을 마시며 고기를 구웠다. 떡 벌어진 어깨, 자신감 넘치는 표정이 한눈에 봐도 수영 클럽 회원들이었고 러닝셔츠에 클럽 이름이 새겨져 있었다. 계곡에서 서핑을 하며 언제나 가장 시크하고 당당한 모습을 자랑하는 이 녀석들에게 안 넘어가는 여자애들이 없었다. 어느새 레게 음악이 그치고 화가 잔뜩 나 내지르는 듯한 록 음악이 흘러나왔다.

"아는 애 있냐?"

"한 명도." 사촌이 대꾸했다.

갑자기 사촌이 마리화나를 말아 불을 붙였다.

어쨌거나 모인 사람들은 전부 즐거워 보였다. 앙토니는 금방이라도 사랑에 빠질 것만 같은 여자애 몇 명을 쉽게 찾아냈다. 포니테일에 밝은 색 톱을 입은 키 큰 여자애들은 치아가 희고 이마가 넓었으며 엉덩이는 앙증맞았다. 남자애들은 외모 따위는 개의치 않는 것처럼 무심함을 가장하며 대화를 이어 갔다. 가만히 있어도 몸이 근질근질해지는 분위기였다. 한쪽 구석에는 남자애 둘이 낡은 덱 체어에 앉아 로제 와인을 3리터들이 종이 팩째 갖다 놓고 나눠 마시는 중이었다. 티셔츠나 길게 늘어뜨린 머리 모양으로 보아 아이언 메이든[22] 팬 같았다.

"에이, 그냥 가자." 앙토니가 말했다.

"미쳤냐? 이제 막 왔는데."

사촌 형제는 부엌에서 맥주를 가져와 집 주변을 어슬렁거리며 홀짝거렸다. 처음 보는 얼굴이라 모여 있던 아이들이 두 사람을 잠깐씩 쳐다보았는데 시선에 적대감 같은 건 없었다. 정말 근사한 집이었다. 중이층에는 미니 축구 테이블이 있었다. 사촌 형제는 걸핏하면 냉장고로 되돌아와 목을 축였다. 알코올 기운 때문인지 시간이 지날수록 익숙한 얼굴들이 늘어났고 머지않아 제법 친해졌다.

"오, 너네 왔구나. 존나 반가워!"

건장한 꽃미남 알렉스가 두 사람의 뒷덜미를 낚아채고는 요란스럽게 흔들어 댔다.

"이렇게 와 주다니 완전 대박이야."

"당연하지." 사촌이 말했다.

"여기 죽이지?"

"근데 누구네 집이야?"

"토마. 걔네 아빠가 방사선과 의사래."

소년들이 담담히 듣기만 하자 알렉스가 사촌을 향해 말했다.

"잠깐 볼까?"

"물론."

22　1975년에 결성된 영국의 대표적인 헤비메탈 밴드.

앙토니는 혼자가 되었다. 스테파니와 친구는 여전히 코빼기도 보이지 않았고, 앙토니는 초조함을 감추려 새 맥주 캔을 땄다. 다섯 캔째였고 이미 머리가 핑 돌기 시작했다. 마침 오줌이 마려웠고, 화장실을 찾느니 차라리 수영장으로 내려가 호젓한 구석을 찾아보기로 했다. 저 위에는 달빛이 환했다. 앙토니는 비교적 기분이 좋고 무엇보다 자유로웠다. 내일 그리고 몇 주 동안은 아직 방학이었다. 앙토니는 가슴 가득 밤공기를 들이마셨다. 결국 삶은 그다지 나쁠 게 없었다.

"안녕."

막 바지춤을 추스렀을 때, 스테프[23]가 정면에서 친구 클레망스와 나란히 걸어왔다.

"혹시 알렉스 못 봤니?" 클렘[24]이 물었다.

"봤어. 내 사촌하고 같이 있어."

스테프는 딱 붙는 청바지에 가죽 글래디에이터 샌들, 하얀 민소매 티셔츠 차림이었다. 친구도 색깔만 다를 뿐 마찬가지였고 오른쪽 팔목에 금색 팔찌를 찼다. 둘 다 미친 듯 예뻤고 한 사람씩 떼어 놓고 보면 더 예뻤다. 하지만 더 예쁜 건 누가 뭐래도 스테프였다. 앙토니는 뭔가 할 말을 찾았다. 고민 끝에 앙토니의 입에서 나온 말은 고작 이것이었다.

"한 대씩 피울래?"

23 '스테파니'의 애칭.
24 '클레망스'의 애칭.

"대박." 스테프가 말했다.

앙토니가 담배 종이를 꺼냈다. 마리화나를 한 대 말려고 그 자리에 그대로 쪼그려 앉으려는 앙토니를 말렸다.

"잠깐. 방금 여기서 오줌 눈 거 아니었어?"

앙토니는 얼굴이 벌개졌으나 다행히 날이 너무 어두워서 소녀들은 전혀 알아채지 못했다. 그들은 수영장 쪽으로 좀 더 내려가 동그랗게 둘러앉아 별다른 말도 주고받지 않고 곧바로 모로코산 마리화나를 피웠다. 음악 소리가 점점 강렬하게 부딪쳐 왔다. 앙토니는 이웃들의 반응을 생각했다. 계속 이러다가는 조만간 경찰에 신고할 것 같다고 소녀들에게 말해 봤지만 전혀 개의치 않는 모습이었다. 소녀들은 그보다 더 중요한 문제에 빠져 있었다. 파티에 오기로 했던 누군가가 아직 안 온 모양이었다. 특히 스테프한테 몹시 중요한 문제 같았다.

"너네 푸리에로 가지?"

앙토니가 묻자 소녀들이 일제히 앙토니를 돌아보았다. 마치 그가 아직 거기에 있어서 놀란 기색이었다.

"응."

"너는?"

스테파니가 물었다.

"난 클레망아데르로 가, 개학하면."

물론 거짓말이었다. 앙토니는 고작 턱걸이로 중2를 마쳤을 뿐이었다. 더 이상 무슨 얘기를 해야 할지 뻘쭘해진 앙토니가 잇새로 침을 뱉었다. 소녀들이 자기들끼리 뭔가 눈짓을 주고받자 앙토니는 쥐구멍이라도 있으면 숨고 싶은 심정이었다. 이윽고 소녀들은 앙토니를 내버려 두고 테라스로 돌아가 버렸다. 소년은 멀어지는 소녀들을 바라보기만 했다. 좁은 어깨, 청바지에 가려진 엉덩이, 새처럼 가느다란 발목, 어딘지 오만한 움직임을 따라 유연하게 흔들리는 포니테일. 마리화나 기운이 조금씩 퍼지면서 불쾌감, 현기증, 영혼이 송두리째 흔들리는 듯한 느낌이 조금 전의 흥분 대신 앙토니의 몸을 엄습했다. 의자에서 잠시 쉴 겸 앙토니도 위로 올라갔다. 그 순간 사촌이 환한 얼굴로 그를 와락 덮쳤다.

"어디 있었냐?"

"아무 데도. 여자애들이랑 한 대씩 피웠어."

"걔네 왔어?"

"응."

"근데?"

"아냐……."

사촌이 일 초쯤 앙토니를 빤히 바라보았다.

"집에 갈 땐 내가 운전할게."

"걔가 뭘 해달래?"

"완전 미쳤어. 집 안에 있는 애들 전부 피우고 싶다고 난리도 아니야. 순식간에 600프랑어치나 팔고 나왔어."

"정말?"

사촌이 수확을 보여 주자 앙토니도 덩달아 기분이 좋아졌다. 심지어 다시 한잔하고 싶어서 목이 칼칼해지기도 했다.

"그래도 천천히 달리자고." 사촌이 말했다.

맥주 두 캔을 비우고 나서 앙토니는 비로소 거실 탐험에 나섰다. 그곳에선 둘씩 짝을 이루어 바닥이나 소파에 달라붙어 뒹구느라 정신이 없었다. 아무 저항도 하지 않는 여자애들의 티셔츠 속에서 남자애들의 손이 분주하게 움직였다. 팔과 다리가 뒤엉키고, 맨살과 밝은 색 청바지가 어른거리고, 매니큐어를 칠한 손톱이 알록달록하게 반짝였다.

스테파니와 친구는 거실 구석 정원 쪽으로 난 유리문에 기대어 있었다. 앙토니가 처음 보는 소년 셋과 함께였는데, 달달한 분위기 속에 다소 흐트러진 채 서로 무릎을 비비며 전부 거실 바닥에 앉아 있었다. 셋 중 덩치가 가장 큰 녀석은 아예 벌렁 드러누웠다. 앙토니의 시선을 유난히 잡아끈 건 덩치 옆의 다른 녀석이었다. 가죽 재킷에 머리를 안 감아 떡이 진, 어떻게 보면 거들먹거리고 또 어떻게 보면 그냥 게으름뱅이 같은, 어딘가 밥 딜런을 닮은 진짜 귀여운 애였다. 이제 막 흘러나오기 시작한 비틀스의 「렛 잇 비」[25]가 앙토니를 돌연 우울하게 만들었다. 앙토니는 녀석들 쪽으로 몇 발짝 다가갔다. 불가능한 일인 건 알았지만 그들 사이에 끼고 싶었다.

그때 가죽 재킷이 호주머니에서 작은 유리병을 꺼내 뚜껑을 따더니 콧구멍에 대고 크게 한 번 들이마신 다음 스테프에

25 「Let It Be」.

게 넘겼다. 그렇게 한 명 한 명 돌아가며 들이마시면서 정신병자 같은 웃음을 흘리기 시작했다. 유리병의 효과는 직방이었으나 오래가지는 않았는지 녀석들은 금세 다시 한심한 무기력 상태에 빠졌다. 스테프와 귀여운 녀석이 서로 눈짓을 주고받더니 거실을 두리번거렸다. 거실 온도는 30도가 넘었다. 이 머저리는 도대체 어쩌자고 사우나 같은 거실에서 가죽 재킷을 입고 버티는 걸까? 유리병이 두 번째로 돌기 시작했을 때, 앙토니가 용기를 내어 끼어들었다.

"안녕."

다섯 쌍의 눈동자가 일제히 앙토니 쪽을 돌아보았다.

"쟤 누구야?" 바닥에 널브러져 있던 제일 덩치 큰 녀석이 물었다. 당연한 말이겠지만 스테프와 친구는 아무 생각이 없었다. 덩치 큰 녀석이 몸을 일으키더니 손가락을 꺾었다. 앉아만 있어도 한 덩치 한다는 걸 알 수 있었다. 등신 같은 놈은 어쭙잖게 캘리포니아 스타일을 흉내 내 파스텔 색 티셔츠를 입고 맨발에 반스를 신었다.

"헐! 넌 또 뭐냐?"

방금 유리병을 들이마신 클레망스가 머리를 다시 묶으면서 다소 신경질적으로 쿡쿡 웃어 댔다. 순서가 되자 스테프는 유리병을 아주 깊이 들이마셨다.

"아, 대박! 머릿속에 미스터 프리즈²⁶가 들어온 것 같아."

---

26 애니메이션 「배트맨」 시리즈에 나오는 악당으로 사고로 인해 영하의 기온

그러자 다들 탁월한 비유라고 칭찬했다. 정말 딱 그런 느낌이었다. 가죽 재킷을 입은 녀석이 유리병을 챙기면서 앙토니에게 물었다.

"너도 해 볼래?"

화학 반응처럼 몽롱한 눈빛들이 전부 앙토니의 반응을 기다렸다.

"뭔데?" 앙토니가 물었다.

"일단 해 보면 알아."

딱히 그럴 이유도 없는데 앙토니는 문득 그곳의 모든 아이들이 가족처럼 친근하게 느껴졌다. 옷차림이나 태도 따위는 더 이상 중요하지 않았고 모든 게 쉬워 보였다. 뭐라고 말해야 할지 모르겠지만, 그들처럼 하지 않으면 빚쟁이가 된 것 같고 2퍼센트 모자라고 하찮아 보일 거라는 이상한 느낌이 들었다. 앙토니는 그들에게 뭔가 보여 주고 싶어서 유리병을 받아 들었다.

"해 봐." 가죽 재킷이 허공에 대고 코를 킁킁대며 부추겼다.

"시몽, 걘 그냥 놔 둬." 클레망스가 말했다.

캘리포니아 멋쟁이가 말을 받았다.

"야, 괜찮겠냐? 할 수 있겠어?"

녀석은 오른쪽 눈을 반쯤 감으며 앙토니의 비대칭 얼굴을 흉내 냈다. 앙토니는 두 주먹을 꽉 쥐었지만, 그 모습이 다른

에서만 살 수 있는 인물로 나온다.

애들에게는 더 우습게 보일 뿐이었다.

"그만해. 진짜 못됐네!"

클렘이 흉내쟁이를 발로 밀어내면서 말했다. 그러고는 짜증 난 기색으로 앙토니에게 말을 건넸다.

"원하는 게 뭐야? 이제 저리 꺼져."

하지만 이제 와서 물러날 수도 없는 노릇이었다. 앙토니는 덩치 큰 녀석을 노려보았다. 머리가 핑 돌았다. 이 광경을 멍한 눈길로 무심히 보기만 하던 스테프가 이제 분위기를 바꿀 때가 되었다고 결심한 듯 자리에서 일어나 몸집 큰 고양이처럼 기지개를 켰다.

"그럼……."

그러자 한 덩치 하는 캘리포니아 멋쟁이도 따라 일어났다. 앙토니보다 머리 하나는 족히 큰 녀석이었다.

"됐어, 장난이야." 세 번째 녀석이 말했다.

"일어서지도 못하는데."

"토할 것 같냐?"

"뻔하지. 토할 거야."

"완전 창백해졌어."

"어!"

앙토니는 두려움 없이 유리병을 콧구멍으로 가져갔다. 한 번 크게 들이마시기 무섭게 머릿속으로 찬 바람 한 줄기가 휘익 불어오는 것 같더니 곧 깔깔깔 웃음이 터졌다. 가죽 재킷이 유리병을 회수하자 모두 자리를 떴다. 앙토니 혼자만 책상다리를 하고 고개를 떨군 채 완전히 몽롱한 상태에 빠져 있었다.

정신을 차려 보니 집 밖 계단 옆에 축 늘어져 있었다. 머리가 흠뻑 젖었고, 사촌이 물을 먹이려 애쓰는 중이었다. 클렘의 얼굴도 보였다.

"무슨 일이야?"

"너 기절했잖아."

한동안은 무슨 말인지 알아들을 수조차 없었다. 음악 소리와 함께 다른 두 사람의 목소리가 들려왔다. 앙토니는 눈을 감지 않으려고 안간힘을 썼다. 클렘이 자리를 뜨자 앙토니는 어떻게 된 거냐고 사촌에게 다시 물었다.

"네가 밑 빠진 독처럼 술을 퍼 마시다가 기절한 거래. 그게 다야."

"뭐를 좀 들이마신 것 같았는데."

"맞아. 클렘이 그러더라."

"그래?"

"너 기절했다고 와서 말해 준 것도 걔였어."

"걔 좀 괜찮은 것 같아."

"맞아. 완전."

좀 전의 얼간이와 가죽 재킷이 누군지 사촌이 설명해 주었다. 로티에 형제라고 앙토니는 이름만 알던 애들이었는데, 마을의 영주라도 되는 것처럼 거들먹거리는 남자의 아들들이었다. 삼십 년 동안 시장직을 연임하다 췌장암에 걸려 임기를 마친 사람이 삼촌이라고도 했다. 시한부 판정을 받고 흙색 낯빛에 배가 잔뜩 부풀어 허리띠를 가슴 언저리에 여민 채 에일랑주 구석구석을 산책하는 그 사람의 모습이 한동안 목격되었다. 놀라운 건 죽은 다음에도 먹잇감을 찾는 매의 눈처럼 노랗게 치뜬 눈동자였다. 그는 끝까지 직무를 놓지 않아 무덤에 들어갈 때까지 시장이었다. 로티에 일가는 전부 국회의원, 약사, 엔지니어, 부유한 사업가, 아니면 의사로 파리와 툴루즈에까지 널리 흩어져 살았다. 여기저기서 저마다 어떤 직책을 책임지거나 공무원을 하거나 관리직 등 꼭 필요하고 보호받는 직업에 종사했다. 그렇다고 문제 있는 자녀를 두지 말라는 법은 없었다. 시몽과 그 동생이 바로 그 경우에 속했다.

"뭘 들이마셨는지 모르겠어."

"삼염화에틸렌 아니면 혈관 확장제겠지. 저 새끼들 완전 미쳤어, 그런 걸 주다니."

"네 여친도 했는데."

"알아." 사촌이 말했다.

"얘기는 많이 했어?"

"아주 잠깐."

집 주변을 두 바퀴쯤 돌고 나자 앙토니는 비로소 정신을 차렸다. 부쩍 한기가 느껴졌다. 집으로 돌아가고 싶었다.

"집에 가자, 어? 나 존나 힘들어."

"아직 12시도 안 됐는데."

"몸이 너무 안 좋아. 얼른 집에 가서 자고 싶어."

"2층에 방 엄청 많아. 아무 데나 들어가서 한두 시간 자고 나와."

앙토니는 더 이상 고집을 부릴 수가 없었다. 두 소년이 테라스로 다시 올라갔을 때는 좀 전의 화기애애하던 대화가 사라지고 신디 로퍼의 목소리만 울렸다. 신디 로퍼가 부르는 「걸스 저스트 워너 해브 펀」[27]이 갑자기 싸늘하게 식은 분위기 속에서 생뚱맞게 들렸다.

사촌 형제도 무슨 일인가 싶어 가까이 다가가 보았다. 추리닝 상의 차림에 양쪽 머리를 바싹 밀었고 너무 말라서 바지에 엉덩이 자국도 없는 침입자 두 명을 모두가 둥글게 둘러싸고 있었다. 앙심을 품은 듯한 얼굴과 이성을 잃은 기색으로 봐선 공격 태세인지 아니면 반대로 방금 함정에 빠졌는지 말하기가 어려웠다. 둘 중 키가 작은 녀석은 손가락에 반지를 꼈으며 타치니 추리닝 깃 위로 황금 체인이 언뜻 보였다. 또 다른 침입자의 이름은 하신 부알리였다. 그러고 보니 앙토니가 아는 애였다. 앙토니와 같은 학교에 다니는데, 늘 스쿠터를 타고 바닥에 침을 뱉으며 배회하던 모습이 기억났다. 어쩌다 복도에서 마주치면 녀석은 늘 눈을 내리깔며 상대의 시선을 피했다. 난폭한 성격에 어디서 파티가 열릴 때마다 은근슬쩍 끼어들어 공짜 술을 퍼마시거나 도둑질을 하고 판을 뒤집어엎다가 경찰이 덮치면 마지막 순간에 내빼기로 소문난 녀석이었다. 한마디로

---

27 「Girls just wanna have fun」.

아무도 환영하지 않는 인물이었다. 침입자들을 빙 둘러싼 50여 명 사이에선 암묵적으로 그렇고 그런 신호가 오갔다. 이윽고 키 작은 녀석 하나가 무리에서 나와 총대를 멨다. 앙증맞은 키에 바가지 머리를 해서 플레이모빌을 닮은 아이였다.

"복잡한 일 만들고 싶지 않다. 야, 당장 꺼져."

"얼씨구? 너부터 존나 복잡하게 만들어 줄까?" 하신이 대꾸했다.

"조용히 놀고 싶다는데 왜 짜증 나게 하냐고?" 옆에 있던 플레이모빌의 친구가 거들고 나섰다

"너네는 초대도 안 받았잖아. 얼른 꺼져." 플레이모빌이 말했다.

"자, 짜증 나게 하지 말고." 수영 선수도 거들었다.

후드 티의 후드를 뒤집어쓴 수영 선수가 허공을 향해 두 손을 휘두르며 재차 말했다.

"이제 꺼져라."

"됐어. 짠돌이들처럼 굴지 마, 존나 짜증 나니까. 맥주만 얼른 마시고 꺼져 줄게……." 하신의 친구가 한마디 거들었다.

수영 선수가 두 녀석 앞에 한 걸음 더 다가서며 화해의 제스처로 양팔을 벌렸다. 그가 신은 쪼리가 어쩐지 싸움질하고는 거리가 먼 시시한 장식 같았다.

"자, 친구들. 맥주 한 캔씩 나눠 줄 테니 이거나 들고 어서 가 보시지. 골치 아픈 일은 딱 질색이니까."

한순간 침묵이 흘렀고, 이번에는 하신이 두 팔을 벌리며

중요한 선언이라도 하듯 말했다.

"씨발, 니네 엄마들하고 전부 씹해 줄까……."

정적이 흐르는 가운데 바비큐 장작 위로 고기 기름이 떨어져 지지직 소리와 함께 연기가 하늘로 타올랐고, 그 하늘에는 별들이 초연하게 빛났다. 하신에 대적하려고 나서는 사람은 아무도 없었다.

"됐고, 그럴 필요 없어. 그래도 싸움은 안 한다. 마지막 경고야." 수영 선수가 말했다.

"너 말이야, 존나 짜증 난다." 하신이 받아쳤다.

"그러게 말야. 우리가 뭘 어쨌다고 지랄들이야. 한잔 조용히 하고 가겠다니까." 옆에 있던 하신의 꼬붕이 끼어들었다.

플레이모빌의 귀에는 이제 아무 말도 들리지 않았다. 침입자들과 엮이고 싶어 하지 않는 아이들에게 하신 일당의 위협은 아무 효과가 없었다. 그들을 반드시 쫓아 버려야 했다. 게다가 내일이면 부모님이 돌아올 테니 절대 있어서는 안 될 일이었다. 그 와중에 하신이 인종차별적인 말을 던졌다. 수영 선수가 코 아래로 손가락을 두 번이나 꺾었다.

"이봐, 그만 정신 차리시지. 아무도 네 녀석을 초대 안 했다니까. 당장 여기서 꺼지면 그만이라는데 어디서 생떼야?"

"존나 시발 새끼……."

하지만 하신은 더 말을 할 수가 없었다. 옆집 2층의 창문이 열리더니, 꽃무늬 원피스를 입은 붉은 머리 여자가 얼굴을 내밀고 외쳤다.

"경찰 불렀다. 경고하는데, 방금 불렀다고. 금방 올 거야."

여자는 무선 전화기를 손에 들고 흔들어 보였다.

"이제 당장 꺼져." 한결 대담해진 플레이모빌이 말했다.

돌이켜 보면 쫓기는 강아지 꼴에 이제 막 수염이 나기 시작한 애송이, 비쩍 마른 다리에 신은 나이키 운동화가 아무리 봐도 안 어울리는 이 침입자들은 별것 아니었다. 그럼에도 두 녀석을 완전히 소탕하기까지 50명, 수영 선수, 게다가 경찰까지 동원되어야 했다.

하신은 얼굴을 꼿꼿이 세우고 뒤로 물러나기 시작했는데, 그러자니 몸이 좌우로 흔들려 뉴욕 브롱크스 주민처럼 보였다. 이내 하신이 바비큐 기구를 힘껏 걷어찼고, 바비큐 판과 장작들이 와르르 무너지면서 숯불 몇 개가 테라스까지 날아들었다. 가까이 있던 여자애가 날카로운 비명을 질렀다.

"다들 미쳤어!" 옆에 있던 친구도 덩달아 소리쳤다.

"당장 꺼져 버려, 재수 없게!"

"애 데었잖아!"

침입자들이 그대로 내달리기 시작하자, 아이들은 그들을 확실히 쫓아 버리려고 녀석들 뒤를 따라 차도까지 우르르 달렸다. 침입자들이 마을을 완전히 벗어나기까지는 시간이 조금 걸렸다. 침입자들은 이따금 뒤돌아보며 욕지거리를 내뱉고 가운뎃손가락을 들어 보였다. 그들의 실루엣이 점점 작아지면서 멀리서 스쿠터 소리가 한 번 들리더니 곧 정적이 찾아왔다.

십 분 후 파티는 본래의 분위기를 되찾았다. 아이들은 관심사에 따라 작게 무리를 지었다. 방금 지나간 일에 대해 히히 덕거리며 이야기를 서로 주고받았다. 숯불에 덴 여자애는 여전히 홀쩍거렸지만 그다지 심각한 화상은 아니었다. 후드 티를 입은 녀석은 곳곳에서 날아드는 찬사를 온몸에 받으며 짐짓 겸손을 떨었다. 플레이모빌만이 여전히 불안한 기색이었다. 플레이모빌은 경찰이 오기 전까지 담배꽁초를 하나하나 주우며 두 번 다시 집에서 이런 파티를 열지 않겠다고 투덜거렸다.

잠시 후 아니나 다를까 경찰차가 도착했고, 아이들이 자초지종을 설명했다. 경찰들은 그다지 놀라는 기색도 흥미로운 기색도 보이지 않았다. 왔던 것처럼 다시 경찰차를 타고 허무하게 떠나 버렸다.

정원 구석에서 풍덩풍덩 소리가 몇 번인가 들려오자, 무슨 일인가 싶어 앙토니도 수영장 쪽으로 내려갔다. 나뭇가지 사이로 보이는 수영장은 푸른 스크린 같았다. 10여 명이 맥주를 마시며 다이빙을 하고, 수영장 가에서는 한 커플이 진한 키스를 나누는 중이었다. 그때 갑자기 물속에서 실오라기 하나 걸치지 않은 여자애가 불쑥 솟아 나오더니 춤을 추기 시작했다. 앙토니로선 믿기 힘든 광경이었다. 애네는 안 하는 짓이 없었다. 모두가 여자애에게 열광했다. 거웃을 전부 밀고 가슴이 납작한 애였다. 정말 멋진 광경이었지만, 앙토니가 서 있는 데서는 너무 멀어 자세히 보이지 않았다.

"수영 안 할래?"

몇 발짝 뒤 버드나무 아래에 스테프가 서 있었다. 어딘지 창백하고 혼란스러운 얼굴이었다. 청바지 여기저기엔 기름이 얼룩져 있었다. 앙토니가 아무 대답도 못 하자 스테프가 다시 물었다.

"수영 할래, 안 할래?"

"글쎄, 잘 모르겠는데."

스테파니는 곧 샌들을 벗고 풀밭 위에서 맨발이 되었다.

"네 친구는 없어?"

"사촌이야."

"그래, 네 사촌. 이 파티 좀 이상하지 않아? 한 이틀 동안 여기 갇혀 있는 느낌이야."

"맞아."

무슨 말인지도 모르면서 앙토니가 대답했다.

"조금 있으면 날이 밝을 거야."

앙토니가 손목시계를 확인했다.

"새벽 3시야."

"아, 존나 추워."

스테프가 허리 벨트를 풀며 말했다. 마침내 청바지 단추를 푼 스테프가 이어서 허벅지 아래로 바지를 내리려 했지만 바지가 피부에 달라붙어 쉽지 않았다. 이번엔 민소매 셔츠를 머리 위로 훌렁 벗었다. 스테프의 수영복은 밝은 색이었다. 요전 날 오후보다는 덜 섹시해 보였다.

"난 수영하러 간다."

앙토니는 물을 향해 몸을 던지는 스테프를, 그녀의 날렵한 허벅지와 탄력 있는 엉덩이를 바라보았다. 스테파니는 수영장 가장자리에 닿기도 전에 벌써 자세를 잡더니, 두 팔을 쭉 뻗고 물속으로 뛰어들었다. 그녀의 몸이 섬세하고 편안하게 물에 스며들었다. 다시 모습을 드러냈을 때 스테프는 입을 한껏 벌리고 웃었다. 포니테일이 허공에서 축축한 원을 그렸다. 수영장 계단에 모여 있던 애들이 전부 소리를 지르기 시작했다. 무슨 말인지 알아들을 수 없었지만, 앙토니도 셔츠를 벗고 청바지 단추를 풀었다. 그런데 그날따라 알록달록한 우산이 그려진 팬티를 입은 걸 확인하자 수영하고 싶은 마음이 대번에 달아나 버렸다. 온몸에 오소소 소름이 돋았다. 날이 춥긴 했다. 테라스에서 갑자기 볼륨을 높이자 모두 귀를 쫑긋 세웠다. M6 채널에서 날이면 날마다 틀어 주는 음악이었다. 보통은 기타를 때려 부수고 학교에 불을 지르고 싶은 마음이 들게 하는 음악이지만 이번엔 다들 노래에 집중했다. 아직 신곡이나 다름 없는 그 노래는 미국 어딘가 갈 데 없는 백인 청소년들이 체크무늬 남방을 입고 싸구려 맥주를 마신다는 후미지고 가난한 도시에서 시작되었다고 했다. 노래는 가난한 노동자 자녀들, 불량 청소년들, 위기를 맞은 사회 낙오자들, 어린 미혼모들, 오토바이족, 마약쟁이들, 직업반 아이들을 중심으로 바이러스처럼 번져 나갔다. 베를린에서 장벽이 무너져 평화를 알리는 것 같았으나 그건 이미 압축 롤러처럼 버거웠다. 노동자들의 동의 없이 일방적으로 산업화가 해제되어 버린 도시마다, 가난한 마을마다,

이렇다 할 꿈 없이 살아가는 청소년들이면 누구나 시애틀 출신의 그룹 너바나가 부르는 이 노래를 들었다. 머리를 제멋대로 기른 이 그룹은 일렁이는 마음을 분노로, 우울을 데시벨로 바꿔 주었다. 낙원은 완전히 사라졌고 혁명은 일어나지 않을 테니, 이제 남은 일은 온몸으로 힘껏 소리치는 것뿐이었다. 앙토니도 머리를 까닥이며 리듬을 탔다. 그곳엔 같은 동작을 하는 30여 명의 앙토니가 있었다. 노래가 끝날 무렵 온몸에 소름이 돋았고, 그게 다였다. 이제 제각기 집으로 돌아갈 시간이었다.

새벽 5시쯤, 앙토니는 정원을 엄습한 한기에 정신이 번쩍 들었다. 자기도 모르게 나무 아래 놓인 긴 의자 위에서 잠이 든 모양이었다. 앙토니는 연거푸 재채기를 하고 나서 그제야 사촌을 찾아 나섰다.

집 안에 들어가 보니 1층에선 끼리끼리 모여 여전히 나지막하게 수다를 떠는 중이었다. 머리칼이 젖은 채, 얼마나 소리를 질렀 댔는지 거친 목소리로 속 이야기를 나누었다. 폭신한 비치 타월을 몸에 둘둘 만 여자애들은 남자 친구에게 몸을 바싹 기댔다. 공기 속에 수영장 락스 냄새가 떠다녔다. 이제 새벽이 올 테고, 앙토니는 이어질 슬픔, 그를 기다리는 창백하고 괴로운 아침을 생각해 보았다. 엄마에게 된통 야단맞을 일만 남았다.

앙토니는 제일 먼저 욕실을 둘러본 뒤, 방문을 하나하나 열면서 사촌을 찾았다. 방마다 침대 하나에 서너 명씩 뭉쳐서 세상모르고 잠들어 있었다. 헤비메탈 뮤지션 두 명은 용케도 지붕으로 오르는 계단을 찾아냈는지 지붕 위 별빛 아래에서 와인을 즐기고 있었다. 앙토니가 혹시 사촌을 못 봤는지 물었다.

"누구?"

"내 사촌. 키 큰 애."

앙토니는 헤비메탈 뮤지션들이 권하는 와인을 거절했다.

"못 봤다고?"

"응."

"방마다 뒤져 봤어?"

"방금 한 바퀴 돌고 오는 길이야."

"그럼 이리 와서 앉아. 하늘이 얼마나 예쁜지 좀 봐."

둘 중 앙토니와 가까운 데 앉은 헤비메탈 뮤지션이 수평선을 가리켰다. 황적색의 가늘가늘한 선이 이제 막 땅으로부터 서서히 올라오며 하늘을 향해 빛을 쏘아 올렸다. 밤은 점점 푸른빛을 띠었다.

"정원에 있는 오두막은?"

다른 뮤지션이 물으며 두 손을 목 뒤에서 깍지 끼고 하늘을 올려다보았다. 반팔 셔츠 소매 틈으로 수북하고 불그스름한 겨드랑이 털이 들여다보였다.

앙토니는 한 번 더 집을 뒤져 보기로 했다. 텅 빈 거실을 지나자니 어쩐지 범죄 현장을 방문하는 기분이었다. 빈 맥주 캔, 담배꽁초, 마지막 라인에서 빙빙 헛도는 디스크, 그 옆에서 자글거리는 스피커. 어느새 하늘이 환해지고 있었다. 앙토니는 정원을 가로질러 달리기 시작했다. 신기하게도 아무 일 없었다는 듯 깨끗한 수영장에서 푸르스름한 물이 부자연스러운 빛을 내뿜었다. 잠시 물가에 서 있자니 살랑거리는 물결 속에 당장이라도 뛰어들고 싶은 마음이 들었지만 참아야 했다. 수영장 바닥에는 비키니 아랫도리인지 팬티인지가 가라앉아 있었다. 앙토니는 스테프를 생각했다. 수영장 이후로는 보지 못했다. 어쨌든 상관없는 일이었다. 앙토니는 물속에 침을 뱉었다. 그저 피곤하기만 했다.

"야!"

화들짝 뒤돌아보니 테라스에서 사촌이 손짓하고 있었다. 사촌은 다른 사람의 티셔츠를 입고 있었다. 앙토니는 다리를 질질 끌다시피 하며 사촌에게 갔고, 두 소년은 출구로 향하는 오솔길을 함께 걸었다.

"날 새고 있잖아. 대체 어디 있었냐?"

"아무 데도." 사촌이 대답했다.

"스테프는 또 못 봤어?"

"응."

"그 티셔츠는 뭐야?"

"아무것도 아니야."

앙토니는 머리가 빠개질 듯 아팠다. 닭이 울었고, 소년들은 몇 시간 전 오토바이를 감추어 둔 장작더미 뒤에 도착했다. 그곳은 완전히 다른 세상이었다.

YZ가 사라졌다. 앙토니는 무릎을 꿇으며 털썩 주저앉았다.

5

조금 늦은 아침, 하신은 에일랑주 시청 1층에 있는 허름한 사무실에서 면담 약속이 있었다. 지난밤 잠을 설친 탓인지 몸이 으슬으슬했다. 옛 초등학교 자리에 들어선 시청은 끝없이 길게 늘어진 복도와 아무리 작게 말해도 왕왕 울리는 계단통이 있었고, 버려진 요새를 방불케 하는 한기가 올라왔다. 하기야 시청 직원들은 늘 니트 스웨터 차림이었다. 그런 세세한 주의 사항을 알 턱이 없는 하신은 덜덜 몸을 떨다가 급기야 짜증이 치밀어 면담이 시작되기도 전에 벌써 밖으로 뛰쳐나가고 싶어졌다.

갑상선 기능 항진증이라도 걸렸는지 두 눈이 튀어나온 젊은 여자가 하신 앞에 앉아 하신의 이력서를 꼼꼼히 들여다보는 중이었다. 화려한 귀걸이를 한 여자는 이따금 코멘트를 달거나 질문을 던졌다. 귀걸이엔 작은 코끼리인지 고양이인지 모를 짐승이 매달려 달랑거렸다. 여자가 눈으로 계속 이력서를 읽으며 하신에게 물었다.

"여기 이 부분 말인데…… 그러니까 무슨 말을 하고 싶었던 거니?"

여자의 집게손가락은 '관심 분야' 칸을 가리키고 있었다. 하신은 뭐라고 썼는지 보기 위해 서류 위로 고개를 푹 숙였다.

"복싱인데요." 하신이 짧게 대꾸했다.

"아, 그렇구나."

여자는 학부를 졸업한 다음 노동법 분야 중 1960년대의 고용 가능성 비율에 대한 연구로 석사 과정을 마쳤다. 삼십 년 전부터 악화되기 시작한 실업률에도 아랑곳없이 활개를 펴기 시작한 인적 자원 관리 직종에 발을 디디게 된 사람이라면 으레 밟는 수순이었다. 여자는 석사 과정을 마친 지 두 달 만에 일자리를 찾을 수 있었다. 그래서인지 실업을 저녁 뉴스에 나오는 말라리아 유행이나 쓰나미, 화산 분출 같은 추상적인 위협 중 하나로 보려는 경향이 없지 않았다. 그리고 지금은 하신의 능력과 자질을 찾아 가치를 부여하려고 고심 중이었는데, 이에 반해 하신의 협력은 지극히 소극적이었다. 복싱 관련 대목에서 좀 더 집고 넘어갈 점이라도 있다고 보았는지 여자가 다시 물었다.

"그러니까…… 정확한 명칭이 뭐라고?"

"무에타이요. 태국 복싱."

"이걸 이 칸에 써넣는 게 적절하다고 생각해?"

"관심 분야니까 운동이라고 쓴 건데요." 하신이 되물었다.

"그렇긴 한데, 이거 봐. 네 프로필에는……."

하신의 얼굴이 돌연 일그러졌다. 상대가 건방진 태도나 샐쭉한 표정을 보일 때면 하신의 얼굴은 오리가 되었다. 윗입술을 살며시 덮은 콧수염의 그림자가 의아한 기색을 드러냈다.

여직원이 미소 지었다.

"무슨 말인지 알겠니?"

"예."

"좋아. 컴퓨터 활용 능력은 어때? 좀 더 자세히 말해 볼래?"

"컴퓨터로 하는 거죠, 뭐. 이런 거 저런 거."

"집에 컴퓨터가 있니?"

소년은 두 발을 안쪽으로 모아 의자 다리 쪽에 걸쳤다. 몸을 움직일 때마다 모자이크 바닥이 삐걱거려, 소년은 가급적 소리를 내지 않도록 주의했다. 이런 한심한 시간을 도대체 얼마나 더 보내야 하는 걸까.

"예를 들어 줄 수 있겠어? 정확히 뭘 할 줄 아는데? 워드? 엑셀?"

"전부 조금씩요."

"상세히 쓰는 게 중요해. 너도 알다시피, 지금 너는 네 능력을 제시하는 거야. 그걸 판매하는 거지. 가령 사무직에 필요한 프로그램은 다룰 줄 아니?"

"뭐 그렇죠. 코딩도 해요. 터보 파스칼 같은 거."

"그래? 아주 괜찮네."

이 칭찬에 하신은 오히려 빈정이 상했다. 도대체 이 여자가 자신을 뭘로 보는지 오히려 궁금해졌다. 혹시 컴퓨터 켜는 법이나 간신히 아는 등신으로 여기는 건 아닐까. 안타깝게도 이로써 하신은 마음의 빗장을 닫아 버렸다. 토요일 아침마다 마이크로펀 매장에 출근하다시피 드나들며 어깨너머로 컴퓨터를 배웠다는 교훈적인 이야기를 들려주었다면 여자도 틀림없이 좋아했을 텐데 말이다. 신시가지 비탈길 아래에 자리 잡은 마이크로펀에서는 컴퓨터 장비들을 인수해 학교 또는 극빈자들에게 넘기거나 무게 단위로 되팔았다. 암스트래드 6128은 여전히 가격이 3000프랑 넘게 나갔고, 하신도 친구 녀석들도 그런 장비를 장만할 여력은 없었다. 그래서 마이크로펀에 갔다. 구닥다리 IBM을 뒤적거리며 프로세싱을 바꾸고 정보를 교환하면서 시간 가는 줄 몰랐다. 중2 때는 기술 선생에게서 컴퓨터 부품 조립과 납땜을 배웠다. 이럭저럭 해서 하신은 노트북 한 대를 손에 넣었는데, 더블 드래곤 게임을 하는 데는 무리가 없을 정도의 사양이었다. 그 뒤로는 컴퓨터에서 거의 손을 떼다시피 했다.

"음, 그리고, 프랑크푸르트에 가 봤다고?"

하신이 고개를 끄덕였다.

"런던이랑 방콕도?"

"예."

"나이치고는 꽤 많이 다녔네?"

젊은 여자가 상냥한 미소를 머금고 한쪽 귀걸이를 만지작거리며 하신을 바라보았다. 어쩌면 비웃음일지도 몰랐다. 분명히 하신의 거짓말을 꿰뚫어 보는 것 같았다. 사실 하신은 프랑크푸르트라는 곳에 발을 디뎌 본 적이 없었고 거기서 할 일도 없었으니, 여자가 틀린 것도 아니었다.

"영어는 좀 하니?"

하신이 그렇다는 표시로 고개를 한 번 까닥했다.

"알았다. 다들 그렇게 말하니까."

여자는 의외로 쾌활하게 말했다.

그때 전화벨이 울렸다. 여자가 수화기 위에 한쪽 손을 내려놓을까 말까 머뭇거리는 사이 벨이 세 번 더 울렸다. 그럴수록 하신은 더 긴장했다. 이거 무슨 시험이야, 뭐야?

"여보세요. 아, 안녕하세요? 네에…… 물론이죠. 그래요……."

'네에'라고 마치 유치원 아이를 상대하듯 길게 늘이는 것으로 보아, 수화기 너머에는 고집통머리 센 사람이 있는 모양이었다. 그 모습이 어쩐지 하신에게 편안함을 주었다. 여자의 말투가 본래 그랬던 거다.

"물론이죠, 선생님. 개학 시즌이 돌아오면 그때 다시 연락 주세요. 네에, 맞습니다……."

여자는 마치 하신에게 증명을 요구하듯 어깨를 으쓱해 보였다. 수화기 너머의 남자에게 국립 고용 센터에 대해 조언을 해 준 다음 여자가 전화를 끊었다.

"종일 이런 식이란다……."

아직 몇 가지 질문이 남았다. 하신의 이력서에는 수상쩍은 항목이 꽤 있었다. 누구나 어느 정도는 눈속임을 한다 쳐도 선을 넘지 않는 것이 무척 중요했다. 대서양 횡단 여행이며 영어 '능통', 정부 청사 인턴, 봉사 활동에 대한 열정 같은 말은 경우에 따라서 의심을 부추기기에 충분했다. 무엇보다 하신을 성가시게 만든 건 무에타이에 관한 부분이었다.

"이거 봐. 이 부분 말이야."

"그래서 일은요? 일이 있다는 거예요, 없다는 거예요?"

하신이 말했다.

"그게 무슨 말이니?"

"나도 몰라요. 아빠가 시청에 가 보라고 했단 말이에요. 여기서 일자리를 찾아 줄 거라던데요."

"아하, 그랬구나. 그런데 사실은 전혀 그렇지가 않아. 네 아버지가 시장님이 근무 중일 때 찾아오신 건 맞지만, 무슨 말씀을 나눴는지는 나도 몰라. 우리는 진로 지도만 하는 거야. 일자리를 찾을 수 있도록 돕는 역할이지."

"그러니까 일이 없다고요?"

"뭔가 오해가 있었나 보구나. 우리가 하는 일은 사람들이 자신감과 본인의 가치를 되찾도록 돕는 거야. 그런 쪽으로 코치가 되어 주기도 하고. 게다가 넌 아직 열아홉 살도 안 됐잖니?"

하신은 도대체 뭘 하자고 여기까지 찾아왔는지 되묻고 싶어졌다.

"그렇죠. 아직 미성년자예요. 한마디로 여긴 쥐뿔도 없다는 거네요. 게다가 여름이니까 그냥 내버려 두세요."

하신이 사무실을 나가려는데, 시청 직원은 밖에서 담배라도 피울 생각인지 한사코 문 앞까지 배웅하겠다고 했다. 덕분에 텅 빈 건물 안에서 길을 잃지 않아도 되었다. 아무도 없는 복도에서 젊은 여자의 구두 굽이 다분히 위협적이고 관료적으로 또각거렸다. 그에 반해 행동은 완전히 다정해서 친한 친구처럼 느껴질 정도였다. 어쨌거나 비교적 꽉 막히지 않은 젊은 여자였으므로 서로 통할 여지는 있었다. 보도까지 따라온 여자는 얼굴 한가득 기쁜 표정을 지으며 하신과 악수했다. 그러더니 돌연 얼굴이 어두워졌다.

"이걸 묻는다는 걸 깜박했네. 우리도 셰크²⁸ 할까?"

하신은 무슨 말인지 알아듣지 못하고 우물쭈물했다.

"그거 말이야…… 요즘 애들이 하는 거…….'

이렇게 말하고 여자가 손바닥을 내밀어서, 하신은 한 손을 펴고 여자의 손바닥을 딱 소리 나게 내리쳤다.

"지난번에 어떤 사장들을 만났는데, 알겠지만 엄청 당황하더라. 공장의 젊은 직원들은 일할 때 늘 셰크를 하지, 거의 다."

하신은 멀쩡해 보이는 여자가 왜 이런 말을 하는지 의아했다.

---

28 한국에서 흔히 '주먹 인사'라고 부르는 피스트 범프(fist bump)의 프랑스식
    표현.

"이제 들어가 봐야겠다."

"아, 예…… 그러세요."

시청 맞은편에서 11번 버스를 타면 집까지 곧장 갈 수 있었다. 그런데 그렇게 말했다가는 버스 정류장까지 따라나설 것만 같아서 하신은 걸어가기로 했다. 길모퉁이에서 꺾어 들 때까지 등 뒤에 시청 직원의 시선이 느껴졌다. 다행히 주머니가 있어서 하신은 두 손을 주머니에 찔러 넣고 걸었다.

빵집 앞에서 걸음을 멈춘 하신은 캔 콜라 하나와 크루아상두 개를 사서 우물우물 씹으며 신시가지 쪽 언덕을 올라갔다. 날씨가 이미 더워져서, 시원한 콜라를 들이켜자 기적이라도 삼킨 느낌이었다. 곧 하신은 보도블록에 죽치고 있는 엘리오트와마주쳤다. 여느 해와 마찬가지로 유원지에 범퍼카와 와플 노점이 들어섰고, 하신과 친구들은 거기서 하루 종일 어슬렁거리며시간을 보냈다. 하신과 눈이 마주친 엘리오트가 한 손을 들어보이자, 하신은 느긋하게 걸음을 옮겼다.

"이게 다 뭐냐?" 하신이 엘리오트의 전동 휠체어를 발로툭툭 건드리며 물었다.

"배터리가 다 닳았어. 모터가 후진 걸 어쩌라고. 별수 없이옛날에 쓰던 걸 타고 왔지."

"구리네."

"심하지."

"어떻게 내려왔냐?"

"걱정 마. 그런 건 일도 아니니까."

엘리오트는 자신의 장애를 이용해 주변 사람들을 성가시게 하는 법이 절대 없었다. 심지어 그의 장애가 오히려 특권이 되기도 했다. 언젠가 범죄 소탕 팀이 신분증을 조사한다고 마네 타워를 덮쳤을 때, 유난히 짐이 많던 엘리오트는 가방 수색도 안 당했을 뿐 아니라 경찰들이 엘리베이터가 있는 중간층까지 녀석을 들어 옮겨 주기도 했다. 엘리오트는 그런 경찰들에게 계단과 엘리베이터를 멀찍이 떨어뜨려 설계한 건축가의 아둔함에 대해 지적했고, 경찰들은 그의 말에 전적으로 동의하며 다음에는 직접 설계하겠다고 자청하며 나서기도 했다.

"뉴스는 뭐냐?" 하신이 물었다.

"뭐가 있겠냐, 전부 죽음이지. 내일까지 안 되면 난 완전 거지 돼."

메리엠네가 걸려 들어간 뒤부터 약 공급 문제는 심각한 상황으로 치달았다. 하신은 심지어 파리에 사는 형한테까지 연락을 취했다.

"니네 형은?"

엘리오트가 물었다.

하신은 어깨를 으쓱해 보일 뿐이었다. 한동안 아무 말이 없다가 엘리오트가 다시 물었다.

"시내에 갔었냐?"

"응."

"뭐 하러?"

"뭐가 있겠냐."

엘리오트가 더 이상 캐묻지 않자, 하신은 얕은 담장 위에 엉덩이를 대고 앉았다.

"벌써 후끈후끈 찌네."

"그러게."

하신은 회전목마 위에 그려진 그림들을 골똘히 바라보았다. 마이클 잭슨, 늑대 인간, 미라, 프랑켄슈타인. 밤이 되면 알록달록한 불이 켜지는 전구를 매단 회전목마는 시끌벅적하면서도 아름다웠다. 놀이 기구들은 벌써 몇 년째 제자리를 지켰고, 하신은 거기서 파는 솜사탕을 좋아했다.

수은주가 점점 치솟자, 두 소년은 그늘을 찾아 페탕크[29] 하는 사람들을 위해 마련한 차양 밑으로 옮겨 가 놀이 기구를 타러 입장하는 사람들을 구경했다. 벌써 이틀째 무일푼이었다. 근처엔 성냥갑 같은 아파트들이 무심하게 서 있었다. 햇살 속에 먼지 한 줌이 떠다녔다.

점심시간이 지나자, 아이들이 하나 둘 모여들기 시작했다. 패거리가 다 모이면 보통은 열 명쯤 되었다. 패거리라 함은 자멜, 세브, 무스, 사이드, 스티브, 압델, 라두안, 꼬맹이 카데르였다. 전부 같은 동네 친구들로, 느지막이 일어나 걸어서 혹은 스쿠터를 타고 이곳에 모여 지난밤의 소식들을 주고받았다. 그렇게 날이면 날마다 익숙한 얼굴들이 로테이션되다가, 간혹 경기

---

29 쇠로 된 공을 번갈아 굴려 표적을 맞히는 놀이.

가 영 시원찮은 약 거래의 단조로움을 깨듯 새로운 얼굴이 등장하기도 했다. 어쨌거나 오후에 차양 아래 담벼락에 기대거나 얕은 담장에 앉아 가래침을 뱉고 마리화나를 피우며 지루한 기다림의 시간을 보내는 패거리가 대여섯 명쯤 되었다. 슬금슬금 다가와 대화에 끼어드는 좀 더 나이 많은 어른들도 있었다. 악수를 나누거나 한 손을 가슴 언저리에 얹어 보이고 재빨리 몇 마디 주고받았다. 가족들은? 괜찮아, 괜찮아. 짧은 만남은 대체로 이렇게 정리되었다. 청소년기에서 벗어난 이들은 대부분 각종 아르바이트를 전전하거나 카글라스[30] 또는 전자 제품 전문점 다르티 같은 데서 단기 계약직으로 일했다. 기차역 근처에 케밥 가게를 새로 열었다는 사미가 지나가자, 아이들은 장사가 잘되는지 물었다. 낯빛이 썩 나쁘지는 않았으나, 아이들 모두 지난번 도산 이후 강박적으로 그를 따라다니는 고민의 실체를 짐작 못 하는 바 아니었다. 한때 이 동네에서 제일 잘나가던 약 도매상이었으나 이제는 낡은 푸조 205를 끌고 다녔다. 머쓱해진 소년들이 나중에 한번 들르겠다고 한마디씩 거들자, 사미는 올랭피크 드 마르세유 유니폼 셔츠 아래로 삐져나온 뱃살과 두 명의 아이와 채무를 이끌고 다시 케밥 가게로 떠났다. 그러고 나자 수영장에 갔던 조무래기들이 자전거를 타고 등장했다. 희미한 농지거리가 오고갔지만, 다들 회전목마가 문 여는 시간을 기다릴 뿐 대체로 아무 일도 일어나지 않았다. 종종 한낮의 열

30   자동차 앞 유리창 보수 업체.

기와 권태가 알코올 효과처럼 머리 꼭대기까지 올라와 주먹다짐조차 무기력하게 만들었다. 그러고 나면 치명타 같은 고요가 다시 내려앉았다.

이윽고 꼬맹이 카데르가 스쿠터를 타고 도착했다. 헬멧도 없이 쪼리를 신은 채로 운전하는 녀석이었다. 녀석은 스쿠터 앞바퀴를 들어 올리는 묘기를 선보이며 잔뜩 폼을 잡았다. 머리에 쓴 샌프란시스코 49ers 모자가 너무 커서 귀를 훌쩍 덮었다.

"여기서 뭐 하냐?"

"뭐 하고 싶은데?"

"몰라. 어디든 가자."

"너나 가."

"오늘 저녁엔? 오늘 저녁엔 뭐 하는데? 진지하게 말해 봐."

"맥주나 쪼갤까."

"그러지 뭐."

"맥주 소리도 지겹다. 그지 새끼들도 아니고 밖에서."

하신의 입에서 나온 말이라 아무도 대꾸하지 못했다. 방학 초반부터 하신은 기분이 바닥이었다. 충분히 이해할 만했다. 6월에 스쿠터가 유명을 달리하는 바람에 줄곧 도형수처럼 걸어 다녀야 했던 것이다. 발단은 점화 장치였는데, 실린더, 피스톤, 브레이크, 플러그까지 차례로 나가 버렸다. 게다가 마리화나 품귀까지 더해져 하신은 입에 풀칠하기도 힘든 상황이었다. 하신이 잇몸 사이로 침을 뱉었다. 아무도 할 말이 없었다. 엘리오트가 마리화나를 한 대 말았다.

오후 3시가 좀 넘어가면서 시간은 밀가루 반죽처럼 한없이 늘어졌다. 매일이 똑같았다. 오후의 빈 구멍 사이로 산만한 무력감이 신시가지 전체를 장악했다. 집집마다 창문은 열려 있었지만 아이들 소리도 TV 소리도 들리지 않았다. 신시가지 한복판에 우뚝 선 타워들도 오후의 열기가 만들어 낸 안개 같은 적막 속에서 비틀거리다 금방이라도 무너져 내릴 것 같았다. 이따금 세발자전거를 연습하는 꼬마 여자아이가 정적의 모퉁이를 도려냈다. 소년들은 눈을 끔벅끔벅하다가, 야구 모자에 얼룩을 남기며 흘러내리는 땀방울을 훔쳤다. 그 안에서 아이들의 신경질이 푹푹 익어 갔다. 다들 반수면 상태였고, 뭔가를 증오했으며, 혀끝으로 담배의 신맛을 느꼈다. 여기 말고 다른 데 살면 얼마나 좋을까. 에어컨이 나오는 사무실 같은 데 일자리를 얻으면 짱일 텐데. 아니면 바다도 좋고.

하신은 걱정이 이만저만이 아니었다. 그를 찾아온 고객이 아침부터 열 명이 채 안 되었다. 새로운 공급책이 생긴 모양이었다. 수요와 공급은 자성(磁性)의 법칙에 충실하니, 싸우고 헤어진 연인들처럼 다른 데서 짝을 찾은 게 확실했다. 이런 상태가 계속된다면 하신과 친구들은 끝장이다. 어떻게든 해결해 주겠다는 말을 형에게서 듣긴 했지만, 하신은 근본적으로 그의 말을 믿지 않았다. 그 거지 같은 형이라는 작자는 보비니[31] 패거리와 사업을 벌였다고 했다. 파리 인근에 살면서 에일랑주

---

31 파리 외곽의 위성 도시. 이민자들이 다수를 차지하는 우범 지대로 유명하다.

에 마지막으로 들른 것이 벌써 삼 년 전이었다. 전화 한 통 없는 형은 믿는 게 아니었다. 이 상황이 계속된다면 거물들과 접촉해야 한다. 그들은 수단과 조직망을 갖추었다. 하지만 썩 내키지 않았다. 그들은 뭐든 가능했다. 그들과의 거래는 언제나 리스크가 최고 수준이었다. 서로를 등쳐 먹는 인간 말종들이라 생각만으로도 기분이 나빠졌다.

하신이 고개를 절레절레 흔들 무렵 프레드가 나타났다. 프레드는 괴짜 약쟁이 중 하나로 늘 무기력하고 허름한 놈이어서 도무지 좋아할 수가 없었다. 더구나 이 쓰레기는 1980년대에 에일랑주에서 처음으로 마약 거래를 조직한 부알리 형제를 알고 지냈다는 이유만으로 하신에게 허물없이 굴었다.

"안녕, 브라더." 프레드가 말했다.

"아무 볼일 없으니까 꺼져."

늘 같은 패턴이었다. 프레드는 귀가 꽉 막힌 듯 못 들은 체했고, 하신의 말이 점점 더 짧아지자 이번에는 애걸복걸하기 시작했다. 하나만, 딱 하나만 주라. 급기야 욕이 폭발하고 으름장까지 등장했으나, 가진 게 없다는 데야 불쌍한 프레드도 포기하는 수밖에 없었다. 인내는 그에게 불가능한 도전이었다. 직업도 여자도, 그렇다고 나쁜 짓도 제대로 못 하는 그야말로 인생에서 할 줄 아는 게 아무것도 없는 녀석이었다. 엄마 집에 얹혀살면서 궁색한 시간을 보내는 것이 그의 인생이었다. 하느님의 은총인지 녀석의 엄마마저 골골해서 늘 이런저런 약을 달고 살았는데, 프레드는 마리화나를 구하지 못할 때마다 약국에서 위로를 찾았다. 약을 쓰는 데 지나치게 너그러운 이 동네 의사들 덕분에 주민 대부분이 근본적인 치료와는 거리가 먼 일시적인 진통제를 달고 살았다.

"쟤 에이즈 걸린 거 같지 않냐." 무척추동물처럼 흐느적흐느적 사라지는 프레드를 보며 엘리오트가 말했다.

"쇼 하는 거야."

"죽을 것 같은데."

"씨발, 죽거나 말거나."

저녁 5시쯤 범퍼카 매표소를 지키는 딸과 그 옆에서 와플을 파는 엄마가 도착했다. 모녀는 추로스와 사탕을 게걸스럽게 먹으면서 시간을 보냈다. 신기하게도 의자에 엉덩이를 붙이고 앉은 엄마는 빼빼 마른 반면 딸은 뚱뚱보였다. 발전기를 가동하자 범퍼카 트랙이 환해졌다. 엄마가 와플 틀을 데우고 솜사탕 기계를 돌리자, 달달한 향이 거리에 번졌다. 음악이 흘러나왔다.

한편 잠깐 집에 들렀다 온 소년들에게서 샤워 젤 향이 풍겼다. 머리에는 번쩍거리는 젤을 발랐다. 디어더런트를 조금 과하다 싶게 바른 애들도 있었다. 소년들은 지루한 표정을 서로 주고받으며 아무 생각 없이 건들거렸으나 대체로 흥분 상태였다. 드디어 여자애들이 둘씩 짝을 짓거나 작게 무리를 지어 도착했다. 길고 검은 머리의 소녀들은 은근한 추파를 던지며 시선을 내리고 내심 웃음을 참고 있었다. 소녀들은 범퍼카 경주장 반대쪽 벤치나 방화벽에 팔을 걸치고 각자 자리를 잡았다. 방학을 맞아 에일랑주의 다른 동네나 라멕, 에탕주, 아니면 좀 더 먼 몽드보에서 버스를 타고 온 그 아이들은 너무 늦게 귀가하지 않는다는 조건하에 여기까지 왔다. 걸핏하면 친구 녀석의 여동생이거나 누군가의 여친이기 십상이었기 때문에 소년들은 같은 동네에서 여자애를 꼬시지 않았으니, 이 여성 방문객들은 엄연히 허가된 대상이었다. 소녀들은 야외 놀이 기구가 마련된 며칠간의 축제를 즐기러 하루가 멀다 하고 이곳을 찾았다. 그리고 소년들은 이 기회를 놓칠 수 없었다.

하신이 제일 먼저 매표소로 가 20프랑을 내고 코인 열 개를 샀다. 매표소 부스 속 판매원은 이미 땀으로 멱을 감았다. 스피커에서 브라이언 애덤스의 축 늘어지는 노래가 흘러나오자, 매표소 여자가 볼륨을 높였다. 여자의 엄마가 눈을 들어 하늘을 바라보았다. 방금 그날의 첫 와플을 팔고 나서 지역 생활정보지로 부채질을 시작했다. 다른 소년들도 코인을 사겠다고 줄을 서면서 비로소 축제가 시작되었다.

어느새 처음 산 코인 열 개를 모두 써 버린 하신은 열 개를 더 샀다. 그렇게 거의 두 시간 동안 범퍼카 경주장을 돌고 또 돌았다. 친구들도 끼어들어 그를 따라 돌기 시작했다. 그러는 내내 하신의 머릿속에는 경주장 가장자리에 친구 두 명과 함께 서 있던 여자애 생각이 떠나지 않았다. 링 귀걸이를 하고 손톱 끝에만 살짝 매니큐어를 바른 아이였다. 소녀의 눈도 하신을 쫓고 있었다. 소녀는 하신과 눈이 마주칠 때마다 번번이 고개를 돌렸다. 두 사람은 벌써 며칠째 뭔가를 기대하는 눈치였지만, 좀체 감이 오지 않아서 통성명도 못 한 채였다. 하신은 소녀를 향한 감정을 아무에게도 말하지 않았다. 소녀는 저녁 8시가 조금 안 된 시각에 집으로 돌아갔다. 절대 오래 머무는 법이 없었다.

하신도 범퍼카 경주장을 떠나 진절머리 나는 시간이 흐르는 담벼락 쪽으로 돌아갔다. 도대체 뭐가 문제냐고 엘리오트가 물었다.

"아무것도 아니니까 짜증 나게 하지 마."

그사이 사이드와 스티브는 범퍼카에 여자애들을 태우는 데 성공한 모양이었다. 그 등신 같은 놈들마저. 하신은 잇새로 침을 뱉었다. 꼬맹이 카데르가 감히 그를 빤히 쳐다보고 있었다.

"왜?"

"아니야."

"네가 뭔 상관인데?"

"아무것도 아니라니까."

"그렇게 쳐다보지 마, 씨발놈아."

꼬맹이 카데르는 하는 수 없이 눈을 내리깔았다. 그의 머리 위 하늘은 신시가지에 우뚝 솟은 타워들 사이에 걸려 있었다. 타워 외벽의 창문들은 가느다란 눈 같기도 하고 병든 입 같기도 했다. 와플 냄새가 계속 떠돌았고, 프레디 머큐리는 「아이 원 투 브레이크 프리」[32]를 노래했다. 마침내 하신이 자리를 뜨

---

32   「I Want to Break Free」.

자, 퍼렇게 질린 꼬맹이 카데르만 남았다. 아무 짓도 안 했는데 벌금을 낸 꼴이었다.

"존나 저 새끼 뭐야. 어제는 같이 파티 해 놓고선. 저 새끼 존나 신나게 놀더만."

"무슨 말이야?"

"몰라. 아무튼 쟤가 바비큐를 난장판으로 만들었어. 애들을 싸잡아서 개무시했다고."

"쟤 말이 맞아. 전부 개새끼들이지."

"씨발."

소년들이 낄낄거렸다. 어쨌거나 하신이 가끔 이상한 건 틀린 말도 아니었다.

하신은 기름을 빵빵하게 채운 YZ를 타고 상체를 잔뜩 앞으로 숙인 채 신시가지 언덕길을 달려 내려가다가 기어를 3단으로 바꾸고 시내 쪽으로 돌진했다. 이제부터는 브레이크를 밟지 않는 것이 그만의 놀이라면 놀이였다. 그러려면 커브를 돌아 마지막까지 속도를 내야 했다. 골목을 달릴 때 작은 엔진이 타닥타닥 잔뜩 성마른 소리를 냈다. 하신이 지나갈 때, 사람들은 비쩍 마른 모습과 엑스라지 사이즈 티셔츠에서 삐져나온 호리호리한 두 팔을 얼핏 보았을 뿐이다. 전속력으로 달리는 하신과 그의 오토바이를 보며 사람들은 늘 정치를 탓했다. 하신은 열여덟 살 먹은 심장이 철조망에 갇힌 것처럼 갑갑했다. 당연한 말이지만 빨간 신호등도 무시했다. 멈출 수가 없었다. 차라리 죽는 게 낫겠다고 생각할 때도 있었다.

얼마 지나지 않아 에탕주 방향으로 곧게 뻗은 지방 도로를 탄 하신은 군데군데 여물을 산더미처럼 쌓아 놓은 벌판 한쪽에 멈추었다. 하신은 오토바이를 아무렇게나 내동댕이치고는 젖은 입술에 민둥한 양팔을 축 늘어뜨리고 바싹 마른 짚단 위를 성큼성큼 걸었다. 혓바닥에서 동전 맛이 났다. 마른 풀들을 헤치며 길을 만들어 걸어가는 하신의 뒤로 풀들이 납작 엎드렸다. 기진맥진할 때까지 계속 걷기만 하던 하신이 짚단 그늘 아래 등을 기댔다. 그러고는 주머니에서 지포 라이터를 꺼내 만지작거리다가 엄지로 뚜껑을 열어 청바지에 대고 불을 붙이기도 했다. 태양의 기세가 수그러들자 시골 풍경은 부드러운 빛에 둘러싸였다. 베트남에서 쓸 법한 이 구릿빛 낡은 라이터를 하신은 중학교 졸업 자격시험을 보러 온 아이에게서 빼앗았다. 시내에 있는 사립 위를방 중학교 3학년 애들이 해마다 루이아르망으로 시험을 치러 왔다. 베네통 스웨터를 입고 와르르 몰려드는 녀석들은 당연히 눈에 띄었다. 부모들은 우중충하고 후져 보이는 공립 학교 앞에 아이들을 내려 주며 근심하는 표정을 감추지 않았는데, 그건 마치 영장을 받아 들고 기차역에서 아이를 군대로 떠나보내는 모습을 방불케 했다. 시험은 다른 지역에서 봐야 한다는 이 규칙은 벌써 수년 전에 시작된 프랑스의 전통이었다. 처음 이 제도가 시행되었을 때만 해도 각종 삥뜯기 사례며 학내 폭력이 기승을 부렸지만 그리 오래 지속되는 않았다. 위를방의 부잣집 도련님들이 학교 측에 투서를 넣었고, 이제는 시험장에 오기 전 시계 같은 귀중품은 집에 벗어 두었다. 책가방을 통째로 강탈하기는 힘든 노릇이었다. 하신은 지난번에 록 그룹 티셔츠를 입고 머리를 기른 패거리 사이에 끼어 지포 라이터와 카포 두 개를 손에 넣었다. 파르스름한 불꽃에서 석유 냄새가 훅 끼치자, 하신은 발치에 놓인 지푸라기에 불을 붙였다가 곧 신발 바닥으로 비벼 껐다. 동전 맛이 목구멍 속까지 파고들어 왔다. 가슴속에서 신맛이 꾸역꾸역 올라오면서 입안 가득 침이 고였다. 하신이 다시 한번 라이터에 불을 댕기자, 짚단 뭉치가 타닥타닥 소리를 내며 연기에 휩싸였다. 날카롭고 풍성한 연기가 뭉게뭉게 피어오르고 근사한 냄새가 번졌다. 불꽃을 좀 더 잘 감상하려는 듯 하신은 뒤로 몇 걸음 물러섰다. 어느새 불길은 먹잇감을 찾는 맹수처럼 땅바닥을 기며 달려 나갔다. 하신은 허파 가득 숨을 들이쉬었다. 비로소 마음속에 짜릿한 정적이 찾아왔다. 이제야 집에 들어갈 수 있을 것 같았다. 오토바이가 출발했을 때는 하신의 등 뒤에 누운 골짜기 전체가 불타는 듯했다.

"너 또 피웠냐?" 늙수그레한 남자가 말했다.

열쇠를 찾지 못해 초인종을 누르니, 맨발에 허름한 실내화를 신고 위아래 청색 옷을 입고는 셔츠 단추를 목 끝까지 잠근 아버지가 문 앞에 서 있었다. 눈가에는 두 눈이 잘 보이지 않을 정도로 주름이 자글자글했다. 콧구멍으로 흰 코털 몇 가닥이 면도날을 간신히 피한 듯 삐져나와 있었다. 날이 갈수록 아버지 눈에는 코털이 잘 안 보이는 모양이었다.

"아니요. 들어가도 돼요?" 하신이 대꾸했다.

"냄새가 나는데. 또 피웠지?"

"아니라니까요!"

아버지는 두 눈을 잔뜩 찡그린 채 아들의 티셔츠에 코를 대고 킁킁거리다가, 여전히 투덜거리긴 했지만 결국 아들이 집 안에 들어오도록 비켜 섰다. 하신은 나이키 운동화를 벗었다. 부엌에서 압력솥 소리가 들려오고 삶은 감자 냄새가 났다.

"사람들이 네 형을 봤다더라." 아버지가 심각한 표정으로 말했다.

덩어리지고 나지막하지만 좋은 목소리였다. 단어들이 채에 걸린 조약돌처럼 목소리 속에 잠겼다.

"꿈 깨라고 해요."

"그 애를 봤대."

소년은 아버지 쪽으로 몸을 돌렸다. 아버지의 오팔빛 동공이 망설이듯 흔들리며 노년을 말해 주었다. 그래 봐야 고작 예순이었다.

"안 봤으면 왜 봤다고 하겠니?"

"내가 어떻게 알아요. 헷갈린 거겠지."

"거기 있었다던데."

"뭔 소리예요. 그런 얘긴 그만하라고."

하신이 버럭 성질을 부렸다.

큰아들을 못 보고 산 지 벌써 여러 해째가 되니 노인은 걱정이 이만저만이 아닌 모양이었다. 하신의 심장이 다시 옥죄어 왔다. 하신과 아버지는 그렇게 한동안 좁다란 현관 복도에 갇혀 있었다. 벽 위엔 거울, 낡은 사진 몇 점, '그쪽'에서 온 물건들이 걸렸고 바닥에 그들의 신발이 나란히 놓여 있었다. 하신이 다시 입을 열었다.

"오늘 뭐 먹어요?"

"늘 같은 거지. 자, 와서 먹자."

아버지가 가스레인지 쪽으로 갔다. 참스테이크 두 점을 팬에 올린 다음 라디오 볼륨을 높이자 지글거리는 소리가 묻혔다. 그런 다음 불을 끄고 두 사람은 식탁에 앉았다. 아버지는 맹물을, 아들은 석류 시럽 탄 물을 마셨다. 아직 밤이 되진 않았지만, 기온은 어느새 제법 견딜 만큼 내려갔다. 하루 종일 약한 불에 올려놓고 끓이는 커피 냄새가 집 안에 번졌다. 두 사람은 아무 이야기도 나누지 않고 한쪽 팔꿈치를 식탁에 올린 채 먹기만 했다. 마침 전화벨이 울렸고, 하신이 거실로 달려가 전화를 받았다. 엄마가 '그쪽'에서 전화를 걸어왔다. 모자는 몇 마디 주고받았으나 말하는 쪽은 늘 엄마였다. 엄마는 '그쪽' 날씨가 덥다고, 조만간 하신을 다시 만나게 되어 기쁘다고 말하고는 얌전히 잘 지내냐고 물었다. 이어서 아버지가 수화기를 넘겨받아 몇 분 동안 아내와 아랍어로 대화를 나누자, 하신은 두 사람을 방해하지 않으려고 자기 방으로 들어갔다.

잠시 후 아버지가 방문을 열었다.

"시청 갔었냐?"

"네."

"일이 있다던?"

프랑스에 산 지 벌써 삼십오 년째지만 아버지의 프랑스어는 여전히 서툴렀을 뿐 아니라 이 지방의 조잡한 억양까지 더해졌다. 아버지가 사람들 앞에서 말을 할 때면, 하신은 어디론가 숨고 싶었다.

"뭔 소리예요. 일 같은 소리 하지 마세요."

"일이 없대? 된다고 그랬는데, 그 여자가."

자초지종을 알고 싶어진 아버지가 아들의 방 안으로 불쑥 들어왔다.

"아니, 아빠가 잘못 알아먹은 거라고요. 그 여자는 사람들이 일 찾는 걸 도와주는 사람이래요. 일도 없고. 아무짝에도 쓸모 없는 사람들이야."

"무슨 말이냐?"

"그 여자는 이력선지 뭔지를 같이 들여다봐 준 게 다라고요. 아무것도 해준 거 없어요."

"그래?"

아버지의 양쪽 눈썹 끝이 서로 만났다. 아버지가 콧수염 밑으로 갈색 입술을 얄팍하게 움찔거리더니, 알아들을 수 없는 아랍어를 중얼거렸다. 하신은 무슨 말이냐고 물었다.

"일을 해야지." 아버지가 돌연 엄숙한 태도로 선언하듯 말했다.

"그렇죠, 근데 일이 있어야 하죠."

"찾아야지. 네가 원하면 찾을 수 있어." 아버지의 대답에는 확신이 담겨 있었다.

"그죠. 월요일 아침에 장 봐야겠어요. 냉장고가 텅 비었어요."

"그래, 잘 생각했다."

아들에게 훈계할 때 노인은 제법 단단했으나, 하신이 냉장고를 채울 때면 훈계가 쏙 들어갔다. 소년이 자리에서 일어나 밖에 나가 보겠다고 말했다.

"어딜 가려고?"

"몰라요. 아무 데나."

"아무 데나라니?"

"늦진 않을 거예요."

"맨날 늦으면서."

하신은 이미 방을 나서고 있었다. 복도에서 서둘러 신발을 신고 점퍼를 걸쳤지만, 아버지의 마지막 충고를 피하지는 못했다.

"허튼짓하려거든 아예 이 집에서 나가라."

하신은 안 그런다는 약속을 남기고 거리로 나가 패거리와 다시 합류했다. 카데르는 여전히 뚱한 얼굴이었다. 하신이 농담을 건네며 기분을 풀어 주었다. 패거리는 공연히 빈둥거리며 범퍼카 경주장을 바라보았다. 엘리오트가 작은 담배 종이 두 개를 말고 나니 밑천이 다 떨어졌다. 그게 마지막이었다. 여섯 명이 피우기에는 아무래도 모자랐다. 분위기는 느슨해지기는

커녕 오히려 팽팽해졌다.

"뭐 할까?" 사이드가 물었다.

하루에 열 번도 넘게 던지는 의례적인 질문이었다.

"모르지."

"가자."

"어딜 가?"

"가자고. 가 보면 알겠지."

"가. 여기서 똑같은 말만 하고 있지 말고."

제각기 젖 먹던 힘을 다해 연기를 들이마셨다. 차례가 돌아오지 않은 무스는 공연히 먼지 속에서 꽁초를 짓이겼다.

곧 놀이동산에 전기 차단기가 내려지고, 마지막 손님들도 어둠 속에서 하나 둘 흩어졌다. 매표소의 두 모녀도 소년들에게 잘 가라고 손짓하며 이동식 금고를 들고 떠났다. 고층 아파트들이 일렬로 푸른빛을 뿌렸고, 신시가지의 시간이 밤 속으로 흩어졌다. 남은 건 형체 없는 사람들 무리와 모서리, 불 켜진 창, 여전한 권태뿐이었다.

"젠장, 존나 우울해……."

"씨발 진짜 이제 뭐 하지?"

"뭐든 해야지."

"한 번 더 피울까?"

"싫어. 이제 거의 없어."

"내일 또 생기니까 괜찮지 않을까?"

"내일 봐야지."

"존나 치사하게 군다."

"내일, 됐지."

하루가 끝이 났다. 하신은 월요일에 오토바이를 팔아넘길 생각이었다. 아는 고철 장수가 있었다. 그러면 500프랑은 손에 쥘 수 있을 거였다.

6

사촌 형제가 앙토니의 집에 도착했을 때는 이미 아침 해가 떠 있었다. 둘 다 밤새 두들겨 맞아 만신창이가 된 기분이었다. 설상가상으로 아버지가 미니 트럭 운전석에 떡하니 앉아 소년들을 기다리고 있었다. 이웃집 아저씨도 반바지에 버켄스탁을 신고 한 손엔 커피를 든 채 담배를 피우며 서 있었다. 터덜터덜 걸어오는 사촌 형제를 먼저 발견한 아저씨가 웃음을 터뜨렸지만, 그건 이후에 닥칠 엄혹한 일을 조금이나마 무마하려는 시도였다. "멈출까요, 좀 더 갈까요." 미니 트럭 라디오에서 코맹맹이 소리가 되풀이해 말했다.

"이놈들, 어디 가 있었나?"

아버지는 태양의 운행 시간을 추론이라도 하듯 뷔아르네 선글라스 너머로 허공을 바라보았다. 사촌 형제는 양팔을 건들거리며 적당히 떨어져서 꼼짝 않고 서 있었다.

"그 집 종달새 두 마리가 아침부터 아주 멀끔한 모습이구
면." 이웃이 말했다.

아버지는 목을 가다듬더니, 트럭 좌석 위 손 닿는 곳에 놓
여 있던 물병을 집어 반쯤 벌컥벌컥 들이켠 다음 다시 내려놓
았다. 기분이 썩 좋아 보이지는 않았다. 아버지가 다시 목을 가
다듬으며 헛기침을 했다.

"기다린 지 벌써 한참 됐다. 어디들 갔었냐?"

"토요일이잖아요." 앙토니가 말했다.

"그래서? 토요일이면 밖에서 자빠져 자고 기어 들어와도
된다는 말이냐?"

사촌 형제는 드랭블루아에서 집까지 한참을 걸었다. 자동
차가 지나갈 때마다 엄지손가락을 치켜들었지만 허사였다. 집
으로 돌아오는 내내 사촌 형제가 주고받은 말은 백 단어도 안
되었다. 앙토니는 조금씩 짜증이 치밀기 시작했다.

"애들이 다 그렇지. 무슨 심각한 일이라고 그래."

이웃집 아저씨가 어질게 말했다.

"알았다고." 아버지가 말했다. "내 일은 내가 알아서 했으
면 하는데, 방해가 안 된다면."

이웃은 무슨 뜻인지 이해했다. 아버지가 이베코 미니 트럭
에서 뛰어내렸다. 청반바지에 안전화, 민소매 셔츠 차림이라
팔뚝이 훤히 드러났다. 아버지가 주머니를 뒤져 담배를 찾을
때, 사촌 형제는 삼각근과 그을린 피부 아래로 뒤엉킨 힘줄을
보았다.

"그럼 난 가 봐야겠다." 이웃이 말했다.

아버지는 들은 체 만 체했다. 아버지가 담배에 불을 붙인 다음 앙토니를 보며 물었다.

"그래서? 할 말 있어?"

"그럼 간다."

이웃 아저씨가 또 끼어들었다. 남자는 끝까지 얼굴에서 웃음을 지우지 않고 손을 흔들었다.

"그래. 에블린한테 안부나 전해 줘." 아버지가 말했다.

이웃은 시키는 대로 할 것이다. 낡은 신발을 질질 끌면서 멀어져 가는 남자의 장딴지가 마치 무쇠 같았다. 한번은 혈액 검사에서 초인간적인 콜레스테롤 수치가 나와서 사흘 가까이 잠을 못 이룰 만큼 충격을 받은 모양이지만, 그렇다고 돼지고기를 끊은 것도 아니었다. 어쨌거나 사람은 한 번은 죽기 마련이라는 게 남자의 변명이었다. 아버지가 혓바닥 끝에 붙은 담뱃재를 떼어 냈다. 잔뜩 찌그러지고 풀이 죽은 앙토니의 모습이 아버지의 선글라스에 비쳤다.

"그래서?"

"친구 집에 있었다니까요. 술 좀 마셔서 그냥 거기서 자고 온 거예요."

아버지의 입술 위로 애매모호한 미소가 번졌다. 아버지가 이번엔 조카에게 말했다.

"넌 집에서 기다려."

사촌은 한참 뜸을 들여 가며 앙토니와 악수를 나눈 다음 마침내 자리를 떴다. 태양과 아버지의 시선 앞에서 앙토니는 숙취와 함께 혼자가 되었다.

"무슨 인사가 그렇게 길어? 너희가 언제부터 아랍 놈들처럼 인사했다고?"

앙토니는 찍소리도 보탤 수 없었다. 그저 차고 한구석 텅 빈 자리만을 생각할 뿐이었다.

"자, 타라. 일하러 가야지." 아버지가 말했다.

"샤워 먼저 하면 안 돼요?"

"타라니까."

앙토니는 시키는 대로 했다. 아버지가 운전대를 잡았다. 트럭이 움직이기 시작할 때, 앙토니는 조수석 창에 기대어 바람을 좀 쐬였다.

"안전벨트 매. 또 딱지 떼이면 어쩌려고."

주택 단지를 벗어나자마자 아버지는 기어를 4단에 넣고 시속 80킬로미터로 달렸다. 소방서와 인접한 초등학교 앞 요철을 지날 때까지 아버지는 거의 속도를 늦추지 않았다. 앙토니는 위장이 뒤집혀 당장이라도 토할 것 같았다. 이 분만이라도 차를 세우고 바람을 쐬였으면 하는 마음에 아버지 쪽을 바라보았지만, 아버지는 검지와 중지 사이에 담배를 끼운 채 두 손으로 운전대를 단단히 잡고 도로만 노려보았다. 아버지의 선글라스 너머로 하늘이 끝없이 펼쳐졌다. 두 사람은 곧 시를 벗어났다. 앙토니가 하고 싶은 말을 마침내 꺼내기까지는 십 분이나 더 뜸을 들여야 했다.

"차 좀 세워 주세요."

아버지가 앙토니를 쳐다보았다.

"어디가 안 좋냐?"

"예."

뻔한 말이지만 앙토니의 얼굴은 실컷 삶은 행주처럼 창백했다. 미니 트럭이 부르릉거리며 갓길에서 멈추기 무섭게 앙토니가 차에서 뛰어내려 채 세 걸음도 못 가 속에 든 걸 전부 게워 냈다. 몸을 다시 일으켜 세웠을 때는 온몸이 땀에 흠뻑 젖어 있었다. 앙토니는 입고 있던 폴로셔츠로 얼굴과 입가를 훔쳤다. 오른손에 붙인 반창고는 때가 묻어 꼬질꼬질했다. 눈앞에는 에탕주, 라멕, 티옹빌, 더 멀리 룩셈부르크까지 이어지는 지방 도로가 아득하게 뻗어 있었다. 피아트 판다 한 대가 바람을 일으키며 지나가고, 멀리서 벙거지를 쓴 노인이 수레를 끌고 가고 있었다. 노인은 벙거지를 눌러쓰고 두 눈은 지평선을 향한 채 콧노래를 부르며 위용 있게 앙토니 옆을 스쳐 지나갔다. 눈으로 노인을 쫓다 보니, 미니 트럭 백미러에 시선이 닿았다. 백미러를 통해 아버지의 턱, 목, 근육이 불끈불끈한 어깨, 뒷덜미에 듬성듬성 생겨난 흰머리가 보였다. 앙토니는 입안의 쌉쌀한 맛을 전부 모아 침을 뱉고 다시 트럭으로 갔다.

"좀 괜찮으냐?"

아버지가 물었다.

"네."

"저런."

앙토니는 플라스틱 물병을 들어 한참 동안 마셨다. 트럭이 다시 출발했다. 아침인데도 아스팔트 위로 희미한 열기가 피어올랐다. 이상하게도 벙거지를 쓴 노인은 시야에서 사라졌다. 완전히 증발해 버린 걸까. 라디오에서는 진행자가 8월에 휴가를 잡은 사람들에게 즐거운 휴가 보내라는 덕담을, 7월에 휴가를 다 쓰고 월요일부터 업무를 시작하는 이들에게는 격려의 말을 들려주었다. 이윽고 「젬 르가르데 레 피유」[33]의 첫 소절이 미니 트럭에 가득 울려 퍼졌다.

"네 엄마가 무슨 꿍꿍이인지 아냐?"

"뭐가요?"

아버지가 선글라스를 벗어 들고 손바닥으로 얼굴과 뒷덜미를 쓱쓱 문질렀다. 그러고는 아주 잠깐 운전대에서 두 손을 떼고 기지개를 켰다. 이제 미니 트럭은 들판과 수확 직전 꽃이 샛노랗게 핀 유채밭을 가로지르며 신나게 달렸다. 이따금 고압 전기선이 느슨한 풍경에 줄을 그었다.

"오늘 아침에 또 시작했다. 너도 그래. 이 쓰잘머리 없는 놈아. 밖에서 잠이나 자빠져 자고 말이야."

"무슨 일 있었어요?"

"아무것도 아니야."

아버지의 대꾸는 건조했다.

---

33 「J'aime regarder les filles」. 프랑스 가수 파트리크 쿠탱이 1981년에 발표한 록 음악풍 노래. 제목은 '나는 여자애들 쳐다보는 것이 좋아'라는 뜻이다.

"어쨌거나 네 엄마가 떠나고 싶어 하면 나는 안 잡을 거다."

그들은 계속 길을 갔다. 두 사람의 다툼은 남자의 시선이나 TV 프로그램, 오고가는 말 등 아무것도 아닌 데서 시작되었다. 어머니 엘렌은 상대가 아파하는 데만 골라서 은근히 누를 줄 아는 여자였고, 아버지는 말수가 적었다. 앙토니는 아버지가 한 번만 더 어머니에게 손찌검하면 아버지를 죽여 버릴지도 모른다고 생각했다. 앙토니도 이제 그럴 만한 힘이 충분히 있었다. 앙토니는 무기력해지고 조금 징징거리고 싶어졌다. 게다가 오토바이, 젠장!

사십여 분 뒤 아버지와 아들은 라그랑주라고 불리는 외딴 저택 앞에 도착했다. 대칭 구조의 외벽, 슬레이트 지붕, 벽에 걸린 해시계, 그리고 주변엔 흰 자갈이 깔려 있었다. 이런 집이 도대체 왜 이런 데 있는지 두 사람은 잠시 황당해했다. 그곳엔 대체로 길쭉한 형태로 버려진 농경지와 숲, 폐허가 된 구멍가게들, 경운기 잔해가 있을 뿐이었다.

"여긴 누구네 집이에요?"

앙토니가 물었다.

"몰라. 부동산을 통해 의뢰받은 일이야. 잔디 깎고 울타리 다듬고, 어쨌든 깔끔하게 만들어야 해. 이걸 팔 생각인가 보더라."

아버지의 말과 달리, 대문에 '팔렸음'을 알리는 표지판이 걸려 있었다. 벌써 얼마 전부터 이 집처럼 도시와 도시의 경계에 유령처럼 버려진 땅들은 희망 없는 삶이 어떻게 다시 소생하는지를 여실히 보여 주었다. 이득을 보는 건 이웃 나라 룩셈부르크였다. 만성적인 일손 부족으로 허덕이는 룩셈부르크 정부는 모자라는 일손과 두뇌를 찾아 자연스럽게 이웃 나라를 찾았다. 그리하여 사람들이 다른 나라에서 일하기 위해 매일 아침 길을 떠나 프랑스 국경을 넘었다. 그곳은 대우가 좋지만 사회 보장 제도는 얄팍했다. 그래서 사람들은 일은 그쪽에서 하고 생활은 이쪽에서 하며 양다리를 걸치고 살아갔다. 국경을 넘나드는 그런 수혈의 영향으로 황량하게 버려졌던 땅들이 다시 생명을 얻고, 학교가 폐교 신세를 면하고, 유령 소굴 같던 성당 아래로 빵집이 새로이 문을 열고, 한적한 시골 한복판에 집들이 비 내린 다음 날의 버섯처럼 쑥쑥 생겨났다. 마치 요술처럼 어느 날 갑자기 빈 땅에 집과 사람들이 생겨나는 것이다. 매일 아침저녁 국경을 오가는 떠돌이 노동자들은 다크서클이 내려앉은 얼굴로 콩나물시루 같은 기차에 몸을 싣거나 자기 차로 도로를 달리며 생계 수단을 찾아 그보다 더 멀리 떠나곤 했다. 산업 경제는 소리 없이 새로운 솔루션을 찾았다.

앙토니가 잔디를 깎는 동안 아버지는 울타리를 손보았다. 소년은 잔디 깎는 기계 소리에 얼얼해져 어느새 걱정거리를 말끔히 잊었다. 태양이 하늘 높이 솟아오르자, 소년은 폴로셔츠와 신발을 벗었다. 깎인 잔디들이 땀에 젖은 몸과 얼굴에 달라붙어 간지러웠으나 한번 깎기 시작했다가는 멈추기 어렵다는 걸 알고 있었다. 앙토니는 육중한 소리를 내는 기계를 밀고 당기며 나무 주변을 분주히 오갔다. 이따금 마른 잔디에 파묻힌 맨발을 들여다보며 미끄러지면 안 된다고 생각했을 뿐이다. 어쨌거나 날이 무더웠고 앙토니는 지쳐서 기진맥진했으니 사고란 늘 이럴 때 발생하기 마련이었다. 자칫 방심했다가는 한쪽 발이 1분에 3000번 쉬지 않고 도는 칼날 속으로 피를 튀기며 빨려 들려갈 수도 있었다. 이런 생각이 들자 이상하게도 정신이 번쩍 들었다. 가끔은 피가 핑곗거리가 된다.

오후 3시 무렵, 아버지가 점심을 먹자며 앙토니를 불렀다. 일을 거의 마무리한 앙토니는 땀과 잘게 잘린 풀들에 뒤덮인 채 할 일을 마쳤다는 상쾌함을 느끼며 테라스 쪽으로 올라갔다. 아버지가 기다리라는 신호를 하며 다가왔다.

"따라와 봐."

아버지는 저택을 한 바퀴 돌아 차고 앞에 다다라서는 정원용 호스를 들어 벽에 달린 수도꼭지에 연결했다. 꾸륵꾸륵 소리가 몇 번인가 들리더니, 제법 힘차고 균등한 물줄기가 솟아오르기 시작했다.

"홀랑 벗어라."

아버지가 말했다.

"어떻게 하라고요?"

"홀딱 다 벗으라니까. 그 꼴로 밥을 먹을 순 없잖냐."

"여기서 어떻게 다 벗어요?"

"잔소리 말고. 아빠가 여기 없다고 생각하면 되잖냐."

앙토니는 두 손으로 중요 부위를 가리며 우물쭈물 청바지와 팬티를 벗었다.

"짜아식, 내가 고추라도 따 갈까 봐?"

아버지는 아들의 몸에 물을 뿌리기 시작했다. 엄지손가락으로 호스 끝을 살짝 막으니 수압은 더욱 세져 물이 온몸을 후려치듯 시원하게 쏟아졌다. 처음에는 기분이 나쁘고 수치스럽기까지 했지만, 앙토니는 점차 익숙해지면서 냉수마찰 효과에 빠져들었다. 아들의 머릿속에 든 잡생각을 씻어 내려는 듯 아버지는 뒷덜미며 머리 쪽에 집중적으로 물을 쏘았다.

"어떠냐?"

"뭐가요?"

"안 좋아?"

"좋아요."

아버지가 수도꼭지를 잠그고 호스를 되감았다.

"이제 됐어. 빨리 먹고 울타리 작업을 같이 끝내자."

테라스로 돌아와 아버지가 앙토니에게 샌드위치를 하나 건넸다. 버터와 말린 소시지를 넣은 아주 간단한 샌드위치였다. 아버지가 가져온 아이스박스의 절반 이상은 캔 맥주가 차지했다.

"한잔할래?"

"예."

아버지가 아들에게 맥주를 따라 주었고, 두 사람은 벚나무가 그늘을 드리운 풀밭에 자리를 잡았다. 갓 깎은 잔디 냄새가 싱그러웠다. 머리 위에선 햇빛이 나뭇가지 사이사이로 넘나들며 장난을 쳤고, 부자는 드물게 몇 마디씩 주고받으며 맥주를 마셨다. 점심 도시락을 먹기도 전에 아버지는 벌써 두 개째 캔을 비웠다. 일이 척척 진행되어 기분이 좋은 눈치였다.

"막상 시작하면 척척 잘도 하면서."

앙토니가 씨익 웃었다. 앙토니 역시 결국은 기분이 좋아져서 시골의 한적함을 한껏 만끽했다. 음식도 나쁘지 않고, 적잖은 피곤함도 불쾌할 정도는 아니었다. 야외에서 일하는 것이 앙토니는 마음에 들었고, 아버지가 흡족해 하니 덩달아 기분이 좋았다. 자주 있는 일은 아니었다.

"조금 전에 괜히 말했구나."

아버지는 무척 덤덤해 보였다. 듬성듬성하게 수염을 깎은 한쪽 뺨을 어루만지자, 마음을 안심시키는 부드러운 남자의 소리가 버석거렸다. 아버지는 엄마 엘렌과의 일을 털어놓았다. 엄마에게 한 행동을 벌써 후회하는 듯했다.

"뭐 어떻게든 되겠지."

아버지가 목을 한 번 가다듬더니 담배를 찾았다. 오늘 얘기는 그걸로 끝이었다. 그러고는 몸을 일으켜 장갑을 집어 들고 입술 사이에 담배를 물었다.

"됐다…… 다시 일 시작해야지……."

앙토니는 한 손에 장갑을 들고 콧구멍으로 담배 연기를 뿜으며 돌아서는 아버지의 모습을 보았다. 이럴 때 자신이 뭘 할수 있을지 난감해졌다. 울타리 작업을 완전히 끝내기까지는 세 시간 정도 더 걸렸다. 마지막으로 저택을 떠나기 전에 아버지와 아들은 자기들이 이뤄 낸 작업 결과물을 감상하느라 마지막 담배를 피우며 뜸을 들였다. 썩 마음에 들었다. 집은 한 꺼풀 벗긴 것처럼 깔끔해졌다. 앙토니는 고요와 아버지의 차분한 모습을 누리면서 거기에 더 머물고 싶은 마음마저 들었지만 갈 길이 멀었다. 아버지와 아들은 서둘러 장비를 챙기고 철문을 닫았다. 그사이 간밤의 일을 거의 깡그리 잊어버려 드랭블루아에서의 파티는 아주 먼 과거 속으로 떠나 버린 것 같았다. 어떤 일에 집중하자마자 다른 일을 그토록 쉽게 잊다니, 어찌 보면 재미있기까지 했다. 전날의 비극은 힘든 노동과 땀방울 속에 희석되고 그와 더불어 죄책감도 씻은 듯 사라졌다. 앙토니는 엄마를 생각해 보았다. 온종일 잃어버린 아버지의 오토바이 생각만 곱씹고 또 곱씹었을 엄마가 지금 어떤 상태일지 앙토니는 감히 떠올릴 엄두도 나지 않았다. 집으로 향하는 길에 앙토니는 깜박 잠이 들었다. 조수석 유리창에 기댄 머리가 살짝살짝 흔들렸다. 눈을 떴을 때는 집이 멀지 않았다. 둘만의 시간을 놓치지 않으려는 듯, 아버지가 마침내 종양을 터뜨렸다.

"그래서 지난밤엔 뭘 한 거냐?"

"말했잖아요, 파티 하는 데 갔었다고."

"그리고?"

"그게 다예요. 그냥 파티였어요."

"어디서 했는데?"

드랭블루아는 너무 멀기 때문에 사실대로 말했다가는 어

떻게 갔으며 누가 데리고 갔는지 물을 게 뻔했다.

"시내에서요."

"누구네 집에서?"

"정확하게는 몰라요. 그냥 동네 사람인 것 같던데."

"어떻게 알게 됐는데?"

"사촌."

잠시 침묵하던 아버지가 여자애들도 있었냐고 물었다.

"있었죠."

다시 말을 꺼내기 전까지 아버지는 또 뜸을 들였다.

"아무튼 외박은 이번이 마지막이다. 네 엄마가 오늘 아침에 정신이 절반쯤 나갔더구나. 한 번만 더 그런 짓 했다가는 그땐 단단히 각오해라."

앙토니는 아버지를 바라보았다. 술을 입에 달고 살고 깊은 잠을 이루지 못해 피로에 쩐 남자의 얼굴이었다. 바다처럼 변화무쌍한 그 얼굴을 앙토니는 좋아했다.

아버지와 아들은 부엌 형광등 아래 오도카니 앉아 담배를 피우며 TV 프로그램 안내 책자를 뒤적거리는 엘렌의 모습을 보았다.

"냄새 좋네. 오늘 뭐 먹는 거야?"

아버지가 의자를 당겨 앉으며 말했다.

엘렌은 담뱃재를 턴 다음 꽁초를 비벼 껐다. 엘렌은 늘 윈스턴을 피웠다. 재떨이에 스물다섯 개 남짓 쌓인 담배꽁초가 심상치 않은 상황을 말해 주었다. 앙토니는 감히 재떨이를 쳐다보지도 못했다. 엘렌이 독서용 안경을 쓴 것 역시 좋은 징조는 아니었다.

"감자. 계란하고 샐러드."

엘렌이 말했다.

"좋았어."

아버지가 이번에는 앙토니에게 말했다.

"할 말 있냐?"

앙토니는 엄마의 조바심을 감지했다. 뾰로통한 얼굴과 자취를 감춘 입술. 식탁 위로 엄마의 싸늘한 마음이 고스란히 전해졌다.

"잘못했어요."

앙토니가 말했다.

아버지가 말을 받았다.

"얘가 가는 길에 오바이트를 다 하더라고."

"어쨌든 이제 외출 금지야."

엄마가 말했다. 가급적 깔끔하고 냉랭하게 이 말을 뱉고 싶었겠지만 중간에 목소리가 갈라지며 뒤집어졌다. 아버지가 어머니에게 괜찮으냐고 물었다.

"괜찮아. 좀 피곤해서 그래."

"이거 봐라."

아들 보라는 듯 아버지가 말했다.

"나도 힘들어서 죽을 것 같아요. 가서 잘게요."

"일단 밥은 먹고. 일을 할 땐 먹어야 하는 거야."

아버지가 말했다. 식탁에 앉은 엄마가 음식을 건넸다. 삶은 감자는 입에서 살살 녹았지만 달걀은 질척하고 너무 짰다. 앙토니는 재빨리 음식을 삼켰다. 늘 그랬듯 아버지는 하루 일을 마치고 나면 기분이 썩 좋아 보였다. 스스로를 질책할 일이 있거나 잊고 싶은 일이 있을 때도 그랬다. 아버지가 앞으로 있을 공사 현장에 대한 이야기를 시작했다. 여름철엔 경기가 썩 좋아서 거의 하루 종일 해야 하는 일이라고 했다. 마치 번영기를 맞이한 사람처럼 흥분했다. 아버지가 엄마에게 마실 것 좀 남았냐고 묻자, 엄마가 유리병에서 와인을 한 잔 가득 따라 아버지에게 건넸다.

"지난번 바비큐 때 마셨던 건가?"

"응."

"좋네, 좀 더 사다 놔야겠어."

"와인을 5리터씩이나 사 놓는 건 좀 그렇지 않아?"

아버지가 한 잔을 쭉 들이켜고는 만족스러운 탄식을 길게 내뱉었다. 앙토니는 앞에 놓인 접시를 말끔히 비우고 자리에서 일어났다.

"잠깐만 있어 봐."

아버지의 말에 앙토니는 표정이 굳었다. 엄마는 먹다 남은 감자를 타파웨어에 옮겨 담는 중이었다. 등을 돌리고 있어도 불편한 심기가 짐작되었다.

"오늘 저녁에 TV에서 괜찮은 영화를 한다던데."

확인차 TV 프로그램 안내 책자를 다시 집어 들며 아버지가 덧붙였다.

"「용감한 이들을 위한 황금」.[34] 세 명이나 7점 만점을 줬대."

"안 볼래요. 피곤해서 죽을 거 같아. 가서 잘게요."

"이런…… 젊은 애들이란 도무지……."

방에 들어가자마자 앙토니는 허겁지겁 옷을 벗고 샤워도 하지 않은 채 침대에 드러누웠다. 어서 잠들어서 전부 잊어버리고 싶었다. 불을 끄고 눈을 감자, 복도 끝에서 설거지하며 이야기를 주고받는 부모님의 목소리가 들려왔다. 아버지는 그새 한 잔 더 한 모양인지 말투가 부쩍 빨라지고 가끔 투덜거리는 것도 같았다. 엄마는 그저 응 또는 아니로 건성건성 대꾸했다. 그러다 엄마가 마당에 나가 좀 걷다가 들어오라고 내쫓자, 젠장 또 시작이네 하는 아버지의 목소리가 들렸다. 아버지가 나가자 집 안엔 다시 정적이 찾아왔다. 잠시 후 누군가가 거실의 TV를 켰다. 동시에 복도에서 엄마의 발소리가 들렸다. 엄마는 문도 두드리지 않고 앙토니의 방으로 스르르 미끄러지듯 들어왔다.

"말해 봐, 무슨 일이니? 무슨 일이 있었어?"

엄마가 목소리를 잔뜩 죽이며 물었다. 앙토니가 아무 반응

---

34 영어 제목은 '켈리의 영웅들(Kelly's Heroes)'로 1970년대 미국에서 제작된 브라이언 G. 휴튼 감독의 전쟁·액션·코미디 영화다.

없이 누워만 있자, 아예 방문을 닫고 침대 한쪽에 걸터앉았다.

"오토바이는 어떻게 했어?"

엄마가 앙토니를 흔들었다.

"앙토니이……."

"몰라."

"모른다니? 그게 무슨 말이야?"

그건 너무나 길고 너무나 복잡한 얘기였다. 앙토니가 우선 좀 자고 싶다고 말하자, 엄마가 한쪽 손을 들어 앙토니의 얼굴을 있는 힘껏 후려갈겼다. 겉창이 내려진 작은 방 안에 찰싹 소리가 폭죽처럼 울렸다. 앙토니는 몸을 일으키고는 한 대 더 때리려는 엄마의 팔목을 잡았다. 한쪽 귀가 응웅거렸다.

"뭐야? 엄마 미쳤어?"

"지금 제 정신이야? 정신이 있긴 한 거냐고!"

간신히 알아들을 수 있는 목소리였다. 엄마는 자기 자신에게 말하고 있는 것 같았다. 아니면 하느님에게든가.

"내가 뭘 어쨌다고 그래? 나와 보니까 벌써 누가 가져가 버렸단 말이야."

앙토니가 울먹였다.

"어떻게 그럴 수가 있어? 이제 어쩔 셈이야?"

갑자기 집 안 어딘가에서 들보 같은 것이 부러지는 건조한 소리가 들렸다. 출입문 쪽을 홱 돌아보는 엄마의 몸이 잔뜩 굳어 있었다.

"엄마, 엄마아……."

공포에 사로잡힌 엄마의 정신줄을 되돌려 놓기 위해, 앙토니는 엄마를 두 번이나 불렀다. 제정신이 돌아오자 엄마의 커다란 두 눈이 촉촉해지고 눈동자는 갈피 없이 흔들렸으며 두 손은 사시나무처럼 바들바들 떨렸다.

"미안해, 엄마."

마침내 정신이 든 것처럼 엄마는 황급히 양쪽 뺨을 훔치고 티셔츠 아랫자락을 끌어 올려 코를 풀었다. 그런 다음 자리에서 일어났다.

"이제 어떡하지?"

앙토니가 물었다.

"몰라. 다시 찾는 것 말고는 방법이 없어."

방에서 나가기 전 엄마의 입에서 최후의 한마디가 흘러나왔다.

"못 찾는 날엔 이 집구석은 풍비박산 나는 거야."

7

사촌만 믿고 있으면 사태가 해결될 거라 여겼던 앙토니의 생각은 완전히 빗나갔다.

일요일 내내 사촌을 만나려고 집까지 찾아가 보았지만 헛일이었다. 월요일에도 마찬가지였다. 사촌은 오리무중이었다.

곰곰이 생각하면 새로울 것도 없는 일이었다. 사촌은 대체로 미덥지 못할 때가 많았다. 시간은 흘러갔고, 앙토니는 도저히 혼자 이 일을 해결할 수 없다는 것을 알았다. 차고에 들를 때마다 덮개 아래 휑하게 빈 공간이 마음을 송곳처럼 찔렀다. 앙토니는 그 앞에 서서 이대로 집을 나가 버릴까 아니면 죽는 것이 좋을까 번뇌에 빠졌다.

불행인지 다행인지 엄마가 신경 안정제 자낙스 상자에 다시 손을 대기 시작해, 잠들기 전에 한 알 먹으면 다음 날 점심 때까지 몽롱한 상태였다. 일요일 아침에는 찬장을 활짝 열어

놓고 비스킷을 먹을지 식빵을 먹을지 정하는 데만 오 분이 넘게 걸렸다. 월요일에는 콘택트렌즈도 안 끼고 하이힐도 신지 않은 채로 출근했다. 엄마의 반혼수상태를 아버지가 놓칠 리 없었지만, 이번에도 그저 한마디로 요약했다. 네 엄마는 상당히 복잡한 여자다!

사촌이 다시 모습을 드러낸 건 화요일이었다. 욕실에서 웃통을 벗고 팬티 바람으로 어슬렁거리는 그를 앙토니가 찾아냈다. 방금 샤워를 마치고 머리에 젤을 바르는 중이었다.

"도대체 어디 갔었어? 벌써 삼 일째 찾아다녔는데."

"내가 좀 바빴지."

앙토니는 사촌의 말을 믿지 않았다. 이러는 건 아무래도 좀 심했다. 여유롭게 꽃단장을 마친 사촌은 이를 닦고 티셔츠를 입었다. 마침내 사촌 형제는 위층으로 올라갔다. 사촌의 방은 유난히 깔끔해 보였다. 방에 들어서자 사촌은 평소와 다름없이 음악을 틀었다. 아직 정오도 안 된 시간이어서 한 대 피우기엔 좀 일렀다. 앙토니는 감히 앉지도 못하고 두 손을 주머니에 넣고 기다리는 수밖에 없었다.

"성질 그만 내고 좀 앉아."

사촌이 말했다.

"나 완전 좆 됐어. 이제 어떻게 하냐."

사촌은 열린 창문에 기대어 손톱을 깎았다. 창문 옆에서 새들이 재재거렸다. 라디오에서는 기상 리포터가 기록적인 폭염에 대해 말하고 있었지만, 약간의 바람이 커튼을 들썩이는 것으로 보아 아직은 그런대로 견딜 만했다. 앙토니는 침대 위에 벌렁 드러누워 천장을 가만히 바라보았다.

잠시 후 사촌이 말했다.

"그거 다시는 못 찾을 거야."

"어째서?"

"그렇게 가 버렸으니까."

"어디로 갔는데?"

사촌이 손가락으로 포물선을 그려 아주 먼 곳을 가리켰다. 마르세유를 지나 알제리까지, 아니, 심지어 더 먼 데까지 장물을 보내는 경로가 존재한다는 걸 언젠가 「알 권리」라는 TV 프로그램에서 본 것도 같았다. 감쪽같이 도둑맞은 푸조 자동차 부품을 바마코에서 찾아낸 적도 있다고 했다. 그런데 그게 아버지의 YZ와 도대체 무슨 상관이란 말인가.

"넌 어떻게 하고 싶은데?"

"모르지. 우리 '전문가'를 만나러 가 보자."

사촌은 창틀을 후후 불어 손톱 조각들을 거리로 날려 버린 뒤 앙토니를 돌아보았다. 오늘 사촌이 앙토니를 정면으로 바라본 건 이것이 처음이었다.

"아무 소용 없어. 그냥 아빠한테 다 말해. 그러면 되지."

그건 앙토니로서는 상상조차 할 수 없는 일이었다.

언젠가 고속도로를 달릴 때였다. 아버지가 트럭을 추월하려 하는데, 시속 200킬로미터로 뒤따라온 독일 세단 운전자가 상향등을 쏘면서 아버지에게 차선을 바꾸라고 종용했다. 엘렌과 앙토니는 무슨 차인지 확인하려고 뒤를 돌아보았다. 엔진 소리가 예사롭지 않고 유탄처럼 동그스름하게 잘 빠진 검은색 고급 세단이었다. 벤츠였는지 아닌지는 정확히 기억나지 않는다. 그런데 아버지는 차선을 바꾸는 대신 트럭과 나란히 달렸다. 얼굴 근육에 조금의 미동도 없었다. 그렇게 적어도 오 분을 달렸다. 폐차 직전의 고물 란치아 V6에게는 길어도 너무 긴 시간이었다.

"이제 그만해요, 여보."

엄마가 말렸다.

"닥쳐."

엔진이 심하게 과열되는 바람에 창을 열어 열기를 식혀야 했다. 그 일이 바캉스의 처음 며칠을 완전히 망쳐 버렸다. 바캉스를 마치고 집으로 돌아올 때는 다른 길을 탔다. 그러니 앙토니로서는 사촌에게 애걸복걸하지 않을 수 없었다. 도무지 다른 방법이 없어 보여서 앙토니는 고집을 꺾지 않았다. 결국 사촌이 한발 물러섰다. 사촌 형제는 '전문가'를 만나러 가기로 했다.

오후 2시 무렵, 사촌 형제는 카페 '공장' 앞에서 다시 만났다. 바람이 흔적 없이 사라진 동네는 감자튀김 냄비처럼 자글자글 끓었다. 대기가 무겁고 끈적끈적한 역청 같았다. 카페를 몇 발짝 남겨 두고 사촌이 경고했다.

"미리 말해 두는데, 아주 잠깐만 들르는 거야. 저기 오래 있고 싶지 않단 말이야."

"오케이."

"들어갔다가 얼른 나오자."

"알았다고."

"그리고 설명은 내가 한다."

'공장'은 공동묘지까지 쭉 뻗은 2차선 도로변에서 비교적 마지막까지 가동했던 H4 용광로 맞은편의 카페 겸 술집 겸 바였다. 사촌이 먼저 들어갔다. 35도쯤 되는 실내에 앉아 있는 남자 다섯 명은 전부 실내 장식 속으로 녹아 버린 것처럼 보였다. 앙토니에게는 모두 익숙한 사람들이었다. 출입문이 닫히자, 누군가 촛불을 불어 끈 듯 갑자기 컴컴해졌다.

"안녕, 총각들."

주인 여자가 말했다.

사촌 형제는 입으로 인사를 하면서도 어둠에 익숙해지느라 연신 눈을 깜박였다. 선풍기 세 대가 지루하게 웅웅대며 허술한 바람을 일으켰다. 손님들은 바에 앉아 맥주를 마셨고, 뤼디만 한쪽 구석의 인조 가죽 소파에 앉아 반바지 아래의 맨살이 들러붙도록 꼼짝 않고 있었다.

출입문을 지나 힘없는 걸음으로 바를 향하는 사촌 형제를 눈꺼풀이 땅으로 꺼질 듯 내려앉은 사람들의 시선이 따라왔다. 그중 어떤 이는 코를 훌쩍거렸고, 또 어떤 이는 짐짓 점잖은 체했다. 전반적으로 그레뱅 박물관[35] 같은 분위기였다.

---

35 프랑스 파리에 있는 박물관으로, 세계적인 유명 인사의 모습을 본뜬 밀랍

"뭐 좋은 소식이라도 있어?"

주인 여자가 물었다.

"낫싱 스페셜."

사촌이 바에 팔꿈치를 괴고 주인 여자의 볼에 입을 맞추며 인사했다. 앙토니는 약간 뒤로 물러서 있었다. 아까부터 좀 불편한 느낌이 들었는데, 이내 소파에서 엿보는 뤼디의 시선 때문이라는 걸 알아차렸다. 뤼디는 늘 그렇듯 어리바리한 표정을 하고 반쯤 벌어진 입으로 가쁜 숨을 몰아쉬었다. 정수리에 삐죽 솟은 머리카락 덕분에 한층 더 바보스러워 보였다. 그날 뤼디는 공장에서 막 뽑아 낸 것처럼 눈이 부실 만큼 파란 티셔츠를 입고 있었다. 티셔츠에는 가구와 생활용품을 파는 카스토라마 체인점 로고가 있었다. 갑자기 뤼디가 소리쳤다.

"더워!"

"오, 거기!"

주인 여자가 엄하게 꾸짖었다.

뤼디가 소스라치며 맥주를 한 모금 들이켰다. 그리고 여전히 헐떡거리며 이번에는 허공을 응시했다. 들리는 얘기로는 어렸을 때 뇌수막염을 앓아서 그 지경이 되었다고 했다.

"신경 쓰지 마세요."

주인 여자가 손님들을 향해 말했다.

그런 다음 앙토니에게 기분 나쁜 일이라도 있느냐고 물

인형을 전시한다.

었다. 앙토니는 아니, 아니요 하며 주인 여자의 볼에 입을 맞추었다.

"아빠는? 잘 지내셔? 요새 통 안 보이시네."

"요즘 바쁘세요."

"인사나 전해 줘."

"예."

"다들 보고 싶어 한다고도."

가게에 남긴 외상값 때문만은 아니었다.

"그래, 아저씨들 뭐 줄까?"

"'전문가' 좀 만나려고 들른 거예요. 여기 있어요?"

사촌이 물었다.

"마뉘? 가게 뒤편에서 당구 치고 있을 텐데."

주인 여자가 외쳤다.

"마뉘!"

특유의 억양 때문에 "마누!"로 들렸다. 주인 여자는 실티가임 출신이었다. 누구를 부르거나 말거나 손님들은 무반응이었다. 돌아가며 맥주를 한 모금씩 마시면서 살뜰하고 무심한 저마다의 상념 속으로 다시 빠져들었다.

두 번째 부르고 나서야 '전문가'가 한 손에 당구대를 들고 모습을 드러냈다.

"누가 찾아왔네."

주인 여자의 말이 끝나기도 전에 이미 소년들을 발견한 마뉘는 서둘러 악수를 청했다.

"아, 이게 누구야! 또 왔네?"

아무리 봐도 부자연스러울 정도로 하얀 치아를 활짝 드러내며 마뉘가 말했다.

"응."

사촌이 말했다.

"죽은 줄 알았잖아. 요새 뭐 하나?"

"별거 없어. 방학이잖아."

"어, 그래?"

여전히 시큼하고 중의적인 몇 마디가 오간 뒤 '전문가'는 맥주 세 캔을 주문했다. 사촌과 마뉘는 한때 마리화나 거래를 공유하는 사이었으나 점차 시들해졌다. 어딘가 이상하고 병적인 데다 집착이 강하며 거의 이십사 시간 코카인에 빠져 사는 마뉘와 먼저 거리를 두기 시작한 건 사촌이었다. 두 사람 사이에 복잡한 기류가 흘렀다. 마침내 사촌에게서 끈적한 시선을 거둔 마뉘가 앙토니를 향하며 아버지의 소식을 물었다.

"잘 지내셔. 평화롭게."

"일은 찾으셨나?"

"사업을 차리셨어."

"무슨 사업?"

"조경 관리."

마뉘는 그 소식을 반가워했다. 카페 여주인 카티가 뚜껑을 딴 크로넨버그 세 캔을 내놓았다. 자잘한 물방울들이 맥주 캔 위에서 햇살처럼 반짝였다. 앙토니의 입안에 돌연 침이 가득

고였다. '전문가'는 먼저 맥줏값을 치르고 나서 소년들에게 한 캔씩 돌렸다. 세 사람은 '아버지 사업의 성공을 위해' 건배했다. 시원함이 몸을 타고 흘러내리자, 기분이 봄처럼 생생하고 파릇해졌다.

"이만한 게 없어."

마뉘가 말했다. 마뉘는 벌써 한 캔을 거의 비웠다.

"할 말이 있어서 왔어."

사촌이 말했다.

"아, 그래?"

갑자기 '전문가'가 기이한 방식으로 웃기 시작했다. 똥 마려운 강아지처럼 낑낑거렸다. 축축한 얼굴에 흠 잡을 데 없는 인공 치아가 반짝거렸다.

"잠깐 나갈까?"

사촌이 물었다.

"여기 괜찮은데 왜?"

오래전부터 '공장'은 마뉘의 본거지나 다름없었다. 마뉘는 엎어지면 코 닿을 데 방을 얻어 살면서 '공장'에 와 당구를 치고 다트를 던지거나 걸터앉아 술을 마시고 친구를 만나며 세월을 보냈다. 너무 제집처럼 여긴 나머지 언젠가 여주인 카티에게 내부 수리를 제안한 적도 있었는데 카티는 단칼에 거절했다. 십 년 가까이 페인트칠 한 번 하지 않고 에어컨도 없이 최소한의 청소만 하면서 유지해 온 '공장'에는 세월의 때가 덕지덕지 쌓였다. 그래도 이곳엔 역사가 있었다. 자주 찾는 사람들은 이곳을 '공장'이라 불렀고, 나머지는 아예 찾지 않았다. 오후 5시까지 손님들은 침묵 속에서 술을 마셨고, 그 시간이 지나면 좀 더 과감해지곤 했다. 저마다 성벽에 따라 병적이 되거나 우스워지거나 심술궂어졌다. 카티는 수완이 좋아 분위기를 가라앉히지 않으면서 손님들을 잘 리드했다. 술꾼들을 능숙하게 다룰 줄 알았기 때문에 경찰을 부를 일도 없었다. 이따금 기분이 내킬 때 조 다생의 CD를 틀면 손님들은 짙은 화장 속에 감춰진, 한때 젊은 아가씨였던 카티를 상상해 보았다.

"그래도 나가는 게 좋겠어."

사촌이 고집을 부렸다.

"그렇다면……."

이렇게 해서 그들은 맥주를 다 마시고 자리에서 일어났다.

"금방 올게."

마뉘가 말했다.

한 장면도 놓치지 않고 내내 세 사람을 유심히 바라보던 뤼디가 돌연 생기를 띠더니 옷깃을 세우면서 두 손을 들고 외쳤다.

"어디 가?"

그런데 이번에도 성량 조절에 실패하고 너무 크게 말하는 통에 주인 여자로부터 조용히 좀 하라는 핀잔을 들었다. 사장의 말을 듣지 않았다가는 다른 데 가서 마시는 수밖에 없었다.

"어디 좀. 금방 다시 올 거야."

마뉘가 대답했다.

"나도 가면 안 돼?"

뤼디가 안달하며 물었다.

"거기 꼼짝 말고 있어. 다시 올 거니까."

"기다려 봐……."

뤼디는 어느새 소파에서 몸을 빼내려 했으나 역시 쉽지 않아 보였다.

"거기 있으라니까! 금방 올 거야. 걱정할 거 없다고."

이미 익숙한 손님들은 이렇다 할 기대도 없이 눈앞에서 펼쳐지는 장면을 재미있게 바라보기만 했다. 딱 달라붙는 청바지에 닥터 마틴을 신고 출입문 옆에 선 마뉘는 아무리 봐도 꼴불견이었다. 잭 다니엘 셔츠에 마리화나를 피우다 생긴 구멍들이 촘촘했고 겨드랑이 부분엔 짙은 얼룩이 졌다. 무엇보다 놀라운 건 축구 선수를 흉내 내어 뒤통수는 기르고 양쪽 관자놀이 쪽은 거의 밀다시피 한 머리 모양이었다. 그런 그가 도대체 몇 살인지 누구도 쉽게 가늠하기 힘들었다. 주인 여자가 이제 막 평정을 되찾은 뤼디를 잘 감시하겠노라고 약속했다.

밖으로 나온 마뉘와 사촌 형제는 햇살 아래 몸이 익을 지경이었다. '전문가'는 인상을 잔뜩 써서 두 눈이 보이지 않을 정도였다.

"그래서 비밀이 뭐야?"

사촌이 더위에 정신줄을 놓으려는데 '전문가'가 한 손을 들어 올렸다.

"야, 들리냐?"

볼품없는 벽돌집들이 주욱 늘어선 황량한 길이 그들 앞에
놓여 있었다. 드물게 몇몇 진열창만 스페인 세제로 깨끗이 닦
였을 뿐 나머지는 전부 먼지투성이였다. 반대편에는 이글거리
는 열기 속에 용광로가 위풍당당한 몸체를 뽐내며 꼿꼿하게 서
있었다. 땅으로 곤두박질친 배관과 벽돌, 볼트, 철골 구조물, 버
려져 나뒹구는 계단, 비좁은 임시 통로, 호스, 계단, 헛간, 텅 빈
간이 화장실 등 잡동사니들이 여기저기 방치되어 녹빛 정글을
이루고 있었다.

"응?" '전문가'가 재차 물었다.

그때 멀리서 탕탕탕탕 하는 혹은 퉁퉁거리는 소리가 불규
칙적으로 들려왔다.

"저게 뭐야?"

"새총 가지고 노는 애들. 쟤네 저거에 푹 빠져서 쇠구슬을
서로 쏘면서 놀잖아. 지나가려면 잘 피해야지 안 그랬다가는
한 방에 가 버릴걸."

"말리는 사람은 없어?" 사촌이 물었다.

"말려서 뭐 하게?"

한 세기 동안 에일랑주의 용광로들은 이 지역의 모든 것
을 고갈시켰다. 사람뿐 아니라 시간과 원료를 한꺼번에 앗아
갔다. 한편에서 광차(鑛車)로 연료와 광석을 실어 날랐고, 다른
한편에서는 여기서 생산한 주괴들이 철도를 타고 강을 따라 유
럽 대륙을 가로지르며 멀고 지난한 여행길에 올랐다.

탐욕스러운 공장의 몸체는 할 수 있는 데까지 버텼다. 선택의 기로에서 공장은 출퇴근길과 노동자들에게 쌓인 피로를 쥐어짜 연명했으며, 물건들이 일단 부려졌다가 무게 단위로 팔려 나간 다음에는 이 도시에 잔인한 출혈만 남긴 운송망들이 공장을 먹여 살렸다. 유령 도시처럼 변하고 구멍이 숭숭 뚫린 이곳은 벽을 창백하게 뒤덮은 항의 문구, 산탄이 곰보처럼 박힌 표지판의 기억에 의지하며 잡초에게 먹힌 자갈처럼 살아갔다.

어린 시절 내내 어른들로부터 들어 와서 앙토니에게는 이미 익숙한 이야기였다. 용광로의 아궁이 아래 땅은 1800도의 이글거리는 불 속에서 쇳덩이로 변하며 죽음과 긍지를 동시에 만들어 냈다. 공장은 그렇게 아프게 신음하면서도 무려 여섯 세대에 걸쳐 밤이나 낮이나 불을 꺼뜨리지 않았다. 불을 꺼뜨렸다가는 천문학적인 대가를 지불해야 했으므로, 노동자들을 침대와 아내들로부터 끄집어내는 편이 훨씬 경제적이었다. 이 모든 이야기는 용광로의 적갈색 그림자, 성벽 같은 공장 담벼락, 작은 자물쇠가 매달린 철조망으로 끝이 났다. 지난해에는 공장 외벽을 다시 칠하는 캠페인을 벌였고, 국회의원 선거에 출마한 한 후보는 이 공장 지대를 테마 공원으로 만들겠다는 공약을 내세우기도 했다. 그리고 아이들은 새총으로 쇠구슬을 쏘며 이미 폐허가 된 공장을 더욱 허무는 중이었다.

"지난번엔 구급차까지 왔었어. 숨이 절반쯤 끊어진 꼬마가 있었던 모양이야. 관자놀이에 쇠구슬을 정통으로 맞았대."

"대박!"

"진짜야."

"그래서?"

"모르지. 신문에서 읽었어."

"누구였어?"

"에닝쿠르에 사는 좀 이상한 애들 중 하나였나 봐. 발견했을 때 피오줌을 질질 싸고 있더래."

"걔네들은 절대 안 죽어. 분명 다시 털고 일어났을 거야."

대두 일당에 대해 말할 때면 사람들은 늘 빈정거리는 투였지만, 마뉘는 절대 웃는 법이 없었다. 마뉘의 아버지는 사고를 당하기 전까지 메탈로르[36]에 근무했고, 삼촌들과 할아버지 역시 그 회사에 평생을 바쳤다. 카사티네 가족이나 도시 인구의 절반 이상이 다 그런 경우였다. 대수롭지 않다는 듯 마뉘가 재차 물었다.

"그건 그렇고, 원하는 게 뭐야?"

"부알리네 애들."

"그리고?"

"너 걔들 알잖아. 네가 누구하고든 잘 지내는 거 알아."

"난 아무것도 몰라. 그쪽 사람들하고는 절대 안 만나고 사니까. 그나저나 뭐가 문젠데?"

그날의 파티와 불청객 하신, 사라진 오토바이, 그들의 의심. 사촌은 몇 개의 단어로 설명을 마쳤다. 오토바이를 도둑맞

36 스위스의 금 제련 업체.

앉다는 말에 '전문가'가 휘파람을 불었다.

"아이구야! 아버지가 아는 날엔⋯⋯."

"걔네들 한번 떠보면 안 될까?"

"뭐라고 물어봐? 걔네 짓이라는 증거도 없잖아."

말하고 보니 지금까지의 모든 시도와 추측이 완전히 우스워졌다. 사촌이 감언이설로 체면을 세우려 했지만, 대화는 이미 시들해진 뒤였다. 공장 쪽에서 다시 쇠구슬 쏘는 소리가 들려오자, 한 손으로 차양을 만들고 도대체 어떤 녀석인지 얼굴이나 보자 했던 '전문가'는 곧 포기해 버렸다.

"좋아. 내가 한잔 살게. 늘 그런 거겠지만."

사촌 형제는 '공장'에서 한 잔 더 사겠다는 말로 알아들었지만, 마뉘가 이번에는 자기 집으로 가자고 했다. 그의 집은 '공장' 바로 옆 공동묘지 방향에 있었다. 소년들은 그의 제안을 감히 거절할 수 없었다. 가는 길에 앙토니는 가뜩이나 폐허가 된 공장을 더 망가뜨리며 노는 반쯤 정신이 나간 녀석들에 대해 곰곰이 생각해 보았다. 몰락한 농가, 버려진 우체국, 그리고 벽에 몽사봉[37]을 살리자는 구호가 덕지덕지 남아 있을 뿐 휑하기만 한 지방 도로를 따라 길게 늘어선 빈민가에 사는 애들이었다. 이유는 정확히 몰라도 거기에 사는 사람들은 전부 생김새가 엇비슷했다. 머리가 가분수처럼 크고 대부분 삭발에 가깝게 밀었으며 그 옆으로 양쪽 귀가 당나귀처럼 쫑긋했다. 겨울이

---

37 1920년에 탄생한 프랑스의 비누 브랜드로, 1998년 미국계 회사에 팔렸다.

되면 어디로 떠나는지 완전히 모습을 감추었다가, 날이 좋아지면 대충 뜯어 고친 자동차에 정신 못 차리게 소리를 질러대는 아이들을 태우고 다시 돌아왔다. 시내에서 사람들을 마주칠 때면 담벼락에 바싹 붙어 몸을 피하며 조심하는 시늉을 했으나, 풍문에 따르면 그들이 살아가는 방식에는 한계도 법도 규칙도 없다고 했다. 개와 고슴도치를 잡아먹더라고 말하는 사람도 있었다. 앙토니는 초등학교 시절 그중 몇 명을 알고 지내기도 했다. 제레미 위그노, 뤼시 크레퍼, 프레드 카르통이 그런 애들이었다. 딱히 나쁜 아이들은 아니었지만 그 나이에 벌써 고집과 맷집이 여간 아니어서 다들 다루기 어려워했다. 전부 초등학교 마지막 학년을 마치자마자 종적을 감추었는데, 보나마나 법적으로 문제없는 나이가 되길 기다리며 어딘가에 웅크리고 그들 조직만의 특수 분야를 갈고 닦으면서 지낼 것이다. 그러다 어른이 되면 재주껏 아동 수당과 주택 수당 등을 타 먹고 좀도둑질과 그들 사이에 주먹다짐으로 번지곤 하는 근친상간을 일삼으며 이 사회의 사각지대에서 살아간다. 가끔은 시 전체를 공포에 밀어 넣을 만큼 힘센 아이가 태어나기도 했다.

마뉘의 아파트는 지붕 밑 다락방이어서 길거리보다 훨씬 더 더웠다.

"앉아."

'전문가'가 접이식 침대를 가리키며 말했다.

그러고는 창문을 활짝 열었다. 사촌 형제는 벌써 땀으로 목욕한 상태였다. 바닥에 놓인 바구니에 개가 할딱거리며 잠들어 있었다. 천장 사이로 드러난 들보 위에 문고판 책 몇 권과 아프리카풍 토속 장식품들이 놓여 있었고, 한쪽 구석엔 드림캐처가 걸려 있었다. 육중한 오렌지빛 안락의자와 벽에 붙인 서브웨이 포스터를 제외하면 이렇다 할 게 없는 방이었다. 압정이 하나 빠졌는지, 포스터 오른편 위쪽 모서리가 세모로 접혀 있었다.

마뉘가 미국식 주방에서 알디 캔 맥주 한 팩을 들고 나왔다. 500밀리리터짜리였지만 그래도 냉장고에서 막 꺼낸 것이었다. 자기 몫으로 캔 하나를 집어 든 마뉘가 나머지를 협탁 위에 내던지듯 놓자, 몇 개가 안락의자 위로 굴러떨어졌다.

"시원할 때 쭉 마셔."

사촌 형제는 고분고분했다. 얼음장처럼 차가워서 맥주 맛이 그만이었다!

마뉘가 캔을 내려놓고 안락의자를 한 바퀴 빙그르 돌려 여전히 바구니 속에서 자고 있는 개의 머리를 긁적긁적해 주었다. 주둥이가 뾰족한 황갈색 잡종견이었다. 한숨을 내쉬는 개의 물그릇에 마뉘가 맥주를 조금 따라 주었다.

"너도 한잔할래?"

마뉘가 물그릇을 들이밀자, 개는 한쪽 눈을 슬쩍 뜨고 그릇을 한두 번 핥고 나서 이내 바구니 깊숙이 머리를 다시 파묻었다.

"딱한 녀석. 날이 너무 더우니까 하루 종일 잠만 자."

오디오를 틀자 남자 가수의 노래가 흘러나왔다. "너 없이
도 잘 살아."[38] 노래가 나쁘지 않았는지 마뉘가 볼륨을 살짝 높
였다.

"집 괜찮은데. 여행을 많이 다니는 줄은 몰랐네."

사촌이 말했다.

"무슨 소리야. 여기 있는 물건 중 4분의 3은 생투앵[39]에서
가져온 거야. 문지방이 닳도록 거길 드나들던 때가 있었거든.
거기서 하나씩 얻었어."

마뉘는 맥주를 한 모금 길게 들이켜고는 낮은 테이블에 있
던 다른 캔들과 열을 맞춰 신중하게 내려놓았다.

"여기도 나쁘진 않아. 딸아이 방이 있고, 시내에서 가깝고.
상관없어. 여름만 빼면. 더워서 죽을 것 같잖아."

접이식 소파가 나무토막처럼 딱딱해서 사촌 형제는 영 불
편했다. '전문가'는 그런 둘을 보며 계속 맥주를 홀짝거렸다. 불
편해하는 사촌 형제의 모습이 오히려 만족스러운 것 같았다.

"괜찮냐?"

"응."

마뉘가 별안간 심각한 표정으로 사촌 형제에게 얼굴을 들

---

38 1987~1994년에 활발히 활동한 프랑스 얼터너티브 록 그룹 마노 네그라가
부른 「Pas assez de toi」의 노랫말. 마노 네그라는 '검은 손'이라는 뜻의 스페
인어로 불법 취업(불법 노동)을 상징한다.

39 일드프랑스 센생드니주에 위치한 도시. 파리에서 6.6킬로미터 떨어져 있으
며 대규모 벼룩시장으로 유명하다.

이댔다.

"너네 그거 아냐. 부알리네 애들 말야. 에스칼에서 일할 때 그쪽 사촌 형들을 알고 지냈단 말이야. 사이드하고는 감방 동기야. 두 번인가 이야기해 본 적이 있는데 무시무시한 애들이더군. 근데 꼬맹이들은 겁낼 거 없어. 요샌 진짜 속이 편하다……."

"아, 여기 있었네."

마침내 마뉘가 아까부터 두리번거리며 찾던 자전거 타이어 수선용 접착 고무 상자를 찾아냈다. 금속 상자를 열더니 코카인 2그램을 탁자 위에 떨어뜨렸다. 꽃소금처럼 군데군데 뭉친 코카인은 살짝 분홍빛이 돌았다. 앙토니가 코카인을 실제로 본 건 이번이 처음이었다. 입안에 침이 바싹바싹 마르는 기분이었다. 마뉘는 다이아몬드 8 카드로 코카인을 솜씨 좋게 모아 세 줄로 늘어놓았다.

"헤이, 마뉘. 우린 뽕 안 해. 만나서 즐거웠다. 이젠 가 봐야겠어."

사촌이 저지했다.

바구니 속에서 개가 입을 쩍 벌리고 하품을 했다. 그러고는 주인이 뭘 하나 알아봤는지 바구니를 박차고 튀어나와 들뜬 모습으로 몸을 흔들어 댔다. 그 모습을 본 앙토니는 너무 놀란 나머지 폐에서부터 고통스러운 숨을 몰아쉬었다. 개는 다리가 세 개뿐이었다. 네 번째 다리가 중간에서 잘려 나가 검게 퇴화되었다. 앙토니는 주인을 향해 경중경중 뛰어오르는 개를 넋놓고 바라보았다. 마뉘가 살짝 침을 바른 손가락에 코카인을 묻혀 내밀자, 개는 게걸스럽게 손가락을 핥다가 이내 컹컹 짖어 댔다. 마뉘가 사촌 형제를 바라보며 쿡쿡 웃었다.

"이 새끼 진짜 웃기지 않냐?"

"응."

앙토니가 대답했다.

"진짜야, 마뉘. 우리 갈게. 할 일도 있고."

사촌이 다시 말했다.

"그건 아니지. 개도 하는 걸 너희가 안 하고 가면 되냐."

'전문가'가 포스트잇 한 장을 돌돌 말더니 그 안에 코카인 가루를 한 번에 옮겨 담았다. 길이가 족히 10센티미터는 되어 보였다.

"너희 차례야."

마뉘가 포스트잇을 내밀자, 앙토니의 몸에서 땀방울이 비오듯 쏟아졌다.

"잠깐, 우린……."

사촌이 말리고 나섰다.

"짜증 나게 하지 말라니까!"

한편 코카인에 취한 개는 제 꼬리를 물겠다고 바구니 안에서 전속력으로 돌며 낑낑댔다.

"오, 씨발. 저 병신 하는 짓 좀 봐!"

마뉘는 웃음을 터뜨렸고, 흥분한 개는 쉬지 않고 제자리에서 뱅글뱅글 돌았다. 사촌 형제는 보고도 믿기 어려운 광경에 입을 다물지 못했다.

"워워, 진정하라고. 어이, 똥개!"

마뉘가 낑낑거리는 뒷발을 건조하게 한 대 걷어차자, 개는 그 자리에 풀썩 고꾸라졌다. 매번 코카인을 맛보고 나면 개가 이렇게 정신줄을 놓는다고 했다. 코카인을 몇 번 들이마신 마뉘가 씨익 웃자 가짜 치아가 다시 드러났다. 앙토니에게는 어쩐지 낯설지 않은 얼굴이었다. 그래, 맞아. 『일곱 개의 수정 구슬』[40]에 나오는 잉카인! 마침내 앙토니는 어릴 적 읽은 만화책을 떠올렸다.

"씨발, 왜 이렇게 덥냐!"

마뉘가 티셔츠를 훌러덩 벗어 멀리 던져 버리자, 막대기처럼 호리호리한 상체가 드러났다. 앉은 자세에서도 배에 주름 하나 잡히지 않았다. 그는 앙토니에게 다시 다가와 집요하게 유혹했다.

"꼬마야, 한번 해 봐. 지금이 딱 좋은 시간이란다. 어서! 흐읍 하고 크게 한 번 들이마시면 돼!"

앙토니는 어느새 테이블 앞에 무릎을 꿇고 앉아 있었다. 이마에서 땀이 쏟아져 내렸고 가슴이 답답해졌다.

"해 보면 알아. 완전 천국을 보게 될 거다."

마침내 앙토니는 오른쪽 콧구멍에 빨대를 끼우고 힘껏 숨을 들이마셨다. 그리고 몸을 다시 일으켰을 때, 두려움은 감쪽

---

40 벨기에 작가 에르제가 쓰고 그린 만화 '탱탱의 모험' 시리즈 중 한 권. 프랑스어 제목은 'Les 7 boules de cristal'이다.

같이 사라져 버렸다. 해냈다! 심지어 뿌듯한 기분마저 들었다.

"거봐, 거봐! 어때?! 죽이지?"

앙토니는 두 눈을 깜박거려 보았다. 점막이 좀 따끔한 것 말고는 아무렇지도 않았다. 콧물이 흐른다는 생각에 코를 훌쩍거리다가 엄지와 검지로 코를 쥐었다. 자기도 모르게 웃음이 비실비실 터졌다. 혀로 입술을 축여 보았다.

"오, 젠장……."

'전문가'가 웃음을 터뜨렸다.

"이거 봤냐?!"

사춘기 소년은 이 느낌을 과연 어떻게 묘사해야 할지 알 길이 없었다. 코카인은 술하고도 마리화나하고도 다른 세계였다. 세상의 주인이 된 것 같고, 외과 의사의 손에 들린 메스처럼 날카로워진 것 같기도 했다. 만사가 우습게 보여서 이대로라면 제아무리 어려운 검정고시도 거뜬히 통과할 것 같았다. 그리고 스테파니가 굉장히 사귀기 쉬운 상대로 보였다.

이번에는 사촌 차례였다. 코카인을 흡입하고 고개를 든 사촌이 배시시 웃었다. 그때부터 오후는 물 흐르듯 흘러갔다. 마뉘가 다시 코카인 세 줄을 늘어놓고 파스티스를 한 병 꺼내서는 얼음을 넣어 큰 잔 가득 따랐다. 앙토니의 입에서 쉬지 않고 말이 흘러나왔다. 모터라도 달린 듯 인생과 코카인의 의미에 대해 떠들다가, 급기야 '전문가'에게 감사 인사를 전하기도 했다. 오늘 이렇게 집에 초대받아서 너무 다행이다, 기회만 된다면 두 번이고 열두 번이고 백 번이고 또 오고 싶다……. 앙토니의 언변은 빈틈 없이 정확했다. 명확한 단어들이 한 치의 오차 없이 여느 유명 인사 못지않게 또박또박 쏟아졌다. 마치 스케이트를 신고 매끄러운 얼음판 위를 달리는 것 같았다. 그러다가 급커브를 돌 때면 가공할 만한 속도 감각을 뽐냈다.

이윽고 앙토니도 티셔츠를 벗었다. 사촌은 어느 순간부터 이를 갈기 시작하다가 역시 벌거벗은 상체를 드러냈다. 사촌 형제에게 들려주고 싶은 노래가 있다며 마뉘가 오디오의 되감기 버튼과 재생 버튼을 한동안 만지작거렸다. 사실 마뉘는 재니스 조플린이 하느님에게 메르세데스 벤츠를 선물해 달라고 간청하는 노래를 찾고 있었는데, 못 찾겠는지 결국 포기해 버렸다. 언뜻 시간을 확인한 앙토니는 고작 오후 3시가 약간 넘은 걸 알고 흠칫 놀랐다. 아주 오래전부터 여기에 있었던 것 같은 기분이었는데 말이다. 잠든 개를 바라보며 앙토니가 개의 뒷다리가 어쩌다 저렇게 되었느냐고 물었다.

"사고가 있었지."

"차 사고?"

"아니. 모여서 술 마시는데 어떤 병신 같은 새끼가 저렇게 만들었어. 개가 소파 아래에 잠들어 있었는데 그 병신 같은 새끼가 깔고 앉은 거지."

"맙소사……."

"그래서 뒷다리 네 군데가 부러졌는데 아무도 나한테 알리지 않은 거야. 내가 알았을 때는 너무 늦었지. 다리를 자르는 것 말고는 방법이 없었어."

"오, 세상에……!"

"불쌍한 짐승이 몇 시간 동안 우는데 거들떠보는 인간이 한 놈도 없었어?"

마뉘가 여봐란 듯 담배를 세게 빨자, 담뱃재 타는 소리가 앙토니의 귀에까지 들렸다. 개의 뒷다리에 얽힌 사고 경위 때문에 분위기는 착 가라앉았다. 이제부터는 개 때문에 모든 일이 되다가도 안 될 것처럼 여겨질 정도였다. 앙토니는 머리가 무거웠다. 사촌이 티셔츠를 다시 입고 있었다.

"오토바이 진짜로 다시 찾고 싶냐?"

"뭐라고?"

대답을 듣기도 전에 '전문가'는 자기가 던진 말의 심상치 않은 파장을 느꼈다. 그는 담배를 한 번 더 양쪽 볼이 파이도록 아주 깊이 빨아들였다. 한쪽 눈이 까마귀처럼 유독 동그랬다.

"네 오토바이 말이야. 정말 하신이 범인이라면 해결 방법은 많지 않다, 친구야."

마뉘가 일어서더니 부엌으로 향했다. 잠시 개수대를 뒤적거리며 뭔가를 찾는 기척이 느껴졌다. 이윽고 비틀비틀 한쪽 어깨로 벽을 스치며 거실에 돌아온 마뉘의 손에 꾸러미 하나가 들려 있었다. 그가 그 꾸러미를 사촌 형제 쪽으로 던졌는데, 거리 계산을 잘못했는지 속에 든 물건이 바닥으로 묵직하게 떨어졌다.

"자, 봐."

"이게 뭐야?"

사촌이 물었다.

"뭘 거 같냐?"

형체로 봐서 내용물은 의심할 여지가 없었다.

"자!"

앙토니가 일어나 물건을 감싼 날짜 지난 스포츠 신문《레퀴프》를 들추었다. 헝겊으로 한 겹 더 싼 그것은 MAC 50이었다. 앙토니는 그 근사한 물체를 두 손으로 집어 들며 감탄했다.

"총알 들었다."

마뉘가 말했다.

밀도, 손잡이에 박힌 나사의 넓이, 강해 보이는 인상, 그리고 한마디로 말해서 어딘가 원초적으로 보이는 느낌이 정말이지 앙토니를 압도했다. 앙토니는 금속 총구의 우묵한 홈에 엄지손가락을 밀어 넣었다. 사촌도 좀 더 자세히 보고 싶었는지 가까이 다가와 총을 만져 보았다.

"나도 보여 줘."

앙토니는 아쉬운 마음으로 물건을 건넸다.

"꽤 무겁네."

'전문가'는 어느새 안락의자에 앉아 줄담배를 피워 댔다. 약기운이 번지는지 건방진 제스처로 미소를 짓기도 하고, 허공에 담뱃재를 떨기도 했다.

"깔끔하지. 보너스야."

사촌이 테이블 위에 총을 내려놓았다. 앙토니는 다시 만져보고 싶어서 몸이 근질거릴 정도였다. 손에 쥐어 보고 그 느낌을 다시 경험하고 싶었다. 팔 끝을 타고 올라올 그 가능성을 말이다.

"이제 가 볼게."

사촌이 말했다.

"어, 그래? 어디로 갈 건데?"

"됐어, 마뉘⋯⋯."

'전문가'의 한쪽 눈 밑이 빠르게 경련했다. 마뉘는 손가락을 튕겨 담배꽁초를 방구석으로 던졌다.

"야, 바람 좀 쐬자⋯⋯."

사촌이 앙토니에게 출입문 쪽으로 따라오라는 신호를 보냈다.

"우리 집에서 나간다고? 내 맥주 처마시고, 내 코카인을 공짜로 하고 나서? 미치지 않고서야 여기가 어디라고 감히 그따위로 행동해?"

"이봐, 고마웠어. 이제 우린 가 볼게."

사촌이 상대를 진정시킬 때처럼 양손을 들어 올리며 말했다.

"이 새끼, 너 거기서 꼼짝도 하지 마."

그 순간 '전문가'는 흉골부터 식도가 타는 듯한 느낌에 사로잡혔다. 그는 잠시 턱을 가슴 쪽으로 묻고 두 눈을 감은 채 괴로워했다. 다시 눈을 떴을 때는 눈꺼풀이 순식간에 퉁퉁 부어올라 깊이를 알 수 없는 호수처럼 검고 냉정한 빛을 띠었다. 앙토니의 온몸에 소름이 돋았다. 그들 사이의 낮은 테이블 위에 권총 한 자루가 놓여 있었다. '전문가'가 그것을 잡기 위해 몸을 숙였다.

"지금 꺼져!"

허벅지를 쩍 벌리고 그 사이에 권총 든 손을 올려놓은 '전문가'의 태도에서 멸시가 읽혔다.

"괜찮아?"

사촌이 물었다.

얼굴이 창백해진 마뉘의 양쪽 관자놀이에 굵은 땀방울이 주룩주룩 흘러내렸다. 마뉘는 코를 훌쩍거렸다.

"얼른 나가."

옆을 막 지나는 순간 '전문가'의 길쭉하고 살집 없이 앙상한 손이 앙토니의 한쪽 이두박근을 거머쥐었다. 불에 타는 듯 뜨거운 손이 피부에 닿자 불편하기 짝이 없는 느낌이 남았다. 앙토니는 문득 에이즈라는 단어를 떠올렸다. 피부 접촉으로 감염되지 않는다는 것쯤은 앙토니도 알고 있었다. TV에서 수도 없이 떠드는 상식이다. 그래도 그런 생각을 떨칠 수가 없었다. 뒷덜미를 타고 소름이 올라올 무렵 '전문가'가 마침내 뜨거운 손을 거두었다.

"머저리 같은 녀석, 꺼져······."

사촌 형제가 문을 쾅 닫고 나오자, 층계참의 신선한 공기가 두 사람을 맞았다. 두 사람은 죽을힘을 다해 계단을 겅중겅중 뛰어 내려왔다. 그때 술자리에서 개의 뒷다리를 깔아뭉갠 남자는 어떻게 됐을까, 앙토니는 문득 궁금해졌다.

8

두 소년은 걸어서 시내를 지나고 블롱상을 거쳐 집으로 돌아왔다. 술기운이 남은 덕분에 거리 감각이 사라져 그다지 멀다는 생각도 없이 내처 걸었다. 그렇지만 날은 여전히 뜨거웠으며, 도시의 무게, 자글자글 녹아내리는 아스팔트와 마른 먼지 냄새, 저녁을 향해 느리게 뛰어드는 도시를 느낄 수 있었다.

앙토니는 아무 말 없이 약간 뒤처져서 걸었다. 한편으로는 '전문적인' 곳에서 코카인을 해 본 게 썩 만족스러웠다. 어쨌거나 멋진 경험을 한 것 같았다. 할 수만 있다면 지붕 위를 경중경중 뛰어다니며 소리라도 지르고 싶었다. 그러나 다른 한편으로 생각하면 문제는 해결될 기미가 전혀 없어 보였다. 사촌은 아무 말 없이 성큼성큼 앞장섰다. 도대체 무슨 생각을 하는 거지? 골이라도 난 거야 뭐야? 남의 속은 정말 알다가도 모를 일이었다.

"야! 내가 뭘 어쨌다고 그래? 나한테 화났냐?"

하지만 대답은커녕 사촌이 오히려 더 빨리 걸어서 앙토니는 사촌을 따라잡기 위해 더 종종걸음을 쳐야 했다. 롤링스톤처럼 방금 코카인을 한 녀석이라 따라잡기가 결코 쉽지 않았다.

"기다려! 좀 같이 가자고, 씨발!"

클레망아데르 거리에 막 접어들 무렵부터 앙토니는 기분이 점점 나빠지기 시작했다. 어슴푸레한 불안이 다시 엄습하면서 더는 아무것도 하고 싶지 않았다. 억압, 유년, 치러야 할 대가고 뭐고 전부 영원히 끝나지 않을 것 같았다. 순간순간 기분이 너무 나쁜 나머지, 이런저런 생각이 화살처럼 빠르게 머릿속을 통과하기도 했다. 영화를 보면 균형 잡힌 머릿속과 몸에 잘 맞는 옷, 자가용까지 두루 갖춘 사람들이 잘도 등장하건만 나는 왜 이 모양일까. 앙토니는 자책감이 들었다. 학교에선 꼴찌에 뚜벅이 신세, 여자 친구 하나 없고 별일 없이 지내는 일조차 서툴기 짝이 없는 신세가 미워졌다.

마침내 사촌 집 앞에 도착했을 때 벽에 몸을 기대고 얌전히 자리를 지키고 있는 자전거를 발견해서 행복했다고 하면 너무 소박할까. 사촌은 아무 말 없이 한동안 그렇게 서 있었다. 오후 3시에서 5시 사이. 평소라면 새로운 활력이 샘솟아야 하는 시간이었다. 사촌은 앙토니에게 들어오라고 권하지 않았고, 앙토니도 구태여 들어가겠다고 말하지 않았다.

"뭐가 문젠데?"

"이모부한테 다 말해. 그 방법밖에 없어."

"난 못 해."

"도대체 언제까지 똑같은 말만 하고 있을 건데? 원하는 게 뭐야? 권총이라도 들고 가서 찾아오겠다고?"

사촌의 말엔 가시가 박혀 있었다. 순간 함께 보낸 숱한 날들의 두께가 단번에 얄팍해지는 느낌이었다.

"잘 가라……."

사촌은 이 말을 남기고 집 안으로 들어가 버렸다.

앙토니는 한동안 우두커니 서 있었다. 주위를 둘러보니 규정에 맞추어 하나같이 똑같은 모양새로 지어진 공공주택들이 메마른 나무, 어른 키 높이의 대문과 함께 잔인할 정도로 변함없이 늘어서 있었다. 아이들이 대문 앞 보도블록 위에 분필로 이름을 써 놓았고, 편지함에는 각종 전단지가 토사물처럼 삐져나와 있었다.

결국 앙토니도 현관으로 이어지는 계단 세 개를 올라 사촌이 사는 아담한 집 안으로 스며들었다. 사촌은 복도를 막 지날 때 엄마에게 붙들려서 멀리 가지 못했다. 늘 그렇듯 TV 소리가 집 안 전체에 쩌렁쩌렁 울려 퍼졌다. 집 안에 들어가 거실 문턱에 선 앙토니를 발견한 이렌이 TV 볼륨을 약간 줄였다.

"이 녀석, 골난 것 같은데?" 이모가 말했다.

이렌 이모는 TV 리모컨을 한 손에 꼭 쥐고 소파에 길게 누워 있었다. 미국 형사가 산타모니카를 향해 길을 떠나는 장면이 나오자, 겉창을 내린 비좁은 거실에 캘리포니아의 희미한 햇살이 꽉 들어찼다.

"왜 그래? 둘이 싸웠어?"

소년들은 아무 말도 하지 않았다. 가뜩이나 요즘 이렌은 처방 받는 약에 따라 기분이 오락가락했으므로, 거기에 대고 부채질은 하지 않는 편이 현명했다. 아니나 다를까 이렌이 머릿속에 떠오르는 대로 주절거리기 시작했다. 우리 딸은 어디 갔니? 염색을 해 주기로 약속했는데. 사촌이라고 해서 알 턱이 없었다. 그러고는 각종 고지서, 이웃들과의 문제, 일, 그녀가 앓고 있는 결장염, 빨래, 다림질, TV 등 자질구레한 모든 것에 대해 정신없이 이야기를 쏟아 냈다. 가끔 자신의 인생에서 중요한 사건으로 돌아갈 때면 어김없이 '나의 우울증'이라는 말이 등장했는데, 그럴 때 그녀의 말투는 "내 딸" 혹은 "내 강아지"라고 말할 때처럼 다정해지곤 했다. 이렌이 벌써 수년째 앓고 있는 이 병은 이제 그녀에게 일종의 친구, 엄연히 의미 있는 존재가 되었다. 그녀에게 골칫거리를 안겨 준 건 이전 직장의 사장이었다. 휴직이 일 년 동안 계속되자, 망할 사장은 아예 이렌을 잘라 버리고 싶어 했다. 다시 말해 더 이상 직장 일로 걱정할 필요가 없다는 뜻이기도 했다. 주치의도 이렌을 안심시켰다. 최악의 경우 노동 감독원에 청원하면 된다. 동시에 이렌은 사장의 처지도 이해가 갔다. 어떻게든 회사를 유지해야 하는 사장에게는 이렌의 퇴사가 최선이었을 것이다. 하지만 그것은 이렌 같은 처지의 사람들에게는 너무나 복잡한 문제였으므로, 이렌은 감히 고소할 엄두조차 내지 못했다.

때마침 TV 화면이 바뀌자, 이렌은 볼륨을 다시 높이고 TV 속 세상으로 빠져들며 다른 수심을 전부 잊었다. 그 틈을 타 계단을 올라가는 사촌을 앙토니도 뒤따라갔다.

이모의 옛날 모습을 떠올리면 참 이상한 기분이 들었다. 앙토니가 어릴 때 이렌 이모는 신선 식품을 전문으로 하는 운송 회사에서 경리로 일했다. 앙토니네 집에 들를 때마다 이모는 유통 기한이 살짝 지난 다네트와 리에주아와 요구르트를 한 아름씩 가져다주곤 했다. 당시 이렌은 브뤼노라는 이름의 수염이 무성한 트럭 운전사와 사귀고 있었다. 엄마는 이모네 커플과 사촌들을 종종 집으로 불렀고, 그럴 때마다 집에는 잔치가 벌어졌다. 저녁식사가 자정이 넘도록 이어졌고, 앙토니는 어른들의 대화를 자장가 삼아 거실 소파 위에서 잠들곤 했다. 아버지가 접대용으로 내놓는 과실주 병에는 푸른 잉크로 자두라든가 미라벨이라고 적은 초등학생용 견출지가 붙어 있었다. 골루아즈 냄새, 혀끝에 달라붙은 담뱃재를 떼는 남자들, 실없이 오고가는 농담들. 부엌에서 들려오는 여자들만의 끝없는 이야기. 그리고 새벽 1시쯤 마침내 들려오는 커피 머신 소리와 앙토니를 안아 올려 침대에 데려가 눕히던 아버지의 두 팔. 일단 방에 눕혀지면 사촌은 '르네 샤토'라고 적힌 작은 판형의 얄궂은 카탈로그를 꺼내 들여다보았는데, 그 속에는 벌거벗은 여자들의 사진이 가득했다. 사촌이 방문을 꼭 닫고 숨죽여 카탈로그를 감상할 때면, 카린도 보여 달라고 떼를 쓰곤 했다. 안 보여주면 어른들에게 다 말해 버리겠다면서. 그때 앙토니의 나이가 열 살, 사촌은 열두 살이었다. 앙토니와 사촌은 짐짓 시시하다는 표정으로 카탈로그를 넘기는 척했으나, 다리 사이 중요 부위에 난 음모 앞에서는 둘 다 집중하지 않을 수 없었다. 카린이 사촌 형제에게 자기 것을 보여 주었다. 털은 없었어도 몸의 중심에 자리한 깔끔한 둔덕은 소년들의 호기심을 충분히 자극하고도 남았다. 앙토니도 덩달아 바지를 벗어야 했다. 이 모든 것이 멀고 먼 시절의 이야기였다.

소년들이 방에 들어와 말 한마디 주고받지 않은 채 냉담하고 불편하게 있은 지 십 분이 채 안 되어 아래층에서 초인종이 울렸다. 앙토니와 바네사를 빼면 무젤 가족의 집을 찾는 사람은 거의 없었다. 게다가 앙토니와 바네사는 웬만해서 초인종을 누르는 법이 없었다. 사촌이 창밖으로 상체를 기울이더니, 누군가에게 올라오라고 말했다.

"누구야?"

앙토니가 물었을 때는 벌써 누군가 계단을 올라오는 소리가 들렸다. 난감한 듯 대충이라도 방을 치우는 사촌에게 앙토니가 재차 물었다.

"누구냐니까?"

사촌이 한숨을 쉬었다.

"넌 그만 가."

그때 클레망스와 스테파니가 방문 앞에 모습을 드러냈다. 앙토니는 엉겁결에 반쯤 감겨 슬퍼 보이는 오른쪽 눈을 손가락

두 개로 가렸다. 대체 이게 어떻게 된 일이지?

"안녕." 클레망스가 말했다.

머리를 동그랗게 말아 틀어 올리고 눈에 마스카라를 검게 칠한 그녀에게서 솜사탕처럼 달달한 냄새가 났다. 반면 나란히 선 스테파니는 단단히 삐진 기색이었다. 넷이 함께 있으니 사촌의 방은 더욱 비좁고 초라해 보였다. 사촌도 그걸 눈치챘는지, 침대 위에 놓인 베개를 공연히 퍽퍽 두드리고 바닥 여기저기에 뒹구는 전선들을 주섬주섬 감추었다. 클레망스와 사촌이 살짝, 자연스럽게 입을 맞추었다. 앙토니는 화들짝 놀라 스테파니를 바라보았다.

"뭐가?" 스테파니가 말했다.

아니야, 아무것도. 어린 연인들이 창가 쪽에 몸을 기대고 서자, 창문 밖에서 쏟아지는 쨍쨍한 햇빛이 그들의 실루엣을 비추었다. 역광 속에 일부가 도려내진 두 사람은 겁날 정도로 젊고 아름다웠다. 앙토니에게는 참으로 힘겨운 오 분이 흘렀다. 스테파니는 하릴없이 서 있기만 했고 앙토니 역시 어째야 할지 엄두도 못 내는 가운데, 사촌과 클레망스는 방 안에 둘만 남겨지길 원하는 기색이 역력했다. 스테파니의 한숨, 잔뜩 긴장된 정적, 회피하기와 못 본 체하기. 짧지만 외교적으로는 상당히 복잡한 순간이었다. 마침내 사촌이 클레망스의 손을 잡고 밖으로 이끌었다.

"어디 가려고?" 스테프가 퉁명스럽게 물었다.

"다시 올 거야."

"지금 장난해?"

"금방 온다니까. 한 대씩 피우고 있으면 되잖아."

커플이 사라진 방에는 앙토니와 스테파니만 남았다. 무지무지 겁나고 절망적이면서도 환상적인 순간이었다. 바짝 긴장한 앙토니가 이번에도 손가락을 부실한 오른쪽 눈꺼풀 위에 가져다 댔다.

한편 스테파니는 고개를 숙이고 벽에 꽂힌 비디오테이프들의 제목을 하나하나 읽어 나갔다. 가끔씩 난감한 듯 한쪽 눈썹을 찡그리기도 했다. 티셔츠 소매가 매우 짧아서 왼쪽 어깨 위의 BCG 접종 자국이 보였다. 손만 뻗으면 닿을 거리에 그녀가 있었다. 통통한 발목, 목덜미에 살짝 진 주름, 곱슬한 뒷덜미의 솜털. 멜빵바지를 입은 스테파니는 어딘지 어린 여자아이 같은 데가 있었다. 스테파니가 잡지를 집어 들고 부채질을 하기 시작했다. 열기가 꽉 차 가마솥처럼 절절 끓는 방 안에 있다 보니 얼굴이 이내 땀으로 번들거렸고, 점점 게으르고 무기력해졌다. 뭐든 손가락으로 집어 먹은 뒤 손가락에 묻은 걸 핥고 싶었다. 그러다가 침대 위에 몸을 던진 그녀가 팔꿈치를 이불에 짚고 두 다리를 꼬며 오른발을 허공에서 까딱거리자, 운동화가 벗겨졌다. 침대에 깔아 놓은 이불이 그녀의 허벅지 아래에서 구겨졌다가 다시 눌리며 모양과 두께를 바꾸었다.

"야!"

앙토니의 눈길에 놀란 스테프가 외쳤다.

소년은 얼굴을 붉히며 머리를 긁적였다. 그러고는 한 대 피울 거라고 말했다.

"쟤네 엄마는?" 소녀가 물었다.

"아무 문제 없어. 2층엔 절대 안 올라오니까."

"확실해?"

"약속해. 진짜 아무 문제 없어."

앙토니의 대답에도 스테파니는 완전히 마음을 놓지 못하는 듯했다. 앙토니가 작은 책상 서랍에서 종이와 마리화나를 꺼내 '공작'을 시작했다. 마뉘네 집에 갔던 이야기를 하면 내가 진정한 남자임을 입증할 수도 있지 않을까. 앙토니는 생각했다. 하지만 스테파니는 다른 생각에 빠져 있었다.

"그런데 쟤네 엄마 말이야. 일 안 하셔?"

앙토니는 뭐라고 대답해야 할지 알 수 없었다.

"건강에 문제가 있어서."

"어디가?"

"심장."

심장 문제라면 누구에게나 통해서 스테파니도 금방 알아들었다. '공작'을 마친 앙토니가 먼저 스테파니에게 건넸다.

"자."

"싫어. 됐어……."

솔직히 스테파니는 자기 친구가 어쩌다 이런 볼품없고 가난의 냄새가 밴 소굴에 발을 들이게 되었는지 이해할 수 없었다. 이 집엔 몇 명이 사는 걸까? 집 안에서 개 냄새가 났고 카펫도 역겨울 정도로 더러웠다. 특히 아래층에서 마주친 정신이 온전치 않아 보이는 아주머니에 대한 생각이 머릿속을 떠나지 않았다. 아주머니는 두 소녀에게 담배를 권하며 성인이 되었느냐고 물었다. 하여튼 좀 특별한 사람 같았다.

한 모금 빨았을 뿐인데 앙토니의 입안이 건조하고 텁텁해졌다. 스테파니에게 권한 건 그리 좋은 선택이 아니었다고 곧 후회하게 되었다. 그와 동시에 아무래도 그녀에게 키스할 기회는 영영 오지 않을 것 같다는 체념에 사로잡혔다. 스테파니의 팔찌, 흠잡을 데 없는 머릿결, 부드러운 피부를 곁눈질하며 앙토니는 그녀가 속한 굳게 닫힌 멋쟁이들의 세상을 그려 보았다. 여름 별장, 가족사진, 덱 체어, 벚나무 아래에 자리 잡은 덩치 큰 개 등 언젠가 치과 대기실에서 훑어본 잡지 속의 '클린'하고 '해피'한 이미지들이 떠올랐다. 그러자 혼란스러우면서도 말로 표현할 수 없을 만큼 부러워졌다. 스테파니는 앙토니가 가질 수 없는 여자였다.

"쟤네 둘이 사귄 지 오래됐어?"

"아니. 그러거나 말거나."

앙토니가 다시 한번 마리화나를 권했다.

"안 한다니까. 너무 더워서 다 짜증 나."

스테프는 충분히 퉁명스럽고도 남는 자기 말이 남긴 여파를 눈으로 확인했다. 한쪽 눈을 감고 있다시피 한 이 남자애는 시몽과는 또 다른 느낌이었다. 시몽을 떠올리는 것만으로도 스테파니는 가슴이 찌릿찌릿해졌다. 스테파니는 틈만 나면 어긋나 버린 사랑을 추억하고 원통하게 가슴을 치면서 괴로움을 곱씹었다. 할 수만 있다면 온종일 아무것도 안 하고 지나간 사랑만 생각하고 싶었고 실제로도 그랬다. 앙토니가 불쑥 물었다.

"근데 쟤네들 뭐 하러 간 거지?"

"네 생각엔 어떤데?"

"나한테 왜 한마디도 안 했는지 모르겠네."

"클렘은 언제나 저런 식이야."

"말하자면?"

"글쎄…… 예를 들면 내가 지금 여기서 뭐 하는 것 같니? 미치지 않고서야."

"그렇긴 하다." 앙토니가 수긍했다.

스테프는 앙토니의 솔직함이 마음에 들었는지, 컨버스 운동화를 바닥에 벗어 던지고 침대 위에 양반 다리를 하고 앉았다. 포니테일이 정말이지 앙토니의 마음을 완전히 뒤흔들었다.

"어디, 나도 한번 줘 봐."

스테파니가 마리화나에 다시 불을 붙이고 연거푸 세 번을 빨자 분위기가 한결 느슨해졌다. 스테파니는 별안간 천장을 바라보며 침대에 벌렁 드러누웠다. 그 바람에 앙토니는 졸지에 그녀의 다리며, 허벅지에 난 솜털이며, 매끈한 넓적다리를 원 없이 볼 수 있었다. 다리 아주 위쪽, 그러니까 엉덩이 부분에서 무지개의 파란색이 설핏 보이는 것도 같았다. 허공에 치켜든 오른손 검지와 중지 사이에서는 마리화나가 타올랐다.

"너는? 여친 있어?"

갑자기 들어온 질문에 놀라 앙토니는 그렇다고 해 버렸다.

스테파니가 사실인지 확인하려는 듯 앙토니를 똑바로 바라보며 놀려 대기 시작했다.

"뭐가?" 소년이 말했다.

"너 몇 살인데?"

"열여섯 살." 앙토니는 또 거짓말을 했다.

"여자애랑 키스는 해 봤어?"

"그럼."

"어떻게 했는데?"

"어떻게라니?"

"혀를 어느 방향으로 돌렸냐고."

이거야말로 지난 학기 내내 앙토니가 머리를 싸매고 고민하던 주제였다. 이 점에서 아이들의 의견은 제각각이었는데, 결국 앙토니는 절대다수의 의견을 따르기로 했다. 시계 방향으로 돌렸지 하고 앙토니가 대답했다.

소녀의 얼굴에 언뜻 장난기가 스치자, 앙토니는 저도 모르게 얼굴을 찡그렸다.

"그러는 넌?" 앙토니가 곧바로 물었다.

"나 뭐?"

"남친 있어?"

스테파니는 한숨을 내쉬었다. 남친 이야기는 너무 복잡해서 차라리 아무 말도 안 하는 게 낫다 싶었다. 그럼에도 아주 장황하게 자신의 사랑 이야기를 늘어놓기 시작했다. 이로써 앙토니는 스테파니에겐 무척 귀여운 남친이 있었는데 그 남친이 그녀에게 몹쓸 짓을 했고, 그럼에도 여전히 엄청나게 귀여운 남친으로 남아 있다는 걸 알게 되었다. 녀석은 때로 착했으나 또 어쩔 때는 스테파니를 있으나 마나 한 존재로 취급했다. 스테파니는 그런 녀석을 아주 이해하지 못하는 건 아니라고 말했다. 아무튼 복잡한 놈인 모양이었다. 아닌 게 아니라, 카뮈와 『푸른 풀』[41]을 읽는다고 했다. 어쨌거나 스테파니는 녀석 때문에 돌 지경인 것 같았다. 안 듣느니만 못한 이야기에 실망하고 후회한 앙토니는 마리화나를 피우며 위로를 찾았다. 마음속 고통에 다시 불을 지핀 것이 흡족했는지, 스테파니는 앙토니의 시선을 느끼면서 혼잣말을 이어 갔다. 앙토니로 말하자면, 스테파니가 말하는 동안만이라도 원 없이 바라볼 수 있었으니 그걸로 됐다 싶었다. 가령 봉긋한 가슴을 보며 티셔츠 속 브래지어는 어떤 모양일지 상상해 보았다. 스테파니가 두 다리를 쭉 뻗어 침대 끝에 발목을 겹쳐 놓자 배 아랫부분에 삼각형이 만들어졌다. 어느 순간부터 스테파니는 더 이상 말이 없었다. 앙토니는 그녀가 엉덩이 아래를 가만가만 흔들고 있다는 걸 알아차렸다. 그런 그녀를 만지고 싶은 생각이 간절했으나, 그 대신 뭔가 마실 것을 찾아 아래층으로 내려가는 것밖엔 할 수 없었다.

---

41 미국 작가 비어트리스 스파크(1917~2012)가 1972년에 발표한 소설. 약물 중독에 빠진 청소년들의 이야기를 일기 형식으로 썼다. 영어 원제는 'Go Ask Alice'이다. 처음에 익명으로 발표했으나 몇 년 후 작가가 나서서 자신이 쓴 소설임을 밝혔다.

콜라에 넣을 얼음을 틀에서 꺼내는데 이모가 부엌으로 들어와 물었다.

"쟤네들 누구니?"

얼음 세 조각이 타일 바닥 위로 떨어져 산산조각 나면서 파편이 부엌 구석까지 튀었다.

"젠장! 놀랐잖아."

"누구야? 나는 모르는 애들인데."

"그냥 친구들이야."

앙토니가 주방 타월로 얼음 조각들을 수습하는 동안, 이모는 한 손에 여전히 리모컨을 쥔 채 앙토니의 모습을 냉정하게 바라보았다.

"도대체 어디서 튀어나온 애들이니?"

"뭐가?"

"뽕질 하려고 여기 찾아오는 거야?"

"뭔 개소리! 그냥 친구들이라니까."

앙토니는 얼음 틀을 냉동실에 다시 넣은 다음, 2층으로 올라가려고 콜라를 들었다. 이모가 한쪽 어깨를 문틀에 단단히 붙이고 막아선 채 입가에 빈정거리는 웃음을 띠고 앙토니를 빤히 바라보았다.

"통통한 애가 네 여친이니?"

"안 통통해." 앙토니가 말했다.

유리컵 속에서 얼음이 녹아들면서 섬세하게 챙그랑 챙그랑 소리를 냈다. 손끝에서부터 차가운 기운이 점점 올라왔다.

어딘가 불편할 때면 늘 그랬듯, 갑자기 오줌이 마려웠다.

"어쨌거나 걘 먹는 것 좀 조심해야겠더라. 어디 사는 애들이니?"

"아무것도 몰라."

"그래도 귀염성은 있던데. 다음에 올 땐 인사 좀 하라고 해."

그 후 앙토니와 스테프가 단둘이 보낸 시간은 그리 길지 않았다. 오래지 않아 커플이 장미처럼 화사하게 헝클어진 머리를 하고 돌아왔다. 원하던 일을 했는지 어쨌는지는 두 사람에게 물어볼 일이었다. 그러고 나서 소녀들은 올 때와 마찬가지로 스쿠터를 타고 떠났다. 시동을 걸기 전 클렘이 아주 잠깐 사촌을 바라보며 작은 신호를 보내는 것 같았다. 스테프는 아무신호도 남기지 않았다.

9

목요일 아침에 엘렌은 일찍 일어났고, 마침내 아들에게서 모든 이야기를 세세히 들을 수 있었다. 여러 각도에서 생각해 보고 나서 엘렌은 한 가지 결정을 내렸다. 그리고 앙토니의 방으로 가 창과 겉창까지 활짝 열어젖힌 다음 침대 가장자리에 걸터앉았다. 창밖에서 새들의 지저귐이 들리고, 좀 더 멀리 떨어진 고속도로에서 자동차 소음이 들려왔다. 새로운 하루가 시작되고 있었다. 엘렌은 어떤 식으로 말해야 할지 한동안 망설였다. 마치 가족의 미래가 두 사람이 어떻게 단결하느냐에 좌지우지되는 것 같았다.

"걔네 집에 가 보자. 걔 아빠랑 얘기를 해 봐야겠어. 네 친구하고도. 분명히 해결할 수 있을 거라고 나는 믿어."

"엄마 제정신이야?" 앙토니가 말했다.

앙토니는 엄마의 마음을 돌리려고 애썼지만 소용없었다.

일단 머릿속에 한 가지를 결정하고 나면 어떤 말도 듣지 않는 사람이 바로 앙토니의 엄마였다. 엄마는 5센티미터 높이 힐을 신고 눈에 파란 아이섀도를 진하게 바르고는, 정해진 시간이 되자 당당하게 출근했다. 결정을 내린 이상 근심은 거의 사라진 것 같았다. 앙토니는 오전 내내 욕실 거울 앞에서 블랙 헤드를 짜내며 그 일을 곱씹었다. 오후가 막 시작될 무렵, 엄마가 예정대로 앙토니를 데리러 왔다. 앙토니는 가는 길 내내 이를 꽉 물었다. 그런 사람들하고 얘기하는 건 아무짝에도 쓸모없는 일이라고 몇 번이나 말했지만, 엘렌은 아들의 말을 듣지 않았다. 어른들끼리 의논하면 다 해결될 거다. 엄마는 확신에 차 있었다. 고층 아파트 밑에는 주차할 곳이 마땅치 않아서 차를 멀찍이 세워 놓고 걸어가기로 했다.

부알리 가족이 산다는 신시가지에는 이렇다 할 것이 없었다. 그곳은 사르셀이나 망트라졸리[42] 같은 거대한 베드타운과는 또 다른 모습이었다. 그다지 높지 않은 건물 10여 채가 하늘에서 내려다볼 때 5점형으로 배치되어 있었다. 거기에 십오 층짜리 고층 아파트 세 채가 타워처럼 우뚝 서 있는데 그중 하나가 그 유명한 마네 타워였다.

수년 전부터 나라에서 '영광의 삼십 년'이라고 이름 붙인 이 신시가지는 해가 거듭될수록 거주민이 점점 줄더니, 이제는 주인을 찾지 못한 빈집이 부쩍 늘었다. 남은 주민들은 같은 월

---

42   둘 모두 일드프랑스 지역의 도시.

세를 내고 부엌 두 개, 욕실 두 개, 그리고 애들마다 방 한 칸씩 돌아가는 큰 평수의 아파트를 차지할 수 있게 되었다. 어차피 빈집들이고 정부 차원에서 대안도 딱히 없었으므로, 임대 아파트 사무실에서는 그런 거래를 수수방관했다. 어쨌거나 이 낡고 초라한 고층 아파트를 원하는 사람은 없었으니까. 위성 방송 수신 안테나와 마른 빨래 사이로 쩍쩍 금간 초벽, 시커멓게 녹슨 발코니 난간은 금방이라도 부서져 내릴 듯 아슬아슬했다. 365일 물이 새는 배수관 때문에 아파트 외벽은 점점 갈색으로 물들어 갔다. 일자리가 있는 사람들은 벌써 오래전에 이 단지를 떠나 룩셈부르크나 일드프랑스로 갔고, 연금 생활자들은 더 구석진 벽촌으로 들어갔다. 가장 부러운 경우는 여기서 보낸 이십 년 세월에 상이라도 받듯 어딘가에 자기 명의로 된 작은 집을 마련해 떠난 사람들이었다. 세월과 가난이 좀먹은 이 건물들은 말하자면 현대 사회와 그 건축가들의 실패작이었다. 언제가 됐든 멀지 않은 시기에 이 고층 아파트들이 철거될 운명임을 모르는 사람은 없었다. 간혹 TV에서 보여 주는 깔끔한 철거 장면과 달리, 불도저가 이 벽 저 벽을 뭉텅뭉텅 잘라 내고 나면 건물의 갈라진 뱃속으로 꽃무늬 벽지와 철제 선반, 포마이카 서랍장, 문이 활짝 열린 찬장이 내장처럼 들여다보일 것이다. 영국 대공습 시기의 런던과 같은 풍경일까. 길게 잡아 이 주면 끝날 작업이었다. 도시 계획 담당자들은 그 안에 여기 존재했던 오십 년의 세월은 폐허가 될 거라고 생각했다. 그날을 기다리며 삼십 년 넘게 해묵은 거주자들이 여기서 옹색하게 우글거렸다.

아파트로 올라가기 전, 앙토니와 엄마는 세잔 타워 맞은편 피카소 타워 아케이드 밑에서 잠시 머뭇거렸다. 앙토니는 갑자기 오줌이 마렵고 손을 씻고 싶어졌다. 아닌 게 아니라, 손금 사이사이에 때가 끼어 꼬질꼬질했다. 날이 더워 땀으로 목욕을 한 듯 찝찝한 데다 속이 더부룩했다.

"그만 꼼지락거려." 엄마가 말했다.

"오줌 마려워."

"나도 그래. 참아, 좀."

마음을 다지려고 그러는지 엄마가 틱탁 캔디 하나를 입에 넣었다.

"자, 파이팅!"

엄마는 끙끙거리는 앙토니를 그대로 두고 성큼성큼 길을 건너기 시작했다. 어느새 오후 3시가 훌쩍 넘었다. 오른쪽으로 조금 떨어진 단지 놀이터에서 아이들이 판다 얼굴에 용수철이 달린 놀이 기구를 타고 몸을 좌우로 흔들어 댔다. 엄마 몇 명이 벤치에 앉아 지친 기색으로 아이들이 노는 모습을 바라보고 있었다. 젖먹이가 곤히 잠든 유모차를 심술궂게 흔드는 아이도 있었다. 앙토니와 엄마가 길을 건너자, 놀이터의 엄마들이 일제히 두 사람을 빤히 쳐다보았다. 키가 크고 통굽 구두를 신은 갈색 머리 여자와 책가방을 멘 소년이 어디를 향하는지 생각하는 듯했다. 어쩌면 그들 모자가 도둑처럼 보인 걸까.

건물 현관에 들어선 엄마와 아들은 시멘트가 뿜어내는 냉기에 몸서리쳤다. 이윽고 두 사람은 계단을 오르기 시작했다. 절대 침묵. 두 사람의 신발 바닥이 계단 위에 닿을 때마다 기분 나쁜 소리가 울려 퍼졌다. 마침내 4층에서 걸음을 멈추고, 초인종 위에 적힌 이름들을 하나하나 확인했다. 부알리네는 오른쪽 첫 번째 집이었다.

"어떻게 하지?"

"눌러."

엄마가 초인종을 누르자, 벨소리가 공동묘지 같은 정적을 깨고 건물 전체에 소름처럼 번져 나갔다.

"됐어, 이제 그만 눌러." 앙토니가 엄마의 팔을 붙들며 저지했다.

앙토니의 말소리가 메아리가 되어 건물 안에 울리자, 두 사람은 얼음처럼 굳어 꼼짝하지 않았다. 벽 사이사이에서 새어 나오는 소리가 두 사람에게는 선전 포고나 규탄처럼 들렸다. 문제의 아파트 안에서는 아무 반응이 없었다. 앙토니와 엄마는 급속히 졸아드는 대범함과 두려움으로 동시에 무장하고 적의 영토에 서 있는 셈이었다.

그때 현관문 너머로 쇠고리가 달각거리는 소리가 들려왔다. 뭔가 복잡한 메커니즘이 진행되는 듯하다가 마침내 문이 열리더니, 콧수염을 기른 청바지 차림의 키 작은 남자가 모습을 드러냈다. 엄마는 남자에게 미소를 지어 보이려 애썼고, 앙토니는 고개를 푹 숙였다. 복도를 밝힌 누르스름한 불빛 속에서 부알리 씨는 머리와 손만 지나치게 강조되어 실루엣이 일그러져 보였다. 얼굴 가득 동심원을 그리듯 번진 깊은 주름 한가운데에서 남자의 두 눈이 허약하게 반짝거렸다. 남자는 아무편견 없이 편안한 눈길로, 그러나 살짝 당황한 듯 두 사람을 쳐다보았다.

"선생님, 안녕하세요?" 엘렌이 미안한 투로 말을 건넸다.

남자는 무슨 일인지 의아해 하는 얼굴이었으나 아무 말도 하지 않았다. 혹시 하신이라는 아이가 있는지 엘렌이 묻자, 남자의 이마에 돌연 주름이 깊어졌다.

"없어요. 그 애는 여기 없는데."

"곧 돌아올까요?"

"원하는 게 뭐요?"

엘렌과 앙토니의 등 뒤로 텅 빈 계단참과 건물의 말 없는 수직성, 침묵 속에서 꿈지럭거리는 기척이 느껴졌다. 일자리를 구하지 못한 사람들이 전부 그 건물 어딘가에서 TV를 보거나 마약을 하거나 이런저런 유희를 즐기면서 열기 및 권태와 싸우며 매복 중이었다. 아무것도 아닌 일을 가지고도 언제든 우르르 모여들 준비가 되어 있는 사람들이었다. 엘렌이 하신을 만나러 왔다고 말했다. 아주 중요한 일이라고도.

"무슨 일이라고요?" 남자가 물었다.

"아드님이 돌아오면 같이 듣는 게 좋겠어요, 부알리 씨."

엘렌의 정중함에는 뭔가 의심스러운 데가 있었다. 그것은 공중인들에게서 볼 수 있는 철저히 계산된 거리감 혹은 좋지 않은 결과를 전하는 의사의 어조를 연상시켰다.

"그 애는 여기 없다니까요."

남자가 문을 닫으면서 같은 말을 반복하자, 엘렌이 한쪽 손과 어깨를 현관문 안쪽으로 들이밀며 막아섰다.

"아주 중요한 일입니다, 부알리 씨. 아드님과 꼭 할 얘기가 있어요."

"그 애가 무슨 짓이라도 했어요?"

남자의 얼굴이 살짝 흔들리는 것을 엘렌은 분명히 보았다. 잠시 들어가도 좋을지 엘렌이 물었을 때, 부알리 씨는 어떻게 대답해야 할지 알지 못했다. 그는 걱정에 사로잡혔다. 복잡한 일에 얽히고 싶지 않았다. 엘렌은 고집을 꺾지 않았다.

"아뇨. 날 그냥 내버려 둬요." 남자가 말했다.

한 층 위에서 문이 열리더니, 이 건물에 사는 전형적인 부류의 젊은 남자들 목소리와 함께 체인 소리, 헐떡이는 소리, 개가 끙끙대는 소리가 났다. 앙토니는 결연한 동작으로 현관문을 밀며 엄마를 집 안으로 밀어 넣었다.

"들어가자……."

"이게 무슨 짓이야? 도대체 무슨 권리로……!"

남자는 침입자들에게 밀려나 비틀거리며 믿어지지 않는다는 표정으로 앙토니 모자를 바라보았다.

"둘 다 미쳤네. 얼른 나가요!"

앙토니는 안에서 현관문을 닫고 고리를 걸었고, 세 사람 모두 아파트 안 비좁은 통로에 서 있게 되었다. 남자는 엘렌의 머리에서 풍기는 향내를 맡았다. 코를 찌르는 여자의 냄새, 신선한 참나무 향이었다. 엘렌이 두 눈을 동그랗게 뜨며 집게손가락을 입술에 대고는 남자에게 조용히 해 달라고 부탁했다. 위층 사람들이 아랍어를 주고받으며 개를 데리고 계단을 내려오는 중이었다. 앙토니는 아까보다 더 오줌이 마려웠다. 이웃들이 멀어지자 앙토니가 남자에게 물었다.

"화장실 좀 써도 될까요?"

이 질문이 긴장을 누그러뜨렸는지, 남자는 복도 끝에서 오른쪽을 가리켰다. 그때를 틈타 엘렌이 남자에게 모든 사정을 털어놓았다. 수백 번도 더 곱씹었던지라 이렇다 할 노력을 기울이지 않고도 전부 토해 낼 수 있었고, 필요한 부분에선 충분히 강조하는 것을 잊지 않았다. 엘렌은 '도둑'이라는 단어를 두 번에 걸쳐 사용했는데, 물론 다정한 위로가 담긴 어투를 잊지 않았다. 남자의 표정이 점차 변해 갔다. 남자는 불현듯 터무니없이 늙어 버린 자신의 신세를 절감하며 끔찍한 책임 의식에 사로잡혔다. 남자와 라니아는 가난한 조국을 떠나 에일랑주에 정착했고, 이곳은 두 사람에게 그럭저럭 살 만한 안식처가 되어 주었다. 남자는 공장에 지각 한번 하지 않고 어수룩하나 묵묵하게, 아랍 사람이라는 사실에 순종하며 사십 년 세월을 바쳤다. 직장의 위계질서를 좌우하는 것은 능력이나 근속 기간, 학위만이 아님을 남자는 아주 빨리 깨달았던 것이다. 공장 직원들 사이에는 세 가지 계급이 존재했다. 제일 낮은 계급은 흑인 그리고 남자와 같은 북아프리카 아랍인들이 차지했다. 그 위에 폴란드인, 유고슬라비아인, 이탈리아인, 그리고 덜 능숙한 프랑스인이 있었다. 가장 높은 계급으로 올라가려면 프랑스 출생이어야 하는 것 외에 다른 방법이 없었다. 예외적으로 외국인 노동자가 기능공이 될 경우, 그에게는 늘 의심의 오라와 비난이 따라다니기 마련이었다.

공장은 전혀 순수하지 않은 방법으로 돌아갔다. 원칙적으로는 업무 효율성이 노동자들과 직책의 분배를 결정한다고 생각할 수 있다. 이런 논리, 이런 횡포, 생산성, 강행군만으로 충분할 거라고. 그러나 현실에서는 도시가 경쟁력을 잃어 갈수록 더 높은 차원의 협박을 가하는 집단 논리 뒤에 암묵적 규칙, 식민지 시대로부터 물려받은 강압적 방법, 굴욕적인 지침만을 보장하는 제도화된 폭력, 겉보기에는 그지없이 자연스러운 계급화에서 비롯된 혼돈이 도사리고 있었다. 이 계급의 제일 밑바닥을 차지하는 건 북아프리카 출신의 곱슬머리 아랍인과 흑인 들, 다시 말해 말렉 부알리와 그 동료들이었다. 시간이 흐르면서 부알리와 동료들을 향한 경멸은 어느 정도 은폐되는 듯했지만 결코 사라지지는 않았다. 심지어 부알리는 진급도 했지만, 내장 깊은 곳에는 사십 년 동안 안고 살아온 분노의 찌꺼기가 이글거렸다. 그러나 지금은 그런 것도 별로 중요하지 않았다. 부알리는 실업 수당과 함께 메탈로르 해직 수당을 받았고, 그 돈으로 고향 땅에 작은 집을 지어 라니아를 먼저 고향으로 돌려보냈다. 부부는 평생을 뼈 빠지게 일했다. 그들에게서 태어난 아들은 아주 어려서부터 부모보다 더 많이 알고 세상을 더 정확하게 꿰뚫어 보았다. 그 아이에게 무슨 일이 닥쳤단 말인가?

말렉이 한층 밝아진 목소리로 말했다. "차라도 내와야겠군요."

그는 엘렌을 좁은 복도에 남겨둔 채 부엌으로 향했다. 곧 찬장 여는 소리, 물 흐르는 소리, 가스레인지에 불 켜는 소리가 엘렌의 귀에 들려왔다.

세 사람은 아무 말 없이 금빛 유리잔에 담긴 차를 마셨다. 찻물이 뜨거워서 비닐 식탁보 위에 동그란 자국이 생겨났다. 부알리는 유리잔에 시선을 고정한 채 불길한 생각들을 되뇌었다. 그리고 엘렌은 그의 반응을 기다리며 깊은 생각에 잠긴 남자의 농경지처럼 굴곡진 얼굴과 노동으로 다져진 두 손을 경이롭게 바라보았다. 뜬금없지만 남자는 엘렌의 친정아버지를 연상시켰다.

"잘못 알고 계신 겁니다. 하신은 그런 애가 아니에요." 남자가 말했다.

남자는 자비 없는 없는 눈길로 엘렌을 쳐다보았다. 거짓말을 하고 있진 않았지만, 그렇다고 진실을 알려 하는 눈빛도 아니었다. 다만 아버지의 역할을 할 뿐이었다. 나중에 하신이 돌아오면 엄한 아버지의 역할을 할 것이다. 그의 완강함 앞에서 엘렌이 다시 한번 사실 관계를 설명하자, 남자는 묵묵히 듣기만 했다. 그러고는 두 손으로 비닐 식탁보를 쓱 문지르더니, 엘렌을 향해 초점 없는 시선을 던졌다. 어깨가 드러나는 옷을 입은 엘렌은 그의 눈에 무척 아름다웠다. 세상은 대체 왜 이리 복잡한 걸까.

"그쪽은 방금 나를 모욕했어요……."

"그렇게까지 한 것 같지는 같은데요." 엘렌이 받아쳤다.

창밖에서 티티새 한 마리가 고집스럽게 울어 댔다. 앙토니는 이 영감이 무슨 짓이라도 할 기미를 보이면 당장 머리통을 뽑아 버리겠다고 마음먹던 중이었다. 안달이 난 앙토니는 두 허벅지를 들썩이고, 의자 아래에서 발뒤꿈치를 쉴 새 없이 부딪쳤다. 하신은 대체 언제 들어오는 걸까. 앞으로 무슨 일이 전개될까. 이어질 이야기들, 복수, 얼굴에 후려갈길 주먹을 앙토니는 내내 상상했다. 그러나 말렉 부알리는 그저 두 눈을 감고 있을 뿐이었다.

"그래서 그 오토바이가 어디 있단 말이죠? 우리 집에는 없는데."

"그건 저도 모르죠." 엄마가 말했다.

"그래요?"

"아드님과 이야기를 하고 싶어요. 처음부터 그렇게 말씀드렸잖습니까."

"여기 없다고요."

"죄송하지만, 오토바이를 못 찾으면 저희도 이 집에서 나가지 않겠어요."

"나가요. 당장!"

남자가 목에 뭐라도 걸린 듯 꽉 막힌 목소리로 말했다.

엘렌과 앙토니는 테이블 너머로 서로의 생각을 가늠했다. 썩 유리한 상황은 아니었다. 교육이란 꽤 엄숙한 단어여서 책이나 지침에 쓰일 뿐, 현실적으로 사람들은 각자 원하는 대로 살아간다. 피 터지게 싸우든 신경조차 쓰지 않든, 현실에는 늘 이해할 수 없는 부분이 남아 있는 법이다. 한 아이가 태어나고, 부모는 그 아이를 위한 계획을 세우며 밤을 새우기도 한다. 십오 년 동안 새벽같이 일어나 아이를 학교에 데려다준다. 식탁 앞에선 입안 가득 음식물을 넣고 씹으면서 말하면 안 된다고, 똑바로 앉으라고 밥상머리 교육을 시킨다. 아이에게 어울리는 취미 생활을 찾아 주고, 새 운동화와 속옷을 사 주기도 한다. 때로 병에 걸리거나 자전거를 타다 넘어지는 아이를 기르면서, 부모는 길을 잃기도 하고 잠잘 시간을 빼앗기기도 하며 늙어 간다. 그러다 어느 날 갑자기 자기 집에 함께 사는 아이가 자식이 아니라 웬수가 되었음을 발견한다. 그것이 부모로서 다른 대비를 해야 한다는 신호다. 이제 진정한 골칫거리가 시작되고, 부모는 평생을 바쳐 대가를 치르거나 법정에서 사건을 마무리하는 처지가 되는 것이다. 엘렌과 부알리는 바로 그 지점에 서 있었다. 그러니 지푸라기라도 잡아야 했다.

"하신이 돌아오면 말해 보겠습니다. 만약 그 애 짓이라면 오토바이를 돌려줄게요." 남자가 약속했다.

엘렌은 남자의 말을 믿어 보기로 했다. 굴욕을 당했으나 공손함을 잃지 않는 남자를 향한 다정한 마음이 언뜻 엘렌을 스쳐 지나가기도 했다.

"내 말을 믿어도 좋아요." 남자가 자리에서 일어나며 말했다.

남자는 유리잔 세 개를 모아 개수대 안에 내려놓고 한 손을 뻗어 현관을 가리켰다. 한 치도 격식에 어긋남이 없는 남자의 동작은 그들 사이에 놓인 거리에 대한 확실한 증명이었다. 그들은 현관으로 향하며 악수를 나누었다.

마침내 혼자가 된 말렉 부알리는 벽에 몸을 기대고 섰다. 입술이 떨리고 두 다리가 떨어져 나갈 것만 같았다. 한 손을 입에 가져가 세게 깨물자 침이 흘러내렸다.

잠시 후 부알리는 슬리퍼를 신고 창고로 내려갔다. 여행 가방과 집수리 도구 말고는 별것 없었다. 어쨌거나 오토바이는 없었다. 그는 아주 천천히 삽을 움켜쥐었다가 내려놓고, 곡괭이를 들었다가 다시 망치를 잡아 보았다. 백열등 아래에서 도구 하나하나를 잡아 보고 어떤 느낌인지 가늠했다가 허공을 향해 휘두르기도 했다. 그리고 마침내 결정을 내렸는지, 곡괭이를 벽에 기대어 놓고 쇠톱으로 자루를 잘라 냈다. 그 자루를 들고 집으로 다시 올라와 TV 앞에 앉아 올림픽 경기를 보았다. 경기는 미국의 싹쓸이였다. 200미터 남녀 경기. 멀리뛰기에선 칼 루이스가 마이크 파월을 앞질렀다. 자루는 손 닿는 곳에 있었다. 시간이 흐르고 밤이 찾아왔다. 밤 10시가 조금 안 된 시간, 깜빡 잠들었던 남자는 아들의 기척에 잠에서 깼다. 남자는 시계를 보고 아랍어로 잠시 중얼거렸다. 몸을 일으키기 위해 두 무릎을 짚어야 했다.

"너냐?"

"네."

젊은이는 어둠 속에서 신발을 벗었다. 가뜩이나 기분이 별로여서 아버지가 찬소리를 쏟아내지 않기를 바랐다. 어디 갔었냐, 뭐 하고 돌아다녔어? 형은 못 봤냐……?

"기다리고 있었다."

"친구들이랑 있었어요. 피곤해 죽겠어. 가서 잘게요."

하신은 등 뒤에서 그림자를 느끼고 돌아보았다. 머리 위로 곡괭이 자루를 들어 올린 아버지의 모습을 발견한 찰나, 한마디 할 겨를도 없이 자루가 놀라울 정도로 탁 소리를 내며 하신의 머리통을 후려갈겼다. 여세를 몰아 두 번째 몽둥이세례가 팔꿈치를 가격했다. 하신은 두 손으로 몽둥이를 막으며 리놀륨 바닥에 주저앉았다. 몽둥이질은 계속 쏟아졌고 뼈 마디마디로, 옆구리로, 허리로 같은 고통이 반복되었다. 애걸복걸하는 자신의 목소리도 들렸다. 아버지는 아무 말도 하지 않았다. 몽둥이를 휘두를 때마다 호흡을 고르느라 시간을 끌면서 그 작업에 의미와 무게를 부여했다.

마침내 매질이 끝나자, 아버지는 하신을 방에 가두었다. 그제야 비로소 하신은 장롱에 붙은 거울을 통해 매질이 남긴 참상을 확인했다. 한쪽 눈두덩이 찢어지고 온몸에 멍이 들었다. 손가락은 간신히 움직일 정도였다. 하신은 아주 조심스럽게 침대로 가 드러누웠다. 안 아픈 데가 없어서 오히려 실소가 터졌다. 이윽고 옆방에서 아버지의 예사롭지 않은 중얼거림이 들려왔고, 하신은 벽에 한쪽 귀를 대 보았다. 아버지는 방에서

기도를 올리고 있었다. 다시 말해 사태가 꽤 심각하다는 얘기였다. 하신은 머리 꼭대기까지 이불을 뒤집어쓰고 도대체 무엇 때문에 아버지가 그토록 화가 났는지 곰곰이 생각해 보았다. 여기저기 쑤시고 아팠고, 무엇보다 수치스러워서 더 아팠다. 하신은 이내 잠이 들었다가 한밤중에 깨어 오줌을 누러 가려고 했으나 문이 밖에서 자물쇠로 굳게 잠겨 있었다. 오줌은 방 안에 있는 쓰레기통에 해결해야 했다. 아침 6시에 아버지가 아들을 찾아왔다. 둘은 남자 대 남자로서 대화를 나누었다. 아버지는 한 번만 더 그런 일이 있으면 자기 손으로 죽여 버리겠다고 했다. 하신은 할 말이 없었다. 그러는 한편 그 개자식과 그 사촌이라는 놈을 만나러 가겠다고 다짐했다. 확실하고 분명한 다짐이었다.

10

눈을 떴을 때 집에는 이미 아무도 없었다. 스테파니는 맨발로 부엌에 갔다. 아직 잠이 덜 깨서인지 기분이 거지 같았다. 식탁 위 대접에 엄마가 남긴 포스트잇이 붙어 있었다. 12시 십오 분 전에 오븐을 켜고, 치과 교정 예약 해 놔. 쪽지 끄트머리에는 하트가 그려져 있었다.

스테파니는 과일 주스를 한 잔 따른 다음,《부아시》[43] 과월호를 한쪽 팔에 끼고 테라스로 갔다. 좀 헐렁하다 싶은 짧은 파자마 바지와 스누피가 그려진 민소매 티만 걸친 스테파니는 주스를 할짝거리며 잡지를 뒤적이기 시작했다. 조니, 줄리아 로버츠, 파트릭 브뤼엘…… 늘 등장하는 얼굴들이었다. 클레망스와 스테파니는 모나코 공주 둘을 좋아해서 공국에 달라붙은 홍

---

43 연예 가십 주간지.

합이라고 부르곤 했다. 그런 것 말고 달리 할 일도, 데리고 다닐 남친도 없었다.

그때 전화벨이 울렸다. 이 시간에 전화하는 건 분명 클렘이었다. 무선 전화기를 가지고 나오는 걸 깜박했다. 집 안으로 다시 들어갈 수도 있었다. 하지만 지금 이대로가 좋았다. 초록 잔디 위에 그날 아침 마지막으로 남은 이슬이 여전히 반짝거렸다. 부드럽던 공기가 묵직해지자, 스테프는 노르스름한 열기가 배를 짓누르는 느낌에 갑갑해졌다. 옆집 뱅상 씨네서 잔디 깎는 소리가 들려왔다. 매년 그랬듯 그 집 식구들은 삼 주 예정으로 라마튀엘로 떠나고 아무도 없었다. 소리가 점점 가까워지자, 잔디를 깎는 비쩍 마른 남자의 모습이 보였다. 그의 피부 아래에서 움직이는 어깨 근육과 널찍하고 긴장한 등을 볼 수 있었다. 스테프는 한쪽 발을 의자 위로 당겨 올려 기계적으로 만지작거렸다. 엊저녁에 새로 바른 매니큐어도 확인할 겸 발가락 사이에 집게손가락을 집어넣었다가 콧구멍에 대고 킁킁거렸다. 은밀하고 들척지근하며 매우 익숙한 자신의 체취. 이번에는 겨드랑에 코를 대고 킁킁댔다. 요즘은 땀에 흠뻑 젖은 채 잠에서 깨곤 했는데, 그럴 때면 젖은 머리카락이 이마와 관자놀이에 착 달라붙어 있었다. 날이 아무리 더워도 이불이 없으면 잠을 이루지 못했다. 다 큰 지금까지도 스테프는 이불이 침대 밑에 사는 괴물들을 막아 준다고 믿었다.

잠시 쉬는 시간인지 잔디 깎는 남자가 담배에 불을 붙이더니, 민소매 티셔츠를 훌렁 벗어 잔디 깎는 기계에 달린 방향 조절 막대에 걸었다. 앙상하면서도 억세 보이는 상체에 새겨진 문신을 보니 세르주가 떠올랐다. 그도 문신이 있어서, 수영을 할 때면 한쪽 어깨 위로 색 바랜 해마가 드러나곤 했다. 그렇다 해도 세르주의 몸은 잔디 깎는 남자처럼 노동으로 다져진 몸하고는 거리가 멀었다. 세르주는 도 의회 사무실 의자에 종일 엉덩이를 붙이고 있다가 동료 직원들과 점심 먹으러 갈 때, 아니면 전산 프로그램을 팔고 싶어 안달하는 거래처 직원들이 내미는 영수증을 처리할 때나 간신히 움직일 뿐이었다. 그러다가 일요일이 되면 다른 누구도 아닌 스테프의 아버지와 함께 산악 자전거를 타기도 했는데, 두 남자는 10킬로미터쯤 완주하고 나서 그늘에 앉아 한가하게 아페리티프를 즐겼다. 잔디 깎는 남자가 신발 밑창으로 담배를 비벼 끈 뒤 꽁초를 주머니에 넣고 다시 일을 시작했다. 햇빛에 자주 노출된 남자의 등이 거뭇거뭇했다. 정수리부터 조금씩 탈모가 시작되는 듯했다. 스테프의 오른쪽 갈비뼈를 타고 땀방울이 흘러내렸다. 파라솔을 활짝 폈는데도 더위는 가시지 않았다. 뭔가 좀 달달한 것을 입에 넣고 싶어졌다. 스테파니는 허벅지를 제법 세게 한 번 꼬집었다가 놓았다. 다시 전화벨이 울렸다. 긴 한숨을 한 번 내쉰 뒤 이번에는 전화를 받으러 들어갔다. 등짝과 허벅지 뒤에 방금까지 앉아 있던 의자 자국이 정사각형으로 선명하게 남았다.

클레망스와는 형식적인 인사도 필요 없는 사이였다.
"그래서?"

클렘은 지난밤의 모임이 궁금해 미칠 지경이었다. 어젯밤 세르주와 그 아내가 스테파니 집에 와서 저녁식사를 했다. 그런 모임은 두 소녀가 공상에 마음껏 사로잡히고 망상을 펼칠 기회였다.

"그래서 뭐?"

"아닌 척하지 말고. 그 빨간 돼지랑 어떻게 됐어?"

"어떻게 되긴. 아무 일도 없었지." 스테파니가 말했다.

"그러셔! 얼른 털어놔, 염치없는 년."

스테파니가 쿡쿡 웃었다.

"너한테 자기 거시기 보여 줬어?"

"아 진짜, 그만해. 너 미친 거 아니야?"

"보여 줬지?"

"그냥 나한테 조심하라고 한 게 다야."

"하아! 미친 변태 놈이네!"

소녀들이 깔깔거렸다. 어느 저녁이었나, 로제 와인 한 병과 위스키 두 병을 마시고 취기가 잔뜩 올라 스테파니에게 혹시 거시기 왁싱을 하냐고 물은 순간부터 세르주 시몽은 소녀들의 놀림감으로 전락했다. 식탁에 둘러앉은 사람들이 모두 노골적으로 불쾌감을 드러냈지만, 사실 그 질문은 뜬금없기는커녕 꽤나 타당했다. 세르주는 《VSD》[44]에서 "요즘은 십 대 소녀

---

44   금요일(vendredi), 토요일(samedi), 일요일(dimanche)이라는 뜻이다. 프랑스의 주간지로, 2018년 폐간했다.

들도 모두 왁싱을 한다."라는 구절을 읽었다고 주장했다. 와우!
스테파니의 아버지가 탄성을 질렀으나 그는 이미 친구보다 더
곤드레만드레 취해 있었다.

가족끼리 오래전부터 가까웠기 때문에 스테파니는 아주
어릴 때부터 세르주 시몽을 알고 지냈다. 그는 무람없이 아페
리티프를 마시러 드나들었고, 스테파니의 아버지와 함께 사냥
을 떠나기도 했다. 두 남자는 공동 소유로 배를 한 척 사서 망
들리외라나풀 항구에 정박해 두었다. 세르주에게는 딸이 둘 있
었다. 큰딸은 리옹에서 약학을 전공했고, 둘째 딸은 유학을 핑
계로 미국에서 살고 있었다. 유학이라고는 하지만 그건 핑계일
뿐, 영화에 흔히 등장하듯 캠퍼스에서 역사적이면서 새로 지어
눈부신 고층 건물들과 잔디를 배경으로 매력 넘치는 운동선수
들과 어울리며 젊음을 만끽하는 것 같았다. 어쨌든 스테파니의
생각에는 그랬다.

이 년 전까지만 해도 세르주 시몽은 스테파니를 만날 때마
다 코를 비틀며 카랑바[45] 껍질에 적힌 시시한 유머를 지껄이는
정도였다. 스테파니의 열네 번째 생일엔 나름 고심한 끝에 스
위스 칼을 선물로 건네기도 했다. 얼마 전부터 두 사람의 관계
에 야릇한 반전이 일어났는데, 먼저 시동을 건 쪽은 스테프였

---

45 1954년 출시된 길쭉한 캐러멜. 캐러멜과 바(막대기)를 합쳐 카랑바라고 이
    름 붙였다. 포장 속에 아이들이 재미있어할 '오늘의 유머'나 말장난이 적혀
    있다.

다. 스테프는 간혹 세르주의 다리를 툭툭 건드리거나 눈을 빤히 바라보는 등 딱히 불건전하다고 할 수는 없지만 상대를 꼼짝 못 하게 만드는 행동들로 그를 당황시켰다. 덩치 큰 세르주는 스테프의 행동에 흠칫 놀란 자신을 알아차리자마자 정신을 추스르고 허둥지둥 어수선하게 소리 내어 웃었다. 클레망스와 스테파니는 그런 그를 흉내 냈다. 가슴을 치며 나오는 천식 같은 웃음. IQ 5도 안 되는 등신 같은 웃음.

어쨌거나 소녀들은 이런 이야기들을 시간 가는 줄 모르고 주고받았다.

전날 저녁에도 세르주는 아내 미리엘과 함께 저녁을 먹으러 왔다. 스테프도 참석한다는 걸 알면 세르주는 으레 체크무늬 셔츠를 입었다. 마찬가지 이유로 스테파니도 발톱에 매니큐어를 칠하고 가슴이 깊이 파인 민소매 티셔츠를 입었다. 그것 말곤 이 사춘기 소녀가 그를 유혹하려고 딱히 시도한 건 없었다. 오히려 스테프는 저녁식사가 끝나 가도록 한마디도 하지 않았다. 스테프는 뾰로통한 얼굴로 맨발에 민소매 셔츠만 입고 집 안 여기저기를 사내아이처럼 돌아다녔다.

언제부턴가 남자들이 말을 걸면 기분이 좀 이상해졌다. 그들은 저음에 뭔가를 유도하듯 끝을 접어 감친 말투를 사용하곤 했는데 세르주도 마찬가지였다. 매번 똑같은 시나리오였다. 디저트까지 다 먹고 나서 스테프가 먼저 식탁에서 일어났고, 어느 순간 세르주가 스테파니를 찾아냈다. 거실에 머리를 들이밀거나 그녀의 방문을 방긋이 열어 보았다. 잘 자요, 아가씨. 늘 그랬다. 스테파니는 어쩐지 좀 무서우면서도 성인 남자의 시선이 머무는 느낌이 싫지 않았다.

그들은 끈적거리는 몸, 짐승처럼 떡 벌어진 어깨로 스테파니의 주변을 서성였다. 진한 담배 냄새, 온몸을 뒤덮은 털, 두툼하고 역하고 섹시한 손. 정말 이상한 것은 사춘기 소녀 스테프가 이런 남자들의 시선을 한편으로는 무시하면서도 혼란스러운 감정으로 은근히 기다리고 즐긴다는 점이었다. 스테파니는 그들이 가진 사회적 능력에 대해서도 생각해 보았다. 독일제 세단과 그들의 신용 카드에 대해서. 가족을 먹여 살리고 이렇다 할 재능도 없는 자식들을 등록금이 턱없이 비싼 비즈니스 스쿨에 보내고 남프랑스 어딘가에 배를 소유하고 자기 의견을 말할 줄 알고 한 번쯤은 도지사가 되어 보는 것도 나쁘지 않겠다는 꿈을 꾸는 남자들의 야심과 능력. 그들의 내연녀, 빚, 금방이라도 터질 듯한 여린 심장, 위스키, XXL 사이즈 랄프 로렌 셔츠. 이 모든 능력이 결국 아무것도 아니게 되는 건 스테프가 아직 십 대 소녀이기 때문이었다.

그들은 어떤 꿈을 꾸었을까?

깐깐하고 거만한 그들은 처음엔 스스로를 과신하다가 세월이 흐를수록 제풀에 화내는 버럭쟁이가 되었다. 인생의 종착역을 향해 달려가는 이들에게는 늘 벗어날 수 없는 업무와 암적인 책임감이 함께했다. 과거 어느 날 날렵한 소녀들이 봉긋한 가슴과 거푸집에서 삼 초 전에 꺼낸 듯 아직 따끈따끈한 다리로 아직 소년이던 그들과 한 침대에 들었을 것이다. 소녀들은 허벅지를 벌리고 소년의 장밋빛 성기를 입에 넣었을 것이다. 숨 돌릴 새도 없이 긴박하게 진행된 그 일로 소년들은 망연자실하고 위로받을 수 없는 비탄에 빠졌을지도 모른다. 그들이 흘리는 땀 속에 순수함이 질식해 사라졌을 때, 어쩌면 소년들은 한 번만 더 순수함을 간직하길 바랐을 것이다. 어린 소녀들의 몸은 이제 막 아슬아슬하게 자리를 잡기 시작했고, 소년들은 살집 없는 배, 방금 도색한 자동차 같은 피부 앞에서 여지없이 무너졌다. 세상에서 중요한 건 오로지 시작뿐임을 깨닫기 위해 그들은 그렇게 돈벌이를 해 온 것이다.

이제 스테프는 그늘이 드리운 발코니에 자리를 잡았다. 난간에 팔꿈치를 괸 채로 클레망스와의 수다는 계속되었다. 둘이 만나지 않을 때면 전화로 떠드는 게 일과였다. 그러면 사춘기 소녀들의 수다라는 것이 으레 부질없는 시간 낭비라고 생각하는 엄마와 공공연한 언쟁이 벌어지곤 했다. 본능적으로 딸을 감싸고도는 아빠에게도 불똥이 튀었다. 엄마와 딸 사이의 라이벌 의식은 둘 중 한 사람 편만 들 것을 종용했고, 그럴 때 아빠는 사람이 좋은 건지 꾀다 같은 건지 은근슬쩍 자리를 피했다. 결국 대화는 그렇게 끊어지고 각자 자기 자리로 돌아갔다. 집이 널찍한 것이 그나마 다행이라면 다행이었다. 아빠는 행여 있을지 모르는 문제를 피할 요량으로, 아직은 멀게 느껴지는 은퇴 후 생활을 준비했다. 그렇게 그의 아틀리에는 점차 서재로 변했다가, 이제는 작은 원룸의 형태를 갖추기 시작했다. 차고와 연결해 샤워 부스를 만들겠다고 견적을 내 보기도 했다. 다분히 정치적 성향을 지닌 그 계획은 엄마의 거부권에 부딪혀서 아빠는 결국 간이 화장실을 만드는 데 만족해야 했다. 그 또한 나쁘지 않은 결정이었다.

"오늘 오후에 뭐 해?" 클레망스가 물었다.

"몰라."

"하는 소리 하고는……."

"모르는 거지 뭐. 걔 요새 나한텐 신경도 안 쓰잖아……."

"웃기고 있네. 너한테 완전 미쳤잖아. 너무 뻔한 거 아니야?"

"그렇게 보여? 아닌 것 같은데……." 스테파니가 겸손을 가장해서 말했다.

"저기……."

그에 대해서라면 스테파니는 더 참을 수 없을 것 같았다. 시몽하고는 초등학교 3학년 때부터 같은 반이었다. 그 시절 시몽은 리바이스 501 청바지에 키커스 가죽 구두를 신는 잘난 척 잘하고 주의력이 결핍된 아이였으나 지금은 많이 달라졌다. 이제 가죽 재킷을 입고 줄담배를 피웠으며, 무엇보다 어딘가 슬퍼 보였다. 스테파니가 레너드 코헨과 도어스를 알게 된 것도 시몽 덕분이었다. 스테파니에게는 너무나 아름다운 음악들이었다.

"뭐?"

클레망스는 애가 닳을 지경이었다.

"공원에 가자."

"제정신이야?"

"그럼 뭐 할 게 있어?" 스테파니가 심드렁하게 대꾸했다.

"어제 갔잖아."

"솔직히 말할게. 나 네 남친네 집에 다신 안 갈래."

"그래, 상관없어." 클레망스가 수긍했다.

사촌네 집을 방문한 일은 확실히 클레망스에게 잊지 못할 소중한 추억을 선사해 주지 못했고, 그게 소위 '나쁜 남자들'과 어울릴 때 클레망스를 짜증 나게 만드는 부분이었다. 무슨 말이냐 하면, 그럼에도 불구하고 사촌은 정말이지 엄청 귀여웠고 이 후진 도시에서 거의 유일하게 마리화나를 가진 애였다. 클레망스는 그런 사촌을 또 만나고 싶었다.

"그리고 걔네 엄마 있잖아. 너도 봤지? 정신줄 완전히 놨던데!"

클레망스는 반박할 수가 없었다. 그날 저녁 둘은 폐쇄된 발전소에서 만나기로 되어 있었다. 전에도 거기서 만난 적이 몇 번 있었다. 현재로서는 사촌도 이렇다 할 시도를 하지 않았지만 클레망스는 둘의 관계에 대해 꽤나 낙관적이었다. 생각만으로도 온몸에 소름이 돋았다.

두 소녀는 몇 초쯤 아무 말도 나누지 않고 수화기만 들고 있었다. 스테파니는 집에서 이리저리 걸었다. 발바닥에 타일의 냉기가 전해졌다. 날이 워낙 덥다 보니 오히려 반가웠다. 스테파니가 다시 테라스로 나갔을 때, 잔디 깎는 남자는 가고 없었다. 옆집 정원에 방금 기계에 잘린 짧은 풀들만 한 무더기 쌓여 있을 뿐이었다. 막 깎은 잔디에서 나는 봄처럼 싱그러운 냄새를 스테파니는 한껏 들이마셨다.

"휴, 이 도시는 이제 지긋지긋해." 스테파니가 말했다.

"난 좋은데."

"빨리 떠야지."

"아직 이 년이나 남았어."

"그때까지 어떻게 기다리지."

"네가 학교에서 계속 그런 식으로 뺀질거리면 나 혼자 떠나는 수밖에 없지 않을까." 클레망스가 말했다.

"나 없이 뭘 하려고? 남자애들을 혼자 독차지할 것도 아니면서."

"일단 시몽하고나 잘해 봐."

"그렇긴 하지. 알았어. 좀 이따 공원에서 만나자……." 스테프는 부쩍 주눅이 들었다.

소녀들이 공원이라고 부른 곳은 얼마 전 시청에서 지은 스케이트보드장으로, 도시가 끝나는 지점에 자리한 소방서 옆에 있었다. 그곳에는 슬로프 하나와 난간 세 개, 야트막한 벽 두 개가 설치되어 있었다. 아들부터 아버지, 그리고 이름만 대면 알 만한 불량배에 이르기까지 다양한 무리들이 그곳을 드나들었다. 스케이트보드를 타는 사람들도 있었지만 모여서 술 마시는 사람들이 더 많았고, 운이 좋으면 마리화나를 가진 애들을 만나거나 진짜 괜찮은 여자들이 모이기도 했다. 보드를 탈 때 시몽은 시에서 최고로 꼽히는 '알리' 기술을 침착하고 냉담하게 구사할 뿐 다른 기술에는 영 무심했다. 시몽은 주로 구멍 난 반스 운동화를 신고, 팬티가 보이는 청바지에 매일 다른 티셔츠를 입었다.

"거기 이번 주에 벌써 네 번이나 갔는데." 클레망스가 한숨을 내쉬었다.

"그래서 뭐?"

"뭐가 아니라…… 맨날 똑같다고."

"맞아. 돼지 같은 크리스텔 년이나 안 봤으면 좋겠다."

"걔가 뭐라고. 시몽은 신경도 안 쓰던데."

"그래 보였어?"

"당연하지!"

스테프는 흥분과 절망이 뒤섞인 말들을 정신이 아찔해질 때까지 늘어놓았다. 지금까지 수도 없이 그래 왔듯이, 처음으로 되돌아가 시몽과의 만남 하나하나를 탈곡기에 돌리듯 아주 작은 동작, 말투의 변화 하나하나까지 바로 어제인 듯, 아니면 그제 혹은 내일인 듯 낱낱이 파헤쳤다. 이 점에서 클레망스가 스테파니에게 둘도 없이 좋은 친구인 건 확실해 보였다. 스테프의 탄식은 사십오 분 가까이 지속되었다. 마지막으로 클레망스가 오후 3시쯤 데리러 오겠다며 전화를 끊었다. 늘 그랬던 것처럼.

스테프는 라사냐를 만들어 드라마 「캅 당제」[46] 재방송을

---

46   「Cap Danger」. 캐나다 드라마로 영어 원제는 'Danger Bay'이다.

보며 혼자 점심으로 먹고 방으로 올라갔다. 조금 슬프고 지친 느낌이었다. 가끔 모든 게 짜증 날 때가 있었다. 심지어 나름 우여곡절 끝에 얻은 이 방마저 오늘은 짜증스럽게만 보였다. 원래 스테파니의 방은 부모님 침실을 마주 보고 있었으나, 열두 살인가 열세 살이 되고부터 방을 바꿔 달라고 부모님을 졸랐다. 딸의 소원을 들어주기 위해 동원된 각종 대안들 중 가장 솔깃한 방법이 다락방을 정비해서 방으로 꾸미는 것이었고, 결국 비용이 가장 많이 드는 이 제안이 채택되었다. 하지만 다락방은 겨울이면 실내 온도가 영하로 떨어졌고 여름에는 40도 넘게 올라갔다. 단열과 환기 시설, 에어컨 등을 갖추는 데만 1만 5000유로를 쏟아붓고 나서야 스테파니는 제대로 된 자기만의 공간을 갖게 되었다. 완벽한 뷰, 한쪽으로 비스듬히 기운 천장을 한층 아늑하게 만들어 줄 아기자기한 쿠션 등 미국 분위기가 넘치는 다락방에 스테파니 전용 욕실까지 생겼다.

스테파니는 무료함을 달래기 위해 책을 좀 읽으려 했다. 다들 책을 읽어야 한다고 말하니까. 책꽂이에는 대부분 학교에서 의무적으로 사게 한 졸라, 모파상, 『상상병 환자』, 라신 같은 책들이 꽂혀 있었다. 『몬 대장』에 집중하려고 애쓴 것이 어느덧 한 달째였다. 등장인물들이 그려내는 사랑 이야기는 이어지지 않고 내내 망설이다 마는 듯 오히려 더 우울해졌지만, 그렇다고 딱히 마음에 안 드는 작품도 아니었다. 피곤할 때나 배가 터질 만큼 과식하고 나서 읽으면 그럭저럭 마음에 들어오는 부분이 없지 않았다. 스테프는 침대 머리맡 서랍에서 발리스토 초코바를 하나 꺼내 입술 사이에 밀어 넣고 서서히 녹는 초콜릿 맛을 혀에 느끼면서 다시 책을 펴 들었다. 방 안은 무더웠다. 열린 창문으로 바깥 공기가 간간이 들어와 파스텔 톤 커튼을 살짝살짝 들췄다. 발리스토 두 개를 더 먹은 뒤 스테파니는 선잠에 빠져들었다. 이십 분쯤 지나 화들짝 깨었을 때 입안에서 불쾌한 맛이 났다. 클레망스의 스쿠터가 잔뜩 화난 듯 경적을 울려 댔다. 아직 2시 30분도 안 되었다.

"그냥 빨리 나왔어. 아빠가 또 프레파[47] 과정 얘기를 꺼내서."

"프레파 안 하려고?"

"하긴 하지. 그런데 이제 겨우 8월 6일인데 왜 벌써부터 야단이냐 이거지, 나는."

스테파니가 웃음을 터뜨렸다. 클레망스는 어딘가 있어 보이는 외모에 재미있으면서 껄렁껄렁하기도 하고 무데뽀인 데다 건방진 면도 지닌 좀 복합적인 피조물이었다. 게다가 20점 만점에 16점으로 고등학교 마지막 학년을 끝낼 정도로 머리가 좋았다. 스테파니는 꿈도 꿀 수 없는 점수였다.

"그나저나 부랴부랴 나오는 바람에 헬멧을 두고 왔네."

"잘도 한다."

"그러게, 미안해. 자, 얼른 타."

스쿠터에 올라탄 스테파니는 두 팔을 친구의 허리에 둘렀

---

47 프랑스의 엘리트 고등 교육 기관인 그랑제콜 입시 준비반.

다. 막상 스쿠터가 출발하자, 누가 누군지 구분하기도 어려워졌다. 둘 다 똑같은 옷을 입고, 같은 쪼리를 신고, 똑같이 포니테일을 했으니 그럴 만도 했다. 스쿠터는 콧소리를 뿜으며 두 소녀를 싣고 떠났다.

그 시간 거리에는 사람이 많지 않았다. 월급쟁이들은 사무실 또는 기계 앞에 앉아 있거나 이미 바캉스를 떠나 캠핑을 즐기는 중이었고, 노인들은 날이 더워서 웬만해선 집 밖으로 나오지 않았다. 거리에는 오후의 열기에 힘입어 뭔가 짜릿한 일을 찾아 어슬렁거리는 십 대 청소년들뿐이었다. 스쿠터가 속도를 낼수록 열기는 잦아들고 그 대신 유연한 바람이 몸에 닿았다. 바람 자락이 소녀들의 맨발을 비단결처럼 간질였다. 스테파니는 친구의 한쪽 어깨 너머로 앞에 뻗은 도로만 응시했다. 미끄러지듯 작고 가볍게 지방 도로 위에 던져진 소녀들은 자유를 느끼며 삶이 그들에게 약속해 준 것들을 말없이 생각했다.

두 소녀가 공원에 도착하니 시몽, 그의 동생 그리고 로드리그라는 머리 숱 많은 재미있는 친구가 스케이트보드 슬로프 그늘에 앉아 있었다. 처음 보는 여자애도 함께였다.

"쟤 누구야?"

"몰라."

클레망스가 스쿠터를 세우는 동안, 스테파니는 기계적으로 머리를 다시 묶었다. 모두 인사를 나누었다. 처음 보는 여자애도 미소를 지어 보였다. 그다지 화기애애한 분위기는 아니었다. 특히 그 여자애를 바라보는 스테프의 시선에 은근한 불신이 가득했다. 두 소녀는 주뼛거릴 뿐 자리에 앉지 않았다.

"너네 뭐해?" 클레망스가 물었다.

"별거 안 해."

시몽의 동생 로맹은 담배 종이를 세 장을 길게 이어 불을 붙인 마리화나를 손에 들고 있었다.

"결국 구했네?"

"안 덕분에."

로맹이 어딘지 모를 곳에서 튀어나온 듯한 여자애를 가리키며 말했다.

"벨기에 애야." 로드리그가 그것으로 모든 설명이 된다는 듯 덧붙였다.

"아, 그래?"

스테프는 최선을 다해 미소를 지어 보였다. 여자아이들은 여전히 앉지 못하고 두 개의 호리병처럼 서 있었다.

"사촌들이랑 캠핑하러 왔대. 걔네들이 논스톱으로 마리화나를 하나 봐. 진짜 심각해."

"대박."

"어디서 왔어?"

"브뤼셀." 안이 대답했다

"멋진데."

스테파니는 안의 다리와 얼굴을 찬찬히 훑어보았다. 브뤼셀 여자애치고는 라틴 계열 같은 데가 있었다. 눈빛과 피부색이 잘 어우러졌지만, 머리 자름새는 들쭉날쭉했다. 스테프와 어울리는 친구들은 늘 긴 머리를 고수하고 핀을 꽂거나 방울을 달며 머리를 신줏단지 모시듯 했다. 반면 이 여자애는 비교적 참한 펑크스타일에 가까워서, 언뜻 패티 스미스[48]가 연상되기도 했다. 그리고 당연한 일이겠지만 파란 티셔츠 아래는 노브라였다. 스테프는 울고 싶어졌다.

그래서 로드리그가 마리화나를 내밀었을 때 스테파니는 구태여 거절했다. 드랭블루아의 파티 이후 스테파니는 두 번 다시 그런 데 끼지 않겠다고 단단히 다짐했다. 그날의 파티는 스테파니에게 씁쓸함만을 남겼다. 그날 스테파니는 술을 마셨고, 마리화나를 했으며, 심지어 혈관 확장제까지 흡입했다. 그러다가 반쯤 정신을 놓고 소파 위에 뻗어 있을 때 시몽이 다가왔다. 시몽은 스테파니의 귀에 사적인 농담과 칭찬, 속내 같은 것을 속삭였다. 그의 사탕발림에 흔들렸는지 스테파니도 마다하지 않았다. 그러다가 시몽이 기습적으로 키스를 퍼부었다. 잠시 후 두 사람은 2층의 수많은 침실 중 하나에 둘만 있었다. 시몽이 스테파니의 허리와 뒷덜미를 안고 두 손으로 몸을 구석구석 더듬었다. 스테파니는 폭포처럼 쏟아지는 시몽의 키스에 어리둥절해졌다. 두 사람 모두 달콤하고 먹음직스러운, 익을 대로 익은 무나 복숭아처럼 싱싱하고 젊었다. 스테프가 시몽의

48 미국의 가수이자 작곡가로, 펑크 음악에 많은 영향을 끼쳐 '펑크의 대모'라고 불린다.

머리카락 속에 두 손을 넣고 힘을 주자 시몽이 스테프의 브래지어를 벗겼다. 시몽의 손길은 이상할 정도로 능숙했다. 그가 젖꼭지를 살짝 꼬집자, 스테파니는 돌연 액체나 질척한 늪으로 변해 녹아내릴 것만 같았다. 어쩌면 안 된다며 그를 저지했다. 아닌가. 스테프에게는 너무나 흐릿한 기억만 남아 있었다. 한쪽 뺨, 목덜미, 잔뜩 부푼 젖가슴에서 느껴지던 시몽의 숨결, 그가 바지를 벗을 때 찰랑거리던 벨트 소리만 기억났다. 소년이 한 손을 청바지 속에 집어넣자 소녀는 허벅지를 벌리고 숨을 거칠게 몰아쉬었다. 이제 소년은 팬티를 지나 오동통하게 부푼 돌기를 더듬다가 이내 손가락을 넣어 음순을 샅샅이 탐색했다. 스테프는 그런 소년의 손목을 살며시 잡아 길잡이가 되어 주었다. 소녀가 짓눌린 듯 뜨거운 숨결을 콧구멍으로 내뿜었다. 어서 몸속 가득 소년을 느끼고 싶었다. 손가락을 넣어 줘, 흥분시켜 줘…… 한참 후 시몽이 스테프에게 꺼내 보인 검지와 중지가 목욕하고 나왔을 때처럼 쭈글쭈글했다. 그다음에 무슨 일이 있었는지는 정말 알 수가 없었다. 수영을 했고, 분별없이 이것저것 먹고 났을 때 후회가 밀려들듯 역겨운 감정과 슬픔, 포만감이 한꺼번에 밀려왔다. 그날 이후 아무 일도 일어나지 않았다. 소년은 소녀를 무시했다. 짜증 나.

상의를 벗어 던진 시몽과 로드리그는 계속 스케이트보드를 탔고, 로맹과 소녀들은 슬로프 꼭대기에 앉아 두 다리를 허공에 흔들며 시간을 보냈다. 지나가는 '트럭들'의 반복된 충격이 슬로프를 통째로 흔들다가 그들의 가슴팍까지 충격을 전했다. 로맹이 뻔뻔하게 스테프에게 몸을 밀착시키기 시작했다. 그 무례함이 시몽의 무관심을 확신 사살하는 것 같아 스테파니는 견딜 수가 없었다. 그가 추파를 던지는 동생을 눈감아 주는 이유는 단 하나였다. 스테파니는 옴짝달싹 못하는 함정에 걸려든 못난이가 된 느낌이었다. 뿐만 아니라 누구에게도 허락하지 않겠다는 듯 날씬하고 당당하게 서 있는 소름 끼치게 신선한 벨기에 여자애 앞에서 아무런 내색도 하지 않고 자존심을 지켜야 했다. 어느 순간 로맹이 손으로 등을 쓰다듬으려 하자, 스테파니는 당장 꺼지라고 쏘아붙였다.

"네가 뭐라도 되냐?" 소년이 못마땅한 듯 맞받아쳤다.

공공연히 까여 잔뜩 골이 난 로맹은 당장이라도 자리를 박차고 일어날 것 같았다. 보다 못한 클레망스가 중재에 나섰다.

"그만해. 얼른."

중1 때 로맹과 사귀었던 클레망스는 이 슬픈 경험에서 자기 모습을 보았다. 쓸데없는 감정에 빠지지 않고 로맹을 재빨리 저지했더라면 별다른 탈 없이 마무리되었을 일이었다. 이번에 뒤늦게 조급히 그를 저지한 것은 아무래도 개인적인 감정이 섞인 까닭이었다. 로맹이 자리에서 일어나 슬로프 반대쪽 끝으로 가더니, 두 다리를 벌리고 우뚝 서서는 허공에 대고 오줌을 갈기기 시작했다.

"아우, 정말 드러워서 못 보겠네!"

"야, 그만해!"

하지만 로맹은 느긋하게 마지막 몇 방울을 보란 듯이 흔들어 털고 나서야 바지 지퍼를 올렸다.

"너도 나한테 할 말은 없지 않냐?"

"드러운 놈. 누가 이런 데서 오줌을 싸냐?" 클레망스가 말했다.

"그러서? 그럼 그 거지 같은 놈들하고 자는 건? 그건 되고?"

멈칫. 클렘는 얼굴이 하얗게 질렸다. 도대체 로맹이 어떻게 알았지? 다른 애들도 전부 알고 있을까? 다들 잠자코 있었고, 그것으로 클렘은 사촌과의 관계에 대한 소문이 웬만큼 번졌다고 짐작했다. 돌겠네. 클렘은 서둘러 관계를 정리하기로 마음먹었다. 어쨌든 원하는 걸 손에 넣으면 끝날 관계였다.

분위기를 바꿀 겸 마리화나나 나눠 피우자고 안이 제안했다. 나쁜 뜻으로 한 말은 아니었으나 스테프는 거절했고, 절친과의 연대 의식 때문인지 클렘도 싫다고 했다. 더군다나 날이 저물고 있었다. 스테파니는 너무 망가진 모습으로 집에 들어가지 않으려고 조심했다. 엄마는 늘 부드러운 염려 대신 세관원 같은 눈매와 초시계를 들고 기다렸다. 저녁 7시를 넘겨 게슴츠레한 눈으로 들어가는 날이면 존중이니 미래니 하는 끝없이 쏟아지는 훈계를 감수해야만 했다. 오 분 지각은 잠정적 외박으로 간주되었다. 겨우 오 분 늦는 것만으로도 손쓸 수 없을 만큼 망가진 미래, 원치 않은 임신, 술독에 빠져 사는 어린 남자, 장래성 없는 한심한 직업 따위의 이야기로 연결되었다. 엄마는 스테파니가 사회학을 전공하고 공무원 시험을 치기를 바랐다.

하지만 법대 출신인 스테파니의 엄마라고 해서 번뜩이는 경력을 쌓았느냐 하면 천만의 말씀이었다. 그 대신 시 전체만이 아니라 룩셈부르크까지 독점권을 가지는 메르세데스 벤츠 판매 대리점을 운영하는 남자와 결혼해 대학 시절 전공으로 이루지 못한 성공을 만회했다. 스테파니네 집은 자력갱생, 자수성가, 노동의 가치 같은 일화로 짧은 가방끈을 보상했는데, 그런 일화에서 역사적 사실 관계가 다소 미화되는 건 어쩔 수 없었다. 스테파니의 아빠가 자기만의 자동차 왕국을 이룩하기 위해 의지했던 건 다행히 유산이었고, 마침 의대 1학년에서 세 번이나 유급한 터라 진로를 바꾸겠다는 아버지의 선언은 오히려 반가운 소식이었다.

"좋았어!"

시몽이 바로 옆에 착지했다. 한 손으로 스케이트보드를 세워 들었고 허리춤이 흘러내려 땀으로 번들거리는 복근이 보였다. 스테파니는 눈을 들었다. 두 뺨에 생기가 돌고 머리칼이 땀에 젖은 시몽이 서 있었다.

"갈까?"

시몽이 벨기에 소녀에게 말했다. 소녀는 벨기에 억양으로 그러자고 대답하고는, 몸을 일으켜 둔하고 육중한 동작으로 엉덩이의 먼지를 툭툭 털었다. 티셔츠 아래로 젖가슴이 흔들렸다. 넓적하게 부푼 젖꼭지가 비치기도 했다. 스테프의 속이 부글부글 끓어올랐다.

"어딜 가겠다는 거야?" 로드리그가 약 올리듯 물었다.

안이 등을 돌렸다. 시몽은 티셔츠로 겨드랑이의 땀을 닦기만 할 뿐 대답 없이 그저 슬로프에서 넘어지지 않도록 도왔다.

"좋은 시간 보내." 로드리그가 다시 말했다.

스테파니는 두 눈을 내리깔았다. 코끝이 아릿해지고 감정이 또 올라왔다. 아팠고, 매번 똑같았다. 그런 스테파니를 클레망스가 가만히 바라보았다. 스테프는 손목에 찬 팔찌를 만지작거리며 잘 버티는 듯했다. 어느 정도 감정이 가라앉자 스테프도 자리에서 일어났다.

"너도 가려고?"

"잠깐만. 내가 데려다줄게." 클레망스가 제안했다.

"됐어."

"아니야, 기다려 봐. 내가 데려다준다니까."

"괜찮다고 했잖아."

"등신같이 어떻게 걸어서 가겠다는 거야?"

"됐어. 놔두라니까!"

클레망스는 상황이 심상치 않다는 걸 눈치채고 더 강요하지 않았다.

스테파니는 스케이트보드장과 공장 노동자들이 머물던 옛 기숙사를 잇는 침침한 지대를 가로지르며 걸었다. 잡풀이 무성하고 울퉁불퉁한, 고작 냉장고 하나 너비쯤 되는 이곳은 이제 산악자전거 타는 사람들이나 지나갈 뿐 용도를 알 수 없는 길이 되어 버렸다. 시내까지 가려면 삼십 분은 걸어야 했다.

반대쪽 아주 멀리 호수가 있었다. 집까지는 결코 가까운 거리가 아니었지만 상관없었다. 스테파니는 모루처럼 딱딱해진 마음으로 아무 쓸모도 없이 구불구불 이어진 먼지 덮인 오솔길을 몇 번이나 발이 미끄러져 휘청거리면서 계속 걸었다. 꾹꾹 억눌렀으나 파도처럼 묵직하게 몰려와 점점 커지는 설움을 더 이상 막을 수가 없었다. 마구 달리고 싶었지만, 무슨 짓을 해도 어설픈 사람처럼 결국은 먼지만 뒤집어쓰며 엎어지고 말았다. 다시 몸을 일으키고 보니 손바닥에서 피가 줄줄 흘렀다. 그와 동시에 내내 막고 있던 둑이 와르르 무너져 내렸다. 스테파니는 못난이처럼 눈물 콧물을 흘리고 딸꾹질을 해 가며 울음을 토해 냈다. 화장 따위는 안중에도 없었다. 컥컥 치미는 울음에 숨이 막혔다. 한참이 지나 마침내 안정을 되찾자, 말할 수 없을 만큼 무거운 피로가 몰려왔다. 그때 갑자기 오토바이 소리가 들려와 스테파니는 소스라치게 놀랐다. 돌아보니 그 멍충이가 있었다.

11

부알리 씨네 집을 나온 앙토니와 엄마는 서둘러 신시가지에서 벗어나기로 하고 자동차를 세워 둔 곳을 향해 분주히 걸음을 옮겼다. 자동차를 타려면 주차장과 화단, 덤불 숲, 낙서로 더러워진 건물들, 유모차를 미는 엄마들, 제자리에서 빙글빙글 도는 전동 자전거들을 지나야 했다. 건물 창문마다 사람들이 팔꿈치를 고이고 서서 아무 말 없이 모자를 지켜보았다. 멀리 이 시에 한 발을 걸친 고가 도로가 눈에 들어왔다. 자동차들이 파리 혹은 그 반대 방향을 향해 시속 130킬로미터로 달렸다.

"봤지? 잘한 것 같아." 엘렌이 말했다.

일의 진행 방식에 비교적 만족하는 눈치였다. 엘렌과 늙은 남자 사이에 뭔가 오고갔다.

"넌 그렇게 생각 안 하니?"

머리를 어깨 위로 잔뜩 움츠리고 말없이 걷기만 하는 앙토니는 수치스러운 일을 겪은 사람처럼 표정이 안 좋았다. 게다가 이 불량스러운 걸음걸이는 또 뭔가. 엘렌은 따귀라도 한 대 올려붙이고 싶은 마음이 들었다.

"연극 그만해. 그리고 그 걸음걸이는 뭐야?"

소년이 엄마를 쏘아보았다.

"오토바이는 이제 다시 볼 수 없을 거야. 완전히 사라졌다고!"

"그렇게 말하면 안 되지. 무슨 끔찍한 소리야."

"제발 현실 파악 좀 하라고, 씨발!"

"우린 할 일을 했을 뿐이야."

앙토니는 눈을 들어 하늘을 바라보았다. 이번에도 엘렌은 그런 앙토니가 너무나 낯설었다. 십 년 전만 해도 어머니의 날에 스파게티를 실에 꿰어 만든 목걸이를 선물하던 아이였다. 늘 착한 아들이었다. 물론 공부를 잘하는 편이 아니었고 말썽꾸러기에 속했지만 전반적으로 엘렌의 손아귀에서 벗어나지 않았다. 어린 앙토니에게 엘렌은 「물가의 강」이라는 동요를 불러 주었다. 앙토니는 블루베리잼을 좋아했고, 꼬마 인디언 자카리가 나오는 만화 영화를 보며 열광했다. 토요일 저녁에 TV를 보다 그녀의 무릎에서 잠든 아이의 머리칼에서 나던 갓 구운 빵 냄새를 엘렌은 아직도 잊을 수 없었다. 그러다 내 방에 들어오기 전에는 노크를 잊지 말라고 앙토니가 선언한 날부터 상황은 예기치 않은 방향으로 아주 빠르게 흘러갔다. 지금 엘렌 앞에는 반쯤 야수로 변해 문신을 새기고 싶어 하고 발 냄새가 심하고 건달처럼 껄렁거리며 걷는 아들이 서 있었다. 내 사랑스러운 아들은 도대체 어디로 사라졌을까. 엘렌은 분노했다.

"머저리 같은 녀석! 애초에 오토바이를 끌고 간 게 누군지 내가 꼭 말해야 되겠어?"

앙토니는 증오가 담긴 엄마의 시선을 회피했다.

"저 사람들 말을 어떻게 믿어. 엄마가 못 알아먹는 게 바로 그거야."

"그런 말은 그만해! 이럴 땐 어쩜 그렇게 네 아빠를 닮았니!"

신기하게도 이 한마디에 소년은 오히려 기분이 좋아졌다.

"적어도 이제 내가 할 일이 뭔지는 알겠어." 앙토니가 말했다.

"뭐라고?"

두 사람은 시내로 향하는 길을 걸어 내려갔다. 원형 교차로에 이르자 길은 다시 세 갈래로 나뉘었다. 하나는 카사티 가족이 사는 그라프 공공주택으로 가는 길이고, 다른 두 길은 시내 그리고 고속도로로 이어졌다. 앙토니가 발걸음을 재촉하며 엄마와 거리를 두자 엘렌이 그의 옷깃을 잡아 붙들었다. 아들이지만 반쯤 두들겨 패고 싶은 마음이었다.

"도대체 왜 이러는 거니? 이제 정말 지긋지긋해! 지긋지긋하다고, 알아들어?"

엘렌이 흥분을 참지 못하고 고래고래 소리를 질렀다.

"놔! 그냥 내버려 두란 말이야!"

앙토니가 거칠게 몸을 빼자 엘렌은 아들의 추한 면모를 맞닥뜨렸다. 몇 달 전부터 사춘기의 절정에 접어든 아들을 보며 엘렌은 추접스러운 비밀이라도 발견한 것처럼 혐오감을 마음속에 꾹꾹 눌러 온 터였다. 요즘 앙토니는 짐승 같았고, 걸핏하면 삐졌다. 전에는 한없이 애처롭기만 하던 아들의 부실한 한쪽 눈도 기형으로 보일 뿐이었다. 또 엘렌은 아들의 행동거지와 말투에서 다른 사람을, 아이 아버지를 발견했다.

"더는 못 참겠다! 내 말 들려?!"

마침 신시가지 쪽으로 올라오던 자동차 한 대가 두 사람 가까이에서 서서히 속도를 늦추더니 흥겹게 경적을 울렸다.

"아주머니, 도와드릴까요?!"

그 틈을 놓치지 않고 앙토니는 전속력으로 내달렸다. 자동차 안의 젊은이가 물었다.

"아주머니, 우리가 잡아 올까요?"

"아니, 괜찮아요. 그냥 내버려 둬요!" 엘렌이 똥파리를 쫓듯 손을 휘저었다.

그사이 앙토니는 원형 교차로까지 한달음에 달려가 집 반대 방향으로 달아났다.

한동안 그렇게 뒤도 안 돌아보고 달렸지만 앙토니는 딱히 갈 데가 없었다. 온 세상이 원망스러웠다. 얼마 전까지는 팝콘을 먹으면서 재미있는 영화를 보기만 해도 행복했다. 저절로 반복되는 일상에 구태여 합리성을 부여할 필요가 없었다. 아침

이면 일어나 학교에 갔고, 수업이, 친구들과의 관계가 리듬을
타고 안락하게 이어졌다. 어쩌다 예기치 않은 시험 같은 것이
있을 때면 불쾌지수가 하늘 높은 줄 모르고 치솟기도 했지만
그럭저럭 나쁘지 않았다. 그런데 지금 진창에 빠진 듯한 이 기
분, 하루하루 감옥에 갇힌 것만 같은 이 기분은 도대체 뭐지.

기억이 맞다면 앙토니가 처음 분노 발작을 경험한 건 어
느 날 생물 시간이었다. 생물 선생이 일란성이나 분열 번식이
니 하는 외계어로 한참 수업을 이어 갈 때, 불현듯 못 참겠다는
생각이 앙토니를 엄습했다. 맨 앞에 앉은 카퓌신 메케르, 바닥
에 깔린 리놀륨 색깔, 옆자리에 앉은 아이, 학교 꼭대기 층 실
험실에서 새어 나오는 수산화나트륨과 비누 냄새, 이로 물어뜯
은 손톱, 살갗을 태울 듯 지칠 줄 모르고 집요하게 끓어오르는
에너지. 이 모든 걸 더 이상 감당할 수 없었던 앙토니는 벽에
걸린 괘종시계를 쳐다보았다. 수업이 끝나려면 아직 삼십 분
은 남았는데, 그 삼십 분이 대서양 못지않게 멀고 아득하게 느
껴졌다. 앙토니는 필통, 책, 공책, 심지어 의자까지 전부 바닥에
내동댕이쳤다.

교장실에서는 상황이 그리 나쁘지 않았다. 빌미노 교장 선
생은 호르몬의 포로가 된 채 쓰잘머리 없는 중학교 졸업장을
받자고 일 년 내내 학교에 억지로 끌려오는 남학생들의 상태
에 대해 아무것도 몰랐다. 중학교 졸업장이라고 해 봐야 비교
적 명망은 있을지 몰라도 결국 압착기처럼 녀석들을 누르거나
아니면 가루로 만들어 버릴 직업 연수로 이어질 뿐이었다. 빌

미노 교장 선생은 학생들의 분노 발작이나 다툼, 몰래 하는 마리화나나 술 따위에 분노하는 단계는 이미 넘어선 인물이었다. 그저 차분하고 냉정하게, 그러니까 기계적으로 학칙을 적용할 뿐이었다. 앙토니는 삼 일간의 유기 정학을 당했고, 그 후로도 수많은 사고를 쳤다.

그때부터 일상이 이상한 양상을 띠었다. 전날 밤보다 더 피곤한 아침을 맞이할 때도 있었다. 앙토니는 점점 늦게 잠자리에 들었고, 주말이면 더 심해서 엄마의 분노를 샀다. 농담을 건네는 친구들에게 버럭 화를 내며 주먹을 휘두르기도 했다. 일 초도 쉬지 않고 몸을 부딪쳐 일부러 아픔을 느끼고, 벽 속에 처박히고 싶은 충동이 찾아왔다. 그럴 때면 워크맨을 귀에 꽂고 자전거를 타고 나가 똑같은 슬픈 노래를 스무 번도 넘게 듣고 또 들었다. 그러다가 TV로 「베벌리힐스」를 보고 있자면 멜랑콜리가 정점을 찍었다. 다른 세상, 캘리포니아라는 지역, 그곳 사람들은 여기보다 더 가치 있는 삶을 사는 게 틀림없었다. 그러나 앙토니가 가진 것은 여드름, 구멍 난 운동화, 부실한 오른쪽 눈이 다였다. 그의 생활을 침범하는 부모도. 물론 부모의 명령에서 교묘히 빠져나가며 그 권위에 끈질기게 도전했지만, 앙토니가 원하는 삶은 여전히 손 닿지 않는 곳에 있었다. 아버지처럼 살다가 아버지처럼 인생을 끝낼 수는 없었다. 술에 취해 하루의 절반을 TV 뉴스 앞에서 투덜거리거나 무슨 말에도 심드렁하게 대답하는 여자와 으르렁거리며 살고 싶지 않았다. 씨발, 도대체 무슨 삶이 그러냔 말이다.

한참을 걷던 앙토니는 자연스럽게 시 경계에 닿았다. 멀리와 보니 노란 풀들로 빽빽한 작은 언덕이 있는 유감스러운 풍경이 펼쳐졌다. 버려진 카트 잔해가 뒹굴고 있었다. 상상력이 풍부한 사람에게는 낭만적으로 보일지 모르지만 앙토니에게는 아니었다. 막 돌아섰을 때 스테파니가 보였다. 앙토니의 심장이 갑자기 쿵쾅거리기 시작했다.

스테파니는 새로 생긴 스케이트보드장으로 이어지는 오솔길에 혼자 서 있었다. 거리가 워낙 멀어서 알아보기 쉽지 않았지만, 포니테일과 엉덩이 형태로 보아 의심할 여지가 없었다. 스테파니 뒤에서 소형 스쿠터가 희한하게 비틀거리며 덜컹덜컹 천천히 다가왔다. 앙증맞은 차피에 앉은 건 로맹 로티에라는 또 다른 얼간이였다. 스테파니가 걸음을 멈추고 기다렸다. 둘 사이의 거리가 점차 줄어들었다. 버럭 짜증이 치밀었다. 앙토니가 보기에 무슨 일이 벌어질지는 뻔했다.

하지만 눈앞에 벌어진 상황은 정반대였다. 스테파니는 그 머저리를 상대할 마음이 전혀 없었고, 둘의 대화는 곧 심각한 상황으로 치달았다. 스테파니가 계속 길을 가려 하자, 상대 녀석이 빙글빙글 회전하고 엑셀을 밟아 거들먹거리며 뒤를 쫓았다. 잠시 멀어졌나 싶다가 어느 틈에 다시 와서 앞길을 가로막는 모습을 보는 것만으로도 앙토니의 마음속에 분노가 치밀었다. 마침내 녀석이 경적을 울렸을 때, 더 이상 참기 힘들어진 앙토니는 고개를 푹 숙인 채 앞으로 곧장 달려 나갔다.

앙토니는 자신이 그들과 그토록 멀리 떨어져 있는 줄은 미처 몰랐다. 급기야 두 사람에게 가기 위해 거의 뛰다시피 했고, 두 사람은 그런 앙토니를 빤히 바라보고 있었다. 짧은 다리에 떡 벌어진 어깨를 하고 시골 풍경을 가로지르며 지칠 줄 모르고 돌진하는 남자애라니, 그게 바로 앙토니였다. 로맹은 차피를 세워 두고 목에 걸려 있던 헬멧을 다시 쓰면서 행여 있을지 모르는 사태에 대비했다. 스테파니는 그의 얼굴에 스치는 걱정의 빛을 놓치지 않았다. 앙토니가 달려와 곧바로 로맹의 목을 덮치지는 않을지 스테파니조차 걱정이 되었다. 마침내 먼지를 잔뜩 뒤집어쓰고 두 사람 앞에 도착한 앙토니는 턱 끝까지 숨이 차 헐떡거리며 씨익 웃어 보였다.

"너 여기서 뭐 하냐?" 로맹이 입술을 삐죽이며 물었다.

앙토니는 두 손을 허벅지에 대고 숨을 고르느라 애썼다. 태양과 마주 보고 서는 바람에 앞이 제대로 보이지 않았다. 그럼에도 불구하고 스테파니가 조금 전까지 울고 있었다는 걸 알아챘다. 스테파니의 얼굴은 눈가가 붉게 얼룩지고 엉망진창이었다.

"괜찮아?" 앙토니가 물었다.

"응."

"무슨 문제 있어?"

"아니야, 괜찮아."

스테파니가 슬픈 기색으로 대답했다. 로맹이 비꼬기 시작했다.

"이 짝눈이는 또 뭐야? 얘가 너더러 도와 달래?"

"지금 뭐라고 했냐?"

넌 뭐냐, 네가 뭔데 나서냐, 썩 꺼져라 같은 말들이 오갔다. 로맹이 앙토니 쪽으로 두 걸음 다가섰을 때는 누구든 앙토니의 얼굴 한복판을 헬멧으로 후려갈기기 위해서라고 생각했을 것이다. 앙토니가 기다린 것도 그거였다. 그러나 스테파니가 차분한 말투로 말렸다.

"둘 다 짜증 나게 굴지 마. 난 이제 갈게."

그리고 정말로 스테파니는 소년 둘만 남겨 두고 돌아섰다. 관객이 사라진 결투는 아무것도 아니었다. 갑자기 슬픈 장면이 되었다. 로맹이 헬멧을 다시 썼다.

"이번엔 운 좋은 줄 알아."

로맹이 오토바이 쪽으로 가기 전 앙토니에게 손가락 욕을 하며 말했다. 그는 왔을 때처럼 페에에 펫펫펫 페에에에엣 하는 요란한 소리를 내며 떠나 버렸다. 스쿠터 소리가 점점 작아지고, 로맹은 얄팍한 먼지 구름 속으로 사라졌다.

물결조차 움직이지 않는 호수 반대편은 숨이 막힐 듯한 정적에 둘러싸였고, 그 위로 금빛 그림자가 풍성한 효과를 연출하며 태양이 조금씩 조금씩 미끄러졌다. 스테파니의 그림자도 덩달아 터무니없이 작아져 버렸다. 소년은 소녀를 따라가기로 했다. 소녀를 따라잡을 의도는 없었다. 그저 소녀가 걸은 길을 따라 조금 걷고 싶었다. 소년은 그렇게 소녀와 100미터 정도 간격을 유지하면서 걸었다. 머지않아 혼자가 아니라는 걸 알게 된 소녀가 걸음을 멈추었다. 앙토니는 꼼짝없이 그녀를 마주해야 할 처지가 되었다.

"지금 뭐 하는 거야?"

"아무것도 안 하는데."

"왜 따라오는데?"

"그냥."

"나한테 할 말 있어?"

"아니."

"너 변태야?"

"말도 안 돼."

"그럼 뭐야?"

"뭐긴, 아무것도 아니라니까."

그래도 앙토니는 계속 스테파니를 따라갔다. 스테파니는 점점 피곤하고 우울해졌다. 이 어리바리해 보이는 애와 함께 시내에서 사람들의 눈에 띄고 싶은 마음은 조금도 없었다. 그렇다고 집에 혼자 있고 싶지도 않았다. 저녁이 되자 희미한 불안감이 서서히 올라왔다. 이제 소년과 소녀는 에탕주로 향하는 지방 도로를 따라 걸었다. 스테파니는 잡초가 죽어 있는 갓길을 걸었다. 소년은 30미터 뒤에서 소녀를 따라 걸었다. 소녀는 다시 한번 걸음을 멈추고 소년이 가까워지길 기다렸다.

"언제까지 따라올 건데? 지겹지도 않아? 할 일이 그렇게 없냐?"

소년은 어깨를 으쓱해 보였다. 이제 소녀의 말에선 악의도

약 올리려는 의도도 느껴지지 않았다.

"도대체 원하는 게 뭐야?"

"아무것도. 그냥 얘기 좀 하고 싶어서."

"이렇게 여자 뒤꽁무니 따라다니는 게 취미야?"

"절대 아니야."

"너 지금 좀 무서운 거 알아?"

소년은 상대를 안심시키는 미소를 지어 보려 애썼다.

"무섭게 할 마음은 아니었는데."

"그렇겠지…… 됐다."

스테파니는 풍경 속에서 뭔가를 찾듯 두리번거렸다. 걷거나 자전거를 타거나 아니면 스쿠터, 버스, 자동차를 타고 무수히 다닌 곳이어서 스테파니는 이 지역을 훤히 꿰고 있었다. 이 지역 아이들이 전부 그랬다. 이곳에서의 생활이 곧 여정이었다. 학교로 친구네 집으로 시내로 호숫가로 갔고, 수영장 뒤에서 마리화나를 피우고 작은 공원에서 사람들을 만났다. 집에 갔다가 어딘가로 다시 떠나는 건 어른들도 마찬가지였다. 일터로, 쇼핑센터로, 보모네로, 카센터로, 영화관으로. 모든 욕망은 곧 거리감의 문제였고 모든 쾌락은 자동차에 넣을 기름을 필요로 했다. 결국 도로 지도 같은 것을 떠올렸다. 추억이란 확실히 지리적인 데가 있었다. 스테파니가 한 가지 생각을 해냈다.

"한잔 안 할래?"

소녀와 소년은 사람들이 흔히 전망대라고 부르는 언덕배

기로 이어지는 길을 따라 구불구불 걷기 시작했다. 길 양옆에는 나무 그리고 룩셈부르크로 출퇴근하는 사람들이 최근에 지은 예쁜 집들이 늘어서 있었다. 꼭대기에 가까워질수록 숲이 울창해지고 그늘도 짙어졌다. 스테파니와 앙토니는 서로 팔꿈치가 닿도록 아주 가까이 나란히 서서 걸었다. 울퉁불퉁한 길을 계속 걷는 동안 피로가 다리를 타고 올라오기 시작했지만 둘은 아무 말 없이 걸었다. 앙토니로서는 바라고 또 바라던 순간이니 기분이 나쁠 리 없었다.

이윽고 소년과 소녀의 눈에 언덕에 우뚝 선 성모상 그림자가 들어왔다. 웬델 씨 가족이 개인 돈을 들여 세운 높이 10미터의 이 거대한 성상이 곯아떨어진 노동자들을 지켜 주었다. 수십 년이 지나도록 성상은 고개를 살짝 기울이고 두 팔을 한껏 벌린 채 에일랑주의 가호를 빌고 있었다. 발밑에서 올려다보면 굉장하다는 느낌을 감출 수 없었다.

"전쟁 때 폭탄을 맞았대." 앙토니가 말했다.

"나도 알아." 스테파니가 대꾸했다.

그쯤은 시에 사는 모든 사람이 아는 상식에 속했다. 스테파니는 앙토니에게 잠깐 기다리라고 말한 다음 초석 뒤로 모습을 감추었다. 눈을 드니 성상의 자애로운 모습, 성모 마리아의 주름 잡힌 옷, 매끄럽지만 조금씩 녹슬기 시작한 금속 표면이 보였다. 다시 나타난 소녀의 손에는 보드카 한 병이 들려 있었다.

"이게 뭐야?"

"지난번에 여기 와서 술 마셨어. 한 병 남아서 여기다 꿍쳐 놓고 내려갔지.”

“대박.”

소녀가 뚜껑을 돌리자, 처음 따는 음료에서 나는 소리가
새어 나왔다. 소녀는 병을 입술로 가져갔다.

“아우, 미지근해.”

소녀가 인상을 썼다.

“나도 마셔 볼게.”

앙토니도 한 모금 마셨다. 정말 고약한 맛이었다.

“더럽게 맛없지, 응?”

“심각해.”

“다시 줘 봐.”

스테파니는 한 모금 더 마시고는 허공을 마주하고 둥그렇
게 늘어선 피크닉 테이블 쪽으로 향했다. 그리고 테이블 위에
냉큼 걸터앉아 두 다리를 대롱거리면서 언덕 아래 풍경을 바라
보았다. 앙토니도 망설이지 않고 합류하자 스테파니가 술병을
다시 내밀었다.

“그래도 기분은 좋네.”

“응.”

저 멀리 엔강이 반짝거리며 굽이굽이 흘러가고, 골짜기에
는 벌써 어둠이 내렸다. 희미한 빛을 받으니 앙토니 입술 위의
솜털, 콧방울의 점 같은 결점이 도드라졌다. 목덜미에서 혈관
이 팔딱거렸다. 앙토니는 스테파니를 바라보았다. 사람들은 도
시를 가로지르며 흐르는 강 언저리에 여섯 개의 도시와 마을

을 세우고 공장과 집, 가족과 관습을 형성했다. 한쪽에서는 정성스럽게 만든 촘촘한 퀼트 작품처럼 질서 정연하고 반듯하게 잘린 밀밭과 유채밭이 일렁였다. 나머지 숲은 구획으로 나뉘어 마을의 일부가 되거나 연간 1만 대의 대형 화물차가 오가는 아스팔트 도로의 경계가 되어 주었다. 가끔 도시 한 귀퉁이 풀밭에서 떡갈나무가 혼자 자라나 멀리서 보면 입으로 불어 만든 잉크 얼룩 같았다.

이 지역에서 사람들은 부자가 되었고 고층 아파트를 지었고 어떤 일도 두려워하지 않았다. 그 시절 아이들은 늑대, 전쟁, 공장 생활을 겪었다. 지금 앙토니와 스테파니가 이곳에 있다. 둘의 피부 밑으로 낯선 소름이 타고 흘렀다. 불 꺼진 도시에는 수용소와 관련된 지하 세계 이야기, 정치 노선의 선택, 각종 사회 운동, 전쟁에 얽힌 일화들이 이어지고 또 이어졌다.

"혹시 나랑 사귈래?"

스테프는 하마터면 웃음을 터뜨릴 뻔했지만 사뭇 진지해 보이는 소년 앞에서 차마 그럴 수는 없었다. 소년은 눈도 깜박이지 않고 풍경을 뚫어져라 바라보았다. 고집스럽고 잘생긴 아이였다. 보드카의 효력인지 스테파니의 눈에 소년은 그다지 작아 보이지 않았다. 지금 옆모습을 보니 소년에 대한 선입견이 점점 사라지고 정면에서는 도드라져 보였던 부실함도 더 이상 눈에 들어오지 않았다. 소년은 속눈썹이 길었고, 아무렇게나 헝클어진 머리는 검은색이었다. 소녀는 소년을 무시하려는 마음을 잊었다. 관찰당한다는 느낌에 소년이 소녀를 돌아보자,

반쯤 감긴 오른쪽 눈이 다시 드러났다. 하지만 소녀는 당황스러움을 감추며 미소를 지었다.

"그런 걸 왜 물어보는데?" 소녀가 말했다.

"몰라. 네가 예뻐서."

저녁 햇살이 조금씩 희미해졌다. 어쨌거나 이대로 돌아갈 수는 없었다. 앙토니는 소녀의 손을 잡아야겠다고 생각했다. 소년의 마음을 읽었는지 소녀가 살짝 물러났다.

"너 어디 살아?"

소년이 손가락으로 먼 곳을 가리켰다.

"넌?"

"저기."

소녀는 촘촘하게 늘어선 지붕들을, 다리 아래 움푹 들어간 곳에서 뒤얽히며 이어지는 삶의 풍경을 가리켰다. 이미 백 번도 넘게 전망대에 올랐기 때문에 손가락 끝이 가리키는 감각이 익숙하고도 남아서 망설임 없이 기준점을 찾았다. 스테파니에게는 모든 것이 하찮을 뿐이었다.

"난 떠날 거야. 대학 입학 자격시험 치자마자 여길 뜰 거라고."

"어디로 갈 건데?"

"파리."

"그래?"

앙토니에게 파리는 추상적이고 공허한 곳이었다. 파리가 뭐지? 연중무휴, 에펠탑, 벨몽도가 나오는 영화, 고급 테마 놀이 공원 같은 거? 스테파니가 거기서 도대체 뭘 하겠다는 건지 앙토니는 당최 알 수가 없었다.

"그래도 갈 거야. 누가 뭐래도."

앙토니와 반대로 스테파니에게 파리는 흑백 사진 같은 것이었다. 스테파니는 두아노[49]의 팬이었다. 크리스마스에 부모님과 함께 찾았던 파리의 쇼윈도와 오페라 극장을 스테파니는 잊을 수 없었다. 언젠가는 파리지엔이 되고 싶었다.

다시 보드카를 한 모금씩 마시고 나서, 스테파니가 집에 가야 한다고 말했다.

"벌써?"

"8시가 다 됐어. 엄마가 가만두지 않을걸."

"데려다줄까?"

스테파니는 도움닫기라도 하듯 팔을 살짝 뒤로 휘둘렀다가 빈 술병을 마을 쪽으로 멀리 던졌다. 술병은 탄도 미사일처럼 아름답고 긴 포물선을 그리며 날아갔다. 소년과 소녀는 술병이 마른 잎사귀의 바스락거림과 함께 10여 미터 아래에 떨어질 때까지 눈으로 좇았다.

"아니야, 됐어." 스테파니가 말했다.

소녀가 떠난 뒤 앙토니는 노을을 바라보았다. 울지는 않을 것이다. 하지만 울고 싶어졌다.

49 프랑스의 전후 사진작가.

12

엘렌 카사티는 가끔 그랬듯이 그날 하루 휴가를 냈다. 그럴 때 엘렌은 평소처럼 6시에 일찌감치 일어나 유럽 1 라디오 채널을 들으며 아침을 먹었다. 그녀는 필리프 오베르가 진행하는 시평을 좋아했다. 그는 유머 감각이 넘칠 뿐 아니라, 여자들에 대해, 특히 영화배우 마틸다 메이에 대해 잘 아는 진행자였다.

집에서는 부엌, 욕실, 화장실 이용을 결정하는 매우 정확한 일상의 습관이 아침 일과를 조절했다. 카사티네 집에는 일찍 일어나는 사람이 아무도 없었기 때문에, 동선이 겹쳐 서로 마주치는 상황을 피하는 것이 엘렌의 목표였다. 그렇지만 식사는 모름지기 한 가족에게 가장 중요한 시간이었다. 이 말을 한 건 그 '일' 이후 이 집에 배정된 사회 복지사 뒤마 부인이었다. 엘렌은 말할 때 입술을 벌리지 않던 에너지 넘치는 뚱뚱한 여자를 지금도 또렷이 기억했다. 식탁 의자에 앉아 있을 때면 여자의 육중한 허벅지가 의자 밖으로 튀어나왔다. 뒤마 부인은 충고를 아낌없이 늘어놓으며 생활비 명세를 점검했다. 엘렌은 여자가 가계부에 코를 들이대고 킁킁대는 것이 끔찍하게 싫었다.

"아시겠지만 저는 회사에서 경리로 일해요."

"알다마다요." 뒤마 부인이 응수했다. "그래도 개선할 여지는 좀 있지 않겠어요?"

뒤마 부인은 집게손가락을 규칙적으로 입에 가져다 대면서 항목들을 열성적으로 샅샅이 점검하다가 언제나 똑같은 미소를 지었다. 마치 자기 살림인 양 열심이었다. 재판관이 아이의 복지 명목으로 그녀를 카사티네 집에 배치했다. 엘렌도 그런 조치를 어느 정도까지는 이해할 수 있었다. 심지어 파트릭마저 급작스러운 실업 사태로 인해 국가 보조금을 받으려고 노력을 기울였다. 일련의 사태가 너무나 빠르게 연달아 일어났다.

"보조금이 필요하다는 것은 인지하고 계시죠?"

부부는 그렇다고 대답했다. 재판관 사무실에서 앙토니는 익숙하게 한쪽 구석을 찾아 장난감을 가지고 놀았다. 한번은 다른 아이가 가져갔는지 안경 쓴 스머프가 보이지 않는다고 불평했다.

그들에게 도움이 필요한 건 두말할 여지가 없었다. 국가 보조금을 받기까지, 뒤마 부인은 지칠 줄 모르는 미소와 끝없는 자상함으로 부부를 돌게 만들었다. 엘렌은 남편을 향한 조금의 너그러움도 남아 있지 않다고 생각했지만, 사회 복지사의 태도에 대한 공통의 분노 덕분에 두 사람은 거의 화해 분위기

에 가까워졌다. 뚱뚱한 여자는 하루에 맥주를 몇 캔씩 비우는
지부터 시작해 일일 흡연량, 친구 관계, 소유한 사냥총, 오토바
이, 아이에게 쓰는 어휘, 더 나아가 행동거지 하나하나까지 파
트릭의 생활 습관을 지치지 않고 자세히 기록했다. 그리고 이
가족이 제대로 생활하게 만들어야 한다는 집념에 사로잡힌 나
머지 하나하나를 교정하려 했다. 나아지고 있습니다, 나아지고
있어요. 트집을 잡거나 처방을 내리기 전 뒤마 부인은 늘 이 말
을 후렴처럼 되풀이했고, 부부는 어쩔 수 없이 복종해야 했다.
식사 중엔 무슨 대화를 나누시죠? 오늘 하루가 어땠는지 아내
에게 물어보신 적 있나요? 파트릭의 두 뺨이 뚱해졌다. 뭐라고
대답하란 말인가. 박물관에 가실 수도 있잖아요. 실직자는 무
료 입장이거든요.

어쨌거나 카사티네는 함께하는 아침식사를 시험해 볼 의
무가 있었다. 거의 교과서적인 방식으로 미국식 시리얼과 신선
한 과일을 먹었다. 엘렌은 파트릭이 커피를 들이켤 때 내던 소
리를 아직도 기억했고, 시리얼을 휘휘 젓던 아이의 모습도 생생
했다. 진흙을 한 그릇 퍼서 안긴들 그보다 더 맛없게 먹지는 않
을 듯했다. 마침내 엘렌은 아이에게 네스퀵을 들고 텔레비전 앞
에 가서 마시라고 허락했다. 이제 부엌에는 그녀와 파트릭만 남
았다. 두 사람은 무안해서 단 한마디도 주고받을 수가 없었다.

한번은 엘렌이 유로파파크 나들이를 계획했다. 파트릭은
회전목마 앞에 길게 늘어선 줄, 더위, 재미 없고 한심하게만 느
껴지는 모든 것을 견디기 위해 거의 5리터에 달하는 맥주를 쉬

지 않고 마셔 댔다. 놀이공원 곳곳에서 슈파텐 생맥주를 팔았으니, 독일 테마 공원의 장점은 이거다 싶었다. 집으로 돌아가는 길에 운전대를 잡은 엘렌은 방광을 비우고 싶다는 파트릭을 위해 무려 다섯 번이나 갓길에 차를 세워야 했다. 앙토니에게는 그저 즐거운 하루였다. 분위기를 이해하기엔 아직 어렸다.

마침내 행정 감시 기간이 끝났을 때, 뒤마 부인은 그다지 긍정적이지 않은 내용의 보고서를 올렸다. 그렇지만 미성년 담당 재판관은 연간 150건이 넘는 서류를 다루는 데다 그중에는 훨씬 더 드라마틱한 경우도 있었으므로, 카사티 가족은 마침내 평화를 얻었다. 한 조각 한 조각 잘못 가공된 한 가족의 추락에 대한 이야기가 이제 모두에게 진실이 되어 버렸다는 것이 근본적으로 엘렌을 상심하게 만들었다. 앙토니조차 누군가 너희 집은 어쩌다 이 지경이 되었냐고 물으면 이 버전대로 대답했다. 그러나 엘렌에게 그것은 너무나 버거운 기억이었다.

엘렌은 화려한 싱글처럼 보내기로 다짐한 오늘 하루를 하마터면 취소할 뻔했다. 우선 전날 폭풍우가 몰아쳤으므로, 영화관에 간다 해도 그렇게 갇혀서 하루를 보내는 건 의미가 없겠다는 생각이 들었다. 게다가 오토바이 사건은 생각만 해도 엘렌을 반쯤 돌아 버리게 만들었다. 오토바이가 사라진 지 벌써 일주일째건만 여전히 밤낮으로 그 생각을 떨치지 못해, 파트릭이 문을 열 때마다 자기도 모르게 오줌을 지렸다. 따지고 보면 아무짝에도 소용없고 값어치도 없는 물건이었다. 보험을 들 여력조차 없었다. 그럼에도 파트릭이 진상을 아는 날엔 모든 게 끝장이라는 걸 엘렌은 너무나 잘 알고 있었다. 언젠가 옆집에서 라클레트 기계를 빌려 가 제때 돌려주지 않는다고 윈치를 들고 찾아가 가져온 사람이 파트릭이었다. 엘렌에게는 오늘 하루가, 약간의 숨통이 절실했다.

그래서 파트릭이 샤워를 하고 앙토니는 아직 자고 있을 때 엘렌은 먼저 집에서 나왔다. 낡은 오펠 카데트를 게레망주 방향으로 몰았다. 무단 외출을 하듯 잔뜩 흥분한 엘렌은 지방 도로를 신나게 달렸다. 앞 유리창에 비친 가느다란 비행운 한 줄기가 푸른 하늘을 떠받치고 있었다. 비행기가 하늘을 날면서 곧 지워질 선을 그렸다. 엘렌은 창을 열고 비 온 뒤 아직 검고 축축한 땅에서 나는 기분 좋은 냄새, 아이의 개학 또는 내일의 냄새이자 노스탤지어의 냄새를 들이마셨다. 라디오에서는 오늘 날씨가 끝내줄 거라고 예보했다.

우선 엘렌은 카르푸에 차를 세우고 빵, 토마토, 생수 같은 먹을 것과 여성 주간지 《팜 악튀엘》을 산 다음 다시 길을 떠났다. 수영장 주차장에 들어서면서 엘렌은 손목시계를 확인했다. 10시도 안 되었다. 누구도 아닌 온전히 그녀만을 위한 시간이 아직 많이 남아 있었고, 그녀는 아득함과 자유로움을 동시에 느꼈다. 완벽해! 매표소에서 수영장 입장권을 샀다. 매표소를 지키는 여자는 엘렌의 초등학교 동창이었다. 두 여자는 서로를 알아보고 암묵적인 미소를 주고받았다. 그걸로 충분했다. 이어서 엘렌은 탈의실에 들어가 문을 잠근 다음 비키니 수영복으로 갈아입었다. 이 년 전에 사 두었지만 아직 한물간 디자인은 아니었다. 노란 비키니 팬티는 허벅지 위쪽이 초승달처럼 파이고 배를 훌쩍 덮었다. 살짝 선탠을 했다면 더 잘 어울렸을 듯싶었다. 아닌 게 아니라, 엘렌은 여름마다 선탠을 했다. 엘렌은 마무리로 머리를 틀어 올리고 허리에 파레오를 두르고 가방을 들고서 야외 수영장으로 나갔다. 머리엔 선글라스를 머리띠처럼 썼다. 맨발이 바닥에 닿았다. 그것만으로도 콧노래가 나왔다.

콘크리트로 되어 있고 바닥엔 자갈을 깐 길이 50미터의 게레망주 수영장은 1970년대에 준공된 것으로, 그 무렵 지은 여느 수영장들의 양식을 따랐다. 양끝은 수심이 2미터에 달했다. 이른 시간이어서인지 사람들이 몰리기 전에 자유 수영을 즐기는 열성 수영꾼들을 빼면 사람은 많지 않았다. 엘렌은 탈의실에서 나오는 사람들을 관찰하기 좋은 긴 의자를 골라 자리 잡았다. 어느 육십 대 부부 앞을 지날 때는 살짝 인사를 건네기도 했다. 아주머니는 뜨개질을 하고, 아저씨는 발치에 신문을 펼쳐 놓고 읽는 중이었다. 반백의 부부는 머리부터 발끝까지 오일을 바르고 캐러멜 색으로 익어 가며 여름 중 가장 화창한 날을 보내는 것 같았다. 점심을 먹고 나면 작열하는 태양 아래서 잠깐 낮잠을 청했다. 반듯하게 누운 두 사람의 발바닥 색깔로 본래의 피부색이 어떠했는지 짐작할 수 있었다. 생활이 어느 정도 안정된 부류일 테고, 그들에겐 일광욕이 일종의 테라피일 것이다. 술을 마시지 않고 담배도 피우지 않는 이 사람들은 저녁이면 일찍 잠자리에 들고 낮에는 태양 아래서 몸을 그을렸다.

엘렌은 파레오 매듭을 풀고 비치 타월을 편 다음 그 위에 드러누웠다. 입술 사이로 편안한 숨결이 길게 새어 나왔다. 아무 생각도 하지 않으려 애썼다. 길쭉하게 뻗은 몸이 내려다보였다. 몸매는 언뜻 보기에 매끈했다. 손바닥으로 살을 쓸어 셀룰라이트를 한데 뭉치고 엉덩이며 허벅지를 동정심 없이 냉정하게 뜯어보았다. 손에 힘을 빼자 다시 흠잡을 데 없는 상태가 되었다. 그녀의 피부는 서서히 복잡한 표층이, 추억이 되었다. 변화는 매일매일 들여다본다고 감지되는 것이 아니었다. 변화와 주름은 어느 날 아침 문득 눈에 띄었고, 검붉은 소정맥이 예고 없이 모습을 드러냈다. 몸이 자기만의 은밀한 생애를 누리며 느린 반발을 일으키듯이. 또래 여자들과 마찬가지로 엘렌도 계절마다 다이어트를 했다. 그건 그녀와 그녀의 몸 사이에 맺어진 야릇한 협약이었다. 다이어트는 지난 시절로 돌아가려는 경제학을 허락하는 합법적인 유통 수단이었으며, 그 속에서 활력과 고통을, 주름과 공허를, 충만함과 절제를 맞교환했다. 요컨대 엘렌은 그럭저럭 살아가고 있었다. 배를 어루만지며 검지로 배꼽 안쪽을 톡톡 두드리자 불투명하면서 둥그스름한 소리가 작게 울렸다. 엘렌은 미소를 지으며 몸을 일으켰다. 시간이 얼마나 흘렀을까? 옷장 깊숙한 곳에서 찾아낸 리바이스 501 청바지는 여전히 잘 맞았다. 지나가는 남자들이 그녀를 계속 흘끗거렸다.

풀장에서 사람들이 첨벙첨벙 물보라를 일으켰고, 소용돌이가 푸른빛으로 반짝였다. 풀장 끝에 다다르면 능숙한 사람들은 제법 거칠게 물을 차며 탄력 있고 유연한 몸을 뒤집어 다시 물속으로 들어갔다. 엘렌은 광대뼈와 콧잔등, 허벅지 위로 토핑처럼 내려앉는 햇살을 느꼈다. 날은 더웠지만 기분이 나쁘지 않았다. 이제 물속에 들어가려고 자리에서 일어나 발끝으로 균형을 잡으며 풀장 가장자리를 걷다가 머리 위로 두 팔을 쭉 뻗었다. 원칙대로라면 수영모를 써야 했지만, 엘렌은 그대로 물에 뛰어들었다.

시원한 물속에서 엘렌은 삼십 년 전 학교에서 배운 크롤 수영을 한다. 그 시절 다소 우스꽝스럽게 느껴졌던 반복 동작을 되새기는 사이 엘렌은 의문의 여지 없는 건강함을 되찾는다. 곧 관절과 어깨에 열이 오른다. 노력은 비바람이 들이치지 않는 영역을 만들어 내고, 거기서 행복이 그녀를 감싼다. 배가 홀쭉해지고 어깨가 당기는 느낌이다. 수면에 올라와 한 번씩 들이마시는 숨은 키스다.

풀장을 한 번 완주하고 엘렌은 벽에 기대어 숨을 고른다. 망설이듯 수면을 떠도는 수많은 빛의 영상들이 엘렌의 얼굴을 찌른다. 엘렌은 눈을 깜박여 속눈썹 위에 맺힌 물방울을 떨군다. 산들바람이 불고 오소소 소름이 돋는다. 기적과도 같은 즐거움. 육체의 존재를 알리는 모든 것이 그녀를 기쁨으로 채운다.

그녀의 육체는 날이면 날마다 모두로부터 거절당했다. 남편은 더 이상 그녀와 섹스하지 않고, 아들은 그녀의 피를 말린다. 직장은 정체 상태와 의미를 찾을 수 없는 업무, 반복되는 치사함으로 그녀를 진 빠지게 한다. 그리고 달리 뭘 해야 하는지 알 길 없는 속절 없는 세월.

그래서 엘렌은 저항한다. 열일곱 살 때 이미 그랬다. 춤을 좋아했던 그녀와 여동생은 남자들을 유혹하고 뽕브라를 하고 학교를 땡땡이치기 일쑤였다. 그녀들은 라디오 프로그램 「유년」을 들었다. 동네에선 정해진 질서와 본보기에 아랑곳하지 않고 멋대로 행동하는 자매를 날라리 내지 창녀라고 불렀다. 엘렌은 에일랑주에서 엉덩이가 가장 예쁘기로 소문이 났다. 그건 제 발로 우연히 찾아오고 스스로를 거절하지도 않는 권력이다. 송아지 눈망울을 한 소년들은 자매 앞에서 한심하고 헤프게 굴었고, 자매는 그중 한 명을 골라잡거나 순서를 정해 사귀거나 양다리를 걸쳤다. 자매는 소년들의 한심한 욕망 그리고 시트로앵 DS 자동차와 실비 바르탕의 전성기 시절 프랑스 위에 군림했다. 프랑스 소녀들이 요리 레시피와 요조숙녀 이미지에 갇혀 있던 시대에 자매의 행동은 혁명이나 다름없었다.

에일랑주에서 가장 섹시한 엉덩이.

엘렌을 집에 바래다주던 어느 날 저녁 제라르가 말했다. 한 체격 하는 제라르는 가죽 무스탕을 입었는데도 마치 아무것도 걸치지 않은 것 같았다. 엘렌은 제라르의 팔이 주는 '가벼운 느낌'을 좋아했다. 제라르는 철공소에서 근무하는 스무 살 청년이었다. 토요일마다 소형 오토바이 비비를 타고 엘렌을 데리러 왔다. 오토바이가 후미진 곳에 닿으면 제라르가 그녀를 끌어 내리고 둘은 사랑을 나누었다. 약수터 뒤에 선 채로, 일요일에는 할 수 있는 아무 데서나. 야망이 큰 제라르는 군 복무를 마치면 그곳을 떠나겠다고 했다. 유채밭에서 셔츠 단추를 다시 채울 때면 자신이 꿈꾸는 미래를 들려주었다. 해외 공사장에 파견을 나가고, 아이를 낳고, 휴가철엔 바닷가를 여행하고, 방 세 칸짜리 집을 짓겠다고. 그러다 흥이 오르면 자동차 두 대를 세워 둘 수 있는 차고 옆에 아틀리에를 만들겠다며 가상의 연장들을 하나하나 나열했다. 겨울에는 벽난로에 불을 지피고, 좀 더 여유가 있다면 스키를 타러 갈 텐데, 그건 상황에 따라 변수가 있을지 모른다고 했다. 엘렌은 유채밭에 누워 두 눈을 푸른 하늘에 걸어 둔 채 제라르의 꿈에 대해 들었다. 허벅지 사이로 따뜻한 뭔가가 흐르는 느낌에 엘렌은 자기가 생각하는 그것이 아니길 바랐다. 엘렌이 묻는다. 제라르는 콘돔을 사용했으니 걱정 없다고 말한다. 설령 아니라고 한들 문제가 될까? 그렇지 않다. 가족, 자가용 두 대, 그런 데서 사는 것, 나쁘지 않다.

엘렌은 50미터를 헤엄치기 위해 다시 출발했다. 벌써 다리가 아프다. 숨이 차오르니 노인네가 된 것만 같다. 하지만 우울과 무기력은 처음 10미터만 지나면 사라진다는 걸 엘렌은 안다. 추위와 마비, 늪 같은 권태를 극복해야 한다. 부조리하게 반복되는 왕복 운동을 계속하며 버텨 내야 한다. 상념들이 머리, 추억, 물결을 지나 영혼까지 전해진다. 수영은 인내의 운동, 다시 말해 권태의 운동이다. 엘렌은 타일 하나가 떨어져 나가고 없는 낡은 풀장 바닥을 뚫어져라 내려다본다. 햇살이 물에 내리꽂히고, 빛은 각도에 따라 섬광이 되었다가 그늘이 되었다가 눈부심을 낳기도 한다. 누군가 지나갈 때마다 빛의 단계가 모습을 감춘다. 엘렌은 수영을 한다.

엘렌이 파트릭을 처음 만났을 때 그는 다리에 깁스를 하고 있었다. 당시 엘렌은 열여덟 살이었고 비시 무늬 원피스 차림이었다. 사촌의 결혼식이어서 평소와 달리 하이힐을 신었는데, 그 덕분에 걸음이 서툰 새끼 기린처럼 보였다. 여자애들이 뒤에서 수군댔다. 그중에는 엘렌의 여동생도 끼어 있었다. 엘렌은 또래 여자애들의 시기와 중상에 이미 익숙했다. 그녀의 엉덩이, 얼굴, 스캔들을 일으키고도 남을 법한 탐스러운 머리카락은 그녀를 여자애들 사이의 균형과 위치, 아늑함을 위협하는 존재로 만들었다. 예를 들어 엘렌은 마음만 먹으면 샹탈 고메즈와 벌써 십팔 개월째 사귀며 내년에 결혼하기로 약속했다는 베르나르 클로델을 침대에 끌어들일 수 있었다. 사람들은 그런 엘렌을 창녀라고 부르기를 서슴지 않았다. 그것은 엘렌이 위협적인 존재이며 몸을 무기로 특정 문제들을 해결할 수 있는 권력자라는 뜻이었다. 여기서 창녀라는 용어는 사람들의 부러움을 사는, 그러나 어느 날 갑자기 모래처럼 나약함을 드러낼까 봐 예방 차원에서라도 미리 씨를 말려 버려야 하는 부당 권력이라는 의미가 있었다. 이 경우 윤리는 이름을 밝히지 않는 정치 프로젝트 같은 것으로 엘렌이 지닌 무질서의 가능성들을 제압했다. 엘렌이 소유한 미적 효과 축소하기, 엘렌이 예쁜 엉덩이로 남용하는 권력 꺾기.

제라르는 부득이하게 그 결혼식에 참석하지 못했고, 엘렌은 그곳에서 파트릭을 만났다. 그러나 제라르는 엘렌과 파트릭이 주고받는 눈길을 보지 못했다. 한쪽 다리에 깁스를 한 파트릭은 춤을 출 수가 없어서 구석에 앉아 있었다. 몹시 슬프거나 아니면 깊은 생각에 잠긴 듯한 모습이 언뜻 마이크 브란트를 닮은 듯하고 제법 귀여웠다. 엘렌은 결혼식이 끝나면 파트릭의 심카에 함께 올라타야겠다고 마음먹었다. 그렇게 몰래 만나다가 가족들을 회유하기는 어렵지 않을 터였다. 이 순간 사랑의 힘으로 못 할 일은 없다. 나중에 두 사람은 작은 아파트를 얻고 계획을 세울 것이다. 가족, 자가용 두 대, 거기서 함께 살기. 완벽해!

어쨌든 엘렌은 제라르와 헤어졌다. 이십 년 뒤 엘렌은 제라르가 정말로 튀니지, 이집트, 심지어 인도의 공사 현장으로 떠났음을 알게 된다. 제라르는 일류 용접공이 되어 항공 회사, 원자력 회사, 혹은 농산물 가공 업체에서 일한다. 이 회사들은 점차 미국보다 막강해져서, 예전 같으면 전쟁을 선포하거나 화폐를 주조하는 나라들의 전유물이었던 사회 보장 체계와 삶의 조건들을 보장해 줄 것이다. 엘렌은 제라르가 파카 지방 마르티그에서 별로 멀지 않은 마을에 수영장 딸린 이 층짜리 전원주택을 짓고 살면서 아우디를 몰고 다닌다는 소식을 듣는다. 머리가 짧은 앤틸리스 제도 출신 여자와 결혼했으며, 그럼에도 한두 번은 극우파 후보에게 투표했다는 것도. 아이 둘에 친구들, 신장 결석, 울타리 문제로 골치를 썩이는 이웃이 있어 지루할 틈이 없다는 것도. 엘렌은 제라르가 여행광이라는 사실도 알게 된다. 다시 말해 일 년에 한 번씩 TV에서 본 풍경을 직접 찾아가 실체를 확인한다고 했다. 라스베가스, 마다가스카르, 베트남. 엘렌은 이 모든 소식을 어느 장례식장에서 듣는다. 옛 친구의 소식을 듣는 곳은 늘 그렇듯 장례식장이니까.

엘렌이 기다리던 두 번째 숨이 차오른다. 어려움이 줄어들고 위안과 치유의 감정이 그 자리를 채운다. 이제 엘렌은 1000미터쯤은 아무 문제 없이 헤엄칠 수 있다고 생각한다. 그러고 나면 살이 쭉 빠지고 활력도 되찾을 것이다. 몸이 저항하고 정신이 흔들리는 후안무치의 순간을 뛰어넘으면 된다. 지금은 다 괜찮다. 곧 마흔 살이 되는 엘렌은 여전히 '창녀'라는 말을 들을 때가 없지는 않지만 극히 드물다. 몸매도 아름다워서 다리든 아랫배든 엉덩이든 감출 이유가 없다. 무엇보다도 엘렌은 아직 사랑을 갈구한다. 생각이 여기까지 미치자, 엘렌은 남자들을 향한 변함없는 식욕을 비밀처럼 감춰 주는 물속에서 웃음을 짓는다. 자동차를 타고 가다가 느닷없이 갓길에 차를 세우고는 제 몸을 더듬어 아주 짧은 시간이나마 쾌락을 맛보고 싶은 순간이 있다. 그 순간 32톤 트럭이 쏜살같이 지나가면서 그녀의 오펠 카데트를 뒤흔든다. 그녀의 배 속엔 모든 것이, 손길과 시선을 향한 갈구가 예전과 다름없이 조금도 손상되지 않은 채 그대로 남아 있고, 다리 사이에는 회사 내규, 교통 신호, 혼인 서약서, 그 밖에 모든 법칙을 피해 빠져나온 쾌락의 가능성들이 남아 있다. 누구도 그것을 제거할 수 없다.

한때 엘렌은 사무실 동료와 섹스 파트너로 지내기도 했다. 에덴 파크 와이셔츠에 다트를 넣은 바지를 입은 무난한 그 동료를 엘렌은 커피를 마시러 갈 때마다 눈여겨보았다. 한눈에 그의 멋진 엉덩이와 머리칼을 알아보았는데, 일정 단계가 지나면 그것만으로도 충분한 이유가 되었다. 사내 크리스마스 파티가 열리던 날 엘렌은 꽤 취했고, 파티가 끝나고 헤어질 무렵 얼떨결에 그에게 입을 맞추고 말았다. 그때부터 둘은 서로의 주위를 어슬렁거리는 사이가 되었다. 어느 날 저녁 연말 결산을 하느라 업무가 많았던 엘렌이 사무실에 혼자 남자, 그가 사무실 문을 잠그고 기다렸다. 그리고 마침내 두 사람은 격렬한 키스를 나누었다. 엘렌은 거의 잊고 있었다. 설레는 아이들처럼 열에 들뜬 두 사람의 혀가 분주히 움직였고 서로의 손가락에 매달렸으며 심장이 팔딱거렸다. 엘렌이 남자의 다트 바지를 열어 성기를 꺼내자 그것은 조금의 망설임도 없이 엘렌의 몸속으로 파고들었다. 일어선 자세로, 옷을 입은 채, 흥분하고 서툰 방식으로 모든 것이 일 분 안에 끝났다. 그다음 날부터 두 사람은 호텔을 찾았다. 신호가 떨어지기 무섭게 남자는 카펫 바닥을 뒹굴며 엘렌을 안았다. 엘렌도 기분 나쁠 건 전혀 없었다. 그러나 남자의 무릎에 생긴 찰과상을 보는 순간 꿈에서 깬 기분이었다. 파트릭이 눈치를 채지는 않았지만, 그 후로 카펫 바닥에서 네 발로 기며 사랑을 나누는 건 할 수 없었다.

엘렌은 30미터 라인만으로도 나쁘지 않다고 생각한다. 마침내 해냈다는 생각에 가슴이 뻐근해져서 수영장 가장자리로 돌아간다. 엘렌이 수영하는 동안 열여섯 살에서 열여덟 살쯤 된 청소년들이 혼자 혹은 둘씩 짝을 지어 들어와 풀장에 잇닿은 콘크리트 계단에 자리를 잡았다. 몇 명은 낯이 익었다. 이작은 도시에서 낯익은 누군가를 만나는 건 너무나 당연한 일이었다. 그들을 바라보자니 왠지 가슴 한쪽이 따끔거린다. 그들의 끊이지 않는 수다, 행복, 완벽함. 물과 훈련 시간이 속도를 내기 좋은 몸을 만들었다. 소녀들의 유선형 허벅지, 넓은 어깨. 보디빌더 같은 근육질 상체에 살짝 얹힌 소년들의 머리.

엘렌은 미소를 띠며 긴 의자로 가 태양 아래에서 젖은 몸을 말린다. 코치가 도착해 주의 사항을 알려 주자, 어린 수영 선수들이 출발대 뒤에 줄을 맞추어 선다. 첫째 줄 선수들이 입수한다. 이어서 나머지 선수들도 일제히 그리고 순순히 물방울을 살짝만 튀기며 뒤를 따른다. 엘렌은 잠수함처럼 길게 가라앉는 어린 선수들을 관찰한다. 이윽고 라인 두 개가 선수들의 한결같은 발차기로 가득 찬다. 태양 아래에서 선수들이 빠르게 헤엄친다. 그들은 젊다. 그들에게 죽음은 존재하지 않는다.

잡지를 들여다보지만 엘렌의 정신은 이리저리 방황하는 중이다. 11시가 넘은 시간. 풀장 주변이 사람들로 득실거리기 시작한다. 점심을 먹고 나서 엘렌은 파라솔 밑에서 잠시 눈을 붙인다. 오후 3시경, 일종의 무감각 상태가 수영장을 잠식한다. 태양의 열기는 상상을 초월한다. 화장실에 가려면 발끝으로 걸어야 한다. 사람들은 그늘을 찾아들고, 물속에서 꼬맹이들이 물장구를 치고 목이 쉬도록 소리를 지른다.

오후 4시가 좀 못 되어 눈동자가 맑고 덩치가 큰 존 웨인 혹은 로버트 미첨 타입의 남자가 수영장에 들어선다. 엘렌은 딱히 그를 기다리지 않았지만 그의 등장을 어느 정도 기대한 것도 사실이었다. 남자는 물에 들어가기 전 계단 위에 자기 물건을 놓아두었다. 엘렌과 마찬가지로 그 남자도 이 수영장에 익숙했다. 언젠가 린과 함께 수영장을 찾았을 때도 그 남자를 흘낏거리며 그의 직업이며 이름, 목소리, 섹스할 내는 소리, 애들, 생활 습관 따위를 상상하며 키득거렸다. 튼튼하면서 어딘지 어색한 남자의 체격을 보며 엘렌과 린은 타잔이라는 별명을 붙였다. 엘렌은 남자가 수영하는 모습을 잠시 바라보았다. 남자가 물에서 다시 나왔을 때, 엘렌은 그의 기다란 팔, 널찍한 어깨, 배를 타고 흘러내리는 물을 눈여겨보았다. 남자가 시선을 주자, 엘렌은 갑자기 위장에서 거대한 공허가 느껴져 허겁지겁 잡지에 코를 박았다. 숨고 싶다. 남자가 다가올 것이다. 남자가 온다. 물론 오지 않는다. 남자는 자리로 돌아가 젖은 몸을 수건으로 닦고 수영장을 나간다. 다음번에 또 오겠지. 엘렌은 어린 여자애처럼 즐거워한다.

작은 에피소드는 이렇게 마무리되었다.

집으로 향하는 길에 엘렌은 몸이 깃털처럼 가벼웠다. 급히 돌아갈 것 없이 한쪽 팔꿈치를 밖으로 꺼내고 천천히 차를 몰았다. 라디오에서 달리다의 슬픈 노래가 흘러나왔다. 이런 외출을 좀 더 자주 해야 했다. 오늘의 일탈 덕분에 엘렌은 미칠 만큼 기분이 좋아졌다. 시부모의 집 앞을 지날 때, 그녀는 섣달

그믐날 온 가족이 함께 모여 하루 종일 먹고 즐기던 추억을 떠올렸다. 시부모님은 돌아가신 지 오래였으나 추억은 그대로였다. 골목길 하나하나에 이야기가 스몄고, 마주치는 벽마다 추억이 소환되었다. 소방서 앞을 달리다가 막 초등학교 옆을 돌았을 때, 멀리서 피어오르는 검은 연기가 시선을 끌었다. 집에 가까워질수록 연기는 점점 더 짙어졌고, 녹아내리는 플라스틱 냄새, 휘발유 냄새가 진하게 코끝을 파고들었다. 엘렌의 미간이 걱정으로 주름졌다. 집에서 무척 가까운 곳이었다. 엘렌은 제발 아무 일 없게 해 달라고 기도하기 시작했다. 마침내 공공주택에 들어서서 두 블록 정도 지나니 이웃들이 잔뜩 모여 있었다. 하나같이 불을 바라보는데, 오토바이 한 대가 형체를 알아보기 힘들 정도로 형편없이 망가져 불타고 있었다.

엘렌은 핸드 브레이크를 당긴 뒤 문을 닫는 것도 잊은 채 허겁지겁 차에서 내렸다. 사람들이 흔들리는 두 다리로 간신히 서 있는 엘렌을 쳐다보았다. 수영장에서 막 나온 엘렌의 얼굴은 흠잡을 데 없이 고왔고, 머리칼에는 윤기가 흘렀다. 그런 그녀에게 누군가가 이번에도 아랍 애들 짓이라고 말해 주었다. 어떤 목소리가 엘렌을 불렀다.

"엘렌!"

에블린 그랑드망주가 손가락 사이에 예의 골루아즈 담배를 낀 채로 호기심 어린 무리에서 빠져나왔다. 에블린이 입은 하얀 블라우스에 연기 그을음이 묻어 있었다. 에블린은 넋이 나갔는지 벌벌 떨면서 더듬더듬 말했다.

"자기 남편이 계속 찾더라. 트럭을 타고 나갔어. 자기 찾느라고 난리도 아니야."

순간 엘렌은 아들을 떠올리고 허겁지겁 차에 올랐다.

"기다려 봐! 파트릭한텐 뭐라고 말할까?" 에블린 그랑드 망주가 말했다.

"금방 돌아올게." 엘렌이 약속했다.

"소방관들이 올 텐데 좀 기다려 봐."

그러나 엘렌의 차는 이미 사라졌다. 앙토니를 찾아야 했다. 어찌나 놀랐던지, 기어를 2단으로 바꾸기까지 일 분이나 걸렸다.

13

열쇠가 없을 때 스쿠터에 시동을 걸기 위해서는 드라이버 하나면 충분했다. 앙토니는 제네랄르클레르로(路)에 있는 로맹네 정비소에서 드라이버를 슬쩍했다. 앙토니는 정비사들이 어떻게 일하는지 볼까 싶어서 가끔 거기에 들르곤 했다. 이따금 디디에가 스쿠터를 타고 한 바퀴 돌고 오라고 허락했다. 그 덕에 앙토니는 혼다 CBR 1000을 모는 호사를 누리기도 했다. 그 엔진은 출발하자마자 앙토니를 달나라까지 데리고 갔다.

앙토니는 등에 가방을 메고 드라이버를 주머니에 넣고 시선을 한 곳에 고정한 채 빠르게 시내를 걸었다. 마뉘네 집에 들르니, 그는 도울 수 있게 되어 기쁜 내색을 감추지 않았다. 내가 분명히 말했지, 그런 놈들을 위한 솔루션은 많지가 않다고. 등에 멘 가방에서 MAC 50의 무게가 여지없이 느껴졌다.

생트카트린 대로를 따라 걷다가 미슐레로로 접어들었다.

길 끝에서 마침내 찾아 헤매던 걸 발견했다. 오락실 '메트로' 앞 인도에 늘 그렇듯 이륜차 몇 대가 나란히 세워져 있었다. 목표물을 향해 점점 다가가며 앙토니는 스쿠터 세 대와 모빌렛 한 대를 알아보았다. 도난 방지 자물쇠를 채운 건 푸조103뿐이었다. 주머니에 50프랑짜리 지폐가 한 장 남아 있었다. 앙토니는 일에 착수하기 전 마지막으로 핀볼 게임을 한판 해볼 수 있겠다 싶어 '메트로'의 문을 밀어 열었다.

내부에는 아케이드 게임기가 두 줄로 놓여 있었다. 게임하는 사람들, 젊은 사람들, 특히 남자들이 숨 막히는 분위기 속에서 조급하게 게임에 몰두했다. 한쪽 벽에 걸린 거대한 거울이 실내를 더 커 보이게 하면서 전자 게임기 속 화면의 매캐한 빛을 반사했다. 중간쯤에 있는 유리문이 달린 작은 방에는 주인이 들어앉아 말보로를 피우며 동전을 바꿔 주었다. 청소년들은 주인의 감시를 피해 담배를 피우고 닌자 게임기에 열을 올렸다. 이 시간에는 비교적 듬성듬성한 편이었으나, 토요일 오후나 학교가 끝나는 시간이면 가게 안은 곧 바글바글해졌다. 앙토니는 지폐를 5프랑짜리 동전들로 바꾸어 제일 구석 자리의 핀볼 게임기 쪽으로 다가갔다. 푸르게 흔들리는 게임기 화면 속 그의 작은 실루엣이 거울에 비쳤다. '애덤스 패밀리'에 20프랑을 넣고 엉망진창으로 게임을 했다. 생각이 딴 데 가 있어서 구슬이 제멋대로 굴러갔다. 다섯 판을 더 했지만 결과는 여전히 시원치 않았다. 앙토니는 청바지에 손을 쓱쓱 문지르며 잠시 망설였다. 진하게 화장한 여자 둘이 출입문 쪽에서 콜라를 홀짝거리고 있었다. 어떤 남자는 '알카노이드' 하이 스코어 창에 자기 이니셜을 써 넣는 중이었다. 저만치에선 남자애 둘이 땀을 뻘뻘 흘리며 음소거된 일본 무술 오락에 열심이었다. 작은 아이의 손놀림은 눈이 돌아갈 정도로 빨랐다. 가끔씩 땀방울이 아이의 콧잔등을 타고 흘러내리다가 오락실 바닥에 떨어졌다. CD를 바꿔 끼울 때마다 음악이 멈추었는데, 그럴 때면 환풍기가 웨엥웨엥 하고 크게 울었다. 앙토니는 비치 보이스를 들으며 마지막 판 역시 참담한 스코어로 끝냈다. 그러고는 핀볼을 한 번 당겼는데, 깜박거리다가 힘없이 죽어 버렸다. 더 이상 동전이 없었다. 짜증 나고 되는 일이 없었다. 배에서는 벌써 몇 시간째 꼬르륵 소리가 났다.

전날 저녁부터 사태가 점차 결정적인 방향으로 나아가기 시작했다는 걸 말해 둘 필요가 있다. 앙토니가 안탈리아에서 감자튀김을 사 먹고 있는데, 엄마가 어딘가에서 허겁지겁 나타났다. 엄마는 망설임 없이 유턴해서 광장을 가로질러 앙토니에게 달려왔다. 너무 서두른 탓에 하마터면 터키식 테라스의 일부와 거기 앉아 있는 손님 둘을 칠 뻔했다.

"타!"

"무슨 일인데?"

"얼른 타라고!"

앙토니는 곧바로 움직였다. 엄마는 앙토니를 찾아다닌 지 벌써 한참 된 것 같았다. 머리가 헝클어지고 모습이 엉망진창이었다. 핸드백이 바닥에 떨어져 나뒹굴고, 백미러는 어디서 부러졌는지 간신히 매달려 대롱거렸다. 도대체 무슨 일이냐고 묻고 싶었지만, 엄마는 차를 돌리려고 안간힘을 다하는 중이었다. 오펠은 핸들 돌리기가 정말 힘들었다. 거기 있던 사람들이 전부 엄마를 쳐다보았다. 엄마는 금방이라도 울음을 터뜨릴 듯한 얼굴이었다.

잠시 후 엄마가 말했다. "이모네 집으로 가자. 오토바이는 없어. 걔네가 홀라당 태워 버렸어."

엄마가 들려준 이야기에 앙토니는 오히려 안심했다. 이미 끝나 버린 세계에도 장점은 있는 법이었다. 적어도 이 재앙이 강박을 없애 주었다고 생각했다. 이제 어떻게 지낼지, 생활은 어떻게 할지, 돈, 옷, 먹거리, 그리고 어디서 잘지 고민할 일만 남았다. 잠수부처럼 숨도 제대로 못 쉬고 지낸 일주일을 생각하면 지금이 차라리 나았다.

두 사람에게 문을 열어 주며 이렌은 어리둥절한 모습이었다. 자매가 서로 연락을 끊고 말 한마디 나누지 않은 세월이 얼마였던가. 이렌이 차와 케이크를 내왔다. 사태의 본질을 생각할 때, 이렌한테는 인심 좋은 안주인 역할을 할 좋은 기회였다. 이렌은 통속 드라마 못지않은 수완을 발휘했다. 어느 순간 전화벨이 울리자, 테이블에 둘러앉은 이들은 말없이 서로의 얼굴을 한참 동안 바라보았다. 사촌이 아래층 겉창을 전부 닫자, 마치 열대 폭풍이 몰아치기 직전 같았다. 그러나 아버지는 오지 않았다. 전화벨만 줄기차게 울렸다. 마침내 이렌이 전화 코드를 뽑았다. 자정 무렵이 되자 육중한 평화가 집 안에 드리웠고, 비로소 닭 가슴살과 치즈, 너무 익어 줄줄 흐르는 즙이 턱과 손에 끈끈한 얼룩을 남기는 살구를 함께 나눠 먹었다. 날은 여전히 후텁지근했으며, 그들에게도 차츰 밤이 찾아왔다. 마음은 괴로웠으나 속절없이 하품이 나오기 시작했다. 조금이라도 자두는 편이 좋았다. 이렌이 소파 침대를 펴고 거실 바닥에 매트리스를 가져다 깔았다. 엘렌은 도무지 눈이 감기지 않았다. 벌써 몇 시간째 이 모든 일을 곱씹고 또 곱씹어 보았지만 아무 대책도 떠오르지 않았다.

아침에 모두 부엌에 모여 아침식사를 했다. 엘렌과 앙토니는 아무 말도 하지 않았다. 이 집에서 떠날 수도 머무를 수도 없는 노릇이었다. 엘렌과 앙토니의 운명은 난민들의 처지가 그렇듯 외부인에 대한 호의나 거절에 달려 있었다. 이때 이렌은 앞으로 어떤 일이 벌어질지 머릿속으로 그리고 있었다. 경찰, 사회복지협회, 변호사를 불러야 했다. 그러다가 흥이 오른 듯 신랄한 어투로 형부에 대해 "그 미친 놈", "짐승 같은 놈", "썩을 놈"이라고 서슴지 않고 말했다. 엘렌은 딱히 반박할 수도 없었다. 어두운 얼굴을 하고 티스푼으로 커피 잔만 저을 뿐이었다. 타격의 규모에 조금씩 적응했는지, 엘렌은 자신에게 닥친 불행에 걸맞은 행정적이고 현실적인 대책을 세우기 시작했다. 얼마 후 앙토니는 부엌에서 나와 배낭을 거칠게 집어 들고 욕실 창을 통해 집을 빠져나갔다.

앙토니는 메트로 오락실의 음산한 대형 거울에 비친 자기 모습을 바라보고 있었다. 야릇한 평화가 가슴속에 부유했다. 드디어 시간이 되었다. 앙토니는 기계적으로 오른쪽 눈두덩을 한번 만져 본 다음 성큼성큼 출구를 향했다. 밖으로 나와 제일 빠른 스쿠터, 폴리니 머플러로 구조를 변경한 야마하 BW를 골랐다. 주위엔 아무도 없었다. 얼른 해치워야 했다. 드라이버로 몸체를 벗기기 시작했는데 나사 하나가 꼼짝하지 않아서 드라이버를 꽂아 지렛대로 삼았다. 플라스틱 부품이 쩍 소리를 내며 떨어져 나왔다. 비좁은 거리엔 높이 5미터쯤 되는 담이 무심히 서서 앙토니를 내려다보았다. 땀이 나면서 손이 축축해졌다. 앙토니는 드라이버로 도난 방지 장치를 푼 뒤 핸들을 거머쥐어 저항력을 한 번에 툭 끊어 냈다. 이제 킥스타터만 작동하면 끝이었다. 앙토니가 발로 차자 스쿠터가 부릉거리기 시작했다. 배기가스가 머플러를 지나며 날카로운 소리를 냈다. 이 익숙한 소리를 마침 오락실에서 나오던 야마하 BW의 주인이 못 알아들을 리 없었다.

"어이, 거기!"

추리닝 바지에 야구 모자를 쓴, 외곽 지방 도로에서 마주칠 법한 투박하지만 꼼꼼한 스타일의 허약한 십 대, 대담하고 상대가 겁먹을 만큼 못생긴 남자애가 그 오토바이 소리에 격분했다. 함께 게임 하던 아이들이 지원군처럼 오락실에서 우르르 쏟아져 나왔다. 앙토니는 액셀 손잡이를 끝까지 돌리고 모두를 따돌리며 출발했다. 속도계 바늘이 시속 80킬로미터를 가리킬 때까지 속도를 줄이지 않고 일직선으로 곧게 뻗은 미슐레로를 달렸다. 길 끝에 이르러 윗동네 쪽으로 도망치기 전에 거쳐야 하는 커브에서 약간 속도를 늦추었다. 심장이 쫄깃했다. 적어도 머릿속은 아무 물음도 던지지 않았다. 멀리 빨간 신호등이 켜졌지만 무시하기로 했다가, 다시 파란불을 기다리는 편이 좀 더 신중하겠다고 판단했다. 앙토니는 일 초 일 초를 헤아렸다. 그때 들려온 목소리에 앙토니는 소스라쳤다.

"야 너 여기서 뭐 해? 이 스쿠터는 또 뭐고?"

사촌 누나의 절친 바네사였다. 바네사가 한쪽 어깨에 스케이트를 걸고 다가오면서 스쿠터를 살피기 시작했다. 그사이 신호등이 초록색으로 바뀌었다. 바네사는 아주 가까이서 한쪽 다리를 발레리나처럼 뒤로 뻗어 활처럼 구부리며 평소처럼 살짝 빈정거리는 분위기였다.

"훔쳤지? 맞지?"

"아니야."

엔진이 중립 상태에서 부르릉거렸다. 바네사가 몸체 상태를 눈여겨보더니 갑자기 웃음을 터뜨렸다.

"미쳤구나! 이걸 훔치다니! 세상에!"

평소와 달리 앙토니는 온몸이 대리석처럼 굳어 꼼짝도 할 수 없었다. 바네사는 믿기 어려울 정도로 차분한 앙토니에게서 무슨 단서라도 찾듯 앙토니의 옆얼굴을 살폈다. 하지만 앙토니의 무심한 얼굴에 오히려 혼란스러워졌다. 이날은 앙토니가 여자들을 꼬실 땐 무심함이야말로 최고의 무기라는 걸 알게 된 날이기도 했다.

"도대체 뭘 한 거야?" 바네사가 물었다.

"하긴 뭘 해."

바네사의 눈동자가 어두운 황금빛이고 사람의 마음을 움직이는 힘이 있다는 걸 앙토니는 전에는 미처 알지 못했다. 이번엔 앙토니가 8월 더위가 기승인데 스케이트를 들고 여기서 뭐 하느냐고 바네사에게 물었다.

"수선받고 오는 길이야."

제법 무거운지 바네사가 스케이트를 바닥에 내려놓았다. 소녀가 몸을 숙이자 민소매 셔츠 속 가슴 골과 브래지어가 한눈에 들어왔다. 앙토니는 배가 홀쭉해지는 느낌이었다.

"스쿠터 훔쳐서 어디 가려고?"

"아무 데도."

"나 좀 데려다주면 안 돼?"

"안 돼."

"데려다줘. 진짜 무거워서 그래. 안 그러면 삼십 분도 넘게 걸어야 한단 말이야. 어깨가 빠질 것 같아."

아닌 게 아니라, 바네사의 한쪽 어깨에 스케이트 끈 자국이 벌겋게 남아 있었다. 그래도 앙토니는 고개를 저었다. 갑자기 슬픔이 몰려왔다. 바네사가 이렇게 상냥하게 군 건 처음이었다. 게다가 가무잡잡한 피부는 또 어찌나 매력적이었는지…….

"그래도 말해 봐, 무슨……."

"아무것도 아니라니까. 나 간다." 앙토니가 말했다.

신호등이 다시 빨간불로 바뀌었다. 바네사가 미간을 찡그렸다. 앙토니는 그녀의 손을, 지난번 그의 뺨을 만지던 차가운 손가락을 떠올렸다

"앙토니, 잠깐 기다려……."

바네사는 앙토니의 이름을 알고 있었다. 앙토니는 속도를 높였다. 스쿠터는 점차 커져 가는 긴 탄식 소리와 함께 터질 듯한 가슴을 안고 다시 떠났다.

이제 모든 일은 돌아올 수 없는 추락으로 이어졌다. 소년은 마음 가는 대로, 빠르다는 말보다 더 빠르게, 아스팔트의 미세한 돌기로 인한 충격이 두 팔을 타고 올라오는 것을 느끼며 스쿠터를 몰았다. 시야 양편에 늘어선 벽들이 잿빛 띠처럼 보였고, 소년은 자신이 움직이는 하나의 점이 되어 버린 것 같은 패닉 상태를 한껏 누렸다. 스쿠터를 몰면서 더 이상 오를 수 없는 흥분 지점을 찾아 끝없이 움직인다는 사실에 만족할 뿐 다른 생각은 없었다. 배 속에서, 가슴속에서, 몸의 모든 기관에서 소년은 엔진의 한계점을 재발견했다. 그의 의지마저 포물선을 그리며 변해 갔다. 그때부터 추락은 착각이 되었고, 사고(思考)는 사실상 불가능해졌다. 앙토니는 달렸다

안타깝게도 신시가지는 시에서 가장 높은 지대에 있었던 탓에, 속도를 훨씬 늦췄는데도 스쿠터가 부르릉거리며 힘든 티를 냈다. 지리멸렬한 감정을 떨치려고 한동안 더 달렸으나 속도는 한풀 꺾인 후였다. 이윽고 페인트칠한 회전목마, 더위에

폭격을 맞은 듯한 나무 몇 그루가 시야에 들어왔다. 차양 밑에 하릴없는 십 대들이 어슬렁거렸다. 앙토니는 발을 땅에 디디고 서서 먼발치에서 그들을 바라보았다. 적막 그 자체였다. 스쿠터 엔진이 계속 헛돌았다. 앙토니는 먼지 날리는 땅을 신발 바닥으로 밀며 느린 속도로 다시 출발했다.

한편 소년들은 머리가 묵직한 채로 반쯤 조는 중이었다. 아침부터 엘리오트가 모로코산 마리화나 두 대를 구해 왔다. 바짝 잘리긴 했어도 그럭저럭 피울 만했다. 몇 주 동안 구경도 못한 터라 한여름에 기분은 마치 크리스마스 같았다. 녀석들 10여 명이 전부 아침 10시부터 논스톱으로 약에 취해 나사가 빠진 듯 흐물흐물해져 있었다. 엘리오트가 담배 종이 여섯 장을 이어 아주 길게 마리화나를 말았다.

"저건 또 뭐냐?"

스쿠터를 타고 다가오는 재미있게 생긴 꼬마를 보려고 제일 먼저 앞으로 나선 건 세브였다. 그렇지만 차양 밖으로 나가면서까지 확인하고 싶은 의지는 없었다. 스쿠터는 천천히 다가왔다. 세브는 혀로 입술을 축이려고 했다. 필터로 쓴 종이를 입 안 가득 물고 있었다. 세브가 두 눈을 실처럼 가늘게 뜨고 같은 말을 되풀이했다.

"어…… 저 개자식은 누구야?"

"네 엄마다."

"아니…… 진짜로……."

그들 무리는 그 작은 실루엣이 우연히 다가오는 게 아님을 인정해야 했다.

"하신……."

"왜?"

"이리 와 봐…… 저기 쟤."

"누구?"

스쿠터는 점점 가까워졌다. 마침내 하신이 일어섰다. 햇빛 때문에 누군지 정확히 가늠하기는 불가능했지만, 어쨌든 문제의 녀석은 헬멧을 쓰지 않았고 키가 작았다. 하신은 나른했다. 집에 돌아가 콜라를 한 잔 마시고 태평하게 TV나 보고 싶었다. 마리화나를 다시 손에 넣게 된 건 정말 기분 좋은 일이었다. 그 생각만으로도 마음이 조금 가뿐해졌다. 그사이 두 눈이 포석을 점령하다시피 한 강렬한 햇빛에 점차 익숙해지면서 마침내 실루엣이 분명히 보였다. 씨발, 그놈이잖아.

"씨발, 저 새끼 누구야?" 엘리오트가 말했다.

"그 미친놈이네. 저거 봐. 진짜 미친 놈."

하신이 차양에서 걸어 나와 똑바로 앙토니 쪽을 향했다. 이윽고 두 사람 사이의 간격이 몇 미터로 좁혀졌다. 무리가 할 수 있는 일은 아무것도 없었다. 차양 안에서는 3개 국어의 욕설이 난무했다. 몇몇 녀석은 앞장서서 차양 밖으로 나왔다.

"네가 감히 여길 와?" 하신이 건조하게 말했다.

앙토니가 어깨끈을 내리고 가방을 열더니 한 손을 집어넣었다.

"어, 어, 어!" 놀라는 누군가의 목소리가 들렸다.

다시 꺼낸 앙토니의 손에 MAC 50이 들려 있었다. 소년들은 모두 차양 밑으로 뒷걸음질을 쳤다.

"쟤 누구야, 씨발?" 처음부터 뭔가 단단히 잘못된 것 같다고 느낀 엘리오트가 의자 위에서 날카롭게 소리쳤다.

앙토니는 왼쪽 눈을 감고 앞을 향해 꼿꼿이 총을 겨누었다.

"무리하지 마." 하신이 최대한 차분하게 말했다.

태양이 얼굴 정면을 강타했으나 하신은 앙토니의 각진 얼굴, 굳게 쥔 주먹, 총구를 틀림없이 알아보았다. 근처의 고층 아파트들이 초연하게 내려다보고 있었다. 하신은 문득 두려워져서 한 번만 봐 달라고 사정하거나 그대로 도망치고 싶었다. 하지만 비겁함은 고통보다 더 큰 대가를 요구한다는 걸 하신은 아주 어려서부터 겪어 왔다. 누군가의 주먹을 피해 도망치는 건 눈물 겨운 피해자의 운명을 자처하는 셈이었다. 나중에 후회하느니 맞서는 편이 훨씬 나았다. 지난날 백 번도 넘게 곱씹은 이 교훈이 하신을 MAC 50 앞에 우뚝 서게 했다.

앙토니가 격발 장치를 당기자, 검지 아래 방아쇠에서 거의 성적인 짜릿함이 전해졌다. 앙토니는 흔들리지 않았다. 스쿠터 엔진이 엉덩이 아래에서 부드럽게 진동했다. 누군가 창가에서 비명을 질렀다. 이 정도 거리에서 쏘면 빗나갈 수가 없었다. 이제 미세한 압력만 가하면 된다. 둔탁한 소리와 함께 8그램짜리 총알이 총구를 떠나 하신의 두개골에 정확히 꽂히기까지는 삼십 초도 걸리지 않을 것이다. 직경 10밀리미터 정도로 들어간 총알은 하신이 숨을 쉬고 빅맥을 먹고 사랑을 하는 젤라틴 조직을 야무지게 태울 것이다. 비행의 끄트머리에 총알은 붉고 부정확한 구멍과 살과 뼈의 떨림을 남기며 녀석의 머리통을 태연하게 관통할 것이다. 이 기술적이고 해부학적인 연속 작용이 지금 두 소년의 관계를 기획하고 있었다. 이렇게 정확히 인식하지는 못한다 해도, 두 사람은 이미 이해하고 있었다. 앙토니가 숨을 내쉬었다. 하고야 말 것이다. 아버지에게 진 빚을 갚아야 했다. 땀 한 방울이 목을 타고 흘렀다. 지금이었다.

그때 스쿠터 엔진이 맥없이 멈췄다.

신기하게도 별 의미 없는 이 작은 변화가 앙토니를 동작 불가능한 상태로 만들었다. 한쪽 팔이 흐물거리는 것 같았다. 발끝부터 머리끝까지 땀에 흠뻑 젖었다. 그래도 이러고만 있을 수는 없었다. 하신이 여전히 태양 아래 이글거리며, 수치스럽게, 금방이라도 오줌을 쌀 것처럼 버티고 서 있었다. 앙토니는 이게 최선이다 생각하며 하신의 얼굴에 탁 침을 뱉었다.

자리를 뜨기 위해 또 드라이버를 사용해야 했고, 그러느라 제법 시간이 걸렸다. 하신은 감히 얼굴을 닦지 못했다. 코와 입에서 침이 느껴졌다. 마침내 앙토니는 줄행랑을 쳤다. 차양 아래선 누구 하나 입을 열지 못했다. 도저히 용서할 수 없는 일이 벌어졌다.

2 **1994**

**You
Could Be
Mine**[*]

---

* 미국 록 그룹 건스앤로지스(Guns N' Roses)가 1991년에 발표한 노래.

1

앙토니가 창고에 있던 소니아를 발견했다. 몸을 숨기기에
는 최악의 장소이니 그녀가 거기 있으리라는 걸 알았어야 했
다. 양쪽 귀에 이어폰을 낀 채 록 음악을 들으며 물어뜯던 손톱
을 멍하니 바라보던 소니아는 앙토니가 들어오는 기척도 알아
차리지 못했다.

"여기서 뭐 하는 거야? 벌써 삼십 분이나 찾아다녔는데."

아무 반응이 없어서 앙토니는 소니아의 코밑에 대고 손가
락을 튕겨 소리를 냈다.

"야, 내 말 들려?"

그제야 소니아가 눈을 들었다. 평소에도 그다지 안색이 좋
은 편이 아니었지만, 지금은 낙담한 낯빛이었다. 두 눈자위가
붉고 화장이 전부 지워졌다.

"또 무슨 일인데?"

"아무것도 아니야."

"시릴이 또 짜증 나게 했냐?"

"아니."

열네 살 난 소니아는 방과 후 지도 교사 자격증도, 물놀이 모니터 자격증도, 대학 입학 자격도, 운전면허도 없을뿐더러, 합법적으로 일할 수 있는 나이도 아니었다. 다시 말해 별로 쓸모가 없는 존재였고, 이곳에서 할 일 또한 아무것도 없었다. 제발 딸에게 일자리를 달라고 떼쓰다시피 한 건 소니아의 아버지였다. 클럽 회장은 수상클럽 관리협회 총무 자리를 맡고 있는 그의 부탁을 별수 없이 들어주었다. 그래서 소니아는 바르바라 또는 디페쉬 모드 같은 음악을 들으며 서빙을 하거나 바에서 설거지를 하거나 이런저런 잔심부름을 하며 호숫가 여기저기를 뛰어다녔다.

겉보기에 소니아는 수학 때문에 매우 버거운 한 해를 보낸 것 같았다. 부모는 특히 수학 때문에 걱정이 이만저만이 아니었다. 앙토니는 그런 소니아가 무척 마음에 들었다. 소니아는 어딘가 잔망스러웠고 꽤 재미있었으며 어쨌거나 굉장히 예뻤다. 잿빛 눈동자에 입술이 도드라져서 누구라도 한번쯤 얘기를 나눠 보고 싶은 타입이었다. 그런데 이삼 일 전부터 완전히 무기력해 보였으며, 웃지도 않고 평소보다 더 창백한 얼굴에 걱정될 만큼 비쩍 말라 한쪽 구석에 구겨져 있었다.

"남자 문제야? 맞지?"

소니아가 고개를 저었다. 그러면 대체 뭐란 말인가? 앙토니는 무엇보다 소니아가 시릴에게 반한 건 아닌지 두려웠다. 시릴은 진정한 닭대가리이긴 해도 스타일이 썩 괜찮은 편이어서, 희끗희끗한 머리칼과 브라이틀링 손목시계로 어린 여자애들의 마음을 흔들고도 남을 인물이었다. 말하자면, 어린 여자들을 쓰러뜨리는 것으로 탈모가 시작되는 시기를 극복하는 음흉한 중늙은이 부류였다. 이런 생각이 들자 앙토니는 평정을 잃었다. 고작 열네 살짜리 여자애를 가지고 놀다니, 더러운 새끼!

"자, 가자. 이런 데 있지 말고. 오늘은 사람이 많이 올 거야."

소니아는 앙토니가 내민 손을 잡고 발을 질질 끌면서 바까지 따라갔다. 앙토니는 워크맨 볼륨을 줄이는 소니아의 성의를 고맙게 여겼다.

"뭐 마실래?"

"아니."

"짜증 그만 부려. 손목 긋고 자살할 거 아니면 이제 그만하라고!"

소녀가 어깨를 으쓱했다. 마음만 있다면 못 할 이유도 없었다.

앙토니가 냉장고에서 슈웹스를 꺼내 소니아에게 한 잔 따라 준 뒤 나머지는 병째로 들이켰다. 뚜껑을 따고 시간이 꽤 지났는지 탄산이 거의 남아 있지 않았지만, 그래도 시원한 맛은 있었다.

오늘 앙토니는 아침부터 쉬지 않고 움직였다. 숨 막히게 바쁜 날 중 하루였다. 모든 게 무겁고 부진했다. 하늘은 낮게 내려앉고, 공기는 아주 드물게 떨리면서 늪과 미끈거리는 식물 아니면 휘발유 냄새를 실어 왔다.

"더 이상 짜증 나게 하지 마라."

시릴은 극도로 예민한 상태였다. 오늘 저녁에 여는 파티가 파르크 데 프랭스[50]에서 열리는 행사쯤 된다고 여기는 모양이었다.

소니아는 커피 메이커 위 '라이선스 IV'라고 쓰인 작은 푯말만 응시했다. 미소라도 짓듯 얼굴 위로 일렁임이 지나가더니, 두 눈에 금세 눈물이 차오르기 시작했다.

문득 미안해진 앙토니가 방법을 찾아냈다.

"내 말 잘 들어. 방갈로에 들어가 있어. 거긴 아무도 못 찾을 테니까."

그리고 잠시 후 혹시나 하는 마음으로 물었다.

"혹시 누구 좋아하냐?"

소녀가 얼굴이 돌변했다. 너무나 분노한 나머지 소녀는 불행하다는 생각조차 잊어버린 것 같았다.

"가끔씩 오빠는 정말 머저리 같아. 도대체 나이가 몇 개야?"

"아, 됐어. 난 신경 안 쓴다. 알았냐?"

---

50 파리를 연고로 하는 프로 축구 팀 파리 생제르맹 FC의 홈구장. UEFA가 지정한 4성급 경기장으로, 각종 유럽 대회를 유치하고 치를 자격이 있는 경기장이다.

앙토니가 빈 슈웹스 병과 소니아가 손도 대지 않은 컵을 치우며 말했다.

"오빠도 친구 있어? 사람들하고 말은 하고 살아? 학교는 다녀 봤어?"

앙토니가 손가락질하며 살짝 미소를 지었다. 소니아가 고개를 돌려 보니 시릴이 득달같이 달려오고 있었다.

"야, 거기!"

밝은 색 청바지에 세바고를 신은 시릴이 허겁지겁 가게 안으로 들어왔다. 그 뒤를 로맹 로티에가 따랐다. 소니아의 표정이 갑자기 우울해졌다.

"너희 여기서 뭐 해? 관광객이야, 뭐야?"

"아무것도요. 그냥 좀 쉬었어요."

이윽고 시릴이 경영자로서 연설을 늘어놓기 시작했다. 그것이 시릴의 비밀 병기였다. 다시 말해 그는 무슨 일을 정확히 어떻게 해야 하는지에 대한 개념도 없는 주제에 케케묵은 연설과 교훈을 늘어놓고 본인보다 돈을 덜 버는 이들의 업무 내용을 헐뜯으며 경영상의 무능함을 감추었다. 그것이야말로 사장인 그의 비극이자 그를 압박하는 요인이었다. 그것이 언젠가는 자신에게 깊은 상처를 남기리라는 걸 그도 알았다. 이번엔 도전과 개인 투자의 문제였다. 시릴에게 익숙한 소니아와 두 소년은 말없이 감내했다.

그러나 앙토니는 시릴과 어린 소니아 사이에 도대체 무슨 일이 일어날지 궁금증이 가시지 않았다. 소니아를 무시하는 시릴의 태도나 그런 시릴을 대하며 입을 삐죽거리는 소니아를 보아 뭔가 있는 것 같기도 했다. 다만 앙토니는 지금 하는 일이 좋아서 복잡한 상황에 엮이고 싶지 않았다. 무엇보다 아침 10시전에 일을 시작하지 않아도 되었고, 그것만으로도 앙토니에게는 꿈의 직장이었다. 앙토니는 주로 창고에서 배를 꺼내는 일을 맡았다. 육체적으로 고되고 월급도 시원찮았으나, 일하다 보면 가정교육을 제대로 받아서인지 팁을 두둑하게 남기는 사람들을 많이 만났다. 남는 시간엔 호숫가에서 로맹과 함께 빈둥거리다가 여자를 꼬시거나 창고에서 맥주를 마시며 시간을 죽였다. 로맹과 앙토니는 시골 장터를 누비는 2인조 좀도둑처럼 죽이잘 맞았다. 사실 로맹은 앙토니의 선입견을 깬 친구였다. 앙토니는 로맹을 거들먹거리면서 친구들에게 으름장을 놓는 덩치크고 나쁜 놈으로 기억했는데, 일단 친해지고 보니 제법 괜찮은 녀석이었다. 이 년 동안 녀석은 체격이 더 좋아져서 키가 190센티미터 정도 되었다. 겉보기에 빈둥거리는 건달 같았지만, 일단일을 시작하면 180도 달라졌다. 언젠가 배를 창고로 이어지는 비탈길에서 300킬로그램짜리 혼자 끌고 가는 로맹을 보고 입을 다물지 못한 적이 있다. 게다가 녀석은 인심이 좋고 늘 유쾌했으며 돈을 펑펑 썼고 아는 사람이 많았다. 앙토니는 로맹 아버지의 아우디 콰트로를 몰고 시내를 어슬렁거리는 것이 좋았다. 창문을 한껏 연 채 건스 앤드 로지스의 노래를 크게 틀고 양아치처럼 돌아다닐 때 앙토니와 로맹은 왕이 된 기분이었다.

잔소리를 끝낸 시릴이 다들 잘 알아들었냐고 묻자, 앙토니와 로맹은 예, 염려 붙들어 매세요, 했다.

"드릴 말씀이 있어요." 소니아가 말했다.

"무슨 말?"

"오 분이면 돼요."

"지금 시간 없어."

"중요한 일인데요."

시릴은 소니아의 아버지를 떠올리고 남자애들을 향해 말했다.

"너희 둘, 가서 의자, 받침대 그리고 식탁을 준비해. 그런 다음 꽃집 사람들이 우리 주문대로 하고 있는지 확인하고. 부겐빌레아로 장식하겠다고 분명히 말했는데 클레마티스를 갖다 놨어."

"그러나저러나 비가 올 텐데요, 뭐." 로맹이 말했다.

"뭐?"

"아니요, 아무것도 아니에요."

시릴의 눈짓에 소니아가 사무실로 따라 들어가자, 앙토니와 로맹은 한동안 사무실을 바라보고 서 있었다. 문 앞 사람 키 높이에 표지판이 붙어 있었다. '관계자 외 출입 금지.'

찌는 듯이 더웠지만 소년들이 분주히 움직인 결과 금세 준비 작업을 마무리할 수 있었다. 클럽 하우스와 호수 사이의 잔디 위에 뷔페 테이블을 설치하고 플라스틱 의자를 열 줄 늘어

놓았다. 부겐빌레아는 없고 클레마티스는 어울리지 않아서 야자수 잎으로 장식하기로 했는데, 그렇게 하니 썩 그럴듯해 보였다.

잠시 후 용달차 두 대가 음식을 가득 싣고 도착했다. 시릴은 당연히 시에서 가장 이름난 벨랭제르에 출장 뷔페를 주문했다. 벨랭제르는 에일랑주와 에탕주에 매장이 하나씩 있어서 룩셈부르크 고객도 많았다. 티 하나 없이 하얗게 빼입은 출장 뷔페 직원들이 해산물, 채소 샐러드, 햄류, 신선한 과일, 팽 쉬르프리즈, 티스푼으로 떠먹는 아기자기한 각종 베린이 담긴 쟁반을 들고 분주히 오가기 시작했다. 규모가 제법 커서, 사장인 벨랭제르 씨가 직접 나서서 운반하기도 했다. 오늘 저녁엔 협회 신임 회장이 취임하는 날이니만큼 사람이 많이 참석할 예정이었다. 시의 법조인, 의사, 기업인, 주요 공무원 등이 전부 수상 클럽 회원이었다.

앙토니와 로맹은 접이식 간이 수레에 음료를 실어 날랐다. 뭄 샴페인이 열 상자, 차게 마시는 모젤 화이트 와인, 보르도·상세르 와인과 생수, 콜라, 주스도 있었다. 오후 4시경이 되어 모든 것이 자리를 잡자, 소년들은 그제야 소나무 그늘 아래에서 담배를 한 대씩 피우며 잠시 쉬기로 했다. 소니아는 아직 모습을 드러내지 않았고, 거대한 먹장구름이 호수면 위로 미끄러졌다. 공기는 차라리 따가웠다. 축축하고 근질근질하고 초조한 기분이어서 출장 뷔페 직원들마저 어딘가 불결해 보였다.

"한바탕 쏟아질 것 같아." 앙토니가 폭풍우를 예견했다.

"맞다, 어제저녁에 네 얘기 했는데."

"누구한테?"

말은 이렇게 해도 그게 누구인지 확실히 알았기 때문에 심장이 걷잡을 수 없게 뛰었다.

"스테파니. 어제 알가르드에서 봤어. 부모님하고 식사 중이던데."

앙토니는 팔꿈치를 괴고 다리를 꼰 채 풀잎 한 가닥을 씹으며 하늘을 응시했다. 몸에서 풍기는 체취가 느껴지고, 힘을 쓰고 난 뒤의 나른함도 몰려왔다. 하늘은 온통 구름에 덮여, 어느새 밤이 된 것 같았다.

"그래서?"

"그래서는 뭐. 오늘 저녁에 온대."

"대박." 로맹이 웃음을 터뜨렸다.

"응, 대박이지. 너를 기억하던데."

"그래?"

"응. 너 어떻게 사냐고 묻더라니까."

"진짜?"

"당연히 구라지."

"등신 새끼……."

잠시 후 앙토니가 물었다. "진짜 온대?"

"그럴걸. 어쨌든 걔네 아빠가 올 거니까."

"맞아, 걔네 아빠……."

스테파니의 아버지 피에르 쇼수아가 수상 클럽을 관리하

는 협회의 신임 회장이라는 걸 앙토니는 거의 잊고 있었다. 그는 작년에 시의원 선거에 나갔다가 1차 투표에서 완패했다. 그후 지역 의회에서도 사임하고 이런 협회를 통해 입지를 다지려 애쓰는 듯했다. 앙토니는 샤워를 좀 해야겠다고 생각했다.

"가서 씻고 올게. 땀 냄새가 많이 나."

"기다려. 420을 들여놔야 하잖아."

로맹이 호수 한가운데 꼼짝 않고 떠 있는 소형 보트 두 대를 가리켰다.

"조디악으로 끌고 오자. 쟤네 혼자서는 절대 못 오잖아. 바람 한 점 없으니까."

"그래, 내가 몰게." 로맹이 말했다.

"그러시겠지."

앙토니가 대꾸했다.

이렇게 둘은 투닥투닥 서로 어깨와 팔꿈치를 밀치며 비탈을 올라 호숫가로 갔다. 앙토니가 조디악에 올라타자 로맹이 키를 잡았다.

저녁 6시가 조금 넘어 첫 번째 손님들이 도착했다. 손님들은 짝을 짓거나 혼자서, 아주 가끔은 아이와 함께 왔는데, 대부분은 밝은 색 옷차림이었다. 시릴은 우아한 연보라색 상의를 입고 손님을 맞았다. 꾸물거리는 날씨를 고려해 천막을 대여해 두었다가 비가 내릴 경우 뷔페를 덮기로 했다. 다급히 천막을 설치하느라 앙토니는 샤워할 시간조차 내기 힘들었다. 그 대신 주방에서 간단히 씻고 티셔츠를 갈아입었지만 완벽할 수는 없었다.

바깥 여기저기에 횃불이 놓이고, 레몬 향이 강하게 퍼졌다. 식탁보, 의자, 천막은 전부 흰색이었다. 얼음 버킷도 준비되어 샴페인을 기다리고 있었다. 전체적으로 가지런하고 청결한 인상이었다. 스피커에서 음악이 흘러나왔다. 시릴은 룩셈부르크에서 활동하는 DJ를 초청했다. 밤이 되면 댄스파티가 열릴 것이다. 모든 일이 척척 진행되는 듯했지만 단 하나, 해산물 요리가 담긴 접시 앞에 세워 놓으려고 주문한 얼음 덩어리가 어느새 초고속 전철 같은 속도로 녹아내리기 시작한 게 문제였다. 앙토니는 스테파니가 오는지 분주히 살폈다. 점점 초조해졌다. 소니아가 눈에 띄자 냉큼 달려갔다.

"야, 또 어디 갔었어? 별일 없어?"

"관뒀어."

"설마."

"맞아. 그만뒀어. 집에 간다고. 잇츠 오버."

그래도 기분은 별로 좋지 않아 보였다.

"언제부터?"

"지금 당장."

"진짜야? 나한테 말도 안 하고?"

"할 말이 뭐 있다고?"

그럼에도 소니아는 저녁 행사를 위해 꽃무늬 민소매 티셔츠로 갈아입고 다이아몬드 귀걸이를 하는 등 성의를 보였다.

목에는 여전히 워크맨 헤드폰을 걸고 닥터마틴을 신었다.

"그렇게 하니까 괜찮네." 앙토니가 말했다.

"고마워."

"까만색보다 낫다."

"나도 알아."

"좀 더 있을 거야?"

"응. 시릴하고 할 얘기가 아직 남았어."

"도대체 그놈이랑 무슨 짓을 하는 거야?"

소니아는 어깨를 으쓱했다. 무슨 짓이랄 것도 없었다.

"그럼, 안녕."

소니아가 말했다.

"나한테 작별 인사는 하고 가는 거다." 앙토니가 강조했다.

"그럼, 걱정 마."

소니아가 다시 헤드폰을 쓰고 종종걸음으로 사라졌다.

피에르 쇼수아는 저녁 7시가 살짝 넘어 아내를 동반하고 등장했다. 피에르는 배가 나오긴 했으나 그럭저럭 봐 줄 만했다. 친절하고 활달한 성품에 곱슬기가 없는 잿빛 머리칼을 가진 남자였다. 서슴없이 대화를 나누고 내내 웃음을 지었지만, 어딘지 꼭두각시 인형처럼 누군가 몸에 줄을 매달아 한 번씩 당겨 주어야 표정을 지을 것 같은 느낌이었다. 그 옆에는 물들인 금발에 두툼한 무릎을 하고 손가락에는 반지를 끼고 적당히 멋을 부린 카롤린 쇼수아가 눈부신 자태로 서 있었다. 스웨덴 사람다운 투명한 얼굴에 당당함이 묻어났다. 부부는 시릴과 한동안 대화를 주고받은 뒤, 이내 손님들 한 사람 한 사람과 악수를 나누기 시작했다. 웨이터 두 명이 쟁반을 들고 손님들에게 샴페인 잔을 돌리기 시작했다. 시릴이 앙토니에게 다가와 말했다.

"진척이 안 되는군. 네 친구를 데려와서 뷔페 서빙을 해. 가급적 손님들이 물을 마시게 해. 벌써 후끈해진 것 같으니까."

아니나 다를까, 모인 사람들은 벌써 큰 소리로 떠들고, 서로에게 팔을 두르고, 맥락과 상관없이 크게 웃으면서 술잔이 채워지기 무섭게 비워 냈다. 좀체 견디기 힘든 전기 조명 아래 모두 녹아 버릴 기세였고, 그 위를 하늘이 위험한 뚜껑처럼 뒤덮었다. 뷔페를 장식한 얼음덩이가 거의 녹아 식탁 아래로 강처럼 흘러서 갑각류를 담은 쟁반이 곧 늪지로 변했다. 제대로 보지 않고 뷔페에 다가온 술꾼들은 졸지에 발을 흠뻑 적시고 말았다. 젖은 발을 말리겠다고 신발을 벗는 여자 손님들도 있었다. 앙토니와 로맹은 부지런히 샴페인 잔을 채우기 시작했다. 바두아 탄산수를 권하지 않은 것도 아니었으나 다들 샴페인만 찾았다. 이윽고 카롤린 쇼수아가 샴페인을 한잔하러 다가왔다가 로맹을 알아보고 반갑게 외쳤다.

"어머나! 여기서 일하는지 몰랐네."

"아, 예."

"여름 한철 여기서 보내는 것도 나쁘지 않겠다, 얘!"

로맹이 점잖게 동의하며 샴페인 잔을 건넸다.

"어머, 완벽하네!" 금발 여자가 기뻐했다.

앙토니는 로맹이 자기를 좀 소개해 주었으면 했지만, 로맹의 생각은 거기까지 미치지 못했다. 딸은 언제 오는지 물어볼 정신만 있었을 뿐이다.

"아! 너도 알겠지만 말이다, 걔가 요즘……."

그러고도 한동안 두 사람은 서로 잘 아는 사람들에 대해 이야기를 나누었다. 그때 스피커에서 잡음이 흐르더니, 신임 회장이 예정대로 작은 연단에 올랐다.

"여러분!"

웅성거림이 멈추었다. 피에르 쇼수아가 양손을 허공에 올리며 조용히 해 달라고 다시 한번 주문하자, 모여 있던 사람들은 회장의 연설을 듣기 위해 협조를 아끼지 않았다.

"짧게 말씀드리겠습니다. 우선 폭풍우가 온다는 예보가 있었는데도 이렇게 모여 주신 여러분 모두에게 심심한 감사를 드립니다."

때론 능숙하고 때론 친숙하게, 순간순간을 절묘하게 골라 눈짓과 손동작을 곁들인 연설이 계속 이어졌다. 그가 유머를 던질 때면, 땀에 젖은 채 부동자세로 연설을 듣던 사람들이 가까이 있는 사람에게 윙크를 건네기도 했다. 시릴은 맨 앞줄에 앉아 사람들의 얼굴을 근심 어린 표정으로 관찰했다. 회장의 연설을 듣는 도중 이따금 고개를 끄덕이며 동의를 표하기도 했다. 약간 떨어진 곳에서 카롤린 쇼수아가 백금 팔지를 빙글빙글 돌리며 남편의 연설을 들었다. 그러다 돌연 재빠르게 사라지는 다람쥐 같은 형체가 앙토니의 눈에 띄었다. 소니아였다. 무슨 일인가 싶어 눈으로 뒤쫓았지만, 이미 자취를 감춘 뒤였다.

짧게 하겠노라 선언했지만, 그건 사탕발림일 뿐이었다. 짧기는커녕 회장은 위기, 소생, 지원 과정을 넘어 오늘날 비로소 만개한 클럽의 역사를 길게 되짚었다. 클럽이 거쳐 온 운명은 좀 더 넓은 범위에서 보면, 국가적이고 경제적이고 세계적인 파노라마와 자연스럽게 연결되었다. 회장이 비산업화니 쟁점이니 현대화니 하는 말들을 늘어놓자, 청중은 일제히 박수를 쳤다.

"야!"

방금 앙토니 뒷자리에 다가와 앉은 시릴이 앙토니의 한쪽 팔을 붙들었다. 완전히 패닉 상태였다.

"얼음 봤어? 녹아서 물이 흘러넘치고 난리도 아니야. 새우가 물에 둥둥 떠다니는데 누가 먹겠냐고. 당장 닦아. 주방에 가서 양동이 하나 가져오고. 해산물은 전부 쓰레기통에 던져 버려. 오늘 저녁은 끝이야. 서둘러!"

이 말에 앙토니는 황급히 자리를 떴다. 연단에서는 피에르 쇼수아가 주머니를 뒤적이며 메모를 찾는 중이었다.

"아…… 제가 특히 말씀드리고 싶은 건, 길고 길었던 애도의 시간이 마침내 끝났다는 것입니다. 폐업한 메탈로르를 보며 울면서 보낸 세월이 어느새 십 년째입니다. 에일랑주가 화제에 오를 때면, 사람들은 너무나 당연하다는 듯이 경제 위기, 가난, 사회 분열 같은 것을 떠올립니다. 이제 그만합시다. 지금 우리는 다른 것에 대해 생각할 권리가 있습니다. 가령 미래에 대해서 말입니다!"

다시 한번 박수 소리가 울려 퍼졌다. 연설 내용과 완전히 무관하다고 볼 수 없는 앙토니는 주방으로 가다가 문득 걸음을 멈추고 귀를 기울였다. 앙토니 역시 노동자들의 추억담이 지긋지긋하던 터였다. 그들의 이야기는 그 시기를 공유하지 못하는 사람들에게는 본질에서 벗어난다는 느낌을 주었다. 그들은 말끝마다 비교를 일삼았으며 다른 기업들을 조롱거리로 삼고 성공한 사람들을 하찮은 존재로 과소평가했다. 제철소에서 일하던 사람들 그리고 지나간 세월은 이제 듣는 사람들을 짜증 나게 할 뿐이었다.

회장의 연설은 계속 이어졌다. 사실 수상 클럽은 시가 보유한 여러 가지 가능성들 중 가장 완벽한 사례 중 하나였다. 최근에 마친 리노베이션 공사 덕분에 캠핑장은 더욱 그럴싸해져서 늘 만원을 이루었다. 내년엔 아쿠아 콤플렉스를 지어 파도 풀장, 미끄럼틀, 25미터짜리 풀장 등을 설치할 예정이었다. 생산 제일주의는 끝났다. 이제는 즐길 시간이었다. 이곳은 청결하고 수익을 창출하는 공간이 되었으며, 모두 여기서 이윤을 창출했다. 뿐만 아니라 엔강은 여가 활동을 즐기는 데 지리적으로 아주 유리했다. 여름에 뛰어난 일조량을 자랑했으며 호수, 숲, 풍광도 그에 못지않은 가치를 자랑했다. 룩셈부르크나 독일 같은 부유한 나라들과 가깝고 교통이 편리하다는 것도 이 지역의 빼놓을 수 없는 인프라였다. 오래전 일이긴 하지만 배고픔을 달래고 일을 찾기 위해 유럽과 지중해 연안에서부터 꾸역꾸역 이 지역으로 밀려드는 사람들을 환대하며 공장을 돌렸던 일도 회자되었다. 나아가 지리적으로 그다지 멀다고 볼 수 없는 네덜란드, 벨기에, 스위스 등 주머니 사정이 두둑한 고객들을 환기하는 것도 잊지 않았다. 재난 지역은 응당 국가 차원의 자비를 누릴 권리가 있으므로 지역 의회, 파리, 브뤼셀 등의 지원금도 기대해 볼 만하다고 했다. 이에 관한 보고서들이 조만간 올라가면 후원금이 줄을 이을 거라고 장담했다. 이 말이 솔깃하게 들렸는지 박수 소리가 다시 한번 오랫동안 이어졌다. 오늘 저녁 모임에서 반드시 털어 버려야 할 것은 지루한 우울감이었다. 결국 절망할 이유가 없었다. 삼십 년 넘도록 지속된 산업의 황폐가 노동계, 일자리의 성격, 프랑스 내부의 근본적 구조를 완전히 바꾸어 놓았다는 걸 사람들은 뼈저리게 인지했다. 지금부터 더욱 힘차게 나아가야 한다. 물질적·경제적 문제는 정책 결정이 뒷받침해 줄 것이다.

"안녕."

스테파니가 문 앞을 지나갈 때 앙토니는 양손에 얼음 양동이를 들고 바 앞에 서 있었다.

"안녕." 그가 말했다.

언제부턴가 로맹이 증발해 버려서 뒤처리는 앙토니 혼자의 몫이었다. 앙토니가 쓰레기통에 거의 쏟아 버린 해산물은 4000프랑어치로, 앙토니의 한 달 월급과 맞먹었다. 남은 얼음을 다시 포장하기 위해 다섯 번이나 주방과 홀을 오가다 보니 온몸에서 비린내가 가시지 않았고, 땀으로 목욕을 하다시피 했다.

"내가 너무 늦었니?" 왁자지껄한 소리에 스테파니가 말했다.

"아니. 좀 일찍 시작했어."

신임 회장의 연설이 모든 청중을 낙관주의자로 만들어, 다들 그 어떤 제약도 한계도 없이 흥청거리는 분위기였다. 한쪽에서 알레르기 전문의가 구토를 했고, 총무 과장은 어깨 너머로 유리잔을 집어 던졌다. 샴페인은 일찌감치 바닥이 났다. 시릴은 마음을 비웠는지, 망연자실한 표정으로 흥에 겨운 사람들을 바라보고만 있었다.

"여기서 일하니?" 스테파니가 물었다.

"응."

"재밌네."

"뭐가?"

스테파니는 잠시 머뭇거렸다.

"네가 많이 큰 것 같아."

자신을 어린애처럼 대하는 것 같긴 해도, 앙토니는 그 말이 듣기 싫지만은 않았다. 두 사람은 더 이상 무슨 말을 해야 할지 몰라 서로 멀뚱히 바라보기만 했다.

"넌 지금 대학 다니지?" 앙토니가 물었다.

"아니, 이제 막 바칼로레아 쳤어."

"합격했어?"

"12점은 넘었지."

스테파니가 대수롭지 않은 일이라는 듯 희미하게 한 손을 내저었다. 그래도 내심 뿌듯해 하는 게 느껴졌다. 그런 스테파니가 앙토니의 눈에는 더 예뻐 보였다. 젖살은 완전히 사라졌으나 머릿결이 여전히 눈부셨고 그녀만의 포니테일도 그대로였다. 눈 화장을 바꿨는지 눈망울이 전보다 더 크고 예뻤다. 게다가 목이 깊게 파인 하얀 민소매 블라우스를 입어서 가슴 사이의 골이 들여다보였다. 그녀를 정면으로 마주 보는 데는 적잖은 노력이 필요했다.

"이제 가 봐야겠어." 스테파니가 말했다.

"그래, 나중에 봐."

"응. 담에 보자."

스테파니가 앞을 지나갈 때, 앙토니는 자신에게서 나는 새우 냄새를 떠올리고는 미련맞게 숨을 꾹 참았다. 홀에 들어서기 전 마지막으로 한 번 더 쳐다봐 주기를 간절히 바랐지만, 그런 장면은 영화에서나 볼 수 있었다.

그때부터 앙토니는 빈 술잔을 치운다는 구실로 스테파니의 흔적을 찾아다녔다. 틈틈이 그녀의 포니테일을 훔쳐보고 한쪽 어깨를 넘보았으며, 심지어 그녀가 없는 데서조차 그 얼굴과 두 눈을 상상했다가 흠칫 놀랐다. 어디서든 스테파니의 모습을 재현해 냈고, 평소 같으면 아무것도 아닌 것에서 완벽한 이야기를 지어내다 보면 실제로 그녀와 마주치기도 했다. 스테파니 역시 어느새 술에 취해 알딸딸해져서, 앙토니의 놀이 앞에서 우물쭈물하지 않았다. 스테파니가 시선을 던지거나 살짝 미소라도 지어 주면 앙토니의 뱃속에는 불꽃이 가득 찼다. 그녀의 가슴골이 태양처럼 눈부셨다.

한쪽에선 룩셈부르크에서 초청했다는 DJ가 음악을 바꿔 가며 손님들의 관심을 끌어 보려고 했으나 부질없었다. 춤추고 싶어 하는 사람은 아무도 없었다. 날이 너무 더웠고, 전부 축 처졌으며, 다들 너무 취했다. 한 줌 바람이 불어 와 이제 어둠이 내린 호수 위에 잔주름을 남기고 지나갔다. 사람들은 여전히 폭풍우를 기다렸다. 평소엔 야망에 갇혀 점잔만 빼던 남자들도 술의 힘을 받았는지 전에 없이 신랄한 말들을 쏟아 냈다. 아내들의 만류도 소용없었다. 행사가 끝나고 집으로 돌아가는 자동차 안에서 채근당할 게 뻔했다. 그러다 집에 도착해서 어쩌면 말다툼을 하거나 샤워를 하거나 아니면 아이들이 깨지 않도록 바짝 신경 쓰면서 섹스를 할지도 모른다. 어쨌거나 모두에게 나쁘지 않은 파티가 될 것이었다.

자정이 지나자 스테파니는 조급해 보였다. 스테파니 쪽에서도 앙토니를 찾기 시작했다. 잔뜩 인상을 쓴 그녀와 앙토니가 서로 스쳤다. 그날 저녁 파티에 그들 또래는 단둘뿐이어서, 앙토니는 비록 하룻저녁뿐이었지만 기적적인 독점권을 누릴 수 있었다. 이 기회를 놓칠 수는 없었다. 갑자기 스테파니가 마침 설거지를 하던 앙토니를 찾아 주방 안으로 들어왔다. 또렷한 형광등 불빛 아래에 선 스테파니는 아까하고 전혀 다른 모습이었다. 솜털이 난 허벅지, 빛이 흐르는 피부, 브래지어 와이어, 파우더 밑으로 희미하게 드러난 이마와 얼굴의 여드름. 아직 성인이 되지 않은 생짜 그대로의 몸 앞에서 앙토니의 욕망은 더욱 간절해졌다.

"끝나고 뭐 해?" 스테파니가 물었다.

"별거 없는데."

"나 좀 데려다줄 수 있어? 술을 많이 마셨거든. 이 시간엔 음주 단속이 많다던데."

"물론이지."

스테파니는 오른쪽 다리에 무게를 싣고 살짝 기우뚱하게 서서 심드렁하게 말했다. 손톱과 발톱엔 매니큐어가 칠해져 있었다. 외모를 가꾸는 여자, 예뻐지고 싶은 욕망, 상대를 기쁘게 하겠다는 갈증을 슬쩍슬쩍 엿보는 것도 나쁘지 않은 경험이었다. 모든 것이 구애를 위한 제스처의 하나였다. 결국 세상의 모든 종족을 좌우하는 것은 이런 세심함이 아니던가.

"언제쯤 끝나?"

"삼십 분쯤 후에. 괜찮겠어?"

"응, 삼십 분. 괜찮아."

"잘됐네."

"이따 보자."

주방에서 나가는 스테파니의 엉덩이와 허리에서 눈을 떼지 못하던 앙토니는 문득 주눅이 들었다. 모든 가능성이 열려 있다는 생각과 이건 너무나 미약한 가능성이라는 생각이 거의 동시에 찾아왔다. 평생 둘도 없는 기회일지도 모르는데 그의 온몸에서는 새우와 주방 세제 냄새가 났다. 무슨 일이 있어도 샤워를 해야 했다.

시릴의 감시가 없는 틈을 타 앙토니는 방갈로 쪽으로 다급히 달려갔다. 방갈로라고 부르긴 했지만, 찻길에서 안으로 약간 들어간 데 지은 오두막 세 채로, 살짝 손을 본 탈의실 수준이었다. 화장실과 샤워 시설을 갖추고 테라스에 긴 의자를 놓아 제법 예쁘게 꾸민 티가 났다. 전반적으로 사파리 같은 분위기였는데, 사람들이 꽤 좋아했다. 앙토니는 안타깝게도 더 이상 갈아입을 티셔츠가 없는 걸 알고 자못 심각해졌다. 그러다 허겁지겁 달리기 시작했다. 머리 꼭대기까지 초조해졌다.

멀리 한 줄기 불빛이 보이자 앙토니는 발을 멈추었다.

불빛은 맨 앞 방갈로에서 새어나와 겉창과 출입문 테두리에서 끊겼다. 이 시간에 방갈로에 사람이 있을 리 없어서 앙토니는 하릴없이 근처를 어슬렁거리는 이 지역 불량배들을 떠올렸다. 그대로 발길을 돌릴까 하다가, 돌연 비겁함은 그다지 현명한 선택이 아니라는 생각이 들어서 발끝으로 살금살금 다가갔다. 그리고 굳게 닫힌 문에 귀를 댔다. 문을 열고 싶었지만 안에서 고리가 걸려 있었다.

"여기 누구 있어요?"

문손잡이를 흔들었지만, 고리가 제법 단단히 걸려서 열리지 않았다. 방갈로 안에서 분주한 발소리, 속삭임, 옷깃 스치는 소리, 당황하며 허둥지둥 뭔가를 정리하는 소리가 들렸다.

"문 열어!" 앙토니가 소리쳤다.

스스로 용기를 내기 위해 앙토니는 전에 없이 큰 소리로 외쳤다. 겁을 줄까 싶어서 수건에 비누를 싸서 던져 보았지만 효과는 없는 것 같았다.

"알았어. 조금만 기다려."

누군가의 목소리가 들렸고, 곧 문틈으로 모습을 드러낸 건 다름 아닌 로맹이었다. 그의 등 뒤에는 소니아가 눈을 들지도 못하고 서 있었다.

"이게 무슨 일이야?" 앙토니가 말했다.

"뭐가?"

로맹이 돌연 쌀쌀맞은 태도로 되물었다.

"쟤 고작 열네 살이라고. 너 미친 거 아니야?"

"진정해…… 알았다고……."

"씨발, 이게 무슨 짓이냐고?"

앙토니가 소리치자 로맹이 앞으로 성큼성큼 다가와 앙토니를 휙 밀쳤다.

"진정하라고 했지."

충격 탓인지 앙토니는 두 걸음이나 뒤로 물러났다. 온몸에 찌르르한 충격이 느껴졌다. 놀라움과 굴욕감, 분노가 한꺼번에 찾아왔다.

"집에 갈래." 상황이 심상치 않은 걸 눈치챘는지 소니아가 말했다.

"데려다줄게." 앙토니가 말했다.

"과연 그럴 수 있을까?"

앙토니가 소니아를 따라가려 하자, 로맹의 탄탄한 손이 앙토니의 어깨를 잡아챘다.

"넌 여기 있어."

그러더니 다른 한 손으로 강아지를 잡아채듯 앙토니의 뒷덜미를 거머쥐었다. 앙토니는 이성을 잃은 듯 몸부림치고 소리 지르며 분노를 토했다. 할 수만 있다면 로맹의 얼굴을 갈기고 싶었다. 하지만 그의 얼굴은 멀고 높은 데 있었고, 그의 손아귀에 붙들린 탓에 잘 보이지도 않았다. 로맹이 따귀를 날렸는데 그게 한쪽 눈에 정통으로 맞았다. 눈물이 솟고 코끝이 새큰새큰해졌다.

"그만들 해!" 소니아가 외쳤다.

하지만 너무 늦었다. 이제는 자존심 대결이었다. 앙토니는 다짜고짜 주먹을 휘두르다가, 손가락으로 로맹의 눈과 입을 더듬어 찾았다. 물어뜯을 생각이었다. 바닥에 함께 뒹굴면서 이리저리 주먹을 날렸지만, 정확도가 떨어져 주먹은 매번 빗나가기만 했다. 암흑 속에서 뒹구는 두 사람을 보며 소니아가 비명을 질렀다. 결국 뒤엉킨 두 몸뚱이가 엇박자로 주먹을 휘두르는 우스꽝스러운 광경이 연출되었다. 무턱대고 아무 데나 물어뜯는 앙토니를 로맹이 가뿐하게 들어 올리더니 등을 깔고 앉아 두 번이나 주먹을 날렸다.

"둘 다 미쳤어? 그만하라고!"

앙토니의 입안 가득 피 맛이 번졌다. 금속의 맛. 요오드나 에테르처럼 생생한 맛이었다. 그 불쾌한 맛이 앙토니를 간신히 진정시켰다.

방갈로의 불이 꺼졌다.

앙토니는 스테프를 생각했다. 그래도 그녀를 데려다주어야 했다.

2

　하신은 볼보를 몰았다. 누가 그에게 그 볼보가 무슨 색이냐
고 물어도 그는 대답하지 못했을 것이다.

　하신이 돌아왔다.

　이 년 전 하신은 아버지와 함께 프랑스를 떠났다. 자동차
안은 빈자리 없이 꽉 찼다. 향수, 커피, 비누, 사촌들에게 나눠
주려고 키아비에서 산 옷과 그곳에서 소매로 판매할 리바이스
옷들을 실었다. 배에서 아버지가 머리를 잘라 주고 트렁크에서
새 옷과 가죽 신발을 꺼내어 입히고 신겼다. 하신은 그렇게 멀
끔해졌다.

　지중해 반대편에서 두 남자를 기다리던 엄마가 아들을 가
슴 깊이 끌어안았다. 어린아이도 아닌 데다 온 가족이 뚫어져
라 바라보는 가운데 엄마 품에 안겨 있자니 하신은 적잖이 당
혹스러웠다. 하신은 그 자리에 모인 가족들이 생김새도 볼품없

고 마치 무덤에서 나온 사람들처럼 먼지투성이라고 생각했다. 주름투성이의 얼굴, 옷매무새, 언뜻 튼튼해 보이지만 알고 보면 지푸라기 같은 체격, 하신을 뚫어져라 바라보는 그들 특유의 시선.

수년 전부터 아버지가 벽촌에 짓도록 주문한 집은 아직 미완성이었다. 공사 현장을 방문했을 때는 헛웃음이 나올 지경이었다. 기초만 만들어 놓은 벽, 배수관 일부, 허공에 세운 철근 등 분야마다 변명도 각양각색이었다. 시간이 부족했다, 날씨가 나빴다, 관계 당국의 허가가 안 났다, 허가서가 추가로 필요하더라, 뇌물을 써야 했다……. 하신의 아버지는 아무 말도 하지 않았다. 그저 현장을 지키면서 감독하지 못한 자신 잘못이라고만 생각했다. 프랑스에서도 현장에서 인부들을 독려하지 않으면 공사 기간이 무한정 늘어지면서 목수가 약속을 지키고 배관공이 공사를 완료할 때까지 세월아 네월아 기다려야 한다. 지붕 없는 그 집은 그를 향한 규탄이었다. 그는 아내와 멀리 떨어져서 독신남처럼 살아왔다.

그 결과 열 명에 달하는 식구가 삼촌네 아파트에 전부 모이게 되었는데, 사실 그 아파트라고 사정이 나은 건 아니었다. 그 집 역시 벽 사이사이에 전선이 삐져나오고, 계단엔 듬성듬성 구멍이 뚫렸다. 물도 잘 나오지 않아서 만일을 대비해 욕조 구멍을 늘 막아 두었다. 어느 날 밤 누군가 "물 나온다!" 하고 소리를 질러서 들여다보면 배수관과 수도꼭지가 몇 번인가 꾸르륵꾸르륵 꿈틀대다가 가느다란 갈색 물줄기가 흐르기 시작했다. 그러다 색이 맑아지면서 미끈미끈하고 미지근한 물이 기적이라도 만난 듯 경이에 찬 아이들의 눈길 아래로 흘러나왔다.

이 년이 지나 하신은 돌아왔다.

하신은 니오르 인근에서 고속도로를 벗어나 주유소 체인 토탈에서 커피를 한잔하기로 했다. 저녁 6시가 지났다. 아침부터 쉬지 않고, 말 한마디 없이, 오로지 교통 신호에만 신경을 곤두세우며 달렸다. 참기 힘들 만큼 오줌이 마려울 때 급하게 이용한 생수병이 조수석 바닥에 굴러다녔다.

하신은 혼자였다. 주머니에 돈이 두둑했고 여전히 젊었으나 심장은 메말랐다. 얼굴에서 우유부단한 기색은 찾아볼 수 없었다. 이제 콧수염이 사라지고 머리는 올백으로 넘겼다. 고가의 아르마니 셔츠에 백바지를 입었다. 허리에 찬 낡은 벨트만이 유일하게 최저 임금자의 흔적을 보여주었다.

기름을 가득 넣고 오줌이 담긴 생수병을 버린 다음, 하신은 카페테리아 앞에 차를 세웠다. 유리 너머로 엽서 진열대, 잡지 코너, 음료와 맛없어 보이는 샌드위치가 보였다. 유니폼을 입은 직원 둘이 바 뒤에서 분주히 움직였다. 문이 열리더니 스무 살짜리 여자애가 나왔다. 에스파드리유를 신고 청반바지를 입은 가슴이 작은 금발 여자애는 볼보 옆으로 지나가면서도 하신에게는 전혀 눈길을 주지 않았다. 신발 굽이 완전히 닳았고, 헝클어진 채 방치한 머리는 짚단 같았다. 여자애는 4×4형 벤츠에 올랐다. 하신은 백미러를 통해 주유 펌프, 노랗게 비치는 불빛, 유압에 헐떡이는 트럭, 텅 빈 연료통을 채우려고 늘어선 자동차들의 행렬, 주유 미터기를 뚫어져라 바라보는 운전자들의 지친 눈을 보았다. 수평선 위로 하루해가 저물고, 전깃줄이 여기저기 뻗어 있었다. 빨강, 주황, 파랑으로 장식한 토탈 주유소의 로고가 그 한가운데 우뚝 서 있었다. 벤츠 번호판에 75라는 숫자가 새겨져 있었다. 파리 여자로군, 하신은 생각했다.

뒤미처 하신은 카페테리아로 들어가 바에 앉아 커피를 주문했다. 유니폼을 입은 직원 중 한 명이 설탕이 필요한지 물었다.

"커피." 하신이 거듭 말했다.

말 한마디 한마디가 그에겐 돈이었다. 유니폼을 입은 직원은 토를 달지 않고 커피를 내주었다.

저쪽에서는 저녁마다 사람들이 테라스에 모여 앉아 작디작은 잔에 담긴 커피를 홀짝이며 끝없이 수다를 떨었다. 하신도 그런 식으로 삼촌, 사촌들과 소중한 시간을 보냈다. 고속도로 휴게소의 커피는 벽촌에서 마시던 쌉쌀한 혼합 커피 맛과 거리가 멀어도 단단히 멀었다. 하신은 코를 한 번 홀쩍이고 바깥 풍경을 바라보았다. 자물쇠를 채운 우리에 갇힌 사자처럼 울적해졌다. 자리에서 일어나 전화기가 어디 있는지 물었다.

"저쪽요." 직원이 화장실과 자동판매기 사이의 어두운 구석을 가리켰다.

하신이 한 모금만 마신 커피값을 치르고 종업원이 가리킨 곳으로 가 구멍에 동전 다섯 개를 집어넣은 다음 복잡한 번호를 누르자 탁한 목소리가 전화를 받았다. 하신은 엄마 소식을 물었다. 응, 잘 돌아갔지. 다 괜찮아. 고양이들은 잘 있는지 물었다. 수화기 저편의 목소리가 다시 한번 그를 안심시켰다. 하신은 전화를 끊고 한동안 꿈쩍하지 않았다. 이런 공허가 더 이상 새롭지 않았다. 하신은 다시 운전대를 잡았다. 갈 길이 아직 멀었다.

테투안을 떠나면서 아버지는 하신에게 엄마를 잘 보살피고 공사를 잘 감독하라는 당부를 남겼다. 아버지는 하신을 믿었다. 하신도 그러겠다고 약속했다. 그러나 하신은 아버지가 테투안에 남아 직접 집이며 엄마를 돌보기를 바랐다.

"또다시 사고 치는 날에는 내 손에 죽을 줄 알아라." 아버지가 말했다.

그건 납처럼 묵직하고 정직하지만 지나치게 남발한 탓에 무가치해진 말이었다. 오토바이 사건이 있고 나서 경찰이 집에 들이닥쳤을 때도 그랬다. 경찰들은 예의를 지켰다. 의자에 앉은 하신의 아버지는 공공 기관과 관계된 질문, 심지어 가족 수당과 관계된 질문을 받을 때도 침착한 기색을 잃지 않았다. 갑자기 경찰이 프랑스 체류증을 좀 볼 수 있겠냐고 했을 때, 아버지는 고무줄로 묶어 놓은 두툼하고 붉은 서류 뭉치를 꺼냈다. 체류증, 귀화 서류, 근로 계약서 등 삼십 년 동안의 증거물들을 뚝심껏 모아 놓은 뭉치였다. 그만하면 됐어요, 경찰이 말했다. 그런 다음 하신을 경찰서로 데려가기 전에 창고를 보고 싶다고 말했다. 그래 봤자 마리화나 약간, 침대 스프링 사이에 꽂아 둔 칼 말고는 별다른 게 없었다. 하신은 다섯 시간 동안 유치장에 갇혔다. 길고도 짧은 기간이었다. 하신은 거기서 한마디도 하지 않았고, 다시 풀려났다. 다음 날 아버지는 하신에게 테투안으로 떠날 거라고 통보했다.

생각해 보면 아이러니였다. 아버지 세대의 남자들은 일자리를 찾을 수 없을뿐더러 생활이 개선될 여지가 없다는 이유로 조국 모로코를 등졌다. 그런데 이제 그곳이 약속의 땅이요, 프랑스에서 저지른 악행과 징크스들을 씻어 주는 완벽한 고향으로 둔갑했다. 어처구니없는 일이었다!

그때부터 하신에게는 단 일 초도 여유가 없었다. 하신과 아버지는 여러 가게를 돌며 쇼핑을 했다. 자동차 가득 뚱뚱한 가방들을 싣고 이틀에 걸쳐 달렸다. 여정 중간쯤 페르피냥을 몇 킬로미터 앞두고 고속도로 휴게소에서 잠을 잤다. 서너 시간쯤 자동차 문을 활짝 열고 비치 타월을 자동차 시트 위에 깐 채 속옷 바람으로 보낸 잠자리는 꽤 불편했다. 프랑스와 스페인 사이를 오가는 관광버스가 지나갈 때 들리던 소음을 하신은 여전히 잊지 못했다. 명명한 엔진 소리와 한밤중의 고속도로 위로 쏟아지던 헤드라이트. 졸음에 취해 커피를 마시고 에어컨에 노출되자마자 몸을 부르르 떨던 관광객들. 눈꺼풀이 내려앉아 비실대던 아이들과 농구 잡지를 읽던 십 대들. '드림팀'이 바르셀로나 올림픽을 석권했고 마이클 조던은 신격화되었다. 동이 틀 무렵 하신은 휴게소 둔덕에 올라 아직 소통이 원활한 고속도로를 응시하는 반바지와 샌들 차림의 아버지를 보았다.

"다시 떠나자."

아버지의 단조로운 목소리에서 뭔지 모를 응어리가 느껴졌다.

아버지는 초췌해 보였고, 우묵한 가슴 아래로 배가 불룩하게 나왔다. 어깨와 등짝에 난 털은 하얗게 셌다. 다른 사람들 눈에는 병원에서 탈출한 정신병자 내지 길 잃은 노인네처럼 보였을 것이다. 잠깐 동안 하신은 아버지의 연약함에 대해 생각했다. 그러고는 가지 않겠다고 말했다.

"네 생각을 묻는 게 아니야."

"안 갈래요. 거기서 내가 할 게 뭐 있다고."

남자는 아들을 바라보았다. 아버지의 얼굴만으로도 이미 토론은 끝났다. 이런 일에서라면 아버지는 전혀 연약하지 않았다.

"내가 겪은 치욕은 이번이 마지막이다. 이제 내 말대로 살아야 해."

지브롤터까지 1000킬로미터를 달리면서 두 사람은 단 두 마디를 나누었을 뿐이다. 거기서 배로 갈아탄 다음 세우타에 도착해서는 모로코 세관과 한참 동안 실랑이를 벌여야 했다. 그동안 하신은 자동차에 앉아 억울한 마음을 곱씹고 또 곱씹었다. 기온이 50도 가까이 되었다. 자동차와 사람들이 파도를 이루며 몰려와 저마다 여권을 내밀면서 아우성쳤다. 집단 탈출, 재난, 끝없는 재판을 연상시키는 분위기. 짜증 나!

그 후부터는 습관의 문제였다. 특히 밤이 되어도 집에 돌아갈 줄 모르는 삼촌들이며 사촌들에게 익숙해져야 했다. 그리고 더위. 몇 주 동안 하신은 그나마 좀 서늘한 기운을 찾을까 싶어서 타일 바닥에서 팬티 바람으로 잠이 들곤 했다. 코 고는 소리와 남자의 숨결과 매력적이고 성적인 냄새가, 발 냄새와 성기 냄새, 땀 냄새, 음식 냄새와 뒤섞여 부유했다. 아파트는 몹시 비좁았다. 심지어 공기마저 1제곱미터의 오차도 없이 나눠 써야 했다.

하신을 두고 게으르다, 어물거린다, 엉큼하다, 거짓말을 한다고 쉼 없이 잔소리를 퍼붓는 어머니의 질책도 감수해야 했다. 어머니는 동네 사람들이 하신에 대해 수군거릴 일을 생각하고 망신을 당할까 걱정했다. 내가 모든 사람을 엿 먹이는군, 소년은 생각했다. 너 때문에 망신스러워서 미치겠구나, 어머니가 누누이 말했다. 어머니는 아들을 패고 싶었지만, 아들은 이미 너무 커 버렸다. 하신은 몇 번이고 층계참에 몸을 숨기고 울었다.

그나마 다행인 것은 그곳에 바다가 있다는 사실이었다. 푸른색, 남성적이지도 여성적이지도 않은 난폭함, 해변, 힘없이 움직이는 이파리들, 그의 얼굴 위로 이글거리던 대기. 또 다행히 사촌 누이 기즐란이 있었다.

정확히 말하면 기즐란은 이웃사촌의 딸이었는데, 사람들은 '사촌 누이', 다시 말해 피붙이로 소개하며 둘 사이에 어떤 일도 일어나선 안 된다는 걸 은연중에 암시했다. 두 사람은 처음 만난 순간부터 서로를 살폈다. 기즐란은 통통하고 살성이 무른 여자애였다. 호박색 눈에 속을 알 수 없을 만큼 엉큼하고 계산적이지만 무식했다. 세상에 나와 단 한 번도 가위를 대 본 적이 없는 것처럼 머리카락이 길고 풍성했다. 기즐란은 그날 그날 기분에 따라 머리를 세 갈래 또는 네 갈래로 땋거나 틀어 올려 쪽을 찌고, 범람 직전의 강물처럼 풀어 헤치기도 했다. 가는 곳마다 그녀가 풍기는 야만성이 입은 물론이고 카펫과 안락의자까지 파고들었다. 그녀의 꿀 냄새가 풍기는, 짐승 냄새, 아르간 오일 냄새에 적어도 몇 시간 동안 골이 띵할 정도였다. 두 사람이 말을 주고받은 건 통틀어 세 번이었고, 결국 하신은 그녀를 기다리게만 했다. 꼬박 일 년 동안 하신은 그녀의 풍성한 배, 옷으로 절대 감출 수 없는 그녀의 가슴을 꿈꾸었다. 기즐란은 아무도 모르게 하신에게 삼색 새끼 고양이 두 마리를 건넸다. 그리고 어느 날 이렇다 할 예고도 없이 야지드라는 학교 선생과 결혼해서 페스로 떠났다.

실망은 소년을 또 다른 종류의 열정으로 이끌었다. 삶에서 모든 것은 점점 작아지다가 결국 우리의 손을 벗어나 먼지가 되어 버리므로, 소년은 부자가 되겠다고 마음먹었다. 금전적 이익만이 유일하게 죽음을 뒤로 미룰 수 있을 것 같았다. 끊임없이 계속되는 삶의 손실 앞서 소년은 분노를 축적했다. 그러나 테투안에서는 돈을 벌 방법이 많지 않았다. 소년은 돈을 벌 수만 있다면 모든 걸 바치기로 했다.

푸아티에, 투르, 오를레앙. 에일랑주에서 지브롤터로 가는 이 길을 아버지는 그보다 앞서 평생 동안 서른 번도 넘게 가로질렀다. 이제 모로코와 얽힌 복잡한 사연에 하신이 이야기를 보탤 차례였다. 아버지는 과오를 씻고 인생을 배우고 남자가 되라고 하신을 모로코로 보냈다. 그런데 지금 하신은 마리화나 45킬로그램과 함께 프랑스로 귀환 중이다.

트루아에 도착한 하신은 약속 장소를 찾다가 길을 잃어서 A26 고속도로를 통해 다시 남쪽으로가다가 A5 고속도로를 타야 했다. 그러면 불안도 초조도 없이 한 시간은 족히 흘러갈 것이다. 시간은 아직 넉넉했다. 스웨덴산 브레이크가 주행 중 무게감을 더했고, 거대한 그릴에는 죽은 곤충들이 밤하늘의 별처럼 총총히 박혔다. 이런 차를 몰고 있으면 문득 삶은 영원하다는 생각이 들었었다.

하신이 플렌드방 상업 지구에 도착했을 때는 이미 밤이 내렸다. 하신은 창문을 내리고 차를 천천히 몰면서 그곳을 눈에 익혔다. 최소한으로 이루어진 쇼핑 단지 같았다. 이틀 만에 세운 거대한 창고가 특징 없는 호텔에 이웃해 있었다. 괴물처럼 넓은 대형 슈퍼마켓 앞에서는 프랜차이즈 레스토랑 몇 개가 고객들을 기다렸다. 그 밖에 정원 용품 전문 매장, 장난감 매장 두 개, 냉동식품 전문점, 전자 제품 매장 두 개가 있었다. 도로가 원형 교차로와 이어지며 구불구불 나 있어서 산발적으로 흩어진 주차장들 사이를 원활하게 이동할 수 있었다. 딱히 용도를 찾지 못한 자투리땅에는 잡초가 자라났다. 하신은 눈에 들어오는 간판들을 속으로 하나하나 읽으며 천천히 차를 몰았다. 생마클루, 다르티, 카글라스, 키아비, 앵테르스포르. 늦은 저녁의 정적 속에서 텅 빈 매장들은 비극적이고 퍽 아름다운 무덤 같은 분위기를 풍겼다. 그 위로 하늘이 영원처럼 펼쳐졌다. 하신은 윈스턴을 한 대 꺼내 물고 라디오에서 흘러나오는「걸 프롬 이파네마」[51]를 들었다. 드물게 찾아오는 순간이었다.

마침내 하신은 초원처럼 드넓은 카르푸 주차장을 빠져나왔다. 마지막 손님들이 쇼핑 카트에 물건을 가득 담고 자동문으로 나오고 있었다. 하신은 적당한 거리에 차를 세웠다. 대기는 보드라웠고 바로 옆 고속도로에서 기분 좋은 자동차 소음이 들렸다. 하신은 마음 어딘가 늘어지고 흔들리는 느낌을 받았으나 그 또한 나쁘지만은 않았다. 피아트 판다를 탄 남녀가 주차장을 대각선으로 가로질렀다. 카페테리아는 저만치에서 아직 영업 중이었다. 불빛이 하얗게 반사되는 유리 속으로 사람들의 그림자, 의자, 낡은 플라스틱 전등갓 속 오렌지빛 전구가 들여다보였다. 태양은 쇼핑센터 뒤로 잠겼다. 땅으로부터 탐욕스러운 슬픔이 떠올랐다.

매장에 들어서는 하신에게 안전 요원이 영업이 곧 끝나니 서두르라고 말했다. 하신은 정원 용품 매대로 가서 곡괭이와 작은 톱을 골랐다. 하신의 신발 고무 밑창이 바닥에 마찰하며 나는 작은 소리가 텅 빈 매장에 반복적으로 울려 퍼졌다. 매장

51 「Girl from Ipanema」.

에 틀어 놓은 클래식 선율이 뒤늦게 장보는 손님들을 무감각하게 만들었다. 아직 마감하지 않은 계산대는 두 곳뿐이었다. 하신은 계산원에게 예의 바르게 인사하며 값을 치렀다.

다시 밖으로 나왔을 때는 풍경이 조금 전과 전혀 딴판이었다. 밤이 더욱 선명해졌고, 가로등 빛이 끝이 보이지 않는 평원으로 쪽빛 따뜻한 섬광을 점점이 뿌렸다. 빨갛고 노란 자동차 불빛들이 느릿느릿 움직였고, 간판의 초록색과 파란색 불빛들은 서리라도 맞은 듯 생생하고 차가워 보였다. 옥외 광고판에서 뿌옇고 흐리멍덩한 빛이 번졌다. 이토록 수많은 불빛 앞에서 인간의 운명이란 얼마나 불투명한지, 삶이란 얼마나 헛된지 생각하지 않을 수 없었다. 하신은 볼보 뒤 범퍼에 곡괭이를 꽂고 쇠 부분에 최대한 가깝게 톱질을 해 나무 손잡이를 잘라 냈다. 그런 다음 톱을 트렁크에 넣고 나무 손잡이는 조수석에 두었다. 약속은 다음 날 아침 8시였다. 일요일. 시간은 여유로웠다. 하신은 배가 고팠다.

하신은 맥드라이브에서 맥너겟과 콜라, 엑스라지 감자튀김을 주문해 차 안에서 밤 10시 뉴스를 들으며 저녁을 먹었다. 하마스,[52] 발라뒤르,[53] 얀 피아트[54]에 대한 얘기가 나왔다. 당연히 축구 관련 소식도 있었다. 이탈리아 대 스페인, 브라질 대

---

52   이슬람 저항 운동 단체.

53   프랑스의 우익 정치인. 1993년 3월 29일부터 1995년 5월 10일까지 프랑수아 미테랑 대통령의 2차 동거 정부에서 총리를 지냈다.

54   프랑스 여성 정치인으로 극우파인 FN의 일원이었다. 1994년 암살당했다.

네덜란드의 8강전. 다들 그렇듯 하신도 브라질이 좋았다.

곧이어 하신은 무인 호텔 방에 들어갔다. 잠들기 전에 물
건들을 가지고 들어오는 게 좋을까 싶어 잠깐 머뭇거렸다. 그
러나 쓸데없이 왔다 갔다 했다가 오히려 의심을 살지 모르니
자동차 트렁크에 그냥 두기로 했다. 방에 개인 화장실이 있었
지만, 샤워를 하려면 복도 끝에 있는 공용 샤워장으로 가야 했
다. 하신은 곡괭이 자루를 가지고 샤워장으로 향했다. 자신이
만든 도구와 친해질 필요가 있었다. 이를 닦던 트럭 운전사가
인사도 없이 지나가는 하신을 거울을 통해 바라보았다. 물이
뜨거워서 하신은 오랫동안 샤워기 아래 서 있었다. 그러고 나
선 마리화나를 한 대 피우고 텔레비전을 보다가 잠이 들었다.
잠에서 깨니 꿈을 꾼 것 같았지만 기억은 나지 않았다. 그게 마
리화나의 효과였다. 그렇게 이제는 꿈도 꾸지 않는다고 생각하
며 몇 년을 보냈다.

카르푸 앞에서 십 분 정도 기다렸을 때, 반대편에서 흰색
영업용 소형 트럭 한 대가 나타났다. 아직 이른 시간이었고, 주
차장 한복판엔 그의 볼보만 덩그러니 서 있었다. 일요일에는
쇼핑 타운을 찾는 사람이 없어서 수 킬로미터 밖까지 공허가
흘렀다. 소형 트럭은 곡선을 그리며 다가와 볼보 옆에 바짝 차
를 세웠다. 키가 작달막한 운전사는 밝은 색 점퍼에 조종사용
안경을 끼고 있었다. 남자가 하신을 힐끗 올려다보며 물었다.

"너냐?"

"저긴 뭐가 들었어?" 하신이 트럭 뒤쪽을 가리키며 물었다.

"아무것도."

그들은 서로를 대충 훑어보았다. 키 작은 남자의 눈은 조수석 위에 놓인 곡괭이 자루를 놓치지 않았다. 트럭 안 라디오에서 정신 못 차리게 빠른 가사의 테크노 음악이 흘러나왔다. 남자는 그 리듬에 맞추어 턱이 빠져라 껌을 씹어 댔다. 남자는 이비사섬에서 볼 법한 조직 끄나풀처럼 굴었다. 하신은 남자에게 누가 들을지 모르니 라디오 볼륨을 좀 줄이라고 손짓했다.

"근데 진짜 어리네." 남자가 하신을 훑어보았다.

"그래서?"

"그렇다고. 이렇게 어린 애일 줄은 몰랐거든."

하신은 사람들이 자신에 대해 뭐라고 떠들었는지 구태여 묻지 않았다. 테투안에서, 알제시라스에서, 그리고 고속도로 A9에서 마주친 사람들은 하나같이 놀라는 기색을 감추지 못했다. 트렁크에 물건 500킬로그램을 실은 채로 지로나에서 리옹까지 세 시간이 못 되게 주파하는 신기록을 세우기도 했다. 그러기 위해선 아우디 S2가 있어야 했으며, 생명에 지나치게 집착해서는 안 되었다.

"어쩌라고?" 상대가 신뢰할 수 없다는 듯 계속 훑어보자 하신이 말했다.

"차를 조금 멀리 대자. 한복판에서 거래할 필요는 없잖아."

트럭이 천천히 출발하자 하신도 뒤를 따랐다. 한동안 아무도 없는 쇼핑센터를 달렸다. 영업 중인 데는 한 곳도 없었다. 시간이 흐를수록 하신은 스트레스를 받기 시작했다. 곡괭이 자루를 잠깐 손에 쥐어 보았다. 손에 감기는 느낌이 그만이었다. 오래지 않아 트럭이 오른쪽를 돈다는 신호를 보내 왔고, 그들은 라알 의류 매장 뒤에서 다시 만났다. 사람들의 시선이 닿지 않는 곳이었다. 철제 컨테이너와 차곡차곡 쌓인 빈 상자들 사이에 차 두 대를 세워 두기 딱 좋은 공간이 있었다. 하신은 차를 후진해 트럭과 엉덩이를 마주 보게 한 다음 트렁크를 열었다. 그런 다음 둘이 함께 드라이버를 가지고 볼보 트렁크 덮개와 바닥을 분리하기 시작했다.

"이름이 뭐냐?"

"하신."

"난 비비."

둘 다 능숙해서 작업은 신속했다. 그렇지만 하신은 장소가 썩 내키지 않았다.

"여긴 아무도 안 와. 솔직히 차고까지 빌릴 필요가 뭐 있냐, 짜증 나게."

확실히 그곳에는 쥐새끼 한 마리, 자동차 한 대 없었으며, 수 킬로미터 너머까지 사람 그림자 하나 보이지 않았다. 가죽 소파, 텔레비전, 아이스크림콘, 욕조 등 수천만 프랑짜리 물건들만 철제 컨테이너 안에서 삶이 다시 시작되기를 말없이 기다렸다. 하신은 죽음과 풍요로움이라는 극단적인 두 가지 감정을 가까스로 추슬렀다.

몇 분 동안 두 남자는 1킬로그램씩 뭉친 마리화나를 옮겼다. 세심하게 잘라 방수 비닐에 포장한 덩어리는 전부 마흔 개쯤 되었다. 그 덩어리들을 통조림처럼 뚜껑이 열린 휘발유 통에 차곡차곡 담았다. 통이 꽉 차자 비비가 그 안에 휘발유를 채웠다. 하신은 다섯 덩이를 자기 몫으로 챙겼다.

"그걸로 뭐 하려고?" 비비가 물었다.

"뭐 할 거 같은데?"

비비가 말보로 담배를 한 대 꺼내더니 담뱃갑을 하신에게 내밀었다.

"여기서 담배 피우지 마." 하신이 말했다.

"휘발유 때문에? 괜찮아."

"여기서 담배 피우지 말라고."

비비가 미간을 찡그리고는 담배를 도로 넣었다.

"근데 왜 이런 구루마를 끌고 왔어? 제법 멋진 파일럿이 등장할 거라고 상상했는데."

"속도전은 끝났으니까."

상대는 알 수 없다는 듯 뚱한 표정을 지었다. 400CV 차량은 매주 모로코산 마리화나를 수 톤씩 트렁크에 싣고 속도 단속 카메라며 경찰이며 상식 따위를 전부 무시하면서 프랑스를 종횡무진 누볐다. 시속 200킬로미터 넘게 달리는 진정한 '용자'들을 통해 빛의 속도로 배달된 물건들을 소매로 되팔아 짭짤한 수입을 올리는 각 지방 소매상들은 경탄해 마지않았다. 스스로를 속도의 왕이자 백만장자로 여기는 사람들은 도시마다, 동네

마다, 건물마다 100명이 넘었고 비비도 그중 하나였다. 그들을
가로막는 건 어디에도 없었다.

"이제 어디로 갈 거지?"

"집으로." 하신이 대답했다.

"그래……."

더 할 말이 없는 두 남자는 악수를 나누었다.

"그 몽둥이는 뭐 하려고?" "자리 좀 만들어 보려고."

3

앙토니는 입이 피범벅이 된 채 수상 클럽을 떠났다. 헬멧도 잊고 거의 도망치다시피 뛰쳐나와, 어디로 가야 할지도 모른 채 가능한 한 빠르게 기계적으로 달렸다.

그렇지만 전처럼 머리가 뜨겁지는 않았다. 한때 앙토니는 순수한 도발처럼 오토바이를 타고 인도를 따라 달리거나 앞바퀴를 하늘 높이 치켜들고 달리거나 자동차 사이를 요리조리 피하거나 최후의 순간에 방향을 바꾸기 위해 왼쪽 차선을 달리는 객기를 무척이나 좋아했다. 넘어지기 위해 오토바이를 몰았고 일부러 접촉 사고를 냈다. 오른쪽 발목 위부터 엉덩이까지 길게 남은 찰과상과 갈색으로 그을린 팔꿈치의 상처를 이 시기에 얻었다. 그의 속도를 제한하는 것은 고작해야 아스팔트의 역청뿐이었다.

지금 그 시절의 자신과 똑같이 행동하는 아이들을 보면

앙토니는 어이가 없었다. 온갖 말썽을 부리던 시기는 지난 것 같았다. 스티브 무레트와 좀도둑질하던 일, 미친 듯이 술을 퍼 마시던 일, 공공주택 끄트머리 작은 공원에서 머리를 거꾸로 처박던 일……. 앙토니가 팔을 부러뜨린 6학년 후배를 간혹 마주칠 때가 있다. 앙토니는 그 일로 학교에서 쫓겨났다. 상대는 앙토니를 똑바로 쳐다보며 명예를 지켰다. 앙토니는 미안했다.

이제는 125를 몰 때 어떻게 하면 자신을 지울 수 있을까 고민했다. 앙토니는 매일 다른 경로를 선택했다. 길을 고를 때 는 높이 뛰어오를 때나 자신이 좋아하는 까다로운 조작을 할 때 어떤 느낌일지, 이러저러한 변수에서 어떤 짜릿함이 전해질 지 고심하며 여러 가능성들을 저울질했다. 어머니 집에서 수 상 클럽까지, 학교에서 아버지 집까지 가는 경로는 매일 달라 졌다. 르클레르에서 발전소까지 시내를 거치는 경로는 특히 수 직과 직각이 주는 환희를 마음껏 누리게 해 주었다. 이 경로를 되풀이하면서 앙토니는 동작의 정확성, 아침의 유동성, 순수한 풀림을 겨냥했다. 물질과 공기 사이의 마찰은 사라지고 행복만 남았다.

그런데 지금 상황은 그렇지 않았다. 머릿속이 복잡해서 끝 없이 뭔가를 곱씹으며 쳇바퀴를 도는 햄스터처럼 숲과 도로를 달릴 뿐 호숫가에서 도무지 벗어나지 못했다. 확신도 없으면서 그는 스테파니가 있다고 상상하며 자꾸만 한심한 궤도를 그려 나갔다. 여기 어딘가에 그녀가 있다, 나는 그 곁을 떠나지 않을 것이다. 엎친 데 덮친 격으로 날이 쌀쌀해지기 시작하자, 앙토니는 스웨터도 걸치지 않고 나온 것을 후회했다. 모든 일이 너무나 빠르게 벌어졌다. 소름이 돋았고, 짜증과 피로가 한꺼번에 몰려왔다.

그렇게 해서 앙토니는 레오라그랑주 레저 센터 앞을 벌써 두 번째 지나가게 되었다. 그러고 싶은 생각이 들었다. 속도를 줄이고, 망설이다가, 잠시 멈추었다. 백미러에 비친 얼굴을 확인했다. 침을 조금 묻혀 턱 언저리에 말라붙은 피를 닦아 냈다. 얼굴이 썩 좋지 않았다. 웃음거리가 될 것 같았다.

앙토니는 숲속에 오토바이를 반쯤 기울여 세워 두고 오솔길을 헤치며 작은 캠핑장까지 걸어 들어갔다. 이 년 전 레저 센터에서는 자연 탐구 활동과 트레킹, 동식물 학습, 캠프파이어, 야외 취침 프로그램을 신설했다. 다소 히피스러운 지도 강사가 이끄는 비종교적 스카우트 활동이었다. 머리에 지진이 일어날 만큼 산만한 아이들, 벌써 몸에 문신을 한 문제아들부터 조랑말이 세상에서 제일 좋다고 말하는 발목 양말을 단정히 신은 꼬맹이들한테까지 큰 인기였다. 이 주 동안 진행되는 야외 활동에는 취사, 설거지, 숲에서 똥 누기 등이 포함되었으며 참석자 모두 칼을 하나씩 지니는 것이 허락되었다. 캠프가 끝나는 날, 기진맥진한 아이들은 훌쩍 자라서 가방에 빨래 한 보따리와 평생 간직할 추억들을 가지고 집으로 돌아갔다.

일부러 만들어 놓은 듯한 숲속의 빈터에 다다르니, 텐트 10여 동과 아직 연기가 피어오르는 모닥불이 보였다. 좀 더 아래에서는 거대한 검은 덩어리가 밤의 어둠을 자석처럼 끌어당기는 것 같았다. 호수였다. 앙토니는 늑대처럼 살금살금 앞으로 걸어가다가 아직 불씨가 남은 불가에서 손을 녹였다. 무릎을 꿇고 앉아 어둠 속에서 어디쯤 와 있는지 가늠해 보았지만, 달빛조차 없는 밤이어서 쉽지 않았다. 캠핑장은 성벽 같은 숲에 둘러싸이고 깊은 호수에 완전히 잠긴 듯했다. 모든 것이 고요하고 나뭇잎 하나 움직이지 않았다. 저녁 내내 사람들이 기대했던 폭풍우는 결국 오지 않았다. 아직 더 기다려야 했다. 공기 중에는 긴장이, 어쩐지 함정에 빠진 것만 같은 소리 없는 느낌이 부유했다.

다행히 거기에 텐트가 있었고, 제대로 씻지 않은 생기 넘치는 아이들이 성별에 따라 침낭으로 몸을 둘둘 감고 잠들어 있었다. 앙토니는 앞으로 나아갔다. 자칫 텐트를 착각하면 안 좋은 소문이 번질 게 뻔했다. 마침내 찾던 텐트를 발견했다. 조금 떨어진 데 세워 놓은, 다른 텐트보다 좀 작다 싶은 텐트였다. 앙토니는 무릎을 꿇고 앉아 둘째 손가락으로 텐트를 긁었다.

"슉슉!"

앙토니는 포기하지 않았다.

"나야…… 슉슉. 안에 있어?"

이번에는 좀 더 세게 긁었다. 그러자 안에서 여자의 작은 비명이 들렸다.

"쉿! 나야, 나……."

"누구?" 여자의 목소리에 불안감이 서려 있었다.

앙토니는 밖에 갇힌 느낌이었다. 등 뒤에는 숲이 괴기스럽게 펼쳐져 있었다. 뒤를 돌아보았지만 아무것도 없었다. 그래도 감히 팔을 뻗을 수가 없었다. 밤은 점점 더 칠흑처럼 어두워졌다. 숲에는 검은 부식토, 너무 오래 묵어 무심하게 우글거리는 것들, 기우뚱한 것들이 많이 있었다. 앙토니는 몸을 부들부들 떨었다.

"나야. 좀 열어봐!" 앙토니가 다시 한번 아주 낮게 속삭였다.

그러자 지퍼 여는 소리가 텐트 천을 갈랐다.

"좀 작게 말해……."

앙토니는 네 발로 기어가 텐트 속으로 몸을 감추었다.

"여기서 뭐 해? 지금 시간이 몇 신데?"

앙토니는 손으로 주위를 더듬었다. 아무것도 보이지 않았다. 손가락 밑에 말캉한 물체가 만져졌다.

"야!"

"아무것도 안 보여서 그래." 소년이 말했다.

"여기서 뭐 하냐고?"

앙토니의 손이 탐험을 계속했다. 소녀의 뺨이 느껴졌다. 이제 막 잠에서 깬 소녀의 뺨은 방금 오븐에서 꺼낸 빵처럼 무척 따뜻했다.

"부드럽다."

"미쳤어." 바네사가 대꾸했다. "여기 오지 말라고 말했잖아."

바네사는 앙토니의 옷깃을 잡아 끌어당기고는 텐트의 지퍼를 잠갔다. 곧 앙토니는 솜사탕 같은 냄새와 뭔가 덜 깨끗하고 따뜻한 옷감 냄새가 뒤섞이고 잠에 취한 살결이 있는 비좁은 공간에 들어가 있었다. 앙토니가 맨 허벅지 위에 손을 얹었을 때 바네사는 뿌리치지 않았다.

"보여 줘." 소년이 말했다.

"뭘?"

"너 말야. 모르겠어. 좀 보여 줘 봐."

바네사가 텐트 구석에서 뭔가를 뒤적거리기 시작하자, 앙토니는 그 틈을 타 바네사의 엉덩이를 더듬었다. 잘 때 입는 반바지가 너무 헐렁해서 팬티 라인이 훤히 그려졌다. 그녀의 허벅지 사이에 손을 넣고 싶어졌다.

"그만해!" 바네사가 투덜대며 말했다.

조그만 손전등에서 가느다란 불빛이 새어나오자, 앙토니는 못마땅해하는 바네사의 얼굴을 확인할 수 있었다.

"무슨 일 있어?"

대답 대신 바네사는 손목시계를 들이밀었다.

"뭐가?"

"짜증 나. 새벽 1시가 넘었잖아. 내일 어떻게 일하라고."

"네가 보고 싶었어."

그래도 기분이 나쁘지는 않은 것 같았다.

"나는 일하잖아. 네가 여기 들어온 거 들키는 날엔 나도 그날로 잘려."

이제 바네사는 두 무릎을 땅에 대고 앉아 앙토니를 정면으로 바라보았다. 걱정과 고집이 공존하는 얼굴이었다. 어깨 위로 곱슬머리가 무람없이 흘러내렸다. 스누피가 그려진 티셔

츠 위로 젖가슴과 유두의 윤곽이 드러났다. 갑자기 바네사의
말투가 달라졌다.

"이거 왜 이래?"

바네사는 허겁지겁 손전등 불빛을 소년의 얼굴로 가져가
더니, 손가락 끝으로 눈두덩, 코, 퉁퉁 부은 입술의 상처를 찬찬
히 더듬었다. 그 가벼운 어루만짐에 앙토니는 두 눈을 감았다.

"어떡해! 누가 이 꼴로 만들었어?"

"아무것도 아니야. 좀 싸웠어."

"어쩌다가?"

"어떤 미친 새끼. 로티에네 아들."

"세상에! 얼굴이 완전 깨졌네."

"괜찮다니까." 앙토니가 토라진 듯 대꾸했다.

바네사는 손가락으로 앙토니의 코뼈를 만지며 혹시 부러
진 건 아닌지 확인했다. 치아를 들여다보고, 두피를 만져 보고,
마치 엄마처럼 앙토니를 꼼꼼히 점검했다. 앙토니는 바네사가
하는 대로 내버려 두었지만 마지못해서였다.

"씨발, 아무것도 아니라니까. 이제 그만해."

"도대체 왜 이렇게 얻어터졌는데?"

앙토니는 대답을 피했다. 수상 클럽을 떠나기 직전 바에
들러 시간을 들여서 쪽지를 남기고 온 터였다. 얼굴이 피범벅
인 데다 두 손이 바들바들 떨려서 두 번이나 다시 써야 했다.
결국 쪽지에 몹시 얼룩이 져서 글씨를 알아보기 힘들었을 뿐
아니라, 파티에 끝까지 남은 사람들 사이를 꾸역꾸역 가로지르

는 수모를 무릅써야 했다. 앙토니는 혼자였고 뒷목이 뻣뻣했다. 앙토니로부터 쪽지를 받은 스테파니는 얼굴이 하얗게 질렸다. 모두의 시선이 두 사람을 향했다. 클럽 회장과 그 아내도 도무지 무슨 일인지 모르겠다는 표정이었다. 그건 스캔들이면서 파티의 클라이맥스였다. 자네 여태 뭐 하는 건가, 시릴이 이를 악 물고 물었다. 앙토니는 그저 쪽지를 스테파니 손에 쥐여 주었을 뿐이다. 그것 말고는 아무것도 중요하지 않았다. 이틀 후 앙토니는 옛날 발전소 뒤에서 스테파니를 기다릴 것이다. 쪽지에 파란 잉크로 적은 말은 그랬다. 어쩌면 그녀가 올지 모른다.

결론적으로 앙토니는 오토바이에 올라 단 한 번도 뒤돌아보지 않고 헬멧도 쓰지 않은 채 3단에 기어를 넣어 엔진 소리를 최대한 크게 울리며 그곳을 벗어났다. 떠나는 사람의 뒷모습치고는 나쁘지 않았다.

"일은?"

"죽음이지."

"잘렸어?"

"응."

"심각하네."

앙토니는 드러누웠다. 바네사가 옆에 누워 주었으면 했다.

"잠깐만." 바네사가 손전등을 끄고 옆으로 와서 누웠다.

"이제 아무것도 안 보여."

"애들이 볼까 봐."

"뭐가 무서워서?"

"아무것도. 손이나 이리 줘 봐."

앙토니는 시키는 대로 했다. 바네사가 그 손을 허공에서 잡아 손가락 사이사이에 자기 손가락을 밀어 넣고 깍지를 꼈다. 두 사람은 알 수 없는 말을 웅얼거렸다.

"손이 얼음장 같아." 앙토니가 말했다.

"쉿! 일은 어떻게 하려고? 골치 아픈 일이 생기는 거 아니야?"

"아니. 몰라. 그러든가 말든가."

"그만 좀 해." 그녀가 다시 말했다.

바네사는 앙토니가 다시 속 좁은 꼬맹이로 돌아가는 게 마음에 들지 않았다. 바네사가 앙토니의 광대뼈, 콧잔등, 입술에 차례로 입을 맞췄다. 앙토니가 혀를 내밀자 바네사가 아주 부드럽게 입으로 받았고, 그렇게 둘은 침이 흘러내릴 정도로 진한 키스를 나누었다. 부드럽고 축축한 혀 두 개가 빙글빙글 돌아갔다. 어느새 바네사의 손바닥이 앙토니의 성기 위에 놓여 있었다. 성기가 제법 굵어지기 시작했다.

"감초 뿌리 향이 나." 앙토니가 말했다.

"뿌리가 아니라 잎."

"아니, 감초 뿌리 향이야."

바네사가 잔뜩 움츠리며 쿡쿡 하고 웃었다. 그건 치약 향이었다. 바네사가 앙토니의 목덜미를 물고 차례로 그의 입과 턱을 찾을 때, 어느 틈에 티셔츠 밑으로 들어와 그녀의 젖가슴을 힘껏 누르는 손길이 느껴졌다. 별안간 바네사가 벌떡 일어나 앙토니에게 등을 보이고 서더니 소년의 골반 위로 엉덩이를 넓게 포개며 앉았다. 소년은 바네사의 목을 뒤에서 꼭 끌어안았다. 바네사가 참지 못하고 끄응 소리를 냈다.

"쉿!"

이번에 주의를 준 건 앙토니였다. 바네사는 잠시 소년을 느꼈다. 비좁은 텐트 안에서 오로지 단둘이 텅 빈 허공 한가운데를 향해하듯 마음껏 꿈틀거렸다. 가까이 다른 텐트들이 있고 어둠과 숲의 위험이 있어서 더 짜릿짜릿했다. 소년과 소녀는 서로 단단히 밀착된 하체를 일렁거렸다. 서로를 향한 욕망이 점점 걷잡을 수 없을 정도로 밀려들었다. 앙토니는 소녀의 목과 배에 입을 맞추었다. 바네사는 앙토니의 품에 꼼짝없이 갇혀 비 오듯 땀을 흘리며 칭얼거렸다. 더 세게, 소녀의 말에 소년은 더 깊이 소녀를 안았다. 소녀의 가슴 깊은 곳에서 다시 한번 끄응 하는 소리가 새어나왔다. 더 이상 참지 못하고 바네사가 돌아앉자, 입술과 입술이 다시 만났다. 소년과 소녀는 달달한 잼이 가득 든 도넛을 먹듯 아주 길고 질척한 키스를 나누었다. 앙토니는 부드러운 혀에서 따뜻하고 풍성한 침을 느꼈다. 음경을 타고 찌릿찌릿 전기가 흘렀고, 바네사의 숨소리가, 더욱 가쁜 숨소리가 들려왔다. 앙토니의 성기는 한껏 커지고 딱딱해졌다. 소녀는 코로 쾌락의 숨결을 흥건하게 몰아쉬었다. 소녀가 소년의 얼굴을 더듬어 찾자, 그들의 뺨과 뺨이, 코와 코가, 이마와 이마가 맞닿았다. 그리고 키스가, 가장 아름다운 키스가 시작되었다. 소년과 소녀는 서로의 입에 들어가 뒹굴었다. 좋았다, 서로가 서로를 꽉 채웠다. 그때 밖에서 무슨 소리가 들린 것 같아서 두 사람은 화들짝 놀라 동작을 멈추었다.

"들었어?"

"아니."

"확실해?"

"그럼."

앙토니는 다시 시작하고 싶어 안달이 났다. 이미 준비는 끝났다. 오로지 흥분과 열정이 식으면 안 된다는 생각뿐이었다.

"여기 있다 보면 진짜 무서워." 바네사가 말했다. "지난밤에는 너무 무서워서 다른 여자애들 텐트에 가서 같이 잤어."

"괜찮았어?"

"열두 살짜리 애들이야."

"뭐가 무서운데?"

"저 숲. 갑자기 소리가 나거든. 그리고 대두 일당도."

"여기까진 안 오지."

"천만에. 며칠 전엔 아침에 일어나서 보니까 나뭇가지에 죽은 고슴도치가 매달려 있었어."

"그게 뭐?"

"걔네가 한 짓이지. 고슴도치를 잡아먹나 봐."

"헛소리하지 마."

앙토니가 한 손을 소녀의 등 뒤로 가져가 척추 마디 하나하나, 옆구리, 엉덩이를 차례로 어루만졌다. 허리께의 오목한 부분을 만지자 손가락 끝에 축축하게 땀이 뱄다. 온통 축축하게 젖은 바네사는 파도처럼 일렁거렸다. 뜨겁게 달궈진 공기 속에서 그녀가 하는 말들은 두꺼운 펠트 천 속의 외침처럼 아득하게 들렸다. 누가 들이닥칠지 모른다는 두려움이 스릴을 더했다. 앙토니가 땀에 젖은 손가락을 바네사의 입에 넣었다. 홍분이 사라지든 말든 앙토니에게는 더 이상 중요하지 않았다. 그저 바네사의 배에 자기 배를 밀착하고 서로가 흘리는 땀을 뒤섞고 싶었다. 앙토니도 땀범벅이었다. 앙토니가 이마의 땀을 닦았다.

"안 더워? 여기 있으니까 쪄 죽을 것 같아."

대답 대신 소녀는 한 손을 두 사람의 배 사이로 밀어 넣어 그의 청바지를 열고 팬티 위로 앙토니의 성기를 문지르기 시작했다. 바네사가 좋아하는 동작이었다. 앙토니가 그르렁댔다.

"말하지 마……."

소년이 손전등을 찾아 불을 밝혔다.

"뭐 하는 거야?"

"잠깐만. 네 얼굴 보고 싶어."

바네사는 앙토니를 저지하지 않았다. 그녀의 진지하고 부드럽고 까무잡잡한 얼굴이 코앞에 드러났다. 앙토니는 좀 더 잘 보려고 살짝 뒤로 물러났다. 바네사는 앙토니의 성기를 애무하느라 여념이 없었다. 앙토니도 바네사의 팬티 속에 손을 집어넣고 싶었지만 바네사가 뿌리쳤다.

"내가 할래." 바네사가 말했다.

바네사가 앙토니의 청바지를 내릴 때는 앙토니도 거들었다. 팬티가 청바지에 딸려 내려갔다. 이제 바네사는 아무 방해 없이 앙토니의 성기를 움켜쥐었다. 손에 침을 묻히기도 했다. 앙토니로서는 그 느낌을 어떻게 표현하면 좋을지 알 수가 없었다. 유연하면서도 날카로운 감각이 허리를 타고 올라와 뒷덜미까지 저릿저릿해졌다.

"하아…… 씨발, 좋아……."

바네사는 들은 체도 하지 않았다. 두 눈을 소년의 성기에 고정하고 가끔씩 손바닥으로 불알 아래를 헤엄치듯 훑으며 앙토니를 잔뜩 흥분시키는 데만 몰두했다. 소년은 머리가 완전히 돌 지경이었다. 급기야 소녀가 버려진 동상 같은 눈길로, 편집광처럼 불명료한 표정으로 소년을 바라보았다.

"섹스해 줘." 그녀가 말했다.

앙토니는 두 눈을 감았다. 당장이라도 사정할 수 있을 것 같았다.

"콘돔 있어?"

"응."

바네사가 몸을 일으키더니 네 발로 기어 텐트 구석으로 갔다. 그리고 등을 돌린 채 바닥에 뒹구는 가방을 뒤지기 시작했다.

"젠장, 어디다 뒀지?"

앙토니는 제 몸을 만지작거리며 바네사를 바라보았다.

"꼼짝하지 마."

"뭐?"

바네사가 어깨 너머로 의아한 눈빛을 던졌다.

"꼼짝하지 말라고."

"미쳤어, 진짜."

하지만 바네사의 얼굴에 네 속을 뻔히 안다는 미소가 지나갔다. 게임은 끝나지 않았다. 앙토니가 손전등을 바싹 들이댔다.

"숙여 봐. 좀 보게."

"싫어. 이상한 짓 하려고."

"입 다물어. 안 그러면 사람들 부른다."

바네사는 크게 웃음을 터뜨리더니 허리를 숙였다. 앙토니가 무릎걸음으로 다가가는 동안에도 여전히 네 발로 엎드려 있었다. 바네사의 허리를 지그시 누르자 엉덩이가 솟아올랐다. 그 순간 앙토니는 그녀의 뒷덜미를 거칠게 낚아챘다. 그건 둘만의 놀이였다. 바네사는 다리를 조금 더 벌려 자세를 편하게 한 다음, 바닥에 두 팔을 엇갈리게 놓고 한쪽 뺨을 댔다. 앙토니가 그런 그녀를 단단히 붙들고 한 손을 허벅지 사이로 쑥 밀어 넣었다. 바네사의 눈꺼풀이 저절로 감겼다. 손이 그녀의 성기까지 타고 올라갔고, 힘주어 한 번 누른 다음 미끄러지듯 반바지 속으로 들어갔다. 바네사는 허리를 더 구부리고 싶어졌다. 가슴 위에서 숨결이 느껴지자 바네사는 아주 크게 숨을 내쉬었다. 마침내 앙토니가 반바지를 벗기자 새하얀 팬티가 드러났다. 앙토니는 한쪽 허벅지를 팬티 위에 대고 살살 그러다 점점 세게 문질렀다.

"해 줘." 바네사가 신음하듯 말했다.

팬티를 벗겨 허벅지에 걸치자 바네사의 엉덩이가 나타났다.

"벗겨 줘."

"입 다물어."

소년과 소녀는 가슴을 에듯 아주 작게 말했다. 이제 텐트는 그들이 사는 대륙에서 아주 멀리멀리 떠내려가기 시작했다. 몸을 숨기느라 신경이 잔뜩 곤두선 두 사람은 아무 데도 누구에게도 얽매이지 않은 기분이었다. 일 년 전부터 둘은 이렇게 만나 섹스를 하는 사이가 되었다. 하고 싶을 때, 아니면 기회가 닿을 때. 두 사람은 서로에게 질문하지 않았고 아무것도 강요하지 않았다. 어떤 질책도 약속도 주고받지 않았다. 그러다가 오로지 둘만 아는 은밀한 관계가 도를 넘은 공모 상태에 이르렀다. 그 덕분에 수많은 경험을 축적할 수 있었고, 서로가 좋아하는 체위, 집착하고 혐오하는 것에 대해 파악한 지 이미 오래였다. 잠자리에서만큼은 삼십 대 커플처럼 서로에게 능숙했다. 두 사람은 이런 발전이 마음에 들었으며 심지어 뿌듯했다. 물론 뭐라고 정의하기 힘든 애정 같은 것이 생겨나기도 했다. 앙토니가 바네사를 좋아하는 이유는 이 과정을 통해 나중에 꼭 필요한 작업을 미리미리 연습해 둘 수 있었기 때문이었다.(가령 스테파니나 다른 여자를 만날 때.) 바네사는 앙토니가 참을성 있고 순수한 데다 고분고분해서 마음에 들었다. 근본적으로 이 모든 건 착각이라기보다 긍정적인 절차를 거친 나눔의 결과였다.

앙토니는 바네사의 앙증맞은 팬티를 움켜잡고 엉덩이 사이로 거칠게 밀어 올렸다. 성기에 닿는 순면의 감촉에 아찔하게 흥분한 바네사는 금방이라도 미칠 것만 같았다. 그런 감각을 앙토니에게 고스란히 보여 주기 위해 허리를 더 깊이 숙이고 허벅지를 벌리자 반바지가 우두둑 뜯어졌다.

"신경 안 써."

앙토니는 반바지를 집어 획 던져 버렸다. 씨발, 너무 좋잖아, 이런 완력. 처음엔 바네사가 앙토니를 이끌었다. 앙토니는 아직 어린 꼬마였고, 성마른 데다 수줍어했다. 앙토니는 아니라고 했지만 바네사는 자신이 첫 여자라는 걸 단번에 알아차렸다. 그래서 앙토니에게 적절한 용량과 단계를 하나하나 가르쳤다. 앙토니가 여자의 몸에 대해 기초부터 아우트라인까지 이해하게 되었을 때, 마침내 바네사는 원하는 바를 앙토니에게서 얻어 낼 수 있었다.

바네사가 원하는 것, 그것은 상대에게 온전히 안기고 의지하는 것이었다.

일상에서 그런 역할을 하는 건 늘 바네사였다. 바네사는 모든 일에 이를 악물고 집중하고 긴장하면서 노력을 아끼지 않았다. 사람들은 바네사의 자질을 칭찬했으며, 바네사는 자신이 하고 싶은 일이 뭔지 똑똑히 알았다. 과연 그것이 위로가 되었을까.

바네사는 안정적이고 다복한 가정에서 자랐다. 부모님은 당시에 흔하디흔했던 이혼이나 재결합 가정의 물결에 휩쓸리지 않았다. 그들은 남매와 함께 벌써 이십 년째 방 세 칸짜리 단독 주택에서 살았다. 아버지는 토지 기획부에서 근무했고, 어머니는 시청에서 비서로 일했다. 매년 사나리쉬르메르에서 보름씩 휴가를 보냈고, 생활 방식에 변화를 가져오지 않으면서 그럭저럭 나쁘지 않게 정도를 벗어나지 않는 범위에서 인상되는 월급에 만족하며 살았다. 그들은 주어진 자리를 묵묵히 지켰고 세상의 일들에 불평하지 않았다. 권력을 남용하는 일에 적당히 휩쓸렸고, TV에서 보여 주는 위기에 대해 근심을 공유했으며, 삶이 선물하는 흐뭇한 순간들에 만족했다. 언젠가 암이라는 질병이 찾아와 이 흔들림 없는 하모니를 뒤흔들 수도 있었다. 그 전까지 그들은 그럭저럭 행복했다. 겨울엔 난로에 불을 지폈고 봄이 오면 산으로 들로 산책을 다녔다.

큰아들 토마는 체대에 진학했다. 부모로서 더 할 말이 없었다. 반면 딸의 다소 독특한 야망이 그들을 걱정시켰다. 뒷바라지가 쉽지 않았다. 바네사는 사춘기부터 그런 기미가 다분했다. 그리고 가족들의 예상대로 법대에 진학했다. 바네사는 자신이 남들보다 우월하다고 생각했다.

열대여섯 살이 될 때까지 바네사는 그저 그런 소녀였다. 그러다가 고등학교에 들어가고부터 놀라운 변화가 일어났다. 어쩌면 자신도 부모님처럼 에일랑주에 남아 속 편하고 적당히 행복한 삶을 이어 갈지 모른다는 생각에 문득 끔찍해져서, 미친 듯이 공부에 매달렸다. 그런 깨달음이 어디서 왔을까? 사회학 수업을 들으면서? 아니면 엄마와 함께 르클레르에서 장을 보면서? 어쨌든 이때부터 바네사는 카린 무젤을 멀리하기 시작했다. 카린은 앙토니 사촌의 누나이자 바네사의 가장 친한 친구였다. 결과는? 바칼로레아에서 불꽃을 발하며 뛰어난 점수를 얻은 바네사는 법대생이 되어 밤이고 낮이고 복잡하고 지루한 법전과 요점 정리 노트, 세 가지 색 형광펜과 함께 끝없이 고뇌하며 도서관에 틀어박혀 살았다.

주말마다 집에 돌아온 바네사는 변함없는, 그러나 바네사 자신은 원하지 않는 생활을 유지하는 데 여념 없는 부모와 그들의 따사로운 염려, 너무나 뻔한 말들을 다시 맞닥뜨렸다. 누구에게나 취향은 있는 법이었다. 하고 싶은 것과 할 수 있는 것에 대해서. 세상 모든 사람이 엔지니어가 될 수는 없다. 바네사는 부모를 가슴 깊이 사랑했지만, 생의 그 어떤 번뜩임도 치명적인 실패도 모르는 생활을 영위하는 부모를 보며 부끄러움과 고통을 동시에 느꼈다. 휴가 계획을 세우고, 집을 단장하고, 저녁마다 식사를 준비하고, 빗나가는 사춘기 아이가 조금씩 자립하도록 관심을 기울이며 함께 있어 주고……. 쉬지 않고 이어질 그 어중간한 일상이 요구하는 끈기라든가 겸허한 희생을 바네사는 받아들일 수가 없었다.

바네사는 그런 것들이 TV연예 프로와 즉석 복권, 아버지의 와이셔츠와 넥타이, 넉 달에 한 번씩 머리 색을 바꾸고 자신이 사기꾼으로 여기는 정신과 의사 대신에 점쟁이를 찾는 어머니의 습성만큼이나 작고 하찮으며, 늘 활기 없고 씁쓸하고 강압적이고 굉장히 꽉 막혔다고 보았다.

바네사는 그런 세상에서 도망치고 싶었다. 어떤 대가를 치르더라도. 탈출 욕망이 커질수록 고민도 깊어졌다.

첫 번째 중간고사가 시작되기도 전에 몸져누울 만큼 바네사는 열심히 공부했다. 그런 열의는 사실 부모의 으름장에서 비롯된 것이나 다름없었다. 만일 낙제하는 날엔 당장 짐을 싸서 에일랑주의 집으로 돌아와야 한다는, 먹고 노는 대학생을 뒷바라지할 여유가 없다는 논리였다. 바네사는 그런 협박을 진짜로 믿지는 않았다. 반면 어릴 때부터 대학이라는 곳에 대해 불안한 이야기들을 익히 들어온 탓에 걱정이 되었다. 그때까지 아무 문제 없는 성적을 받아 온 아이가 대학교에 들어가자마자 원자 폭탄 같은 학점을 받는다고 했다. 대학 교수들의 악습, 그들의 전설적인 자아도취, 학생들을 향한 멸시는 대학의 규칙이나 마찬가지였다. 더구나 학생들은 엄마 아빠로부터 멀리 떨어져 적당히 무심하게 이 수업 저 수업을 전전하며 꾸벅꾸벅 졸고 의기소침해한다. 그래서 학생들 대부분이 파티의 손쉬운 쾌락에 빠지고 원룸에 틀어박혀 나오지 않거나 학업 대신 '젤다의 전설' 게임에 몰두했다. 이런 종류의 이야기들은 결심을 단단히 한 새내기들조차 겁먹게 할 만했다.

바네사를 특히 두렵게 한 것은 롱샴 가방을 트렌치코트를 입고 모카신을 신고 아름다운 머릿결에 들고 다니는 세련되고 잘난 체하는 도시 아이들이었다. 그런 애들은 걸어서 수업을 들으러 왔지만, 바네사는 기숙사에서 사십 분 동안 버스를 타고 통학했다. 그 애들은 시험공부 대신 학교 근처 카페에서 레몬 슬라이스를 넣은 페리에를 마시면서 정치 이야기며 스키 방학 이야기를 나누었고, 남학생들은 그런 그녀들의 시선을 끌려고 기를 썼다. 런던과 암스테르담의 미술관에 대한 빠삭한 지식, 시내의 집, 깔끔하게 구사하는 표준어 등 금수저를 물고 태어난 그 아이들 앞에서 바네사는 한없이 주눅이 들었다. 그리고 첫 학기 말에 바네사는 목격했다. 베짱이처럼 느긋하게 굴던 그 잘난 체하는 패거리가 사실 그다지 똑똑한 애들은 아니어서 학기 말 성적이 붙은 벽보 앞에서 징징거리는 모습을. 바네사로 말하자면 전부 평균 점수 이상을 받았다. 헌법에서는 15점을 따냈다!

바네사는 자축을 하려고 시내의 그럴싸한 카페에 한잔하러 갔다. 프랑수아즈 사강의 오래된 소설 책을 앞에 두고 혼자 테이블 앞에 당당하고 꼿꼿하게 앉았다. 소설 내용은 물론 사랑이었다. 몇 주 만에 처음으로 자기 자리를 찾은 것 같았다.

그러다가 앙토니를 다시 만났을 무렵, 바네사는 보살핌을 받고 싶었다. 누군가 자신을 붙잡아 주고 품어 주고 어루만져 주었으면 했다. 어느 정도는 아파도 괜찮다고 생각했다. 학교에 파리정치대학 입학시험을 준비 중인 착한 남자 친구가 있었지만 상관없었다. 앙토니를 입맛에 맞게 길들였고 앙토니는 그에 걸맞게 발전했다. 앙토니는 두 사람의 관계에 대해 아무에게도 말하지 않았다. 그런 앙토니를 바네사는 예뻐했다.

앙토니가 팬티를 들추자 바네사는 이제야말로 그가 들어와 그녀를 꽉 채워 주리라는 걸 알았다. 바네사의 온몸에서 땀이 흘렀다. 너무 더웠다. 바네사는 더 이상 아무 생각도 하지 않았다. 바네사가 말했다.

"넣어 줘."

"잠깐만……."

"섹스해 줘, 얼른……."

"기다리라고 했지."

앙토니는 바네사의 뒤에 무릎을 꿇고 앉아 그녀를, 그녀의 엉덩이를, 두툼한 허벅지를 물어뜯기 시작했다. 등줄기를 타고 소름이 돋아 바네사는 온몸을 부르르 떨었다. 이내 성기 위로 소년의 숨결을 느낀 그녀가 거칠게 거부했다.

"안 돼! 그건 말고."

"왜?"

"그만해. 덥단 말이야. 여긴 씻을 데도 없고."

"그래서 뭐가?"

"하아…… 그만하라고……."

이미 늦었다. 앙토니의 혀가 벨벳 같은 바네사를 찾아 밀고 들어왔다. 주름을 따라 서혜부로 올라가 그녀의 땀을, 아주 깊은 데서부터 나오는 시큼한 애액을 할짝거렸다. 바네사는 온몸이 휘는 느낌에 그를 만류하겠다는 생각을 전부 잊었다. 앙토니는 바네사의 허리를 단단히 잡아 엉덩이를 벌리고 허벅지를 꽉 쥐었다. 바네사는 이제 앙토니의 손아귀에 든 반죽 같았다. 모두 그녀가 좋아하는 거였다. 바네사의 입에서 앓는 소리가 길게 끄응 하고 터져 나왔다. 앙토니가 바네사의 머리칼을 움켜잡았다. 바네사는 하체로 끝없이 앙토니를 찾으며 허리를 더 숙였다. 거기서 소년의 성기가 한껏 딱딱해져, 그녀의 성기 주위를 꾹 눌렀다. 그는 그대로 움직이지 않았다.

"느껴져?"

바네사는 대답 대신 한숨을 토했다. 사실 말이 많은 앙토니가 조금 짜증스러울 때도 있었지만 자기 생각만 할 수도 없는 노릇이었다. 앙토니가 말하는 걸 좋아했기 때문에, 바네사는 그의 얘기를 들어 주었다. 앙토니가 아주 천천히 부드럽게 파고 들어왔다.

"콘돔은……."

"할 수 없지. 잘 느껴져?" 앙토니가 말했다.

"그렇다니까!…… 얼른 해 달라고."

깊은 데까지 들어온 앙토니가 꼭 끌어안자, 바네사는 한 손을 앙토니의 뒷덜미 쪽으로 뻗었다. 앙토니는 아무 말 없이 텐트 안의 끔찍한 더위 속에서 땀으로 목욕을 한 채, 어떤 위험도 짜증 나는 일도 다 잊은 채 그녀에게 입을 맞추었다. 바네사는 좋긴했지만 이렇게 더러운 상태에서, 더구나 캠프 아이들과 숲을 지척에 두고는 절대로 오르가슴에 도달할 수 없었다. 그래서 위아래로 점점 더 거세게 파도처럼 움직이며, 앙토니를 더 넘치도록 집요하게 얼싸안으며 절정에 도달하는 시늉을 했다.

"올 거 같아?" 앙토니가 물었다.

"흐응……."

"지금?"

"아아……."

땀 때문에 그녀의 등과 소년의 배가 찰싹 달라붙었다. 바네사는 점점 더 뜨거워졌고, 앙토니가 목을 끌어안자 바로 지금이라고 말했다. 그리고 일 초 후 앙토니가 그녀의 아주 깊은 데까지 달려 들어왔다. 이제 바네사는 할딱거리기만 할 뿐 꼼짝하지 않았다. 앙토니의 성기에서 나온 정액이 마지막 한 방울까지 아주 생생히 느껴졌다. 이윽고 두 사람은 느슨하게 풀어졌고, 앙토니는 충만했던 만큼 곧 심드렁해졌다. 그가 그렇게 곁을 떠나지 않도록 바네사는 일부러 말을 건넸다.

"기다려. 여기 있어 줘."

"많이 느꼈어?"

"응."

앙토니가 등을 대고 누웠다. 바네사는 그의 손을 잡았다. 두 사람 모두 아무 말 없이 텐트 지붕을 바라보았다. 바네사는 그가 입으로 숨을 쉰다는 걸 알아차렸다. 재밌네. 전에는 미처 몰랐던 사실이었다.

"배고파." 소년이 말했다.

"무슨……."

소년이 하품을 한 번 한 뒤 텐트 지퍼를 열고 일어섰다.

"낮 12시부터 아무것도 안 먹었어. 담배 없어?"

"소리 내지 마."

그녀가 가방을 뒤지는 동안 소년은 텐트 밖으로 나왔다. 바깥은 아무것도 변하지 않았지만, 마법은 온데간데없이 사라지고 사물들의 두툼한 물성, 하늘의 중성적인 아름다움만 남아 있었다. 앙토니가 기지개를 켰다. 밤공기가 젖은 몸을 말려 주었다. 머릿속을 청소라도 한 듯 기분이 맑았다. 앙토니는 바네사가 건네는 담배와 라이터를 받았다.

"넌 안 피워?"

"응." 그녀가 대답했다.

경계라도 하듯 바네사는 텐트에서 나오지 않았다.

"뭐야?" 앙토니의 말투는 거의 공격적이었다.

"아무것도 아니야."

앙토니는 잠시 아무 말도 하지 않았다. 그냥 그러려니 했던 것 같다.

"내일 아버지 만나러 갈 거야."

"잘됐네."

"응. 별일 없는지 늘 궁금해."

"잘되겠지."

"응. 그래도 언제나 좀 이상해."

바네사가 텐트 밖으로 머리를 내밀었다. 진심으로 염려하는 기색이었다.

"이제 아버지를 못 알아보겠어." 앙토니가 말했다.

"어째서?"

"모르겠어. 예전하고 달라."

"어머니는? 뭐라고 하셔?"

"무슨 말을 하겠어. 서로 안 만나는데."

"그게 낫지."

"그러게."

얼마간 시간이 흐른 뒤, 바네사가 물었다.

"나도 같이 갈까? 내일 저녁에 시간 되는데."

앙토니가 무슨 말인지 모르겠다는 듯 바라보았다.

"그게 무슨 말이야?"

필요 이상으로 공격적인 말투였다. 바네사는 이미 익숙했다.

"몰라. 그냥 해 본 말이야."

"너랑 아버지 집에 같이 가진 않을 거야."

"알았어. 그냥 혼자 쉴게."

바네사가 선을 넘을 때 앙토니는 쌀쌀맞게 마음의 문을 닫아걸었다. 어느새 스테프와 한 약속도 더는 생각하지 않았다. 약속까지 이틀 남았다. 앙토니는 담배를 다 피운 뒤 풀밭에 비벼 끄고 나서 바네사에게 작별의 키스를 했다.

"잘 있어." 그가 말했다.

"잘 가." 바네사가 대답했다.

바네사는 그를 원망하지 않았다.

잠시 후 바네사는 텐트에서 좀 떨어진 나무 아래로 생수 한 병과 티셔츠를 가지고 가 쪼그려 앉아 밑을 닦아 냈다. 아무 소리도, 사람 그림자 하나도 없었다. 하지만 이상한 느낌을 떨칠 수가 없었다. 누군가 밑을 닦는 그녀를 쳐다보고 있는 것만 같았다.

4

　파트릭 카사티는 주머니를 탈탈 털어 플라스틱 계산대 위에 동전들을 쏟아 냈다. 무겁진 않았다. 전부 2프랑과 상팀 동전들이었다.

　"이게 다야?" 주인이 말했다.

　"기다려 봐."

　파트릭은 다시 옷을 뒤적이더니, 이번엔 재킷 주머니를 뒤집어 보았다. 월요일, 그러니까 수확의 날이었다. 마침내 50프랑짜리 지폐 두 장을 찾아 동전 위에 올려놓았다.

　"50프랑은 내가 가질 거야. 나도 뭘 좀 먹어야 하잖아."

　"물론이지." 그의 생활을 익히 아는 사장이 말했다.

　"이제 됐어, 안 됐어?"

　"세어 볼게……."

　사장은 등 뒤에 육중하게 버티고 자리 잡은 커피 머신 쪽을 돌아보았다. 커다란 유리병이 기계 옆에 놓여 있었다. 병에 가득 든 동전들 사이로 더러 회색 지폐도 눈에 띄었다. 사장이 유리병을 두 손으로 잡고 흔들자 동전이 찰랑찰랑 소리를 냈다.

"소리가 꽤 괜찮네." 이발사가 자기 잔을 들어 올리며 말했다.

"멀지 않은 것 같아." 파트릭이 말했다.

사장은 바 위에 유리병을 내려놓았다. 테두리에 고무를 두른 3리터들이 병이었다. 병에 붙은 상표엔 크베치 1987이라고 적혀 있었다. 본래 들었던 술은 이미 오래전에 마셔 버렸다.

"한번 세어 볼까?" 사장이 물었다.

"그러지 뭐." 파트릭이 웃으며 말했다.

매일 아침 파트릭은 에스칼에 와서 커피를 마셨다. 하루 열다섯 시간씩 일하는 피부색이 까무잡잡한 포르투갈인 부부가 운영하는 이 카페는 일터에서도 그다지 멀지 않았다. 사장 이름은 조르주였고 안주인은 보이지 않았다. 숱이 많은 데다 머리칼마저 두꺼운 조르주를 두고 손님들은 한사코 북아프리카 출신 아니냐고 놀려 댔다. 하긴 포르투갈은 북아프리카와 인접한 나라였다. 수 세기 동안 이어진 침략의 역사가 혼혈과 혼종을 만들어 냈다. 사장은 최후에 웃는 자가 진정한 승자라는 듯 말없이 수긍했다.

"그럼 좋아. 세어 보자고. 그런데 우선, 찰찰찰."

이발사가 이렇게 말하고는 엄지로 잔을 채우는 시늉을 했다. 그의 잔이 어느새 비었다. 사장이 그의 귀가를 염려하며 잔에 뮈스카데를 조금만 따라 주었다. 벌써 세 잔째였다. 이발사도 매일 이곳을 찾았다. 아침 8시부터 레모네이드를 살짝 섞은 화이트 와인을 마셨다. 그래야만 손끝에 자신감이 붙는다고 했다. 유능한 외과 의사들도 수술을 집도하기 전에 그렇게 하는 습관이 있다지 않는가. 이발사는 잡지에서 기사를 읽었다고 말했다. 그래서인지 이발사의 솜씨를 타박하는 손님은 여태 단한 명도 없었다. 그럼에도 멜로디인지 뭔지 하는 미용실이 이발소 코앞에 문을 연 다음부터 그의 전성기는 끝난 거나 다름없었다. 멜로디 미용실은 회원 카드를 발행하고 어린아이 커트는 50프랑만 받는 데다, 노골적으로 젖가슴이 드러나는 옷을 입고 영업하니 비겁한 경쟁이었다. 이발사는 가게 내부에 페인트칠을 다시 하고 낡은 트랜지스터라디오를 갈아 봐야겠다고 제법 진지한 고민도 해 보았으나, 현대화를 향한 욕망은 다른 모든 일들과 마찬가지로 카페에서 시간을 죽이는 동안 소리 없이 사라져 버렸다. 게다가 이발사는 완전히 대머리에 공화국연합 골수 당원이었다. 그는 집회와 햄과 조국과 샤를 파스카[55]의 팬이었다.

"자, 시작하자고!"

사장은 잔을 채운 뒤 유리병에 든 것들을 계산대에 와르르 쏟았다. 동전 몇 개가 모자이크 바닥에 굴러떨어졌지만 아무도 주우려 들지 않았다. 나중에 어떻게든 되겠지. 세 사람이 모두

---

55   프랑스의 정치인.

달려들어 동전별로 구분해 열 개씩 쌓기 시작했다. 이러나저러나 그들에겐 넘치는 게 시간이었다. 파트릭은 9시 30분이나 되어야 일을 시작했고, 인근 학교가 방학에 들어가 카페 안은 텅 비다시피 했다. 손님이라고 해 봐야 늘 오는 사람들, 그러니까 이발사, 파트릭 카사티, 나뮈르가 전부였다. 상이용사들을 위한 관사에 사는 뚱뚱한 사내 나뮈르는 늘 구석 자리에서 강아지를 무릎 위에 올려놓고 신문을 읽었다. 동네에 바보들은 더 이상 남아 있지 않았으나, 카페마다 단골 폐인들이 있었다. 반 주정뱅이에 반장애인 특수 직업 훈련 대상자들이 아침부터 저녁까지, 그리고 문 닫는 시간까지 카페에 죽치고 앉아 술잔을 홀짝거렸다.

급기야 사장은 노트를 꺼내 계산에 돌입했다. 꼬깃꼬깃한 지폐를 다시 펴고 10프랑 단위로 동전을 헤아렸다. 덧셈을 두 번씩 다시 확인했다. 잘못된 계산이 없어야 했다.

"맞아. 5268."

이발사가 감탄한 듯 휘파람을 불었다.

"신(新)프랑이야?"

"당연하지……."

"아니야, 혹시 모르잖아."

"그런가……."

파트릭은 인정해야 했다. 그래도 썩 나쁜 건 아니었다. 일 년 가까이 마시고 싶은 술을 참으며 푼돈을 아껴 모은 결과였다. 고생 끝에 목돈이 되었다. 나머지 두 사람도 눈에 형제애를 듬뿍 담아 파트릭을 바라보았다. 그들의 눈에서 마침내 해냈구나 하는 감정이 읽혔다. 친구란 바로 이런 것이다.

"축하해야지." 이발사가 잔을 들며 말했다.

파트릭은 빈정거리듯 머리를 살짝 까딱이며 대꾸했다. 정신이 있어, 없어?

처음에 파트릭은 도무지 해내지 못할 것 같았다. 무엇을 상상하든 그 이상이었다. 그에게 술이란 필요하네 아니네를 떠나 신체의 일부나 마찬가지였다. 술이 심장, 콩팥, 창자처럼 매우 깊숙하고 은밀한 데까지 뿌리를 내리고 있었다. 술을 끊는 것은 신체 일부를 도려내는 거나 마찬가지였다. 파트릭은 울었다. 밤이면 소리를 지르다가 절절 끓는 물을 욕조에 받아 놓고 들어가 이를 딱딱 부딪치며 버텼다. 그렇게 두 달 동안 편두통, 몸살, 식은땀을 버티고 난 어느 날, 마치 젖을 뗀 아이처럼 다시 태어났다. 모든 것이, 심지어 몸에서 나는 체취조차 전부 바뀌었다.

그러는 동안 단것을 많이 먹는 바람에 배가 부쩍 나오긴 했지만 밤잠을 편안히 잤고 아침에 일어나면 몸이 가벼웠다. 파트릭은 이윤, 사중손실과 더불어 몸의 경제학에 대해 새롭게 알게 되었다. 예를 들어 아침에 침대에서 일어날 때 덜 찌뿌둥하지만, 첫 술잔을 들 때 찾아오는 달콤한 에너지는 빼앗겼다. 보일러에 중유를 새로 채워 넣었을 때 그 알코올이 타면서 두 번째 젊음을 가져다주는 것 같은 에너지를 말이다.

그렇지만 알코올 없는 인생의 문제는 사실 그런 것이 아니었다. 문제는 시간이었다. 권태. 느림과 사람들.

파트릭은 이십 년간 지속된 잠에서 깨어난 셈이었다. 그 동안 그는 우정, 이런저런 관심사, 정치적 견해, 각종 사회생활, 자기애와 권위, 수많은 일들에 대한 확신으로부터 마침내 증오에 이르는 꿈을 꾸었다. 그런데 실상은 삶의 3분의 2를 취해 있었다. 맨정신일 때 그에게는 아무것도 남아 있지 않았다. 모든 것을, 삶 전체를 다시 알아 가야만 했다. 그 즉시 사람들의 특징 하나하나가 그의 눈을 불사르는 것 같았고 그 무거움, 인간의 성질, 우리를 밑바닥까지 가라앉게 만드는 인간의 오욕이 입안을 가득 채웠다. 관계로 인한 익사. 타인의 진실에서 살아남기. 근본적인 어려움은 이것이었다.

그래서 초창기엔 집에 틀어박혀 지냈다. 아내와 헤어진 뒤 부랴사랴 손바닥만 한 원룸을 구했다. 정식으로 이혼 판결이 나면 제대로 된 집을 구하겠노라 계획했지만, 일 년 육 개월이 넘도록 파트릭은 여전히 같은 집에 살았다. 날이면 날마다 버거운 짐승처럼 느리고 투미하게 목적도 없이 힘만 충만해서 어슬렁거렸다. 이따금 욕실 거울 앞에 서서 두 손 듬뿍 뱃살을 쥐어 보았다. 지긋지긋한 마음에 모두를 향해, 삶에 치러야 하는 대가에 대해, 한심한 짓만 벌이고 다니는 앙토니를 향해, 천하에 몹쓸 전부인을 향해, 수많은 다른 모든 것을 향해 욕지거리를 퍼부었다. 개천에 떠내려가 버린 청춘, 그 엄청난 낭비에 대해 유독 곱씹었다.

급기야 파트릭은 자전거를 한 대 장만했다. 나아지기 위한 첫걸음이었다. 자전거를 보관할 차고가 없어서 아파트 안에 들여놓자니 짜증이 났다. 원룸은 이미 포화 상태였다. 그나마 자전거로 산책을 다니는 일상이 시작되었다. 운하를 따라 달리다 보면 다른 자전거들을 마주치거나 강둑에 앉아 쉬며 흘러가는 물을 바라보기도 했다. 그것은 달콤한 권태였다. 그러다 신의 은총인지 새로운 직장을 얻었다. 푼돈을 모으겠다는 생각은 그때 떠올랐다. 전에는 술 마시느라 다 써 버렸던 돈을 매일 20~30프랑씩 모았다. 열 달이 지나자 5000프랑 정도 되는 돈이 모였다.

"그래서? 결심했어? 이 돈으로 뭐 할 생각이야?"

"오호!"

파트릭이 아무도 모르는 계획이 있는 듯 한쪽 팔을 연극배우처럼 허공에 띄웠다. 사장이 카운터 위에 놓인 동전을 손바닥으로 한데 쓸자 5000프랑이 크베치 병 속으로 차르르 쏟아졌다. 그가 동전으로 꽉 차 묵직한 병을 세 남자의 코앞에 내려놓았다.

"잔치는 안 한다고?" 술잔을 이미 비운 이발사가 다시 한번 부추겼다.

"하지. 자, 이 친구한테 한 잔 더 따라 줘." 파트릭이 동조했다.

"아, 그래야 하고말고."

파트릭이 나뮈르 쪽을 바라보며 목 좀 축이겠느냐고 물었다. 나뮈르는 아무 말 없이 신문을 읽는 중이었다. 무릎 위에서 카발리에 킹 찰스 스패니얼이 주인이 페이지를 넘기기를 기다리며 한 줄 한 줄 따라 읽었다.

"저 친구한테도 키르 한잔 주자고."

사장이 이발사의 잔을 채웠고, 파트릭은 키르를 가득 채운 잔을 나뮈르에게 가져다주었다. 파트릭은 아주 진한 블랙커피 한 잔으로 만족했다.

여름에는 에스칼에도 손님이 별로 없었다. 탁상용 미니 축구대와 핀볼 게임기 두 개를 갖춘 에스칼은 고등학생들이 죽치고 앉아 시간을 보내는 아지트였다. 그곳에서 커피 한 잔과 물 한 잔을 주문하고 세 시간씩 눌어붙어 있는 미성년자들에게 사장은 끝없는 관용을 베풀었다. 에스칼은 시에서 제일 좋다는 푸리에 고등학교 옆에 있었다. 정오에는 크로크무슈 샌드위치를 냈다. 바에는 땅콩 자판기와 공중전화가 놓여 있었다. 둥근 의자, 모자이크 바닥, 큰 거울, 녹색 화분 몇 개, 합성 자재, 황동 봉 등 시간의 더께를 간직한 낡고 칙칙한 카페였다. 특이하게도 이곳에서는 음악을 틀지 않았는데, 사장이 이명을 앓고 있기 때문이었다. 하지만 전반적으로 웬만한 외과 수술실 못지않게 깔끔했다. 해마다 8월이면 사장 부부는 카페를 닫고 한 달 동안 코임브라 근처에 있다는 작은 고향 마을에 갔다. 더위에 짓이겨질 것만 같은 그곳에서 부부는 엄청나게 푸짐한 점심과 브뤼나 숙모가 차려 주는 그것 못지않은 저녁식사를 먹고 소화시키며 시간을 보냈다. 그러고 나면 거의 깜둥이가 되고 5킬로그램씩 살이 쪄서 즐거운 마음으로 돌아왔다. 이때의 에스칼은 공허해 보였다. 유리창 너머로 가끔 한 대씩 지나가는 자동차와 맞은편 가족수당기금 건물, 안전 문제로 문을 닫은 팔라스 극장이 보일 뿐이었다. 마지막으로 상영된 영화 포스터가 여전히 끈질기게 붙어 있었다. 실베스터 스탤론이 트럭 운전사이자 팔씨름 챔피언으로 나온 영화였다. 별안간 나뮈르의 목소리가 침묵을 깼다. 에스칼을 찾는 사람들에게는 익숙한 일이었다.

"사자자리. 에너지가 넘침. 오늘 당신은 중요한 일을 맡게 됩니다. 사랑: 당신은 반할 준비가 되어 있습니다. 커플: 놀랄 준비를 하십시오. 직장: 당신의 야망이 당신에게 아주 중요한 것을 감출 수 있습니다."

매일 아침 지역 신문의 마지막 장에 다다르면 나뮈르는 늘 사자자리부터 시작되는 오늘의 운세를 읽어 주었다. 자신의 개가 사자자리였기 때문이다. 이발사는 염소자리 운세를 알고 싶어 입이 근질근질했지만 기다려야 했다.

"이 돈으로 집사람 어디 보내 주려고?"

"이제 집사람이 아니지." 파트릭이 말했다.

"맞아."

파트릭도 같은 생각을 했었다. 그가 말했다.

"여행사 아가씨한테 알아봐야겠어."

"5000프랑이면 시칠리아까지 갈 수 있어."

"알아볼게."

파트릭은 벤피카 축구단 깃발과 함께 벽에 걸린 시계를 바라보았다. 그리고 자리에서 일어났다. 시간이 되었다.

"자, 선생들……."

"잘 가게." 사장과 이발사가 말했다.

"다음에 보세."

"근무 잘하고."

파트릭은 동전이 가득 든 유리병을 들고 남은 사람들에게 좋은 하루 보내라는 인사를 건네며 카페를 나섰다. 저금통은 제법 묵직해서 못해도 족히 5킬로그램에서 6킬로그램은 나갈 듯했다. 카페를 나서다가 나뮈르가 키르 잔을 깨끗이 비운 것을 확인한 파트릭은 내심 흐뭇해졌다.

밖으로 나온 파트릭은 디스트리캉 건물 쪽으로 서둘러 방향을 잡았다. 짤랑거리는 저금통을 팔에 끼고 가끔 손목시계를 들여다보며 성큼성큼 걸어 사무실에 도착하니, 카로가 벌써 와서 꾸르륵 소리를 내며 커피 향을 퍼뜨리는 커피 머신 앞에 앉아 있었다. 카로가 파트릭에게 커피 한 잔을 건네고는 코르크 게시판에 붙여 놓은 업무 일정표를 뗐다.

"받아. 오늘 거야."

파트릭은 혀를 델 듯 뜨거운 커피를 입으로 불어 식히면서 일정표를 살펴보았다. 그런 다음 점심시간이면 관리부 직원들이 식탁으로 사용하는 테이블 위에 유리병을 올려놓았다. 카로가 감히 건드리지는 못하고 유리병을 곁눈질했다.

"지금 장난해?" 파트릭이 말했다.

"장난은. 다 그런 거지 뭐." 카로가 사무적으로 대꾸했다.

"장난하냐고."

같은 말이었지만 말투가 조금 더 심각했다. 카로가 사과했다. 아직은 상냥하게 그를 구슬리는 편이 좋았다.

"자기야, 사람이 모자라서 그런 걸 어떡해. 7월이잖아. 내가 뭐라고 말해 주면 좋겠는데?"

"그렇겠지. 관리부는 일 년 내내 여름이지."

"아이고! 투덜거리지 마시고."

파트릭은 일정표에 적힌 업무 사항을 세어 보았다. 점검할 곳이 열세 군데, 거의 기계 서른 대였다. 거기다가 병원까지 배정했다. 거의 매층, 구석구석 자판기가 있는 병원 일은 오전 내내 해도 시간이 모자랄 판이었다. 파트릭은 손목시계를 들여다보고 한숨을 쉬다가 업무 일정표를 들고 출구로 향했다.

등 뒤에서 카로가 외쳤다.

"이봐요! 저금통은?"

업무 일정표에 신경 쓰느라 잊어버릴 뻔했다. 카로가 유리병을 두 손으로 들고 있다가 파트릭에게 건네기 전에 찰랑거렸다. 마치 그 소리를 들으면 병 속에 얼마가 들었는지 알 수 있기라도 한 것처럼.

"얼마 들었어? 로또라도 된 거야?"

"손대지 마." 업무 일정표, 유리병, 커피까지 한꺼번에 잡으려고 애쓰면서 파트릭이 말했다.

"그만 좀 해. 골낼 필요까진 없잖아. 일정표를 내가 짜는 것도 아닌데." 카로가 대꾸했다.

"자기가 해 놓고선."

"나는 있는 대로만 할 뿐이야. 듣고 싶은 말이 뭐야?"

파트릭은 쏟아 내고 싶은 수많은 말들 중 적당한 단어를 찾아보았다. 그러느라 시간이 또 흘러가 버렸다.

"그 돈으로 나 밥 사 주려고?" 기다리던 카로가 기분 좋게 말했다.

파트릭은 잠시 뚫어져라 바라보았다. 그렇다, 안 될 건 또 뭐란 말인가? 그 또한 나쁘지는 않은 생각이었다. 카로는 딱히 예쁘다고 할 순 없어도 사십 대 여자치고는 괜찮은 편이었다. 몸에 딱 붙는 청바지를 입은 그녀의 꾸밈없는 모습, 뜨거우면서도 한편으로는 선을 넘지 않는 면이 파트릭은 마음에 들었다. 카로는 겨울에 좀체 다리를 드러내지 않다가 날이 좋아지면 스커트에 하이힐을 신고 나타나 전혀 다른 모습을 보여 주는 여자였다. 가끔 섹시하다가 봄에는 도도해지고, 다시 상냥해지는 그런 여자가 파트릭은 좋았다. 뿐만 아니라 정해진 근무 시간쯤은 간단히 무시하는 일벌레여서 사장과 고객의 신뢰를 얻었다. 그런데 카로는 상상력이 부족해서인지 무엇이 자기 존재를 가치 있게 만드는지 알지 못했다. 카로는 여덟 살 난 니나와 열여섯 살 난 소피아를 혼자 기르는 싱글맘이었고, 벌써 오 년째 똑같은 월급을 받았다.

"어때?" 카로가 물었다.

"뭐가?"

"초대할 거야?"

"안 돼."

"그럼 그 돈은? 뭐 할 건데?"

"서프라이즈야."

"나한테?"

"그렇게 생각하든가."

"이미 늦었네. 잘 다녀와."

문을 나설 때 카로가 덧붙였다.

"헬멧 잊지 말고."

자판기를 열 때면 언제나 파트릭은 동전들을 주워 담고 행주로 닦은 다음 캔과 생수병, 감자칩, 파피 브로사르 미니 케이크, 초콜릿 바 등을 채워 넣었다. 자판기마다 자석 배지가 내장되어 허리춤에 차고 다니는 스캐너가 파트릭이 다녀갔음을 알려 주었다. 작업을 다 마치고 집에 돌아가 전화선에 스캐너를 연결하면 끝이었다. 그러면 모든 정보가 디스트리캉이 점검을 계획하거나 영수증을 발행하는 데 사용하는 데이터베이스 센터까지 즉각 전송되었다. 이 정보는 관리자의 업무 리듬을 측정하고 쓸데없이 허비하는 시간이 얼마나 되는지 파악하여 작업 코스를 최적화하고, 업무 부담을 적절히 조절하고, 농땡이 치는 직원을 해고하는 역할도 했다.

아데코[56]를 통해 이 직장을 구했을 때, 사장은 지체 없이 파트릭을 정직원으로 채용했다. 그 덕분에 세전 월급 7000프랑

---

56 글로벌 헤드헌팅 기업.

에 식대, 연간 5주의 유급 휴가, 건강 보험 혜택까지 보게 되었다. 마스 초코바와 콜라는 제한 없이 공짜였다.

업무 속도를 제외하면 전반적으로 파트릭에게 잘 맞는 일 같았다. 어쨌거나 파트릭이 점점 덜 까다로워진 것도 사실이었다. 이혼 후 파트릭은 매일 똑같은 밥과 닭 요리를 먹었고, 늘 똑같은 옷을 입었으며, 주말을 포함해서 매일 똑같은 하루하루를 보냈다. 다시 싱글이 되고부터 무척 단출해진 셈이었다. 그런데 헬멧이 있었다. 티셔츠와 디스트리캉 점퍼까지는 괜찮았다. 그런데 벙거지 같은 빨간색 회사 모자, 사이즈를 조절할 수 있다고 알려진 그것이 파트릭의 한계를 시험했다. 처음부터 파트릭은 그 모자를 단호히 거부했다. 그런데 품질 관리자가 모자 없이 현장을 돌아다니는 그를 몇 번 보고부터 문제가 시작되었다. 카사티 씨, 업무 지침을 읽은 겁니까, 안 읽은 겁니까? 파트릭은 모자를 쓴다고 해서 할당량을 채우는 데 도움이 되지 않을뿐더러, 누구도 그를 모자로 판단하지 않는다고 대꾸했다. 관리자는 목소리를 높였다. 그래도 사규라는 것이 있지 않습니까! 모든 규칙을 다 준수하는 건 불가능에 가깝겠지요. 우리는 나치가 아니니까요. 그렇지만 어떤 규칙은 회사의 이미지와 직결됩니다. 중요하단 말이지요.

그 후로 파트릭은 벙거지를 가지고 연극을 시작했다. 누가 보는 것 같으면 벙거지를 썼다가, 구겨서 시트로앵 C15에 던져 두고 잊어버리는 것이다. 운전할 때, 현장에서, 바에서, 사무실에서, 차고에서 파트릭에게는 늘 질문이 따라다녔다. 모자를 써야 하나? 옛날 사람들에게는 엘리베이터 보이나 문지기, 하인이라면 모를까 이런 변장이 필요 없었다. 그런데 지금은 모든 사람이 종살이를 하는 것 같았다. 업무 중 규폐증과 가스 폭발을 겪을 위험은 더 이상 없지만, 사람들은 하루 종일 모욕, 작은 속박들, 치사한 감시를 받으며 죽는다. 그리고 석면도. 공장이 폐쇄되고부터 노동자들은 종이 부스러기보다 나을 것이 없었다. 대중과 집단 속의 마른풀 같은 존재가 되었다. 지금은 개인, 임시직, 외톨이의 시대다. 가뜩이나 부스러기 같은 일자리들은 세세히 분할되고 모양이 바뀌기 쉽고 속이 빤히 들여다보여 수많은 종류로 번식해 노동의 거대한 우주를 위성처럼 한없이 떠돈다. 이런 일자리를 우리는 거품, 박스, 파티션, 언제든 떼어 낼 수 있는 진열창의 시트지 등으로 부른다.

그 안에서 에어컨이 심기를 달래 주었다. 호출기와 전화기 때문에 사람과 사람 사이의 관계는 갈수록 냉각되었다. 수백 년 동안 지속되어 온 연대 의식은 경쟁력이라는 말 속에 희석되었으며, 여기저기에 염치없고 보수도 변변치 않으면서 내내 굽신거려야 하는, 새로울지 몰라도 보람은 찾기 힘든 일거리들이 생겨나 옛날에 서로 공유하던 고된 노동의 자리를 치고 들어왔다. 생산은 아무런 의미가 없어졌다. 이제 사람들은 관계, 서비스 품질, 커뮤니케이션 전략, 고객 만족에 대해 이야기했다. 모든 것이 작아지고 소외되었으며 불확실해졌다. 파트릭은 동료가 없는 이 세계를, 행동부터 말까지, 육체부터 영혼까지 지배하던 규율이 없는 이 세계를 도무지 이해하기 힘들었다. 세상은 우리가 언제라도 일할 수 있는 상태인지, 돈이 될 만한 노동력을 가졌는지 따위는 기대하지 않았다. 앞으로는 이것을 믿어야 했다, 한 가지 생각이 곳곳으로 전달되고 헛바퀴를 돌다가 높은 데서 하달되어 검증받았다고 간주되는 어휘를 사용해야 했는데, 놀랍게도 그 어휘는 우리의 저항을 불법으로 만드는, 스스로의 가치를 지키기 위한 우리의 노력을 방어 불가능하게 만드는 효과를 창출했다. 그리하여 헬멧을 써야만 했다.

이런 세상에서 블루칼라는 더 이상 아무런 의미가 없었다. 블루칼라는 유행 지난 서사시였다. 사람들은 협상을 요구하는 그들의 노동조합을 한껏 비웃었다. 가엾은 노동자가 자기 처지가 덜 초라해질까 싶어 합당한 권리를 요구하면 어김없이 그의 욕망이 얼마나 비이성적인지를 증명하는 뻔한 대답만 돌아왔다. 먹거리를 해결하고 남들이 다 하듯 여유를 누리고 싶어 하는 것만으로도 진보의 행진을 방해하는 위험 인물로 낙인찍혔다. 그의 소위 이기주의는 이해받을 수 있었다. 다만 그가 세계 정세를 파악하지 못할 뿐이었다. 그가 원하는 만큼 월급을 올려 주려면 그의 직장은 루마니아 부쿠레슈티로 이전해야 할 것이다. 개미처럼 일하고 애국심마저 넘치는 중국인들이 그의 자리를 꿰찰 것이다. 그는 이런 새로운 변화와 제재에 대해 알아둘 필요가 있었다.

7월 중엔 검사원이 돌아다니지 않았기 때문에, 파트릭은 헬멧을 쓰지 않고 일했다. 병원을 한 바퀴 도는 데 예상대로 아침나절이 꼬박 걸렸다. 저녁에 앙토니가 온다고 해서 일찍 퇴근하려고 점심시간에도 쉬지 않고 일했다. 오후 3시가 조금 넘어서부터는 자판기에 물건을 다 채워 넣지 않고 호출기를 눌러 버리기도 했다. 이 기계는 그저 한 번 쓱 보고 지나갈 때조차 일한 것처럼 호출기를 누르도록 유혹하는 단점이 있었다. 파트릭은 자판기 앞에서 가끔씩 공짜 콜라를 홀짝거리며 민첩하고 꼼꼼하게, 늘 한결같은 동작으로 일했다. 술을 끊고부터 콜라야말로 그의 친구가 되었다. 하루에 2리터씩은 거뜬히 마셔 대는 통에 복부는 늘 팽팽했고 시도 때도 없이 트림이 나왔다. 아무도 없는 병원 복도에서 터지는 트림은 불꽃놀이나 폭죽 못지않은 효과가 있었다. 그중 압권은 빨간 신호등 앞에서 터지는 트림이었다. 디스트리캉 업무용 차 운전석에 앉은 파트릭은 놀란 표정으로 돌아보는 사람들에게 군대식 인사를 건네곤 했다. 이런, 회사 이미지가 급상승하지 않을까 모르겠네!

앙토니는 저녁 7시가 다 되어 아버지 집에 도착했다. 언제나처럼 시간은 잘 지켰다. 두 사람은 현관에서 서로의 볼에 입을 맞추며 인사를 나눴다. 엄마의 눈을 피해 만나야 하는 처지가 된 후부터 아버지와 아들은 한동안 어떻게 해야 할지 알지 못했다. 부모와 자식이라는 이름 아래 둘 사이에 존재하던 소리 없는 적대감은 연기처럼 사라졌다. 그 대신 다정한 당혹감 같은 것이 그 자리를 파고들었다. 특히 두 사람은 민감한 화제는 피했다.

"어떠냐?"

"괜찮아요."

"이건 또 왜 이러냐?"

아들의 얼굴에 생긴 멍을 가리키며 아버지가 미간을 한껏 찡그렸다. 입술이 터지고 한쪽 눈에 오색찬란한 멍이 들어 있었다.

"아무것도 아니에요."

"싸웠냐?"

"아니요."

"어디 보자."

아버지의 손이 닿기 전에 앙토니는 본능적으로 잽싸게 몸을 피했다. 고집을 부려 봐야 아무 소용 없는 일이었으므로 아버지는 손을 거뒀다.

"알았다."

앙토니가 주차장 쪽으로 창문이 난 작은 거실에 앉았다. 일부러 그 앞에 오토바이를 세워 두었다. 보이는 곳에 놔두고 싶었다. 부엌에선 아버지가 요리를 하는 중이었다. 토마토소스 냄새와 프라이팬에 고기 볶는 냄새가 앙토니에게 낯설지 않았다.

"뭐 만들어요?"

"볼로네제 스파게티."

"맛있겠네."

아버지가 미소를 지었다. 스파게티는 만들기가 간편했다. 앙토니가 올 때 말고 파트릭은 직접 음식을 만드는 법이 없었다. 아들은 500그램짜리 스파게티 면 한 봉지를 거뜬히 먹어 치웠다. 파트릭은 아이의 식욕과 지금 모습이 뿌듯했다. 어린 시절 내내 앙토니는 늘 반에서 제일 작거나 기껏해야 중간쯤 될까 말까 하는 아이였다. 앙토니의 건강 수첩 그래프나 부실한 한쪽 눈, 제 엄마 치맛자락만 붙들고 맴도는 것만 봐도 알 수 있었다. 그랬던 아들이 마침내 그런 시기를 떠나보낸 것 같아서 파트릭은 흐뭇했다. 시간이 나쁘게만 흘러가는 건 아니지 싶었다. 파트릭은 불을 줄이고 고기에 양파와 마늘을 넣은 다음 나무 주걱으로 저으며 잘 볶았다. 그래도 마음 쓰이는 구석이 있었다. 어디서 흠씬 두들겨 맞고 온 앙토니. 파트릭은 그 이유를 알고 싶었다. 누가 그랬는지 이름이라도 알았으면 했다. 거실에서 아나운서의 목소리가 높아졌다. TV에서 투르 드 프랑스[57] 경기를 요약 정리 중이었다.

"노란 셔츠[58]가 누구냐?"

"앵뒤랭."

"이제 짜증이 나려고 하네. 맨날 똑같잖아."

"저 사람은 우승 기계예요."

"말이라고."

"또 이길 것 같아요."

"그렇겠지."

아버지와 아들은 뉴스를 보며 저녁을 먹었다. 앙토니는 접

---

57 프랑스에서 매년 여름 열리는 사이클 경주.
58 투르 드 프랑스 경기의 선두 주자를 노란 셔츠라고 부른다.

시에 코를 박고 먹고, 아버지는 스파게티를 뚝뚝 끊어 먹었는데, 그러자니 옛 생각이 나지 않을 수 없었다. 엘렌은 스파게티는 끊어 먹는 음식이 아니라고 매번 잔소리를 했다. 갑자기 파트릭은 기분이 이상해졌다.

천으로 둘둘 말아 구덩이에 아무렇게나 던져진 시체 더미가 TV 화면에 나왔다. 생석회가 부족한 고마[59]에서 전염병이 확산되는 중이라 했다. 아버지와 아들은 들리지 않는다는 듯 뉴스를 무심하게 흘려 버렸다. 전부 먼 나라의 거짓말처럼 들렸다. 더구나 정부 대변인이 화면에 나와 날개라도 달린 듯 국경을 넘나드는 단어들을 말했다. 아버지와 아들은 행여 식을까 봐 부지런히 스파게티를 먹었다. 이따금 아버지가 한마디씩 건넸다. 오늘은 날이 덥네. 개학은 언제냐? 네 엄마는 어떻게 지내냐?

"잘 지내죠."

"만나는 남자는?"

"몰라요. 요샌 잘 안 보이던데."

"저런, 내뺀 모양이네……."

아버지가 입을 쩍 벌렸다.

앙토니가 그런 아버지에게 괴로운 눈길을 던졌다. 아버지로서도 어쩔 수 없는 일이었다. 이것이 파트릭이 괴로운 마음이

---

59 콩고 민주 공화국 동부 접경에 위치한 도시. 화산 분출과 1994년에 일어난 르완다 학살로 촉발된 콩고 전쟁이 이 도시에 큰 영향을 미치고 있다.

나 심술을 표출하는 방법이었다. 아버지는 돌이켜고 싶어 했다.

"맞다, 안 그래도 네 엄마한테 선물을 하나 하려고."

"무슨 소리예요?"

아버지가 식탁에서 일어나 찬장에 넣어 둔 유리병을 가져왔다. TV 뉴스에서는 인류 최초의 달 착륙을 기리는 중이었다. 무중력 상태의 우주인이 잿빛 달 위에 역사적인 첫발을 디뎠다. 수없이 말해 온 한 문장이 미적지근한 거실에서 지글거렸다. 병에 담긴 동전들을 보며 앙토니가 눈살을 찌푸렸다.

"네 엄마 바캉스 보내 주려고 한참 전부터 모은 거야."

"그게 무슨 말이에요?"

"바캉스 한번 안 보내 줬다고 얼마나 나를 닦달했냐?"

"그래도 이건 아니죠."

"더 이상 잔소리 듣고 싶지 않다."

"엄마는 절대로 안 받을 거예요. 아빠보고 미쳤다고 할걸요."

"야, 넌 도대체 누구 편이냐? 난 여행 경비를 대 주고 싶은 거다, 그게 다야."

앙토니는 아버지의 소가죽 같은 얼굴, 불거진 광대뼈, 무성한 장군 눈썹 아래로 열에 들뜬 눈꺼풀을 다시 들여다보았다. 오랜만이었다. 그러나 곧바로 접시에 코를 파묻었다. 그사이 차게 식어 버린 스파게티를 꼭꼭 씹어 넘겨야 했다. 아버지의 기세가 다시 누그러졌다.

"잘 들어. 네 엄마는 하고 싶은 대로 하겠지. 나는 단지 내가 진 빚을 갚을 뿐이다."

그때 전화벨이 울렸다. 손목시계로 시간을 확인하는 아버지의 이마에 근심스러운 주름이 생겨났다. 아버지가 복도로 가서 전화를 받았다. 앙토니는 TV 볼륨을 줄였다. 아버지는 단음절로 그래, 그래? 하고 대답했다.

"그래? 언제?"

갑자기 아버지의 목소리가 푹 꺾였다. 앙토니는 무슨 일인가 싶어 의자를 돌려 앉았다. 아버지가 낡은 슬리퍼를 신고 수화기를 손에 든 채 어리바리하게 서 있었다. 그래, 그래. 그렇구나. 앙토니에겐 익숙한 자세였으나 아버지의 머리숱이 눈에 띄게 줄어 있었다. 어두운 복도에 우두커니 선 아버지는 늙고 머리가 희끗희끗하고 배가 튀어나왔는데도 말라 보였다. 그때부터 아버지의 입에서 그의 생각, 노인네의 내면생활, 쓰라린 감정, 놀라움 같은 예전에는 포착할 수 없었던 말들이 툭툭 튀어나왔다. 균열이 시작되었다.

통화는 조심스럽고 당황스러운 톤으로 몇 분 더 계속되었다. 이윽고 수화기를 내려놓은 아버지가 두 눈을 동그랗게 뜨고 아들에게 말했다.

"안 좋은 소식이야……."

5

하신은 약속 시간보다 먼저 도착해 차를 타고 에일랑주 신시가지 타워 아래를 한동안 기웃거렸다. 보도블록, 먼지, 친구들과 곧잘 모여 쑥덕거리던 후미진 공간이 눈에 들어왔다. 회전목마는 사라졌고, 아는 얼굴이 전혀 없었다. 그래도 거기가 그의 집이었다. 날은 찌는 듯 더웠다.

하신은 밥때가 되기 전 이 생명이 없는 시간을 좋아하지 않았기 때문에 집에 바로 들어가고 싶지 않았다. 엘리오트나 다른 녀석들을 만날 수도 있겠지만 그 또한 내키지 않았다. 숱한 소문과 물음표만 남기고 떠난 하신이 길고 긴 부재 끝에 마침내 돌아왔다. 물리적 거리가 만들어 낸 그 어렴풋한 영향력을 하신은 너무 일찍 소진하고 싶지 않았다.

하신은 시내를 한 바퀴 돌아보기로 했다. 볼보를 세워 둔 뒤 굳은 다리도 펼 겸 걷기 시작했다. 삼 일 전 모로코를 떠난 이후 하신은 거의 한마디도 하지 않고 기분 좋은 무중력 상태를 유지했다. 최근 몇 주 동안에는 잠을 푹 잤다. 에일랑주는 그가 떠나기 전과 조금도 변하지 않은 모습이었다. 하지만 자세히 보면 그건 틀린 말이었다. 저쪽에 새로운 케밥집이 생겼고, 이쪽엔 비디오 게임 가게가 문을 열었다. 버스 정류장은 거의 버려지다시피 했고, 생긴 지 얼마 안 되어 보이는 옥외 간판에 파리 스타일 향수와 싸구려 신발 광고가 붙어 있었다.

이처럼 친숙한 거리를 한가하게 거니는 것도 나쁘지 않았다. 썩 괜찮은 교포로서 자신이 꼭 필요하고 중요한 인물이 된 것 같은 기분에 사로잡힌 하신은 여기 머물러 있는 사람들의 생활은 너무나 하찮고 사실상 그를 기다리는 것 외에 할 일이 아무것도 없는 듯한 느낌을 받았다. 분수대 옆 플라망 광장의 테라스에서 커피를 마시는데, 여자가 개를 데리고 지나갔다. 분수대에서는 보모가 거의 벌거벗은 채로 노는 두 아이를 바라보고 있었다. 이 날씨에 집을 나서기로 결심한 사람들은 어딘지 모르게 얼큰히 취한 관광객을 닮았다. 숨 막힐 듯한 분위기가 하신을 어슬렁거리게 만들었다.

볼보에 다시 올랐을 때는 거의 오후 5시였다. 몹시 나른한 기분들이 들었다. 분위기 속에 해수욕장 같은, 뭔가 계절과 관계없는 부드러움 비슷한 것이 스며 있었다. 하신은 가능한 한 천천히 차를 몰았다. 한쪽 팔꿈치를 창밖으로 내밀고 익숙한 땅에서 나는 냄새를 듬뿍 들이마시며 이 순간의 고요함을 만끽했다.

거기서도 지금처럼 시간이 멈춘 것만 같은 순간과 저녁의 분위기를 경험한 적이 있다. 바다 앞에서 라시드, 메디, 다른 친구들과 함께 마리화나를 했다. 테투안에 도착하면서 하신은 알제리인들만 상대하기로 마음먹었다. 사촌 드리스가 친구들을 소개해 주었다. 머지않아 하신은 그들이 시간을 죽이는 방법 역시 에일랑주의 패거리와 크게 다르지 않다는 걸 알게 되었다. 마리화나를 피우면서 게임을 하고 여자애들 생각에 키득거리는 게 전부였다. 거기 근원지에 있다는 것만 다를 뿐. 모로코에서 구한 마리화나는 믿기 어려울 만큼 고급이었다. 걸쭉한 데다 부드럽고 어중간한 데 없이 잘빠진 갈색이었다. 그것으로 갈증을 해소하고 초자연에 가까운 정신 나간 웃음을 터뜨릴 수 있었을 뿐 아니라, 가격은 프랑스의 3분의 1도 안 되게 저렴했다. 설탕, 꿀과 함께 찐득찐득한 과자로 만들기 전 종이에 말거나 파이프에 꾹꾹 눌러 담아 피웠다. 그런 다음 바깥의 열기를 피해 방 안에 틀어박혀 민트차로 마무리하면서 신기루 같은 가벼움과 쾌락 속에 흐느적흐느적 빠져들었다. 맨발을 하고 청바지에 반팔 셔츠를 입은 하신은 아무것도 없는 방에서 벽에 등을 대고 멍하니 앉은 채 겉창 틈새로 슬그머니 빠져나가는 하루해를 바라보며 몇 시간이고 흘려보내곤 했다. 그러다 보면 먼지와 연기가 그의 눈앞에서 파도 같고 꿈의 잔재 같고 아지랑이 같은 형상을 부유하듯 그려냈다. 들릴 듯 말 듯 잔잔한 음악이 그를 아주 먼 데까지 데려갔다. 심지어 고유한 미학을 띠고 있어서 아무리 바라보아도 싫증나지 않았다. 한번은 압델이

기네스북을 가져온 적이 있었다. 억센 사내 녀석들은 세계에서 제일 큰 거인과 제일 작은 난쟁이가 나오는 페이지에서 멈출 줄 모르고 웃어 댔다.

전에도 여름 방학마다 모로코를 방문했지만, 그곳 사람들과 단 한 번도 제대로 어울려 본 적이 없었다. 하신이 보기에 그들은 가까이하고 싶지 않은 사람들이었다. 중세를 연상시키는 그들의 사고방식이 어쩐지 꺼림칙했다. 그런데 그곳에 영영 틀어박히는 꼴이 되고 만 하신은 무력한 겉모습 속에 도사린 음모를 발견하게 되었다. 리프산에서 매년 수천 톤에 달하는 마리화나 진이 생산되었다. 형광빛 초록색의 들판이 시야가 미치지 않는 곳까지 계곡 전체를 뒤덮었다. 토지계 공무원들만 눈감아 준다면 그곳이야말로 노다지였다. 카페 테라스에 죽치고 앉은 남자들, 점잖은 차림새에 콧수염을 기르고 배가 튀어나온 남자들은 사실 월스트리트에 버금가는 탐욕의 화신들이었다. 마약 거래가 나라 전체를 먹여 살렸다. 그 돈으로 집을 짓고 도시를 건설하고 나라 전체를 만들었다. 도매상, 공무원, 거물, 국경 담당 세관, 경찰, 시의원 혹은 도의원, 심지어 아이들에 이르기까지 하나같이 자기 자리에서 잇속을 챙겼다. 저마다 말은 안 해도 스스로를 왕이라고 생각했다.

하신도 다른 사람들처럼 한몫 잡고 싶었다. 사촌 드리스가 몇십 그램 정도를 흘려주었고, 하신은 그걸 가지고 거리에서 여행자이나 비렁뱅이 들을 상대로 어쭙잖은 딜러 일을 시작했다. 그때부터 상황은 순조롭게 흘러갔다. 처음으로 자기 돈을 가지고 1킬로그램을 사서 프랑스와 독일로 가는 화물차에 투자했다. 저녁엔 집에 돌아와 친연덕스럽고 자연스럽게 두런 두런 이야기를 나누며 가족과 함께 저녁을 먹었다. 머릿속에서 달러나 프랑으로는 얼마쯤 될지 열심히 계산하다 보면 어머니가 채소를 더 먹지 않겠느냐고 물었다.

본래 하신은 재교육을 위해 그곳에 보내졌으나 결과는 정반대였다. 그는 더 망가졌고, 성매매 업소에 드나들었으며, 아버지가 육 개월 동안 일해서 벌던 돈을 하루 만에 벌어들이기도 했다. 그런 생각을 하면 사업의 세계라는 것이 우습게 여겨졌다. 수송 경로를 통해 하신이 고용한 사람, 그 사람이 먹여 살리는 가족들을 생각한다면 이 마약 거래는 여러 면에서 옛날의 주요 산업 지도를 재생산하는 것이나 다름없었다. 베드타운에 밀집한 다수의 수공업자들, 외국인이 주를 이루는 가방끈 짧은 이들이 이제 블루칼라를 대신할 금싸라기 산업인 딜러업에 종사하게 된 것이다. 이 새로운 프롤레타리아의 철학은 상업학교가 아니라 계급 간의 최종 투쟁에서 나온다는 것으로 비교는 끝난다.

하신은 부모의 처지와 비교해 자신이 처한 상황의 이점을 따져 보았다. 벌어들이는 돈은 차치하더라도 그는 시간, 정해진 일과, 월요일부터 금요일까지 계속되는 지겨운 반복, 새파란 청춘부터 예고 없이 어느 날 갑자기 무덤으로 가는 날까지 지칠 줄 모르고 계속되는 순환으로부터 자유로웠다. 하신이 하는 일은 자유와 유연성을 가져다주었다. 느지막이 일어나 빈둥거려도 뭐라 하는 사람이 없었다. 물론 일하는 것은 매한가지여서 마리화나를 조달하고 자르고 포장하고 되팔아야 했다. 하지만 그의 노동은 어딘가 산발적이고 여유로운 데가 있었다. 장물을 운반하는 일 또한 어지간한 모험이어서 대기업 사장이자 해적 두목이 된 듯한 느낌을 받곤 했다. 나쁘지 않았다.

결정적인 어려움은 감방이었다. 제아무리 거물이거나 미꾸라지처럼 빠져나가는 재능이 있다 해도 언젠가는 걸려들기 마련이었다. 한번 걸리면 국가에서 모든 재산과 은행 예금뿐 아니라 부인의 패물까지 전부 몰수했다. 마르세유나 탕헤르에 마련한 고급 저택들은 몇 달씩 굳게 닫혀 있다가 어느 날 좀도둑들이 겉창을 깨고 몰래 들어가 기숙하거나 5000프랑짜리 고급 소파 위에 똥을 누고 벽에 무정부주의 슬로건을 휘갈기고 떠났다. 그러고 나면 급기야 우울한 폐허만 남았다.

일 년이 지나 하신은 그가 속한 소규모 조직망 내에서 꽤 믿을 만한 녀석으로 인정받게 되었다. 그의 냉정한 기질과 프랑스 여권은 엄청난 장점이었다. 스페인이나 프랑스에서 예기치 못한 문제가 발행했을 경우 조직에서는 당연히 하신을 파견했고, 하신은 아무 문제 없이 비행기를 타고 날아가 현지에서 상황을 파악하고 돌아왔다. 이윽고 조직은 하신에게 자동차로 왕복하는 임무를 맡겼다. 처음엔 길 안내만 도맡다가, 얼마 안 되어 승진해 물건이 실린 중요한 차량을 직접 운전하게 되었다. 코스타델솔에서 빌뢰르반에 도착하기까지 진행은 상당히 조직적이었다. 차량 한 대가 10킬로미터 정도 거리를 두고 선두에 서서 행여 있을 장애물을 미리 통보했다. 필요한 경우 장비를 수거하기 위해 한 대가 뒤따랐고, 또 다른 차량은 문짝과 트렁크에 500킬로그램에 달하는 마약을 싣고 단 한 번도 쉬지 않고 시속 200킬로미터로 달렸다. 그 과정에서 하신은 진가를 톡톡히 발휘했다. 물론 운이 좋은 것도 있었다.

그렇게 하신은 스무 살이라는 젊은 나이에 매달 수만 프랑을 벌어들이게 되었다. 머리부터 발끝까지 아르마니로 빼입고 맨발에 테니스화를 신은, 키 크고 건방진 하신에게는 부자가 되고 싶은 희망 따위는 딱히 없었다. 그는 이제 밀수 담배만 피웠으며, 선물받은 브라이틀링 시계를 차고 다녔다. 요컨대 하신은 멋있어졌다. 어머니의 잔소리는 여전했으나, 집에서 하신의 덕을 톡톡히 보고 다들 전보다 안락해진 삶을 누리게 되어 뭐라고 하지 못했다. 사생활을 좀 더 편하게 누리려고 하신은 부모 집 바로 위층에 월세를 얻어 침대며 텔레비전 두 대, 세탁기를 죄다 새것으로 사들였고 배관도 싹 갈았다. 식품 저장고도 늘 든든하게 채워 두었다. 멀리 떠난 것도 아니요 부모와 지척에 살 뿐 아니라 어른을 공경하고 집에서 마리화나를 하지 않는 그에게 누가 뭐라고 하겠는가.

모로코에서의 사업 성공은 하신에게 세계 시장을 향한 아이디어를 부추겼다. 인생은 곧 선택이다, 하신은 늘 그렇게 생각했다. 아버지처럼 살지 못할 것도 없다. 불평하고 사장에게 앙심을 품고 애걸복걸 매달리고 부당한 처사를 곱씹으면서. 아니면 다른 방법도 있다. 하신처럼 과감하게 도전해 사업 정신을 증명하고 자기 운명을 스스로 만들어 나가는 것이다. 그의 재능은 충분한 보상을 받았다. 그리고 다른 사람 아닌 하신 자신이 아주 스마트한 방법으로 그것을 증명했다. 하신은 사회 주변부를 적극 활용하여 거기에 가장 넓게 퍼져 있던 아이디어들을 도입했다. 도둑을 주주로, 마약 밀매자를 순응주의자로, 포주를 평범한 상인으로 둔갑시키는 상상을 초월한 화폐의 동화 능력은 인정할 가치가 충분했다. 그 반대 역시 마찬가지이다.

문제는 돈이 어느 순간부터 어마어마한 액수로 불어난다는 데 있었다. 소년들은 돈을 펑펑 써 댔다. 일부는 친구가 운영하는 회사를 통해 돈세탁을 했다. 하지만 여전히 은행에서 잠자는 뭉칫돈이 있었고, 그 돈이 하신의 신경을 건드렸다. 사촌 드리스와 그 문제를 의논했다. 확장을 향한 갈망에 제동이 걸린 데 분통이 터진 두 사람은 부동산을 비롯한 합법적인 투자 방안을 모색했다. 접촉망 중 한 사람이 사업을 제안했다. 사이다, 에사우이라, 나도르, 테투안 혹은 탕헤르 같은 곳에서 노년을 보내고 싶어 하는 유럽인들에게 고급 주택을 도면 상태로 파는 사업이었다. 디르함으로 투자하는 족족 세 배씩 벌릴 거라고 했다. 아이디어는 썩 괜찮았다. 여기저기서 정보를 수집한 결과, 사촌 형제는 사업을 제안한 녀석의 배경이 흠잡을 데 없을 뿐 아니라 이미 10여 건이 진행 중이라는 것도 알게 되었다. 사촌 형제는 공사 현장에 직접 가 보기로 했다. 해당 고급 주택은 희고 깔끔했으며, 은행 직원과 건축가 들은 명품 양복 차림이었다. 사촌 형제는 그 자리에서 결심을 굳혔다. 뿐만 아니라 접촉망은 현금이든 뭐든 가리지 않고 받았으니 금상첨화였다. 그런데 현금을 건네받고 나서 그는 흔적도 없이 사라져 버렸다.

사촌 형제는 넋이 나가 아무 말도 할 수 없었다. 너무나 모욕적인 나머지 그 후 며칠 동안 뭔가 알아볼 노력조차 하지 않았다. 그런데 며칠 지나지 않아 그들이 몫돈을 만져 보겠노라고 투자한 사이다, 에사우이라, 나도르 등지에서 우편물들이 날아들기 시작했다. 헤아릴 수 없을 정도로 많은 사람들이 체불된 임금을 달라고 아우성쳤다. 공사가 이미 시작되었던 것이다. 공사장 인부들은 월급을 요구했고, 관계 기관 공무원들은 뇌물을 기다렸다. 공사 허가 서류마다 어김없이 하신과 드리스의 서명이 있었다. 사람들은 사촌 형제에게 엄청난 금액을 요구했고, 이미 사기꾼에게 빼앗긴 금액까지 더하면 손실은 천문학적인 숫자에 가까웠다. 처음엔 두 사람도 귀를 막고 못 들은 척했다. 그러자 다른 우편물이 날아오기 시작했다. 자필로 쓴 욕설이 담긴 편지였다. 그리고 협박이 이어졌다. 어느 날 저녁에는 하신과 가족들이 사는 건물 층계참에 불이 났다. 누군가 그들을 염탐하는 기분이 들었으나 신경 쓰지 않았다. 한번은 보자르 근처에서 누가 드리스를 공격하기도 했다. 두 남자가 드리스를 꼼짝 못하게 결박하고 세 번째 남자가 드라이버로 드리스의 한쪽 눈을 쑤셨다. 결국 사촌 형제는 모든 금액을 지불했고, 하신은 그걸로 끝이라고 마음먹었다. 어쨌든 아버지의 심장 질환이 악화되어 하신은 프랑스로 돌아가기로 결정했다.

이것이 그가 에일랑주를 다시 찾은 사연이었다. 하신은 두려움, 치욕, 그리고 남은 돈과 함께 에일랑주로 돌아왔다.

아버지의 아파트로 향하는 계단을 오르며 하신은 여전히 패배를 곱씹었다. 하신은 곡괭이 자루를 들고 소리 내지 않기 위해 조심하며 계단을 올랐다. 이웃 꼬마 하나가 두 계단씩 성큼성큼 내려오다가 하신과 맞닥뜨렸다. 하신과 부딪치려면 아직 계단 네 개가 남아 있었다. 꼬마는 계속해서 계단을 오르는 느리고 호리호리한 사내의 모습을 똑바로 바라보았다. 하신 부알리, 그가 나타났다! 이 동네에서 사라진 이 년 동안 하신에 얽힌 구질구질한 소문이 꼬리에 꼬리를 물었다. 옛 친구들은 발레아레스나 코스타델솔 등지로부터 보내오는 하신의 엽서를 받으며 그를 은밀히 시기하고 급기야 미워하게 되었다. 어쨌든 그가 다시 돌아올 거라 생각하는 사람은 없었다. 꼬마는 하신의 귀환을 알리려고 허겁지겁 달려 내려갔다.

하신은 막 3층에 도착했다. 초인종을 누를 새도 없이 문이 저절로 열렸다. 아버지가 입술 가득 웃음을 매달고는 아들을 기다리고 있었다.

"들어와라, 어서 들어와." 아버지가 말했다.

아버지의 안색이 좋아서 하신은 마음이 놓였다. 전보다 약간 구부정해지고 피부가 더 거뭇해졌을까. 얼마 전부터는 옛 직장 동료들과 페탕크를 하면서 시간을 보내는 모양이었다. 그렇게 아버지는 바깥바람을 쐬었다.

"잘 지냈어요?"

"그럼, 그럼."

아주 짧게 서로를 부둥켜안고 나서 아버지가 곡괭이 자루를 보고 말했다.

"이건 뭐 하려고?"

집에 돌아오는 길 내내 하신은 각종 잔인한 말들을 상상했다. 그러나 유년의 집 안에서 아버지의 얼굴을 마주하고 나니 그게 다 무슨 의미가 있겠나 싶었다. 그가 마음 속에 결심한 것들이 전부 영화 같았다. 아버지는 그저 늙고 온화하며 건망증이 있고 느릿느릿한 노인네에 지나지 않았다. 게다가 아들을 다시 만나 너무나 행복해했다.

"아무것도 아니에요. 그냥 바보 같은 짓이죠." 하신이 대답했다.

아파트에 들어서기 무섭게 아버지는 아들에게 이런저런 계획을 늘어놓기 시작했다. 아버지는 하리라 수프를 한 솥이나 만들었지만 수프에 파슬리 넣는 걸 깜박했고, 병아리콩은 거의 보이지 않았다. 없으면 또 어떤가. 아버지는 아랍 식료품점 부란에서 신선한 민트가 든 차도 일부러 사 왔다. 부쩍 수다스러워진 아버지의 모습이 놀라웠다. 집에서 늘 나던 익숙한 냄새, 노인의 피부와 먼지, 미세하고 불쾌한 향 등이 하나하나 하신에게 각인되었다. 이 냄새는 도대체 어디서 나는지 알아보려 했지만 발생지가 딱히 없었다. 그 냄새는 벽, 시간의 흐름, 아버지의 습관 등에 살살이 배어 있었다. 아버지가 하신의 팔을 끌어당기며 말을 붙였다. 손아귀에서 힘이 느껴져 하신은 마음이 놓였다.

"집에서 잘 거지?"

"아뇨. 안 자요."

"어디 갈 거냐?"

"친구들을 만나야 해서요."

"잘 데는 있냐?"

"그럼요. 신경 쓰지 마세요."

"네 방을 치워 놨는데."

"고맙지만 여기서 안 자요."

잠시 머뭇거리던 아버지가 아들에게 일자리는 있는지 물었다.

"아직요. 금방 찾을 거예요." 아들이 대답했다.

"그렇구나."

아버지와 아들은 모로코식 수프의 붉은 향이 한껏 밴 부엌으로 향했다. 아버지는 하루가 멀다 하고 전화 통화를 나누는 아내의 소식을 물었다.

"잘 지내죠. 요샌 쉬고 계세요." 하신이 대답했다.

"잘됐구나."

노인이 차를 내왔다. 부엌 식탁에 새 식탁보가 깔려 있었다. 열대 지방에 사는 새들과 진한 파란색이 멋지게 어우러진 비닐 식탁보였다. 끝도 없이 쏟아지는 아버지의 두서없는 이야기들을 하신은 한참 동안 듣고만 있었다. 아버지는 자기가 하는 동작 하나하나에, 머릿속을 스치는 생각 하나하나에 무슨 말이든 덧붙여야만 하는 습성이 생긴 듯했다. 물을 끓여야지, 당근을 썰어야지, 창문을 열어야겠다, 세탁기를 돌려야겠다……. 혹시 반쯤 진행되다 말까 봐 두려워서일까. 아버지는 자신의 일상을 큰 소리로 낭독하는 사람 같았다. 혼자 있을 때도 그럴까. 하신은 문득 궁금해졌다. 하신은 자기 방에 가 보았다. 모든 게 그대로였다.

"이거 봐라. 방을 싹 준비해 뒀잖니." 아버지가 말했다.

연어색 침대 커버, 꽃무늬 이불 커버, 여기저기 담배빵이 있는 카펫을 다시 만난 하신의 입가에 미소가 떠올랐다. 벽에는 여전히 「보디 카운트」와 「터미네이터」 포스터가 붙어 있었다. 방 한쪽에 놓인 아령, 작은 흰색 서랍장 위에 놓인 그가 쓰던 장폴 고티에 향수병. 중요한 일이 있을 때만 아껴서 뿌렸기 때문에 향수가 아직 4분의 3 정도 남아 있었다.

저녁을 먹기 전에 아버지와 아들은 함께 TV를 보았다. 수프는 맛있었다. 수프를 제외하면 평소와 다름없이 가공 퓌레와 냉동 스테이크를 먹었다. 지치지 않는 아버지의 수다 덕분에 근본적인 질문을 피할 수 있어서 하신은 오히려 마음이 편했다. 하신의 형도 단 한 번도 화제에 오르지 않았다. 저녁식사는 길게 이어졌고, 거의 밤 9시가 가까워서야 아버지가 커피를 권했다. 하신은 거절하지 않았다. 네스카페 인스턴트커피는 토하고 싶을 만큼 맛이 없었다. 아버지는 식사 도중에 소변을 보기 위

해 세 번이나 일어났다. 하신은 줄곧 괘종시계에서 눈을 떼지
않았다. 커피를 다 마신 하신이 자리에서 일어나며 말했다.

"가 봐야겠어요."

"알았다. 차 있냐?"

"예. 왜요?"

"내일 나 좀 태워 줘야 할 것 같아서. 이제는 운전도 못 하
겠구나."

아버지가 눈을 들자 우윳빛 눈꺼풀이 보였다. 시력이 많이
나빠진 것 같았다.

"몇 시에 데리러 올까요?"

"5시쯤? 오후 늦게."

"좀 늦지 않아요? 장 보시려고요?"

"아니다. 장례식장에 가야 해. 보르가르 쪽 공동묘지 근처
에 내려 주면 된다. 그래 줄 수 있겠냐?"

"그럼요. 당연히."

"됐구나."

아버지가 현관까지 아들을 배웅했다. 복도에서 아버지가
한 손을 아들의 등에 가만히 올려놓았다. 떠나기 전 아들에게
하는 다정하고 자애로운 동작이었다.

"금방 또 오냐?"

"예. 이제 이 근처에 있을 거예요."

"거참 잘됐구나."

"아까 말했잖아요."

"그럼, 그럼. 그랬지."

갑자기 아버지의 얼굴이 근심스럽게 변하면서 서두르는 기색이 되었다. 아들의 말도 듣지 않는 듯했다.

"무슨 일 있어요?"

"아니, 아니다."

한 번 더 악수를 나눈 뒤, 아버지는 허겁지겁 아들을 현관문 밖으로 밀어내고 문을 닫았다. 이렇다 저렇다 설명이 없었다. 의아해진 하신은 현관 밖 매트 위에 한동안 꼼짝 않고 서 있었다. 층계참에 정적이 흘렀다. 하신이 현관문 손잡이를 돌리자 문이 스르르 열렸다. 아파트 안은 고요했다. 부엌에서 불빛이 새어 나와 복도까지 비추었다. 소년은 도둑이나 도굴꾼이 된 기분이 들어 거기서 더 나아가지 못하고 부끄러운 마음으로 문턱에 서 있었다. 갑자기 투덜거림과 함께 세찬 물소리가 들려왔다. 또 소변을 본 아버지가 탄식하고 있었다. 하신은 노년의 단조로운 비밀 속에 아버지를 그대로 놓아둔 채 소리 없이 현관문을 닫았다.

거리에서 맨 처음 하신을 알아본 건 세브였다. 세브는 담벼락 위에 앉아 작은 자갈을 던져 좀 더 큰 돌덩이를 맞추고 있었다. 그 놀이에 제법 익숙한지 던지는 대로 명중이었다. 어느새 거의 밤이 내린 그곳에서 조금도 변한 데 없이 어슬렁거리는 청년들은 전부 다섯이었다. 옆에서는 가로등이 바닥을 향해 창백한 불빛을 쏘았다. 올해에는 처음으로 놀이 기구가 들어서

지 않았다. 그래도 소년들은 어김없이 모여들었고, 타워 한가운데 텅 빈 공간을 응시했다. 그들은 담배를 피우고, 키득거리고, 스티브가 레위니웅섬에서 가져온 화이트 럼주를 돌려 마셨다. 세브는 샌프란시스코 포티나이너스[60] 야구 모자를 감색 바탕에 하얀 글씨가 있는 뉴욕 스타일 야구 모자와 맞바꾸었다. TV 시리즈에 나오는 매그넘과 똑같았다. 세브가 자갈로 큰 돌덩이를 한 번 더 명중시켰을 때, 피카소 타워 발치에서 그림자 하나가 뚝 떨어져 나왔다.

"하……!"

모두 고개를 돌렸다. 그림자가 다가오고 있었다. 하신, 곡괭이 자루를 한 손에 든 하신이었다. 벌써 몇 시간 전부터 하신이 돌아왔다는 소문이 파다해서 저녁 내내 목구멍이 뜨겁도록 기다렸다. 모로코와 스페인에서 왕자처럼 부유하게 지냈다는 그가 뭘 가져왔는지 모두들 궁금해 하는 분위기였다. 궁금해서 다들 미칠 지경이었다. 스티브가 제일 먼저 깜짝 놀랐다.

"저 지팡이로 뭐 하는 거지?"

"지팡이가 아닌데." 엘리오트가 말했다.

그의 휠체어가 가벼운 엔진 소리를 내며 무리로부터 떨어져 나왔다. 엘리오트는 등에 땀이 차고 손바닥이 축축해졌다. 며칠 전부터 바람과 번개를 함께 품은 공기가 줄곧 엘리오트의 반바지 속을 파고들었다. 오늘 아침에는 엄마가 땀띠 파우더를

---

60 미국의 프로 미식축구 팀.

발라 주었다. 아주 가끔씩 바람이 불어오면 동네 사람들은 무거운 공기 덩어리에서 바람이 빠지듯 빗방울이 후두둑 떨어지기만을 바랐지만 기다림은 번번이 어긋났다. 모든 것이 성적 (性的)이고 충만한 부동성, 이제는 제법 고통에 가까운 정지 상태로 다시 돌아갈 뿐이었다. 엘리오트가 미소를 지으며 앞으로 돌진했다.

"어이!"

"어이!"

다른 애들도 모두 다가가 가로등이 그린 하얀 동그라미 속에 모였다. 얼굴들은 추억을 닮아 있었다. 그래도 예전과는 사뭇 달랐다. 몇 달이 흐른 것이다.

"어떻게 지냈냐?"

"잘 지낸 거야, 뭐야?"

하신은 한 명 한 명 손바닥을 치며 인사를 나누고 마지막으로 엘리오트와 인사를 했다.

"온 지 한참 됐냐?"

"얼굴이 탔네, 아닌가?"

"다시 봐서 좋다, 야."

"오래 있을 거야?"

무리는 몸을 까닥까닥하며 하신의 등을 한 번씩 두드렸다. 하신이 오래 머물 거라고는 생각하지 않는 듯했고, 어쩐지 어색한 느낌이었다.

"이 막대기는 뭐냐?" 자멜이 물었다.

하신은 주먹을 꼭 쥐고 손목에 힘을 잔뜩 주어 곡괭이 자루를 들어 보였다.

"아무것도 아니야. 우리 아버지 거."

"아버지는 괜찮으셔?"

"거긴 어땠어? 얘기 좀 해 봐."

"어서, 말해 봐."

"물건 좀 가져왔냐?"

"언제 떠나?"

"같이 피울 것 좀 있겠지, 친구?"

하신은 쏟아지는 물음들에 길어 봤자 두 마디로 아주 간략하게 대답했다 그의 냉정함이 점점 무리에게도 전해졌다. 엘리오트가 이전과 너무나 달라진 친구를 쳐다보았다. 그래도 하신은 하신이겠지. 하신이 주머니에서 10그램짜리 묵직한 덩어리를 꺼내자 무리엔 유쾌한 분위기가 퍼졌다. 그리고 한 명도 빠짐없이 마리화나를 말기 시작했다. 십 분이 지났을 때, 무리는 담벼락에 달라붙어 조잘대며 마리화나를 피워 댔다. 하신만 막대에 몸을 기대고 혼자 서 있었다. 그가 비즈니스는 어떻게 되어 가는지 물었다.

"말도 마!" 무리 모두 아우성쳤다.

이제 마약 거래는 열다섯 살에서 열여섯 살짜리 꼬맹이들 손으로 넘어갔는데 그 아이들이 무서우리만치 대담하다는 설명이 이어졌다. 규칙도 모르고 물건을 쟁이는 데만 혈안이 되어 있다고도 했다. 스쿠터를 타고 신시가지를 거리낌 없이 활보하며 이십사 시간 마약에 취해 누구하고든 싸우려 드는 애들이라고 했다. 더 어린 애들을 고용해서 감시와 꼬붕 역할을 맡긴다는 말도 들렸다. 결백한 가족들은 보관책이 되어 아이의 침대 매트리스나 할머니의 옷장 속에 250그램짜리 마리화나 덩어리를 숨겨 주었다. 이 꼬마 대장들 중 몇몇은 총을 지녔으며 걸핏하면 아무하고나 싸움박질을 했다. 경찰이 감시 인력을 보충하고 순찰을 늘렸으나 특별한 경우를 빼면 순찰차에서 내리지 않았다. 다시 말해 상황이 많이 달라진 듯했다.

"그럼 도매상은?" 하신이 물었다.

십 대 아이들이 스쿠터를 타고 네덜란드까지 갈 수는 없을 테니, 분명 어딘가에 운전면허와 접선 수단을 보유한 성인 공급원이 있을 터였다. 누구도 선뜻 대답하지 못했다. 하신이 종이 세 장을 이어 길게 만 마리화나를 들이마시며 초조하게 물었다. 그리고 엘리오트 쪽을 돌아보았다.

"말해 봐, 누구야?"

뚱뚱한 엘리오트는 대답 대신 휠체어 위에서 몸을 비틀었다. 아, 씨발. 더워 죽겠네!

"카데르 같아."

"어딨어?"

지금 카데르가 어디 있는지 아는 사람은 한 명도 없었지만, 보통 저녁이 되면 이쪽을 어슬렁거린다고 했다.

"기다려 보자." 하신이 말했다.

이제 누구도 마리화나를 계속 피우려 하지 않았다. 적어도 하신이 왜 여기에 다시 나타났는지가 분명해졌다.

　꼬맹이 카데르가 드디어 모습을 드러냈다. 거의 자정이 다된 시간이었고, 무리는 기진맥진한 상태였다. 팔다리가 뻣뻣해지고 배가 고팠다. 입을 뻥끗할 때마다 하신이 그들에게 종신형을 내리는 것만 같았다. 너무나 고통스러웠다. 엎친 데 덮친격으로 천둥소리가 하늘을 갈랐다. 도시 저 끝 지평선에 번개가 지나갔다. 감당하기 결코 쉽지 않은 분위기였다. 샤워를 하고 방에 틀어박히면 딱 좋을 것 같았다. 길 끝에 꼬맹이 카데르의 모습이 보이자 무리는 마침내 안심했다. 이렇게든 저렇게든일을 마무리 지을 필요는 있었다.

　"안녕, 변태들아." 카데르가 이죽거렸다.

　꼬마 카데르는 지퍼 달린 가죽점퍼에 제법 두툼한 800프랑짜리 나이키 운동화 차림이었다. 기분 좋은 일이라도 있는지건들건들 태평스러운 얼굴로 다가왔다. 하신의 출현에도 놀라거나 동요하는 기색은 없어 보였다.

　"이게 누구야, 돌아왔군!"

　하신은 두 눈이 충혈되고 입은 굳게 닫혀 있었다.

　"왔어……."

　하신은 상대의 인사를 애써 받아들였다. 패거리는 상황의깊이를 가늠하면서 멀뚱하게 두 사람을 바라보았다. 하신 쪽에그다지 승산이 있어 보이진 않았다. 사실 하신은 태어난 뒤 단한 번도 건장한 체격이었던 적이 없던 데다, 그날 저녁엔 특히 어디 아픈가 싶을 만큼 나약한 인상이어서 그 구역의 파블로 에스코바르[61]가 되기엔 너무 투미하고 힘이 없어 보였다. 사실 그의 외모는 바뀐 게 없었다. 하신은 늘 허약한 축이었다. 반면 카데르는 땅딸하고 맷집이 좋았으며, 코카인을 손에 넣고 순풍에 돛 단 듯 장사가 잘되자 자신감이 넘치고 위협적인 모습이었다. 1킬로그램 팔아 7000프랑씩 남기는 것이 그의 비즈니스였고 암스테르담, 생드니, 빌뢰르반 등에 조직망이 있었다. 그들로부터 산 마약을 되팔아 1만 5000프랑은 쉽게 벌어들였다. 그가 타고 다니는 BM 750의 휠 값만 해도 최저 임금의 네 배는 되었다. 카데르가 잇몸 사이로 침을 뱉었다. 무리의 머리 위로 하늘이 다시 한번 으르렁댔다. 미소를 지을 때마다 빠져 버린 오른쪽 윗니가 드러났다. 그 자리에 금니를 끼워 고급스러워 보였다.

"잘됐네. 네가 다시 오다니 좋기도 하고. 그런데……."

카데르는 미처 말을 끝낼 시간이 없었다. 곡괭이 자루가 휘익 하고 바람 소리와 함께 흠잡을 데 없는 곡선을 그리며 카데르의 얼굴을 우지직 후려갈겼다. 하신의 돌연한 동작, 동기 없는 움직임에 패거리는 충격을 받았다. 이윽고 침묵이 깨지고 누군가 미친 듯이 소리를 지르기 시작했다. 턱이 뒤틀린 채 손바닥을 먼지 위에 쭉 펴고 쓰러져 있던 꼬맹이 카데르가 다시 일어났다. 생애 처음 백화점에 갔다가 눈이 휘둥그레진 아이처

---

61   콜롬비아의 범죄 조직인 메데인 카르텔의 지도자.

럼 정신 빠진 눈빛이었다. 개처럼 헐떡이는 숨소리에서 쇳소리
가 났고 목구멍, 콧구멍, 입술은 피칠갑이었다. 몸을 일으키려
했으나 고통 때문에 그럴 수가 없었다. 무슨 일이 일어났는지
모른 채 그저 끝났구나, 추락이구나, 생각했다. 마침내 무슨 말
이든 해 보려고 시도했으나 아래턱이 혐오스러울 만치 너덜거
렸다. 하신은 말없이 카데르를 바라보았다. 하신 역시 너무나
겁에 질려 그 자리에서 카데르를 죽일 수도 있을 것 같았다.

6

엄마가 앙토니에게 뤽 그랑드망주의 장례식장까지 같이
가 달라고 부탁했을 때, 앙토니에게는 선택의 여지가 없었다.
장례식장은 처음이었다. 앙토니는 이것도 기회다 싶어 하얀 와
이셔츠와 정장 상의를 입고 넥타이를 맸다. 그렇게 차려입으니
경찰이나 사장이 된 것 같아 기분이 이상했지만 나쁘지 않았
다. 일부러 구두도 새로 사서 신었다. 결혼식이든 장례식이든
돈이 들기는 마찬가지였다. 엄마는 오래 신을 수 있게 튼튼한
구두를 샀으면 했지만 앙토니는 앞이 뾰족한 겐조가 마음에 들
었다. 마침 세일 중이기도 했다.
　어쨌거나 장례식장에 가는 길 내내 엘렌은 쉬지 않고 머리
카락을 만지작거렸다. 뭔가 엄청난 걱정거리가 있다는 신호였
다. 게다가 끝없이 줄담배를 피웠다. 빨간 신호등이 켜졌으니
차를 세워야 한다는 걸 앙토니가 알려 준 게 벌써 두 번이었다.

"잘될 거야." 앙토니가 보호자처럼 말했다.

그래, 그래. 엄마도 말했다. 잘되지 않으면 어쩌겠는가. 커다란 선글라스 너머에서 엄마도 잘 견디고 있었다. 이혼 소송이 끝나고 처음으로 엄마가 아빠를 만나는 날이었다. 장례식장의 불편함이 있다면 이런 것이다. 전에 알고 지내던 사람들을 다시 만나게 되는 것.

예정 시간보다 한참 일찍 도착했기 때문에 두 사람은 어렵지 않게 성당 주차장에 차를 세웠다. 성당은 시내 한복판, 시청에서 멀지 않은 곳에 있었다. 정면에 보이는 로마 양식의 기둥 두 개와 나란히 첨탑처럼 높은 종루가 있는 이 성당은 퍽 인상적이었다. 독일 합병 시기에 이 성당을 짓게 한 것은 반델 가문이었다. 그들은 독일 황제와 서고트풍에 대한 반발로 르네상스적이고 이탈리아적인 느낌이 나게 해 달라고 건축가에게 주문했다. 의미 있는 이 건축물을 짓는 데 얼마가 들든 개의치 않았는데, 물론 그건 죄책감 때문이었을 것이다. 당시 그들은 파리 8구에 살았고, 에일랑주는 독일 행정부의 통제를 받았다. 백십 년이 지나고 에일랑주의 생미셸 성당은 전반적으로 윤택함과는 거리가 먼 도시 속에 고급스러운 잔재처럼 남았다. 규폐증이나 알코올 중독으로 죽은 사람의 장례를 지내는 가족은 누구든 예외 없이 국장이라도 치르는 느낌을 받곤 했다.

이윽고 성당 앞뜰에 사람들이 모이기 시작하자, 약간 떨어진 곳에 서 있던 앙토니와 엄마도 조문객들 틈에 섞였다. 번들거리는 벨트로 허리를 바짝 조인 어두운 색 원피스를 입고 조개껍데기 모양 핸드백을 어깨에 걸친 엄마가 맨 앞으로 나아갔다. 수많은 조문객들 속에서 앙토니는 시내에서 종종 마주치던 이들의 얼굴을 알아보았다. 엷은 미소를 띠며 이런저런 이야기를 끝없이 주고받는 사람들은 검은 옷차림과 최대한 자제하려는 모습만 아니라면 학기말 학예회를 떠올리게 했다. 폭풍우는 약속이나 한 듯 일시적 소강 상태였다. 정장을 입기엔 시기가 그다지 좋지 않았다.

"저길 봐." 엘렌이 말했다.

바네사가 그들을 알아보고 성당 앞뜰을 가로지르며 다가왔다. 바네사 역시 어두운 색 원피스와 하이힐 차림이었는데 퍽 예뻐 보였다.

"너도 왔니?" 기분 좋게 놀란 듯 엘렌이 말했다.

"예, 그럼요."

"너도 그랑드망주 씨네를 아는구나?"

"잘은 몰라요."

바네사가 자연스럽고 편안한 미소를 지었다. 앙토니의 엄마는 바네사를 꽤 마음에 들어 했다. 가끔 집에 놀러 올 때마다 잊지 않고 인사를 건넸으며, 오 분여 동안 아래층에 머물며 이런저런 이야기를 나누고 나서야 계단을 올라 앙토니의 방으로 들어가는 아이였다. 가끔 다 함께 저녁을 먹을 때도 있었다. 바네사는 머리가 좋았고 쓸데없이 남의 험담을 늘어놓는 일도 없었으며, 앙토니를 좀 더 높은 데로 이끌 아이로 보였다. 게다가 식탁을 차리거나 설거지를 할 때면 어김없이 거들고 나섰다.

그러다가 어느 날부턴가 전화를 걸지 않았고 앙토니도 더 이상 바네사에 대한 이야기를 꺼내지 않았다. 어쨌거나 엘렌이 참견할 바는 아니었다.

앙토니는 입장이 달라서 할 수만 있다면 바네사와 거리를 두고 싶었다.

"여기서 뭐 하냐?"

"방해 돼?"

"아니. 근데 여기서 네가 할 일이 뭐가 있냐고. 너한테 오라고 한 적 없는 것 같은데."

"됐어. 그렇게 놀라지 마. 알아서 꺼져 줄 테니까."

앙토니가 바네사를 붙들었다. 더워서 죽을 것 같아 넥타이를 풀고 셔츠 단추를 풀었다. 앙토니는 바람 한 점을 기다리는 사람처럼 두 눈으로 하늘을 올려다보았다. 머리 위 아주 가까운 곳에 대리석 같은 잿빛 하늘이 있었다. 하늘은 수프처럼 매가리가 없었다.

"한번 쏟아져야 되는데. 도저히 못 참겠어."

"오늘 밤까지는 아무것도 안 온대."

앙토니도 알고 있었다. 일부러 일기예보를 보고 나왔다. 그날 밤 9시에 옛날 발전소 뒤에서 약속이 있었다. 비가 오든 바람이 불든 눈이 오든 앙토니는 갈 것이다.

그동안 엘렌은 조문객들 사이를 한 바퀴 돌며 이웃, 옛 직장 동료, 유가족과 차례로 인사를 나누었다. 처음엔 상황에 어울리는 얼굴로 인사를 건넸지만, 이윽고 수다가 겉치레뿐인 슬픔을 몰아냈다. 사람들은 그동안의 소식을 주고받았다. 누구는 죽었다더라, 누구 아들은 중국에 갔다더라, 하르츠네가 하던 빵집이 인수할 사람을 찾았다더라……. 엘렌의 얼굴에 표정들이 구름처럼 흘러갔다. 싹싹한 엘렌은 여전히 다른 사람들의 생활, 그들의 행복과 불행에 대해 궁금해했다. 엘렌이 선글라스를 벗었을 때, 사람들은 다크서클과 근심으로 주름지고 눈물로 얼룩진 잿빛 피부, 너무나 늙어 버린 얼굴을 보았다. 지난이 년 동안 엘렌은 말 그대로 폭삭 삭았다.

한쪽에선 바네사와 앙토니가 성당 그늘 아래 모여 담소를 나누는 사람들의 모습을 바라보았다. 앙토니는 주머니에 손을 넣고 담배를 한 대 피웠다. 바네사는 아직 한마디도 하지 않았다. 앙토니가 바네사에게 물었다.

"삐졌냐?"

"아니."

"삐진 것 같은데."

바네사는 괜히 왔다고 생각했다. 사실 틀린 것도 아니었다. 앙토니는 아무것도 요구하지 않았다. 앙토니의 생활에 한 자리를 차지하고 싶다고 혼자 생각한 건 바네사였다. 도대체 왜 그랬을까? 앙토니는 아무것도 아닌 꼬맹이일 뿐인데. 한쪽 눈이 찌그러진 못난이일 뿐인데. 바네사는 다시 확인해 보았다. 그런데 불행히도 앙토니는 그렇게 심한 못난이도 아니었다.

"그만하자." 소년이 바네사의 한쪽 어깨를 툭 치며 말했다. "미안해."

"나하고 섹스하러 올 때는 훨씬 덜 공격적이면서."

앙토니가 화들짝 놀라 바네사를 바라보았다.

"그게 무슨 말이야?"

"됐어."

"그런 말이 어디 있어. 너도 나도 좋아서 그러는 거잖아."

이번에는 바네사가 앙토니를 똑바로 마주 보았다. 하이힐을 신으니 앙토니와 키가 얼추 비슷했다.

"그렇지. 한밤중에 깨워서 섹스하자고 달려들 때는 정말 좋지, 좋고말고!"

"원하는 게 뭐야? 결혼이라도 하자고?" 소년이 성질을 부렸다.

"등신⋯⋯."

이 말엔 질책보다는 후회 같은 것이 담겨 있었다. 물론 바네사는 앙토니에게 아무것도 바라지 않았다. 속이 좁아터진 애송이. 오토바이 문제로 학교에서도 쫓겨난 앙토니는 바네사의 이상형과 한참 거리가 멀었다. 뿐만 아니라 두 사람은 그 어떤 약속도 미래도 없이 만나는 섹스 파트너가 되기로 처음부터 정하지 않았느냐 말이다. 한차례 섹스가 끝난 후 천장을 바라보고 드러누우면 이상하게도 그를 향한 치명적인 신뢰가 느껴지는 건 또 다른 문제였다. 앙토니의 엄마가 집에 없을 때면 그렇게 한참 동안 깜깜한 방에 나란히 누워 두런두런 이야기를 나누기도 했다. 앙토니는 끝없이 긴 눈썹과 구릿빛 피부를 지녔

다. 앙토니는 늘 아무것도 신경 쓰지 않는다고 말했지만 바네
사는 그 반대였나 보다. 메츠의 원룸에 혼자 있을 때나 크리스
토퍼와 함께 영화를 보다가 가끔 앙토니를 생각했다. 앙토니를
부둥켜안고, 그 아이의 머리칼을 잡아당기고 물어뜯고 싶었다.
그리고 그런 자신이 미워졌다. 오늘 바네사는 자기가 가진 가
장 예쁜 원피스를 입었다.

　모여 있던 사람들이 갑자기 웅성거리더니, 물고기 떼처럼
중심을 향해 일제히 움직이기 시작했다. 미망인 에블린 그랑드
망주가 막 모습을 드러냈다. 큰 키에 호리호리하고 얼굴이 얽
은 남자가 팔을 부축했다. 바로 에블린의 조카 브리스였다. 에
탕주 도로에서 트럭과 영업용 자동차 대여소를 운영하는 그를
모르는 사람은 없었다.
　"잘 버티시는 것 같은데." 바네사가 말했다.
　확실히 에블린은 잘 버티는 것 같았다. 골루아즈를 손에 들
고 끊임없이 피우며 조문객들을 향해 만면에 미소를 띠고 인사
를 건네는 모습은 심지어 인기 영화배우 같았다. 그럼에도 몇
달 만에 그녀를 본 앙토니는 먼발치에서도 부쩍 늙어 보이는
그녀의 모습에 놀랐다. 주름이 깊어지고 시들어 버린 듯한 어
두운 낯빛에는 세월의 흔적이 고통처럼 새겨져 있었다. 그 와
중에 반짝이는 두 눈동자와 지칠 줄 모르는 미소가 얼굴을 더
무질서하게 만들었다. 특히 장작 같은 두 다리가 심상치 않아
보였다. 소년은 구태여 다가가 끌어안고 볼에 입을 맞추지 않

아도 되었으면 하고 바랐다.

"나가서 인사해야 될까?"

"너 하고 싶은 대로." 바네사가 말했다.

"무슨 말을 해야 할지 모르겠어."

"유감이라고 말하면 되지 뭐."

"아무 느낌이 없어."

"장례식장은 처음이야?"

"응. 넌?"

"어릴 때 할머니가 돌아가셨어."

"아…… 미안."

"쳇, 맹추 같으니."

두 사람은 별말 없이 그 자리에 서 있었다. 결국 앙토니도 바네사가 와 주어서 좋았다. 잠시 후 영구차가 등장했다. 차체 전체에 크롬을 입힌 육중하고 한물간 CX였다. 내부를 들여다볼 수 있도록 창을 많이 냈다. 영구차가 지나도록 조문객들이 길을 터 주었다. 숨소리조차 나지 않는 침묵 속에 영구차가 멈추자 브레이크 밟는 소리가 들렸다. 그 동작에는 무척 장엄한 뭔가가 있었다. 조문객들이 다 모였다. 자동차에 실린 시체는 사라지기 시작했다. 이 서늘함이야말로 그 자리에 모인 모든 사람의 미래였다. 사람들은 더 이상 우스갯소리를 주고받지 않았다.

"아, 씨발, 아버지가 어디 계신지 모르겠네." 앙토니가 말했다.

"오시는 건 확실해?"

"그러면 좋겠는데."

이미 지난 얘기라 해도, 앙토니는 여전히 아버지가 어딘가에서 곤드레만드레 취해 나타나진 않을까 노심초사했다. 이전에도, 더 어릴 적에도 앙토니에겐 그런 기억이 선명하게 남아 있었다. 이혼 시기에 겪은 위기, 아버지가 고래고래 소리치며 자살하겠다고 소동을 벌이던 눈물겹던 시기에 대한 기억도. 차라리 생각하지 말걸 그랬다.

짙은 가지색 폴리에스테르 정장을 똑같이 입고 좀 크다 싶은 테니스 양말을 신은 두 남자가 CX에서 내렸다. 조수로 보이는, 키가 좀 더 작고 두툼한 안경을 쓴 남자는 햇빛에 노출되자마자 얼굴을 찡그렸다. 두 남자가 자동차 뒷문을 열자, 망자의 조카와 또 다른 남자가 거들고 나섰다. 그들이 어깨에 들쳐 멘 관은 신기할 정도로 작고 가벼워 보였다.

"어떻게 저 속에 시신을 넣었을까?"

누군가 말했다.

"마지막엔 살가죽이랑 뼈만 남았대."

"그래도 그렇지. 반으로 접진 않았을 거 아냐……."

조문객 무리가 조금씩 장례 행렬을 이루었다. 맨 앞에 관이 서고 미망인이 혼자서 따라갔다. 그 뒤로 조문객들이 두세 명씩 소리 없이 걸었다. 아이들은 어른의 손을 잡고 노인은 젊은이의 부축을 받았다. 싸늘한 공기가 흐르는 성당 중앙 홀에서는 어느새 파이프 오르간의 긴 선율이 흘러나와 조문객들의 가슴과 돌 아치 아래로 울려 퍼졌다. 장례사들이 네모난 제단 위에 관을 내려놓는 동안, 조문객들은 신도석에 자리를 잡았다. 제단 양 끝에서 하얀 양초가 타올랐다.

앙토니, 엄마, 바네사도 성가대와 성당 입구 중간쯤에 스며들었다. 이런 장소가 익숙지 않은 앙토니는 스테인드글라스, 조각상, 처벌과 영광에 대한 의미를 알 수 없는 그림들을 두리번거렸다. 그 그림들의 의미는 앙토니뿐 아니라 다른 많은 사람들에게 잊혔다. 남은 건 오만한 의식과 헛바퀴 도는 동작들뿐이었다. 어쨌든 성당 안은 덥지 않았다.

신부가 마이크를 톡톡 두드리며 스피커 상태를 점검했다. 곧 추도사가 시작되었다.

"사랑하는 형제 여러분, 오늘 우리는 누군가를 기억하기 위해 이 자리에 모였습니다……."

앙토니는 혹시 아버지가 보일까 싶어 고개를 돌려 보았으나 그림자도 찾을 수 없었다. 반면 몇 줄 뒤에 사촌이 여자 친구 세브린과 나란히 앉아 있었다. 두 사람은 미소를 주고받았고, 사촌은 앙토니에게 살짝 윙크까지 날렸다. 세브린과 사귀기 시작하면서 사촌은 완전히 종적을 감추었다. 지역 미인 대회에 출전할 만큼 예쁜 혼혈 미녀 세브린은 까맣고 우중충한 옷을 입었는데도 눈에 띄었다. 사촌은 세브린이 손가락 하나만 까딱해도 절절맸다. 이해는 가도 바보처럼 보이는 건 어쩔 수 없었다.

그 밖의 조문객들은 망자의 한평생을 제법 성실하게 요약해 주었다. 가족, 이웃, 옛 직장 동료, 부시장 둘, 상인, 선술집에서 함께 즐기던 친구들, 축제 협회 사람들, 그리고 저쪽 구석에 노동조합 동료들이 있었다. 그 사람들은 전부 가족처럼 보여서 억지로 구색을 맞추려고 옷을 갖춰 입지 않았다. 바둑판 무늬 재킷에 검정 폴로셔츠, 이마에 걸친 안경, 늘 똑같은 파라부트 구두를 신은 레스빌러 박사도 참석했다. 애초에 레스빌러 박사는 망자의 췌장 쪽에 문제가 있어 보인다고 진단했다. 그래서 몇 가지 추가 검사를 처방했고, 최종적으로 암 선고를 내렸다. 주치의로서 박사는 사십 년 가까운 세월 동안 뤼크 그랑드 망주를 진료했다. 환자의 상태가 너무나 안 좋아서 의사는 상황에 따라 최선을 다해 입원실을 옮겨 주었다. 고통이 참기 힘들 지경에 이르렀을 때 뤼크은 2인실로 옮겨졌다. 주차장 방향으로 창이 나고 TV가 있는 병실에서 뤼크은 모르핀을 맞으며 버텼다. 그러다가 얼마 못 가 혼수상태에 빠졌고, 보름 후 세상을 떴다.

장례 미사가 진행되는 동안 신부가 망자의 일생을 요약해서 들려주었다. 그리 길지도 모범적이지도 않은 한 생애가 A4 용지 한 장 안에 담겼다. 우선 부모가 전쟁고아 둘을 남기고 전쟁 통에 돌아가셨고, 형제 중 막내였던 뤼크은 엄한 기숙사에서 성장했다. 뤼크을 기계광에다 늘 농담을 즐기고 투덜대는 마음씨 좋은 인물로만 알았던 사람들에게는 상상조차 하기 어려운 일이었다. 그는 자연과 록 음악과 샤를 트레네를 좋아했으며, 사냥과 한 잔씩 걸치는 것을 즐겼다. 1966년 에블린을 만나 결혼했다. 그런 다음 신부가 나열한 뤼크의 직업 이력은 이 시의 경제

사와 많은 부분 겹쳤다. 메탈로르, 렉셀, 포모나, 시티 2000, 소코젬. 반면 신부는 배를 곯을 정도로 어렵던 시기와 실업, 사회 문제, 노조, 정치, 뤽이 극우파 정당 FN의 포스터를 붙이고 다닌 마지막 선거 운동에 대해서는 한마디도 언급하지 않았다.

결론은 무척 간결했다. 뤽 그랑드망주는 우정이 무엇인지 잘 아는 사람이었고 시의 발전을 위해 투자를 아끼지 않은 사람이었다. 맨 앞줄에 앉은 에블린이 마주 잡은 손에 손수건을 꼭 쥐고 신부의 추도사를 들었다. 추도사가 끝나고 사람들은 자리에서 일어났다가 다시 앉아 기도를 올렸다. 신부의 추도사는 곧 잊혔다. 뤽의 조카가 엘뤼아르의 시를 낭송했다. 조문객들은 마지못해 입술 끝으로 따라 했다. 원하는 사람들이 앞으로 나가 관에 성수를 뿌리자, 오르간이 연주를 시작했다. 그리고 끝.

성당에서 나오는 순간 앙토니는 출구 옆 구석 자리에 두 손을 주머니에 꽂은 채 서 있는 아버지를 보고 비로소 마음을 놓았다. 아버지는 부러 이발까지 하고 파란색 양복을 입고 왔다. 배 언저리의 단추가 터질 듯 와이셔츠가 빵빵해 보였지만 밖에서 보니 몸무게가 부쩍 준 것 같았다.

"너는 내 옆에 있어." 엘렌이 속삭였다.

앙토니가 그러겠다고 엄마를 안심시켰다. 엄마는 흰 빨래처럼 창백했다. 저만치에서 아버지가 입술에 희미한 미소를 띠고 두 사람을 바라보았다. 몸무게가 줄어든 것 말고는 잘 지내는 듯했다.

7

스테프는 지붕 열린 205를 기차역 앞에 세웠다. 기차역은 꼭대기에 시계가 걸린 백 년 된 건물이었다. 시계가 오후 4시 10분을 가리켰다. 너무 일찍 온 모양이라고 클렘이 말했으나 스테프는 듣는 둥 마는 둥 했다.

기다림이 시작되고부터 스테프는 준비하고 있었다. 요 며칠을 하루에 생수를 두 병씩 마셔 가며 갖은 신경을 썼다. 태양 아래 너무 과하지 않게 길게는 한 시간 정도 태우고 원하는 피부색이 나올 때까지 인내심 있게 선탠 크림을 한 겹 한 겹 정성껏 발랐다. 그 결과 부드러우면서 영리하게 그을린 황금빛 피부와 예쁜 비키니 수영복 자국이 생겨났다. 침대에서 뛰어내리자마자 스테프는 묵직한 걱정을 껴안고 체중계에 올라갔다. 스테프는 먹고 마시는 걸 좋아했고 늦게 자고 술도 제법 하는 편이어서 며칠 동안만큼은 시간, 빛, 피로, 음식물과의 관계에 따라 달라지는 몸매에 바짝 신경 쓰며 수면 시간과 음식을 조절했다. 손톱을 다듬고 눈 화장을 하고 해초 성분과 달걀 성분이 함유된 샴푸를 번갈아 사용했다. 얼굴의 각질을 제거했고 샤워를 할 때는 커피 찌꺼기로 문질렀다. 그리고 음모와 다리털을 전문가의 손에 맡겼다. 1밀리미터도 놓치지 않고 자신을 다듬은 스테프는 지금 날아갈 듯 행복했다. 새로 산 프티바토 브랜드의 줄무늬 민소매 티를 입은 그녀에게 클렘은 혹시 아동복 아니냐고 물었다.

"한참 기다려야 될 것 같아." 벌써 지쳐 버린 클렘이 말했다.

"무슨 소리야."

"미안하지만 내 말이 맞아."

두 소녀는 개미 새끼 한 마리 없는 2번 플랫폼으로 갔다. 둘 다 컨버스 운동화에 치마를 입고 머리를 길렀다. 기차 도착 시간은 오후 4시 42분. 이 역에서 길어야 이 분간 멈출 것이다. 에일랑주의 기차역은 더 이상 큰 의미가 없었지만, 역이 없지 않는 시는 시도 아니라는 도지사의 정치적 주장 덕분에 형식적으로나마 남아 있었다. 페인트가 벗어진 벽 위에는 이제 알아보기조차 어려워진 안내판이 더 이상 지나가지도 않는 지방 열차 시간표를 알려주었다. 함께 붙은 광고는 벌써 반년도 더 되었다. 공기는 끔찍하리만치 무거웠다. 클렘은 그늘에서 기다리기로 했다. 흥분을 가라앉히지 못하는 스테프는 기찻길과 지평선이 만나는 점을 응시하고 있었다.

스테프는 행복했다. 드디어 보상을 받게 되었다.

최근 몇 달 동안 스테프는 꽤 힘든 시기를 보냈다. 스테프는 항상 세상일은 나 몰라라 하며 필요할 때면 하소연을 늘어놓거나 귀염을 떠는 것만으로 매사를 어렵지 않게 해결해 왔다. 그런데 시험이 코앞에 닥치자 아버지가 예기치 못했던 야망을 품기 시작했다. 어쩌면 급작스럽게 딸의 미래를 걱정하기 시작해서인지도 모른다. 어쨌거나 선고는 내려졌다. 바칼로레아에서 20점 만점에 12점 이상 받지 못하면 자동차도 바캉스도 없다!

"말도 안 돼. 정말로?"

아버지가 압박을 가하며 조건을 선포하던 그 순간을 스테파니는 아직도 기억했다. 부엌에 서서 딸기 맛 요구르트를 먹고 있을 때였다. 어쩌면 그날 이후로 딸기 향을 영원히 싫어하게 될지도 모를 일이었다.

"아빠는 분명히 말했다. 12점 못 넘으면 차고 뭐고 없어."

"면허 실기도 벌써 쳤단 말이야."

"그래서? 어제 축구장에서 네 친구 아버지를 만났다. 걔는 리옹에 있는 그랑제콜 입시반에 들어간다더라."

"그게 뭐?"

"그러니까 너라고 못 할 이유가 없어. 걔보다 모자란 것도 아닌데."

망할 클레망스 년! 아닌 척하며 늘 뒤에서 공부하는 년! 스테파니는 더 이상 물러설 데가 없어졌다.

"걔는 초등학교 1학년 때부터 공부만 했단 말이야."

"그럼 넌 그동안 뭐 했는데?"

"그래, 아무것도 안 했어! 십 년 동안 안 한 공부를 어떻게 삼 개월 안에 따라잡으란 말이야! 말도 안 돼, 정말."

"네 엄마한테도 다 말했어. 이미 정해진 일이야. 그리고 얼른 대학 입학 원서 작성해. 벌써 몇 주째 팽개쳐 놓고……."

"알았다고……."

"언제 할 건데?"

"할 거야."

"오늘 해."

"아후…… 짜증 나." 스테프가 꿍얼거렸다.

홧김에 스테파니는 먹고 있던 요구르트를 숟가락과 함께 쓰레기통에 처넣었다.

마침 22만 5000킬로미터를 달린 아담한 205를 점찍어 놓은 터여서 아버지의 최후통첩은 타격이 컸다. 많이 달리긴 했으나 빨간색인 데다 지붕을 열 수 있었고 부모도 동의했다. 클렘과 함께 그 차를 타는 상상을 하며 영원히 끝나지 않을 것 같은 상상의 나래를 펼치기도 했다. 그런데 생뚱맞게도 부엌 한복판에서 그녀의 꿈이 산산조각 났다.

시장 선거에 출마하겠노라 마음먹고부터 조신함을 향한 아버지의 욕구는 도무지 통제 불가능할 정도였다. 하다하다 이제는 미니스커트를 입고 외출하는 아내를 만류할 지경이었다. 그러더니 급기야 자식을 고학력자로 만들고 싶어 했다. 자동차에 빠져 지내던, 일 년에 한 번씩 쿠페를 바꾸고 싶어하던 아버지가 지금보다 훨씬 더 멋졌다.

하지만 여러 가지를 고려할 때 스테파니를 가장 괴롭히는 건 바캉스였다. 자동차야 육체노동을 해서 언제든 살 수 있을 것 같았다. 또한 차 없이 지내기 쉽지 않은 지방 도시인 데다 그리 비싸지도 않으니 부모도 언젠가는 허락할 터였다. 반면 바캉스는 전혀 다른 문제였다. 시작부터 무게가 달랐다. 바캉스 계획은 말하자면 위협이 되기에 충분했다. 로티에 가족은 바스크 지방에 바다가 보이는 작은 별장을 갖고 있었고, 매년 8월 거기에 친한 친구들 및 의원들을 초대해 파티를 열었다. 문제는 올해 스테프와 클렘도 처음으로 참석할 나이가 되었다는 것이다. 이 대목에서 말해 둬야 하는데, 이제 스테프와 시몽은 제법 공식 커플의 모양새를 갖추게 되었다. 몇 번의 이별과 사이코드라마, 화해로 인한 공백에도 불구하고, 한마디로 스테프는 시몽의 여자가 되었다.

어쨌든 4월부터 스테프의 악몽 같은 칩거 생활이 시작되었다. 재시험을 쳐 영어와 체육에서 점수를 따 평균 10점을 받는다 해도 아버지의 요구 사항은 스테파니를 쉴 새 없는 공부의 늪으로 밀어 넣었다. 그 와중에 기를 쓰고 딴 운전면허는 오히려 독이 되었다.

그렇게 몇 주 동안 스테파니는 끔찍한 나날을 이어 나갔다. 새벽 6시에 일어나 아침식사 전까지 역사와 지리 등 초현실적인 암기력을 요구하는 과목들을 집중적으로 공부했다. 얄타, 미국, 일본, 미사일 위협, 영광의 삼십 년…… 아니, 도대체 언제 끝나는 거지? 요점 정리 노트도 따로 마련했다. 파란 펜으로 글씨를 쓰고 중요한 날짜들은 빨간색으로 따로 표시했다. 뮤즐리와 오렌지주스를 꾸역꾸역 먹으며 학교로 가는 차 안에서도 외우고 또 외웠다. 그러고 나면 정규 수업과 보충 수업을 들었다. 스테프가 선택한 과정에서는 심지어 철학을 포함해 중요하지 않은 과목이 없었다. 플라톤의 『국가』라니 말 다 했지? 그나저나 현실과 한참 동떨어진 이런 교육 과정을 만든 사람은 도대체 누구일까? 실업, 사회주의, 아시아 국가들에서 밀고 들어오는 경쟁에 폐허가 되다시피 한 나라에서 젊은 세대한테 이따위 한심하고 쓸데없는 것들이나 배우게 하다니? 학교 독서실에서 스테파니는 두 손가락으로 관자놀이를 꾹 누르며 괴로워했다. 그 모습이 클렘은 한없이 재미있었지만, 그렇다고 친구가 플라톤의 동굴 비유를 잘 이해하도록 돕지도 않았다. 결국 스테프는 연대기에 집중하기로 마음먹었다. 시험 날 망신당하는 일이 없도록 일목요연하게 요약한 작은 책이 있었다. 스테프는 거기서 중요한 부분만 골라 밑줄을 그었다. 어찌나 강박에 사로잡혔던지, 나중에 보니 형광펜을 긋지 않은 구절이 단 한 줄도 없었다. 가끔 말할 수 없이 우울해져서 팔을 베고 엎드려 울기도 했다. 더구나 날씨가 너무 좋았고, TV에서는 곧 롤랑가로스[62] 중계가 시작될 예정이었다.

---

62   프랑스 파리 롤랑가르드 스타디움에서 개최하는 테니스 대회로, 호주 오픈, 윔블던, US 오픈과 함께 테니스 4대 그랜드슬램 대회이다.

그날 저녁 클렘이 스테파니를 운전면허 학원 앞에 내려 주었다. 학원 강사는 반바지에 파토가스를 신고 한쪽 팔을 내내 운전석 머리받이에 걸쳐 놓았다. 스테파니는 운전 교습이 끝날 때까지 남자의 겨드랑이 냄새를 맡았다. 뚱뚱한 남자에게서 나는 축축한 냄새 때문에 울고 싶은 심정이었다. 강사는 특히 일렬 주차를 가르칠 때 추접스럽게 굴었다. 스테파니가 자동차를 움직이면 옆에 바짝 붙어서 두 눈을 백미러에 고정하고는 웅얼 거렸다. "그렇지…… 좋아……. 아니…… 바로 그거야. 약간 우측으로. 조오았어! 그거야, 바로." 견디다 못한 스테파니가 핸드 브레이크를 걸고 강사 혼자 남겨 둔 채 차에서 내린 적도 있었다. 변태 머저리 같은 새끼!

집에 오면 다시 밤 9시 혹은 더 늦은 시간까지 공부했다. 클렘이 함께 공부하러 와 주었다. 두 소녀는 대학에서 가르치는 전공 분야들을 살피며 꽤 오래 시간을 보내기도 했다. 한 번도 진로에 대해 진지하게 생각한 적이 없던 스테프는 안개처럼 어렴풋한 것들, 앞길 창창한 학업 과정, 막다른 골목 같은 전공 과목, 장래성 없는 진로, 안 하느니만 못한 전공 또는 당장 돈은 벌지 몰라도 발전성은 기대하기 힘든 전문학교 등에 대해 하나하나 알아 나갔다. 반대로 클렘은 진로에 대해 속속들이 알았으며 늘 뭔가를 준비하고 있었다. 그런 그녀 앞에서 스테프는 자신을 위해 준비된 자리는 없다는 걸 알게 되었다. 사실 미래란 건축물처럼 벽돌 하나하나를 쌓아 올리고 올바른 선택을 하는 사람에게만 주어지는 것이었다. 그러지 않으면 무서운 노력을 요구하는 분야에서 길을 잃거나 낙오자가 될 게 불을 보듯 뻔했다. 클렘은 그 점을 철저히 숙지하고 있었다. 의사 아버지, 장학사 어머니. 바로 이런 사람들이 이 놀이를 만들었다.

가끔 포기할 때도 있었다. 마음이 태평양 한가운데로 흘러가 버렸다. 시몽 로티에를 생각하고, 그가 뭘 하고 있을지 상상했다. 시몽을 위한 시간을 일 초도 낼 수 없었던 스테프는 시몽이 구슬이나 꿰면서 그녀가 없는 시간을 죽일 아이는 아니라고 생각했다. 학교 복도에서 마주칠 때마다 스테프가 참지 못하고 시몽을 추궁해서 둘의 대화는 매번 씁쓸하게 끝났다. 문제는 늘 비르지니 바니에였다. 앞니가 넓적하고 젖가슴이 큰 그 짜증 나는 계집애가 시몽 곁을 맴돌았다. 어쩌겠는가. 스테프는 시험에 집중해야 했다. 20점 만점에 12점 이상을 받아야 한다. 자동차. 바캉스. 바스크 지방. 그곳에 가면 하루도 빼놓지 않고 해수욕을 해야지. 서핑을 하고 고기를 구워 먹고 논스톱 파티를 열어야지. 시몽과 함께 소나무 그늘 아래에서 섹스를 하고 피부에 어린 소금 냄새와 바람의 속삭임, 지척에서 물결치는 바다를 한껏 느껴야지.

"모래 알갱이 때문에 엉덩이가 간질간질하지 않을까."

클렘이 한술 더 뜨자 스테프는 미소를 지었다. 이제 스테프는 친구를 전과 같은 눈으로 볼 수 없었다. 자신의 미래와 선택 사항들, 직업 등을 구상하는 이상, 새롭고 명백한 사실 하나가 그녀의 눈 속에 다소 거칠게 비집고 들어왔다. 세상은 반에서 일등 하는 애들에게만 열려 있다는 사실. 등수를 쫓아 발버

둥치고 소심하고 아첨쟁이에 성실하다고 우리가 놀리던 아이들이야말로 처음부터 옳은 길을 가고 있었다. 좋은 등수를 차지하기 위해서는, 훗날 바쁘고 존중받는 삶을 누리기 위해서는 멋진 금수저를 물고 태어나는 것만으로는 부족했다. 의무를 이행해야 하는 것이다. 그동안 무엇이든 나 몰라라 하는 성격에 기껏해야 활주 스포츠에나 신경 써 온 스테파니가 받은 충격은 이만저만이 아니었다.

어쨌거나 전력을 다해 공부하면서 머릿속에 지름길, 서프라이즈, 번뜩이는 생각이 하나하나 생겨나기 시작했다. 지금까지 스테파니는 학교에서 배우는 과목들을 심심풀이나 시간 때우기쯤으로 여겨 왔다. 그런데 꾸역꾸역 지식을 욱여넣다 보니, 사물에 대한 관점이 바뀌어 갔다. 이 혁명적인 변화를 뭐라고 정의해야 할지 스테파니는 아직 잘 알지 못했다. 확신이 들 때도 있었고 그렇지 않을 때도 있었다. 때로 강요된 것들 아래로 덧없는 생각이 유레카처럼 머리를 가로질렀다. 아니면 그와 정반대로 명증한 감각이 눈앞에서 끝나 버릴 때도 있었다. 세상이 그렇게 조각나고 가지가 제멋대로 뻗어 나가 끝을 알 수 없었다.

점차 스테파니는 공부를 즐기게 되었다.

그러다가 무시무시한 걱정에 사로잡혔다. 성공한 삶에 대한 자신의 생각이 완전히 잘못되었음을 너무 늦게 깨달았다는. 그들의 안온한 생활, 산속 별장과 남프랑스 휴양지 쥐앙레팽의 아파트, 그들의 사교술과 우월한 지위에 대한 부모의 생각이 이제는 비루하게 여겨졌다. 고급 자동차를 팔고 시에 사는 부자들과 알고 지내는 것만으로는 부족했다. 사실 그건 변변찮은 벌이, 영원한 얼간이들의 놀이일 뿐이었다. 그들이 누리는 안온함은 외줄 타기처럼 아슬아슬했다. 스스로를 영주처럼 여겼으나, 실은 다른 계획을 꿈꾸는 군주의 관리인에 지나지 않았다.

스테프는 클렘과 함께 게시판을 확인하러 갔다. 학교는 먼저 그랑제콜 준비반과 고급 전문학교에 가는 아이들을 결정했다. 이 사회는 초등학교 때부터 일등이고 잘할 아이들을 선정하고 걸러 내는 역할을 마다하지 않았다. 그런 사금 채취 같은 시스템에서 이 과정은 권력자의 자리를 지키는 이들에게 힘을 보태어 세대마다 엘리트를 한 다스씩 제공했다. 조상 대대로 전해 내려온 유산을 더욱 견고히 하는 엘리트들은 그에 걸맞게 두둑한 보상을 받고 왕조를 소생시키고 프랑스의 피라미드라는 끔찍스러운 건축물을 한층 더 튼튼하게 다져 주었다. 소위 '유능한 인재'들은 궁극적으로 출생과 혈연의 법칙을 거스르지 않았다. 그것은 또한 법률가와 사상가들, 프랑스 혁명의 악마들, 또는 공화국의 검은 경기병이 꿈꾸던 바이기도 했다. 실제로 역사에서 엄청난 분류 작업, 엄청난 응집, 계층 구조의 지속적인 교체 프로젝트가 이루어졌다.

밖에는 태양이 찬란한데 몇 시간 동안 꼬박 앉아 공부하며 초코 과자 페피토를 먹다 보면 스테프는 모든 조직 체계를 혐오하게 되었다. 클렘과 스테프는 돌연 말할 수 없을 만큼 흥분해지긋지긋한 사회 시스템을 전부 뒤집어엎고 멀리, 아주 멀리 떠나 음악과 바다가 있는 곳에서 소박하게 지내고 싶어졌다. 그러나 이 혁명적인 열정은 그들의 피로, 게으름, 실패에 대한 두려움, 사다리 바닥으로 굴러떨어지는 신세에 대한 고뇌를 덮기엔 역부족이었다. 5월에 이런 부당함에 대한 감정이 두 사춘기 소녀를 이글이글 불태웠다. 그러고 나서 시험이 다가왔다.

스테프는 14.7점을 받았다. 20점 만점에 12점 이상을 받았으므로 마침내 세상의 법칙과 타협해 함께 걸어갈 수 있게 되었다. 정치적 분노는 깡그리 종적을 감추었다. 청년 사회당에 가입하겠다는 생각은 생겨나기 무섭게 매장되었다. 딸의 점수에 만족한 아버지는 망설이지 않고 지갑을 열어 빨간색의 작은 오토매틱 자동차를 사 주었다.

기다리는 동안 다른 여행자들이 두 소녀가 있는 2번 플랫폼으로 들어왔다. 클렘은 그들을 못 본 체하기 위해 최선을 다했고 스테프는 초조해서 발을 동동 굴렀다. 그때 기차가 들어섰다.

스테프는 망설이지 않고 기차 꼬리 칸을 향해 달려갔다. 여행 가방을 손에 든 시몽이 상큼한 모습으로 기차에서 내리더니 스테파니를 품에 안고 빙글빙글 돌렸다.

"너무너무 보고 싶었어."

"나도."

스테파니가 시몽을 바라보았다. 시몽의 얼굴에 미소가 번졌다. 스테프는 뭔가 달라졌다는 걸 알아차렸다.

"나 차 생겼어."

"대박."

"완전 좋아."

"응, 나도."

"머리 자른 거야?"

"응."

클렘까지 합류하자 세 사람은 출구로 향했다. 시몽은 짐을 들고 자동차 뒷좌석에 타겠다고 고집을 부렸다. 자동차가 출발했다.

스테프는 이 순간을 벌써 수도 없이 꿈꿔 왔다. 자동차 지붕을 활짝 열었다. 그들은 젊고 아름답고 잘생겼으며 자유로웠다. 스테프는 비치 보이스, 마노 네그라의 노래를 녹음한 카세트테이프까지 준비했다. 그런데 시몽은 어쩐 일인지 내내 심드렁했다. 클렘도 무심한 척했지만 생리 때처럼, 아니면 스니커스 두 개를 욱여넣고 난 다음처럼 어딘지 불편한 기분을 감추지 못했다.

"그래서, 괜찮았어?"

"완전."

"거기서 뭐 했는데? 콘서트 갔어?"

"물론."

"에펠탑은 봤어?" 클렘이 새침하게 물었다.

"응."

"짱이네."

스테프의 질문이 계속되었다. 과묵해진 시몽에게서 스테파니는 여자 문제를 직감했다. 그러나 바스크 지방이 그들을 부르고 있으니 걱정할 일은 아니라고 생각했다. 떨어져 지내다 보면 우연히 만난 파리 여자는 곧 잊힐 것이다. 그러고 보니 시몽은 제법 규칙적으로 파리를 찾았는데, 거기에 사촌들이 있어서라고 했다. 만일 거기서 누군가를 사랑하게 된 거라면 늘 곁에 두고 보았어야 한다. 사실 시몽은 습관적으로 파리라고 했지만, 사촌들이 사는 곳은 정확히 말해 뮈에유말메종이었다. 사촌 누나는 다농의 간부 직원이었고, 매형은 라데팡스에 있는 마트라에서 일했다. 게다가 그 집엔 조카가 셋이나 되었다. 사진으로 보면 《마담 피가로》 같은 잡지에 실린 금발의 세쌍둥이 같았다.

"그래서 뭐 했는데?"

"별거 안 했어."

"친구는 사귀었어? 외출도 하고?"

"응."

"응이라니?"

스테프가 백미러를 살폈다. 시몽은 퀵 실버 선글라스를 벗지 않았다. 평소와 마찬가지로 모든 일이 하찮게 보인다는 표정이었다. 스테파니는 그 무심함을 참기 힘들어졌다. 스테파니도 생각을 정리하고 싶어서 곧 입을 다물었다. 시몽과 단둘이 있고 싶어서 미칠 지경이었다. 그가 원하는 일이라면 무엇이든 할 것 같았다. 그때 시몽의 입에서 폭탄선언이 아무 일도 아닌 것처럼 터져 나왔다.

"있지, 비아리츠는 날아갔어."

"뭐?"

클렘이 좌석에서 뒤로 몸을 돌렸고, 스테프는 하마터면 시동을 꺼뜨릴 뻔했다.

"우리 안 가. 끝났다고. 미안해."

"너 지금 무슨 말 하는 거야?" 클렘이 말했다.

"장난해?" 스테프가 물었다.

"말해 봐. 그게 무슨 소리야?"

"미안하게 됐어. 그냥 그런 거야. 우린 안 떠난다고."

스테프는 다급하게 차를 갓길에 세웠다. 뒤에 오던 자동차가 경적을 울리며 옆으로 빠르게 지나갔다. 두 소녀는 믿을 수 없다는 눈으로 시몽을 쳐다보았다. 시몽은 별로 미안해하는 것 같지 않았다.

"적어도 설명은 해야 되는 거 아니야?"

"아무것도 아니야. 다시 출발해. 얘기할게."

스테프는 출발하는 대신 핸드 브레이크를 걸었다. 시몽은 그들이 방금 멈춰 선 장소를 유심히 바라보았다. 더러 집과 손바닥만 한 마당, 울타리, 페인트칠한 겉창이 허름하고 내실 없는 군도처럼 눈에 띄는 황량한 지대였다. 표지판과 전깃줄이 있었고, 사람들 사이에 공허가 흘렀다. 시골도 도시도 공공 주택 단지도 아닌, 이도 저도 아닌 지역이었다. 덩그러니 자리한 버스 정류장 하나가 문명과 비현실을 이어 줄 뿐이었다. 노인네 둘이 도대체 언제부터인지 거기서 버스를 기다리고 있었다.

"그래서?"

"미안하다니까."

시몽은 같은 말만 되풀이했다. 여전히 상대를 얕잡아 보는 태도였다.

"'설명을 해 줘.'라는 문장에서 네가 이해 못 하는 부분이 뭔데?" 클렘이 물었다.

"복잡해."

"내 차에서 내려." 스테프가 말했다.

"장난해?"

"응. 웃겨서 죽을 것 같아. 그러니까 내려. 당장."

"잠깐만."

"뭐가?"

"설명할게. 내가 그러고 싶어서 그런 게 아니라……."

시몽이 자초지종을 들려주었다. 사촌 중 제일 나이가 많은 쥘리앵이 올여름 미국 서해안 쪽에 가기로 되어 있었다. 벌써 오래전부터 계획된 일이었다. 그런데 재수 없게도 인라인을 타다가 한쪽 다리가 부러졌다. 쥘리앵이 놓친 공을 시몽이 덥석 잡았다. 사흘 뒤 출국이라고 했다. 트렁크도 벌써 싸 놓았다. 한 달 동안 태평양 연안 캘리포니아 카멜에 있는 한 심리학자의 집에서 홈스테이를 한다고 했다. 그건 놓칠 수 없는, 절대로 날릴 수 없는 기회였다. 마침내 시몽은 정말 미안하다고 말했다.

"그래서 우리를 이렇게 버리겠다고?" 스테프가 말했다.

"그럼 어떻게 하면 좋겠나?"

"네가 한 오바이트에 코라도 박고 죽든가." 클렘이 제안했다.

"그걸 안 지 얼마나 됐는데?"

"일주일."

"근데 여태 아무 말도 안 했다고?"

"네 계획에 맞춰서 진행해 온 건 알아 몰라?"

"그건 알지. 진짜 미안하다. 그래서 더 말을 못 했지. 어떻게 말해야 할지를 몰랐어. 미안하다, 얘들아."

시몽이 거기, 하얀 폴로티셔츠에 작은 머리 위로 선글라스를 올려 쓰고 앉아 있었다. 스테프는 여전히 잘생겨 보이는 시몽이 너무나 미웠다. 비극은 거기 있었다. 벌써 이 년째 시몽은 스테프를 지옥 같은 생활로 이끌고 있었다. 벌써 열 번이 넘게 헤어졌다 만나기를 반복했다. 시몽이 저녁 모임에서 다른 여자애들을 꼬시며 스테파니를 기절하게 만드는 것 때문만은 아니었다. 시몽은 밥 먹듯 거짓말을 했다. 부모한테 돈을 뜯어내고, 마리화나를 하고, 한 번도 약속을 지키는 법이 없었다. 최악은 언제나 같은 상황이 반복된다는 거였다. 그런 일이 있을 때마다 늘 먼저 손을 내밀고 화해를 제안하는 건 스테프였다. 스테프는 드라마 「베벌리힐스 아이들」의 딜런과 켈리처럼 이성을 잃은 사랑, 유희와 혐오의 사랑을 꿈꾸었지만, 현실 속의 시몽은 불안하고 이기적인 데다 섹시했다. 그렇다, 진짜 머저리였다.

"내가 항상 말했잖아, 저거 등신이라고." 클렘이 말했다.

스테프는 생각에 잠겼다. 이쯤 되면 이성을 잃지 않을 사람이 없을 것 같았다.

"너네 형은 우리한테 문 못 열어 주겠대?"

"뭐, 물어볼 수는 있겠지." 시몽이 빈정거리듯 대꾸했다.

"진심으로 말하는데, 넌 완전 미친놈이야."

클렘의 말에 시몽이 눈썹을 찡그렸다.

"나한테는 선택권도 안 줬잖아. 이렇게 나올 줄 알았어. 벌써 며칠째 어떻게 얘기해야 할지 고민했다고."

과연 시몽은 빼도 박도 못 하는 상황을 만드는 데 귀재였다. 그를 비난하다가도 조금 후엔 그를 용서하게 만드는 힘이 있었다. 하지만 이번만큼은 스테파니도 흔들리지 않았다.

"가방 가지고 당장 차에서 내려."

스테프는 이미 차문을 열었다. 그리고 그가 지나가도록 의자를 접었다.

"난 거기에 가지 않을 거야. 어디도 안 가."

스테프가 주위를 둘러보았다. 시내까지 걸어가려면 한 시간은 족히 걸릴 것이다. 게다가 짐이 있고 날은 무더웠다. 복수하기에 완벽했다.

"어서. 내리라니까."

클렘은 잠자코 기뻐하는 눈치였다. 시몽은 인상을 잔뜩 쓰고 마침내 차에서 내렸다. 그리고 버스 정류장을 향해 걸어갔다. 몇 번이고 어깨 너머로 뒤를 돌아보았다. 아니야, 됐어, 집까지 데려다줄게, 어서 타 하고 말해 주길 바라는 듯했다. 하지만 스테파니는 진저리가 났다. 그녀의 엉덩이, 배, 온몸을 더듬던 시몽의 손길을 떠올렸다. 젠장.

"의리 없는 새끼……." 클렘이 말했다.

"맞아."

스테프는 다시 차에 올라 핸드 브레이크를 내리고 우중충한 시멘트 빛 하늘 아래에서 에일랑주를 향해 7월의 농밀한 공기 속을 달렸다. 무모하게, 감흥 없이, 한마디도 하지 않고 빠르게 차를 몰았다. 휴가는 엉망이 되었다. 고등학생으로서 보내는 마지막 휴가였다. 전에는 몰랐던 슬픔이 꾸역꾸역 올라와 목구멍을 조였다.

8

 장례 미사가 끝나 갈 무렵 오르간 연주자가 늘 하던 대로 바흐의 토카타를 연주하기 시작했다. 파이프를 따라 희미하게 울리던 형이상학적 화음이 다급하게 높아졌다. 성경의 판타지와 대리석이 내뿜는 종교적 아우라, 스테인드글라스의 푸르스름한 빛. 수직성을 믿지 않는 앙토니의 마음속에서 뭔가가 꿈틀거렸다. 조금 떨어진 중앙 홀에서 네 남자가 시신이 든 관을 들고 빛을 향해 뚜벅뚜벅 걸었다. 수많은 일요일이 이렇게 찬송가와 성가, 근심과 희망 속에서 낱알을 떨구듯 지나갔을 것이다. 앙토니는 몸을 부르르 떨었다. 성당 안이 추워서만은 아니었다.

 아버지에게 다가가 볼에 입을 맞추면서 앙토니는 익숙한 향수 냄새를 맡았다. 어머니도 아버지의 볼에 입을 맞추며 인사를 나눴다. 그리고 함께 성당 앞뜰로 나갔는데, 돌연 쏟아져 내리는 햇빛에 전부 어리둥절해졌다. 현실 감각을 되찾으려면 뭔가 기준점이 필요했다. 장례 미사 순서가 적힌 노란 종이를 접어 핸드백에 넣은 엘렌은 선글라스를 찾느라 가방 속을 뒤적이며 전남편의 시선을 애써 피했다. 마침내 선글라스를 찾아 쓴 엘렌이 팔짱을 꼈다.

"잘 지내?" 아버지가 물었다.

"응. 당신은?"

"그럼, 그럼. 상황이 좀 그러네."

"그러게."

아버지는 죽음에 대해, 어머니는 그들의 재회에 대해 말하고 있었다. 앙토니와 바네사의 한쪽 어깨가 맞닿았다. 손을 잡을 법한 상황이었다. 신도들이 하나둘 성당에서 나와 장례 미사에 참가하지 않고 앞뜰에서 서성이던 사람들과 뒤섞이며 눈 깜짝할 새에 북새통을 이루었다. 특히 함께 일했던 회교도 동료들, 성당 안에 발을 들이느니 차라리 달리는 기차에 몸을 던지는 편을 선호할 고집불통 노동조합원들이 눈에 띄었다. 다른 조문객들은 변절자들을 대하듯 사람들을 흘낏거리는 조합원들을 슬금슬금 피하는 눈치였다. 유명을 달리한 뤽 그랑드망주와 역사는 망각 속으로 사라졌다. 그가 처음 분담금을 내기 시작한 건 1963년으로 거슬러 올라갔다. 뤽은 사원 대표, 파견 대표, 비서 등 일당백의 역할을 맡았다. 메탈로르에서 중요한 파업을 일으킬 때면 노동 운동의 핵심 인물이 되었다. 그는 특정 이데올로기에 속하지 않았으며 협상에 딱히 빼어난 재능을 타고난 것도 아니었다. 뢱보다 더 영악하고 더 많이 분노하고 잃을 것이 더 많거나 더 오래 버틸 사람은 얼마든지 있었다. 그렇지만 뢱은 딱 한 가지 분야에서 그 누구보다 탁월했다. 분위기를 띠울 줄 알았다. 투쟁할 때는 뢱 같은 사람이 필요했다. 농담을 지껄이고, 우물쭈물하는 결정 장애 동지의 등을 두드려 주고, 공격적인 투쟁을 주장하는 동지들을 '귀여운 토끼들'이라고 부르며 살살 구슬리는 사람이 바로 뢱이었다. 그건 거추장스러운 일이기도 했다. 그로 인해 시간을 빼앗기는 일이 종종 있었기 때문이다. 게다가 뢱의 농담은 우습기는커녕 썰렁한 경우가 많았고, 뢱과 함께 있으면 분위기가 금세 초등학생들의 학기말 축제처럼 산만해졌다. 하지만 그런 방식 덕분에 동료들 사이는 시멘트를 바른 듯 견고해졌고 그렇게 끝까지 갈 수 있었다.

그때부터 그의 사회 참여와 인간미는 매우 독특한 국수주의적 면모를 띠었다. 점차 뢱은 그가 빼앗긴 자들로 간주했던 노동자, 월급쟁이, 지방 출신 혹은 가방끈 짧은 사람들 말고 다른 원인을 생각하게 되었다. 사실상 불행은 이민자들의 대거 유입에서 시작되었다고 생각했다. 잠깐만 계산을 해 봐도 충분히 알 수 있었다. 거의 300만 명에 달하는 이민자 수는 프랑스 내 실업자 수와 정확하게 일치했다. 우연치고는 이상했다. 다른 나라에서 유입된 게으름뱅이들이야말로 현대 사회가 떠안은 문제들의 첫 번째 원인이라고 생각하는 순간, 뢱의 머릿속에 복잡하게 뒤얽혀 있던 모든 문제들이 대번에 단순 명쾌해졌다.

주변의 많은 사람들이 뤽의 진단에 동의해 한마디로 프랑스의 주인은 자신들임을 주장했고 각종 쿼터와 차트를 근거 자료로 제시했다. 그럼에도 이런 생각은 함부로 발설되지 않고 그들 사이에서만 유통되었다. 공공 집회에서는 언급조차 하지 않았다. 예의를 지켜야 한다는 모종의 수치심이 그들의 입을 막았다. 뤽의 이력을 이야기하던 신부도 이것에 대해서는 말을 삼갔다. 지방지 《레스트 레퓌블리캥》에 실린 부고도 마찬가지였다. 에블린도 누가 그런 말을 할 때면 한숨을 쉬거나 한 손을 저으며 상황을 무마했다. 당시 남편은 정신이 나가 있었다. 축구에 푹 빠졌던 것처럼.

관을 영구차에 실었을 때, 에블린의 조카가 성당 입구과 중앙홀 사이를 잇는 계단 꼭대기에 서서 손뼉을 몇 번 치며 사람들의 주목을 끌었다. 내내 심각한 표정으로 조문객들에게 감사 인사를 전하던 에블린은 이때를 틈타 담배에 불을 붙였다. 담배에 화르륵 불꽃이 옮아 붙었다. 갈색 연기를 빨아들이는 에블린의 양 볼이 부쩍 홀쭉해 보였다.

조카가 설명했다. "이제 생미셸 묘지로 떠날 겁니다. 원하시는 분들은 함께 가셔도 좋지만, 전부 그러실 필요는 없을 것 같습니다."

공동묘지의 주차 공간이 여의치 않은 데다 직계 가족이 그들만의 시간을 갖고 싶어 한다는 말을 덧붙일 때 조카는 거의 미안해 하는 기색이 되었다. 성당 앞뜰은 검은 옷을 입은 사람들로 꽉 차다시피 했다. 시민들이 전부 모였다고 해도 믿을 정도였다. 그 사람들이 다들 조카의 말에 귀를 기울였다. 침묵 속에서 사람들 사이에 눈짓과 작은 신호들이 오갔다. 그 순간 앙토니는 부모를 보고 놀랐다. 둘이 말 없는 시선을 주고받고 있었다. 이윽고 엄마가 시선을 거두자, 아버지는 공연히 자기 발을 내려다보았다.

"그렇지만 이렇게 헤어질 수는 없죠. 에블린이 '공장'에서 여러분을 대접하겠답니다. 주소를 알려드릴 필요는 없겠지요?"

에블린의 생각은 과연 사람들을 기쁘게 했다. 곧 커피와 첫 잔은 에블린이 계산한다고 조카가 발표하자, 무리 사이로 한차례 웅성거림이 지나갔다.

"샴페인!" 누군가 외쳤다.

에블린의 얼굴에 미소가 번지더니, 이내 발랄함이 스며들었다. 어쨌거나 이로써 분위기는 전환되었다. 죽음이란 아름다운 것이기도 하니 이제 사람들은 한잔씩 하러 갈 것이다.

"어이!"

여자 친구의 몸에 손을 단단히 두르고 사촌이 다가왔다.

"그래, 잘 지내냐?"

"그럼. 넌 어떤데?"

"최고지."

파트릭은 이 소소한 가족 모임이 마음에 드는지 사촌의 어깨에 손을 얹고 앞뒤로 살짝 흔들기도 했다.

"녀석, 오랜만이네."

"그렇죠."

조금 당황한 것 같았으나 기분이 좋은 건 사촌도 마찬가지였다.

"네 엄마 말로는 여기 와서 살 거라던데." 엘렌이 말했다.

"아직은 아니고, 지금 집을 구하는 중이에요." 사촌이 대답했다.

"곧 찾을 거예요." 세브린이 끼어들었다.

"어느 쪽으로 찾는데?"

"블롱샹요. 그쪽에 새로 지은 임대 아파트들이 있어요. 시청에도 가 봤는데 아직은 이렇다 할 게 없더라고요. 저희한텐 우선권이 없대요. 늘 그런 식이죠, 뭐."

다들 공감하는 얘기였다.

앙토니는 형식적으로 두세 가지를 더 물었으나, 부모의 이혼 이후 엄마와 이모가 급격하게 가까워져 사촌의 소식이라면 더 물을 것이 없었다. 사촌은 학교를 때려치우고 화물 집하, 청소, 집수리 등 이런저런 아르바이트를 하면서 지냈다. 아리따운 세브린은 전문 기술 자격증을 따고 싶어 했으나 바칼로레아 합격증이 없어 쉽지 않았다. 그리하여 바칼로레아가 없어도 동등한 학위를 인정받는 과정을 밟기 시작했지만 정작 그녀가 하고 싶은 일은 따로 있었다. 스파이스 걸스에 푹 빠진 세브린에게는 연예계에 발을 담그고 싶다는 야무진 꿈이 있었다. 세브

린은 노래방을 전전하고 베네 라페[63] 아가씨 선발 대회에 출전
했으며, 연극 수업을 듣고 파리에 이력서를 보내기도 했다. 어
쨌거나 사촌과 세브린은 서로 사랑했으니 그걸로 충분했다.

영구차와 직계 가족들이 떠나자, 모여 있던 사람들 사이에
작은 동요가 일었다. '공장'으로 어떻게 갈지, 차를 탈지 걸어갈
지를 두고 망설였다. 거리상 두 번째 의견이 우세해지자 300명
에 달하는 조문객들은 에일랑주를 가로질러 이동을 시작했다.
성당에서 '공장'까지는 1킬로미터가 채 안 되는 길 두 개를 쭉
따라가면 되었다. 사람들이 길을 따라 꾸역꾸역 몰려가자 오래
지 않아 거리는 시끌시끌해졌다. 성당 근처에 사는 사람들이 문
을 열고 나와 수다쟁이 행렬을 구경했다. 더러 아는 얼굴을 알
아보고 소식을 묻는 사람도 있었다. 어떤 이들은 망자의 이름이
어쩐지 낯설지 않다며 하던 일을 던져 두고 대열에 합류했다.
어쨌거나 공짜 술을 마다할 사람은 없었다. 땅이 도대체 무슨
힘으로 이 많은 사람들을 견디나 싶을 만큼 길은 사람들로 꽉
찼다. 우스갯소리 잘하는 사람들은 어느새 지역 사투리를 쓰면
서 걸쭉한 농담을 던졌다. 거리에 점점 밝은 기운이 번졌다. 사
람들은 웃고 더러 소리를 지르기도 했다. 긴장이 풀리면서 피곤
을 모르는 강철처럼 단단한 삶이 얼굴을 붉게 물들이고 뒷덜미

63 　이 작품의 배경을 이루는 프랑스 북동부 로렌 지방의 특산물. 감자를 갈아
　　기름에 튀긴 요리로 우리나라의 감자전과 흡사하다.

를 땀으로 적셨다. 가마솥처럼 무더운 토요일이었다. 노래라도 고래고래 불러 젖히고 싶은 욕망이 가슴속에서부터 솟구쳤다. 머지않아 용광로가 보였다. 거기가 바로 목적지였다. 앙토니는 사촌 그리고 바네사와 내내 함께 걸었다. 앞에서는 부모님이 나란히 함께 걸어갔다. 두 사람은 많은 말을 주고받지는 않았지만 적어도 말다툼은 하지 않는 것 같았다.

"괜찮아 보이시네." 바네사가 말했다.

"그러게."

"잘될 거야."

엄마와 함께 산다고 해서 아버지를 비난할 이유는 없었다. 앙토니는 아버지의 입장을 헤아리고 있었다. 굶어서 살이 10킬로그램은 빠지고 머리숱이 줄어 부쩍 초라해진 아버지가 거기 있었다. 이빨 빠진 호랑이. 이제 와서 아버지에게 남은 것이 뭐란 말인가. 기력이 다한 재투성이. 남은 건 회한뿐이리라. 집은 눈 깜짝할 사이에 넘어갔다. 부부가 함께 기울여 온 노력이며 이십 년 동안의 희생이며 월급이 들어오기 직전 외줄 타기 하듯 아슬아슬하게 꾸려 오던 가계가 전부 날아갔다. 세간도 책도 옷도 전부 버렸고, 살던 집은 시세의 30퍼센트도 안 되는 헐값에 넘겨야 했다. 남은 돈은 융자 명목으로 은행이 샅샅이 긁어 갔다.

재산 분할을 할 때 아버지와 어머니는 거의 주먹다짐까지 갈 뻔했다. 사실상 아버지는 친구도 이렇다 할 직장도 없었으며, 집도 자신 소유가 아니고 여태 해 온 생각들이 사실은 한심한 짓거리에 지나지 않았다는 걸 너무나 늦게 깨달았다. 다달이 집과 아내와 아들에게 월급을 가져다주었다고 생각했지만, 공증인은 그런 그의 생각을 한 번에 불도저로 밀어 버렸다. 그리고 이 년이 지난 지금까지도 아버지는 변호사 수임료를 갚는 처지였다. 변호사는 아버지의 생각이 완전히 틀렸으며 모든 것을 법에 따라야 한다는 걸 알려 주었다. 서류와 법조인들의 세계에 인간은 존재하지 않았다. 조정만이 있을 뿐이었다.

이 시기에 앙토니는 누구의 편을 들어야 할지 늘 우물쭈물했다. 부모 모두 저마다 이유가 있었으므로, 칼같이 어느 한쪽의 손을 들어 줄 수 없었다. 앙토니도 입장이라는 게 있었다. 그런 앙토니를 보며 엘렌은 아들이 자신을 충분히 사랑하지 않는다고 결론지었다. 파트릭은 친할머니의 과잉보호를 받고 자랐다. 그래서 엘렌은 앙토니의 유약함, 우유부단함, 무른 심성이 전부 파트릭, 그러니까 무젤 집안의 유전자 때문이라고 넘겨짚었다. 무젤 집안은 무슨 일 하나 야무지게 마무리하는 법이 없었고 남자들은 하나같이 여자들한테 꼼짝 못 했다. 앙토니도 일종의 노예근성을 사슬처럼 매달고 있었다. 쥘페리 초등학교 바로 옆에 살던 시절 엘렌은 언제나 앙토니의 주변에서 보초를 서다시피 했다. 앙토니가 학교 운동장에서 다른 아이들과 놀 때 늘 부엌 창문으로 살피다가, 조금이라도 이상한 기미가 보이면 가차 없이 경고를 날렸다. 한번은 친구들과 뒤엉켜 싸우는 앙토니를 보고 한달음에 내려와 뜯어 말린 적도 있다.

그 뒤로 몇 주 동안 친구들은 앙토니를 '미누'[64]라고 불렀다. 여세를 몰아 엘렌은 의사를 만나 앙토니가 체육 시간에 빠질 수 있도록 가짜 진단서를 끊었다. 그래서 중학교 마지막 학년이 되도록 앙토니는 수영을 할 줄 몰랐다.

"네 엄마가 왜 그렇게까지 했는지 도무지 모르겠다. 혹시 그 뭐냐…… 그레고리 사건 때문이었을까?" 아버지가 말했다.

"그게 왜요?"

"물에 빠져 죽은 그레고리가 너하고 닮아도 너무 닮았거든. 그 애 실종됐을 때 뿌린 사진 기억 나냐? 솔직히 내가 봐도 똑같더라. 찾다찾다 호수에서 마침내 시체를 건졌을 때는 나도 기분이 좀 묘했다."

그들이 도착했을 때는 이미 카페 '공장' 앞이 사람들로 넘쳐 났다. 처음으로 카페는 양쪽 문을 활짝 열었고, 사람들은 분위기가 완전히 자리 잡을 때까지 쉴 새 없이 들락날락했다. 간이 테이블이 몇 개 놓이고 그 위에 하얀 냅킨, 뜨거운 커피가 담긴 대형 보온병, 브리오슈, 무알코올 음료, 플라스틱 컵 등 필요한 것들이 차려졌다. 하늘에서 반투병한 빛 한 줄기가 눈부시게 쏟아져 내렸다. 카페 안에 커피 향이 가득 찼다. 여주인 카티는 밖으로 나와 상냥한 장사꾼답게 인사를 건넸다. 그녀에겐 수지맞은 하루였다. 머릿속으로 벌써 계산기를 두드리며 한

64 '새끼 고양이'라는 뜻.

껏 아름답게 미소 지었다. 생뚱맞게도 파트릭은 지금이야말로 자기 아이디어를 환기할 좋은 기회라고 생각한 모양이었다.

"그래서, 여행은 어떻게 할 거야?"

"무슨 말이야?"

핸드백 끈을 움켜쥐며 엘렌이 다소 쌀쌀맞게 대꾸했다. 아버지의 두 눈동자가 눈썹 아래로 거의 사라질 것 같았다.

"내가 말했잖아. 당신이 그렇게 노래 부르던 여행, 내가 보내 주겠다고."

엘렌은 아무 말도 하지 않았다. 문제는 그게 아니라고 누누이 말해 온 참이었다.

"마음 정하면 말해 줘."

엘렌은 더 이상 말이 없었다. 앙토니는 바네사의 시선을 살폈다. 바네사가 앙토니를 보며 얼굴을 살그머니 찡그렸다. 결국은 이렇게 복잡하게 틀어지고 있었다.

고딕 스타일로 치장한 자매로 보이는 비교적 통통한 여자애 둘이 임시 아르바이트를 하는 모양인지 카페 앞 테이블 쪽에 커피를 나르기 시작했다. 카티가 그런 자매를 향해 매몰차게 소리쳤다.

"당장 그만두지 못해! 정신이 있는 거야 없는 거야?"

후텁지근한 카페 안으로 들어가려는 사람이 아무도 없어서 가게 앞길이 인산인해를 이룬 탓에 그 앞을 지나는 자동차들은 오도 가도 못 하는 신세가 되었다. 급기야 경적이 울리고 운전자들이 창밖으로 팔을 휘둘렀다. 죽기에는 아직 일렀다.

"이대로 뒀다간 경찰이 출동하겠는데, 티에리!" 카티가 전전긍긍했다.

바 뒤에 있던 덩치가 크고 머리를 짧게 깎은 남자가 눈을 들었다. 카티의 동거인이었는데, 군에 있지 않을 때는 미장일을 했다. 남자의 불쾌한 얼굴, 셔츠 팔뚝에 스민 땀만 봐도 30도는 족히 넘는 실내 공기를 가늠할 수 있었다.

"가서 뒷문을 열어. 바람이 좀 통해야지."

카티가 소리쳤다. 그러고는 자매에게 가서 말했다.

"젠장, 가서 손님들 들어오시라고 해. 길을 저렇게 막아 놓으면 안 된단 말이야. 그리고 2층에 가면 선풍기가 있을 거야."

한꺼번에 쏟아진 명령에 자매는 얼어붙은 듯 반응이 없었다. 답답해진 카티가 하나하나 짚어 가며 다시 지시를 내렸다.

"카린, 너는 밖에 있는 사람들을 맡아. 소니아는 선풍기를 맡고. 알았니? 포스트잇이라도 붙여 줄까?"

"근데 선풍기는 어디에 꽂아요?"

자매 중에 더 예쁘고 포동포동한 소니아가 순박하게 물었다. 귓바퀴에 작은 링으로 빙 둘러 피어싱을 한 아이였다. 그걸 빼면 흑단 같은 머리, 날씬한 다리에 피부는 크림 같았다.

"부엌에 가면 멀티 콘센트가 있어 자! 이제 알아서 잘해 봐."

소니아가 한숨을 내쉬었다. 또 다른 자매 카린은 사람들을 실내로 안내했다. 사람들은 웃음을 터뜨렸지만, 카린과 사장, 그리고 길을 트라고 아우성치는 자동차들에 떠밀려 꾸역꾸역 카페 안으로 들어섰다. 앙토니는 부모님과 바네사와 함께 화장실에서 가까운 구석 테이블에 자리 잡았다. 의자 끄는 소리와 사람들이 떠드는 소리가 왁자하게 뒤섞였다. 한 남자가 사람들 무리에서 나와 앙토니네 테이블로 다가왔다. 점잖아 보이는 아랍계 중늙은이였다. 전체적으로 흙빛이었으나 발에는 유독 하얘 보이는 운동화를 신었다. 그 운동화로부터 두 다리가 젓가락처럼 길게 뻗어 나와 어떻게 보면 화분에 심은 화초 같았다.

"안녕하십니까." 남자가 고개를 숙이며 말했다.

목소리가 가래가 낀 듯 묵직했다. 남자가 누구인지 떠올리기까지 앙토니는 얼마간 시간이 필요했는데, 그러다 갑자기 위장이 꼬이는 느낌이 들었다. 어느새 엄마가 자리에서 일어나 남자에게 손을 내밀었다. 추억이 파도처럼 밀려들었다. 오토바이, 함께 차를 마시던 비좁은 아파트, 부알리의 아버지. 아버지마저 인사를 하기 위해 자리에서 일어나는 모습을 본 앙토니는 속으로 중얼거렸다. 다 끝났어, 죽음이야.

하지만 아버지가 크고 하얀 운동화를 신은 남자의 손을 덥석 잡더니 열정적으로 흔들었다. 둘은 서로 아는 사이였다.

"아니, 이게 누구야!"

"어떻게 지냈나?" 남자가 말했다.

"맙소사!"

아버지가 손을 크게 흔들며 말했다.

치켜 올라간 두 눈썹이 서로 맞닿은 걸 보니 아버지는 심지어 감동에 젖은 듯했다. 파트릭은 남자의 어깨를 움켜쥐고 장난삼아 앞뒤로 흔들며 불편한 감정을 지우려 했다. 그러고는 엘렌과 아들에게 설명을 늘어놓았다. 말렉 부알리와 아버지는 공장 동료였으며, 파트릭이 주조물 부문으로 옮기기 전까지 옆 작업대에서 일했다. 좋은 시절이었다. 아니, 꼭 좋기만 한 건 아니었지만 어쨌거나 그땐 둘 다 젊었으니까. 무덤 속에 잠든 뤽 그랑드망주가 두 사람에겐 남일 같지 않은 모양이었다.

이윽고 두 남자는 건강, 자녀, 가족에 대해 건성으로 소식을 물었다. 다 괜찮아, 그렇지, 그렇지. 라베스 함두릴라.[65] 그러고는 엎어지면 코 닿을 거리에 살면서 한 번도 만난 적이 없다니 참 한심한 경우라고 했다. 조만간 날을 잡아 미슐롱, 로지키, 펠레, 아이젠버거 형제를 비롯해 옛 동료들과 모여 보자는 얘기가 오갔다. 물론 그럼, 그럼. 문득 부알리 아버지의 두 눈이 어둡고 축축해졌다. 파트릭은 이제 그의 어깨를 흔들지 않았다. 자리를 뜨기 전, 나이 든 남자는 엘렌을 향해 마지막으로 고개를 까닥해 보였다. 그는 앙토니를 한 번도 쳐다보지 않고 카페 한쪽 구석의 몇몇 동료에게 합류했다. 그의 동작 하나하나가 눈에 들어왔다. 남자는 어느새 다른 세계로, 느림과 쇠락, 긴 인내와 불면의 세계로 들어갔다. 파트릭이 자리에 앉으며 말했다.

"저 남자 말이야, 소처럼 일하면서 살았는데 불쌍하게도 지금 저 모양이 됐지 뭐야. 장애 수당을 몇 퍼센트나 받는지 몰라도 퇴직 수당은 형편없었지. 게다가 자식새끼들이 엄청 속을

65   labès hamdoulilah. '괜찮아, 알라신의 가호로.'라는 뜻.

썩이는 모양이야."

문제의 아이들 얘기가 나오자 앙토니는 다시 한번 위장이 뒤틀리는 것 같았다. 감히 엄마를 쳐다볼 수조차 없었다. 그러거나 말거나 아버지는 한마디를 더 보탰다.

"문제는 그게 아니야. 난 평생 저렇게 열심히 일하는 사람들을 본 적이 없다."

맞은편에는 북아프리카 이민자들이 테이블을 중심으로 작은 그룹을 이루어 옹기종기 앉아 있었다. 열 명 남짓한 나이 지긋하고 말수 적은 남자들이 다른 사람들처럼 피콩을 마셨지만 그중 누구도 프랑스 말을 하지 않았다. 아내들은 모두 집에 있었다. 아무도 신경 쓰지 않았지만 그들은 구태여 장례식에 참석했다.

"자, 나는 바에 가 봐야겠어. 목말라 죽을 것 같아. 뭐 좀 마실래?"

전부 맥주를 주문했다. 아버지가 맥주 세 병과 자신이 마실 페리에를 주문하러 일어섰다. 엘렌이 그런 파트릭을 쳐다보았다. 평생을 죽어라 일했는데 이제 와선 술까지 끊고 물만 마셔 가며 전부인 여행 보내 줄 생각이나 하다니.

파트릭이 마실 것을 들고 돌아와 잔을 나눠 주었다. 맥주는 시원하고 맛있었다. 앙토니는 한 번에 잔을 비웠다. 돌아 버리게 맛이 좋았다.

9

"너도 알겠지만 난 신경 안 써. 어쨌든 다 알고 있었으니까."

스테프의 이 말이 거짓말이라는 걸 알면서도 클렘은 아무 말도 하지 않았다.

헤어지지도 못하고 딱히 어디로 갈지도 알 수 없었던 두 소녀는 마침내 청동 마리아상 아래 차를 세워 놓고 동상 받침대 위에 양반다리를 하고 앉았다. 그리고 오는 길에 플라망 광장 뒤의 미니 슈퍼 프리쉬에서 산 세븐업을 마셨다. 태풍의 전조가 늘 똑같은 집, 거리, 건물 들이 복잡하게 늘어선 마을을 여전히 주먹을 꽉 쥐고 내려다보았다. 어느새 해가 노을빛으로 변해 어딘가에서 화재라도 난 것 같았다. 지금 스테프에게는 모든 것이 세상의 종말처럼 보였다. 스테프가 긴 한숨을 내쉬었다.

"화났지?" 클렘이 물었다.

"전혀. 신경 안 써."

스테프가 어깨 위에 내려앉은 작은 벌레 한 마리를 짓이겨 죽이려 했지만, 벌레는 재빠르게 달아났다. 온몸이 땀으로 끈적거려 묵직한 느낌인 데다 허리마저 욱신거렸다. 다리를 앞으로 쭉 뻗어 보았다. 선탠한 두 다리가 스테파니의 눈엔 제법 예뻐 보였다. 특히 발목이. 그게 어디냔 말이다.

"둘이 섹스는 몇 번이나 했어?"

"몰라." 허공을 멍하니 바라보며 클렘이 대답했다.

클렘이 살짝 뾰로통한 얼굴을 하자, 스테파니가 너까지 왜 그러냐는 듯 인상을 썼다. 클렘은 애써 웃어 보였다.

"솔직히 말하면 몇 번인지 잊어버렸어. 하긴 꽤 했지."

"미쳤구나."

"무슨 말을 듣고 싶은데? 일일이 세고 하진 않잖아."

"어디서 했는데?"

"뭘 어디서 해?"

"길바닥에서 하진 않을 거 아니야. 어디서 했는지 말해 봐."

몇 주에 걸쳐 은밀하게 싹트던 비밀이 이제 막 밝혀지려는 찰나였다. 두 소녀 모두 혼란스럽고 망설이기는 매한가지였지만, 망설임의 바탕에는 안도감이 있었다.

스테프는 수상쩍은 낌새를 눈치채고 있었다. 클렘이 어딘지 이상했다. 어디서 무얼 했는지 물을 때마다 얼굴이 하얗게 질리곤 했다. 남자와 얽힌 일이 틀림없었다. 그러나 마침내 클레망스가 이실직고한 지금 비밀은 더 이상 중요하지 않아 보였다.

클렘은 시몽과 잤다.

클렘의 고백에 스테프는 당연히 친구를 욕했지만, 이윽고 밀려든 건 분노보다 호기심이었다. 두 소녀는 이제야 되찾은 평등, 무엇이든 서로에게 털어놓고 비교해 볼 수 있다는 전보다 더 반짝거리는 가능성에 즐거워했다.

"말해 봐, 넌 어디서 했는지." 스테프는 집요했다.

"몰라. 아무 데서나."

"아무 데서라니. 걔네 집에 갔어?"

"한두 번."

"너네 집은?"

"한두 번."

스테프가 놀란 듯 두 눈을 동그랗게 떴다. 갑자기 온몸에 열이 올랐다.

"걔 차에선 안 했지?"

"몰라."

"했구나. 너무 뻔하잖아, 이 미친년아!"

스테프가 클레망스의 어깨를 밀치며 소리쳤다.

"알았어, 알았다고. 한 번인가 두 번. 간단하게 했어."

"그러니까 여기저기서 그 짓거리를 하고 다녔네."

"짜증 나. 맞다, 그래."

클레망스가 이실직고하자 스테프는 웃음을 터뜨렸다.

"이 똥개들⋯⋯."

"알아⋯⋯ 미안."

클레망스는 진심으로 미안해 하며 용서를 구했다.

스테프가 자리에서 벌떡 일어섰다. 모든 고백에 피가 거꾸로 솟는 것 같았으나, 되찾은 우정에 흠뻑 빠져 흉금을 털어놓는 것도 나쁘진 않았다. 스테파니는 전부 알고 싶어서 몸이 근질거리기 시작했다.

"얼마나 됐는데?"

"몰라."

"야, 됐어. 이제 다 털어놔."

"일이 주쯤."

"몇 달은 됐지?"

"응." 클렘은 제법 슬픈 시늉을 하며 인정했다.

"자칼 같은 새끼. 우리를 번갈아 가며 가지고 놀았구나."

"같은 날 한 적도 있겠지."

"설마?"

"왜 아니겠어."

"개자식."

"쓰레기."

"그 자식 완전 미친 개잖아!"

"환자지."

"변태 새끼."

"완전."

실컷 웃었으니 이제 본론으로 들어갈 차례였다.

"그래서?"

"뭐가?"

"그러니까 괜찮았냐고."

"그럭저럭."

"별로였으면 몇 주 동안이나 계속 만나면서 섹스는 왜 한 건데?"

"그러니까 괜찮았지. 아니, 몰라. 자기 생각만 하는 스타일……?"

"맞아. 네 생각은 안 하지?"

"솔직히, 지 멋에 빠져 사는 애 같더라."

클렘은 어리바리한 시몽의 표정을 흉내 내며 있지도 않은 말 꼬리를 휘어잡고 허공에서 잔뜩 힘을 주며 허리를 휘둘러 보였다. 참다못한 스테프가 끼어들었다.

"맞아, 그거. 심하지!"

"그리고 걔…… 거시기가 좀 이상해."

클렘이 이번엔 새끼손가락을 들어 구부려 보였다. 두 눈썹을 치켜 올린 클렘은 더없이 천진난만한 얼굴이었다.

"진짜야. 요크셔테리어 고추 같지 않냐?"

스테프의 말에 클렘이 참았던 웃음 폭탄을 터뜨렸다.

"야, 이제 그만해. 네가 더 미친년 같아."

소녀들은 서로를 떠밀고 식식거리면서 서로를 찾았다. 스테프는 도무지 멈출 수가 없었다.

"얼른, 얼른. 더 말해 봐."

클레망스가 집게손가락과 엄지손가락 사이의 벌어진 공간을 한껏 좁히며 혐오스럽다는 표정을 지었다.

"약간 분홍색인 데다 물컹거려서 완전 구역질 나."

"진짜!"

클레망스가 다시 물었다. "눈치 못 챘어? 걔가 흥분할 때 어떻게 되는지?"

"어떻게 되는데?"

"몰라. 코로 씩씩거리잖아."

흠씩, 흠씩, 흠씩. 스테프가 콧구멍을 벌렁벌렁하며 황소 같기도 하고 증기 기관차 같기도 한 소리를 흉내 냈다.

"맞아, 맞아! 바로 그거야!" 클렘이 정신없이 맞장구를 쳤다.

속내를 털어놓다 보니 두 소녀의 우정은 끝없이 이어지던 전화 통화, 코코넛 아이스크림을 통째로 먹으며 영화 「더티 댄싱」을 보던 시절만큼이나 견고해졌다. 그리고 언제든, 어떤 상황에서든 필요로 할 때면 상대가 반드시 그곳에 있을 거라는 확신이 다시 생겨났다. 사춘기에 들어서면서 두 소녀는 은밀한 사생활에 대해 서로 털어놓고 들어 주는 사이였다. 둘 중 한 사람이 데이트를 하고 나면 꼬치꼬치 심문하고 브리핑했으며, 방광염이나 성병을 미연에 방지하기 위한 정보도 아낌없이 주고받았다. 급격히 달라지는 여학생의 신체 메커니즘은 두 사람이 감당하기엔 너무 버거웠다. 부인과에 관련된 내밀한 비밀은 점점 다른 모든 분야까지 뻗어 나가서 그들은 자신이 보낸 밤에 대해 논평하고 함께했던 남자들에 대해 머리부터 발끝까지 해부하는 데 열과 성을 다했다. 남자애들은 여자애들에 대해 이러쿵저러쿵 말이 많았다. 여자들이란 자신들에 비해 극혐이다, 돈을 많이 밝힌다, 피도 눈물도 없다, 특히 끝을 모를 만큼 명확한 구조를 타고 났다……. 하지만 틀린 얘기였다. 정확히 말하자면 소녀들은 다른 누구도 아닌 스스로에게 해부학적으로 엄격한 잣대를 들이댔다. 서로의 외모를 끝없이 탐색하고, 잡지에 실린 사진들과 자기 모습을 비교하며 촘촘한 모공을 뽐내고, 피둥피둥 살이 찌느니 차라리 죽는 편이 낫다고 생각하는 것이 바로 이 나이의 소녀들이었다.

클렘은 나비 날개처럼 축 늘어진 소음순에 대한 강박이 있었다. 그걸 질병이나 기형으로 받아들여서, 스테프가 절친으로서 벌써 몇 번이나 아무것도 아니라고 안심시켰다. 새로 사귄 남자 친구와 깊은 관계에 돌입할 즈음이면 클렘은 매번 소음순 때문에 괴로워했다. 한번은 도무지 참을 수 없어진 스테프가 어디 직접 확인이나 해 보자고 말했다.

"야, 괜찮은데 뭘 그리 야단이야."

"아니야. 여기 이거 봐. 꼭 스테이크 덩어리 같잖아……."

"제정신이야? 네 거 진짜 귀여워."

"그런가…… 그래도 네 건 완벽하잖아."

"그렇긴 하지." 스테프가 말했다.

결국 비난의 화살은 전부 시몽 로티에게 쏟아졌다. 멍청이, 마이크로 페니스, 땅콩, 지 잘난 맛에 사는 놈, 드런 놈, 고자, 할 줄도 모르는 놈.

"맞아. 그래도 귀엽지."

"그러게, 너무 귀여워."

"그 자식이 우릴 완전 엿 먹인 거야."

"맞아." 클렘도 인정했다.

스테프가 세븐업을 내밀었다. 미적지근하다 못해 뜨거웠지만 클렘은 그래도 마셨다. 그렇게라도 친구를 즐겁게 해 주고 싶었다.

"나 원망하지?" 클렘이 친구에게 물었다.

스테프는 뭐라고 딱 부러지게 말하기 힘들었다.

"그놈이 등신이지 뭐."

"차 버릴 거야?"

"찰 수나 있겠냐. 그게 더 문제야."

"왜?"

"내 남자 친구인지 아닌지도 확실히 모르겠는걸. 여태 한 번도 공식적으로 뭘 한 적이 없으니까."

"그게 무슨 말이야?"

"그러니까…… 걔네 부모님은 우리가 그냥 친구인 줄 아셔."

"진짜?"

"맞아. 한 번도 여자 친구라고 소개한 적이 없어. 걔 친구들이 하는 것처럼 걔네 집에 들락거렸지."

"그럼 넌? 너는 부모님한테 어떻게 소개했는데?"

"나도 그렇지 뭐. 처음부터 그랬던 것 같아. 단둘이서 여행도 가 본 적이 없으니까. 자기가 하고 싶을 때만 섹스하자고 해. 제일 싫은 건 나랑 사귀는 동안에도 이 여자 저 여자 만나고 다닌 거야. 단 한 번도 걔 친구나 내 친구에게 서로 소개해 준 적이 없어. 맨날 둘이서만 만났지. 나 만나겠다고 친구끼리 하는 파티를 취소하고 달려와 본 적도 없고, 레스토랑 같은 데 데려가서 밥을 사 준 적도 없어. 그러니까 걔는 손해 볼 거 하나 없는 장사였지."

"그럼 넌?"

"칫, 잘 알면서 뭘 물어?"

물론 몰라서 물은 건 아니었다. 스테프의 사랑 이야기, 희망, 의심 따위가 소녀들 사이에 주요 화제로 떠올랐을 때, 클렘은 처음엔 그저 피곤한 일로만 여겼다. 그러다가 몇 주 동안 물도 삼키지 못할 정도로 고민에 빠지자, 가족들은 클렘을 신경정신과에 보냈다. 정신과 의사는 최소한의 성의만 보이다가 뜬금없이 아버지와의 관계에 대해 몇 가지 질문하더니 클렘에게 신경안정제를 처방해 준 게 다였다.

사실 클렘은 뻔뻔하고 오만한 시몽 녀석을 정말로 좋아할 수 없었다. 시몽은 자기밖에 모르는 놈이었다. 누구하고든 순전히 소모적인 관계만 맺었다. 작은 얼굴, 돈, 어쭙잖은 로커 흉내, 완전 걸레 같은 생활. 그래도 쩌는 매력, 그래서 힘든 놈.

놈이 처음으로 클렘에게 추파를 던진 건 로샹 씨네 파티에서였다. 로샹 씨는 공증인, 부인은 대학교 교수였고 시내의 넓은 아파트에서 살았다. 한 층 전체가 거울로 되어 있고 나무 마루가 깔렸으며 현대적인 우중충한 그림들이 걸려 있었다. 고가구 느낌의 인조 가죽에 디자인이 추가된, 엄청 비싸고 무지하게 멋있는 소파도 놓여 있었다. 그들은 해마다 2월이면 샤모니로 스키 여행을 떠났다. 이번에는 수학과 물리 성적이 좋지 않아 과외가 필요한 큰아들만 집에 남겨 두었다. 불쌍한 그 녀석은 과학과 수학에 영 소질이 없는데도 부모가 무조건 이과를 가야 한다고 몰아세웠다. 아버지처럼 법대에 가고 싶다는 녀석의 바람 따위는 소용없었다. 겨울 스포츠를 즐길 기회를 빼앗긴 아들은 날이면 날마다 아이들을 불러 파티를 열었다. 다들 보드카를 퍼마시느니 마리화나를 선호했으므로, 파티는 비교적 얌전했다고 볼 수 있겠다. 거기서 시몽이 자신의 운을 시험했다. 시몽이 클렘을 부엌 구석 조리대 쪽으로 몰아붙였을 때 스테프는 옆방에 있었다. 시몽의 체취와 불룩한 아랫도리가 느껴졌다.

"여기가 어딘지 알아?"

"그래서?"

"장난 그만해. 스테프가 바로 옆에 있는 거 몰라? 도대체 나한테 왜 이러는 건데?"

시몽은 잃을 것이 없었다. 그저 너무나 자신만만하고 상대가 하찮게 보였을 뿐이다. 클렘은 따귀라도 한 대 올려붙이고 싶은 심정이었다. 그 순간 시몽이 키스를 했고 클렘은 밀어

내지 않았다. 믿어지지 않는 섹스. 시몽은 클렘의 팬티 속으로 파고들었다. 원칙대로라면 남들 눈에 용인되지 않고 가슴 아픈 모든 것은 이토록 짜릿한 법인가. 그러다 돌연 살 속으로 뭔가 들어오자 깊고 아득한 바다 위에서 찰랑이는 물결이 된 것만 같았다. 시몽과 클렘은 허겁지겁 복도 끝 화장실로 들어가 문을 걸어 잠갔다. 지퍼가 열린 청바지, 열에 들떠 델 듯이 뜨거운 손, 끝없이 서로를 흡입하던 두 입술…… 둘의 섹스는 썩 괜찮았다. 친구 입에서 시몽에 대한 이야기가 나올 때마다 클렘은 친구와 똑같이 질투하고 그를 갈망했다. 클렘에겐 시몽이 필요했다. 일은 그렇게 벌어졌다. 그 일이 있고 몇 주 동안 클렘은 달콤한 광기와 절대적인 후회 사이에서 흔들렸다. 클렘은 시몽을 끝없이 증오했다가 또 한없이 원했다. 두 감정은 늘 동시에 찾아왔다.

"그럼 이제 뭐 할까?"

스테프는 아무 생각이 없었다. 헤어졌던 친구를 다시 만난 기분이 들어 친구를 향해 웃었다. 서로를 꼭 끌어안는 데는 그리 많은 것이 필요하지 않았다.

"그놈 다시 만날 거야?"

"아니. 이제 완전히 끝이야."

어쨌든 스테프는 그렇게 믿고 싶었다. 시 전체의 조감도가 그려진 테이블로 가 보니 유성 마커로 쓴 각종 글씨들이 보였다. 커트 코베인이여 영원하라, 미래는 없다, 씨발.

"지난여름에 만났던 남자애 기억해? 사촌이랑 같이 있던 애."

클렘은 누구를 말하는지 한 번에 알아듣지 못했다.

"너도 알잖아. 둘이서 카누 타고 호숫가까지 왔던 애들. 젠장, 그중 큰 애랑 사귀기까지 했으면서. 정신줄 놓은 엄마가 있는 집에도 갔잖아."

"아, 그래. 그런데 왜?"

"쪼끄만 애를 다시 만났어."

"한쪽 눈이 좀 찌그러진 애 말하는 거야?"

스테프가 고개를 끄덕였다. 눈앞에는 폐허, 낙후한 것들, 몇 주가 지나도 놀랄 일 하나 안 생기는 권태, 뻔한 얼굴들을 품은 풍경이 펼쳐져 있을 뿐이었다.

"이 거지 같은 도시에는 두 번 다시 안 돌아올 거야." 그녀가 말했다.

"그런데 그 남자애가 무슨 상관이야?"

"아니야, 아무것도. 지난번에 수상 클럽에서 봤다고."

"거기서 뭐 하는데? 걔네 돈도 없잖아."

"일하더라. 로맹한테 반쯤 죽도록 두들겨 맞았던데."

"맞아. 싸움이나 하고 다니는 얼간이들이지."

"어쨌거나 지금은 완전히 다른 애가 됐어."

"그만 좀 하시지. 그런 애랑 사귈 건 아니잖아."

"당연한 거 아냐. 그냥 하는 소리야. 그냥 걔가 많이 달라졌다고."

이번엔 클레망스가 자리에서 일어났다. 두 팔을 쭉 뻗어 휘휘 저으며 뭉친 어깨 근육을 풀고 나니 정신이 좀 돌아오는 것 같았다. 저녁때가 되어도 날은 계속 무더웠다.

"걔 사촌은 좀 귀여웠는데."

"멍청했지."

"무슨 소리야, 엄청 귀여웠는데."

"그래도…… 집도 후지고 걔네 엄마는 또…… 아휴, 더워."

"그렇지. 그런데 그게 뭐? 다른 애는?" 클렘이 물었다.

"나도 몰라. 그냥 가능성이 보여."

"어쨌든 두 달만 있으면 우린 여길 떠나. 그럼 걔네들이 우리 소식을 들을 리도 없고."

"맞아."

스테프가 맞장구치며 손목시계를 들여다보았다. 조금 있으면 저녁 6시다. 앙토니하고는 밤 9시에 옛날 발전소 뒤에서 만나기로 했다. 어쩌면 갈 수도 있다. 가지 않을 이유가 특별히 있는 것도 아니니까.

10

하신은 아버지를 찾으러 카페로 향했다. 사람들이 모여 벌써 몇 시간째 술을 마시고 있다고 했다. 남은 길은 걷기로 하고 차를 멀찍이 세워 두었다. 상황 파악을 하기까지는 그리 오래 걸리지 않았다. 50미터 전방에서도 보도블록 위에서 비틀거리며 떠드는 남자들이 보였다. 임시 테이블에는 찌그러진 캔과 텅 빈 접시, 갈색 얼룩을 은하수처럼 묻힌 하얀 냅킨들이 잔뜩 어질러져 있었다. 일회용 플라스틱 컵 여러 개가 도랑을 따라 떠내려가고, 여자들의 웃음소리가 높게 울려 퍼졌다. 카페 안에서 사람들이 미셸 사르두의 「레 락 뒤 코네마라」의 도입부를 따라 부르는 소리가 문밖까지 들려왔다. 빰 빠빰 빠빠빠빰! 노래가 시작되자 다들 입을 다물고 가수의 밝고 우렁찬 목소리를 들었다.

홍청대는 실내로 비집고 들어가기 전 신중하게 '공장' 안을 엿보았다. 내부는 발 디딜 틈조차 없었고 맥주, 담배, 알코올과 온갖 잡스러운 것들로 불쾌해진 살 냄새가 훅 끼쳤다. 아버지의 얼굴을 찾아 사우나 같은 공간 속을 비집고 들어갔다. 하신은 곧 소음에 넋을 잃고 혼돈에 뒤섞여 버렸다. 정장을 빼입은 여자들, 와이셔츠에 넥타이를 풀어 헤치고 편안하다 못해 다소 추하게 의자에 걸터앉은 남자들, 우스갯소리를 주고받거나 베르나르 타피와 발라뒤르 같은 정치인 이야기를 나누는 사람들은 그 자체로 한 편의 신기한 연극이었다. 잔뜩 흥분한 아이들이 테이블 사이를 뛰어다니다 이따금 엄마에게 붙들려 여기는 조랑말처럼 뛰는 데가 아니라고 야단을 맞았다. 하지만 아이들의 놀이는 오래지 않아 다시 시작되었다. 사람들은 진즉에 커피를 사양했고, 시원한 맥주 피처가 테이블 위에서 조명처럼 빛을 뿜었다. 땀을 흘리다 못해 물개처럼 온몸이 번들거리는 아르바이트생들은 다 마신 피처를 다시 채우고, 윌리엄 로슨 스카치위스키 마크가 새겨진 디저트 접시만 한 재떨이를 비우느라 쉬지 않고 카페 안을 빙글빙글 돌았다. 바 뒤에 자리 잡은 카티는 생맥주 기계에서 떨어질 틈이 없었다. 맥주 통을 갈아 치운 카티는 오늘 하루에만 자그마치 육 개월 치 매상을 올렸다. 추억 테마에 맞춰 놓은 스피커에서 미셸 폴나레프의 「홀리데이」가 흘렀으며, 카페 밖에는 한 남자가 땅속 90센티미터 깊이에 누워 있었다. 몇 번이고 자리에서 일어나 망자를 위해 건배를 들자고 제안했던 조카는 언제부턴가 민소매인 두 팔에 머리를 대고 잠들었다. 하신의 신발 밑창에 맥주가 끈끈하게 달라붙었다.

"하신!"

마침내 아버지가 먼저 알아보고 그를 불렀다. 카페 뒤 당구대 쪽으로 난 문 옆, 그러니까 가게 왼쪽 구석에 놓인 테이블에서 아버지가 손짓을 했다. 하신은 아버지에게로 갔다. 그 테이블에는 전부 아랍인들이 앉아 있었다. 다른 조문객들보다 덜 마시긴 했어도 그들 역시 흥겨운 분위기에 젖어 있었다. 하신은 한때 이웃에 살았던 아저씨들의 얼굴을 알아보고 인사를 했다.

"얘가 아들이야?"

두 볼이 패고 대머리가 캐러멜색으로 반짝이는 아저씨가 물었다.

"그래. 잠깐 앉아 봐라."

"그냥 갈래요." 소년이 말했다.

"앉으라니까. 어서……."

하신은 별수 없이 의자에 앉아 콜라를 주문했다. 저 아래 나라에서 태어나 순수한 생각들을 마음 가득 품고 프랑스까지 와서 짐승처럼 일하다가 구석에 처박힌 남자들 틈에 있는 것이 무척 불편했다. 친구들 사이에서는 절대 입에 올리는 법이 없었지만 그건 꽤나 날카로운 가시였다. 그들은 모두 아버지에 대한 두려움 속에 성장했다. 아버지들은 농담을 몰랐고, 아이들은 아버지 말을 안 들었다. 프랑스어를 잘 못해서 프랑스의 현실적인 규칙들을 대부분 이해하지 못하고 지나쳤다. 그들은 더 이상 유효하지 않는 계율들을 읊으며 살아갔고, 그 아들들은 의무적으로 주어진 존중과 자기도 모르게 자라난 멸시 사이에서 성장했다.

가난에서 벗어나길 원했던 아버지들은 과연 꿈을 이루었을까? 집에 컬러 TV를 들여놓았고 자동차를 샀으며 살 집을 찾았고 아이들을 학교에 보냈다. 하지만 그런 물질적인 것, 만족감, 지금까지 이룬 것들에도 불구하고, 누구도 자신이 성공했다고 생각하지 않았다. 지금 생활이 아무리 안락해도 처음에 온몸으로 겪은 가난의 흔적을 지우기엔 역부족인 듯했다. 그것은 어디서 올까? 직장에서 경험한 분노, 사회적으로 미천하게 간주되는 일들, 소외, '이민자'라는 한마디로 모든 것이 정리되지 않을까? 아니면 아무도 자발적으로 인정하려 들지 않는 무국적자 신세? 왜냐하면 이 아버지들은 두 개의 언어, 두 개의 강, 박봉, 존중받지 못하는 처지, 자녀들에게 물려줄 변변한 유산 하나 없는 뿌리 뽑힌 사람들이라는 균열 사이에 간신히 그리고 여전히 매달려 있었기 때문이다. 이런 운명은 자녀들에게 치유할 수 없는 원통함과 경멸을 물려주었다. 그리하여 자녀들은 학교에서 공부 잘하고, 성공하고, 커리어를 쌓고, 원칙을 지키며 살아가는 일을 거의 불가능한 것으로 여기게 되었다. 그들 가족을 사회 현상 중 하나로 여기는 이 나라에서는 선의로 하는 최소한의 동작마저 일종의 협잡으로 보였다.

그렇긴 하지만, 하신의 옛 친구들 중에도 전문 기술 자격증을 따거나 인문대에서 사회학을 전공하거나 공대 또는 경상대에 진학하거나 심지어 의대에 가는 애들이 있었다. 결국 개

인의 나태와 일반적인 편견 같은 환경적 요인을 무시하기 힘
들었다. 하신의 경우에는 의무를 면제해 주는 특권들의 유혹을
받았고 법이 허용하는 자유를 정당화하며 살았다.

하신은 콜라를 다 비웠다. 저녁 7시가 다 되었는데 모임은
세월아 네월아 늘어지고 있었다. 하신은 이곳이, 이 사람들이,
이 분위기가 마음에 들지 않았다. 게다가 조금 있다가 엘리오
트를 만나 앞으로는 일이 어떤 식으로 돌아갈지 설명해 주기로
되어 있었다. 하신의 일은 꽤 조심스러운 단계에 접어들었다.
펌프에 마중물을 부을 때가 되었다. 그는 가져온 물건들로 적
어도 4만 프랑은 벌 거라 생각했다. 그 돈으로 사업을 시작하
는 것이다. 생산 농가와 직거래를 하면 1킬로그램을 1200프랑
정도에 살 수 있었다. 썩 괜찮은 중개인을 알았지만 헛물 켜는
건 좋지 않았다. 하신이 생각하는 건 5000프랑에서 6000프랑
정도의 이익이었다. 그걸로 마리화나 2만 덩이를 만들면 3~4
킬로그램은 된다. 그걸 소매로 팔면 2만 프랑의 이익이 남는다.
일은 이렇게 시작될 것이다. 처음 몇 번은 직접 물건을 나르겠
지만 적임자가 나타나는 대로 운송책을 맡길 생각이었다. 아무
리 억만장자가 된다 해도, 오로지 스릴을 느끼기 위해 발바닥
에 불이 나도록 액셀을 밟으며 유럽 대륙을 쉴 새 없이 가로지
를 각오를 할 만큼 바보는 아니었다. 하신은 좀 더 부가가치가
높은 일에 전념할 것이다. 가격 흥정, 원료 구입, 전산망 구축,
팀원 관리 등이 그의 몫이었다. 백 번도 넘게 계산해 볼 때마다,
수익 곡선은 아름다운 자태로 상승했다. 주머니가 두둑해질수

록 하신은 점점 더 뒤로 빠질 것이다. 조직의 보스라는 하찮은 명성 따위에는 더 이상 관심을 두지 않았다. 그 대신 부를 향한 분노의 감정이 가슴속에 고스란히 쌓여 있었다. 그건 더 이상 하신의 문제도, 성공이나 안락한 삶을 위한 문제도 아니었다. 복수를 위해, 그가 겪은 치욕을 씻기 위해 돈이 필요했다.

궁극적으로 하신은 랭스와 브뤼셀, 베르됭과 룩셈부르크 사이에서 꽤 짭짤한 수익을 올릴 거라고 생각했다. 경쟁자가 없지 않았으나 걱정하지 않았다. 꼬맹이 카데르에게 했듯이 필요하면 적절한 조치를 취할 것이다. 필요한 인력을 현지에 단계별로 배치해 둘 것이다. 하신은 거리낄 것이 없었다. 그래도 처음 몇 달은 치명적일 수 있다. 전에 보르도, 브리스틀, 암스테르담의 흥정꾼들이 한 번에 전 재산을 걸었다가 낭패를 경험했듯이, 티끌 하나만 잘못 흘려도 모든 일이 어그러질 수 있다는 걸 잘 알고 있었다. 위험 부담으로 인한 스트레스가 제법 컸던지 하신은 자면서 이를 갈았다. 아침에 일어나면 턱이 얼얼해서 밤새 무슨 일이 있었는지 스스로 반문할 정도였다. 엘리오트와 하신은 명단을 작성했다. 공급책, 감시책, 판매책, 관리책. 설득이 필요한 자들, 뚫고 나가야 할 자들. 우선 뚫고 나갈 사람들부터 하나하나 처리할 것이다. 두세 번 본보기를 보여 주면 된다. 갑자기 하신은 배가 아팠다. 며칠 전부터 설사가 멈추지 않았다. 그래도 아무 느낌이 없었다. 완전히 아니면 거의 죽은 것 같은 느낌이었다. 하신이 아버지의 귀에 대고 말했다.

"가요……."

"그래, 그래. 일 분만 더."

아버지가 한껏 즐거워해 하신은 잠깐 화장실에 다녀오기로 했다. 자리에서 일어섰을 때 하신은 엘렌을 보았다.

처음엔 하신도 긴가민가했다. 무거워 보이는 머리카락을 어깨 위로 늘어뜨린 중년 여자가 자꾸만 누군가를 상기시켰다. 누구였더라. 두 사람은 일 초쯤 서로를 마주 보았다. 하신은 머리를 쥐어짰다. 에일랑주에서는 흔하디흔한 얼굴이었다. 그때 여자 옆에 앉아 있던 사람이 자리에서 일어났다. 꽤 탄탄해 보이는 청년이었다. 오른쪽 눈꺼풀이 주저앉았다. 이윽고 하신이 자리를 떴다.

"그러고 어딜 가냐?" 아버지가 물었다.

"다시 올 거예요."

엘렌은 곤충처럼 삐쩍 마른 갈색 피부의 청년을, 방금 자리를 뜬 키 큰 청년을 한눈에 알아보았다. 청년은 엘렌의 시선을 피하지 않고 고개를 살짝 까딱하며 예의를 차렸다. 그 흐릿하고 검은 눈동자가 왠지 기분 나빴다. 청년의 얼굴에선 아무런 표정도 찾아볼 수 없었다. 맥주를 적잖이 마신 탓인지 엘렌은 머리가 핑 돌았다. 파트릭은 옆자리에 앉은 사람과 이야기하는 중이었다. 주변엔 온통 불콰한 얼굴로 떠드는 사람들뿐이었다. 담배 연기 속에서 어수선한 분위기는 계속되었다. 여자들은 장례 미사에서 받은 식순이 적힌 노란 종이로 부채질을 해 댔다. 앙토니가 일어나자 엘렌은 의자를 바싹 당겨 길을 터 주었다.

"금방 올게요."

앙토니가 바로 옆에 있는 화장실로 향했다. 갈색 피부의 청년도 카페 내부를 성큼성큼 가로질렀다. 그가 앙토니를 따라 화장실에 들어가자 문이 닫혔다. 일 났구나, 엘렌은 돌연 차갑게 얼어붙었다.

"파트릭……."

엘렌이 파트릭의 팔을 잡았지만 마침 축구 얘기에 빠져 있던 파트릭은 아무 소리도 듣지 못했다. 벌써 몇 분째 바조, 베베토, 둥가, 알다이르 같은 외국 이름들이 노랫가락처럼 엘렌의 귀에 들려왔다.

"파트릭."

엘렌이 다시 한번 남편을 불렀다. 이제 애원하다시피 했다.

'공장'의 화장실 복도식이었다. 앙토니는 하나뿐인 소변기 앞에서 긴장을 늦추고 도자기 소변기를 가는 오줌 줄기로 듬뿍 채워 나갔다. 맥주를 다섯 잔이나 마셔서 소변은 멈출 기미가 없었다. 화장실 한 칸이 등 뒤에 있었는데, 문고리가 고장인지 제대로 잠기질 않았다. 그 옆에는 작아도 너무 작은 세면대가 있고 비누 한 조각이 금속 비누 받침 위에 놓여 있었다. 젖은 손을 말리고 싶으면 알아서 하는 수밖에 없었는데, 대부분은 청바지에 슥슥 문지르면 그만이었다. 창살이 둘린 유리창에서 빛줄기가 들어와 화장실 바닥으로 떨어졌다. 그게 다였다. 앙토니는 가벼운 마음으로 휘파람을 불었다. 살짝 취기가 돌았고, 오늘 아버지 어머니 사이에 지금까지 별 마찰이 없는 것이 유난히 기분 좋았다. 몇 달 동안이나 계속된 증오와 중상, 모독 이후 오늘처럼 서로를 예의 갖춰 대한다는 건 그 자체만으로도 멋진 평화였다. 뿐만 아니라 아버지는 그럭저럭 잘 지내는 것 같았다. 이제 낙관해도 되겠다고 생각했다. 그때 화장실 문이 열렸다.

"안녕." 하신이 말했다.

앙토니는 허겁지겁 바지 지퍼를 올렸다. 오줌 한 줄기가 허벅지를 타고 흘러내리는 것이 느껴졌다. 돌연 화장실 벽들이 가깝게 느껴지면서 암모니아 냄새가 코를 찔렀다. 앙토니는 주위를 둘러보았다. 창살을 두른 유리창 말고는 도망갈 구멍이 없었다. 앙토니는 다시 열다섯 살 때로 돌아갔다.

"잘 살고 있었냐?"

하신은 천천히 화장실 문을 닫고 다 망가져 덜렁거리는 작은 고리를 채웠다. 매우 차분하고 표정이 전혀 없는 갈색 피부의 하신이 겨우 몇 미터 앞에 서 있었다.

"원하는 게 뭐야?" 앙토니가 물었다.

"뭘 것 같냐?"

솔직히 앙토니는 아무 생각도 떠오르지 않았다. 전부 지난 일이었다. 화장실 문밖엔 사람들이, 아버지가 있었다. 사람들의 웅성임, 술잔 부딪치는 소리가 들려왔다. 앙토니는 등짝에 달라붙은 와이셔츠 자락을 한 번 잡아당긴 다음 화장실에서 나가기로 마음먹었다.

"어디 가?"

"나갈 거야."

하신이 손바닥으로 앙토니를 떠밀었다. 무심한 동작이었지만 얼굴에 슬그머니 들러붙는 거미줄처럼 불길했다. 양 볼에 화가 차오르면서 앙토니는 지난번 로맹과 싸울 때 느꼈던 치욕에 또다시 사로잡혔다. 앙토니는 다시 한번 아버지를, 화장실 문 바로 뒤에 있을 아버지를 떠올렸다.

"뭐."

그러자 하신은 얼굴이 매우 흥미롭게 돌변하더니, 왜가리처럼 한쪽 다리로 서서 다른 쪽 무릎을 가슴 쪽으로 당겼다. 두 주먹을 얼굴 높이로 들어 올린 건 누가 뭐래도 가격 직전의 자세였다. 하신의 한쪽 발이 명치에 날아와 퍽 하고 꽂혔다. 생각지도 못한 타격에 놀란 앙토니는 화장실 저편으로 날아가 바닥에 엉덩방아를 찧으며 그대로 주저앉았다. 넋이 완전히 나가 버렸다. 새로 사 입은 눈부신 흰색 와이셔츠에 신발 자국이 선명하게 찍혔다. 손바닥 아래로 오줌에 얼룩진 타일과 오톨도톨한 세라믹 입자가 고스란히 느껴졌다. 일어날 수가 없어서 다시 숨을 고르고 몸을 일으키기까지 십 초는 걸렸다.

"개자식." 앙토니가 말했다.

몇 번의 어설픈 동작이 오간 후, 하신이 약간 거리를 두고 서서 앙토니의 갈비뼈를 향해 미들 킥을 퍼부었다. 정강이로 놀라울 만큼 민첩하게 킥을 날렸으나 겉보기와 달리 힘은 많이 들어가 있지 않아서 상대를 그다지 아프게 할 정도는 아니었다. 앙토니는 어렵지 않게 타격을 견뎌 냈다. 이윽고 숨이 턱끝까지 차올라 씩씩거리며 싸우자고 덤비는 다소 우스운 몰골의 두 청년이 서로를 마주 보고 섰다. 하신은 여전히 한쪽 다리에만 힘을 싣고 두 주먹을 허공에 치켜 든 채로 경계를 늦추지 않았다. 앙토니는 더 이상 쓸데없이 힘을 낭비하지 않는 편이 좋겠다고 생각했다. 하신도 같은 생각이었다.

그 순간 화장실 문 경첩이 마구 흔들렸다. 하신은 한발 옆으로 물러섰다. 문손잡이가 정신없이 흔들리더니, 마침내 고리가 떨어져 나가며 파트릭의 얼굴이 드러났다.

"이게 무슨 짓이냐?"

눈앞에 아들이 하얀 와이셔츠를 잔뜩 더럽힌 채 지저분하고 어리둥절한 얼굴로 서 있었다. 파트릭은 하신을 보았다. 뒤따라온 엘렌이 몇 마디 말로 설명을 보탰다. 그러니까 얘가 그놈이란 말이지. 무자비하고 명명백백한 사실들이 아버지의 머릿속에서 한 편의 영화처럼 펼쳐졌다. 오토바이, 절도, 이혼.

"아무것도 아니에요." 앙토니가 아버지를 말리려고 들었다.

후회와 회한이 담긴 아버지의 눈빛이 아들을 노려보았다. 그러다 곱슬머리에 오리처럼 삐죽대는 얼굴을 한 얼간이 녀석에게로 시선이 옮아갔다. 이 자식이 아랍 놈인 건 우연이냐 뭐냐. 속을 알 수 없게 탁하고 텅 빈 눈빛. 파트릭은 당장 녀석을 쥐어 패고 싶었다.

"네가 그놈이냐?" 파트릭이 건조하게 물었다.

"내가 뭘요?"

앙토니는 단박에 알았다. 아버지가 조약돌처럼 단단하고 짐승이나 광물처럼 딱딱한 표정을 짓고 있다는 걸. 앙토니가 무슨 말이든 하려 했지만 하신이 먼저 입을 열었다.

"됐어요. 내가 꺼지면 되잖아."

갑자기 아버지 입에서 쿡쿡 하고 웃음이 새어나오더니 곧장 첫 번째 주먹이 날아갔다. 주먹은 멀리서, 어깨와 등에서, 허리춤과 뱃속 깊은 곳에서부터 솟아 나왔다. 그 주먹은 지난날의 고통과 절망을 전부 실어 날랐다. 불행과 불운, 잘못된 삶의 무게가 함께 실려 묵직했다. 주먹이 하신의 얼굴 한가운데에 채찍처럼 날아가 꽂혔다. 놀란 건 파트릭도 마찬가지였다. 페탕크 놀이용 쇠공도 그 주먹보다 더 강력할 수는 없을 것 같았다. 충격으로 소년의 머리가 뒤로 나가떨어지며 벽에 가서 부딪히더니, 잠시 다시 튀어 올랐다가 이번엔 바닥에 팔다리를 쭉 뻗고 드러누웠다. 하신의 입술 사이로, 그리고 방금 놀라서 입에 가져다 댄 손가락 사이로 피가 침과 섞여 콸콸콸 쏟아져 나왔다. 하신은 먼저 혀끝으로 상처가 어느 정도인지 가늠했다. 그러고는 파트릭 쪽으로 고개를 돌려 박살 난 입을 보란 듯이 활짝 벌렸다. 그리하여 파트릭은 왼쪽 앞니가 간신히 매달려 달랑거리고 다른 쪽은 아예 떨어져 나가고 없는 섬뜩한 광경을 보게 되었다. 소년은 허공을 향해 빠진 치아들을 뱉었다. 이 꼬마가 반격을 하고 나설까?

"밖으로 나가라." 아버지가 아들에게 명령했다.

"예?"

"시키는 대로 안 해!"

여전히 몸을 반으로 접고 무릎을 꿇고 앉은 하신은 이제 한쪽 콧구멍으로만 숨을 쉬었고, 그래서 마치 보일러 배관처럼 다급하게 식식거리는 소리가 새어 나왔다. 치아 조각들이 혓바닥을 찌르자 하신은 다시 한번 침을 뱉었다. 그러면서 하신은 비로소 타일 바닥의 무늬를 눈여겨보았다. 흰색과 갈색으로 된 작은 타일은 우연한 배치가 아니었다. 전체적으로 고리와 소용돌이가 풍성한 꽃 무덤처럼 연결된 무늬는 고귀한 사람의 모습을 이루었다. 고통이 점점 타고 올라올수록 하신은 자신보다 훨씬 앞서 섬세한 모양을 이루기 위해, 그리고 사람들의 발자국과 소변을 온몸으로 받기 위해 한 조각 한 조각 모여 여기 이렇게 무릎을 꿇고 앉은 타일 속 사람에 대해 곰곰이 생각했다.

"두 번 말하게 하지 마라." 아버지가 재차 말했다.

앙토니가 먼저 화장실에서 나갔다. 얼굴이 백지장 같고 하얀 셔츠는 군데군데 찢어졌다. 엄마가 자리에서 일어났다.

"앙토니!"

하지만 소년의 귀에는 아무 소리도 들리지 않았다. 일어서서 움직이는 사람들에 음악까지 가세해 카페 안은 여전히 너무나 시끄러웠다. 앙토니는 어깨와 손으로 사람들을 헤치고 꾸역꾸역 앞으로 나아갔다. 지나가면서 한 남자를 밀치는 바람에 남자가 들고 있던 술을 앙토니의 걸레처럼 찢어진 와이셔츠에 쏟았다. 남자는 어, 어, 뭐야, 이거. 미는 건 아니지 하며 따지는 듯했으나 그저 형식적인 제스처에 지나지 않았다. 어쨌든 앙토니의 눈엔 이제 아무도 아무것도 보이지 않았다. 마음이 급했다. 그렇게 출입구로 사라진 앙토니는 다시 돌아오지 않았다.

몇 초쯤 지나 모습을 드러낸 파트릭은 믿기 어려울 만큼 차분했다. 그는 정성껏 화장실 문을 꼭 닫고 바 쪽으로 걸어왔다. 거기서 제일 먼저 손에 잡히는 술잔을 덥석 거머쥐었다. 절반쯤 마시고 남겨 둔 맥주잔이었다. 파트릭은 주위를 둘러보았다. 카티가 바에 팔꿈치를 기대고 앉은 여자와 수다에 빠져 있었다. 암소 꼬랑지처럼 물들인 머리를 화려하게 틀어 올린 여자였다. 티에리는 지칠 줄 모르고 맥주 펌프를 누르며 사람들에게 잔을 돌렸다. 가만히 둘러보면 웃음과 주름살과 그 밖의 모든 것이 놀라웠다. 그리고 여전히 기운이 빠질 정도로 시끌시끌했다. 파트릭은 한 손을 머리카락 속 깊숙이 담갔다. 관자놀이와 뒷덜미가 흠씬 젖어 있었다. 아이 하나가 테이블에 턱을 고이고 시럽이 담긴 유리잔 속에 갇혀 허우적대는 말벌을 들여다보고 있었다. 인생은 악의 없이 흘러갔다. 뭉친 것이 있으면 악착같이 풀고 언제든 다시 시작해야 한다. 파트릭은 술잔을 입술로 가져가 단숨에 비웠다. 배 속에 무시무시한 평화가, 납골당 같은 침묵이 찾아왔다. 바텐더에게 한 잔 더 달라는 눈짓을 보냈다. 같은 걸로, 이번엔 피콘을 섞어서.

11

옛 중앙 발전소는 누군가를 만나기엔 최악의 장소였다. 고사리와 잡초가 뒤덮인 언덕 위에 자란 가시덤불, 사람들이 버리고 간 모닥불 잔해, 콘돔, 깨진 유리병 조각들이 폐허가 된 발전소를 집어삼켰다. 스테프는 여기까지 온 걸 벌써 후회했다. 더구나 머저리 같은 그 꼬마는 여태 코빼기도 보이지 않았다. 스테프는 그렇게 한여름 밤의 끈적한 부동성 속에 꼼짝 않고 서 있었다. 다시 한번 손목시계를 확인했다. 목이 탔다.

그래도 소년은 왔다.

소년은 소리가 요란한 낡은 오토바이를 타고 왔다. 넝마처럼 너덜거리는 셔츠에 앞이 뾰족한 구두를 신은 소년은 두 다리를 쫙 벌린 채 완전히 얼이 빠진 표정이었다. 몇 미터 앞까지 와서 시동을 끄자, 오토바이는 관성의 힘으로 움직이다가 제동 장치의 탄성 운동과 함께 스테프 바로 옆에서 멈췄다. 흔들 목마를 탄 꼬맹이 같았다.

"안녕."

"약속 잊어버렸어?"

"아니. 늦어서 미안해."

앙토니가 스탠드를 밀어 바닥에 받치고 오토바이에서 내렸다. 스테프는 그를 뚫어져라 보았다. 앙토니는 두 손을 청바지 뒷주머니에 깊숙이 꽂았다. 그렇게 하니 양쪽 어깨가 앞으로 솟아 보였는데 나쁘진 않았다.

"또 싸웠어?"

"아니."

"근데 셔츠가 왜 그래?"

"아무것도 아니야."

스테프는 잠시 그를 내버려 두었다. 앙토니는 어딘가 모자라 보였지만, 시몽과의 일을 겪고 나서인지 한편으로는 마음이 전과 달랐다. 게다가 썩 나쁜 것만도 아니었다. 수줍고 다듬어지지 않은 면이 오히려 매력이었다.

"자, 이리 와. 너 짜증 나."

스테프의 손짓에 따라 둘은 발전소 뒤에 있는 계단으로 올라갔다. 거기서는 적어도 시내, 가로등에 몰려드는 날벌레들, 아주 간간이 자동차가 지나가는 도로의 철조망, 신시가지와 그곳에서 숨 쉬는 파란 유리창들이 보였다. 비좁은 계단을 오르면 한때 탈의실로 쓰던 곳이 있었다. 두 사람은 팔꿈치를 살짝 대고 나란히 앉았다. 앙토니는 자신의 두 손을 바라보다가 아버지를 생각했다. 그 모든 일에도 불구하고 약속을 지키기 위해 꾸역꾸역 이곳을 찾아왔다. 스테프가 담배에 불을 붙였다.

"말해 봐. 무슨 일 있었어?"

"일이 좀 꼬였어. 아무것도 아니야."

다시 침묵이, 열기로 한층 더 두터워진 침묵이 내려앉았다. 이런 날씨에는 모든 것이 기름이 낀 것처럼 찐득거렸다. 스테파니는 물어뜯은 손톱만 응시하는 앙토니를 샅샅이 살폈다. 목덜미의 붉은 반점, 광대뼈의 모양, 매끄러운 두 뺨, 멍, 고운 피부, 젊음, 냄새. 스테파니는 한숨을 쉬었다.

"너 재미없다."

"너무 더워. 무슨 말을 해야 할지 모르겠어."

이렇게 말할 때 앙토니는 마치 땅 위에 동전이라도 떨어뜨린 사람처럼 초조해 보였다. 앙토니는 당황하고 갈팡질팡했다. 스테프는 그런 그를 약 올리고 싶어졌다.

"그럼 여긴 뭐 하러 온 거야?"

앙토니가 스테프를 쳐다보았다. 머리를 하나로 묶고 반바지에 컨버스 운동화를 신고 민소매 블라우스를 입은 스테프는 피부를 갈색으로 태웠다. 늘 나던 솜사탕 향이 다시 느껴졌다. 그리고 허벅지에 보송보송하게 난 솜털도. 시험 삼아 스테파니가 앙토니에게 불쑥 질문을 던졌다. 그가 뭘 원하는지는 스테파니도 알았다. 스테파니가 재차 말했다.

"뭐든 한번 해 봐."

"어떻게?"

442

"이렇게 계속 있을 건 아니잖아?"

"내가 뭘 했음 하는데?"

"네가 뭘 해야 하는지 말할 사람은 내가 아니지, 아무래도."

"키스하면 좋겠어?"

"해 보면 알겠지."

앙토니는 한번 도전할까 생각했다. 스테파니의 두 눈동자에 장난기가 가득했지만, 앙토니를 완전히 풀 죽게 할 정도는 아니었다.

"너 여자랑 잔 적 한 번도 없지?"

"있어!" 소년이 발끈했다.

"그럼 다른 애들하곤 어떻게 했어?"

"몰라. 저절로 됐지."

"근데 나하고는? 왜 꼼짝 못 해?"

"어쨌든 계단에서는 안 할 거야."

스테파니가 웃음을 터뜨렸다. 물론 계단에서든 다른 어디서든 앙토니와 섹스할 마음은 없었다. 그래도 살살 약을 올리다가 헤어질 즈음에 민첩하게 위로의 가벼운 키스 정도는 건넬 수 있을 것 같았다.

"좋아. 그럼 이제 뭐 할까?"

"다른 데로 가고 싶어?" 앙토니가 물었다.

"잠깐. 그래도 뭐라도 좀 시도해 보지그래?"

"뭘?"

"네가 하고 싶은 거."

"내가 하고 싶은 거?"

"백지 수표를 줄게."

"별소릴 다 하네."

"오픈 바라고나 할까."

스테파니가 웃자 앙토니도 웃었다. 앙토니로서는 기회이면서 동시에 모든 걸 한 방에 날릴 수 있는 위기였다. 조심스럽게 다가가지 않으면 안 되었다. 스테파니의 오른쪽 손목을 잡아 손을 자기 쪽으로 당겼다. 스테파니는 터져 나오는 웃음을 꾹 눌렀다. 이 순진한 놈이 뭘 하려는 거지? 앙토니는 소녀의 손가락을 제 입술로 가져가 입을 맞추었다.

"젠장. 로맨틱하네."

"응."

"알고 보니 젠틀맨이었구나."

"심하게."

그러는 동안에도 앙토니는 여전히 손목을 놓지 않았고 소녀도 구태여 거부하지 않았다. 두 사람 사이에 그렇게 부드러운 접촉이 생겨났다. 스테파니의 두 눈에서 불똥이 튀었다. 드디어 게임이 시작되는 것 같았다. 마침 어둑어둑해졌으니 잘되었다. 결국 상황은 나쁘지 않게 돌아가고 있었다.

"어머! 나 사랑에 빠진 것 같다, 야."

"당연하지."

"등신. 가슴을 만질 수도 있었잖아."

"아니면 네 엉덩이."

"더 심한 데도."

"진짜?"

"아니지. 너 미쳤냐."

스테파니가 손목을 빼면서 앙토니를 밀어내는 시늉을 했다. 살짝 벌어진 블라우스 틈으로 브래지어 끈과 봉긋한 가슴이 설핏 들여다보였다. 블라우스 가장자리엔 점이 하나 있었다. 해변처럼, 맛있는 케이크처럼, 초콜릿처럼 스테파니를 갖고 싶어졌다.

"오! 내가 도와줄까?"

"됐어. 아무것도 안 했잖아."

"이제 다른 데로 가자."

자리에서 벌떡 일어난 스테파니는 말없이 도시 방향으로 돌아서더니 엉덩이에 묻은 먼지를 턴 다음 두 손을 허리에 얹었다. 그녀가 여기 이렇게, 그의 앞에 우뚝 서 있다. 동상처럼, 에펠탑처럼.

"어디 가고 싶어?"

"몰라. 아…… 바보. 마실 거라도 가져올걸."

"지금 가져오면 되지. 클럽에 가면 있어."

"뭐 하러 거길 가?"

앙토니가 손목시계를 확인했다.

"이 시간엔 문 닫았어. 창고 열쇠가 어디 있는지 내가 알거든. 살짝 가서 술병을 꺼내 오면 돼."

"그래도 돼?" 소녀가 앙토니에게 다가서며 말했다. "그래도 너무 덥잖아?"

이번에는 앙토니가 자리에서 일어나 기지개를 켰다. 뭔가를 먼저 제안하게 되어 뿌듯했다.

"아니, 괜찮아. 그런데 헬멧이 하나뿐이야."

"내 차로 가도 돼."

"오토바이로 가는 게 더 간단할 거 같아."

"둘이 같이 탈 수 있어?"

앙토니가 한숨을 쉬었다. 물론이지.

"나중에 여기로 데려다줄 거지?"

"당연하지."

"잠깐만 있어 봐."

스테파니가 차로 달려가 작은 천 가방을 꺼내 어깨에 옆으로 멨다. 두 사람은 함께 길을 떠나게 되었다.

"꽉 잡아. 알았지?"

"어딜 잡아?"

"네가 잡고 싶은 데."

스테파니가 허리를 안자, 소년은 바로 출발했다. 오토바이가 지방 도로에 들어서자 소녀가 외쳤다.

"미친놈처럼 운전하면 안 된다, 알지?"

둘은 미지근한 저녁 공기를 가르며 지방 도로의 완벽한 속도를 느끼며 달렸다. 얼마 안 가 스테프의 몸이 떨려 왔다. 허벅지와 배를 타고 속도가 밀려 올라왔다. 커브를 돌 때 스테파니는 몸을 잔뜩 숙이며 앙토니에게 찰싹 달라붙었다. 두 눈을 감고 한쪽 뺨을 앙토니의 등에 기댔다. 수줍고 희미한 빛을 지평선에 던져 버리며 시골 풍경 속으로 하루가 점점 지워져 갔다. 둘은 산업 지대와 숲, 들판을 가로질렀다. 달리는 내내 소녀는 소년에게서 나는 시큼한 냄새를 맡았다. 앙토니는 술을 마셨고, 달렸고, 땀을 흘렸으며, 지금은 그녀를 느끼고 있었다. 그건 그의 몸에서 나는 냄새, 어렴풋이 불쾌한 냄새였다. 그리고 어둠 속에서 그 냄새가 지표가 되어 주었다. 밤이 스테파니의 몸속으로 들어왔다. 그렇게 그대로 내버려 두었다.

수상 클럽에 도착한 뒤 앙토니는 스테파니를 잠시 혼자 놔두고 창고로 술을 가지러 갔다. 긴 시간이 아니었으나 앙토니가 자취를 감추자 소녀는 곧 무서워졌다. 칠흑 같은 밤, 핫팬츠를 입은 스테파니가 길가에 혼자 서 있었다. 차 한 대가 멈춰서자 공포에 사로잡힌 스테파니는 마구 달려가 근처에 있는 작은 나무 뒤에 몸을 숨겼다. 그러고는 바닥에 주저앉아 두 손으로 어깨를 감싸고 꼼짝하지 않은 채 앙토니를 기다렸다. 심장이 두근두근 뛰었다. 머리 위로 나뭇잎들이 살며시 흔들렸다. 그래도 한 점 바람이 불었다. 앙토니가 다시 나타났을 때, 스테파니는 너무나 안심한 나머지 당장 달려가 그의 품에 안기고 싶었다.

"뭐야, 어디 갔었어?"

"아무 데도. 아, 진정해."

스테파니는 본능적으로 그의 한쪽 팔을 붙들었다.

"여긴 완전 정글이야. 얼마나 무서웠다고."

대답 대신 앙토니는 보드카 병과 불을 지피기 위해 가져온 낡은 신문지를 보여 주었다.

"이거 네 가방에 다 들어갈까?"

"오케이. 병 좀 줘 봐. 일단 한 모금 마셔야겠어."

앙토니가 시원하지도 않은 에리스토프 보드카를 건넸다. 지난번의 기억이 떠올랐다. 새 병을 따자 딸깍하고 소리가 났다. 스테파니는 두 모금을 마시고 앙토니에게 병을 넘겼다.

"아, 살았다."

"자, 가자. 이 근처에서 어슬렁거리고 싶지 않아." 소년이 말했다.

앙토니는 스테프의 가방 속에 신문지를 쑤셔 넣었다. 스테프가 뒤에 올라타자 오토바이는 다시 전속력으로 달렸다. 이제 스테프는 앙토니의 허리에 아주 세게 매달렸다.

호수 주변 여기저기에 작은 모닥불 불빛들이 반짝거렸다. 젊은이들이 군데군데 적당한 장소를 골라 파티를 하거나 캠핑 중이었다. 원칙상 캠핑도 음주도 금지였으나, 실전에서 원칙은 언제나 맥없이 무너졌다. 여름밤이면 하루가 멀다 하고 동네 청소년들이 와서 모닥불을 피우고, 호수에서 자맥질을 하거나 별빛 아래 잠들었다. 그래서 여름의 호숫가는 싸움, 소음, 기물 파손, 환경 오염으로 몸살을 앓았다. 시청에서 각종 예방 캠페인을 벌이고 여기저기 수영 금지 푯말을 세우는 바람에 주변은 더욱 지저분해졌다. 심지어 경찰이 순찰을 돌면서 벌금을 물리기도 했지만, 에일랑주에 살았던 사람이라면 누구나 호숫가에서 지새운 밤, 달빛 아래의 키스에 대한 추억을 간직하고 살았다. 지금까지도 이 전통을 거스르는 사람은 아무도 없었다.

그나저나 앙토니와 스테프는 한적한 공간을 찾아 호숫가를 한참 걸어야 했다. 그렇게 걷다가 기타를 치거나 모닥불 앞에서 깔깔거리는 십 대들 무리를 여럿 지나쳤다. 결국 둘은 누군가 동그랗게 모아 놓은 돌멩이들 옆에 자리를 잡기로 했다. 앙토니는 검게 그을린 돌멩이들 한가운데에 주워 온 잔가지들을 넣고 신문지를 구겼다. 그리고 성냥불을 붙이자 노란 불꽃이 거침없이 솟아올랐다. 불꽃 속에 두 사람의 얼굴이 드러나고 그림자가 한쪽으로 길게 누웠다. 스테프는 무릎을 앞으로 모으고 모래사장에 앉았다. 앙토니도 가까이에 앉았고, 두 사람은 보드카를 마시기 시작했다. 이렇다 할 얘깃거리는 없었지만 그래도 좋았다. 게다가 스테파니는 구태여 다른 말을 하고 싶은 마음이 없었다. 침묵이 찾아들자 앙토니는 다시 한번 아버지를 생각했다. 카페 '공장'의 일은 어떻게 됐을지 궁금해졌다. 이번엔 스테파니가 날씨 얘기를 꺼냈다. 그렇다고 수긍만 하면 되니 날씨 얘기는 어떤 대화에든 모나지 않게 들어맞았다.

"이 더위 진짜 끔찍해."

"그러게." 앙토니가 말했다.

"난 요새 잠을 못 자. 방에 에어컨이 있는데도 그래."

"전부 더워서 미쳐 버린 것 같아. 그거 봤어? 신문에 났는데, 블롱샹 쪽에 사는 남자 얘기 말이야."

"아니." 그녀가 말했다.

생각만으로도 벌써 흥미진진했다. 이 동네 어딘가에서는 늘 황당한 일들이 벌어졌다. 스테파니는 보드카를 길게 한 모금 마셨다.

"어떤 가족이 있는데, 부모에다 애들하고 할머니 할아버지, 심지어 개까지 좁은 아파트에서 전부 같이 살았나 봐. 일하는 사람은 아무도 없고. 어쨌든 그런 사람들 있잖아. 그런데 그 사람들이 집 안에서 전부 벌거벗고 지냈대."

"그게 무슨 소리야?"

"너무 더우니까 옷을 안 입은 거지."

"설마!"

"진짜야. 그걸 본 옆집 사람들이 경찰을 불렀다나 봐. 보기 민망했겠지. 온 가족이 고추를 덜렁거리면서 집 안을 어슬렁거리는 걸 어떻게 보냐?"

"헐! 진짜야?"

"진짜지. 엄마가 신문 기사도 보여 준걸. 온 가족이 알몸으로. 이게 제목이야. 경찰도 그 사람들 연행하느라 꽤 난처했다나 봐."

박장대소하는 스테프를 보니 알코올이 두 사람에게 날개라도 달아 준 것 같았다. 앙토니는 덩달아 신이 났다. 두 사람은 그 골짜기에 넘쳐나는 엇비슷한 얘기들을 늘어놓기 시작했다. 남자 형제, 아버지, 사촌의 족보가 복잡하게 꼬인 근친상간

이야기. 쇠망치를 든 강도에게 우체국이 털린 이야기, 매시퍼거
슨을 탄 그들을 쫓는 추격전, 노루 사냥용 총알로 끝나 버린 댄
스파티, 대두 일당, 거짓 서류를 꾸며 가족 수당을 받아먹는 사
람들, 삼 대에 걸쳐 지속된 근친상간, 속담이나 전설 같은 것
들…….

맞은편 호숫가의 모닥불이 사그라들었다.

"저거 봐." 앙토니가 말했다.

스테파니는 앙토니의 어깨에 머리를 기댔다. 단둘이었고,
필요한 만큼 취했으며, 밤과 불과 호수가 지켜 주었다. 모든 것
이 멋지게 흘러갔다. 스테파니가 앙토니에게 입을 맞췄다. 약
품 같은 보드카 맛이 나는 신경질적인 키스. 곧이어 두 사람은
뒤로 쓰러지며 굵은 모래밭 위에 다리를 엉키고 누웠다. 스테
파니가 청바지 위로 앙토니의 성기를 어루만지자 소년은 주춤
하며 뒤로 몸을 뺐다.

"뭐야?" 스테프가 숨을 몰아쉬었다.

스테프는 소년에게 몸을 바싹 붙이고 자기도 모르게 움직
였다. 그녀는 원했다. 그녀가 입을 맞추었다.

"저절로 될 거야. 걱정하지 마."

"알아." 소년이 말했다.

스테프가 쿡쿡 웃으며 자리에서 일어나 블라우스를 벗었
다. 블라우스 속엔 와이어 없는 브래지어를 했다. 천을 통해서
유두 모양을 가늠할 수 있었다. 스테파니는 신발과 바지도 차
례로 벗어 던졌다. 희고 약간 투명한 팬티는 허벅지 볼륨에 비

하면 터무니없이 작았다. 넘치고 충만한 그녀의 몸이 훤하게 드러났다.

"이리 와. 수영하자." 스테프가 말했다.

"저기서?"

"이리 오라니까."

스테파니는 앙토니를 일으켜 세운 다음 호수로 이끌었다. 한 걸음 한 걸음 걸을 때마다 그녀의 엉덩이가 부드럽게 출렁거렸다. 앙토니는 셔츠가 거추장스러워졌다.

"아얏, 이런!"

별안간 스테파니가 한쪽 발로 폴짝 뛰며 소리를 질렀다.

"무슨 일이야?"

"몰라. 뭘 밟은 것 같아."

스테파니는 상처를 들여다보려고 모래 위에 그대로 주저앉았다.

"불빛 가리지 마. 아무것도 안 보이잖아."

스테파니는 당황한 채 바닥에 앉아 오른발을 왼쪽 허벅지 위로 끌어당겨 꼼꼼히 들여다보았다. 앙토니도 그 앞에 무릎을 꿇고 앉았다. 작지만 선명한 아몬드 모양의 상처가 발바닥 한가운데의 매우 창백한 살을 가르며 생겨났다. 아주 작은 입 같았다.

"별로 깊진 않아. 그래도 물에는 안 들어가는 게 좋을 것 같아."

"업어 줘."

앙토니가 눈을 들어 바라보았다.

"물속으로 데려가 달라구. 상처에 모래 들어가는 거 싫어."

앙토니는 천천히 청바지를 벗은 다음 스테파니를 업었다. 목을 끌어안을 때 스테파니는 오토바이를 타고 달리는 내내 맡았던 앙토니의 냄새를 다시 느꼈다. 스테파니는 소년의 뒷덜미에 이마를 포갰다. 아주 단순하고 인내심 강한 아이가 된 것 같았다. 물이 점점 차올랐다. 물이 허리까지 차는 곳에 다다랐을 때, 스테파니는 소년의 등에서 내려와 소년을 마주 보고 섰다. 그리고 다시 한번 키스했다. 그의 팔에 안긴 스테파니가 두 발로 그를 감쌌다. 그렇게 소년은 두 손으로 소녀를 떠받쳐 들어 올렸다. 소녀의 팬티가 그를 스쳤다. 물은 거의 멀미가 날 만큼 미지근했다.

"물 괜찮네……."

"응."

스테프는 어느새 소리를 잔뜩 낮춰 말하고 있었다. 그에게 바싹 기대어 그대로 몸을 맡겼다. 물과 하늘이 뒤섞였다. 앙토니는 물속에 우글거리는 오물들, 메기, 물고기, 시체가 되어 이미 썩어 분해되고도 남았을 콜랭 씨네 아들을 생각했다. 앞으로 나아갈수록 발가락 사이로 진흙이 미끄러졌다. 온몸에 소름이 돋았다.

"추워?"

"아니."

스테프가 앙토니의 쇄골에 머리를 살며시 기댔다. 앙토니는 계속 걸었다. 물은 이제 제법 높은 데까지 올라왔다. 조만간 발이 닿지 않을 것이다.

"나 잡아 줘." 그녀가 말했다.

"잡고 있어." 앙토니가 대답했다.

섬처럼 하얀 소년과 소녀가 물과 하늘의 밤을 표류했다. 산다는 건 이토록 가치 있는 일이었다.

"그만." 스테프가 말했다.

"무서워?"

"조금."

앙토니가 스테파니의 귓밥 아래에 입을 맞추었다. 스테파니는 자기도 모르게 앙토니에게 온몸을 붙이고 꿈틀거리기 시작했다. 둘 다 좋았다. 물이 마침내 달콤해졌고 비는 내리지 않았다. 앙토니는 묵직하고 유연한 엉덩이를 한껏 느끼면서 그녀를 서서히 포근하게 흔들어 주었다.

"너 딱딱해졌어……."

그녀가 거의 웅얼거렸다. 그는 어느 정도인지 보여 주고 싶었다.

"움직이지 마." 스테파니가 말했다.

앙토니에게 찰싹 달라붙은 스테파니가 아주 천천히 물결치기 시작했다. 팬티 너머로 그녀의 굴곡과 그 안의 부름이 느껴졌다. 아래를 문지를수록 스테파니의 숨결이 점점 가빠졌다. 물속에서 앙토니는 스테파니 안에 손을 넣어 뭐든 잡아 보고 싫어졌다.

"싫어⋯⋯." 스테프가 말했다.

그녀가 세게, 압박하듯, 뭔가를 조르는 아이처럼 앙토니를 꼭 끌어안았다. 두 사람이 만드는 동작에 맞추어 물살이 규칙적으로 찰랑거렸다. 소년은 마침내 소녀의 살 속으로 손가락을 밀어 넣었다. 그녀를 주물러 터뜨려 그 안으로 들어가고 싶은 거대한, 너무나 큰 욕망이 그를 찾아왔다. 어쩌면 그녀를 조금 아프게 했던 것 같다. 스테프가 신음했다.

"더⋯⋯."

"뭐?"

"더, 더 세게⋯⋯." 그녀가 말했다.

시키는 대로 하자 그녀의 앓는 소리가 더욱 커졌다. 스테프는 흥분한 것 같았지만, 그럴수록 앙토니는 외로움과 중력의 법칙 같은 이상한 감정을 느꼈다. 스테프의 얼굴은 가려서 보이지 않았다. 오롯이 앙토니 혼자 어둠 속에서 호수의 동물적인 현실과 하늘의 무게에 맞섰다. 소녀는 소년의 가슴에 대고 몸을 둥글게 만 채로 그를 한껏 눌렀다. 그의 골반이 여자의 움직임을 만나자 꿈틀거렸다. 더는 참을 수 없었다. 스테프 속으로, 그 팔딱거리는 붉고 부드러운 세상 속으로 당장이라도 풍덩 담그고 싶어 아랫도리가 아파 왔다. 앙토니가 한 손을 풀어 허리를 잡자 스테프의 몸이 활처럼 휘었다. 팬티를 입은 채라도 좋았다. 그녀 속으로 들어가고 싶었다. 앙토니는 한 번 더 성기를 꺼내려고 해 보았다.

"쉿!" 스테프가 말했다.

"하고 싶어."

"조용히. 이렇게 있어. 아…… 어떡해. 나 좀 더 안아 줘 봐."

앙토니는 더 꼭 끌어안았다. 스테프의 숨소리는 걷잡을 수 없을 정도로 거칠어졌다. 엉덩이도 숨결에 맞추어 빠르게 들썩거렸다. 앙토니는 바로 지금이라고 생각했다. 그녀가 오르가슴에 도달할 것이다.

"잠깐만." 앙토니가 웅얼거렸다.

그도 절정을 느끼고 싶었다. 하지만 물속에서, 그리고 이런 어둠 속에서는 쉽지 않을 일이었다. 스테프가 온 힘을 다해 그를 안고는 마침내 이상한, 어딘지 그로테스크한, 가슴속에서부터 올라오는 숨결을 뱉었다.

"잠깐만." 그가 재차 말했다.

그러나 그의 손에 안긴 스테프는 어느새 입다 버린 옷처럼 느슨해졌다. 이제야 그녀가 앙토니를 놓아주고 그를 마주 보았다. 앙토니의 성기도 금세 작아져 버렸다. 두 사람을 둘러싼 침묵이 견딜 수 없을 만큼 도드라졌다.

"이제 나 데려다 줘. 완전 피곤해. 그리고 추워."

앙토니는 물에서 나오는 스테파니를 바라보았다. 실루엣이 고르고 탄탄했다. 다리를 약간 절었는데, 그 동작이 단속적으로 그의 피부 마디마디마다 성적이면서 무의미한 전율을 새겼다.

"화났어?" 스테프가 물었다.

그녀는 두 팔을 문지르며 호수 밖으로 폴짝 뛰어나가 몸을 말렸다.

"아니."

몇 분 후 두 사람은 옷을 입었다. 그러고는 모닥불이 혼자 꺼지도록 놔두고 오토바이 쪽으로 걸어갔다. 이번에 스테프는 허리 대신 안장에 매달렸다. 발전소에 도착하자 스테파니가 앙토니의 볼에 입을 맞추며 작별 인사를 했다. 며칠 동안 앙토니는 자기가 그녀를 가졌다고 생각해 보려 애썼다. 그러나 사실은 정반대였다.

3 **1996.07.14.**
La Fièvre[*]

---

* 프랑스 힙합 그룹 쉬프렘 NTM(Suprême NTM)이 1995년에 발표한 곡.
  제목은 '열병'을 뜻한다.

1

세상일은 요컨대 꽤 기계적으로 흘러갔다.

앙토니는 5월에 열아홉 살이 되었다. 6월에는 과학 상경 (STT)[66] 계열 바칼로레아를 쳤다. 재시험을 치지 않아도 되었으며 앞날에 대한 환상도 품지 않았다. 어쨌거나 그런 건 더 이상 중요하지 않았다. 3월에 앙토니네 반 전체가 메츠에서 열린 진로 지도 행사에 갔다. 냉기가 흐르는 전시장에서는 전문학교에서 나온 사람들이 학생들을 유치하느라 열을 올리고 있었다. 전문 기술 자격증과 엔지니어 자격증을 홍보하는 사람, 사람들이 미처 알지 못하는 수많은 가능성을 제시하는 대학교 직원도 있었다. 군인을 모집하는 부스도 있었다. 앙토니는 거기서 전단지를 받고 금발의 발랄한 여군과 한참 동안 이야기를 나누었

66   Sciences et Techniques Tertiaires.

다. 여군이 CD롬을 선물로 건네며 해병대, 잠수함, 헬리콥터 조종사, 그리고 프랑스령 기아나에서 있었다는 진흙 유격 훈련 등의 사진을 보여 주었다.

4월에 앙토니는 입대 서류에 사인을 했다. 입대일은 7월 15일이었다. 그게 내일이었다.

앙토니는 입대를 기다리며 7월 14일 아침까지 매일 아침 15킬로미터씩 달렸다. 프티푸즈레 숲을 가로지르고 호수를 한 바퀴 돌아 사냥꾼들의 쉼터까지 국도를 달렸다. 거기에 그의 오펠 카데트를 세워 두었다. 달리고 나면 머리가 싹 비워지고 가벼우면서 단단한 기분이 들었다. 앙토니는 그럭저럭 잘 지냈다.

아들의 바칼로레아 합격을 축하하는 의미에서 어머니가 차를 넘겼다. 이것도 선물이라고 할 수 있을까. 차는 허구한 날 말썽을 일으켰다. 그나마 다행인 것은 라멕 도로변에서 작은 정비소를 운영하는 뮌스터베르제 형제를 찾아가면 된다는 점이다. 형제는 공짜 클러치를 끼워 주고 축, 카뷰레터, 브레이크 드럼 등을 눈짐작만으로 바꿔 주었다. 엔진 오일을 갈 때가 되자 시릴 뮌스터베르제가 마침내 손을 떼겠다고 선언했다.

"어떻게 하는지 보여 줄게. 이제 우리 그만 괴롭히고 네가 직접 해라."

뮌스터베르제 형제는 아버지의 친구로, 몸집이 커서 허리를 숙일 때면 언제나 엉덩이가 들여다보이고 늘 툴툴거리지만 손끝에 기름때가 가시지 않는 착한 사람들이었다. 엘렌은 그들을 고철 장수라고 불렀다. 형제의 어머니가 정비소 사무를 담당했다. 아직 젊었으며 늘 말쑥한 차림이었다. 그 할머니는 사무실 유리창 너머로 정비소를 감시하곤 했다. 이제 차를 혼자 고칠 줄 알게 되고도 앙토니가 정비소를 찾는 건 커피 한잔 마시거나 이야기 상대가 궁해서였다.

어머니 집으로 돌아온 앙토니는 곧장 뒷마당으로 향했다. 어머니는 다른 집과 담을 나누고 나란히 세워진 아담하고 예쁘장한 이층집에 월세를 살았다. 본래 과수원이었던 자리를 밀어 만든 동네여서, 자리를 잘못 잡은 것 같은 나무 몇 그루가 과거의 전원 풍경을 간직하고 있었다. 앙토니는 미라벨 나무에 철봉을 설치해 두었다. 티셔츠를 훌렁 벗고 허리띠를 바짝 조여 맨 다음 피트니스 세트를 시작했다. 스무 개씩 다섯 번. 아침 10시였고 미라벨 나무가 그늘을 드리우긴 했지만, 곧 옆구리와 등줄기를 타고 땀이 줄줄 흘렀다. 등, 팔뚝, 양쪽 허벅지, 배까지 안 아픈 데가 없었다. 그게 오히려 좋았다. 앙토니는 한동안 부엌 창문을 바라보며 생각에 잠겼다. 그러다가 잔뜩 불거진 근육과 긴장된 실루엣으로 삼각근 강화 운동을 시작했다. 어머니가 부엌문을 열었다.

"여태 뭐 하고 있니?"

"아무것도 안 해요."

"그럼 이리 와서 침대보 개는 거나 돕지 그러냐."

앙토니는 운동 장비들을 주워 모으고 어머니를 따라 거실로 들어갔다. 어머니는 겉창을 다 닫은 어두운 거실에서 로랑 카브롤[67]이 나오는 홈쇼핑 채널을 보며 다림질을 하느라 바빴다.

"잡아." 이불 커버 모퉁이를 건네며 어머니가 말했다.

두 사람이 거리를 넓히자 이불 커버가 곧 팽팽해졌다. 그걸 다시 반으로 접었다.

"가방은 다 싼 거야?"

"예."

"기차역엔 가 봤어? 기차 시간 확인해야지."

"예."

거짓말이었다. 벌써 일주일째 어머니는 내내 그 소리였다. 아들의 입대 준비가 그녀 존재의 전부가 된 것 같았다. 어머니는 끝없이 목록을 작성하고 불면증에 시달렸다. 천재지변 같은 것이 일어날지도 모른다는 생각이 그녀를 괴롭혔다. 특히 프랑스 철도청의 시간표는 그녀를 내내 노심초사하게 만들었다. 앙토니는 어머니의 말을 자르지 않았다. 어쨌든 엄마는 걱정이 일상이었으니까.

빨래를 다 개고 나서 앙토니는 발랄한 걸음으로 부엌을 향했다. 냉장고 문을 열어 콩트렉스 생수 한 병을 꺼내 고개를 젖히고 한 번에 다 마셔 버렸다. 상반신에 아무것도 걸치지 않은 그의 머리칼이 땀에 흠뻑 젖어 있었다.

"냉장고 문."

---

67 프랑스의 작가이자 기자.

앙토니는 발로 문을 닫은 다음, 머리 위에서 두 손을 깍지 끼고 손바닥을 바깥으로 해서 위로 쭉쭉 밀었다. 엘렌은 앙토니가 하는 짓이 마음에 들지 않았다. 복근이 잎맥처럼 빽빽했고, 승모근은 삼두박근으로 솟구치기 전에 어깨와 만났다. 엄마가 보기에는 모든 것이 잠재적인 난폭함에 지나지 않았다. 앙토니의 근육에서 그녀는 언젠가 터져 나올 폭력을 그렸다. 살면서 그런 일을 너무 많이 보아 왔고, 이제 바라는 건 충돌도 후회도 없는 편안한 낙원뿐이었다.

"그렇게 운동만 하다가 언젠가는 크게 다치고 말 거다."

"샤워할래요."

"가방 싸야지."

"예, 예. 알아들었습니다."

앙토니가 두 팔을 크게 벌리며 말했다.

"저 녀석." 어머니가 파리를 쫓듯 말했다.

아들의 근육질 몸, 식스 팩을 하고 뒤뚱거리는 모습을 볼 때마다 짜증이 났다. 제발 그 쓸데없이 단단하기만 한 몸뚱이가 군대에 가서 쓸모 있기를 바랄 뿐이었다. 하지만 앙토니의 관점은 달랐다. 학교에서 단 한 번도 좋았던 적이 없는 수많은 가난한 집 자식들과 마찬가지로, 앙토니는 싸움을 배우고 이 나라에서 자기 자리를 만들기 위해 군대에 가는 것이다. 그건 아버지의 생각과 일치했다. 아버지와 함께 본 클린트 이스트우드의 영화는 과연 쓸모없지 않았다. 앙토니가 그렇게 말하자 엘렌은 비웃었다. 맷집을 기르기 위해, 이국풍에 심취해서 군대에 지원하는 사람들을 더러 보긴 했다. 하지만 그들은 근처 술집에서 파는 싸구려 맥주를 마실 때 말고는 부대에서 한 번도 나가 보지 못한 채 하나같이 관료 중심의 규율에 염증을 느낀 채로 돌아왔을 뿐이었다.

소년은 샤워를 하고 나서 면도를 했다. 힘없이 축 처진 한쪽 눈은 더 이상 거울 속에 없었다. 묵직한 어깨 선, 식스 팩, 옆구리 근육, 불뚝해서 눌러도 들어가지 않는 승모근이 거울에 꽉 찼다. 아래층 부엌에서 압력솥이 기관차 소리를 내자, 친숙한 점심 냄새가 집 안에 퍼졌다. 엘렌은 늘 그랬듯 라디오 유럽 채널을 틀어 놓았다. 히트곡 차트에 오른 노래들이 들뜸을 가장한 진행자들의 수다 사이사이에 끼어들었다. 「갱스터스 파라다이스」[68]를 들으며 이를 닦는데 전화벨이 울렸다. 앙토니는 수도꼭지를 잠그고 욕실 문을 살짝 열어 귀를 기울였다. 압력솥과 음악 소리 때문에 제대로 알아듣기 힘들었다. 엘렌은 낮게 말했다. 응, 아니, 그럼, 그럼 그렇지. 엄마가 앙토니를 불렀다.

"앙토니!"

앙토니는 칫솔을 손에 든 채 욕실 문턱에 말없이 그냥 서 있었다. 민트 향이 혓바닥을 콕콕 찔렀다. 앙토니는 숨을 죽였다. 몇 초쯤 지나 엄마가 다시 그를 불렀다.

"앙토니!"

---

68 「Gangsta's Paradise」. 미국 래퍼 쿨리오가 1995년 발표한 앨범의 타이틀곡.

"왜요?"

"아빠 전화다!"

"샤워하고 있어요."

"아닌 거 다 알아."

"뭐라시는데요?"

"내가 어떻게 알겠니. 얼른 와서 받아 봐."

"내가 전화한다고 해 줘요."

"얼른 내려와서 받아, 이 자식아!"

"안 돼요. 지금 홀딱 벗었다고."

"옷 입고 내려와, 젠장!"

앙토니는 엄마 귀에 들리도록 문을 쾅 닫았다. 그러고는 세면대로 돌아가 치약을 뱉고 입안을 헹궜다. 이마에 걱정스러운 주름이 하나 생겨났다. 한동안 거울을 마주 보고 서 있었다. 어떻게 잘라내야 할지 도무지 알 수 없었다.

부엌으로 내려가니 엄마는 이웃이 준 《푸앵 드뷔》 과월호를 뒤적이며 담배를 피우는 중이었다. 식탁이 차려져 있었고 압력솥은 여전히 식식거렸다. 유리창에 김이 서려 아무것도 보이지 않았다. 앙토니는 엄마와 마주 앉아 엄마가 눈을 들기만 기다렸다. 엄마는 미동이 없었다.

잠시 후 소년이 물었다.

"아빠가 뭐래요?"

"뭐랬을 것 같니……?"

엄마가 원 플러스 원으로 맞춘 안경 너머로 시선을 던졌다. 시선 속에는 반감과 만족감이 동시에 스며 있었고, 앙토니는 그것이 너무나 짜증스러웠다. 앙토니는 차분하게 숨을 쉬려고 애써 보았다. 내일이면 다 끝나. 화낼 필요 없어.

"네 아버지야."

"알아요."

"언제 가 보려고?"

"몰라요."

"내일 떠나잖니?"

"알아요."

엄마가 담배꽁초를 꼼꼼하게 짓이긴 다음 자리에서 일어나 가스레인지 쪽으로 다가갔다.

"고기 굽고 껍질콩도 했는데. 마카로니도 같이 먹을래?"

"예."

몸을 불리기 위해서는 탄수화물과 전분을 먹을 필요가 있었다. 이제 식이요법은 그에게 중요한 일상이 되었다. 언젠가부터 앙토니가 전해질, 혈당 지수, 아미노산 등을 자주 언급했기 때문에 엄마는 매 끼니 고기를 준비해야 했다. 보디빌더의 일상은 그런 거였다.

"아빠한테 뭐라고 말했어요?"

"샤워 중이라고 했지. 아니면 뭐라고 말했겠니?"

"뭐래요?"

어머니는 냄비 가득 물을 붓고 찬장에서 마카로니를 꺼냈다. 물이 끓기를 기다리는 동안 가스레인지가 푸른빛을 뿜었다. 엘렌은 아들에게 등을 보인 채 고개를 저었다.

"별말 안 했어."

"이따가 들를게요."

앙토니가 말했다.

"그럼 오늘 저녁은?"

"뭐가요?"

"안 나가니?"

"한 바퀴 돌아보고 올 수도 있고."

"너 내일 떠나."

"안다고요."

어머니가 두 손에 마카로니 상자를 든 채 뒤로 돌더니, 이번엔 헌신적이고 완벽한 어머니의 표정으로 앙토니를 바라보았다. 덜 고통받으려고 그토록 애썼으나 되는 것이 아무것도 없던 시간들. 그들이 할 수 있는 일은 거의 없었다. 마침내 엘렌은 남들이 일하는 방식, 세계의 상충하는 기능, 평화에 대한 원대한 꿈을 방해하는 장애 요소를 감당하지 못하게 되어 버렸다.

"너도 알겠지만 지각하는 날엔 탈영병 신세가 되는 거야."

"아 좀! 그만 좀 해요."

"그렇다니까!"

다행히 때마침 타이머가 울렸다. 엘렌이 접시에 음식을 덜어 주었다. 앙토니는 손가락 하나 까딱하지 않고는 고기가 싱겁다고 투덜거렸다. 엘렌이 자리에서 일어나 소금을 가져다주었다.

"자."

"고마워요."

"기차는 몇 시니?"

소년은 한쪽 팔을 접어 몸을 접시 쪽으로 기울이며 포크 가득 음식을 찍어 먹었다. 버터와 버무려진 익숙한 맛과 함께 혀를 델 듯 뜨거운 음식이 입속에 꽉 찼다.

"벌써 500번도 더 말했는데. 10시 15분이라니까."

"내가 너라면 오늘 저녁엔 집에 있을 거야. 집에 조용히 있으면 되잖아. 비디오나 한 편 빌려 보고 피자 먹자."

"아우 씨이, 엄마."

앙토니는 상체를 곧추세우고 입안 가득 음식을 문 채 말했다. 말하기 어려운 것을 보상이라도 하듯 두 눈을 크게 떴다.

"오늘이 7월 14일인데 등신처럼 집에만 있으라고?"

"등신이라고 말해 줘서 고맙다."

"엄마가 등신이라는 말이 아니라!"

"그럼 그 말을 어떻게 받아들일까?"

"아씨…… 됐어."

식사는 침묵 속에서 이어졌다. 엘렌은 접시를 건드리는 둥 마는 둥 하고 아들이 먹는 모습을 감상했다. 아들은 그녀가 자기를 위해 직접 요리한 음식을 덥석덥석 잘도 먹었다. 음식 씹는 소리, 아들의 숨소리, 포크가 접시에 부딪치는 소리만 들렸다. 앙토니는 고기와 마카로니를 더 덜어 먹더니 디저트로 다네트를 두 개나 먹었다. 결국 엘렌은 하고 싶은 대로 하라고,

어쨌거나 네 인생 아니겠냐고 아들에게 말했다.

　엄마가 식기 세척기에 설거짓거리를 채우는 동안, 앙토니는 TV를 켰다. 조금 있으면 올림픽이 시작된다. 육중한 두이예, 마리조제 페레크, 장 갈피온, 그리고 나이 들었어도 여전히 멋있는 칼 루이스까지 늘 똑같은 얼굴이었다. 하늘에서 내려다본 애틀랜타는 보드게임 '모노폴리' 판과 흡사했다. 유리와 철탑이 높이 솟아 반짝거렸다. 눈에 보이는 모든 것이 어마어마한 현대성을 자랑하며 수은 빛으로 깔끔하고 날카롭게 번쩍였다. 강렬하게 내리쬐는 햇빛이 빛 반사로 인해 1000배는 더 뜨거워져 그늘에서도 기온이 40도가 넘었다. 그곳이 코카콜라의 도시여서 언제든 시원하게 목을 축일 수 있는 것이 그나마 다행이었다. 식기 세척기 돌아가는 소리 때문에 앙토니는 TV 볼륨을 높여야 했다. 마침내 엘렌이 젖은 손을 앞치마에 문지르며 새 담배에 불을 붙였다. 그리고 아들을 가만히 바라보다가 옆에 와서 앉았다.

　"기분이 좀 이상하다."

　앙토니는 TV 화면만 뚫어지게 바라보았다. 혀끝으로 잇새에 낀 고기 조각을 빼냈다.

　"뭐가?" 앙토니가 무심하게 물었다.

　"아니, 아무것도 아니야." 엘렌이 대답했다. 그러더니 몇 초 안 되어 덧붙였다. "네 물건들 다 창고에 넣어."

　"내 물건 뭐요?"

"쇳덩어리들 말이다, 저기."

"응."

엘렌이 가리킨 건 아령, 철봉, 벤치 등 소핀코[69]에서 받아온 운동 장비들이었다. 적어도 운동하는 동안만큼은 앙토니는 마리화나를 입에 대지 않았다.

"응이 아니고. 지금 당장." 엘렌이 말했다.

"알았다고요, 뉴스 좀 보고. 좀 기다릴 순 없어요?"

"지금 당장. 너 가고 나면 누가 치우라고. 너무 무거워서 엄만 혼자 못 해."

앙토니는 잠시 TV 화면에서 눈을 뗐다. 엄마가 예의 강압적이면서 상처 입은 피해자의 얼굴을 하고 있었다. 이제 엄마의 칼이자 방패가 된 그 표정은 나는 연약하다, 그렇지만 여기는 내 집이다라고 말하고 있었다. 둘이서만 살고부터 엄마는 앙토니에게 거의 모든 것을 양보했고, 앙토니는 실질적으로 최대한의 혜택을 누렸다. 그렇게 해서 오토바이와 플레이스테이션을 손에 넣었고, 방 안에 TV를 따로 들여놓을 수 있었다. 엄마가 사 준 나이키 에어 운동화 세 켤레는 현관 신발장 속에서 먼지를 뒤집어썼다. 하지만 동시에 엄마는 도대체 무엇 때문인지 사사로운 일에 깐깐하게 굴었다. 시간이라든가 바닥에 묻은 얼룩, 옷장 정리 상태 따위에 특히 그랬다. 이런 간극 때문에 둘 사이에는 언제나 갈등이 그치지 않았다. 앙토니가 집을 떠

---

69   프랑스의 물건 대여 업체.

나기로 마음먹은 것도 그 때문이라고 볼 수 있었다.

"지금 당장." 어머니가 담배를 입에 물고는 팔짱을 끼고 명령했다.

소년은 한숨을 푹 쉬며 자리에서 일어났다. 어머니는 최후의 일격을 가했다.

"발 끌지 마. 더러운 거 잔뜩 묻혀 오려고!"

확실히 앙토니의 물건이 자리를 많이 차지하긴 했고, 그래서 자동차를 밖에 세워 두어야 했다. 앙토니는 덤벨을 전부 모아 삼색 쇼핑백에 넣고 철봉을 길이별로 분류한 다음 벤치 해체에 들어갔다. 그러니 조금씩 화가 가라앉았다. 엄마가 짜증 내는 것도 당연했다. 이혼 건이 마무리되자마자 아버지의 송사를 겪어야 했다. 결국 감옥에 가지는 않았지만, 끝까지 사람들은 감방살이만이 유일한 해결책이라는 걸 의심치 않았다. 어찌됐든 그 폭행 사건으로 그들 가족은 남아 있던 얼마 안 되는 돈을 전부 잃었다. 아버지는 죽는 날까지 빚을 안고 살아야 했다. 극단적으로 말해 아버지가 일하는 것 역시 부질없는 노릇일 수 있었다. 그의 월급으로는 변호사 수임료와 재판에서 판결한 돈을 감당하기 힘들었다. 각종 수수료며 벌금에다 실업으로 인한 손실 등으로 아버지는 완전히 거덜이 났다. 생의 끔찍한 교훈은 그렇게 얻어지는 모양이다. 이 사회는 누군가 못 하나를 뽑았을 때 그 사람을 사회에서 완전히 격리할 모든 도구를 갖추고 있었다. 특히 법조인이나 은행원은 그런 쪽에 도가 텄다. 여섯 자리 숫자로 된 빚이라니, 아버지에게 남은 일은 선술집에서 그 밤에 그 나물처럼 어울리는 얼간이 친구들과 한잔 마시며 끝을 기다리는 것뿐이었다. 물론 파트릭 카사티에겐 변명의 여지가 없었다. 그의 한평생은 편협하고 술에 절고 난폭하다고 판명이 났다. 결과는 놀랍지 않았다. 그는 항소 한번 못 하고 매장당했다.

재판이 진행되는 동안 하신의 아버지 말렉 부알리가 증인으로 출석했다. 그는 재판장이 던지는 모든 질문에 덩어리 져서 알아듣기조차 힘든 목소리로, 그러나 내내 공손하게 대답했다. 세련되지는 못해도 의연한 그 모습을 재판장은 무척 마음에 들어 했다. 재판이 끝날 무렵, 판사는 그에게 혹시 옛 직장 동료이기도 한 파트릭에게 할 말이 있으면 해 보라고 기회를 주었다. 말렉 부알리는 없다고 대답했다. 그의 수동성에는 절도가 있었다. 어쩌면 지쳤기 때문인지도 몰랐다.

"카사티 씨는 어떻습니까? 부알리 씨에게 할 말 있습니까?"

"없습니다, 재판장님."

"서로 아는 사이잖습니까."

"그렇습니다."

"좋습니다……."

재판장은 앞에 활짝 펼쳐 놓은 서류를 볼펜 끝으로 두 번 톡톡 두드리고 나서 재판을 마무리했다. 저마다 사연과 이유들을 가지고 각자의 길로 떠났다. 서로 한마디도 주고받지 않은 어긋난 만남이 파트릭의 판결에 중요한 영향을 미쳤다.

재판이 끝난 뒤 엘렌 카사티는 또다시 가혹한 경험을 해야 했다. 벌써 이십오 년째 일해 온 회사에서 업무 지원팀이라고 이름을 바꾸고 사무직을 개편하기로 한 것이다. 사장은 엘렌이 업무를 제대로 하는지 확인하기 위해 테스트를 받게 했다. 이후 테드 라피두스 브랜드 정장을 빼입고 머리엔 포마드를 발라서 썩 거북한 남자가 낭시에서 와서 외부 감사라며 출근을 했다. 결국 엘렌은 걱정을 안고 스트라스부르까지 교육을 받으러 다니는 처지가 되었다. 더러 야단을 맞기도 하는 아이가 되어 버린 것이다. 끝없이 변화하는 세상에 발맞추어 누군가의 도움을 받아 최신 프로그램에 익숙해질 필요가 있었다. 급여 정산이라는 엘렌의 업무에는 근본적으로 변화가 없었다. 다시 말해 엑셀 차트에 해당 항목들을 적고 오른쪽 맨 아래 칸에 총 수령액을 틀리지 않게 쓰면 되었다. 다만 알맹이를 제외한 겉치레가 요란스럽고 불투명하게 복잡한 영어로 바뀌었을 뿐이다. 오래지 않아 매니저가 새로 왔다. 엘렌보다 스무 살이나 어리고 미국에서 MBA를 마쳤다는 매니저는 늘 아이디어가 넘쳤다. 조금이라도 기회가 있으면 놓치지 않았고, 여전히 발전을 위해 필요한 것들을 가로막는 프랑스의 불필요한 장애물 앞에서 끝없이 탄식했다. 베를린에서는 이미 장벽이 무너졌으며 역사는 그렇게 마무리되었다. 이제는 최신 사무용 프로그램을 이용해 마지막 장애물들을 제거하고 지구상의 50억 인구가 평화로운 공존을 도모하는 일만 남았다. 그런데 조만간 끝날 것 같지 않은 진보의 약속, 합일에 대한 확인이 뒤섞였다. 자신이 그런 역사적 움직임에 족쇄와 브레이크를 거는 존재라는 사실을 엘렌이 깨닫기까지는 그리 오래 걸리지 않았다. 대상 모를 원통함에 사로잡힌 엘렌은 두 달 동안 병가를 내고 우울증 치료를 받았다. 휴직이 끝나고 회사로 돌아온 엘렌은 본인의 책상이 마케팅 부서에서 고용한 신입 직원에게 넘어간 것을 알게 되었다. 엘렌은 울며 겨자 먹기로 오픈 스페이스로 옮겨야 했다. 아들의 사진과 두 달 전까지 책상 옆에 두고 기르던 초록 식물을 되찾기 위해 노동 감독관에게 등기 편지를 썼다. 그 후 엘렌은 서서히 잊혀 갔다. 열쇠로 꽁꽁 잠근 책상 서랍 속엔 엘렌의 비스킷 상자, 사탕, 땅콩이 가득 들어 있었다. 엘렌은 점점 살이 쪘다. 다행이라면 신진대사가 매우 원활해서 먹는 족족 지방질이 온몸으로 비교적 조화롭게 분산된 것이었다. 게다가 최근에 갑상선 호르몬 이상이 발견되어 레보티록신을 복용하기 시작했다. 엘렌은 항상 늘어지고 의기소침했으며, 아무것도 하기 싫을 때가 많았다. 몸에 열이 올랐으나 에어컨이 있어서 동료들은 창문 여는 걸 싫어했다. 그래도 새로운 애인이 생긴 건 좋은 소식이었다. 장루이는 똑똑한 맛은 없어도 착한 남자였고, 늘 콧잔등 위로 안경이 흘러내렸다. 레스토랑에서 일했기 때문에 늘 감자튀김 냄새가 났다. 그는 섹스를 잘했다.

운동 장비를 전부 다락에 올리기까지 두 시간 가까이 걸렸다. 그러고 나서 샤워하는 건 기분 좋은 일이었다. 앙토니는 먼저 가방을 싸기로 했다. 시간이 흘러갔다. 벌써 오후 3시였다.

방에 돌아온 앙토니의 눈에 가지런히 정돈된 소지품들이 보였다. 침대 위에 곱게 다림질해 차곡차곡 쌓은 티셔츠 여러 벌, 와이셔츠 두 벌, 팬티와 양말, 깨끗이 빤 청바지, 새로 산 세면도구 파우치가 순서대로 놓여 있었다. 앙토니는 파우치를 열어 보았다. 마찬가지였다. 면도기, 디오더런트, 치약, 면봉 등이 깔끔하게 들어 있었다. 엄마는 전부 생각하고 있었던 것이다. 앙토니는 그런 엄마가 짜증 나면서도 가슴 한 켠이 뭉클해졌다.

앙토니는 장롱에서 큼직한 스포츠 가방을 꺼내 소지품을 하나하나 집어넣었다. 포개어 놓은 티셔츠를 집어 드는데 스니커스 두 개가 또르르 굴러떨어졌다. 그것을 손에 들자 갑자기 목이 메었다. 이번엔 정말 떠난다. 잘 있어라, 나의 어린 시절아.

앙토니는 누릴 만큼 누렸다. 넌 미성년이라서 참 좋겠다는 말을 들은 게 몇 번이었나. 말썽만 일으키고, 마리화나 거래에 연루되고, 스쿠터를 훔치고, 장난삼아 시내 담벼락에 낙서를 하며 돌아다니고, 빈둥대고, 학교를 땡땡이치던 시절. 미성년은 이처럼 모호한 미덕을 지녔고 그로 인해 보호받았으나 끝나기가 무섭게 그때껏 한 번도 상상해 보지 않은 잔인한 세상이 전속력으로 달려들었다. 하루가 멀다 하고 자신의 행동이 현실이 되어 얼굴을 강타했고, 두 번째 기회는 오지 않았으며, 사회는 더 이상 인내심을 보여 주지 않았다. 그런 의미에서 군대는 몸을 숨길 또 다른 누군가의 품이었다. 거기서는 무조건 복종만 하면 되었다.

특히 그건 도망칠 수단이었다. 앙토니는 무슨 대가를 치르더라도 에일랑주를 떠나고 싶었다. 아버지와 수백 킬로미터의 거리를 두고 싶었다.

재판이 끝나고 아버지는 또다시 이사를 가야 했다. 이제 아버지는 건물 1층에 있는 다섯 평짜리 원룸에 산다. 시 외곽으로 나가는 길목인 몽드보 근처의 옛 군인들이 쓰던 건물을 개조한 원룸이었다. 창문 너머로 보건사회복지부(DDASS) 건물, 원형 교차로, 철로, 그날그날 그를 르클레르나 다르티로 이끄는 광고판이 보였다. 언젠가 앙토니는 사회봉사와 노동 벌칙을 받고 그 동네에 갔다가, 장을 보고 스물네 캔들이 맥주 팩을 두 팔 가득 들고 돌아오는 아버지를 보았다. 앙토니와 함께 잡초를 뽑으러 갔던 사미르가 숨어서 보자고 말했다. 아버지는 맥주 캔의 무게만으로도 비틀거렸다. 알디에서 파는 싸구려 맥주였다. 원룸 문을 열려던 순간, 아버지는 맥주를 바닥에 내려놓고 주머니를 다 뒤져 마침내 열쇠를 찾았다. 그러고는 맥주를 밖에 놓아둔 채 안으로 들어가 버렸다. 이 분쯤 지나서야 다시 문을 열고 맥주를 집에 들였다. 사미르는 배꼽이 빠져라 웃었다.

이 년 전부터 앙토니는 옷도 갈아입지 못하고 절반쯤 코마 상태로 잠들어 있는 아버지의 모습을 더러 보았다. 더러운 베갯잇, 활짝 벌어진 입, 죽음 같은 잠. 어떻게 보면 한 편의 연극 같았다. 아버지가 아직 숨을 쉬는 걸 확인한 뒤 앙토니는 소리 없이 아버지의 원룸을 정리했다. 100리터짜리 쓰레기봉투에 빈 병을 전부 쓸어 담고, 청소기를 돌리고, 침대 커버를 바꾸고, 세탁기를 돌렸다. 청소가 끝나면 등 뒤로 문을 닫고 아버지의 집에서 나왔다. 앙토니에게도 열쇠가 하나 있었다. 가끔씩 엄마가 만든 음식을 가져다주러 들르기도 했다. 아들이 있으면 아버지는 술을 마시지 않았다. 앙토니는 라사냐를 데우고 아버지가 식사하는 모습을 바라보았다. 그렇다고 오래 머무는 것도 아니었다. 식사가 끝나면 아버지는 잎담배를 말았다. 손끝은 여전히 여물어서 눈에 띄었지만 그 이상도 이하도 아니었다. 어떤 데는 수척해졌고 얼굴에 붓기가 있었으며 이따금 눈동자가 흔들렸다. 그래도 아버지는 여전히 아버지여서 전보다 더 강퍅하고 비밀이 많아졌다. 앙토니는 담배 연기 속에서 희미해지는 아버지의 얼굴을 바라보았다. 그리고 말했다. 그만가 볼게요. 그러면 아버지가 말했다. 그래라. 마침 한잔하고 싶었으므로 아버지에게도 나쁘지 않은 일이었다.

그 기간 동안 앙토니를 지켜 준 것은 밤 그리고 그가 달릴 때 느낀 희열이었다. 앙토니는 뱃속 깊이 새겨진 길들을 하나하나 살피며 혼자 다녔다. 어릴 때부터 근처를 어슬렁거려서 집이면 집, 거리면 거리, 공공주택, 보도블록과 버려진 잔해까지 속속들이 알고 있었다. 모든 장소들을 때로는 걸어서, 때로는 자전거나 오토바이를 타고 지나갔다. 이 오솔길에서 논 적이 있고 낮은 담벼락 위에 걸터앉아 무료함을 달랜 적도 있으며, 버스 정류장에서 길고 짧은 키스를 나누고, 거리를 배회했다. 저녁이면 죽음 같은 정적 속에 냉동 트럭들이 잠자는 거대한 창고 속을 헤매기도 했다.

시내엔 옷 가게, 가구점, 또는 조만간 몽탕에 새로 들어설 쇼핑 지구가 보기 좋게 발라 버릴 가전제품 매장들이 있었다. 천장에 몰딩을 두른 시내의 아파트들에는 대부분 선생이나 시청 공무원들이 월세를 살았다. 하사관들이 부대와 함께 떠난 뒤 주인 없이 버려진 고급 주택들도. 길을 바라보고 자리한 작은 가게들 외에 컴퓨터 관련 상점, 옷 가게, 빵집, 피자집, 케밥집, 열다섯 개쯤 되는 카페들이 있었다. 문을 활짝 열어 놓은 카페들에는 테이블 축구 게임기, 핀볼 게임기, TV, 즉석 복권, 잡지 몇 권, 특히 지역 정보지, 그리고 한구석에 개가 한 마리 있었다. 앙토니는 누군가의 얼굴보다 더 친숙한 이 풍경을 가르며 도로를 달렸다. 그가 내는 속력, 달리는 그를 따라 펼쳐지는 회색 벽, 끊어졌다 다시 나타나는 가로등 불빛, 망각. 얼마 지나지 않아 앙토니는 지방 도로를 탔고 저쪽, 저 끝을 향해 곧장 내달렸다. 중학교부터 버스 정류장까지, 수영장부터 시내까지, 호수부터 맥도날드까지 세상이 그렇게 누워 있었다. 그것이 그의 세상이었다. 앙토니는 그 세상을 쉬지 않고, 기차처럼 빠르게, 위험을 향해, 좁은 길을 따라 내처 달렸다.

오늘 저녁 앙토니는 마지막으로 그의 125를 몰고 축제에 갈 것이다. 술을 마시며 춤을 출 것이다. 그리고 내일 10시 15분에 기차를 탄다. 차오 투티.[70]

---

70 이탈리아어로 '안녕, 모두들.'이라는 뜻.

아래층에서 또다시 전화벨이 울렸다. 엄마가 전화를 받았
다. 이윽고 엄마의 목소리가 들려왔다.

　　"앙토니!"

　　"뭔데요?"

　　"아빠다."

2

잠에서 깬 하신은 제일 먼저 코랄리를 떠올렸다. 그다음에 생각한 건 더이상 입 안에 없는 치아였다. 접이식 소파에서 자고 난 터라 등이 조금 뻐근했다. 열린 창문 틈으로 커튼이 물결쳤다. 근처 수도교 위를 지나는 자동차 소음이 어렴풋이 들려왔다. 하신은 꼼짝 않고 누워 생각에 빠졌다.

세브, 사이드, 엘리오트가 지난밤 집을 급습해서 밤새 함께 있었다. 새벽 3시경이 되자 둘은 돌아가고 엘리오트만 남았다. 엘리오트는 탁자 건너편 공기 주입식 매트리스에 누워 여태 자고 있었다. 하신이 잠든 엘리오트에게 매트리스 커버를 던져 덮어 주었다. 그의 포동포동한 상체, 흰 팬티, 시체처럼 가느다란 두 다리가 훤히 보였다. 살과 뼈. 그래도 그 몸뚱이에 새까만 털이 무성했다.

하신이 팔꿈치에 기대며 몸을 일으켰다. 그와 동시에 집

안을 떠도는 참을 수 없이 역한 냄새가 코를 찔렀다. 하신은 주변을 둘러보았다. 작은 똥개가 또 방 안에서 실례를 한 모양이었다. 입양한 지 두 달째였고 수도 없이 밖에 데리고 나가 가르치고 원인을 찾아보려 애썼지만 도무지 나아지지 않았다. 그래도 강아지는 귀여웠고, 모두 잠든 사이에 슬그머니 볼일을 보았을 강아지를 생각하니 웃음이 나왔다.

하신과 코랄리가 바캉스에서 돌아오고부터 늘 그랬듯이 밤 8시쯤 친구들이 찾아왔다. 마리화나, 배달 피자, 플레이 스테이션, 간간이 트로피코 음료로 목을 축이며 즐기는 피파 게임. 평소와 다를 건 없었다. 거실 카펫 위에 도미노 피자 상자, 꽁초가 수북한 재떨이, 게임 패드, 아무렇게나 벗어 던진 옷들이 널브러져 있었다. 전쟁터를 방불케 하는 그 광경을 하신은 조금 우울하게 바라보았다. 내일이면 일터로 돌아간다. 저녁마다 빈둥거렸고 여름휴가는 끝났다. 그나저나 웬일로 이번엔 코랄리가 짜증을 부리지 않았다. 월드컵 게임을 끝낼 때까지 군소리 한마디 안 했다. 어쨌든 개를 끼고 있는 데다, 마리화나까지 나누어 주면 협상은 늘 가능했다. 그러다가 슈퍼마리오로 갈아탈 뻔한 적도 있었지만, TV 연결 단자가 없어서 닌텐도를 하려면 플레이스테이션 단자를 완전히 뽑아야 했다. 그 작업은 이십 분도 넘게 걸렸다.

하신은 부엌으로 가서 쓰레기봉투를 가져다가 바닥에 뒹구는 것들을 전부 주워 담기 시작했다. 코랄리가 깨기 전에 깔끔하게 치우고 싶었다. 자정이 지나 접이식 소파 위에서 잠든 그녀를 하신이 들어다가 방에 눕혔다. 그건 하신과 친구들에게 진정한 축제의 시작이었다. 이제야말로 사내들끼리 걸쭉한 말을 뱉으며 마음껏 즐길 수 있었다. 엘리오트는 담배 종이 세 장을 이어 마리화나를 길고 두둑하게 말아 피웠고, 다들 배가 아프고 눈물이 쏙 빠질 때까지 웃었다. 세브가 카메룬 팀을 고르며 월드컵에서 반드시 이길 거라고 주장했을 때가 절정이었다.

"그런 일은 죽었다 깨어나도 없어. 100판을 해 봐라, 이기나."

"브라질로 게임을 하면 뭐가 재밌겠어, 안 그래? 사람은 도전 정신이 있어야지."

"네가 바로 도전 정신이다, 새끼야."

"닥쳐. 이 새끼, 넌 누구 편이야? 브라질?"

"그래, 브라질이다, 임마."

"후아…… 비겁한 새끼. 네덜란드는 해야지, 적어도."

"네덜란드는 또 왜? 네덜란드가 나랑 무슨 상관인데?"

엘리오트는 아르헨티나 팀에 약했다. 하신은 만샤프트와 영국 팀을 번갈아 이용했다. 둘 다 막상막하인 데다 롱 슛에 강했다. 골대 이 끝에서 저 끝까지 볼을 날리는 건 문제도 아니었으며 날아오는 공을 그대로 받아 걷어 낼 수도 있었다. 팍팍팍! 골! 덕분에 미드필드를 느슨하게 짜도 괜찮았다. 4-2-4 방식으로 구성해 놓고는 기회가 오면 기다리지 않고 바로바로 움직였다. 사이드는 이탈리아 팀 아주라 군단에 눈독을 들였다. 프랑스 국가 대표 팀 레블뢰는 아무도 선택하지 않았다. 그 등신들은 플라티니가 은퇴한 뒤로는 한 번도 이긴 적이 없었다.

마침내 하신은 할로겐램프 발치에 떨어져 있던 틀니를 찾아내어 냄새를 맡아 보고는 욕실로 들어갔다. 맨발에 트렁크, 등판에 'Just do it'이라고 쓰인 티셔츠 차림이었다. 하신은 치약으로 틀니를 싹싹 문지른 다음 위쪽에 끼워 넣었다. 매번 처음엔 불편하고 기계 같은 느낌이 들었지만 곧 자연스럽게 자리를 잡았다. 하신은 거울에 비친 자신의 모습을 들여다보았다. 치아는 아주 반듯하고 가지런했다. 가짜였으니 당연했다.

엘리오트를 깨우기 위해 거실로 돌아오다가 침실 앞을 지나게 되었다. 코랄리가 팬티와 브래지어만 입은 채 잠들어 있었다. 차마 옷을 다 벗겨 재울 수는 없었다. 넬슨이 가쁘게 숨을 쉬며 코랄리의 배에 똬리를 틀었다. 코랄리는 반년 동안 개를 키우고 싶다고 졸라 댔으나 하신은 그다지 마음이 내키지 않았다. 냄새 나고 돈 들고 산책을 시켜야 하는 것도 문제지만 바캉스라도 떠날 땐 어떡하려고? 안 떠나면 되지. 결국 그들은 이 지저분하지만 귀여운 개를 집에 들였다. 그리고 바캉스를 떠나게 되었으니 그동안 개를 데리고 있어 줄 사람을 찾아야 했다. 솔직히 말해서 아주 놀랍게도 하신은 바닷가에서 보낸 며칠이 마음에 들었다. 코랄리가 시푸르의 캠핑장을 찾아냈다. 소나무가 파라솔처럼 펼쳐지고 수영장 세 개와 해마다 그곳을 찾는 가족들이 있는 곳이었다. 코랄리와 하신은 피아트 푼토를 타고 프랑스를 가로질러 거기서 보름을 지냈다. 그 지역 상인들에게 주머니가 털리고 애들 떠드는 소리, 매미 우는 소리를 귀청이 찢어지도록 들으며 더위와 상큼한 로제 와인과 사람들 무리에 섞여서 호젓하게. 하신도 그럭저럭 즐겼던 것 같다. 아침마다 일찌감치 일어나 사심 없이 편안한 대화를 주고받으며 텐트 앞에서 아침식사를 하다 보면, 옆 텐트 사람들이 인사를 건넸다. 하루 종일 반벌거숭이 상태로 쪼리를 신고 솔잎에서 올라오는 끈적하고 상큼하고 경이로운 자연의 향을 콧속 가득 들이켰다. 그러고 나면 차를 타고 해변으로 갔다. 코랄리는 십자말풀이를 하고, 하신은 햇빛에 취해 어수룩한 사람들을 구경했다. 짐을 지켜야 했으므로 한 사람씩 번갈아 해수욕을 했다. 그러고 나면 토마토와 닭고기 스테이크, 가지 튀김, 쌀을 넣은 샐러드, 정어리 등으로 점심을 때웠다. 생활이 당황스러울 만큼 단순해졌다. 점심을 먹고 나선 천 의자에 앉아 자는 둥 마는 둥 했다. 햇살이 침묵처럼 쏟아졌다. 사람들은 그걸 시에스타라고 불렀다. 그들이 자리 잡은 파라솔 옆에서는 수영복을 입은 오십 대 부부가 낡은 트랜지스터라디오로 '투르 드 프랑스' 중계를 나지막하게 틀어 놓았다. 수영장 쪽에선 물장구치는 소리, 아이들이 재잘거리는 소리가 들려왔다.

한낮의 숨 막힘, 아무것도 하지 않는 즐거움, 그 무감각한 느낌을 하신은 알고 있었다. 그렇지만 여기는 모로코하고 전혀 달랐다. 프랑스인들은 온몸을 던져 바캉스를 즐길 뿐이었다. 그들의 치밀하게 계획된 나태에는 어딘지 가식적인 데가 있었다. 냉방 시설을 갖춘 슈퍼에서, 해변에서, 아니면 샤워하러 가거나 설거지를 하는 모습이 하신에겐 지나치게 꼼꼼하고 성공이라는 목표에 강박적으로 매달리는 것처럼 보였다. 그리고 그런 겉모습의 이면에는 돌아갈 곳이 있다는 확신이 무슨 위협처럼, 무사안일이란 모름지기 권총의 안전장치가 허락한 일시적인 행복에 지나지 않는다는 듯 웅크리고 있었다.

귀환은 하신을 더욱 놀라게 했다. 가족과 함께 모로코에서 돌아왔을 때 하신은 여전히 두 나라 사이에 끼인 느낌이었다. 그런데 이번에 코랄리와 A7 고속도로를 달리는 동안 전혀 다른 우울을 느꼈다. 길게 늘어진 정체 행렬에서, 주유소에서, 톨게이트에서, 휴게소에서 하신은 여느 사람들과 마찬가지로 '허락된' 사람이 된 것 같았다. 근본적으로 휴가 때만 벌어지는 대이동, 끝없는 자동차들의 물결은 거대한 통일성을 형성했다. 일상으로의 복귀라는 씁쓸함, 항구에서 보낸 파티의 향수, 플라타너스에 대한 그리움, 반바지를 입은 수백만 시민들을 통해 자유로운 인간이라는 기분 좋은 허상이 만들어졌다. 그리고 그 속에서 그들은 학교나 기표소에서보다 더 확실하게 프랑스인으로서의 정체성을 느꼈다. 처음으로 하신은 그들 중 한 사람이 되었다. 유급 휴가가 준 통합에도 이면이 없지는 않았다. 조만간 일터로 돌아가야 했다.

오늘은 7월 14일 일요일이고 내일부터 일이 다시 시작된다. 하신은 부엌에 앉아 커피를 마시다 멍한 눈으로 창밖을 바라보며 이 같은 운명을 곱씹었다. 거의 10시가 다 됐지만 엘리오트는 여태 자고 있었다. 하신은 굵직한 것들을 대강 정리하고 개똥을 치웠다. 냉장고엔 거의 아무것도 없었다. 휴가를 틈타 계획했던 집수리는 손도 대지 않은 상태였다. 계획대로라면 덜렁거리는 욕실 세면대를 바꾸고, 제대로 닫히지 않아 바람이 들어오는 침실 창문도 교체했어야 한다. 코랄리와 함께 미스터 브리콜라주와 르루아 메를랭 같은 집수리 용품 전문점에 가 보았지만 번번이 빈손으로 돌아왔다. 하신은 집수리와 목공에 대해 아는 것이 쥐뿔도 없어서 매장 직원들에게 속을까 봐 전전긍긍하면서도 그들에게 자문하기를 거부했다. 다행히 집수리 용품들 옆에서 인테리어 용품이라든지 옷이라든지 게임 용품, 전자제품, 이국풍 가구들만 아니라 주전부리도 팔았다. 그것이 바로 이 쇼핑몰의 묘미였다. 이렇다 저렇다 말을 섞지 않고도 하루 종일 시간을 보내고, 주머니가 가벼워도 구경하는 것만으로 삶의 기쁨을 누릴 수 있었다. 마지막엔 장난감 매장인 킹 주에에까지 들러 매대 곳곳을 누볐다. 어릴 때 가지고 놀던 장난감들, 꼭 갖고 싶었던 장난감들을 둘러보자니 입가에서 미소가 떠나지 않았다. 그 결과 두 사람의 아파트는 각종 향초, 플라스틱 전등, 플리스 원단 무릎 덮개, 불교 명상 도구 등으로 넘쳐났다. 코랄리는 하얀 쿠션이 포함된 등나무 안락의자를 샀다. 아파트 한구석에 유카와 초록 식물을 놓아두니 꽤 그럴싸했다. 하신이 마음을 다잡고 브루클린 다리 사진 액자를 벽에 걸어준다면야 금상첨화겠지만 그건 여전히 벽에 기대어 반쯤 누워 있었다.

코랄리는 정오가 다 되어 일어났다. 엘리오트가 집을 나설 때까지 기다렸다. 엘리오트의 엄마가 그를 데리러 올 때면 코랄리는 침대에 누워 자는 척했다. 얼핏 듣기로는 엘리오트가 조만간 성인 장애인 수당을 받게 되어 여자 친구와 깨끗한 아파트로 이사할 예정이라고 했다. 그날이 빨리 왔으면! 하신은 번번이 집에 기어 들어와 자고 가는 엘리오트가 마침 지겹던 차였다. 코랄리는 맨발로 부엌에 들어섰다. 바닷가에서 돌아오고부터 하루도 거르지 않고 수영장이나 아파트 옆 작은 공원 등지에서 선탠을 했다. 코랄리의 갈색 피부 위로 하얀 속옷 자국이 지나갔다.

"굿 모닝."

아침이고 월요일인데도 기분이 좋은지 코랄리가 웃었다. 하신은 그녀의 길쭉한 몸, 매끈한 다리, 날씬한 배를 감상했다. 겨울철에 코랄리는 볼품없었다. 염색한 금발에 코가 좀 크다 싶고 눈빛이 흐리멍덩한 그녀는 화장을 진하게 하고 부츠를 신고 가짜 파시미나를 걸친 크리올 여자에 지나지 않았다. 그러다가 날이 따뜻해지면 코랄리는 지방 한 점 찾을 수 없는 매끈한 몸매, 탄탄한 가슴, 완벽한 어깨선 등 모델 같은 실루엣을 되찾았다. 허리 아래로 오목한 홈이 패어 날씬함을 증명해 주었다.

하신이 커피를 따라 주자, 코랄리는 행복한 고양이처럼 기지개를 켰다.

"걔네 늦게 갔어?"

"응, 엘리오트는 여기서 잤어."

"그래? 그런데 이상한 냄새 안 나?"

하신이 코랄리 뒤로 주둥이를 쳐들고 타일 바닥을 자박자박 걸어 순진하게 다가오는 냄새의 원인을 턱으로 가리켰다. 코랄리는 쿡쿡 웃으며 식탁 의자에 앉았다. 그러고는 곧장 커피가 담긴 사발에 코를 박았고, 하신은 그런 그녀를 위해 빵에 버터를 발라 주었다. 넬슨이 간절한 눈빛을 건넸다. 하신이 빵 한 조각을 던져 주었다.

"똥개야, 이거 먹어."

"그렇게 부르지 말라니까." 코랄리가 말했다.

"웃자고 그러는 거지……."

소년은 식탁을 치우기 시작했다. 찻잔과 티스푼 따위를 식기 세척기에 넣으며 물었다.

"오늘은 뭐 하고 싶어?"

"몰라. 아무것도. 섹스나 할까."

소년이 뒤를 돌아보았다. 코랄리는 가끔씩 하신을 당황시켰다. 두 사람이 함께한 지도 어느덧 십팔 개월이 되어 가고 이 집에서 함께 지낸 건 봄부터였다. 같이 살자고 고집부린 사람은 다름 아닌 코랄리였다. 두 사람이 처음 만났을 때 하신은 아직 아버지 집에서 살았다. 아버지는 모로코로 돌아갔지만 월세는 많지 않아도 계속 빠져나갔으며 모든 생활이 예전과 똑같았다. 하신은 최근 메탈로르 일을 따낸 대규모 청소 용역 업체 솔로디아에 계약직으로 채용되었다. 옛날 제철소는 공장장이나 기술자, 사장 들이 관사로 쓰던 집 10여 채를 보유했는데, 제철소가 문을 닫고 나서 그 집들이 전부 버려져 말 그대로 폐허가 되었다. 메탈로르의 지분을 가진 지주 회사가 마침내 책임을 지고 문제 해결에 나서기까지 꽤 많은 시간이 흘렀다. 입찰에 도전한 솔로디아가 마침내 낙찰되자 적어도 삼 년짜리 일이 떨어졌다. 하신에게는 복잡할 것 없는 일이었다. 아침에 두세 명이 함께 통과 모루, 노루발장도리를 들고 건물에 도착해 부술 수 있는 건 전부 부쉈다. 처음엔 꽤나 재미있는 해체 놀이였다. 플라스터 칸막이를 부수고, 벽돌로 된 벽을 깨고, 낡은 파이프를 뜯어냈다. 발길질 몇 번에 벽이 무너져 내릴 때마다 어린 시절의 즐거움이 되살아나는 기분이었다. 그러다 정오가 되면 이내 아무것도 남지 않았다. 하신과 동료들은 종이 마스크로 입을 막고 묵직한 먼지가 흩날리는 폐허 한복판을 어슬렁거렸다. 이제 잔해를 치워야 했다. 일에는 순서가 있었다. 누군가 통을 채우면 또 다른 누군가는 그걸 들고 나가 트럭에 쏟아 부었다. 서까래, 파이프 같은 건 어깨에 지고 날랐다. 일을 시작한 초기에 하신은 멍청이처럼 우직하게 일했다. 허겁지겁 계단을 오르고 힘껏 투지를 불태우며 작업을 빨리 마무리하는 데만 열정을 쏟았다. 그런 그에게 자크가 한마디 날렸다. 작업반장도 아니어서 남들보다 돈을 더 받는 것도 아니었지만 늘 그가 작업을 지시했다.

"이봐……."

그가 말했다. 이 작업은 끝이 없어. 이 통을 채우면 언제나 다른 통이 기다린다고. 이 아파트가 끝나면 다른 아파트가 있을 거란 말이야. 다른 벽을 부수고 다른 곳을 무너뜨려야 하지.

"조급하게 굴 필요 없어. 어차피 알람은 매일 아침 6시에 울릴 테니까."

하신은 놈의 얼굴에 주먹을 한 방 날리고 싶었지만 참아야 했다. 이미 아프지 않은 데가 없을뿐더러, 자크는 100킬로그램이 넘는 거구였다. 하신의 분노는 먼지 더미 위에 얌전히 내려앉았다. 트럭을 타고 퇴근할 때 하신은 너덜너덜해지고 이해의 한계에 부딪힌 기분이었다. 창밖으로 잿빛 풍경이 펼쳐졌다. 하늘은 다른 어떤 약속도 하지 않았다. 자크가 한 말은 틀린 것이 없었다. 서둘러 봐야 아무짝에도 소용없다. 하신은 백미러로 자크를 살폈다. 리카 루이스 청바지, 몇 년째 신는지 알 길 없는 안전화, 두툼하고 메마른 손. 자크는 허리춤에 플란넬 벨트를 두르고 일했으며 말수가 적었다.

그다음 월요일에 하신은 일어나기 싫어서 꿈지럭거리다가 지각을 했다. 동료들이 전부 그를 두고 한마디씩 하자 자크가 말리고 나섰다. 그냥 둬. 그리고 다시 한번 하신을 따로 불러 말했다.

"시간은 지키라고 있는 거다."

선배 자크가 하는 양을 지켜보며 하신도 서서히 리듬을 찾아 갔다. 자크가 호흡을 가다듬고 하루를 적절히 배분하기 위해 특정한 의식을 철저히 지킨다는 걸 하신은 알아챘다. 담배는 아침 8시에 한 번, 10시에 한 번 피운다. 10시엔 커피도 함께 마신다. 11시가 되면 라디오 볼륨을 높여 자신이 듣는 방송에 귀를 기울인다. 중요하고 힘든 일은 가급적 오전에 끝낸다. 그러면 오후는 편하게 보낼 수 있다. 마찬가지로 중요한 일은 대부분 주초에 마무리했다. 그렇게 잠자리에 들 때까지 사막처럼 단조롭게 늘어진 시간을, 어쩌면 은퇴하는 날까지 계속될 그 시간들을 극복하는 그만의 방법들이 있었다. 하신은 마침내 이해했다. 그의 시간은 그의 것이 아니었지만, 시계를 속이는 건 언제나 가능했다. 반대로 그가 아닌 다른 사람의 의지가 자신의 규칙을 그의 몸에 부여한다는 명징한 사실만은 변함이 없었다. 하신은 도구가, 사물이 되었다. 하신은 그렇게 노동하고 있었다.

하신 혼자만 그것을 견디고 있는 건 아니다. 그나저나 그것을 견디는 게, 믿을 만한 사람이 되는 게, 다시 말해 아버지처럼 가난뱅이로 사는 게 좋기만 한 생각일까? 하지만 하신의 곁엔 코랄리가 있었다.

솔직히 하신은 운이 좋았다. 서류만 보자면 둘 사이는 가당치도 않았다. 코랄리는 BTS[71]가 있는 시청 공무원이었다. 게다가 엄청난 미인이어서 식료품점 데르시에서 그녀를 처음 본 날 하신은 거의 뒤로 넘어갈 뻔했다. 그렇게 두 달이 지나고 하신은 그녀의 부모님 댁에서 점심을 함께하는 사이가 되었다. 고등학교에서 이런저런 관리를 하는 코랄리의 아버지는 대머리에 매우 유쾌하고 말이 많은 사람으로, 노동조합에 가입했으

71 전문 기술 자격증(Brevet de Technicien Supérieur).

며 큼직한 스웨터를 입었다. 어머니는 이 나라의 마지막 방적 회사 솔린에서 일했다. 어머니는 세심하게 조리한 생선 요리를 내놓았다. 아버지는 털털한 스타일이었다. 그가 묻지도 않고 내놓은 보르도 와인을 하신은 넙죽넙죽 받아 마셨다.

그때부터 그는 차츰 안정을 찾아 갔다. 괴로운 일이 있을 때면 전자제품을 구입하며 스스로에게 포상을 내렸고, 긴 노동의 하루는 휴가를 기다리며 버텼다. 코랄리는 주중에 더 이상 지루해하지 않게 되었고, 친구 녀석들, 마리화나, 카날 채널, 「툼 레이더」가 남는 시간을 채워 주었다. 두 사람은 그럭저럭 나쁘지 않은 작은 삶을 누렸다.

어쨌든 치아가 날아간 뒤로 하신의 방황은 끝났다. 치아는 카페 '공장' 화장실에서 피범벅이 된 채 발견되었다. 아버지가 화장실 바닥에 무릎을 꿇고 그를 품에 안았으며, 병원으로 옮긴 뒤로는 하루가 멀다 하고 그의 병실을 찾았다. 그러다가 재판이 끝나자 아버지는 당신 나라로, 이번에는 영원히 돌아오지 않을 작정을 하고 돌아갔다. 수화기를 타고 들려오는 아버지의 목소리는 다른 사람 같았다. 산전수전 다 겪고 나서 이제는 지워져 가는, 흔적 없이 녹아 버리는 사람의 목소리였다. 벌써 몇 달 전부터 하신은 아버지에게 조만간 보러 가겠다고 약속했지만, 유령 같은 아버지를 마주할 자신이 없었다. 코랄리 역시 하신에게 도움을 아끼지 않았다. 불가능한 유산과 그 곁을 어슬렁거리는 죽음. 코랄리는 그의 손을 잡고 자기, 더 꼭 안아 줘하며 고독의 틈을 파고드는 말들을 건네곤 했다.

그런데 내일 하신은 일터로 돌아가야 했고 개학을 앞둔 초등학생처럼 마음이 무거웠다. 부엌 창문으로 도시가, 가족이 행복하게 어우러져 사는 사람들이 내려다보였다. 더구나 일요일이었다. 코랄리와 함께 사는 작은 아파트 단지의 절반에는 영세민들이 살고 있었다. 시멘트 포석, 가스 난방, 이중창으로 새로 지은 고층 아파트에선 아직도 새집 냄새가 났다. 전망이 멋진 이 집을 찾은 건 물론 코랄리였다. 시 전체뿐 아니라 동쪽 게레망주까지 보였다. 창 너머의 파노라마를 바라보노라면 이상하게도 울적해졌다. 높은 데서 개미만 한 사람들을 내려다보면 아주 평범한 것에 대해서까지 의문을 품게 되었다.

커피를 다 마신 코랄리가 기지개를 켜고는 고개를 뒤로 한껏 젖히며 슬리퍼를 대롱대롱 매단 두 다리를 앞으로 쭉 뻗고 무람없는 하품을 했다. 그런 모습이 하신에게 안정을 가져다주었다.

"진짜야. 뭐 할까?"

"몰라. 집에 있지 뭐."

코랄리는 미소 띤 얼굴로 하신을 향해 한 손을 뻗었다. 하신이 몸을 숙여 손가락을 잡았고, 두 사람은 식탁 너머로 입을 맞추었다. 쪽 소리가 나는 입맞춤. 코랄리가 하신을 가만히 바라보았다.

"또 무슨 일 있어?"

"뭐가?"

"기분이 안 좋아 보이는데……."

코랄리가 하신의 뚱한 표정을 따라 하자, 하신은 어깨를 으쓱해 보였다.

"됐어. 내일 일하러 간다고 하루 종일 삐져 있으면 안 되지."

"그게 아니야."

"내가 자길 모를까 봐."

하신은 얼굴이 굳어졌다. 몇 년 전부터 기분 나쁜 일을 당한 암탉 같은 얼굴을 하는 버릇이 생겼다. 코랄리가 참지 못하고 웃음을 터뜨렸다.

"왜?"

"아무것도 아니야. 자, 오늘이 휴가 마지막 날이네. 아하!"

코랄리가 의자에서 일어나 행동을 개시했다. 그녀가 거실을 한 번 지나갔을 뿐인데, 왠지 모든 게 더 깔끔하고 밝아 보였다. 이 찬란한 변신을 하신은 이미 백 번도 더 넘게 목격했다. 대단할 것도 없었다. 물건 하나, 커튼의 주름, 바닥 등이 코랄리가 지나가기만 하면 그전과 비교할 수 없을 만큼 다른 모습이 되었다. 지난 3월 코랄리가 연수 때문에 사흘 동안 집을 비웠을 때, 아파트는 창고처럼 변했다. 삼 일째 되던 밤엔 하신조차 못 견딜 지경이 되어 급기야 맥도날드에 가서 저녁을 때웠다.

코랄리는 부지런한 꿀벌처럼 구석구석 정돈하고 방을 환하게 만든 다음 작전에 돌입했다. 그녀가 옷을 입는 사이에 하신은 샌드위치를 만들고 돗자리를 준비하고 아이스박스를 채웠다. 한 시간 후 두 사람은 페르뒤 호수[72]에 있었다. 그늘진 자리를 골라 돗자리를 편 뒤, 코랄리는 하신의 무릎을 베고 길게 누웠다.

"콜라 가져왔어?"

"응."

"감자칩은?"

"있지."

"나 사랑해?"

하신은 자기 손을 붙잡은 코랄리의 손에 입을 맞추었다. 늙은 나무 아래 풀밭 위에서 금속처럼 반짝이는 물과 요트, 모래사장에 쪼그려 앉은 아이들을 바라보는 건 기분 좋은 일이었다. 두 사람은 포크와 나이프 없이 점심을 먹고 수영을 했다. 늘 말이 많은 건 코랄리였고, 하신은 그녀의 수다를 듣는 걸 좋아했다. 종종 코랄리가 이런저런 계획을 말하면 그래, 좋은 생각이야 하고 대꾸했다. 하지만 이번만큼은 둘 다 말이 없었다. 기분이 꼭 술독에 빠진 다음 날 같았다. 서로의 살결을 살짝살짝 만질 뿐이었다. 하신은 그녀를 갖고 싶어졌다. 어깨를 어루만지다가 검지로 쇄골을 따라 그렸다. 손가락 아래로 부드럽게 끈적이는 그녀의 살결을 느꼈다. 멀리 커다란 뗏목 하나가 지나가고 있었다. 널빤지를 연결하고 빈 통들을 이어 부표로 삼고 한가운데에 돛을 달아 뚝딱뚝딱 만든 흔적이 역력했다. 구

---

72   허구의 공간. '페르뒤(perdu)'는 '잃어버린 호수, 망각의 호수'를 뜻한다.

명조끼를 입은 아이들이 뗏목 위에서 나무 막대로 노를 젓고 있었다. 100미터나 떨어져 있는데도 아이들 소리가 들려왔다. 돛대 위로 프랑스의 삼색 국기가 흩날렸다.

"그러고 보니 프랑스 혁명 기념일이네." 코랄리가 말했다.

"그래서?"

그러니까 오늘은 밤에 아메리칸 비치에서 불꽃놀이가 벌어지는 날이고, 코랄리는 그걸 보러 가고 싶어 했다. 시가 주관하는 댄스파티도 열린다고 했지만 하신은 그런 곳에 단 한 번도 간 적이 없었다.

"왜 안 가?" 코랄리가 물었다.

"나도 몰라. 거기 가서 내가 뭘 하겠어?"

"그거 엄청 괜찮은데. 어렸을 땐? 불꽃놀이 한 번도 안 봤어?"

"한 번도."

친구들도 마찬가지였다. 그건 그들과 상관없는 일이었다. 가족 중 아무도 그런 데 관심이 없었다.

"프랑스 혁명이랑 나랑 무슨 상관이겠어?"

"그만 좀 해. 애들한테는 마법이나 마찬가지라고. 음악도 있고 한 잔씩 마시는 거지. 진짜 괜찮아."

"그래도 안 가. 내일부터 출근이잖아."

인상을 구기는 하신에게 코랄리가 한마디 던졌다.

"또 시작하는 거 아니지?"

"그래도……."

"잠깐만 보고 가자. 어서."

여름엔 더 일찍 일을 시작했으므로, 내일 아침엔 늦어도 5시에 일어나야 했다. 석면이 있는 유난히 힘든 작업장이라고 자크가 일찌감치 일러두었다. 이래저래 춤추러 가고 싶은 마음은 눈곱만큼도 들지 않았다. 7월 14일 축제라니 취객, 경찰, 팡파르, 군인 따위가 쫙 깔렸을 게 뻔했다.

하신의 변명에 코랄리는 두 눈을 들어 하늘을 쳐다보았다.

"오, 불쌍한 우리 애인……." 그녀가 말했다.

하신은 코랄리의 마음을 돌릴 뾰족한 방법이 없다는 걸 알았다. 집으로 돌아오는 길에 하신은 타협을 얻어 낼 수 있었다. 춤은 안 춘다.

"알았어. 그 대신 다음 주 토요일 날 소피 집에 가는 거야."

소피는 시골에 사는 코랄리의 친구였다. 농가를 개조해서 남자 친구와 함께 살고 있었다. 갓 태어난 아기를 포함해서 아이가 넷이나 되었다. 지옥이 따로 없지. 소피네서 돌아올 때면 코랄리의 머릿속은 언제나 앞날에 대한 계획으로 빡빡해졌다.

3

스테프의 아버지는 드디어 집에 수영장을 지었다.

기다랗고 네모난 파란 수영장이었다. 《파리 마치》에 실린 TV 쇼 진행자의 집처럼 주변을 빙 둘러 나무 가구, 꽃, 파라솔로 꾸며 놓았다. 스테파니가 테라스에 서서 수영장을 바라보았다. 옆에서는 엄마가 딸의 심사를 기다렸다.

"어떠니?"

"괜찮네."

"그렇지? 긴 의자들은 티크 재질이야. 물을 먹어도 안 썩는대. 겨울에도 그대로 놔두려고."

엄마는 딸의 동의를 기다렸으나, 검은 선글라스를 낀 스테파니는 미동이 없었다. 집에 돌아온 뒤로 스테파니는 거리를 두었고, 말을 건넬 때도 거리감이 좁혀지지 않았다. 엄마는 딸의 비위를 맞추고 싶었다.

"수영 안 할래? 수건 갖다줄까?"

"나중에."

엄마와 딸은 키가 엇비슷했다. 스테프가 좀 더 살집이 있는지도 모르겠다. 흰옷을 입은 엄마가 말보로를 피웠다. 손목의 금팔찌가 찰랑거리며 예쁜 소리를 냈고, 멀리서 계속 펌프 돌아가는 소리가 들려왔다. 햇살이 수영장 물 위로 희고 가느다란 빛을 떨구었다. 아무도 물에 들어가지 않았다.

"난 목이 좀 마르네. 너도 한잔할래?"

"엄마가 하고 싶으면."

"자, 시내로 가자."

"귀찮아."

"샴페인 한잔 사 줄게. 축하해야지."

"뭘 축하해?"

엄마는 입술을 모아 방귀를 끼듯 이상한 소리를 냈다. 축하할 거리를 찾자는 뜻인 듯했다. 스테프는 엄마의 반응이 재미있었다. 아빠가 권위를 내세울수록 엄마는 오히려 느슨해졌다. 딸이 공부하러 떠나고 남편이 일로 바빠지면서 엄마는 혼자 있거나 친구들과 어울리며 지냈다. 그러거나 말거나 엄마도 이제 즐기면서 살기로 한 모양이었다.

"어디로 갈 건데?" 스테프가 물었다.

"알가르드나 가지 뭐."

"진짜?"

"내숭 떨지 마. 널 보면 다들 좋아할 거야."

딸을 바라보는 엄마의 눈에 자랑하고 싶은 욕구가 걱정스러울 만큼 담겨 있었다. 스테프가 집에 오고부터 엄마는 딸을 이리저리 데리고 다니며 선보였다. 사람들은 스테프를 '파리지엔'이라고 불렀다. 아첨과 질투가 담긴 호칭이었다. 심지어 쇼핑을 하러 룩셈부르크까지 간 적도 있다. 어쨌든 스테프에게는 선택권이 없었다. 집에 오기 전 나흘 동안 친구들과 피렌체, 로마, 나폴리 등으로 여행을 다녔으니 남은 시간이라도 엄마를 따라다니는 게 도리였다. 지난 크리스마스 방학 이후 처음으로 집을 찾았다. 여행 경비는 부모가 전부 대 주었다.

두 여자는 골프를 타고 시내로 향했다. 에일랑주를 다시 찾은 스테프의 마음은 어딘가 복잡했다. 그래도 메트로 오락실과 코메르스, 주인이 명을 다할 때 함께 사라질 것 같은 오래된 모자 가게, 수예점, 손바닥만 한 과일 가게, 1970년대에 지었다는 우체국, 국경일을 맞아 만국기로 장식한 시청, 보도블록, 엔강 위에 펼쳐진 다리, 그녀가 다니던 학교 등 익숙한 장소들을 다시 보는 것은 재미있었다. 축소된 듯 작고 영원히 그대로일 것만 같은 풍경 속에서 스테프는 스스로가 자랑스러웠다. 더구나 자신은 더 이상 이 공간에 속하지 않는다는 걸 사람들이 알아 주었으면 했다. 그녀의 행동 하나하나가 그렇게 말하고 있었다. 나는 그저 잠시 다녀가는 사람이라고.

알가르드에 도착하자, 사장이 카운터에서 튀어나와 모녀를 맞았다. 최신 모델 운동화에 소매를 말아 올리고 환하게 빛

나는 치아에 머리숱은 적어도 얼굴이 주름살 하나 없이 탱탱한 빅토르는 영원히 늙지 않는 사람에 속했다. 돈 자랑을 하지는 않았지만, 새로 만나는 여자와 두 아이를 지프 뒷좌석에 태우고 다녔다. 아이들은 아버지를 상당히 많이 닮았는데, 그와 달리 머리숱이 많고 젤을 덕지덕지 발랐다. 여기가 스테프 엄마의 단골 식당이었다. 이곳에서 친구들과 아페리티프를 마시거나 주말이면 아예 식사를 했다. 엄마가 사장을 한쪽 팔로 얼싸안으며 볼에 입을 맞추었다.

"오호! 파리지엔을 모시고 왔네!"

스테프는 함께 미소를 지었으나 그에게 볼 인사를 하지는 않았다. 눈꼬리에 장착된 웃음기가 어쩐지 헤픈 남자로 보였다. 반질반질한 두 뺨으로 봐서 하루에 적어도 두 번씩 면도하는 남자 같았다. 다시 말해 걱정스러울 정도로 매력적인 남자였다. 그가 마침내 모녀를 테라스로 안내했다. 날씨가 정말 좋았다. 모녀의 근황을 묻는 질문에 엄마는 쾌활하게, 그러나 그다지 자세하지 않은 소식을 전했다. 빅토르는 간간이 자동차가 지나가는 도로에서 꽤 멀찍이 떨어지고 커다란 파라솔이 그늘을 드리운 테이블을 권했다. 등 뒤에 싱그러운 나무가 몇 그루 있고 오래된 집들과 포석, 현대 작가가 구상한 분수가 어우러져 시에서 가장 예쁜 모르티에 광장이 한눈에 보이는 자리였다.

그들은 한동안 건성으로 대화를 나누었다. 사실상 화제의 중심은 스테프였다. 엄마가 딸에 대해 자랑을 늘어놓고 사람들이 애써 관심을 갖는 척하는 자리에서 스테프는 이따금 장단을 맞춰 주었다. 관계에 기름을 치는 위조지폐처럼 모든 일은 그렇게 돌고 돌기 마련이었다. 진위를 따지고 드는 사람은 아무도 없었다.

빅토르가 서비스라며 아페리티프를 권해서 샴페인은 다음에 마시기로 했다. 엄마는 키르를, 스테프는 맥주를 골랐다. 오전 11시가 다 된 시간이었다. 엄마와 딸은 주위를 돌아보며 잔을 홀짝거렸다. 사람들이 제법 많았다. 언젠가부터 시내는 모순을 담고 진행되는 변화의 먹잇감이 되었다. 외곽에 쇼핑 타운이 있기 때문에 사람들은 큰 예산을 들여 거리, 외벽, 문화 유산을 손보았다. 시장의 야심과 은행원들의 동조가 있었음은 말할 것도 없다. 공장이 대부분 문을 닫아 젊은이들은 일자리를 찾지 못해 방황했다. 그 결과 전에 시 의회의 과반수를 차지하며 정치에 적극적으로 개입하던 노동자 집단은 근근이 입에 풀칠이나 하는 존재로 전락했다. 시청은 지역 의회와 국가의 도움에 힘입어 혁신적 개발이라는 가설을 지지하게 되었다. 관광 산업이야말로 재기를 허락해 줄 거라고 믿었다. 일단 캠핑장을 보수하고, 수상 클럽과 수영장을 확장하고, 미니 골프장을 건설한 뒤 인도와 자전거 전용 도로를 늘렸다. 2000년에는 철강 박물관을 완공하겠다고 공언했다. 그뿐이 아니었다. 주변 지역이 오르막길과 내리막길이 많으니 트레킹족에게 매력적일 거라고 생각했다. 또한 지역, 독일, 룩셈부르크 기업체들을 설득해 테마 공원을 만들겠다는 계획을 세웠다. 계획은 전반적으로 단순했다. 투자. 방법도 뻔했다. 부채. 얻어질 결과는 시의 번영. 문화부 보좌관인 스테프의 아버지는 이 찬란한 모험에 전력을 다해 뛰어들었다. 결과는 아직 기다려야 했다. 시 의회는 공식적인 입장을 견지했다. 펌프를 가동하는 데는 시간과 노력이 필요하지만, 일단 기계가 작동되면 일자리가 넘쳐나는 새로운 세기에 들어설 거라는 것이다. 그렇게 기다리다가 깐깐한 의원이나 신문 기자 또는 풋내기 경제학자로부터 질문 세례를 받으면 사람들은 국가나 전임자의 탓으로 돌렸다. 공산당원들이 시를 완전히 망쳤다고.

"이렇게 해 놓으니까 꽤 괜찮네." 스테프의 엄마가 지적했다.

"그러게."

"전에는 전부 회색이어서 완전 안 이뻤잖아."

"그랬지."

확실히 곳곳에서 산딸기색, 초록, 진분홍, 연한 파랑 등으로 칠한 외벽이 눈에 띄었다. 그런 광경은 연분홍 페인트를 칠한 시청까지 이어졌다. 때로는 자크 드미의 영화에 등장하는 도시를 걷는 느낌이었고, 강철, 전쟁의 기억, 시체, 공화국과 가톨릭 이념이 새겨진 외벽들과 함께 옛 도시가 덧칠 속으로 하나하나 사라졌다. 이런 덧칠에서 태어난 도시 풍경은 시민들에게 꽤 이상한 인상을 남겼다. 그것은 재생이자 재활용이었다. 사람들은 진보라는 이름에 자신을 맞춰 나갔다. 결국 진보야말로 그들이 매달리는 대상이었다.

스테프가 이런저런 생각에 잠겼을 때, 누가 어깨에 손을 얹었다. 눈을 들어 보니 바로 뒤에 클렘이 서 있었다.

"여기서 뭐 해?"

"뭐 하기는. 아무것도 안 해."

스테프가 반색하며 대답했다.

"기집애, 언제 오는지 미리 말하는 법이 없어."

"화요일에 왔어. 내일 저녁에 돌아가."

"나는 거의 여름 내내 여기 있을 거야."

우울한 표정으로 클렘이 말했다.

"오…… 똥 됐네."

"그러게."

"어디 안 가?"

"8월에 아주 잠깐. 7월 내내 일해야 돼."

"어디서?"

"아빠 사무실에서. 리셉션 직원 자리 땜빵하기로 했어."

"괜찮네."

뒤에 선 친구를 올려다볼 수밖에 없어서 거꾸로 보이는 클렘의 얼굴에 웃음이 번졌다. 옛 친구를 만나는 것은 즐거운 일이었다.

"잠깐 앉아. 우리랑 같이 한잔하자."

스테프의 엄마가 권하자 클렘은 기꺼이 응했다. 클렘이 옆 테이블에서 의자를 하나 끌어와 앉자마자, 다른 손님들의 시선을 느끼면서도 연극배우들처럼 주제에 따라 목소리를 크고 작게 조절하며 끝없는 수다가 시작되었다. 스테프는 의대에 들어간 클라리스가 벌써 두 번이나 낙제했다는 소식을 들었다. 낙심한 나머지 기분이 바닥이라고 했다. 게다가 차석으로 졸업한 남자 친구마저 졸업 연수를 받으러 런던으로 떠나 버렸다. 시몽 로티에는 파카 지방의 경영 학교에 등록했으나 주요 관심사는 윈드서핑과 일렉트릭 음악이라고 했다. 역시 집에 내려와 있던 그를 며칠 전 클렘이 우연히 만났다.

"그래서?" 스테프가 물었다.

"어디 가겠어? 똑같지 뭐."

"머저리."

"딱 그거야."

소녀들이 웃음을 터뜨렸다. 스테프는 혹시 시몽을 만날 마음이 있을까?

"살아서는 절대 안 만나."

하지만 그 생각을 해 보는 것만으로도 스테파니는 온몸에 기운이 빠진 듯 이상해졌다. 소녀들은 친구들 소식을 야금야금 주고받았다. 로드리그는 메츠에서 법대에 다니느라 코빼기도 볼 수 없었다. 로맹 로티에는 체대에서 실력 발휘를 제대로 하고 있었다. 철인 3종 경기를 시작했는데, 메달도 딴 모양이었다. 스테파니 엄마가 신문에서 기사를 읽은 적이 있다고 맞장구쳤다.

"그래 봤자 중학교 체육 선생이나 하겠지, 뭐."

"맞아. 쪼리 신고 냄새 나는 체육관에서 인생 종 치는 거 말고 또 뭐가 있겠어?"

스테프의 엄마가 쿡쿡 웃었다. 벌써 잔을 다 비운 터라 취

기가 올라와 즐거워 보였다. 한 잔 더 하고 싶어진 그녀가 이번
엔 전류가 흐르듯 찌르르하고 아주 시원한 화이트 와인 한 병
을 주문했다. 기분이 확실히 최고였다. 스테프가 다시 만난 클
렘은 변함없이 날카롭고 욕심이 많았다. 거기에 뭐라고 딱 꼬집
어 말할 수 없는 뭔가가 더해졌다. 오만함과도 비슷한 것 같았
는데, 어쩌면 모종의 힘 같기도 했다. 어쨌거나 그것이 클렘에
게 치명적인 매력을 부여했다. 함께 있는 것만으로도 너무나 달
달해서 세 여자는 이 즐거운 시간을 깨고 싶지 않을 정도였다.

"이제 점심 먹자." 엄마가 시계를 보더니 제안했다.

벌써 12시 30분이었다. 시간 가는 줄도 몰랐다. 기다리는
사람이 있다는 클렘의 말에 엄마는 그럼 그 사람도 데려오라고
했다. 빅토르가 메뉴판을 가져왔다. 옆 테이블에서는 아페리티
프가 영원처럼 계속되었다. 티셔츠 차림의 삼십 대들이 햇빛을
마음껏 누렸다. 아이들은 광장 한가운데에 우뚝 선 분수까지
왔다 갔다 했다. 스코틀랜드풍의 체크무늬 가방을 든 노인들,
쇠고기 스테이크나 키슈를 먹고 가는 사람들도 있었다. 소녀들
은 샐러드가, 엄마는 연어 타르타르가 당긴다고 했지만, 술을
계속 마시다가 결국 피자를 주문했다. 대화는 계속 점점 더 생
기 있고 즐겁게, 시들 줄 모르고 이어졌다. 클렘은 아버지의 사
무실과 거기 드나드는 어딘가 한 군데씩은 이상한 사람들에 대
해 이야기보따리를 풀어놓았다. 믿거나 말거나 대기실은 완전
히 거지 소굴이라고 했다.

"한번은 어떤 여자가 애들 셋을 데리고 왔는데, 셋 다 장애

가 있는 거야. 한 명은 그럴 수 있다고 쳐. 그런데 어떻게 셋 다 장애인이냐고 내 말은."

　웃어넘길 수만은 없는 일이었다. 그런 사회 보호 대상자들이 점점 늘고 있는 추세였다. 그들은 사회적으로 놀림의 대상이기도 하지만, 악행과 손잡으면서 그 음흉한 사람들의 물결이 사회 밑바닥부터 점점 더 세력을 확장했다. 시내에 나가면 마주치게 되는 그 사람들은 시골 사람들이나 가난뱅이, 술 취한 '대두' 패거리만이 아니었다. 그들을 위한 임대 주택과 알디, 보건소, 가난한 가게 유지 내지 가난의 완전한 근절을 위해 최소한의 경제 정책도 마련되었다. 그들은 가족 수당 건물에서 신시가지로, 선술집에서 운하 근처로 팔에 비닐봉지를 끼고 아이와 유모차를 끌고 다녔다. 기둥처럼 비쩍 마른 두 다리, 비정상적으로 부푼 배, 믿기지 않는 괴상한 얼굴을 하고 도시의 유령처럼 배회했다. 이따금 그 소굴에서 유난히 예쁘장한 소녀가 태어나기도 했다. 그러면 사람들은 혼숙이나 성폭력 등을 떠올렸다. 어쨌든 그런 여자애는 운이 좋다. 빼어난 외모 덕분에 어쩌면 보다 나은 세상으로 갈 수 있을지 모르니까. 그들 가정에서 어마어마하게 공격적인 아이가 태어나기도 했는데, 하나같이 타고난 운명을 거스르지 못하고 이런저런 일을 전전하다 결국 생을 마감하거나 감방에 들어갔다. 이 같은 사회적 붕괴를 가늠하는 정확한 통계는 존재하지 않지만 '레스토 뒤 쾨르'[73]

73　Restos du Cœur. '사랑의 식당'이라는 뜻이다.

협회는 수혜자가 천문학적으로 늘고 있음을 알렸고, 사회 복지는 점점 난항을 겪었다. 손바닥만 한 집에서 우글거리며 기름기 많은 음식을 먹고, 도박과 TV 연속극에 중독되어 걸핏하면 임신하고 출산하는 사람들, 광기와 분노를 영구히 대물림하며 불행 속에 살아가는 이들의 생활 방식을 궁금해하는 이들도 있다. 그러나 아무런 의문을 품지 말고, 그 수를 헤아리지 않고, 그들의 수명이나 출생률에 눈을 감는 편이 차라리 더 낫다. 그들 족속은 영세민 생활 보조금을 나눠 가지고 한계 상황에서 살다가 죽거나 이내 두려움의 대상이 되었다.

빅토르가 디저트를 권했으나, 세 여자는 이미 배가 너무 불러서 코트 뒤 론 와인을 한 병 더 시켜서 피자와 함께 먹었다. 바야흐로 정말 긴장이 풀리면서 나른하고 묵직한 느낌이 들었다. 엄마가 이제 움직일 힘도 없다고 말했다. 두 소녀도 마찬가지였다. 커피와 함께 계산서가 나오자, 엄마가 그 위에 비자 골드 카드를 올려놓았다. 세 여자가 웃고 떠드는 동안 테라스는 점점 한산해져서, 뒤늦게 온 영국인 커플 한 테이블과 모나코를 마냥 마시며 체스터필드를 피우는 청년 무리만 남았다. 오후의 나른함 속에서 텅 빈 7월의 풍경을 바라보니 한없이 감미로웠다.

"어?" 트루아에피로(路) 방향을 가리키며 클렘이 말했다.

스테프의 아버지가 오고 있었다. 축 늘어진 배가 이제 벨트를 덮었고 희고 파란 바둑판무늬의 에덴 파크 브랜드 반팔 셔츠도 팽팽히 당겨졌다. 그는 한 손에 서류 가방을 들고 신발을 주시하며 걷다가 손목시계를 한 번 보고는 발걸음을 재촉했다. 스테프의 엄마가 일어나서 손짓을 했다.

"이런!" 엄마가 의자 팔걸이에 기대며 말했다.

"괜찮을까?"

"그럼, 그럼. 다른 사람들도 봤는걸."

엄마가 한 손을 들자 끼고 있던 팔찌가 미끄러지며 찰랑찰랑 소리를 냈다. 이윽고 아버지가 날랜 동작으로 답하며 다가왔다. 얼굴에 좋지 않은 하루가 그대로 드러나 있었다. 자리에 앉자마자 아버지는 마음에 담아 둔 얘기들을 털어놓기 시작했다. 세 여자는 귀를 기울였다.

피에르 쇼수아는 그날 밤 '아메리칸 비치'에서 열릴 축제 준비가 잘 마무리되어 가는지 확인하고 오는 길이었다. 그런데 불꽃놀이는 여태 설치도 안 했고, 소방수들이 그의 짜증을 돋우었으며, 시청 직원들 역시 마찬가지라고 했다. 7월 14일이 마침 일요일이어서 시청 직원들은 일당을 세 배로 달라고 아우성쳤고, 시장은 팔짱을 낀 채 피에르의 보고서만 기다렸다. 이런 이야기를 늘어놓으며 아버지는 딸의 접시에 남은 피자 테두리를 뜯어 먹었다. 스테프는 아버지를 바라보았다. 이 리듬대로라면 오래 머물지 않을 것 같았다.

"오늘 저녁에 다들 와. 사람들이 많을 거야."

스테프와 클렘은 별로 마음이 내키지 않는지 얼굴을 찡그렸다. 시끄러운 댄스 음악, 여기저기서 벌어지는 싸움 따위는 그들이 생각하는 아름답고 낭만적인 저녁 풍경과 거리가 멀어도 한참 멀었다. 하지만 아버지가 너무 고집을 부려서 결국 가겠다고 약속을 했다. 아버지는 예의 서류 가방을 손에 들고 짧은 숨을 식식거리며 몸에 꼭 끼는 셔츠 차림으로 다시 길을 떠났다. 시장과 시 전체가 그를 필요로 했다.

"그럼……."

이제 엄마와 두 소녀는 더 이상 할 이야기가 없었다. 서로 시선을 피했다. 엄마는 그 신호를 놓치지 않고 계산서를 집어 들며 자리에서 일어났다.

"클레망스, 차 타고 왔니?"

"예."

"그럼 나 먼저 가 볼게. 아직 할 일이 많아서."

엄마는 부모님께 인사 전해 달라는 말을 남기고 계산을 하러 식당 안으로 들어갔다. 조금 비틀거렸는데, 어쨌거나 노안이 시작된 터이므로 큰 문제는 아니었다. 스테프와 친구는 늘 수다스럽고 언제나 머리는 금발 염색을, 피부는 가무잡잡하게 유지하는 데다 금빛 액세서리를 주렁주렁 달고 다니길 좋아하는 그녀를 보며 미소 지었다. 엄마가 시야에서 사라지는 순간, 스테프는 마지막으로 손을 흔들었다.

"뭐 하고 싶은 거 있어?" 클렘이 물었다.

"몰라."

"맞아. 여긴 허구한 날 똑같아서."

"심하지."

소녀들은 그러고도 몇 분 동안 말이 없었다. 머리엔 와인

의 효과를, 배에는 음식의 효과를 한껏 느끼며 오후 3시의 몽
롱함을 만끽했다.

"전화라도 좀 하지."

"집에 오자마자 엄마한테 여기저기 끌려다녔어."

"그랬구나."

굳은 다리도 펼 겸 소녀들은 조금 걷기로 했다. 상점은 전
부 문을 닫았고 식당과 바 몇 군데는 막 점심 영업을 끝냈다. 열
어 놓은 창문으로 보잘것없는 아파트 실내가 들여다보였다. 1층
에서 TV를 보는 커플, 벽에「탑건」포스터를 붙인 십 대의 방.

클렘이 낭시의 학교생활에 대해 들려주었다. 리옹에서 프
레파 과정을 망친 후 의대에 진학해 이제 1학년을 통과했다고,
대체로 나쁘진 않다고 했다. 반대로 첫 학기엔 뭐가 뭔지 전
혀 모르는 상태였고, 더구나 학기 중에 들어가 맨땅에 헤딩하
는 기분이었다고 했다. 시험으로 걸러 내기 전까지 학생 수가
1600명이나 되었고, 교수들은 학생들을 논리정연하게 무시했
고, 공부할 것은 끔찍할 정도로 많았다. 3월이 다 가도록 하루
하루가 빛 한 점, 즐거움 하나 없이 어두운 터널처럼 흘러가 감
히 피로를 헤아릴 수 없을 지경이었다. 그곳은 잘난 체하는 애
들과 눈물 나게 초라한 술집뿐이었다. 결국 클레망스는 항우울
제를 복용했다. 그러다가 리듬을 되찾고 카퓌신, 마르크, 블랑
슈, 에두아르, 나심같이 외롭고 공부 열심히 하는 친구들과 그
룹을 이루었다. 그들은 함께 대학 도서관에 갔고, 파티를 함께
했으며, 더러 섹스도 했다. 그렇게 관계가 만들어졌다. 클레망

스는 8월에 그들과 함께 이 주 동안 세벤산맥으로 캠핑을 떠날 거라고 했다.

"남친은 있어?" 스테프가 물었다.

"딱히 없지. 공부할 게 너무 많기도 하고."

이제 스테프 차례였다. 스테프는 계속 어영부영 얼버무렸다. 하지만 둘은 바칼로레아를 치른 여름 이후 처음 만났다. 할 말이 많았다.

바칼로레아에 통과하고 나서 스테프에게 깨달음이 찾아왔다. 문득 법대는 더 이상 의미가 없다는 생각이 들었다. 대학은 그녀 같은 부류에게 너무나 많은 자유를 허락해서 오히려 길을 잃게 만들었다. 그리하여 속물주의의 극단으로 치닫게 했다. 시골에서 올라온 수백 명의 촌닭들 틈에 섞여 공장 같은 계단식 강의실에서 오 년이나 썩을 수는 없었다.

공부 쪽에서 유리한 자리를 차지하게끔 어릴 적부터 훈련을 받아 온 클렘이나 다른 친구들과 달리, 스테프는 아무 생각이 없었다. 초등학교 1학년 때부터 고등학교를 마칠 때까지 뭐든 최소한의 성과만 내는 데 만족했고, 고등학교를 졸업할 무렵에는 시몽한테 푹 빠져 지냈다. 중요한 선택의 순간이 다가오자 비로소 전전긍긍했으며, 그런 자신을 원망하고 부모를 원망했다.

이렇다 할 소양도 없이 그럭저럭 중산층보다 조금 나은 생활을 유지하는 부모라고 해서 하나뿐인 딸에게 확실한 비전과 계획을 마련해 준 것은 아니었다. 피에르 쇼수아가 딸에게 주문한 건 바칼로레아에서 12점 이상을 받으라는 것뿐이었다. 그러고 나면 장사를 할 거라고 생각했다. 인턴 자리나 소소한 일자리를 찾아 주고, 같은 시에 아파트 두세 채 정도 장만할 때 도움을 줄 수도 있었다. 차고도 월세를 놓기 좋을 테니, 그러다 보면 부모가 그랬듯이 자연스럽게 돈을 모을 터였다. 그런데 스테프는 웬만한 야심과 타협하기를 원하지 않았다. 뒤늦게나마 사회의 일반 원리를 이해하게 되었다. 학교는 조차장 역할을 했다. 누군가는 학교를 일찍 떠났고, 그런 이들은 벌이가 시원치 않거나 그다지 만족스럽지 않은 육체 노동자가 되었다. 물론 그중에 백만장자 정비공이나 배관공이 없다고 말할 순 없지만, 전반적으로 주어진 운명의 길이 그리 멀지 않은 게 사실이었다. 또 다른 사람들, 그러니까 한 반에서 80퍼센트 정도는 바칼로레아를 마치고 대학에 진학해 철학, 사회학, 심리학, 환경 경영학 등을 전공했다. 첫 학기 말 시험 결과에 따라 냉혹한 여과 과정을 거치고 나면, 끝없는 구직과 지루한 전쟁처럼 이어질 공무원 시험, 교육 우선 지역의 교사나 행정구역 홍보 담당 등 다양하고도 절망적인 직업들을 약속해 줄 초라한 졸업장을 기대할 여지가 생겼다. 그렇게 해서 그들도 가방끈 길고 직장을 잡기 힘든, 머리로는 잘 이해해도 실전에서 할 일이 거의 없는 신랄한 시민 계급의 대열을 살찌우게 될 것이다. 그들은 실망하고 분노하고 점점 자기 야심 속에서 무뎌지다가, 마침내 와인 창고를 짓거나 아시아 종교로 개종해 마음을 달래며 새로운 삶을 시작할 것이다.

마지막으로 금수저들이 있었다. 좋은 성적과 콘크리트처럼 단단한 스펙, 모두들 선망하는 직업을 향해 브레이크도 밟지 않고 쭉 뻗어 나가는 사람들이다. 금수저들은 좁은 운하를 타고 압력을 받은 덕분에 빨리 흘러가고 아주 높은 데까지 올라간다. 수학은 이러한 과정에 가속도를 더하도록 아주 큰 가산점을 부여했지만 역사학자, 몽상가, 예술가 같은 추상적인 정신세계를 지닌 자들에게 맞는 과목들도 물론 존재했다. 스테프는 바로 이 세 번째 유형에 속하고 싶었다.

불행히도 스테파니는 내신이 좋지 않아서 공립학교의 프레파 과정에서 탈락했다. 아버지는 딸을 구제할 방법을 찾기 시작했다. 랭스의 메르세데스 딜러가 해 준 충고에 따라, 그들은 에섹 경영대학, 고등상업학교, 정치대학 같은 데를 지원할 수 있는 사립 학교에 가기로 했다. 문제는 학교가 파리 6구에 있어서 천문학적인 돈이 든다는 거였다. 매달 3000프랑이 조금 넘는 학비에다 식비, 월세, 교통비까지 별도로 계산에 넣어야 했다. 따라서 스테프는 최종 제안을 받아들여야 했다. 돈은 대 주는 대신, 허튼짓하는 날엔 전부 때려치우고 집으로 돌아올 것.

9월 초에 아버지는 소형 트럭을 빌려 딸을 작은 원룸으로 이사시켰다. 처음으로 부녀가 단둘이 여행길에 올랐다. 아버지는 인생에 대해, 자신의 지나간 시절들에 대해 딸에게 들려주었다. 이야기는 오래전의 사랑으로까지 이어졌다. 그때 스테파니가 물었다. 여전히 엄마를 사랑하느냐고.

"이젠 그다지."

쓸쓸함조차 없이 대답하는 아버지의 솔직함을 스테파니는 좋아했다. 그건 마치 자기 이야기처럼 느껴졌다. 하지만 계속 같이 사는 이유가 뭐냐는 둥 별 의미 없는 질문들은 구태여 하지 않았다. 어른이 된다는 것은 위대한 사랑 외에 다른 힘이 있다는 것을, 주간지의 페이지를 채우는 하찮은 가십, 무사안일, 열정적으로 살기, 정신 나간 듯이 성공하기가 존재한다는 것을 아는 것이다. 시간, 죽음, 끝없는 전쟁도 있었다. 부부란 심연의 가장자리에 놓인 구명정이다. 아버지와 딸은 입을 다물었다. 아버지는 잘 자라 준 딸이 자랑스러웠고, 스테프는 어른이 된 기분이었다. 부녀는 페르테수주아르의 맥도날드에서 잠시 멈추었고, 스테프가 계산을 하겠다고 고집했다.

파리의 첫 가을은 끔찍했다. 스테프가 등록한 학교는 파리 그랑제콜 준비 학교라고 불렸다. 돈이 많지만 머리는 비어서 빈둥거리며 연애만 하는 애들이 잔뜩 모인 학교였다. 스테파니네 반에는 아프리카 베냉 대사의 아들, 태국 장관의 손자, 가톨릭 전통을 이어 두 단어를 조합한 이름을 가진 여자애들 같은 사람들을 깔보기 좋아하는 부유층 자제들이 모였다. 동급생들이 보기에 스테파니는 시골에서 올라온 촌뜨기에 지나지 않았다. 특히 같은 반 애들은 스테파니가 신은 아실 브랜드 양말을 비웃었다. 에일랑주에서 고급으로 간주되던 양말이었다. 교수와 처음 면담할 때 스테파니는 제발 사투리를 쓰지 말라는 충고를 들었다. 표준말을 구사하지 못하는 건 입학시험에서 엄청난 감점 요인이 될 수 있다고 했다. 뿐만 아니라 스테파니는 스스로 장을 봐서 요리하고 집안일을 해야 했다. 다섯 평짜리 원룸이라도 할 일은 늘 있었다. 숙제가 없는 주말엔 파리 거리를 산책했다. 파리와 자신의 관계는 환상에 머물 거라고만 생각했는데, 지금 대가를 톡톡히 치르며 이 도시에서 살고 있었다. 물론 파리는 초콜릿을 종교처럼 사랑하고 한눈에도 지나치게 부유해 보이는 원형 건물들이 즐비한 도시였다. 도심은 더욱 그랬다. 파리야말로 이 나라의 심장부에 있다는 느낌을 주는 도시가 틀림없다. 그러나 사람들의 물결, 외벽, 쇼윈도, 조명, 자동차 헤드라이트, 문화 유적지가 선사하는 아름다움과 더러운 뒷골목 풍경에 사로잡혀 사람들이 끝없이 타고 내리는 지하철 플랫폼에서 스테프가 거듭 확인하는 것은 이 도시를 가질 수 없다는 무력함뿐이었다. 파리와 그녀 사이에는 어찌할 수 없는 웅덩이가 놓여 있었다. 여기서 태어났어야 했다. 그렇지 않으면 기필코 성공해야만 했다. 이것은 스테파니의 다짐이기도 했다.

그래서 스테프는 미친 듯이 공부에 파고들었다. 파리의 학교에 처음 등록할 때 헛된 기대는 없었지만, 그렇다고 남들보다 뒤처질 거라고 생각하지도 않았다. 그런데 몇 번 수업을 거치는 동안 마치 다른 나라에 와 있는 듯한 느낌을 지울 수가 없었다. 참고 도서, 어휘, 기대 지평 등 전부 스테파니가 이해할 수 없는 것들이었다. 그렇게 첫 주를 보내는 동안 스테파니는 매일 밤 베개를 적시며 울었다. 게다가 TV도 전화기도 없어서, 엄마에게 전화하려면 밖으로 나가 공중전화를 찾는 수밖에 없었다. 스스로 무기력하게 느껴졌다. 교수들은 오만하고 콧대가 높았으며, 같은 반 친구들은 반쯤 한심해 보였다. 늘 하루 여덟 시간씩 아무 문제 없이 숙면을 취하던 스테파니가 이제 한밤중에 두 번씩 깨곤 했다. 깨어나 보면 온몸이 식은땀에 젖어 있고 턱관절이 아팠다. 욕실 거울 앞 형편없는 형광등 불빛 아래에서 스테파니는 수면 부족으로 얼굴에 난 뾰루지를 하나하나 터뜨려 짰다. 그러고 나면 울긋불긋하고 못생긴 얼굴이 그녀를 마주 보았다. 스테파니는 점점 못생겨지고 머리칼은 푸석푸석해졌다. 시험공부를 하는 내내 주섬주섬 먹는 버릇이 생겨서인지 순식간에 팔과 허벅지 굵기가 예전의 두 배가 되었다. 마침내 12월, 결과는 심각했다. 시험을 망쳤고, 하얗게 질려 저울에 올라가 보니 몸무게가 7킬로그램이 불어 있었다. 어느 토요일 오전 여섯 시간 동안 계속된 필기시험 중 스테파니는 문화 일반에 대한 다음과 같은 주제를 맞닥뜨렸다.

"불면증의 진행은 주목할 만한 것으로, 다른 모든 일의 진행을 정확히 따른다."

——폴 발레리

문득 목구멍이 조여들었다. 벌거벗은 이 문장, 너무나 명징한 느낌.

스테프는 지금껏 자신이 얼마나 많은 행운을 누리며 살아왔는지 깨달았다. 세계사의 비교적 평화로운 시기에, 좋은 가정에서 태어났다. 살면서 단 한 번도 배고픔이나 추위, 폭력으로 고통받은 적이 없다. 이상적인 집단(유복한 가정, 요령 좋은 친구, 큰 어려움 없는 학생, 꽤 괜찮은 여자)에 속했으며, 자잘한 보살핌과 늘 찾아오는 쾌락과 함께 하루하루를 흘려보냈다. 미래란 스테파니에게 일종의 무관심한 남자 같은 것이었다. 지금은 어떤가. 에일랑주에서 멀리 떠나온 스테파니는 버릇없이 자라 갑옷마저 너무나 얇은 초등학생 수준의 순진한 생각만 트렁크에 담아 왔을 뿐, 기본적인 준비가 안 된 사회 부적응자였다.

스테파니는 발레리의 문장을 다시 읽고 세 부분으로 논술 구조를 짰다. 그런 다음 허락도 구하지 않고 자리에서 일어나 화장실로 갔다. 감독관에게는 늘 있는 일이었다. 그 역시 학창 시절에 이와 다르지 않았기 때문에, 머리를 대충 묶고 강의실 문을 나서는 여학생을 희미한 미소로 바라볼 뿐이었다. 스테파니는 화장실 문을 잠그고 앉아 잠시 울었다. 더는 견딜 수 없었다. 그리고 제법 심각하게 스스로에게 물었다. 센강에 몸을 던지는 것과 외곽 순환 열차에 몸을 던지는 것 중 어느 쪽이 더 간단할까.

하지만 스테파니는 다시 교실로 돌아갔다. 좀 괜찮니? 감독관이 물었다. 예, 괜찮을 거예요. 그녀가 지나갈 때 피식거리는 비웃음과 걱정하는 소리가 들려왔다. 정도는 달라도 모두 같은 괴로움을 경험하는 중이었다. 관자놀이의 맥박이 더 빨라지고, 더 이상 참기 어려운 상황이 되었다. 시작하거나 버티거나 포기해야 했다. 크리스마스는 이번 학년의 희망봉이 될 것이다.

그리고 스테프는 잘 버텼다.

먼저 수학에서 점수를 따냈는데, 수학 점수가 나빴던 적은
없으므로 놀랄 일은 아니었다. 그 덕분에 한숨 돌릴 수 있었다.

크리스마스 방학을 보내고 나서도 스테파니는 학습 리듬
을 놓치지 않았다. 인생에 대해서든 다른 무엇에 대해서든 더
이상 반문하지 않았다. 새벽 1시까지 아무런 불평 없이 공부
만 했다. 멋내는 것도 완전히 잊었다. 남자 친구도 사귀지 않았
다. 요점 정리 노트를 열심히 만들어 나갔다. 그렇게 6월이 오
자 시험에 도전했다. 제일 좋은 학교들은 아니었다. 그저 시험
삼아 응시했을 뿐이고 전부 미끄러졌다. 당연한 일이었다. 한
번에 붙는 사람은 없다는 건 누구나 아는 사실이었다. 이를 모
르지 않는 스테파니의 부모는 아무 말도 하지 않았다. 전과 너
무나 달라진 딸의 모습에 그저 감탄할 뿐이었다. 합격을 향한
스테파니의 야심은 이렇게 말하는 것 같았다. "날 건드리지 마.
시간 없는 거 뻔히 보이잖아."

여름 방학 동안에도 스테파니는 교수들에게서 받은 참고
서적 목록을 하나하나 읽으며 노력을 게을리하지 않았다. 『인
종과 역사』, 1960년대에 대한 미셸 위녹의 저서, 레몽 아롱,
『프랑스 법률사』, 로브그리예와 지오노까지. 심지어 프루스트
까지 읽었다. 꽃과 스테인드글라스, 마음의 미세한 흔들림에
관한 영화들까지 전부. 그런 다음에는 외국 학생을 대상으로
홈스테이를 운영하는 집에서 삼 주 동안 요점 정리 노트를 만
들고 달달달 외웠다. 광활하게 느껴질 정도로 넓은 그 집은 욕

실까지 카펫을 깔아 볼일을 보면서도 공부할 수가 있었다. 일본이나 한국에서 온 다른 하숙생들도 있었다. 다들 예의 바르고 공부에 열심이었다. 여학생들은 입을 가리고 쿡쿡 웃고, 집주인의 말 한마디 한마디에 이마로 못이라도 박듯 고개를 끄덕여 주었다. 스테프는 아시아에서 온 학생들과 잘 어울려 지냈다. 그들은 흡사 일 년의 선고 유예를 받은 것처럼 생활했다. 유럽에서 일 년을 보내며 비즈니스용 외국어를 익히고 돌아가면 회사에서 매니저가 될 거라고 했다. 그중 스테파니가 세 번인가 잠자리를 나눈 일본인 친구 유키는 '샐러리맨'의 삶에 대해 들려주었다. 그들은 매번 새벽 6시 유키가 일을 마치고 돌아오는 시간에 섹스를 했다. 유키는 곱슬기 없는 머리칼을 도쿄나 오사카에서 한창 유행하는 색으로 염색했다. 섹스할 때면 스테파니를 흥분시키기 위해 어찌나 애쓰는지 오히려 안쓰러워 보일 정도였다. 그의 이마에서 굵은 땀방울이 흘러내려 스테파니가 눈을 감기도 했다. 한번은 좀 진정하라고 말하자 유키의 성기가 터무니없이 작아져 버렸다. 섹스가 끝나면 두 사람은 많은 이야기를 나누었다. 유키의 부모님은 유키가 일본의 토익 같은 시험에 합격하게끔 막대한 돈을 지원해 주고 있다고 했다. 온 가족의 기대가 유키의 어깨 위에 실려 있었다. 조만간 유키는 괜찮은 연봉을 받으며 책임감과 넥타이를 장전하고 하루 열네 시간씩 일할 것이다. 적어도 그에게는 모든 것이 정해져 있었다. 유키의 말을 들으면서 스테파니는 생각했다. 유럽은 아직 자기를 좋아하는 사람들을 실망시킬 기회가 있는 대륙이구나.

결론적으로 공부에 열중하는 여름 방학 내내 스테파니는 에일랑주의 옛 친구들을 아무도 만나지 않았다. 행여 마음이 흔들릴까 봐, 프로 레슬러처럼 두툼해진 허벅지를 들킬까 봐 거리를 두었다. 스테파니는 은둔했다.

2학년은 회색 도화지처럼 단조롭고 생동감 없게 지나갔다. 공부에 치인 스테파니는 히말라야라는 높고 깊숙한 터널을 뚫고 나가는 기분에 사로잡히곤 했다. 부조리한 노동에 낙담하면서도, 뚫리지 않을 것만 같던 바위를 1미터씩 파헤치는 성취감도 느꼈다. 터널의 끝에는 에덴동산이, 직업의 세계가 기다린다는 걸 스테파니는 알고 있었다. 그러니까 이를 악물고 제 몫을 찾아 나갈 것이다. 책상 위에는 엽서 몇 장이 붙어 있었다. 시슬리가 복제한 카라바조의 「홀로페르네스의 목을 치는 유디트」, 버지니아 울프의 초상화, 영화 「네 멋대로 해라」에서 상체를 탈의한 벨몽도.

레나타과 브누아라는 친구도 사귀었다. 처음부터 교수들은 친구들 사이의 경쟁심을 만병통치약처럼 처방했다. 그리하여 성공을 위한 수많은 형태의 잔꾀가 존재했다. "동거하면 프레파를 망친다."라는 구호마저 등장했다. 수면 시간에 신경 써야 했고, 가급적 의욕이 넘치는 사람을 찾아 두 명씩 짝을 지어 공부하고, 휴식 시간엔 충분히 긴장을 풀어야 했다. 스테프와 친구들은 그들만의 공부법을 고안했다. 공부할 단원의 제목을 하나씩 적은 작은 쪽지를 신발 상자에 넣은 다음 돌아가며 하나씩 꺼내는 것이다. 토요일 오후에는 근처 마을 회관에 가서 다 함께 탁구를 쳤다.

이 같은 계획이 조금씩 결실을 보기 시작해 스테파니의 시험 성적이 꽤 올랐다. 모든 과목, 심지어 철학에서도 성적이 올랐으며 무엇보다도 공부가 전보다 한결 수월하게 느껴졌다. 생활 규칙도 점차 자리를 잡아서 이제는 새벽 5시에 잠을 깨지 않았고 아무 문제 없이 열두 시간 동안 책상에 앉아 있었다. 그리고 몸무게가 줄었다. 유일한 그늘은 약간이나마 여유가 생기면 어김없이 의기소침해진다는 것이었다. 그것은 안개처럼 막연한 번뇌 같았다. 여유 시간이 거의 없다는 것이 그나마 다행이었다.

특히 타고난 수학적 재능이 2학년 내내 빛을 발했다. 스테파니는 중학교와 고등학교 때도 놀기를 좋아하면서도 수학 성적만큼은 늘 좋았다. 그런데 프레파 과정을 거치는 동안 자신이 소위 '수학의 신'이라고 불릴 만한 사람이라는 사실을 발견했다. 수학은 기적에 가까운 방식으로 그녀의 몸속에서 자연스럽게 흘러내렸다. 불경한 사람이 어느 날 갑자기 은총을 입어 방언이 터진 것과 비슷한 맥락이었다. 스테파니가 가고자 하는 세계에서 수학은 만국 공용어나 마찬가지였다. 수학은 비행기를 띄울 뿐만 아니라, 컴퓨터를 작동시키고 우리 문명에 명령을 하고 사람들의 지능을 증명했으며 혁신을 일으켰다.

그런 그녀에게 맨 처음 관심을 보인 건 경제학을 가르치는 무아노 선생이었다. 수업이 끝난 뒤 그가 스테파니를 따로 불러서 두 사람은 노트르담데샹 거리에 있는 작은 카페로 커피를 마시러 갔다. 선생은 공부를 어떤 식으로 하는지, 숙제하는 데 걸리는 시간은 어느 정도인지 등에 대해 이런저런 질문을 던졌다. 학교 외부에 따로 공부를 도와주는 사람이 있는지 확인하고 싶은 듯했다. 또 부모는 무얼 하는지 남자 친구는 있는지도 물었다. 사생활을 캔다는 느낌을 최소화하고 싶었는지 구태여 '보이프렌드'라는 단어를 썼다. 어울리지도 않는 그런 단어를 어디서 찾아냈을까? 스테파니는 그런 상황이 재미있었다. 무아노는 머리가 덥수룩하고 무테안경을 쓴 어딘가 게을러 보이는 사람이었다. 수업할 때 빈정거리는 말투를 썼고 답안지를 채점할 때는 반드시 초록색 펜을 사용했다. 학교에 번진 루머에 따르면 알코올 문제가 있다고 했다. 언뜻 듣기에는 주식에 투자하고 BNP 은행의 부동산 체인을 운영하다가 쫄딱 망했다고도 했다. 추락은 끝 간 데가 없었다. 퇴직 연금을 전액 타려면 아직 이십오 년 동안 연금을 부어야 했다. 그렇지만 나이가 이미 마흔다섯을 훌쩍 넘었다. 함께 커피를 마시던 날 무아노 선생은 스코틀랜드풍의 매우 예쁜 체크무늬 재킷을 입고 파란 넥타이를 매서 마치 청딱따구리처럼 보였다. 넥타이 때문에 불룩한 배가 도드라졌다. 안식년 휴가를 앞둔 사람처럼 어딘가 애매모호한 기색이었다. 스테프는 그의 양쪽 콧방울에서 미세하고 옅은 보랏빛 세정맥을 보고 이런 피부, 이런 코, 이렇게 넓은 모공을 가진 남자하고는 절대 못 잔다고 생각했다. 만에 하나 그가 유혹한다면 무슨 수를 써서라도 피하겠다고 다짐했

다. 최악의 경우 경제학 점수를 유지하기 위해 손으로 수음해
주고 마는 방법까지 생각했다. 어쨌든 이제 스테파니에게 성생
활은 극도로 작은 자리를 차지했다. 그러나 스테파니의 생각은
공상에 지나지 않았다. 한동안 깊은 생각에 잠겨 있던 무아노
선생은 이렇게 말했다.

"그렇군요…… 좋아요. 그렇다면 목표를 높이 정해요, 쇼
수아 양. 높이."

5월에 스테파니는 활기를 불어넣을 겸해서 함께 공부하
는 친구들과 고등상업학교 캠퍼스를 방문했다. 번쩍거리는 건
물들, 공을 잔뜩 들인 바닥, 고도의 테크놀로지를 자랑하는 화
려함, 활력 넘치고 예언자 같은 멋을 풍기는 교수들. 그들이 받
는 보수는 어느 마케팅 디렉터보다 높았다. 스테파니의 시선을
유난히 붙든 건 그곳의 학생들로, 다들 운동선수처럼 날렵하
고 최고의 지식으로 무장해 힘과 아름다움을 겸비하고 있었다.
스테파니에겐 이때의 방문이 결정적이었다. 그녀가 원하는 것,
그녀가 되고 싶은 것이 그곳에 다 있었다.

스테파니는 언제나 파리 밖의 삶은 이류에 지나지 않는
다고 생각했다. 학문에 굶주린 젊은 계층을 관찰하면서 여전
히 같은 느낌을 받았다. 오로지 그들만 알고 있었다. 그들만 세
상의 기능을 이해하고 레버를 작동시키도록 교육받았다. 나머
지는 전부 시시했다. 물리학자, 사회과학고등연구원의 실력자,
교수 자격을 얻은 사람, 정치가, 철학자, 변호사, 스타, 축구 선
수 들은 장님에 무능한 바보들이었다. 기계를 내면 깊이 이해

하고 그 시대의 언어를 말하는 사람들, 끊임없이 속도를 더하고 선천적으로 점점 증가하며, 빛과 속도, 돈으로 우려낸 이 탐욕스러운 시대를 정확히 끌어안은 사람들, 그들이 거기에 있었다. 푸른 와이셔츠를 입은 늘씬하고 호리호리하고 성격이 활기찬 경제학의 왕자들, 사업가들이.

봄이 되어 스테파니는 다시 시험에 응시했고 7월 초에 결과를 통보받았다. 여기저기서 편지가 날아왔다. 릴, 리옹, 에섹의 경영대학에 합격했다. 자, 보아라! 이제 고속도로가 열렸다. 마침내 스테파니는 마음을 놓았다.

클렘에게 합격 소식을 전할 때, 스테프는 아무런 감흥도 없다는 듯 심지어 웃음도 띠지 않았다.

"대박!" 클렘이 말했다.

"미쳤지."

"고등학교 때를 생각해 봐. 그때 너 엄청 힘들어했잖아."

"완전 그랬지. 진짜 먼 얘기 같아."

"뭘 먹고 그렇게 된 거야?"

"몰라. 그냥 여기에 다시 돌아오고 싶지 않았어. 다시는 안 올 거야."

"당연하지."

"적당한 때가 되면 노력을 해야 돼."

"맞아. 완전 공감해."

"다른 건 신경 안 써. 내가 하고 싶은 일이 뭔지 아니까. 성공하는 게 부끄럽지도 않아."

소녀들은 클렘이 흰색 106을 세워 둔 곳까지 좀 더 걸었다. 부모 이름으로 보험을 든 그 작은 경유차는 여기저기 흠이 있긴 해도 튼튼했다. 가끔 숲에 갈 때 아버지가 타고 가기도 했지만, 보통은 차고에 세워 둘 때가 많았다. 자동차 시트에서 곰팡이 냄새가 올라와 차창을 열어 환기를 시켰다.

"어디 갈까?"

"글쎄."

"우리 집에 수영장 만들어 놨어." 스테프가 말했다.

"그거지!"

"좋아."

스테프는 기분이 좋았다. 이런 편안함, 그 무엇에도 짓눌리지 않는 느낌은 이 년 만에 처음이었다. 해야 할 공부도, 과제도, 어떤 의무도 없었다. 부모님은 방을 치우라든가 설거지를 하라는 잔소리조차 하지 않았다. 충만하고 이상적인 미래가 열리고 있었다. 개학을 맞이하기만 하면 되었다. 스테프는 낯선 무중력 상태를 한껏 즐겼다. 그리고 말했다.

"솔직히 말이야, 호숫가 축제가 좋은 기회 아닐까."

"왜?"

"벌써 몇 달째 섹스를 안 했거든."

클렘이 손바닥으로 자동차 핸들을 두드리며 웃음을 터뜨렸다.

"미친 거 아냐?"

"진짜야. 미친년처럼 공부만 했어. 같은 반 남자애들은 전부 쓰레기이기도 했고.”

“그래도 그렇지.”

“몰라. 그러고 싶은 마음도 없었는걸. 성욕이 완전히 증발했나 봐.”

“그래서 지금은, 다시 돌아왔어?”

“아, 너 진짜…….” 스테프가 알면서 묻느냐는 듯 대꾸했다.

클렘은 다시 한번 웃음을 터뜨렸다.

“그나저나 에일랑주의 7월 14일에 뭘 기대하는데? 쭉정이 같은 애들?”

“아, 누구면 어떻겠어. 정 못 찾으면 네 아빠라도 좋아.” 스테파니가 말했다.

4

뮈든 제대로 하고 싶었던 파트릭 카사티는 일찌감치 일어나 랑볼레네 가게로 신선한 미끼를 사러 가기로 했다. 그리고 네스퀵 통에 지렁이를 반쯤 담아 집으로 돌아왔다. 토가 나올 것 같은 벌레들이 통 안에서 우글거렸다. 파트릭은 벌레들을 재미있게 들여다보다가 구멍을 뚫은 뚜껑을 덮어 놓고 낚싯대를 준비했다. 미끼를 담은 통은 벌써 십오 년째 간직해 온 것이었다. 자고 일어나 머리가 뻗친 앙토니가 아직 두 손으로 그릇을 꼭 붙잡고 핫초코를 마시던 시절이었다.

앙토니를 낚시에 데려간 적이 많지 않았다. 아들이 떠나기 전 함께 하기에 딱 좋은 일 같았다.

그러고 나니 아들을 기다리는 것 말고 딱히 할 일이 없었다. 정오 전에 술을 입에 대지 않는 건 차라리 쉬웠다. 그는 TV 앞에 앉아 일주일 동안 피울 잎담배를 말기 시작했다. 늘 미리 준비해 금속 밀폐 용기에 보관했다. 그러다가 결국엔 잎담배와 담배 마는 도구를 무릎 위에 올려놓은 채 꾸벅꾸벅 졸기 시작했다. 담뱃잎을 여기저기 흘리지 않으려고 수건도 한 장 깔았다. 파트릭은 입을 벌리고 턱을 가슴께로 떨군 채 한동안 잠이 들었다. 그러다가 프랑스 혁명 기념 행군 소리에 잠에서 깨어났다. TV에서 탱크가 샹젤리제 광장을 따라 내려오고 있었다. 팡파르가 울려 퍼지고, 하늘에 전투기가 날아가고, 군대가 각을 딱딱 맞추어 행진했다. 베레모를 쓰고 지프차에 곧추선 시라크 대통령의 모습에 파트릭은 웃음을 터뜨렸다.

"하! 저 사람도 참!"

지금 그는 자칭 1층의 원룸에 살았다. 1층이라지만 계단 다섯 개를 내려가야 하고 집에는 환기구처럼 작은 창 하나뿐이었다. 다 해야 가로 4미터 세로 3미터 공간에 거실, 부엌, 그리고 방과 연결된 욕실이 있었다. 샤워 시설과 화장실이 한 공간에 있었다. 목공에 재주가 있어서 손수 선반을 만들어 공간을 확보했다. 잠은 낮에는 소파로 활용하는 1인용 침대에서 잤다.

점심엔 제일 먼저 손에 닿는 통조림 음식을 먹었다. 개수대 위 찬장 속에 뭐가 잔뜩 들어 있었다. 주로 카술레, 뵈프 부르기뇽, 쿠스쿠스, 라비올리 따위였다. 파트릭은 라비올리 깡통을 따 냄비에 부은 다음 휴대용 가스레인지 위에서 데웠다. 음식은 단 이 분 만에 준비되었다. 그보다 더 간단하기는 힘들었다. 설거지할 것도 거의 없었다. 파트릭은 접시에 덜어 먹지도 않았다. 소금과 후추를 듬뿍 친 다음 큰 컵에 레드 와인을

가득 따랐다. 먹는 시간도 준비 시간만큼이나 짧았다. 쟁반을
TV 앞에 놓고는 씹지도 않고 허겁지겁 삼켰다. 리모컨을 어디
에 두었는지 생각이 안 나는 데다 구태여 몸을 일으키고 싶지
도 않았던 탓에 뉴스를 계속 보았다. 디저트로 사과 한 알을 먹
고 와인을 조금 더 따랐다. 침대 머리맡에 놓아둔 작은 알람시
계가 오후 2시를 가리켰다. 조금 있으면 아이가 올 것이다. 파
트릭은 잔을 비우고 세 번째 잔을 따라 마신 다음 까무룩 잠이
들었다.

　파트릭은 작은 원룸에서 원조를 받으며 마비된 삶을 살았
다. 주당 열두 시간씩 최저 임금을 받으며 사설 용역 업체가 알
선하는 소소한 아르바이트들을 야금야금 했다. 조용한 아파트
의 계단 청소, 일주일에 한 번 쓰레기 수거차가 오는 날에 맞춰
공용 쓰레기통 꺼내 놓기, 날씨가 좋을 때는 잔디 깎기 등 한마
디로 출석을 증명하는 일이었다. 별일 아니었으나 때로 아파트
노인들이 목공 공사나 집수리를 부탁하고 변변찮은 사례금을
건네기도 했다. 처음엔 전에 알던 사람들을 마주치기도 해서
그런 일이 마뜩지 않았다. 초등학교 동창 앞에서 빗자루질을
하는 건 아무래도 모양이 빠졌다. 하지만 결국 그가 하는 일에
는 다른 의미가 있었다. 그에게는 빚이 있었고 수입은 쥐꼬리
만 했으며 주택 보조 수당을 받았다. 시에서 르나르디에르 축
구 경기장 뒤의 손바닥만 한 땅뙈기를 경작하게 해 주었다. 그
는 그 땅에 감자와 양파, 파슬리 등을 심었고 딸기 씨도 뿌렸다.
그곳에 갈 때마다 그는 맥주를 한 팩씩 준비했다. 세 번째 캔

을 마실 때 곡괭이를 내려놓고 캠핑 의자에 앉아 막 뒤집어엎은 땅을 바라보며 담배 연기를 흩날렸다. 거기선 아무 말도 하지 않고 그저 맥주만 마시며 아주 오랫동안 있어도 되었다. 경기장 관중석 뒤로 해가 길게 늘어졌다. 빈 맥주 캔이 여기저기 널브러진 가운데, 후줄근한 파트릭은 가끔 터져 나오는 웃음에 몸을 흔들며 덩그러니 앉아 있었다. 그 상태 그대로 좋았다.

그러다가 감자를 수확하는 시기가 왔으나 결과는 썩 좋지 않았다. 그러거나 말거나 그는 깡통에 든 저장 음식을 먹으니 상관은 없었다. 낚시를 하러 가기도 했다. 한마디로 제한되고 마비된 삶이었으며, 파트릭은 그것에 대해 별다른 질문을 던지지 않았다. 그냥 그런 거였다.

오래지 않아 잠에서 깨어나니 입안이 텁텁했다. 전화기가 안락의자 틈에 처박혀 있었다. 파트릭이 투덜대면서 전화기를 뽑아 들었다. 전부 짜증스러웠다. TV에서는 웬 남자가 몽생미셸 앞에서 SFR 통신 회사를 광고하고 있었다. 들리는 말로는 이제 사방에 통신망이 깔렸다고 했다. 파트릭은 한심한 휴대전화를 사서 여기저기 들고 다니느니 달나라 여행이나 가는 게 낫겠다고 생각했다. TV 볼륨을 낮추고 아내의 번호를 눌렀다. 좀 더 잘 들으려고 한쪽 귀를 막았다.

"여보세요?"

"나야." 파트릭이 말했다.

엘렌이 "응." 했다. 그녀가 아는 익숙한 목소리였다. 둘 사이의 냉전이 끝나고부터 파트릭은 종종 엘렌에게 전화를 걸었다. 세금 신고서 작성이나 안과 예약을 부탁할 때도 있었다. 파트릭 세대의 남자들에게 바깥세상과의 관계는 늘 여자들을 통해 진행되었다. 그런 남자들은 보도블록을 깔거나 눈 한 번 안붙이고 차로 200킬로미터를 달릴 수 있을지는 몰라도 누군가를 저녁식사에 초대할 기운은 없는 경우가 많았다.

"그나저나 애는 온대 안 온대?"

"가겠지. 당신한테 그렇게 말했다며."

"그게 아니라 내가 기다리겠다고 했지."

"알아. 걱정하지 마."

"걱정하는 게 아니라."

"됐어⋯⋯."

침묵이 흘렀다.

"행군하는 거 봤어?" 파트릭이 물었다.

"응."

"레지옹도뇌르 훈장 받은 사람들 말이야."

"응. 봤다고."

"좀 이상해."

"뭐가?"

"우리 애가 그렇게 될 거라니까."

"그러게. 나도 간밤에 한숨도 못 잤어."

엘렌에게는 언제나 근심의 이유가 있었다. 그녀가 하는 말대로라면 1991년 5월부터 한잠도 못 잔 것 같았다.

통화를 마치고 파트릭은 와인을 한 잔 더 따랐다. 그리고 설거지를 했다. 앙토니가 온대서 빈병들을 모아 담고 보니 쓰레기봉투 다섯 개가 꽉 차 컨테이너에 내다 버렸다. 아파트는 흠잡을 데 없이 깔끔했다. 그러고 나서 창문을 열고 침대에 걸 터앉아 가슴팍에 재떨이를 올려놓고 담배를 피웠다. TV는 무 음으로 계속 켜 놓았다. 바깥에서는 아름다운 여름날이 흘러갔 다. 그런 여름을 수도 없이 보낸 듯했다. 그는 눈물 흘리지 않 았다. 투명한 하늘에 아주 드물게 구름이 떠가고, 실구름이 바 람의 방향을 알려 주었다. 오늘은 어제와 같고, 내일은 오늘과 같을 것이다. 그는 유년의 여름들을 기억했다. 개학하기 전 형 제들, 친구들과 만들고 놀던 그들만의 세상을. 아르바이트, 여 자애들, 오토바이의 흔적을 굵직굵직하게 남기며 여름들은 해 마다 이어졌다. 그리고 어른이 되어 맞은 여름들은 의심할 여 지 없이 삼 주간의 유급 휴가로 축소되었다. 그 휴가들은 거의 언제나 엉망으로 끝났으며 턱없이 부족했다. 그리고 실업과 더 불어 파트릭은 이제 다른 여름을 알게 되었다. 죄책감으로 가 득한 느린 여름, 애태우는 여름. 그리고 지금. 파트릭은 더 이상 아무것도 알 수 없는 상태가 되었다. 그건 안심이자 분노였다.

파트릭이 특히 견딜 수 없는 것은 자기 힘을 낭비하고 있 다는 생각이었다. 그의 아버지는 열두 살 이후로 학교에 다니 지 않았으며 어머니도 그보다 낫다고 보기 힘들었다. 파트릭은 열네 살에 학교를 그만두었는데, 바칼로레아보다 더 가치 있 는 일을 할 수 있어서라고 매번 스스로를 위로했다. 그를 키운 건 아무것도 하지 않는 삶, 무위에 대한 경멸과 환멸을 지닌 부모의 교육관이었다. 파트릭은 나무를 베고 불을 지피고 타일을 깔고 수도꼭지를 고치고 지붕을 다시 덮고 집과 정원을 손보고 심지어 목공일까지 했다. 형제들과 함께 들판에서 버섯과 머루, 미라벨을 따며 유년을 보냈다. 성당에 다니지는 않았으나 청년 가톨릭 노동자 연맹 덕분에 스키 타는 법을 배웠다. 그가 속한 세계 사람들은 실내에서 무엇을 할 수 있다고 그다지 믿지 않았다. 다들 바깥세상에서, 공동으로, 노동을 하며 얻는 것에 가치를 두었다. 엄청난 작동 방식에 따라 움직이는 공장 역시 바깥세상이나 마찬가지였다. 사무실에서 볼펜을 굴리는 것은 생각만으로도 머리가 아팠다.

그런데 지금 파트릭은 대부분의 시간을 집에서 혼자 보내는 신세가 되었다. 해가 저물면 피콘 맥주를 홀짝이며 쓸쓸한 저녁을 보내다가 TV 앞에서 입을 벌린 채 잠이 들었다. 그러다가 새벽 3시에 화들짝 놀라 깨어나면 허리께로 차가운 막대가 뚫고 지나가는 느낌이 들곤 했다. 다음 날 그는 간신히 일어났다. 어김없이 밝아 온 또 하루의 의미를 찾아야 했다. 집에 돌아가는 것 말고는 할 일도, 하고 싶은 일도 없었다. 집에 돌아와서는 또 반복이었다. 술 한잔, 고독, 스스로에게 했던 약속 곱씹기. 그의 의지는 바람 빠진 풍선처럼 헐렁해지고 맥주 캔만 하나씩 둘씩 늘어 갔다. 집 안 생활은 삶에서 가장 중요하고 명료한 부분이었다. 이따금 소파에 궁둥이를 꼭 붙이고 두 손을 물끄러미 바라볼 때가 있다. 손은 두툼하긴 해도 그럭저럭 곱게 남아 있었다. 손등에 검버섯이 하나둘 올라오기 시작했다. 텅 빈 느낌, 기진맥진한 느낌이었다. 밖에 나가기도, 사람들을 만나기도 싫었다. 어쨌든 파트릭은 거의 모두에게 화가 나있었다. 아무것도 쥐지 않은 두 손에 할 일을 주고 싶었다. 곡괭이 손잡이라도. 그의 두 손은 작업 도구를 만지고 재료를 주무르기 위한 것이었다. 그러자 흥분과 비탄이 가슴속에서 치밀어 오르며 살인 욕구마저 일었다.

그러나 파트릭 카사티는 처음으로 기분이 좋았다. 아들이 그를 보러 온다고 했다. 그가 자랑스러워하는 아들이다. 조만간 아들은 군복을 입고 독일로 떠난다. 아들이 '병사'가 되리라고는 단 한 번도 생각해 보지 않았다. 전쟁에 대해서는 더더욱. 카사티의 머릿속을 맴도는 유일한 단어는 '군인'이었다. 그 단어에 온건한 영웅주의, 절도, 규율의 향취, 그리고 특히 나라를 위해 일하는 사람들의 연대라는 것을 배합했다.

따지고 보면 운이 지지리도 없는 아이였다. 엘렌과의 사이에 덜컥 앙토니가 들어섰다. 그러고 나서 공장 문제가 터졌고, 내일을 알 수 없는 두려움이 그들의 삶을 좀먹기 시작했다. 그리고 늘 쪼들리는 가계, 걱정 반 두려움 반인 생활, 중산층과 저소득층을 가르는 경계에서 벌어지는 투쟁. 술 마시고 싶은 욕구. 하긴, 이거야 뭐 언제는 없었냐만.

파트릭을 만났을 때 엘렌은 열아홉 살이었다. 그 시절 그녀와 여동생은 동네에서 스타였고 자기들끼리 인기 순위를 정하곤 했다. 사실 클레베 씨네 딸과 샹탈 뒤뤼가 더 예뻤다. 심지어 엘렌은 파리까지 가서 페툴라 클라크의 뮤직비디오에 출연한 적도 있으나 그 뒤 소식은 알 수가 없었다. 그토록 늘씬한 다리를 가진 그녀가 멋진 남편을 만나 결혼하거나 스튜어디스가 되지 않으리라는 보장은 없었다. 단지 그녀에게는 재미있기도 하고 위험하기도 한 성벽이 하나 있었는데, 누군가 자기를 바라보기만 해도 사랑한다고 생각해 버리는 것이었다. 그 시절 엘렌 주변에는 늘 남자들이 들끓었고, 엘렌은 그 바보 집단을 젓가락 하나로 지휘하는 존재였다. 그런 수작은 수십 년 동안 지속되었다. 사실 엘렌은 남자들 위에 군림하는 자기만의 권력을 포기하고 싶지 않았다. 이제 와서 생각해 보면 헛웃음만 나올 뿐이다. 엘렌의 매력은 완전히 흩어져 버렸다. 머리를 짧게 잘랐고, 팔뚝은 물렁물렁해졌으며, 두 뺨이 처졌다. 가슴은 말할 것도 없었다. 지금 엘렌은 뇌관이 완전히 제거된 폭탄이었으니 파트릭으로서는 흡족했다.

두 사람 모두 나이가 쉰이 채 안 되었다.

삶을 제대로 누려 보지도 못한 채 시간이 빨리 흘러가 버렸다. 뒤로 물러났다는 감정이 두 사람 사이에 새로운 형태의 동질감을 낳았다. 물론 사랑이 아니라 느슨한 애정이나 원한으로 다져진 의리 같은 거였다. 서로에게 상처 주는 일도 이제 없었다. 무엇을 하기엔 너무 늦었다.

잠시 후 파트릭은 개수대 아래 수납장에 넣어 둔 선물을 가지러 갔다. 손바닥만 한 조리대 위에 선물을 올려놓고는 다시 돌아와 의자에 앉았다. 거의 오후 3시였다. 이 녀석은 사람을 참 거추장스럽게 했다. 파트릭은 의자에 앉아 반짝거리는 포장지와 곱슬곱슬하게 늘어진 리본을 가만히 바라보았다. 의자는 그리 편안하지 않았으나 그렇다고 소파가 있는 데까지 몸을 옮길 엄두도 나지 않았다. 삼십 분쯤 지나자 파트릭은 몸을 일으켜 부자가 낚시 가서 마실 요량으로 사 둔 캔 맥주를 하나 뽑아 들었다. 세 캔을 연달아 비우고 마침내 소파 위에 길게 눕자 거대한 일격처럼 잠이 쏟아졌다.

정신을 차렸을 때는 저녁 8시가 지났고, 온몸이 뻣뻣한 느낌이었다. 하루를 망쳤다. 그동안 미끼들은 네스퀵 통 속에서 쉬지 않고 꼬물거렸을 것이다. 옅어진 하늘은 텅 비었을 뿐 다른 아무것도 제안하지 않았다. 이제 날씨도 그리 좋지 않았다. 파트릭은 창문을 닫고 부엌 쪽으로 갔다. 꼭 다문 입술 사이로 새어 나온 숨소리가, 흡연 인생 삼십 년의 묵직하고 거칠고 답답한 숨소리가 3미터 밖에서도 들릴 정도였다. 파트릭은 잠시 선물을 바라보았다. 반짝이는 포장지를 찢어 길쭉하고 네모난 상자를 연 다음, 안에 든 멋진 사냥용 칼을 손에 쥐었다. 누가 뭐래도 멋있는 칼이었다. 검은색에 가까운 널찍한 칼날은 약간 갸름하고 동그스름한 모양이 어딘지 실거리나무 이파리를 연상시켰다. 파트릭은 팔뚝에 대고 칼날을 살짝 시험해 보았다. 칼날은 완벽했다. 칼을 다시 칼집에 넣고, 칼집을 허리춤에 찼다. 아들이 오지 않았으니 직접 아들을 찾으러 갈 것이다.

원룸을 나서기 전 파트릭은 길에서 마실 생각으로 맥주 두 캔을 챙겼다. 205를 타고 호수 쪽으로 향했다. 좋든 싫든 아들에게 선물을 전할 작정이었다. 빌어먹을 아들놈에게.

5

그러니까 프랑스 사람들이, 전부는 아니라 해도 꽤 많은 사람들이 거기 있었다.

늙은이들, 실직자들, 손에 기름때가 낀 사람들, 벙거지를 쓴 젊은이들, 신시가지에 사는 아랍인들, 실망한 유권자들, 한부모 가정들, 유모차들, 르노 에스파스 자동차 주인들, 상인들, 라코스테를 입은 직장 간부들, 마지막 노동자들, 감자튀김 장수들, 핫팬츠를 입은 섹시한 여자들, 포마드로 머리를 넘긴 남자들, 더 먼 데서 온 사람들, 시골뜨기들, '대두' 패거리, 형식적으로 배치된 군인들.

호숫가에 사람들이 구름처럼 몰려들면서, 지방 도로를 따라 3킬로미터까지 혹은 들판을 지나 숲속까지 차들이 길게 늘어섰다. 마치 양 떼처럼 무리를 지은, 잔뜩 들뜨고 지독하게 제각각이어서 서로 섞이지 못할 것 같으면서도 결국은 친구인 사람들이 나란히 걸어갔다.

모두 같은 방향으로, 아메리칸 비치 쪽으로 걸었다. 왜 아메리칸 비치라고 부르게 되었는지는 아무도 몰랐다. 이름의 유래는 꽤 오래전으로 거슬러 올라갔다. 어떤 사람이 거기서 군대에 납품하는 물건 중 수입 청바지를 팔다가 1960년대에 드라이브 인 매장을 열었다. 남자는 스스로 텍사스 출신이라고 떠벌리고 카우보이 부츠를 신고 다녔다. 거짓말은 거기까지가 딱 좋았다. 남자의 연극은 그리 오래가지 못했으나 이름은 남았다.

호숫가에 가까워지면서 꽤 많은 것들이 스테프와 클렘의 눈에 들어왔다. 연설용 연단이 세워졌고, 음향을 담당하는 지방 자치 단체 직원이 이따금 군중 위로 확성기의 다양한 잡음들을 흘려보냈다. 올해는 오케스트라가 없었다. 너무 비싸기도 하고 어울리지도 않았다. 그 대신 DJ가 오케스트라 못지않은 역할을 할 거라고 기대했다. 나무 벤치 사이사이에 긴 테이블들이 놓여 널찍한 간이식당이 차려졌고, 비닐 천막 아래에서 누군가 감자튀김과 소시지를 팔았다. 이론상으로는 금고를 가진 사람도 장사에 필요한 허가를 얻은 사람도 그 남자뿐이었으므로, 그에게 독점권이 있었다. 그러나 현실적으로 남자는 미니 바비큐 그릴, 감자튀김 기계, 변압기 등을 무허가로 팔러 왔다. 관계 당국은 이러나저러나 별로 신경 쓰지 않았다.

구경꾼들 중 몇몇은 좋은 자리를 차지하려고 일찌감치 왔다. 아예 의자와 덱 체어를 가져와서 호숫가에 미리 자리를 잡았다. 그러고는 알록달록한 아이스박스에서 막 꺼내 차가운 맥주를 마시며 공연을 기다렸다. 좀 더 멀리 호수 한가운데에는 불꽃놀이 장비를 실은 너벅선이 떠다녔다. 호수 위에 아직 맑은 하늘이 비쳤지만 햇살은 벌써 어지럽게 뒤섞이며 저물었고, 노와 그림자, 우글거리는 인파를 에워싼 나무들이 쏴아 하며 흔들리는 소리를 남겼다. 사람들은 참을성 있게 하루를 원 없이 즐기는 듯 보였다. 스테프와 클렘도 그런 사람들 사이에서 어슬렁거렸다.

"어디 앉을까?" 스테프가 말했다.

"몰라. 그냥 걸어 다닐까?"

"아빠 눈에 띌까 봐 그러는구나."

이곳에 오기 전 두 소녀는 랑볼레네 가게에 들러서 술을 좀 샀다. 가게들이 전부 문을 닫는 일요일이어서, 오래된 구멍가게가 소녀들에게는 구세주와도 같았다. 랑볼레는 대목을 예상하고 단단히 준비했다. 특히 그날 저녁엔 가게 창고에 술병과 각종 먹을거리들이 넘쳐 났다. 이런 식으로 장사할 권리가 있는지는 아무도 몰랐다. 그는 작업복을 입고 아들, 딸과 함께 밤낮으로 손님을 받았다. 셔터가 내려졌을 때는 옆에 달린 벨을 누르기만 하면 먹을거리든 마실 거리든 언제나 손에 넣을 수 있었다.

가게에 도착했을 때 소녀들은 줄을 서느라 진이 빠진 사람들을 보았다. 젊은 층이 많기는 했지만 꼭 그렇지만도 않았다. 그날 가게 수익은 과연 괄목할 만했다. 차례가 된 남자가 맥주

한 팩과 과카몰리를 주문했다. 랑볼레 노인이 "물론!" 하고 대답하자, 그 아들이 가게 뒤 냉동고, 금속 선반으로 대충 정리한 저장고에 물건을 찾으러 갔다가 주문받은 물건들을 가지고 돌아와 손님에게 건넸다. 다음 분! 마침내 순서가 돌아와 스테프와 클렘은 열두 캔들이 맥주 한 팩을 주문했다. 35프랑.

"뭐가 이렇게 비싸요!"

"그렇지 뭐."

주인 영감, 그의 작업복, 그의 두 자녀. 소녀들은 맥줏값을 냈다.

호수로 가는 길에는 같은 노래만 반복해서 들었다. "몇 시간 동안 그녀가 나를 뜨겁게 했지."[74]라는 가사가 끝없이 들렸다. 두 소녀는 황폐해진 기분으로 캔 맥주를 연달아 비웠다. 연속 재생 버튼을 누르는 일은 스테프가 맡았다. 들을 때마다 노랫말에 점점 더 빠져들었다. 호수가 얼마 남지 않았을 때, 숲속으로 구불구불 이어지는 작은 오솔길 위에서 맥주 두 캔을 더 마셨다. 비로소 저녁이 내리고 숲이 서늘해지자 문득 걱정이 되어 마시던 술을 그대로 두고 자리를 떴다. 그러고 나선 차 세울 곳을 간신히 찾았다. 소녀들은 여전히 웃고 있었다. 머리카락이 바람에 날려 입속으로 들어왔다. 마침내 호숫가에 도착해 보니 이미 사람들로 빽빽했다. 소녀들은 인파를 뚫고 조금씩 앞으로 나아갔다.

---

74   프랑스 힙합 그룹 쉬프렘 NTM의 노래 「열병」의 가사.

"젠장, 이 꼴로 엄마를 만나도 별수 없어."

"사람이 이렇게 많은데 설마 마주치겠어?"

"맞아. 이 많은 사람들이 다 어디서 온 거지?"

"전부 다 왔어. 완전 카니발이네."

"대박이야. 전부 뭐 하러 온 걸까?"

"그러게. 넌 섹스할 거 아니야?" 클렘이 비웃었다.

스테프가 얼굴을 찡그렸다. 돌연 그것마저 희미하게 느껴졌다. 스테프는 걱정스럽고 이도 저도 아닌 사람이 된 기분이었다. 술은 그만 마셔야겠다고, 한 바퀴 슬쩍 돌아본 다음 클렘에게 집에 데려다 달라고 해야겠다고 생각했다.

소녀들은 조금씩 군중 속에 섞였다. 온갖 냄새, 음악, 와자지껄함, 얼굴들이 끝없이 지나갔다. 소녀들은 말 한마디 주고받지 않고 앞으로 나아가기만 했다. 눈앞의 모든 것이 어리둥절하기만 했다. 감자튀김을 산 다음 통나무에 앉아 먹기로 했다. 시골에서 온 듯 머리를 바짝 깎은 청년들이 소녀들을 곁눈질하며 지나갔다. 헤비메탈 스타일의 티셔츠에 청조끼를 입었다. 더러 수염을 기르는 중이었으나 멋하고는 거리가 멀었다. 한사코 추파를 던지는 그들에게 클렘이 가운뎃손가락을 들어 보이니 마침내 군말 없이 지나갔다.

"쟤네 되게 웃기다. 로커 흉내 낸 거 봐, 쪼다들. 관심 보이자마자 죄다 꽁무니 빼네."

"그러게. 전부 그런 사람들 같아. 다른 데로 가자. 짜증 나."

"어머, 갑자기 왜 또 짜증이야?"

스테프는 대답하지 않았다. 사실 기분이 이상했다.

"사람이 너무 많잖아."

"그럼 아예 갈까?"

"모르겠어."

클렘이 자리에서 일어나 친구의 팔을 끌었다. 친구는 꽤 묵직했다. 소녀들은 사람들의 물결을 헤치며 서서히 표류했다.

코랄리와 하신은 손을 맞잡고 개와 함께 걸었다. 하신은 점점 불편해졌다. 간이식당까지만 갔다가 바로 떠나야겠다고 생각했다. 하지만 막상 간이식당 앞을 지날 때 하신은 아무 말도 하지 못했다. 전에 알던 친구들을 마주칠 때면 갑자기 몸이 후끈거렸다. 커플을 이루고 함께 산책하고 거리 한복판에서 키스하는 것은 그가 전에 해 본 적이 없는 것들이었다. 여자들이란 어찌 보면 꽤 재미있는 비즈니스였다. 저 여자와 섹스하고 싶다는 마음이 들었을 뿐인데, 여자들은 어느새 함께 머물며 자고 가자고 그를 설득한다. 일단 그렇게 되면 서류에 서명하고 계획을 세운다. 그러다 어느 날 주위를 둘러보면 완전히 다른 상황에 둘러싸여 있다. 전에 드나들던 곳에는 더 이상 발도 디디지 않는다. 유년의 친구들은 완벽한 타인이 되어 버린다. 그리고 볼일을 보고 화장실에서 나가기 전에 변기 뚜껑을 살며시 내려놓는 남자가 된다.

솔직히 말해서 코랄리는 아무것도 요구하지 않았고 비교적 쿨한 편이었다. 하신의 친구들이 집에 찾아와 밤늦도록 게임을 해도 뭐라고 하지 않는 것만 봐도 그랬다. 하지만 천만에. 무언가 서서히 미끄러지고 있었으며, 하신은 조금씩 조금씩 자신이 간직해 온 숱한 습관들과 결별하는 중이었다. 후회는 없었다. 삶이 전보다 훨씬 나아진 데는 의심의 여지가 없었다. 울적함이 찾아들 때도 혼자 구석에 틀어박혀 자신의 존재가 지금보다 나아질 수는 없는지, 다른 사람들은 더 나은 인생을 사는 건 아닌지 반문하지 않아도 되었다. 인생을 완전히 망쳤다는 생각, 낙오자가 되었다는 우울한 생각이 사라진 건 순전히 코랄리 덕분이었다. 코랄리가 그의 생각을 바꿔 주었을 뿐 아니라, 그녀와의 섹스 또한 더할 나위 없이 좋았다. 장인, 장모도 썩 좋은 분들이었다. 다만 시내에 나갈 때마다 위축되는 기분이었는데, 아마도 전에 저지른 일들 때문이리라. 그러나 이런 러브 스토리는 대낮에 드러나면 가면극 같은 것이 되어 버렸다. 연기에 서툰 가엾은 배우가 된 것 같았다. 하신은 두목이 되기를 꿈꾸었던 사내이므로, 누군가의 남편이라는 역할은 어울리지 않았다.

가끔 하신은 무스나 라두안처럼 한때 무리 지어 다녔으나 소식이 끊긴 사람들의 근황이 궁금해졌다. 그들은 하신 없이도 법의 테두리 밖에서 건달 생활을 계속 하고 있을 것이다. 꼬맹이 카데르는 폭력 사건으로 이 년 동안 감방살이를 했다. 사소한 말다툼에서 시작되었다가 불이 붙은 경우였다. 하신은 문득 그가 보고 싶었다.

코랄리가 감자튀김과 맥주를 먹자고 해서 하신은 기꺼이

돈을 냈다. 그리고 계산을 해 보았다. 정직하게 돈을 벌기로 결심하면 모든 것이 비싸진다. 처음에 월급쟁이가 되는 건 사업가의 흥망성쇠에 비해 마음 놓이는 면이 있었다. 그러다 내가 받는 몇 푼이 정직하게 사는 사람들의 보통 수입이라는 걸 깨닫기까지 그리 오래 걸리지 않았다. 그리하여 시장을 볼 때마다 계산기를 두드리고, 주택 보험료와 발레아레스 제도 여행 경비를 비교하기 시작했다. 삶은 예측과 미세한 삭감, 늘 어딘가 부족하다 싶은 유희로 보상받는 고통 없는 박탈의 연속이 되었다. 예를 들어 얼마 전부터 코랄리는 바다 여행을 떠나자고 졸라 하신을 위축시켰다. 둘이 바다에서 주말을 보내는 데만 5000프랑이 깨진다. 하신의 월급은 7240프랑이었다. 여행한번 떠나자고 이 년 동안 고생해야 한다면, 목욕 가운에 쪼리를 신고 이틀간 호사를 누릴 자격이 있는 사람은 과연 누구란 말인가. 생각만으로도 얼굴이 화끈거렸다. 속을 아는지 모르는지 코랄리는 말했다. 두고 봐. 다녀오면 여러 면에서 우리 둘한테 정말 좋을 거야.

저녁 9시가 되어 음악이 멈추자, 코랄리가 하신을 연단 쪽으로 이끌었다. 연단 위에는 시장이 서 있었다. 그는 설치류를 닮은 우아한 여자 그리고 살집 있고 통통하며 한눈에 봐도 기분이 좋아 보이는 남자, 즉 피에르 쇼수아와 함께였다. 연단 뒤로 호수가 넓게 펼쳐졌고, 그 너머에는 나무들의 실루엣이 톱니처럼 늘어져 있었다. 스피커가 지직거렸다.

"자, 여러분……."

침묵이 자리 잡자 시장이 연설을 시작했다. 사람들이 많이 모여 무척 흐뭇한 눈치였다. 겨울에는 크리스마스 시장이 열렸고, 실내 체육관을 새로 지었으며, 이번에는 최다 방문자 기록을 남긴 자동차 박람회가 열렸다. 여름에 에일랑주는 자연의 유산을 마음껏 누렸고, 이를 위해 제법 멀리서 찾아오는 사람들도 있었다. 생트로페와 겨룰 만하다고 말해도 무리는 아니었다. 그 밖에 시에서 마련한 카누장, 스케이트보드장, 테니스장, 새 단장을 마친 수영장, 미니 골프장, 캠핑장 등도 있었다. 그럼에도 시는 더욱 전진해야 했으므로 여기에 멈추려고 하지 않았다. 피에르 쇼수아가 마이크를 잡고 엄청난 소식을 전했다. 내년 여름에 에일랑주에서 레가타[75] 경기가 열릴 것입니다. 이 소식에 군중은 상당히 신중한 반응을 보였다. 호기심 많은 몇몇 사람들은 레가타가 뭐냐고 물었다.

안쓰러울 정도로 열정이 넘쳐 보이는 피에르 쇼수아가 대답했다. "물론 외람되어 보일 수 있다는 걸 잘 압니다. 우리 지역하고는 좀 안 어울리는 문화이기도 하지요. 그러나 우리 지역도 그런 권위 있는 행사를 주최할 여력이 충분하다고 저는 확신합니다. 안시, 루가노, 코모[76] 등을 전부 시찰했습니다. 우리 지역이 모자랄 것은 하나도 없다고 봅니다."

시장이 시치미를 떼며 코모 호수의 조세 제도가 좀 부러

---

75 Regatta. 조정, 보트, 요트 경주 등을 통틀어 일컫는 명칭.
76 모두 호수로 유명한 지역이다.

워할 만하지 않느냐고 지적했다. 통통한 남자는 그런 행사가 가져올 파급 효과를 잔뜩 강조하며 말을 이어 나갔으나 하신은 아무 말도 듣지 않았다. 다른 사람들도 마찬가지였다. 사람들의 얼굴에서는 예의를 갖춘 여흥의 분위기가 읽힐 뿐이었다. 장난기 있는 사람들은 쿡쿡거리기까지 했다. 한순간 어느 술취한 남자가 "전부 발가벗자." 하고 외쳐 남자의 부인을 제외한 주위 사람들이 모두 웃음을 터뜨렸다. 사실 이 사람들은 에일랑주의 사회·문화적 생활에 아무런 관심이 없었다. 그들은 그저 시끌벅적함, 불꽃, 마실 것을 찾아왔을 뿐이다. 사람들은 연설이 끝나기만을 기다렸다. 문득 뭔가가 하신의 눈을 사로잡았으나 그게 무엇인지 이해할 시간도 없이 지나가 버렸다. 익숙한 얼굴, 늘어진 한쪽 눈꺼풀은 이미 사라졌다.

앙토니는 혼자 왔다. 아버지도 친구도 만나고 싶지 않았다. 그저 에일랑주 생활에 확실하게 마침표를 찍고 싶을 뿐이었다. 주머니에 손을 꽂고 관광객처럼 이 풍경 속을, 그와 거의 아무 상관 없는 군중 속을 거니는 것은 전혀 새로운 느낌이었다. 내일이면 떠난다, 마침내.

스테프 아버지의 마지막 연설을 들으며 앙토니는 자신도 모르게 스테파니를 찾고 있다는 사실에 은근히 놀랐다. 스테파니도 여기 있다면 얼마나 좋을까. 마지막으로 만나기에 이보다 좋은 기회가 없을 듯싶었다. 이번만큼은 서로 동등한 위치에서 마주할 수 있을 텐데. 피에르 쇼수아가 모두 좋은 시간 갖기 바란다고 기원하자 시장도 그의 인사를 따라 했다. 설치류를 닮은 여자는 한마디도 하지 않았는데, 사람들은 그녀의 실망을 짐작했다.

"불꽃놀이를 기다리는 동안 전문 DJ의 솜씨에 몸을 맡겨 봅시다."

시장이 흰 티 차림에 목에 헤드셋을 건 오동통한 젊은이를 소개하며 연설을 마무리했다. DJ는 라디오만 틀면 나오는 매우 잘 알려진 노래부터 틀기 시작했다. 앙토니와 5000명쯤 되는 인파가 다시 어슬렁거렸다. 앙토니는 이미 미지근해진 맥주를 다 비웠다. 사촌을 발견한 건 그때였다.

사촌은 누나 그리고 누나의 남친과 함께 이리저리 돌아다니는 중이었다. 두 아이를 태운 유모차도 함께였다. 쥘리는 십팔 개월, 킬리안은 네 살이었다. 앙토니는 남자들과 악수를 하고 카린과 그 아이들에게는 볼인사를 했다. 그들은 얼마간 단순하고 어색한 말들을 주고받았다. 이렇게라도 다시 만나는 건 즐거운 일이었다.

"그래서, 결정한 거야? 떠난다며……."

카린이 딸을 허리춤에 안고 다른 한 손으로는 유모차를 밀며 질책과 칭찬을 동시에 담아 말했다. 그런 그녀가 앙토니의 눈에는 너무나 달라 보였다. 두 번의 임신이 그녀가 그동안 감추고 지내 온 것을 마침내 터뜨린 듯했다. 전업주부인 카린은 게을러빠진 여자로 보일 정도였다. 첫애를 낳자마자 새롭게 주어진 역할 속으로 완전히 들어가 청소년기의 모습은 조금도 남아 있지 않았다. 소녀는 사라졌다. 고작 스물두 살에 카린에게는 체념과 자애의 힘, 모유, 눈물, 사랑, 피로가 넘쳐흘렀다. 카린은 예고도 없이 이전 삶과의 교각을 잘라 내고 어떤 회한도 후회도 없이 자녀들에게 헌신하는 전업주부가 되었다. 그녀는 하루하루 아이의 식사와 낮잠이라는 언제나 같은 리듬에 복종했다. 아이들을 깨우고, 우유를 데우고, 씻기고, 기저귀를 채우고, 다림질을 했다. 정오엔 압력솥에서 시익시익 김 빠지는 소리가 났다. 카린은 감자, 껍질 콩, 돼지고기를 준비했다. 한쪽 눈으로 아이들이 노는 걸 지켜보며 커피를 마셨다. 오후 2시쯤 되면 아이들이 낮잠 자는 시간을 틈타 드라마를 틀어 놓고 초콜릿을 먹으며 짧게나마 휴식을 취했다. 그러고 나면 또다시 똑같은 봉사가 반복되었다. 아이들을 깨우고, 먹이고, 함께 산책을 나갔다가 돌아오면 저녁식사를 준비했다. 외출은 집에서 소아과까지, 슈퍼마켓에서 놀이터까지가 다였다. TV는 하루 열두 시간씩 틀어 놓았다. 집에 TV가 세 대나 되었다. 남편 미카는 운송 업체에서 일하느라 적어도 일주일에 사흘은 집에 들어오지 않았다. 기진맥진한 남편은 돌아오자마자 소파 위에 널브러졌고, 그러면 아이들이 득달같이 아빠에게 달려들었다. 그러고 나면 온 식구가 아이스크림을 하나씩 먹는 게 전통처럼 되었다. 입안 가득 달콤한 아이스크림을 음미하며 온 가족이 모여 TV를 본다. 더 이상 바랄 게 뭐가 있단 말인가?

카린을 보는 것만으로도 앙토니는 불편해졌다. 이 여자들은 세대를 거듭하면서 똑같은 기쁨, 똑같은 고통을 선사하는 자녀의 존속만을 위해 스스로 무너지며 하녀나 다름없는 신세를 자처한다. 모든 것이 앙토니에게는 심각할 정도로 우울했다. 그 소리 없는 집요함 속에서 앙토니는 자신이 속한 계급의 운명을 그려 보았다. 최악은 가스레인지 앞에서 세월을 보내는 여자들의 자각 없는 몸, 넙데데한 엉덩이, 불룩한 뱃살을 통해 영원히 지속되는 종족의 법칙이었다. 앙토니는 가족을 증오했다. 가족은 목적도 끝도 없이 연장되는 지옥이었다. 그는 길을 떠나고 기적을 만들 것이다. 다른 것을 이룰 것이다. 그런데 그게 무엇인지는 정확히 알지 못했다.

기다리는 동안 앙토니와 사촌은 이런저런 얘기를 주고받았다. 늘 엄마를 통해 소식을 들었어도 직접 이야기를 나누는 건 또 나름대로 의미가 있었다. 잠시 후 두 사람은 함께 한잔하기로 했다. 야외 식당 앞에 놓인 긴 테이블 끝에 자리를 잡았다. 모두 앉기에는 자리가 비좁아 끼어 앉아야 했다. 미카가 술을 사 오겠다고 나섰다. 삼선 추리닝과 짧은 반바지에서 뻗어 나온 장딴지가 말뚝처럼 보이긴 해지만 미카는 심성이 착했다. 웬일인지 사촌은 말이 많았다. 일 년 전부터 각종 시련을 맛본 사촌은 산전수전 다 겪은 사내처럼 침착하게 지난 일을 들려주었다. 그 덕분에 마음 깊은 데 자리한 원통함도 드러났으니, 여자 친구와 마침내 헤어졌다고 했다. 앙토니는 그럴 줄 알았으나 굳이 티를 내지는 않았다. 그건 그렇고, 룩셈부르크에 새 직장을 얻었는데 유리로 된 고층 건물에 앉아 서류를 결제하는 간부들에게 점심을 배달하는 일이라고 했다.

"거긴 말야, 어떻게 된 게 모두들 BMW만 굴려." 사촌이 무슨 말을 하는지 전부 알아들을 수 있었다.

앙토니도 동의했다. 시에 사는 사람들이 전부 그렇듯, 앙토니도 룩셈부르크가 얼마나 부유한지, 그들이 받는다는 천문학적인 월급, 조롱거리에 지나지 않는 사회 분담금, 그들의 업무용 차량 등에 대해 익히 들었다. 룩셈부르크 공국은 노동력이 필요해 국경 너머에서 오는 직장인들에게 메르세데스 벤츠, BMW 5 시리즈 또는 아우디 콰트로 따위를 업무용 차량으로 내주었다. 에일랑주에서 볼 때 그곳은 지상 낙원이나 다름없었다.

사촌은 불행히도 그런 혜택을 누리지 못했다. 국경 근처 거실 하나 딸린 스튜디오에 살아서 자기 차로 출퇴근한다고 했다. 미카가 맥주를 사 가지고 돌아왔다. 아이들은 불꽃놀이를 보고 걷잡을 수 없이 흥분해서 통제 불가능한 상태였다. 카린이 "엄마가 말한 거 몰라?"로 시작하는 으름장과 약속을 번갈아 들이대며 아이들을 진정시키려 했지만 이렇다 할 효과는 없었다. 다 함께 건배하기 무섭게 한 번에 잔을 비웠다. 앙토니는 아이들에게 감자튀김을 사 주겠다고 고집을 부렸다. 오래지 않아 테이블 위에 음식과 일회용 플라스틱 컵이 잔뜩 쌓였다. 비록 아이들이 칭얼대고 몸을 비틀긴 했어도 어른들은 기분이 좋았다. 앙토니와 사촌은 조금쯤 향수에 젖어 호수를 바라보았다. 바로 거기서 잊지 못할 순간들을 보냈다. 앙토니는 소변이 마려웠다. 적잖이 취했고 점점 목이 말랐다.

"금방 올게." 그가 말했다.

"빨리 갔다 와. 금방 시작할 거야."

앙토니는 자리에서 일어나 저만치 설치된 간이 화장실을 향해 똑바로 걸어 보려 애썼다. 음악 담당자는 록 그룹 앵도신의 광팬인 모양이었다. 「라방튀리에」, 「트루아 뉘 파르 스멘」, 「카나리 베이」[77]가 벌써 두 번째로 흘러나왔다. 오늘이 자신의 마지막 밤이라고 앙토니는 생각했다.

간이식당에서 뤼디를 만나기 전 파트릭은 주위를 살짝 한 바퀴 돌아보았다. 두 사람은 나란히 앉아 한잔하기로 했다. 뤼디는 빈털터리나 다름없어서 파트릭이 계산했다. 이윽고 이발사가 합세했다. 세 남자는 계산대에 팔꿈치를 괴고 천천히 한 잔씩 기울이면서 다른 손님들, 수많은 인파의 움직임, 맥주를 뽑는 젊은 갈색 머리 아가씨, 그리고 공연을 감상했다. 위아래를 전부 검은색으로 차려입은 아가씨는 짓궂은 장난에도 미소로 답해 주었다. 그리 예쁘진 않아도 호리호리했고 어쨌거나 시선을 끄는 술집 종업원 타입이었다. 뤼디가 심하게 집착하는 모습을 보이더니, 아가씨가 그들 앞에 다시 맥주 세 잔을 내려놓자 급기야 참지 못하고 아가씨의 손목을 덥석 잡았다. 아가씨는 화들짝 놀라며 손을 빼고 사장에게 달려가 귀에 뭔가 속삭였다.

"이 등신 같은 놈아." 이발사가 말했다.

"뭐야?" 뤼디가 대꾸했다.

77 「L'Aventurier」, 「Trois nuits par semaine」, 「Canary Bay」.

사장이 다가와 나머지 두 사람에게 친구를 단단히 단속해
달라고, 그러지 않으면 매운맛을 보게 될 거라고 당부해 파트
릭이 그러마고 약속했다.

"장애인이건 아니건, 한 번만 더 그랬다간 주먹으로 아구
창을 날려 버릴 거야."

"난 장애인 아닌데." 뤼디가 말했다.

"그러시겠지."

사장은 콧수염을 많이 길러서 입술이 잘 보이지 않을 정도
였다. 파트릭하고는 그가 럭비 클럽에서 아이들을 가르칠 때부
터 알고 지냈다. 앙토니는 어릴 때 삼 년이 못 되어 팀에서 잘
렸다. 파트릭이 약속했다.

"우리가 감시할게. 걱정하지 마."

이발사가 키득키득 웃었다. 그들은 자리를 뜨지 않고 앉아
있었다.

"등신 같은 짓 좀 그만해. 뭐가 문제야?"

"여자가 날 쳐다봤어."

"보긴 뭘 봤다고 그래. 아무것도 안 보던데."

"그나저나 왜 걸핏하면 여자들한테 추접스럽게 구는 거
야? 이게 무슨 서커스냐고."

"몰라. 그냥 여자가 날 보는 것 같았단 말이야."

"누구에게나 사랑이 필요한 법이지." 이발사가 철학적으
로 술잔을 들며 말했다.

"그거지, 바로 그거야."

파트릭은 바에서 등을 돌려 군중을 눈으로 좇기 시작했다. 바로 지금 이 상태, 얼큰히 취하고 어딘가 씁쓸하기도 하고 전지전능해진 것 같은 지금이 너무 좋았다. 어쨌거나 수많은 얼굴과 불빛 속에서 아들을 찾기는 불가능해 보였다. 파트릭은 투덜거리며 맥주를 한 모금 마셨다. 뤼디도 고개를 돌렸다. 뤼디의 고슴도치 같은 얼굴에서 동공 두 개가 고정된 채 납처럼 빛났다. 그는 입을 반쯤 벌리고 어리바리하게 인파를 훑었다.

"저기!" 그가 손가락으로 가리키며 말했다.

파트릭은 손가락 끝을 따라갔다. 분명히 앙토니로 보이는 실루엣이 막 테이블을 떠나고 있었다. 뤼디의 손가락은 계속 허공에 떠 있었다. 파트릭은 도대체 어떻게 찾았느냐고 뤼디에게 구태여 묻지 않았다. 그곳엔 술꾼들, 넋을 놓은 사람들, 성자들이 모두 뒤섞여 있었다.

"갔다 올게."

파트릭이 잔을 비운 뒤 사람들을 헤치고 나아가기 시작했다. 쉽지는 않았다. 사람들이 맞은편에서 쉴 새 없이 밀려들어 파트릭은 투덜거렸다. 칼이 티셔츠 속 허리춤에 여전히 달려 있는지 확인해 보았다. 마침내 파트릭은 사촌과 카린, 카린의 아이들, 그리고 어딘가 남미 느낌을 풍기는 작고 땅딸한 남자를 발견했다.

"이런!" 파트릭이 말했다.

"안녕하세요."

사촌이 앉으라고 권했다. 카린의 한쪽 허벅지에 아이가 말을 타듯 걸터앉아 있었다. 한차례 돌아가며 소개가 이어졌다. 파트릭은 자신이 없는 동안 불어난 가족의 모습을 확인했다. 가슴이 뜨끔거리는 느낌과 함께 파트릭은 그대로 서 있었다. 콧물이 식탁 아래까지 질질 흘러내릴 것 같았지만 아이들은 귀여웠다. 파트릭이 손가락으로 쥘리의 코를 덥석 뽑아내는 시늉을 냈다.

"잡았다!"

아이가 두 눈을 동그랗게 떴다. 파트릭은 인상을 찡그리는 카린을 놓치지 않았다. 그들에게 파트릭은 그저 술 취한 노인네일 뿐이었다.

"요새 어떻게 지내세요?"

"별거 없지 뭐. 넌 어떠냐?"

"그럭저럭요."

"사람 많지?"

"맞아요."

파트릭은 주머니를 뒤지며 담배를 찾았다. 사촌이 자기 담배를 한 개비 내밀었다.

"여기요."

사촌이 라이터도 권했다. 고맙다. 뭘요. 파트릭은 어디서부터 문제를 풀어 나가야 할지 알 수 없었다. 벌써 목이 탔다.

"엄마는?"

"늘 똑같죠."

파트릭은 생각에 잠긴 듯 담배를 빨고는 천천히 고개를 끄덕였다.

이 아이들을 처음 만났을 때 딱 지금 카린의 아이들만 했
다. 늘 파트릭네 집에 와서 놀곤 했다. 파트릭이 회전목마 티켓
을 끊어 주고 함께 수영장에 가기도 했다. 파트릭은 목이 간지
러운 듯 마른기침을 했다.

"그나저나 앙토니는 못 봤냐?"

테이블 위로 시선들이 이상하게 엇갈렸다. 아무도 입을 열
려고 하지 않아 결국 사촌이 대답했다.

"봤어요. 오 분 전까지만 해도 여기 있었는데. 지금 화장실
갔어요."

"오늘 나를 보러 온다고 했었는데." 파트릭이 설명했다.

젊은이들은 아무 반응도 보이지 않았다. 하기야 그것이 저
들과 무슨 상관이란 말인가. 파트릭은 온몸에서 힘이 쭉 빠져
나가는 느낌이었다. 그가 담배를 비벼 끄고 미소를 지었다.

"그래, 그럼 잘들 있어라."

"좋은 시간 보내세요."

"앙토니를 보면 말이다……."

"전할게요. 염려 마세요."

파트릭은 발로 바닥을 꾹꾹 누르듯 걸으면서 간이식당 쪽
으로 다시 나왔다. 조카들 앞에서 흔들리는 모습을 보이고 싶
지 않았다. 모든 일에 진심으로 화가 나기 시작했다. 계산대에
돌아오니 뤼디와 이발사와 그의 담뱃갑이 그대로 있었다. 담배
에 불을 붙이고 콧수염 사장에게 맥주를 한 잔 더 달라고 눈짓

을 보냈다. 더 마실지 두 친구에게는 묻지도 않았다.

앙토니가 상황을 파악하기까지는 오래 걸리지 않았다. 호숫가에는 총 세 개의 간이 화장실이 마련되어 있었다. 파란색 플라스틱 간이 화장실마다 적어도 25미터는 넘는 줄이 늘어서 있었다. 여자들은 다른 선택의 여지가 없었다. 늘어선 줄을 확인한 남자들은 숲속으로 들어갔다. 앙토니도 그러기로 했다. 한적한 구석을 찾고 싶었지만 숲속마저 사람들이 바글바글했다. 앙토니는 나무 사이 깊숙한 곳으로 들어갔다. 이윽고 그의 위에 숲 그림자가 드리웠다. 등 뒤의 축제는 이미 멍멍하고 노란 진동에 지나지 않았다. 앙토니는 몇 발자국 더 들어갔다. 나뭇잎이 살짝살짝 바스락거렸다. 드디어 바지 지퍼를 내렸다.

이런 상황에 놓이면 매번 대두 패거리가 떠올랐다. 여남은 살 때 앙토니와 사촌은 오후 내내 공포 영화를 보며 시간을 보내곤 했다. 겉창을 전부 닫고 바닥에 주저앉아 눈을 들어 TV 화면을 뚫어져라 바라보았다. 아무리 무서워도 버티기. 그것이 게임의 규칙이었다. 어쩌다 공포가 극심해지면 앙토니는 두 눈을 질끈 감았다. 영화가 끝나고 어두운 방에 사운드 트랙이 울려 퍼지면 공포는 극에 달했다. 그러고 나면 한동안 악몽에 시달렸다. 학교에서, 심지어 집에서도 공포 영화의 기운을 느꼈고, 어두운 구석이나 카펫 아래에 누군가 웅크리고 있는 것만 같았다. 아무것도 없는데 지레 겁에 질려 혼자 화장실에 갈 수조차 없었다. 그런 앙토니를 보고 엄마가 신경정신과에 가 보자고 할 정도였다. 그나마 아버지가 진정제 역할을 했으니 다행이었다. 다음 차례는 포르노 영화였다. 사촌이 카날 채널에서 애슐린 기어, 크리스티 캐니언이 출연하는 영화들을 녹화했는데, 그걸 보고 나면 잠이 잘 왔다.

그런데 지금 숲속 으슥한 데까지 들어와 고추를 꺼내 놓고 있자니 그 시절에 떠돌던 공포가 다시 밀려들었다. 뒷덜미로 오한이 싸늘하게 지나갔다. 춥지도 않은데 숲 공기엔 살을 찌르는 듯한 습기가 느껴졌다. 습기를 주위를 떠돌며 나뭇가지 위로 떨어지거나 목덜미를 타고 흘러내렸다. 앞에 놓인 나무 그루터기 사이로 알 수 없는 형체가 지나간 것만 같았다. 앙토니는 두 눈을 가늘게 뜨고 허공을 살폈다. 또다시 희미한 빛이 시선을 붙들었다. 불알이 부쩍 오그라들고 온몸의 털이 빳빳하게 일어섰다. 그때 깊은 숲의 보드라운 흙을 때리며 오줌 줄기가 흐르는 축축하고 익숙한 소리가 들려왔다.

그렇지만 앙토니가 누는 것이 아니었다.

앙토니는 숨도 못 쉬고 바지 지퍼를 올렸다. 손가락 하나 까딱할 수 없었다.

"거기!"

앙토니는 흠칫 놀라며 목소리가 들려오는 곳을 향해 몸을 돌렸다. 몇 미터 떨어지지 않은 나무 뒤에서 누군가 오줌을 누고 있었다.

"씨발. 완전 놀랐잖아."

"이런이런." 남자가 말했다.

남자의 목소리를 듣는 것만으로도 누군가 꺼뜨린 불을 다시 밝힌 것 같았다. 그래서 앙토니는 숲속에 들어온 애초의 목적을 되찾을 수 있었다. 앙토니는 자기처럼 나무 뒤에 오줌을 누는 다른 남자의 존재에 안심하며 아주 오랫동안 길고 긴 오줌발을 날렸다. 오줌을 다 눈 남자가 앙토니 쪽으로 걸어왔다.

"이런 데는 질색이야." 남자가 말했다.

"호숫가?"

"아니, 숲. 모르겠어, 믿음이 안 가."

"그렇지."

얼굴을 확실히 볼 수는 없었지만, 말투로 보아 젊고 우호적이고 약간 취한, 그러니까 한마디로 앙토니와 비슷한 사람 같았다. 멀리서 「라 밤바」[78]의 첫 소절이 들려왔다. 앙토니는 마지막 오줌 방울을 털고 지퍼를 올렸다. 상대가 그를 기다리고 있었다. 예의상 그러는 걸까. 앙토니는 청바지에 손을 문질러 닦은 뒤 남자 쪽으로 다가갔다.

"하아, 씨발."

참으로 오랜만에 하신과 앙토니가 마주 섰다. 한참 동안 두 사람은 바라보기만 했다. 이렇게 만났지만 사실 무얼 어떻게 해야 할지 둘 중 누구도 알지 못했다.

"우리 뭐 할까?" 하신이 물었다.

앙토니는 아무 생각이 없었다. 그나마 음악이 멈추고 호숫가가 암흑에 잠긴 것이 다행일지 몰랐다. 두 소년은 이제 완

78 「La Bamba」.

벽한 어둠 속에 마주 보고 서 있었다. 동작을 멈춘 군중 사이로 한차례 웅성거림이 훑고 지나가기 무섭게 첫 번째 불꽃이 로켓처럼 호수 위로 날아올랐고, 하늘에 반짝거리는 기다란 포물선이 생겨났다. 불꽃은 아주 높이, 아주 멀리, 굉장히 멋지게 터졌다. 「후 원츠 투 리브 포에버」[79]의 첫 소절이 당당히 울려 퍼졌다. 그리고 앙토니는 다시 혼자 남겨졌다는 걸 알았다. 하신은 그렇게 가 버렸다. 등 뒤에서 숲이 기억처럼 그를 짓눌렀다. 앙토니는 허겁지겁 사촌과 다른 사람들이 있는 곳으로 돌아갔다.

79　「Who Wants to Live Forever」.

6

호숫가에서 수천 개의 얼굴이 하늘을 바라보았다. 하늘엔 빨갛고 파랗고 하얀 섬광들이 펼쳐졌다. 불꽃들은 빛으로 기습 공격하듯 밤을 가로질러 사람들의 가슴과 고막에서 터졌다. 빛의 난립, 색과 천둥소리의 폭포였다. 시장이 이번엔 단단히 작정한 모양이었다.

비록 분위기가 어수선하고 셀린 디옹과 휘트니 휴스턴의 노래가 거슬리긴 했어도 스테프와 클렘조차 비웃을 수 없는 장관이었다. 음향과 빛에 홀린 나머지, 군중에 휩쓸리고 싶지 않다는 각오마저 잊었다. 옆에서 아빠의 어깨 위에 올라탄 꼬마가 불꽃이 터질 때마다 하늘을 가리키며 빨강 이뻐, 파랑 이뻐 했다. 경찰들도 예외는 아니어서 다들 하늘을 향해 코를 쳐들었다. 시 전체가 한곳을 바라보는 날, 바로 7월 14일이었다.

마지막 불꽃은 「크 주 템」[85]과 함께 터졌다. 클렘이 몸을 기대 오는 느낌이 스테프에게 전해졌다. 두 소녀의 눈이 촉촉하게 빛났다. "네 몸 위로 내 몸이"라는 가사가 울려 퍼질 때는 짐승 같은 야만의 감정이 뱃속을 휘저으면서 저항할 수 없는 힘이 온몸을 사로잡는 느낌이었다.

마침내 불꽃놀이가 끝나자, 사람들은 휘파람을 불거나 박수를 치며 환호하다가 이제 한잔씩 할 생각인지 저마다 서둘렀다. 묵직한 갈증이 군중 사이에 드리웠다. 이제 댄스파티가 시작될 것이다.

분위기가 급속도로 바뀌었다. 처음에는 순박했던 산책자들이 광기를 띠기 시작했다. 알코올에 뜨겁게 달궈진 몸, 소음, 피로가 사람들을 서로 자석처럼 끌리게 했다가 다시 흐트러뜨렸다. 무대 위 댄서들이 전구 갈런드 아래에서 정신없이 몸을 흔들었다. DJ는 잭슨 파이브, 글로리아 게이너를 차례로 틀었다. 흘러간 팝송도 제법 아는 듯했다. 남자들의 눈은 가슴선까지 훌쩍 파인 여자들의 옷을 훑느라 바빴고, 노인들은 이 정신없는 풍경 앞에서 측은한 눈빛을 감추지 않았다. 꾸벅꾸벅 조는 노인네도 있었다. 반면 십 대들은 자러 갈 생각이 전혀 없어 보였다. 목을 잔뜩 움츠리고 짐짓 쿨내를 풍기며 무대 위를 살피는 눈매가 비수처럼 날카로웠다. 세대는 달라도 수줍음을 정복하고 싶은 욕망은 매한가지였다.

스테프와 클렘도 무대에 합세했다. 그리고 이제 막 숲에서

80 「Que je t'aime」. 프랑스의 국민 가수 조니 할리데이의 대표곡 중 하나.

돌아온 앙토니와 맞닥뜨렸다. 춤추는 소녀들은 예뻤다. 동작이 분명하지 않아도 둘만 아는 춤새를 서로 따라 하며 하늘을 향해 두 팔을 들고 흔들기도 했다. 두 번째 노래가 끝나자 소녀들은 서로 부둥켜안고 귓속말을 주고받았다. 그러고 나서 클렘이 무대에서 내려갔다.

이보다 좋은 순간은 없을 것 같았다.

"안녕."

스테프가 그를 바라보았다. 앙토니가 정신을 가다듬는 데 이 초쯤 걸렸을까.

"아, 저기, 이런!"

스테프는 활짝 웃었다. 둘이 무슨 말이든 주고받으려 했으나 음악 소리가 너무 컸다. 무대에서 내려가자고 먼저 제안한 건 스테파니였다.

"그래서, 넌 뭐 하고 살아?"

"파리에 살지."

"아, 잘됐네."

"잘되긴. 완전 범생이처럼 공부만 해. 살이 10킬로나 쪘어."

그가 그녀를 위에서 아래로 훑어보았다. 유독 가슴 부위가 두둑해진 것 같았다. 민소매 티셔츠 끝이 어깨의 살집을 짓눌렀다. 한때 엉덩이를 둘렀던 비키니 끈처럼.

"야!"

스테프가 앙토니의 코앞에서 손가락을 맞부딪쳐 딱 소리

를 냈다.

"예쁘다."

"바보……."

스테프는 비교적 기분이 좋았고, 그런 감정을 좀체 숨기지
못했다. 그때 클렘이 맥주가 찰랑찰랑 넘치게 담긴 플라스틱
잔을 두 손에 들고 다가왔다.

"어디 있었어?"

"여기."

스테프는 무슨 말을 하면 좋을지 몰랐다. 앙토니는 말이
없었다. 또 빗나갔다.

"자리 비켜 줄까?" 클렘이 말했다.

"무슨 소리."

아무 일도 일어나지 않았다. 음악은 천둥처럼 쿵쾅거렸다.
앙토니가 희생하기로 했다.

"그럼 가서 마실 것 좀 사 올게."

"그래." 클렘이 말했다.

이렇게 이번도 망쳤다. 앙토니는 쿨내를 풍기며 멀어졌지
만 속으로는 진절머리를 냈다. 그가 여기에 온 건 이 지긋지긋
한 동네를 영원히 뜨기 전에 마지막 숨결을 느끼고 싶어서였는
데, 스테프는 늘 그랬듯 콧방귀도 뀌지 않았다. 다시 돌아갈 수
도 없었다. 여자애 둘이서 그를 놀려먹을 게 분명했다. 앙토니
는 간이식당 앞에 줄을 섰다. 어깨 너머로 뒤돌아보고 싶어 몸
이 근질거리면서도 감히 그럴 수가 없었다. 벽에 머리라도 박

고 싶은 마음이었다. 어디든 다쳤으면 했다. 그렇지만 비로소 이야기를 마무리한다는 믿음이 생겼다. 계집애들, 정말이지 왕재수!

"야!"

앙토니가 돌아보니 스테프가 혼자 서 있었다. 친구는 연기처럼 사라진 채. 기적이 아니고서야!

"좀 이따가 집까지 태워다 줄 수 있어?" 소녀가 말했다.

"물론이지."

"클렘은 지금 가야 된대. 나는 좀 더 있고 싶어서."

"문제없어."

"그렇다고 이상한 상상하면 안 된다, 알지?"

너무 늦었다. 앙토니는 벌써 모든 걸 소망하기 시작했다. 맥주잔을 받아 든 두 사람은 이야기를 나누기 위해 사람들을 피해 비교적 한적한 숲 진입로로 자리를 옮겼다. 실질적으로 대화는 무엇보다도 풀밭에 나란히 앉기 위한 구실이었다. 스테프가 앙토니에게 이런저런 질문을 던졌다. 앙토니는 감히 스테프를 쳐다보지도 못한 채 응 또는 아니로 얼버무리며 대꾸했을 뿐이다. 그의 차례가 되자 앙토니는 그녀에게 지난 이 년 동안 뭘 하면서 지냈는지 물어보았다. 그러나 스테파니는 말을 별로 하지 않았다. 모든 상황이 앙토니의 소망과 전혀 다르게 진행되었다.

"너 짜증 나." 스테프가 말했다.

그때 앙토니가 몸을 돌려 스테파니에게 입을 맞추었다. 치아가 서로 부딪쳤다. 마지막 기회를 알리듯 거친 키스였다. 좀 아팠는지 스테파니가 앙토니의 머리카락을 잡아당기는 바람에 두 사람은 하마터면 균형을 잃을 뻔했다. 두 눈을 감은 채 혀와 혀가 맞닿아 바쁘게 움직였고 심장이 빠르게 뛰었다. 서투름은 조금씩 사라졌다. 앙토니가 스테파니의 몸 위에 몸을 포갰고, 두 사람은 삐죽삐죽한 풀밭 위로 털썩 쓰러졌다. 소년이 소녀의 두 뺨에, 광대뼈에 입을 맞췄고, 그녀의 목에 코를 대고 흠씬 들이마셨다. 그의 몸은 묵직했고, 스테파니는 이 남자의 무게에 몸을 맡기고 스스로를 여는 자신을 느꼈다. 이번만큼은 스테파니 역시 다른 것을 전혀 생각하지 않았다. 그도 마찬가지였다. 둘은 서로를 원했고 그것이 세상의 끝이었다. 그런데 앙토니가 팬티 속을 더듬기 시작하자 그녀가 돌연 생각을 바꾸었다.

"잠깐."

"뭐가?"

"우리 엄마 아빠가 여기 있어. 남자랑 뒹구는 모습 들키고 싶지 않아."

"우리를 어떻게 본다고 그래. 아무 문제 없어."

"그래도……."

상황에서 벗어나기 위해 스테파니는 머릿속에 제일 먼저 떠오르는 문장을 뱉었다.

"춤추고 싶어."

"농담이지?"

"가자, 나 이 노래 진짜 좋아해."

"나는 춤추기 싫어."

하지만 결정은 이미 내려진 뒤였다. 스테프는 앙토니를 옆으로 밀어내고 다급히 옷매무새를 가다듬었다.

"자, 가자. 늦은 것도 아니야. 섹스는 나중에 하자."

파트릭 카사티는 술꾼 일생을 살아오면서 다양한 일들을 겪었다. 친구들과 가진 각종 술자리는 그의 기억을 좀먹고 아스피린 두 알을 콜라와 곁들여 삼키는 아침을 선사했다. 세월이 더 흘렀을 때는 숙취가 며칠이나 지속된 나머지, 딱한 심정으로 뉘우치거나 친구들에게도 그러지 말자 타이르고 심지어 성당에 다시 나가고 싶은 마음마저 들었다. 늘 좀 심하게 취해 있는 단계도 겪었는데, 그때는 옷장에 술병을 쟁이고 술 냄새가 나지 않게 껌을 씹었다. 술에 빠진 그가 직장에서 실수를 저지르면 동료들이 덮어 주었고, 술집에서 웃고 떠들며 시간을 보내다가 울적해져서 집으로 돌아왔다. 집에선 어김없이 부부싸움을 했고 거실 소파에서 잠이 들었다. 그 모든 걸 아이가 보았다. 메탈로르가 폐업한 후에는 스트레스를 풀고 스스로 다시 용기를 불어넣고 그동안 있었던 복잡한 일들을 잊기 위한 치료가 절실했다. 실업자들도 그런 시간은 필요한 법이었다. 술을 완전히 끊었을 때는 사면의 시간이었다. 주말에조차 단 한 모금도 허락하지 않았다. 딱 한 잔만 마셔도 비참한 결말을 볼 것 같았고, 포트와인에 손가락 하나만 담가도 잠수나 다름없다고 생각했다. 당시 절제를 결심한 그는 외출도 누구의 방문도 허락하지 않았다. 그런 그에게 크리스마스는 위협이 되었다. 친구들, 매일 저녁, 그리고 아페리티프 마시는 시간을 두려워했다. 저녁 7시쯤 되면 어김없이 욕구가 찾아왔다. 바닥을 데굴데굴 구르는 건 일도 아니었다. 한 잔, 더도 덜도 말고 딱 한 잔이 그를 유혹했다. 한 잔으로 어떻게 되는 건 아니었다. 인생은 짧고 너나 할 것 없이 언젠가 죽게 마련이라는 친구의 목소리와 함께 아페리티프가 그를 유혹했다. 그러니 즐겨야 했다. 그리하여 파트릭은 스스로에게 일탈을 허락했고, 다음 날이면 형편없이 망가진 자신을 다시 만났다. 다시, 처음부터 다시 시작해야 했다.

그런 과정이 무질서하게 무한히 반복되어 이어지면서 파트릭에게는 너무나 익숙한 일상이 되었다. 지금에 와선 아무 상관 없었다. 파트릭은 한계를 찾으며 장사처럼 마셔 댔다. 그럴 때는 마치 자신을 녹초로 만들면서 노력을 배반하는 중량을 찾아 헤매는 보디빌더 같았다. 그리고 잠들 때까지 계속되는 노력으로 마치 왕처럼 살았다. 전지전능하고 거침없으며 공포심을 자극하는 왕. 왜냐하면 그가 무엇이든 할 수 있는 사람인지 아닌지, 그의 갈증이 무덤 말고 다른 결말을 가져올지 어떨지 알려면 그를 보는 것만으로 충분했으니까.

"젠장. 이게 다는 아닐 텐데." 그가 말했다.

뤼디와 파트릭은 사람들의 시선을 피해 댄스 무대가 보이는 구석에 앉아 있었다. 두 사람은 어느 테이블에서 훔친 술병을 느긋하게 비웠다. 병은 거의 비었다. 다리를 꼬고 팔꿈치를 고인 채 축 늘어진 두 사람은 아무것도 기다리지 않았다. 그저 거기 앉아 있을 뿐이었다.

"난 가 봐야겠어."

"어딜?" 뤼디가 물었다.

"아무 데나. 여기 계속 있다간 잘 것 같아."

"그래서?"

"잠들고 싶지 않아. 그냥 그것뿐이야."

파트릭은 제법 휘청거리지 않고 몸을 일으켰다. 발뒤꿈치를 땅에 대고 몸을 살짝 흔들어 보았다. 그가 자기 몸을 더듬었다.

"뭘 찾아?"

"내 칼."

"어디에 뒀는데?"

"여기."

파트릭은 무릎을 꿇고 앉아 마침내 칼에 손을 얹었다. 다시 한번 칼을 허리 벨트 안쪽에 밀어 넣고 폴로셔츠로 가렸다. 그런 다음 술병을 손에 꼭 쥐었다.

"내가 다 마신다."

뤼디는 대꾸하지 않았다. 그에겐 선택할 여지가 없었다. 어쨌거나 파트릭은 일진이 나쁜 날인 듯 뚱한 얼굴이었다. 입술에 쌉쌀한 주름이 다시 잡히면서 광대뼈 위 피부가 팽팽해지고 시체 같은 표정이 되었다. 술은 거의 남아 있지 않았다. 파트릭은 다 마실 생각이었다. 술병을 입술로 가져가 말끔히 비 웠다.

"독일 놈들은 가질 수 없는 거지!"

끔찍한 취기가 올라오며 윙윙거리는 소리와 금속음이 그 를 어지럽혔다. 파트릭은 그 바보를, 그의 올백 머리를, 깊이 팬 주름을, 치명적인 아둔함을 응시했다. 이 가여운 녀석은 아무 짝에도 쓸모없고 공회전만 할 뿐이며 어떤 여자로부터도 동의 를 얻어 내지 못할 거다. 차라리 죽어 버리라지.

"잘 가라구." 뤼디가 말했다.

파트릭은 씁쓸하게 웃으며 길을 나섰다. 한 손엔 여전히 술병을 꽉 쥐고 숨을 거칠게 몰아쉬었다. 그러다가 이내 테이 블 사이사이로 빠져나갔다. 길을 트기 위해 양쪽 어깨와 손을 사용해야 했다. 사람들은 도무지 움직이려 들지 않았다. 누군 가 그의 발을 밟고 지나갔다. 꼬맹이들이 그에게 와서 부딪쳤 다. 아랍 애들이었다. 마지막 한 잔을 더 마시고 집에 갈 것이 다. 한 테이블 앞에서 잠시 발을 멈춘 파트릭이 긴 나무 의자에 말을 타듯 걸터앉았다. 사람들이 징글징글할 정도로 많았고 음 악은 귀청을 찢을 듯 울려 댔다. 날 봐라, 이 바보들아. 작작 해 라, 잘되어 가는구나, 냄새 난다, 시끄러운 놈들. 파트릭은 테이 블 위를 둘러보았다. 나뒹구는 플라스틱 컵 바닥에 맥주와 레 드 와인이 남아 있었다. 파트릭은 눈에 띄는 대로 집어 들고 마 셨다. 문득 사람들이 쳐다보는 걸 알아챘다. 조부모와 아이들 이 있는 일가족이었다.

"뭐가?"

아니에요. 그들은 아무 말도 하지 못했다. 비겁한 자식들. 파트릭은 몸을 일으키려 했으나 다리를 가눌 수가 없었다. 그는 상황을 미처 파악하기도 전에 균형을 잃고 바닥에 얼굴을 대고 그대로 내동댕이쳐지고 말았다.

그들 가족의 아버지가 황급히 달려왔다.

"기다려 보세요. 움직이지 마시고."

파트릭은 얼굴을 바닥에 처박은 채 두 다리를 허공에서 버둥거렸다. 꼼짝할 수가 없었다. 내버려 두어야 했다.

마침내 몸을 일으킨 파트릭은 이마에 손을 대어 보았다. 아무 느낌이 들지 않았는데 티셔츠와 신발 위로 피가 뚝뚝 떨어졌다. 코를 심하게 다친 모양이었다. 깊이 파인 상처를 손가락으로 더듬고 느껴 보았다. 맞은편 사내가 인상을 찌푸리며 말했다.

"많이 다치신 것 같아요."

"상처가 깊어 보이오?"

노인이 파트릭의 팔목을 잡아 옆으로 치우고 자세히 들여다보았다.

"그러네요. 제법 깊은데요."

파트릭은 혀를 굴려 치아 상태를 확인했다. 입안에서 쇠맛이 났다. 피가 나고 있었다. 겉보기에 이는 부러지지 않은 듯했다.

"아무렇지도 않소." 그가 말했다.

파트릭은 손과 옷가지를 확인했다. 사내의 아내가 핸드백에서 클리넥스를 꺼내 남편에게 건네자, 사내가 그것을 다시 파트릭에게 내밀었다.

"괜찮을 거요." 파트릭이 말했다.

"그래도 피가 많이 나요."

파트릭은 바보가 된 느낌이었고 다리에 힘이 풀렸다. 한 손을 앞으로 뻗어 혹시 떨고 있지는 않은지 확인했다. 내일이면 시퍼런 멍과 상처 말고는 모두 기억에서 지워질 것이다. 손이 바들바들 떨렸다.

"구급 요원에게 가 봐야 되겠는데요."

"아니, 됐어요. 한두 번이 아니라오."

파트릭은 클리넥스로 피를 닦아 냈다. 피범벅이 된 휴지를 주머니에 구겨 넣고 다른 휴지를 꺼냈다. 피가 잠잠해질 때까지 두 번은 더 그렇게 해야 했다. 사내는 구급 요원에게 가자고 한사코 고집을 부렸다. 인심 좋고 체격이 탄탄하고 얼굴에 곰보 자국이 있고 머리가 막 세기 시작한 사내였다. 온 가족이 사내가 하는 양을 영웅적인 행위라도 구경하듯 쳐다보고 있었다.

"그냥 내버려 두라니까." 파트릭이 말했다.

파트릭은 사내를 거칠게 밀어냈다. 땅을 딛고 서긴 했지만, 여전히 다리가 불안정했다.

"내가 알아서 한다고!"

그러고는 한 발 한 발 간신히 옮기며 자리를 떴다.

충격 덕분인지 파트릭은 조금이나마 정신을 차릴 수 있었다. 그렇게 댄스 무대까지 터덜터덜 걸었다. 느린 선율에 맞추어 조명이 푸른빛으로 바뀌었다. 합판으로 된 무대 위에서 서로를 부둥켜안은 채 천천히 움직이는 커플들을 물끄러미 바라보았다. 팔 끝에 매달린 두 손이 모루처럼 묵직했다. 가끔씩 이마에 휴지를 가져다 댔는데, 그 단순한 동작을 위해 마지막 남은 힘을 쥐어짜야 했다. 자정이 넘었으나 아무도 신경 쓰지 않았다.

그때 여자애와 춤추고 있는 앙토니를 발견했다. 소년은 소녀를 바싹 당겨 안았고, 두 아이는 메두사처럼 느리게 흐느적거렸다. 에로스 라마초티의 코맹맹이 소리가 사랑의 고통을 노래하자, 무대 위 커플들은 운명에 대한 진지한 감정에 압도당한 듯 서로를 한층 더 꼭 안았다. 여자들은 희미한 옛 사랑을 떠올렸고, 남자들은 경계를 늦추었다. 그들의 얼굴에서 원통함 같은 상반된 감정이 읽혔다. 구슬픈 멜로디에 힘입어 삶은 돌연 소용돌이처럼, 잘못된 출발의 결과처럼 되어 버렸다. 이탈리아 가수가 부르는 구슬픈 노래가 그들의 귀에 대고 이혼과 죽음, 일에 좀먹히며 이리 채고 저리 채는 신세, 불면과 외로움으로 얼룩져 엉망이 된 존재들의 비밀을 속삭였다. 사람들은 모두 생각에 잠겼다. 우리는 사랑하고 죽기도 한다. 우리는 어떤 것도 지배하지 못한다. 도약도 끝도 우리의 힘 밖에 있다.

그러나 앙토니의 머릿속엔 이런 생각이 자리 잡을 여유가 없었다. 여자 친구와 몸을 찰싹 붙이고 머리카락과 땀방울을 뒤섞으며 춤을 추었다. 여자 친구의 등을 쓸어 올리는 앙토니의 손을 파트릭은 놓치지 않고 보았다. 아들이 여자애의 귀에 대고 무슨 말을 속삭였다. 노래가 끝났다. 그들은 서로 손을 잡지도 않은 채로, 다른 무엇도 하지 않은 채로 사라져 버렸다.

아버지는 그렇게 한동안 머물러 있었다. 숨이 차올라 움직일 수가 없었다. 갈증이 나는 것도 아니었다. 그가 아는 유일한 한 가지는 그날 밤만큼은 잠들고 싶지 않다는 것이었다.

7

하신은 짜증이 나는 정도가 아니었다. 코랄리가 직장 동료들과 약속을 잡는 바람에 옴짝달싹 못 하는 처지가 되었다. 그들과 함께 뭐라도 마셔야 했다. 전부 세 커플이었다. 코랄리와 함께 시작한 새 인생에서 하신이 제일 싫어하는 게 있다면 바로 다른 커플들과 관계를 맺는 거였다. 남자들은 가끔씩 자기들끼리 대화를 주고받았다. 그들의 놀이에 끼어야 했다. 미조 그린 브랜드 셔츠에 모카신을 신은 녀석이 어떻게 해야 그들이 살고 있는 아파트 값을 올리고 좀 더 큰 다른 아파트를 살 수 있는지 떠들어 대기 시작했다. 그게 하신과 무슨 상관이란 말인가? 뿐만 아니라 수아직과 로맹이 이번에 새로 입양했다는 멍청하기 짝이 없는 퍼그가 넬슨을 끊임없이 귀찮게 굴었다. 하신은 녀석에게 노루 사냥용 총을 쏘고 싶은 생각뿐이었다. 내일 아침 일찍 출근해야 했으므로 술도 마실 수 없었다. 하신의 수상쩍은 기미를 눈치챈 코랄리가 그의 무릎에 살며시 손을 올렸다가 가끔씩 손바닥에 힘을 주면서 진정하라는 신호를 보냈다. 메시지는 제대로 전달된 듯했다.

오줌을 누러 간다는 핑계로 잠시 몸을 피했을 때 하신은 한쪽 눈이 찌그러진 그 머저리와 마주쳤다. 그가 사는 시가 좁아터지고 찌그러진 데다 한 집 걸러 친척들이 모여 산다는 걸 모르는 바 아니었지만, 이쯤 되면 좀 심하지 싶었다. 게다가 비겁하게 슬그머니 자리를 피하지 않으면 안 되었다. 테이블에 둘러앉은 조무래기들에게로 돌아가야 했기 때문이다. 그러고부터 하신은 집행 유예라도 선고받은 듯 기분이 야릇하고 이유모를 수치심마저 들어 쉬지 않고 사방을 엿보았다. 수시로 손목시계를 들여다보았고, 누군가와 또 마주치진 않을까 하는 조바심에 내내 두리번거렸다. 그사이 레미와 그 아내가 스키를 타러 가자고 하신과 코랄리에게 조르는 중이었다. 지옥도 이런 지옥이 있나!

"딱 주말 동안만."

"솔직히 말하면 우리 회사 운영 위원회에서 하는 프로그램이 있어. 별장에서 2박 3일 지내는데 500프랑이면 뒤집어써."

"난 스키 안 타." 하신이 말했다.

"그게 무슨 문제야. 산이 얼마나 예쁜지 알아?"

코랄리의 고집에 하신은 목소리가 점점 줄어들어 이내 들리지 않을 정도가 되었다. 다른 사람들 눈에는 불알이 얼어 버릴 정도로 너무나 아름다운 기회 앞에서 정신줄을 놓은 것처럼 보였다.

"아니야. 진짜로 나 빼고 가."

"딱 이틀인데."

"이틀이면 아무것도 아니잖아. 퐁뒤도 해 먹자. 뱅쇼도 마시고."

이런 상황이 꽤 오랫동안 이어졌다. 하신은 심지어 이 작자들이 그를 엿 먹이려고 일부러 그러는 건 아닌지 궁금할 정도였다. 마침내 말머리를 잘라 낸 하신이 눈을 들어 주위를 한 바퀴 둘러보았다. 어느새 인파가 많이 줄었다. 댄스 무대에서는 DJ가 열기를 식히기 위해서인지 계속 느린 음악을 틀었다. 그때, 무대 바로 옆에 비척비척 서 있는 한 남자가 보였다.

"아, 말도 안 돼……." 하신이 중얼거렸다.

"뭐가?" 코랄리가 물었다.

하신이 자리에서 일어났다. 그 실루엣, 쓰러질 듯 말 듯 휘청거리는 그 실루엣을 하신은 놓치지 않았다. 하신의 입을 박살 낸 자가 아닌가.

"아!" 코랄리가 하신의 손을 붙들려고 했다.

단번에 달라진 애인의 표정을 보고 코랄리는 거의 공포에 사로잡혔다.

"무슨 문제야?" 수아직이 물었다.

남자의 얼굴이 제대로 보이지 않았지만 그럴 필요조차 없었다. 그날의 충격은 컸다. 오 주 동안의 입원 생활과 넉 달 동안의 회복기를 거치면서 하신은 남자의 얼굴을 어디서든, 어둠 속에서도, 두 눈을 감고도 알아볼 수 있었다. 그 얼굴을 마음속 깊은 곳에 담아 두었기 때문이다.

테이블에 앉은 사람들은 아무도 입을 열지 않았다. 다른 두 커플이 서로 눈짓을 주고받았고, 코랄리는 혼잣말하듯 하신을 말려 보려 했다.

"하지 마. 뭘 어쩌려고 그래?"

댄스 무대 옆 그 실루엣은 서 있을까 그 자리에 드러누울까 어정쩡하게 망설이다가 이윽고 걸음을 옮기기 시작했다. 하신도 곧 나무 벤치를 훌쩍 타 넘었다. 코랄리가 붙들려고 했지만, 그녀의 손은 허공에 혼자 남겨졌다.

"별일 아니겠지." 코랄리는 애써 미소를 짓는 척했다.

취기에도 불구하고 사내는 제법 씩씩하게 걸어서, 처음에 하신은 사내를 따라잡느라 조금 애를 먹었다. 그렇게 두 사람은 댄스파티에서 점점 멀어졌고, 축제도 등 뒤로 서서히 사라져 갔다. 이윽고 둘만 남자, 단조롭고 아득한 음악 소리 말고는 축제의 기운이 더 이상 느껴지지 않았다. 사내와 하신은 20~30미터 간격을 일정하게 유지하면서 서쪽을 향해 계속 걸었다. 호수 기슭에 가까워진 사내는 가끔씩 웅덩이에 발을 빠뜨렸다. 그렇지만 끈질기고 고집스럽게 여전히 앞을 향하여 길이가 거의 3킬로미터에 달하는, 호수에서 가장 긴 가장자리를 따라 계속 걸었다. 사내의 결단과 술꾼의 묵직한 동작에서 짐을 끄는 짐승 같은 어떤 것, 내키지 않아도 기필코 해내야 한다는 의무감 같은 것이 느껴졌다.

십 분쯤 계속 걷다 보니 두 사람은 모래가 진흙탕으로 바뀌고 늪과 골풀, 가시덤불, 높이 자란 잡풀이 정신없이 뒤엉킨 곳에 다다랐다. 그제야 하신은 뒤를 돌아보았다. 그사이 두 사람은 상당히 긴 거리를 걸었다. 사내는 내처 앞으로 걸어가더니, 넓적한 바위를 발견하고는 그 위에 털썩 주저앉았다. 사내는 두 다리를 접고 두 팔을 야윈 무릎 위에 가지런히 얹더니, 호수와 밤을 가만히 바라보았다. 하신도 상체를 한껏 숙이고 사내 쪽으로 살금살금 다가가 무릎을 꿇고 앉아 사내를 엿보았다. 잡초와 가시덤불 사이로, 누군가를 기다리는 인디언처럼 털끝 하나 움직이지 않는 사내의 실루엣이 보였다. 사내는 아무것도 하지 않았다. 가끔씩 개구리 울음소리가 정적을 가로질렀다. 하신은 잠시 기다리기로 했다.

사내는 어쩌면 졸고 있는 것 같았다. 묵직해진 머리가 사내의 가슴팍까지 떨어졌다. 하신은 바로 지금이라고 생각했다. 하지만 사내가 이내 깨어나 혼잣말을 하더니, 온몸을 한번 부르르 떨고 투덜거리며 자리에서 일어났다. 누군가를 나무라거나 비난을 쏟아내는 것 같았다. 사내는 여전히 불평을 입에 매단 채 힘겹게 신발을 벗더니 이윽고 셔츠, 바지, 양말, 마침내 팬티까지 벗었다. 벌거숭이가 된 사내는 조심스럽게 호수로 걸어 들어가기 시작했다. 허리춤까지 물이 차오르자, 호수면에 등을 대고 누워 수달처럼 몸을 둥둥 띄웠다. 그것도 잠시, 헤엄을 치기 시작하더니 호수 저편 아주 먼 곳을 향해 떠났다.

"뭐 하는 짓이지?"

두 팔이 어수선하게 허우적댔지만 사내는 그럭저럭 수영을 할 줄 아는 듯했다. 하신은 사내가 하는 양을 좀 더 잘 보기 위해 자리에서 일어났으나, 사내의 형체는 이미 밤과 물에 뒤섞여 수평선 너머로 알아보기 힘들 만큼 멀어졌다. 잠시 희끄무레한 선 같은 것이 보이는 듯했지만 곧 아무것도 없었다.

하신은 남자가 옷을 벗어 놓은 너럭바위로 서둘러 달려갔다. 발치에서 물이 찰랑거렸고, 눈에는 아무것도 보이지 않았다. 모든 것이 새까만 심연 같았다. 심장이 갈비뼈 사이에서 심하게 쿵쾅거렸다. 하신이 외쳤다.

"이봐요!"

그리고 다시 한번 절망에 빠진 아이처럼 소리쳤다.

"아저씨이!"

호수에서는 아무런 반응도 돌아오지 않았다. 하신은 자기 앞에 침대보처럼 펼쳐진 수면과 밤을 두 눈으로 샅샅이 훑으며 한동안 기다렸다. 자리를 뜨고 싶었으나 쉽게 마음을 정할 수 없었다. 정체를 알 수 없는 희망 같은 것이 발목을 붙들었다. 하신은 사내가 바위 위에 남겨 놓고 간 것들을 뒤지기 시작했다. 시계도, 지갑도 없었다. 사내의 비루한 옷과 칼 한 자루뿐이었다. 하신은 고급 사냥칼을 허리춤에 집어넣고 숲을 성큼성큼 가로질렀다. 어쨌든 하신이 잘못한 일은 아무것도 없었다. 돌아오는 길 내내 하신은 사내와 그 아들을 생각했다. 살인자가 된 느낌이었는데, 그 또한 그리 불쾌하지만은 않았다.

8

오펠 카데트를 멀찍이 세워 둔 탓에, 지치고 술이 어느 정
도 깬 앙토니와 스테프는 국도를 따라 걸어야 했다. 가끔 자동
차가 지나가면 옆으로 비켜섰다. 어느새 인적 없는 지방 도로
갓길까지 밤이 깊게 내려앉았다. 이따금 둘의 손이 맞닿았다.
모든 것이 소중하고 간절해졌다. 다음 일을 생각하면서 둘 다
말이 없었다. 앙토니도 스테프도 같은 바람이었다. 아무것도
아닌 채로 끝내고 싶지는 않았다.

"다 왔어." 앙토니가 말했다.

멀리 길 끝에 뚝 떨어져 혼자 서 있는 자동차가 눈에 들어
왔다. 두 사람은 다리를 끌다시피 하며 마지막 남은 몇 미터를
걸었다. 스테프가 조수석에 앉고, 앙토니는 운전석에 자리 잡
았다. 시동을 걸려는 순간이었다.

"잠깐."

앙토니는 기다렸다. 차창 밖은 완전한 암흑이어서 아무것
도 보이지 않았다. 앙토니와 스테프는 넓은 바다 한가운데서
길을 잃은 두 아이 같았다. 스테프는 차창을 내려 바깥 공기를
좀 들여보내고 싶었지만, 그러려면 끼익끼익 소리가 나는 손잡
이를 돌려야 했다. 작은 자동차의 정사각형 지붕 위로 달도 없
는 하늘이 무심하게 무게를 떨구었다. 근처 시골 풍경에서 부
스럭거리는 소리가 작지만 고집스럽게 들려왔다.

"숨 막혀."

"그러게." 앙토니가 말했다.

"내일 몇 시에 떠나?"

"아침 10시 조금 전 기차로."

"이리 와."

스테프가 앙토니 쪽으로 몸을 기울이자, 입술과 입술이 기
어 변속 레버 위에서 서로 만났다. 두 눈을 꼭 감은 앙토니가
스테프의 가슴을 더듬어 찾았다. 브래지어 너머로 탄탄한 살결
이 느껴졌다. 앙토니가 꾹 누르자 스테프가 쿡쿡 웃었다.

"왜?"

"아니야."

"아니 뭔데?"

"아니야, 아무것도. 플라스틱처럼 눌러서."

"조금 플라스틱 같아."

"바보."

"진짜 엄청 딱딱해."

"탄탄한 거지."

스테파니가 가슴을 앞으로 내밀었다.

"만져 봐."

앙토니가 다시 한번 만졌다.

"어때?"

앙토니는 스테파니의 민소매 티를 더듬다가 이번에는 훤히 드러난 목덜미를 손가락 끝으로 눌러 보았다.

"여긴 말랑말랑하네."

앙토니의 손이 민소매 티셔츠 가장자리 아무것도 걸치지 않은 공간을 가로질러 가슴과 가슴 사이 오목한 고랑 속으로 미끄러졌다.

"땀이 나……."

스테프가 두 손을 등 뒤로 가져가 브래지어 후크를 풀었다. 브래지어 끈을 한쪽씩 내려 옆에 벗어 놓았다. 그런 다음 머리 위로 티셔츠를 벗었다. 희미한 별빛 덕분에 동그란 어깨와 도톰한 가슴이 어렴풋이 가늠되었다. 얼마나 오래전부터 보고 싶었는지. 앙토니는 스테프의 가슴을 움켜잡았다. 믿을 수 없는 감각이, 그러나 이것만으로는 안 된다는 감각이 전해졌다. 앙토니는 점점 호흡이 짧아지면서 스테프를 탐색하다가 이내 젖꼭지를 깨물었다. 그녀가 작은 비명을 삼켰다. 그가 소녀를 아프게 했다. 그녀의 팬티가 어느새 흥건해졌다. 애무하느라 너무 많은 시간을 보내지 않았으면 하고 그녀는 바랐다. 팬티 속에 손을 넣어 만져 주었으면 했다. 스테파니가 두 손으로 앙토니의 얼굴을 잡아 숨 쉬듯, 빨아들이듯 키스를 퍼부었다. 이번에는 빨리, 어떻게 해서라도 빨리 해치우고 싶은 마음이 간절했다. 돌연 울고 싶어진 이상한 감정을 몰아내기 위해서이기도 했다. 딱히 그럴 만한 이유도 없었다. 늦은 시간이었고, 피곤했다. 스테프가 매달리자 앙토니가 그녀를 두 팔 가득 안았다. 기어 변속 레버 때문에 이도 저도 못 하는 상황이라, 안으려고 시도했다는 편이 더 정확했다. 점점 성말라지며 더 큰 갈망에 사로잡힌 그들은 중학생들처럼 부둥켜안았다. 두 손이 산책이라도 하듯 서로의 몸을 더듬자, 자동차 안은 살과 살이 맞닿는 소리와 숨결로 가득 찼다. 뺨과 이마가 서로 닿았다. 그녀가 그를 깨물었다. 너무나 하고 싶어서 죽을 것만 같았다. 그녀가 갑자기 흐느꼈다.

"싫어?"

"아니, 아니야. 아무것도. 그냥 피곤해서."

스테파니가 기어 변속 레버를 넘어 앙토니의 하체 위에 말을 타듯 걸터앉았다.

"이런……."

앙토니가 엄지로 눈물을 닦아 주며 웅얼웅얼 위로하자, 그녀가 앙토니의 이마에 자기 이마를 마주 댔다.

"그만해. 괜찮다니까. 나 하고 싶어. 지금 해 줘."

스테파니가 앙토니의 청바지를 열려 했지만, 안타깝게도 지퍼가 아니라 단추였다.

"좀 도와줘."

앙토니가 청바지 앞섶을 열려고 엉덩이를 들자 스테프의 머리가 자동차 천장에 부딪쳤다. 하지만 스테프는 신경 쓰지 않고 앙토니에게 끊임없이 제 몸을 문질렀다. 더는 참을 수가 없었다.

"빨리 해."

스테파니가 한 손을 두 사람이 사이에 밀어 넣어 팬티 위로 앙토니를 어루만졌다. 그리고 그의 몸 위에서 만족감을 느끼며 몸을 물결처럼 움직이기 시작했다. 팬티 위로 느껴지는 앙토니의 성기가 한껏 단단해졌다. 그를 끄집어냈다. 이제 거의 다 왔다. 그 순간 밖에서 소리가 들렸다.

"뭐지?"

"잠깐만 있어 봐."

자동차 뒤쪽에서 부릉부릉하는 소리가 처음엔 콧소리처럼 아득하다가 계속해서 점점 커졌다.

"뭐야?" 스테프가 집요하게 물었다.

"그냥 애들이야. 움직이지 마."

스테파니가 몸을 바싹 붙였다. 그 틈을 타 앙토니는 스테파니의 머리를 묶은 고무줄을 풀었다.

"아!"

"쉿!"

소년이 말했다. 자동차 뒤쪽 유리창으로 헤드라이트가 점점 더 선명해지더니, 얼마 지나지 않아 자동차 안 가득 불빛이 들어찼다. 달콤하고 살벌한 불빛이었다. 스쿠터 몇 대가 욕지

거리라도 하듯 날카로운 소리를 내며 다가왔다가 지방 도로 쪽
으로 멀어졌고, 그 뒤로 작고 붉은 빛만 남아 멀리, 아련하게
흔들렸다.

"좀 이상했지, 안 그래?"

"우릴 못 봤어."

"그래. 아니, 모르겠어. 속도를 좀 늦추는 것 같지 않았
어?"

"아니지."

"누굴까?"

"아무것도 아니야. 신경 쓰지 마."

누군지는 상관없었지만, 열기가 다소 식은 건 사실이었다.
스테프는 생각에 잠겼다.

"반바지 벗을래. 어차피 벗을 거니까."

앙토니가 웃음을 터뜨렸다. 물론 좋은 생각이었다. 그러려
면 비좁은 자동차 내부, 어둠, 기어 조절 레버 등 몇 가지 장애
물을 넘어야 했으나, 스테프는 간신히 무릎을 딛고서 반바지를
벗는 데 성공했다. 이제 그녀는 담백한 순면 팬티 차림이었다.
팬티 고무줄 위로 배가 봉긋했다.

앙토니가 허벅지를 어루만지자 부드러운 살결이 닿았다.
팬티 아래는 매끄러운 망망대해 같았다. 그 속을 앙토니의 손
가락이 깊숙이 파고들었다.

"그만."

"흥분돼."

"다행이네. 그런데 그만해. 뚱뚱한 젖소가 된 기분이란 말이야."

스테파니가 다시 위에 걸터앉자 앙토니는 그녀의 엉덩이를 움켜잡았다.

"콘돔 있어?"

"주머니에."

스테파니가 콘돔 포장을 벗기는 동안, 앙토니는 한 손을 그녀의 뒤로 가져가 엉덩이를 어루만지다 좀 더 아래쪽으로 내려가 봉긋한 곳까지 닿았다. 팬티 위로 소녀가 움찔거리는 것이 느껴졌다. 팬티 한쪽을 벌려 보았다. 끓는점에 도달한 물처럼 뜨겁고 미끌거렸다. 스테프의 얼굴이 머리카락에 가려졌다. 하지만 앙토니는 그녀의 뱃속에서부터 솟아 나오는 쾌락과 붉은 두 뺨을 가늠할 수 있었다. 그의 손가락들이 점점 젖어들었다. 마침내 스테파니는 콘돔 포장을 벗겨 입술 사이에 살짝 물고 두 손으로 앙토니의 팬티를 내렸다.

"청바지 좀 내려 봐."

앙토니가 의자에서 엉덩이를 들어 올리고 바지를 내렸다.

"천천히. 아, 그만. 움직이지 마."

스테파니는 또 한 번 천장에 머리를 부딪쳤다.

그녀의 치골을 볼 수 없었지만 스테파니의 체모가 그의 성기에 닿자 기분 나쁘지 않을 만큼 따끔거렸다. 차 안은 엄청난 열기로 꽉 찼다. 어두운데도 스테파니는 설명서대로 콘돔 끝을 살짝 집어 공기를 뺀 다음 어렵지 않게 앙토니에게 씌웠다. 그리고 살짝 몸을 들었다가 내려놓자 마침내 앙토니는 그녀 안에 들어가 있었다. 한순간 깊이 가라앉는 느낌. 스테파니는 두 팔로 그를 으스러지도록 안으며 온 무게를 실어 제 몸을 한껏 열고 그의 몸 위에 다시 내려앉았다. 그녀의 머리칼이 얼굴 가득 흩어졌다. 머리칼이 입속까지 들어와 앙토니는 긴 숨과 함께 뱉어 냈다. 그는 옴짝달싹할 수 없었다. 스테파니가 너무 꼭 붙들었다.

멀리서 스쿠터 여러 대가 다가오는 소리가 다시 들렸다. 어둠 속에 날카로운 소음이 치과용 드릴처럼 울려 퍼지자, 앙토니는 이러다 섹스고 뭐고 끝이라는 생각이 들었다. 스쿠터들은 점점 가까워졌다. 속도를 늦추자 빛이 미세한 먼지처럼 뿌옇게 자동차 내부를 가득 채웠다. 열린 차창을 통해 왁자지껄한 소음이 들렸다. 모두 자동차 안에 함께 타고 있는 것처럼 가깝고 선명했다. 아예 멈춰 서서 들여다보지 않을까 앙토니는 불안해졌지만, 녀석들은 또다시 멀어져 갔다.

"기분이 안 좋아. 우리를 본 것 같아."

"신경 안 써." 스테프가 말했다.

"나는 싫다고."

"닥쳐."

그러나 스테파니는 분위기가 이미 식었다는 걸 분명히 알 수 있었다. 스테파니가 쌀쌀맞은 동작으로 머리카락을 모아 하나로 묶었다. 그녀의 목과 얼굴이 드러났다. 스테파니는 앙토니 위에 몸을 웅크렸다. 앙토니는 그녀의 턱선과 그녀의 귀가 그려 내는 그림을 감상했다. 여자란 이토록 세세한 묘사로 충만하구나! 어쨌든 흥분은 사그라졌다. 스테파니가 키스하자 앙토니는 두 손을 그녀의 허리춤에 얹었다. 양쪽 옆구리가 축축한 고랑처럼 땀에 흠씬 젖어 있었다. 앙토니는 스테파니의 냄새를 맡았다. 그녀의 상반신을 더듬는 두 손이 뜻밖의 굴곡과 주름에 번번이 놀랐다. 그녀의 피부 아래에서 유연한, 그러나 보일러처럼 강렬하고 힘 있는 떨림이 고스란히 전해졌다. 땀방울이 옆구리를 타고 흘러내렸다. 앙토니의 엉덩이도 자동차 좌석에 찰싹 들러붙었다. 앙토니의 손이 땀으로 흥건해진 스테파니의 겨드랑이 깊은 데까지 파고들었다. 스테프는 정신을 못 차릴 지경이었다. 그녀를 깨물고, 살 속으로 들어가 그녀가 흘리는 액체를, 그녀의 땀에 밴 소금기를 전부 들이마시고 싶어졌다. 앙토니는 두 손으로 그녀의 엉덩이를 쥐고 살짝 벌렸다. 더 이상 참기 힘들었는지 스테프가 앙토니의 몸에 올라탄 채 정신없이 엉덩이를 들썩이기 시작했다. 그녀의 액체가 그를 흠뻑 적셨다. 너무나 충만하게 무너져 텅 비워진 스테파니는 앙토니가 발기했는지는 염두에 두지 않았다. 앙토니도 그 움직임에 맞추어 아랫도리를 들썩거렸다. 둘은 섹스를 했다. 이제는 공식적이었다. 믿기 어려웠다. 스테프가 두 팔을 뻗어 자동차 지붕을 떠받친 채 점점 일정한 리듬으로 신음을 토했다. 성기가 흥건히 젖자 스테프가 말했다. 어서 와. 싸 줘. 그리고 다른 말들도 따귀처럼 내뱉었으나, 앙토니는 아직 준비가 되어 있지 않았다. 그가 몸을 더 들썩였다. 그때 자동차 지붕 위에서 누군가 내려치듯 둔탁한 소리가 들려왔다. 두 사람은 그대로 얼어 붙었다.

몇 개의 실루엣이 자동차 주위를 뱅뱅 돌았다. 누군가 조수석 창문에 얼굴을 붙이고 들여다보았다. 살짝 열린 창문 틈으로 한 녀석이 코를 킁킁거렸다.

"여기서 섹스 냄새가 나는데!"

스테프가 바닥에 떨군 브래지어를 찾으려는지 몸을 잔뜩 숙였다. 누군가 자동차 지붕 위로 콘돔을 던졌다. 실루엣들이 도깨비불처럼 계속해서 나타났다가 사라져 도대체 몇 명인지 가늠이 안 되었다. 자동차 안에 그들의 웅성거림이 울려 퍼졌다. 앙토니는 문이 잘 잠겼는지 확인했다. 소형 오펠은 이제 키질하듯 이리저리 요동했다.

"창문 올려." 앙토니가 바지 단추를 채우며 말했다.

그러나 스테프는 알몸이었다. 그녀는 침입자들의 시선을 피해 자동차 바닥으로 더욱 납작하게 기어 들어가 몸을 공처럼 둥글게 말았다.

"이히히히……!" 누군가 고함을 질렀다.

녀석들이 창틈으로 손가락을 밀어 넣기 시작했다. 세 명인가? 아니면 열 명? 침입자들은 돼지처럼 꽥꽥거리고 헐떡였다. 이러다가 앙토니의 작은 자동차를 금방이라도 들어 올릴 것만 같았다. 어디를, 누구를 봐야 할지 알 수가 없었다.

"그만해!" 앙토니가 소리쳤다.

열린 창문 사이를 양쪽에서 밀고 들어온 손가락들이 차창

손잡이를 돌리려 들었다. 앙토니 쪽 차창에는 얼굴 하나가 찰싹 달라붙어 있었다. 마치 아쿠아리움 내벽에 붙은 거대한 물고기 같았다. 윤곽은 희미했으나 머리 양쪽으로 삐죽 솟은 두 귀가 분명히 구분되었다. 가뜩이나 악몽 같은 얼굴이 더욱 괴상하고 판타지 영화처럼 보였다. 앙토니가 시동을 걸고 경적을 울렸다.

긴 탄식이 주변을 마비시킬 듯 자동차에서부터 울려 퍼져 광활한 밤의 세계 멀리까지 가서 부딪쳤고, 이윽고 혼돈이 일단락되었다. 침략자들은 흔적도 없이 사라졌다. 지금까지 일어난 모든 일을 부인하듯 암흑이 다시 빡빡하게 찾아들었다.

"옷 입어. 얼른." 앙토니가 말했다.

스테프는 손에 잡히는 대로 주섬주섬 옷을 입었다. 이가 딱딱 부딪쳤다. 앙토니는 일단 헤드라이트를 켜고 차에서 내렸다. 밖에는 아무것도 없었다. 텅 비고 버려진 풍경만이 앙토니를 바라보았다. 곧이어 스테파니도 내렸다. 신발 신을 시간도 없어 오돌토돌한 아스팔트 표면이 맨발에 느껴졌다. 공기가 많이 선선해졌지만 아스팔트는 여전히 미지근했다. 3미터 앞도 보이지 않는 암흑을 둘러싼 숲은 아무 말이 없었다. 보지도 않고 짐작만 했던 풍경이 그녀를 기다리고 있었던 듯했다.

"집까지 태워다 줘."

앙토니는 멀리 한 점을 응시했다.

"빨리."

앙토니는 자동차에 돌아가 트렁크를 열고 만일을 대비해

크랭크 핸들을 꺼냈다. 그런 다음 둘이 다시 오펠에 올랐다.

"대두 패거리야."

"나 얼어 죽을 거 같아."

스테파니가 조수석에서 바들바들 떨었다. 앙토니는 뒷좌석에 뒹구는 스웨터를 찾아 건넸다. 스테프는 '대두'가 정확히 뭘 의미하는지 알지 못했다. 물론 그런 표현이 있기는 했다. 스테프네 집에선 대체로 이상한 사람들, 깡촌에서 장작을 지피고 사는 사람들, 이리저리 떠돌며 캠핑하는 사람들, 스쿠터를 타고 다니면서 주위를 난장판으로 만들고 머리를 아주 짧게 치고 콧물을 질질 흘리는 아이들을 가리킬 때 그 말을 썼다. 다시 말해 최하층민, 사회 보호 대상자들이었다. 그들의 생활 방식, 문명과의 거리, 다듬지 않은 외모는 어떤 면에서 무위자연 상태에 가까웠다. 그런 모습을 보고 사람들은 농가 같은 데서 동물과 뒤섞여 군집 생활을 하는 광경을 상상하기도 했다. 스테프가 점점 더 몸을 떨었다.

"이제 제발 가자."

"알아. 집까지 데려다줄게."

두 사람은 더 이상 아무 말도 주고받지 않았다. 앙토니는 규칙적으로 손목시계를 확인했다. 여행 가방은 트렁크에 실어두었고, 몇 시간 후면 기차를 타고 떠날 것이다. 마침내 스테파니 쇼수아와 섹스를 하는 데 성공했지만, 그에게는 씁쓸함과 피로만 남았다. 이대로라면 누구에게도 뻐길 수 없을 듯했다. 스테파니도, 앙토니도 절정에 도달하지 못했다.

집을 100여 미터 앞두고 스테파니가 차를 세워 달라고
했다.

"됐어. 이제 걸어갈게."

앙토니는 도로 한복판에 차를 세웠다. 거리엔 개미 한 마
리 얼씬거리지 않았다. 여기까지 오는 동안 아무것도 마주치지
않았다.

"집이 여기서 멀어?"

"아니."

앙토니는 더 이상 묻지 않았다. 스테프가 벌써 차문을 열
고 한쪽 발을 땅에 디뎠다. 샤워와 열 시간의 수면이 절실했다.
그녀는 자신의 방을 떠올렸다. 깨끗한 침대보, 사춘기 시절의
장식. 압정으로 붙인 루크 페리의 포스터가 아직 남아 있었다.
침대 옆의 마른 회양목과 십자가상도.

"잠깐만." 앙토니가 말했다.

"왜?"

"몰라. 이렇게 헤어지는 건 좀 아닌 것 같아서."

"원하는 게 뭔데? 쓸데없는 사연 같은 건 만들지 말자."

"편지를 쓸 수도 있잖아." 앙토니가 말했다.

"원한다면."

스테파니는 아주 가까이에 서 있었다.

"미안해." 그가 말했다.

"잘 가."

스테파니가 차문을 쾅 닫았고, 앙토니는 멀어지는 그녀를

바라보았다. 스테파니는 한 손에 운동화를 든 채 맨발로 걸어 갔다. 단 한 번도 뒤를 돌아보지 않았다. 그래도 앙토니는 그녀 와 섹스를 했다. 차를 돌려 집으로 가면서 앙토니는 스스로에 게 위로를 건넸다.

4 **1998
I Will
Survive**[*]

*   1978년 글로리아 게이너가 발표한 앨범 「Love Tracks」에 수록된 디스코풍
노래로 전 세계적으로 1400만 장 이상 판매되었다. 사랑하는 사람에게 버려
져 실의에 잠겼으나 이내 자아를 되찾고 다시 찾아온 애인을 내치며 당당히
살아간다는 내용을 담았다.

1

확장 공사를 마친 대형 슈퍼마켓 르클레르에는 의류 코너가 생기고 생선 코너가 새 단장을 했으며, 특히 전자 제품 코너까지 등장했다. 전체 면적이 300평이나 되었다. 공사 기간에도 슈퍼마켓은 베니어판으로 칸막이를 세우고 영업을 계속했고, 사람들은 그 너머에서 쇼핑을 했다.

내부 확장 공사가 끝나자, 시 전체가 '특별 세일'이라고 적힌 전단지로 홍수를 이루었다. 다리미부터 CD롬까지 없는 게 없었다. 사람들이 우르르 르클레르에 몰려들어, 경찰들이 출동해 교통을 정리하는 해프닝까지 벌어졌다. 쇼핑센터 인근에 원형 교차로 두 개가 새로 마련되었다. 토요일마다 주차장, 계산대, 새로 생긴 맥도날드는 사람들로 미어터질 지경이었다. 우울한 사람들의 눈은 여전히 여기저기 만연한 경제 위기와 세계화의 부정적인 결과들을 목도했지만, 쇼핑센터의 성공적인 재도

약은 그들의 마음을 다시 뜨겁게 달구는 데 한몫 거들었다.

부작용은 있었다. 예를 들어 앙토니는 세면 용품 코너에서 한동안 주뼛거리며 서 있었다. 그 많은 물건들 가운데서 치약 하나를 고르는 것도 큰일이었다. 결국 콜게이트 치약으로 마음을 정한 뒤에야 코너에서 돌아설 수 있었다. 앙토니의 카트는 적당히 채워졌다. 마침 수요일이라 많은 사람들이 기분 좋은 표정으로 매장 안을 오갔다. 슈퍼마켓 안은 들뜬 분위기였다. 며칠 전부터 온 나라에 삼색기가 휘날리고 똑같은 멘트가 모든 매체를 휩쓸었다. 아침 8시부터 알람용 라디오에서 흘러나온 멘트는 이거였다. "프랑스가 준결승전에 진출했습니다."[81]

이 촌구석에서는 언제나 누군가와 마주치게 마련이어서 마주치고 싶지 않은 사람들을 피하며 장을 볼 수는 없었다. 그렇게 아는 사람을 마주치면 간단하게라도 소식을 주고받을 의무가 있었다. 어머니는 어떠셔? 요즘 뭐 하고 지내? 스물한 살이 된 앙토니는 아직 젊었고 앞날이 창창했다. 그거야말로 사람들이 건넬 수 있는 유일한 인사치레였다.

"직장은?"

"찾고 있어요."

---

81 제16회 월드컵이 1998년 6월 10일부터 7월 12일까지 프랑스에서 열렸다. 프랑스에서 이 대회가 열린 것은 1938년 이후 두 번째였다. 1998년 7월 12일 결승전에서 프랑스가 브라질을 3대 0으로 꺾고 우승을 차지했다.

베이비 붐 세대는 그를 이해한다는 표정을 지었다. 그들 시대에는 직장을 구하기가 아무래도 지금보다는 쉬웠다.

"엄마는 어떻게 지내시고? 인사 좀 전해 드려."

그럭저럭 지내세요. 예, 그럴게요. 그래, 계속 잘해 봐라.

집에 돌아오고부터 앙토니에게는 이렇다 할 일거리가 없었다. 그래도 아직 젊었다. 어쨌거나 사람들은 그를 볼 때마다 이렇게 말했다. 이제 스스로 움직여야 한다. 캐나다에 가지 그러냐. 직업 연수를 받는 건 어때. 저마다 나름대로 충고를 건넸다. 남의 인생을 조절하는 데 일가견이 있는 것처럼 구는 그 사람들에게 앙토니는 한마디도 보탤 수가 없었다.

앙토니는 껍질 콩, 완두콩, 정어리 통조림을 카트에 담았다. 그 밖에 햄, 소시지, 쇠고기를 다져 만든 스테이크, 스파게티 등 늘 사는 제품들도 카트에 들어 있었다. 콜라와 크루아상은 아침식사용이었다. 커피, 바나나, 떠먹는 요구르트도.

마침내 앙토니는 주류 코너에 가서 레드 와인 두 병, 스물네 개들이 맥주 캔 한 팩, 라벨 5 한 병을 차례로 담았다. 오후 늦게 사촌네 집에서 축구 시합을 함께 보기로 되어 있었다. 빈손으로 가기 뭣해서 종이팩에 든 3리터들이 로제 와인도 하나 담았다. 집을 나서기 전까지 냉동고에 넣어 둘 것이다.

"프랑스가 준결승전에 진출했습니다." 확성기가 다시 한번 선량한 고객들의 귀를 사로잡으며 이번 기회에 TV에 한해서 폭탄 세일을 하겠다고 알려 왔다. 앙토니는 안내 방송이 끝나기 무섭게 매장을 가로질러 전자 제품 코너로 향했다.

과연 TV 코너에는 여기저기 형광색 안내문이 붙어 가격 대폭 인하를 알려 주었다. 행복을 찾는 소비자들이 점점 몰려들어 TV들 사이를 기웃거렸다. 좀 전과 같은 목소리가 다시 한번 확성기에서 울려 퍼졌다. "프랑스가 준결승전에 진출했습니다. 누구에게나 오는 기회가 아닙니다." 앙토니는 신속하게 발을 멈추었다. 110센티미터짜리 소니 TV가 1만 2000프랑이었으니 진정 횡재나 다름없었다. 게다가 오버헤드 프로젝터도 내장되어 축구 시합을 볼 때 마치 경기장에 있는 느낌을 줄 터였다. 파란 조끼를 입은 매장 직원의 얼굴은 성직자처럼 유순해 보였다. 긴 설명을 늘어놓을 필요가 없었다. 어쨌거나 TV는 호떡집에 불난 듯 팔려 나갔는데, 딱히 폭탄 세일 때문만은 아니었다. 정황상 이번 구매는 애국 행위에 가까웠다. 앙토니는 형식적으로나마 가격 흥정을 해 볼까 싶었으나 씨알도 먹히지 않을 듯했다. 이 가격이면 그냥 들고 가는 게 맞았다. 판매원이 영수증을 쓰는 동안, 앙토니는 벽걸이 TV에서 재방송해 주는 이탈리아와의 경기에 몰입했다. 아이들도 양반다리를 하고 바닥에 주저앉아 화면에 넋을 놓았다. 멀리서도 선수들의 동작 하나하나가 자세히 보였다. 리자, 드사이, 지단, 말총머리 프티. 5000만 프랑스인들과 마찬가지로 앙토니도 경기에 푹 빠져들었다. 그의 불행은 일시적이나마 작동을 멈추었고, 대신 그의 욕망이 국가적 열망 속에 녹아들었다. 파리 증권 거래소에 상장된 마흔 개의 우량 주식 주주들도, 보비니의 꼬맹이들도, 파트릭 브뤼엘도, 조제 보베도 모두 한마음이었다. 파리나 에일랑주나 전부 똑같았다. 최고 임금부터 최저 임금까지, 시골구석에서 파리의 라데팡스까지 나라 전체가 단결을 부르짖었다. 사실 복잡할 것 하나 없는 일이었다. 미국처럼 제 나라를 세계 최고로 믿고 머리를 조아리면 되었다.

앙토니는 크레디 뮈튀엘 은행에서 발행한 수표로 첫 달 치 TV 할부금을 냈다. 이미 적자 상태였으나 TV는 육 개월 무이자 할부로 구입 가능했고, 최악의 경우 엄마에게 손을 벌려도 될 듯싶었다. 계산대를 지나 장 본 것들을 르노 클리오 트렁크에 정리한 다음, 슈퍼마켓 건물 뒤 화물 집하지로 가서 TV를 받았다. 앙토니는 느긋하게 집으로 향했다. 출근하지 않아도 되는 멋진 하루였다. 라디오에서는 여전히 준결승전에 대한 이야기가 들려왔다. 크로아티아쯤은 충분히 잡겠지만 지나친 과신은 금물이었다. 나쁜 일이 생길지도 모르니까. 정오 무렵 앙토니는 집에 도착했다. 새로 산 TV 선을 연결하고 채널을 맞추었다. 구입을 자축하기 위해 작은 잔에 위스키를 따랐다. 뉴스에서 장피에르 페르노가 지치지 않고 흥분을 토했다. 크로아티아는 분명히 기술이 좋고 훌륭한 선수도 몇 명 있었다. 뿐만 아니라 젊은 나라로서 넘치는 활력을 여실히 보여 줄 것이다. 하지만 프랑스는 소위 축구 강국인 데다 무엇보다 홈경기였으므로, 온 국민의 전례 없는 열기와 응원의 혜택을 무시하기 힘들다. 해설자들은 하나같이 이 같은 논리에 매달렸다. 지단은 퇴장당했다. 그러나 프랑스가 어떤 나라인가. 클로비스의 가톨릭 개종[82]과 마리냥 전투[83] 및 솜 전투[84]의 승리가 있다. 게다가 프랑스 대 크로아티아라니. 민족간의 역사가 얽힌 시합이었다. 완전 대박!

앙토니는 위스키를 한 잔 더, 전보다 조금 더 많이 따랐다. 알코올 효과가 조금씩 온몸에 번졌다. 감자칩 봉지를 뜯고 말린 소시지를 몇 조각 자른 다음 새로 산 TV를 보며 먹기 시작했다. 새 물건은 무척 마음에 들었다. 화질이 기대에 못 미치는 부분이 있었지만, 넉넉한 크기가 불편함을 상쇄했다. 르클레르의 판매원이 말하길, 이 정도 크기면 화면 속에 들어가 있는 느낌일 거라고 했다. 시합이 시작되기 전까지 현장 보도가 계속 이어졌고 흥분은 점점 고조되었다. 굉장한 경기가 될 것 같았다. 이제 프랑스 국민들을 한 사람 한 사람 인터뷰하기 시작했다. 사람들은 다들 알록달록한 응원 복장을 하고 고래고래 소리치며 자신감에 차 있었다. 아이들은 한자리에 서 있지 못했다. 천진하고 선한 얼굴에 더러는 이 지역 사투리를 썼다. 광고

---

82 프랑크 왕국을 세운 왕. 수도를 파리로 정하고 법전을 편찬하는 등 오늘날 프랑스의 기초를 만들었다. 가톨릭으로 개종하고, 교황과 주교의 지지를 얻어 아리우스파의 서고트족을 격파했다.

83 캉브레 동맹 전쟁이라 불리는 이탈리아 전쟁 시기에 밀라노 남동쪽 16킬로미터 거리의 멜레냐노 인근에서 프랑스와 구스위스 연방 사이에 벌어진 전투. 프랑스군의 승리로 끝났다.

84 1916년 7월 1일 아라스와 알메르트 사이의 솜강 북쪽 30킬로미터에 걸친 전선에서 시작된 영국·프랑스 연합군과 독일군 사이의 격전. 11월 18일까지 계속되었고 많은 사상자를 냈다.

가 끼어들었다. 앙토니는 뭘 좀 만들어 먹을까 하며 TV를 껐다. 검은 화면에 그의 모습이 비쳤다. 무릎 위에 올려놓은 술잔, 쩍 벌린 두 다리. 기회만 있으면 기억이 떠올랐다. TV를 다시 틀었다.

군대에서 앙토니는 수업을 마치고 재미삼아 축구를 하다가 부상을 당했다. 연골이 상했다고 했다. 대수롭지 않아 보여서 일단 무릎에 붕대를 감고 해열 진통제 돌리프란을 먹으며 양호실에서 누워 지냈다. 그렇게 일주일을 보내고도 계속 끙끙 앓았다. 어느 날 간호 장병이 침대보를 온몸에 둘둘 만 채 침대 아래에 정신을 잃고 쓰러진 앙토니를 발견했다. 이번에는 아편이 함유된 코데인을 처방해 주었다. 마침내 갑자기 의식을 잃지 않고 잡지를 읽을 정도가 되었을 때, 수석 의사가 휴가를 마치고 복귀해 앙토니를 검진했다. 새끼손가락에 가문이 새겨진 반지를 낀 키 작고 세심한 의사는 뚱개나 딸딸이 같은 단어를 아무렇지 않게 내뱉는 사람이었다. 의사는 의료팀 전체에 호통을 쳤고, 앙토니는 응급 수술을 받기 위해 생망데 군인 병원으로 다급히 이송되었다. 반년 동안 재활 훈련을 받은 다음에 앙토니는 다시 독일로 보내졌다. 군 생활에 필요한 몇 가지 신체검사를 진행한 후, 관계자들은 앙토니에게 더 이상 고집 피울 필요 없다고 설명했다. 그리고 한 평짜리 사무실에 앙토니와 마주 앉은 행정 직원이 다음과 같은 소식을 알렸다. 이 년 동안의 월급을 지급할 테니 집으로 돌아가도 좋다. 서명해라. 언뜻 나쁘지 않은 제안이었다.

　그렇게 해서 갑자기 앙토니는 주머니에 2만 프랑짜리 수표를 넣고 그의 물건이 담긴 가방을 든 채 기차역 플랫폼에 서 있게 되었다. 잿빛 하늘 아래 날은 몹시 추웠다. 그가 선 곳은 독일 기차역이었다. 목적지는 아무 의미가 없었다. 도르트문트, 뮌헨, 폴란드. 에일랑주로 곧장 돌아가야 할까? 어쨌든 파리를 거쳐야 한다. 일단 파리로 가서 결정하자. 어쩌면 파리에서 하루나 이틀 즐길지도 모른다.

　파리 동역에 내리자 심장이 조여 왔다. 생애 처음으로 방문한 곳이었다. 한눈에도 파리의 규모가 마음에 들지 않았다. 흑인, 각종 위협, 상점, 사방팔방의 통행로, 자동차가 도시를 집어삼키고 있었다. 희미하게나마 이 도시 사람들이 모두 자기 주머니를 털려고 존재하는 것 같은 생각이 들었다. 앙토니는 제일 가까운 알자스 로의 바를 골라 숨어들 듯 들어가 반 리터짜리 와인을 비우며 당구를 쳤다. 적어도 펑크스타일의 그 바 안에서만큼은 마음이 놓였다. 그곳에는 퇴색한 엘비스 프레슬리 머리 스타일을 한 사장이 있었다. 그는 스카[85]를 틀어 놓고 생맥주를 서빙했다. 앙토니는 다른 손님들에게 몇 잔을 돌리기도 하며 그 자리에서 친목을 다졌다. 새벽 1시가 되자 사장이 영업 종료를 알렸다. 술이 잔뜩 오른 앙토니는 그대로 가게 앞 인도에 홀로 남겨졌다. 앙토니는 사장에게 혹시 일손이 필요한

85　1950년대 후반 자메이카에서 생겨난 음악 장르.

지 물었다. 손가락마다 반지를 끼고 깃에 인조털이 달린 청재킷을 입은 사장은 아니라고, 괜찮다고 화통하게 대꾸했다.

"이제 뭘 하지?"

"나는 집에 가야지, 이 친구야. 일이 끝났으니까."

"나는 어디서 자면 좋을까?"

"호텔이 있잖아."

남자는 금속 셔터를 내리고 자물쇠를 채웠다. 마젠타 대로는 도시의 심장부를 향해 저 아래 멀리까지 뻗어 내려갔고, 총천연색으로 번쩍이는 간판들이 만드는 신속한 그림자와 억눌린 격동이 그 위를 가로질렀다. 앙토니는 갈팡질팡했다. 길잡이가 필요했다. 그는 두려웠다.

"이봐, 나 군대에 있었거든. 파리에 대해서는 아무것도 몰라."

사장은 잠시 물끄러미 바라보았다. 그의 얼굴에 희미하게 비웃음이 지나갔다. 그게 무슨 상관인지 사장은 전혀 감을 잡을 수 없었다.

"이봐 친구. 나더러 어쩌라고? 난 집에서 기다리는 가족이 있는데."

앙토니가 주머니를 전부 뒤졌다. 돈만 내면 다 해결된다는 듯 수표를 꺼내 내밀었다.

"오, 대박이네. 그래서 어쩌라고?"

"하룻밤만 재워 줘."

"여기까지만 하시지."

"돈을 내면 되잖아."

앙토니가 어깨에 손을 얹자, 남자는 쌀쌀맞게 치워 버렸다.

"이봐 친구, 내가 널 어떻게 알아. 얼굴 한 방 얻어터지고 싶으면 계속해 보든가."

앙토니는 한 걸음 물러섰다. 사장은 괜찮은 사람처럼 보였고, 그런 그와 손님들에게 앙토니가 몇 잔이나 돌리지 않았던가.

"자, 그럼 잘 가시게나."

카우보이 부츠가 보도블록에 부딪치는 소리와 함께 사장은 기차역 뒤로 사라졌다. 앙토니는 파리에 혼자 남았다. 수만 개의 좁은 골목, 거짓말 같은 불빛, 보편화된 혼종, 건물, 성당, 비참한 풍경 위로 흘러넘치는 돈, 누군가로부터 감시받는 느낌, 한 걸음 내디딜 때마다 마주치는 이민자, 곱슬머리, 흑인, 중국인 등 믿을 수 없을 만큼 많고 다양한 인종……. 멀리서 보아도 파리는 굉장히 복잡한 도시 같았다. 앙토니는 레퓌블리크 대로 쪽으로 내려갔다. 이쪽저쪽 둘러봐도 아프리카인들을 위한 미용실, 여행 가방을 파는 가게, 형광등 아래에서 젊은이들에게 싸구려 맥주를 파는 좁아터진 간이식당뿐이었다. 그중 누구도 앙토니를 쳐다보지 않았다. 주중의 저녁이었고, 사람들이 더러 있어서 절대로 황량하다고 할 수는 없었지만 고요한 편이었다. 앙토니는 이 사람들이 전부 어디로 갈까 자문했다. 아가씨들은 다른 데보다 훨씬 예쁜 편이었다. 남자들은 어딘가 호모처럼 보여도 아가씨들을 끼고 돌아다녔다. 전반적으로 파리는 혼종과 위협의 도시였다. 점차 술기운이 잦아들었다. 앙토니는 내처 걸었다. 가끔 주머니에 든 수표를 확인했다. 파리는 그에게 욕망을 선사했다. 이곳 여자들을 욕망했으며, 커피 한 잔이 간절했다. 인도에서도 실내조명과 천장 무늬가 들여다보이는 아파트들을 갈망했다. 그건 유혹이자 약속이었다. 그러나 가질 수 없는. 어디서부터 시작해야 하는 걸까? 앙토니는 가죽 점퍼를 입고 머리를 물들인 두 청년에게 에펠탑이 어디에 있는지 물었다.

"쭉 가세요."

"그렇게 쭉 가면 바다가 나와요."

미친놈들.

행여 길을 잃거나 나쁜 사람을 만날까 봐 겁이 난 앙토니는 발길을 돌려 기차역 근처로 돌아왔다. 11월이었고 날이 제법 추웠다. 노숙자들이 달려들어 담배를 요구했다. 담배가 다 떨어진 노숙자들이 그에게 귀찮게 들러붙었다. 앙토니의 체격 조건으로는 노숙자 한 사람쯤 본보기 삼아 자빠뜨리는 것도 나쁘지 않아 보였다. 노숙자들은 지독한 냄새를 풍기며 간신히 중심을 잡고 서 있었으니 어려운 일도 아닐 것이다. 그러나 자리를 뜨는 편을 택했다. 두 손을 호호 불면서 모퉁이를 돌아 잠시 서 있다가 다시 발길을 옮겼다. 호텔은 그를 주눅 들게 만들었다. 그리고 이미 늦었다. 조금 있으면 날이 밝을 텐데 뭐 하러 100프랑이나 쓴단 말인가? 제일 먼저 문을 연 카페에 들어가 카운터에 선 채로 커피를 마시며 쓰레기차 행렬과 청소부들을 바라보았다. 도시 위생의 사수들. 매표소가 문을 열자마자 앙토니는 낭시를 경유해서 에일랑주로 가는 표를 끊었다. 그리고 오후에 접어들 무렵 엄마 집에 도착했다.

"너 여기서 뭐 하니?" 엄마가 말했다.

놀라는 눈치는 아니었다. 앙토니의 침대는 이미 준비되어 있었다. 엄마가 남은 콜리플라워 그라탱과 스파게티에 크림소스 에스칼로프를 만들어 주었다. 정신없이 먹어 치운 뒤 방으로 들어가 스무 시간 동안 한 번도 깨지 않고 잤다.

그 후 앙토니는 각종 아르바이트를 전전하며 군대에서 받은 수표에는 손을 대지 않았다. 어쩐지 한번 손을 댔다가는 몇 초 만에 바닥날 것만 같았다. 조만간 탈탈 털려 또다시 엄마에게 기생하고, 다시 가난해지고, 다시 어린애가 되기는 싫었다. 그래서 일자리를 찾았다. 친구들이 전부 그러듯이 아르바이트는 썩 나쁘지 않은 선택이었다. 생뱅상 클리닉에서 위생 부문을 담당했다. 도살장에서도 마찬가지였다. 그다음엔 초등학교에서 청소를 했다. 그러다가 시청 주방의 일원이 되었다. 문제는 이 일자리들이 전부 멀리 있다는 거였다. 그가 받는 보수는 대부분 기름값으로 나가 버렸다. 인력 회사 맨파워에서 그의 서류를 담당하는 여자에게 말을 안 해 본 건 아니었다. 여자는 그렇다고 해서 싫은 티를 냈다가는 나쁜 인상을 남길 거라고 충고했다. 팔 주 동안 앙토니는 동틀 무렵 일어나 자동차로 100킬로미터를 달려가 네 시간 동안 일하고 돌아왔다. 그렇게 해서 매달 손에 쥐는 건 4000프랑 정도였다. 혀가 빠지게 힘들고 미칠 것 같았지만, 적어도 일을 마치고 집에 왔을 때 엄마한테 시달리지 않아도 되었다. 앙토니는 죽지 않을 만큼 열심히 일했고, 앙토니네 집에서는 그게 정상이었다. 점점 생각이 바뀌었다. 적어도 스스로 떳떳해졌다. 세금, 이민자 문제, 정치 사안 등에 대해 불평할 권리가 생긴 것 같았다. 누구에게도 빚지지 않았고, 쓸모 있는 사람이 되었고, 무엇이든 할 수 있다고 여기지만 자세히 들여다보면 아무것도 못 하는 소위 대중 집단에 마침내 속하게 된 것이 아닌가 어렴풋이 생각하며 매사 항의하고 개척했다.

그 후 앙토니는 요양원 전문가가 되었다. 빨래, 청소 등을 전담하며 석 달 동안 무려 다섯 군데를 돌며 일했다. 요양원은 이미 번성하고 있는 분야였다. 요양원 일이 없을 때는 비바르트, 리키몰리 창고나 메락스 인쇄소, 고르동 공장 등에서 일했다. 고르동 공장에서는 비교적 고정된 일자리를 구할 수 있었다. 앙토니가 맡은 임무는 금속 판, 막대, 창살 등을 상세한 설계도에 따라 겹쳐 넣는 일이었다. 마지막에 녹슬지 않는 입방체 모양의 석관 같은 것이 만들어지면, 지게차가 들어 올려 입이 떡 벌어질 만큼 엄청나게 큰 화덕에 넣어 구웠다. 그렇게 해서 한 대의 에어컨이 만들어졌다. 고르동 제품은 전 유럽에서 팔렸으나 사업은 점점 난항이었다. 일부 근심에 잠긴 작업반장들이 최소한의 경제적 어려움에도 바닥에 주저앉는 노동자와 임시 직원들을 감시했다. 그 위에는 감독, 엔지니어, 사무직이 있었다. 두 계급이 구내식당에서 마주치곤 했으나 완전히 다른 세계였다.

일터에서 앙토니는 친구를 몇 명 사귀었다. 시릴, 크림, 다니, 르주크, 마르티네. 아침마다 그들을 만나는 게 좋았다. 점심 시간이 되면 다 함께 구내식당에서 밥을 먹고, 휴식 시간에는 간혹 C작업장 뒤 작은 뜰에 있는 팔레트에 앉아 몰래 마리화나를 피웠다. 근무가 끝나고도 만났다. 취미나 월급이 다들 엇비슷했으며 앞날에 대한 불확실함마저 공유했다. 특히 본질적인 문제들을 회피하게 만드는 수치심, 그들의 의도와 상관없이 그들 모두 벗어나고 싶어 했던 이 촌구석에서 날이면 날마다 뜨개질하듯 이어지는 삶, 아버지들과 너무나 닮은 존재가 되었다는 점, 느릿하게 찾아오는 저주까지. 앙토니는 복제된 일상이 가져다주는 선천성 질병 같은 삶을 도무지 받아들일 수가 없었다. 이 같은 고백이 순종 말고는 다른 대안이 없는 삶에 수치심을 더했을지 모른다. 그래도 빈둥거리지 않고, 공짜 혜택만 찾아다니지 않고, 변태나 실업자가 아니라는 걸 그들은 자랑스러워했다. 굳이 마르티네의 경우를 예로 들자면 걸쭉하게 트림하며 알파벳을 읊조리는 것도.

어쨌거나 앙토니는 작은 원룸을 얻어 월세살이를 하게 되었다. 콩포라마에서 산 가구로 집을 채우고 클리오 윌리엄스를 새로 뽑고 나니 수표가 한 푼도 남지 않았다. 그때부터 빚쟁이 신세가 되었으나, 돌아오는 여름에 오토바이를 한 대 장만하겠다는 계획은 변함이 없었다. 분별없이 돈을 쓰고 다닌다고 엄마에게 질책을 들었지만, 그나마 열심히 직장 생활을 하니 더 뭐라고 하기도 힘들었다. 반면 연애 문제는 차라리 암울한 편이었다.

물론 토요일 오후의 파티나 친구 놈들과 디스코텍 파파가요에 갈 때 여자를 만나기도 했지만, 번번이 대수롭지 않은 일회성 만남에 그쳤다. 매장 카운터 직원, 간호조무사, 보육원 보조, 또는 아이들을 친정 부모에게 맡기고 모처럼 혼자 주말을 누리는 싱글맘들이었다. 앙토니의 이상형은 달랐다.

말은 하지 않았어도 가끔씩 늦은 시간이면, 그리고 평소보다 더 취하면 맥주 한 캔을 들고 아파트 계단을 내려가 클리오에 올랐다. 라디오에서 그때 기분에 어울리는 음악을 찾아 담배에 불을 붙이고는 북쪽을 향해 차를 몰았다. 스테파니네 집 쪽으로.

술에 취해 RFM 라디오를 들으며 에일랑주의 밤길을 운전하다가 눈물을 흘리는 게 취미가 되었다. 엔강을 따라 힘들이지 않고 운전하면서 그가 나고 자라 손바닥 보듯 훤히 꿰고 있는 거리를 끝없이 달렸다. 가로등 불빛이 하나하나 점을 찍듯 그의 길을 소리 없이 밝혀 주었다. 구슬픈 노래를 들으며 달리다 보면 조금씩 엄청난 감정이 밀려 올라왔고, 앙토니는 굳이 그것을 억누를 이유를 알지 못했다. 조니 할리데이는 그의 최애 가수였다. 그는 절망을 남긴 희망, 헛되이 끝난 이야기, 도시, 고독을 노래했다. 시간이 흘렀다. 그는 한 손으로 운전대를 잡고 다른 한 손엔 캔 맥주를 든 채 그 흔하디흔한 풍경을 몇 번이고 훑었다. 조명을 받은 거대한 공장. 스쿨버스를 기다리며 유년의 절반 이상을 보낸 버스 정류장. 그가 다니던 학교, 늘 사람이 바글바글하던 케밥집, 그가 다시는 돌아오지 않을 각오로 떠났다가 불알을 덜렁거리며 되돌아온 기차역. 너무나 심심해서 강물에 대고 침 뱉기 놀이를 하던 다리. 마권 발매소, 맥도날드, 텅 빈 테니스 코트, 불 꺼진 수영장, 주택 단지로 미끄러지는 완만한 비탈길, 촌, 아무것도 아닌 것들. 「주블리 레 통 농」[86]의 노랫말. 이윽고 앙토니는 전혀 의도하지 않게 스테파니네 동네까지 다다랐다. 라디오 볼륨을 높이고 맥주를 한 모금 마셨다. 쇼수아 가족이 사는 집, 원격 조정 장치가 달린 철문을 앙토니는 멀리서 바라보았다. 스테파니가 있을까, 앙토니는 자문했다. 물론 없겠지. 앙토니는 담배에 불을 붙이고 이런저런 생각을 하며 피웠다. 그러고는 다시 영락없는 바보처럼 집으로 돌아왔다.

프랑스가 준결승전에 오른 이상 이 모든 것은 하나도 중요하지 않았다. 오후 5시쯤 앙토니는 팩 와인을 들고 자동차에 올라 사촌네 집을 향해 달렸다.

---

86 「J'oublierai ton nom」. '나 이제 네 이름을 잊으리'라는 뜻이다.

2

하신과 코랄리가 딸과 함께 산부인과에서 나오고부터 생활은 끝없는 고역의 연속이었다. 밤에도 일어나고 이십사 시간 내내 우윳병을 준비하고 기저귀를 갈고 산책을 하면서도 직장은 계속 나가야 했다. 어제와 다르지 않은 오늘이, 기진맥진한 하루하루가 흘러갔다. 코랄리와 나누는 대화는 입만 열었다 하면 파국으로 치달았다. 두 사람은 이제 좀비 내지 한순간에 물이 되어 흘러내릴 초라한 삶을 유지하기 위해 결성된 동업자 관계였다. 그리고 아이. 물병자리에 태어난 아이의 이름은 오세안이었고, 8월 초면 생후 6개월이 될 예정이었다.

불어난 체중 탓에 우울해진 코랄리 덕분에 그림은 더욱 완벽해졌다. 임신 중 찐 12킬로그램이 고스란히 남은 것이다. 코랄리는 이건 이래서 저건 저래서 울었고, 하신이 상대적으로 생각하려 들었다가는 더 끔찍한 사태로 악화되기 일쑤였다.

코랄리네 부모도 또 다른 문제였다. 그들은 할머니, 할아버지가 되고부터 하신 부부의 생활에 새로운 권력을 휘두르기 시작했다. 손녀가 태어난 뒤로 손녀를 본다거나 집안일을 거든다는 핑계를 대며 당연하다는 듯 불쑥불쑥 쳐들어왔다. 애정을 담보한 그들의 침략을 막아서는 것은 어디에도 없는 듯했다. 코랄리의 엄마는 심지어 하신의 집에 앞치마와 청소용품을 놓아두었다. 집안 청소를 제대로 도우려면 도구를 제대로 갖춰야 한다고 했다. 그리고 애들이 뭘 알겠느냐며 부엌 서랍장을 입맛대로 죄다 바꾸었다.

간혹 거실 소파에 장인과 함께 앉아 뉴스를 보노라면, 하신은 도대체 어쩌다 일이 이 지경이 되었을까 반문했다. 분명 내 집인데 마치 불법 체류자가 된 느낌이었다. 마음에 드는 것도 친숙한 것도 전혀 없었다. 하신은 모든 일에 조심하며 기다리는 처지였다. 코랄리는 늘 낮잠을 잤고, 둘 사이엔 더 이상 섹스가 없었다.

하신은 갈기갈기 찢겼다. 한편으로 고마운 마음도 없지 않았다. 하신은 바로 이 사람들 손에 입양되었다고 봐도 과언이 아니었다. 그렇지만 그는 그들의 강박과 생활 방식을 증오했다. 점심식사는 정각 12시, 저녁식사는 정각 7시를 지켜야 하는 사람들이었다. 하루를 마치 타르트 조각 자르듯 일일이 계산하고, 할당량을 정하고, 잘게 조각내는 사람들이었다. 식사를 마치면 으레 단추를 푸는 장인. 단순하고 거짓말을 모르고 영원한 일간이 같은 그의 사고방식. 세상의 수업 앞에서 언제나 모든 것을 차단하는 성자와도 같은 강직함. 그들이 초등학교에서 배운 서너 가지 강렬한 교훈은 각종 사건 사고, 정치, 노동 시장, 유로비전의 트릭이나 크레디 리오네 은행 사건 등을 이해하는 데 아무런 도움도 안 되었다. 그것만 가지고는 그저 어쭙잖게 분개하거나 정상이 아니라는 둥 있을 수 없는 일이라는 둥 비인간적이라는 둥 하는 말로만 거들 뿐이었다. 모든, 아니면 거의 모든 질문들을 잘라 버리는 세 개의 칼날. 인생이 계속 그들의 진단에 어긋나고 그들의 희망을 꺾고 역학적으로 속였음에도 그들은 언제나 그들의 원칙을 꼿꼿하게 고수했다. 여전히 우두머리를 존중하고 TV에서 하는 말들을 전적으로 신뢰했으며 필요할 때면 열광하거나 분노했다. 세금을 냈고 순순히 적응했고 루아르강의 성들과 투르 드 프랑스를 좋아했고 국산 자동차만 샀다. 심지어 장모는 주간지 《푸앵 드뷔》를 사서 읽었다. 물론 겉치레였다.

하신에게는 이런 이야기를 전부 털어놓을 사람, 동지가 절실했다. 현재 하신은 라멕의 전자 제품 매장 다르티 창고에서 정규직으로 일했다. 동료들에게 하소연이라도 할라치면, 아이가 있는 건 지상에서 가장 아름다운 일이라는 뻔한 대꾸만 돌아왔다. 다른 데서와 마찬가지로 고정 관념이 직장을 지배했으며, 그것이 사람들을 점잖게 꾸며 주고 냉혹한 현실에서 고꾸라지지 않도록 행복으로 중독시켰다.

코랄리로 말하자면, 말 한마디 붙여 보려고 해도 하신을 열외로 만들었다. 전과 전혀 다른 모습이어서 하신은 그게 더

욱 이상했다. 오세안이 태어나고부터 하신은 코랄리를 재발견
했다. 그녀는 예전 모습으로 돌아오지 않았다. 하신은 코랄리
의 명랑함, 강한 성격, 누구하고든 쉽게 어우러지는 사교성을
늘 좋아했다. 혼자 꿍하는 성격이 아니었다. 하신과 달리 해보
기도 전에 미리 계산하는 사람도 아니었다. 모든 것이 해야 할
것, 도전의 대상이었다. 원하기만 하면 되었다. 코랄리는 즐기
고, 먹고, 친구들과 함께 시간 보내는 걸 좋아했다. 크리스마스
에는 완전히 통제 불가능한 상태가 되곤 했다. 마치 의무인 양
즐거워하며 몇 주에 걸쳐 장을 보고 수천수만 가지 세세한 것
들을 생각했다. 그녀에게 크리스마스는 한 사람 한 사람을 위
한 선물에 신경을 쓰고 자기 선물도 요구하는 아주 중요한 기
회였다. 하신은 그런 그녀를 사랑했다. 그녀가 얼굴을 붉히거
나 춤을 추거나 통닭구이를 세 접시 넘게 먹는 모습을. 그녀의
서투름을, 다소 과한 농담을, 유니콘이나 곰 인형 같은 면을, 알
록달록하게 칠한 매니큐어를. 코랄리는 관계를 만들 줄 아는
사람이었다. 그녀가 없으면 하신의 인생은 그의 능력 밖이었
다. 자신이 감히 다가설 수 없는 것이므로 하신은 한구석에 처
박혀 지냈을 것이다.

　　그러나 사실 아이가 태어나고 나서 하신은 다른 한 가지를
깨달았다. 코랄리는 내면 깊이 공허에 시달리고 있었다. 그녀
의 내면 깊은 곳에는 언제나 빈자리가 남아 있었다. 오세안이
세상에 태어나면서 그 자리를 차지했고, 코랄리는 생애 처음으
로 완벽히 채워졌다. 이제 모든 것이 다시 정리되었다. 아이가

모든 일의 잣대가 되었고 모든 것을 정당화했다.

하신에게 질투심 따위는 없었다. 딱히 자신이 배제된다는 느낌도, 딸을 원망하는 마음도 없었다. 아이에게 모든 걸 희생하는 것보다 더 나은 일이 있으리라는 생각도 하지 않았다. 다만 하신에게는 그 공허가, 누군가에 의해 채워지기를 기다리는 자리가 없었을 뿐이다. 오세안은 하신의 신경증, 불행, 그를 떠나지 않는 분노에 더해진 보너스였다. 어차피 인생은 하신에게 충분하지 않았고, 딸이 있다고 해서 달라지는 건 전혀 없었다. 오히려 그 반대라면 모를까. 아무튼 쉽지 않은 문제였다. 무슨 수를 써도 말로는 다 할 수 없는.

그래서 일하는 가게의 판매원 중 하나가 스즈키 DR을 판다는 광고를 붙였을 때 하신은 당장 달려갔다. 깊이 생각해 보지도 않고 수표를 써서 건넸다. 그날 저녁 코랄리의 잔소리는 극에 달했다. 금전적인 사정으로 말하자면, 그들은 이미 암흑기를 지나는 중이었다. 올해는 바캉스도 가지 않을 마당인데, 더구나 도대체 어디에 그 오토바이를 세워 둔다는 말인가. 그들에겐 그 흔한 차고도 없었다. 마지막으로 오토바이는 한번 사고가 나면 사망이라는 걸 모른단 말인가.

"너 도대체 몇 살이나 처먹었냐?" 그녀가 말했다.

딸은 어린이용 안전 울타리 안에 주저앉아 라르두트 카탈로그의 남성복 페이지를 찢느라 여념이 없었다. 팔짱을 낀 코랄리는 금방이라도 울음을 터뜨릴 듯한 얼굴이었다. 두 눈의 다크 서클이 무서울 만치 진했다. 방금 염색을 마쳤는데, 이번

달 들어 벌써 세 번째였다. 호르몬의 폭발로 손톱, 머리카락, 피부, 성욕까지 모든 것이 바뀌었다. 조절하기 위한 노력을 하지 않은 것은 아니었으나 무척 어려워했다.

"게다가 면허도 없잖아?"

"면허는 없어도 돼. 소형이라서."

"얼마 주고 샀는데?"

"안 비싸."

"얼마야?"

"1000프랑."

"보험은?"

"내가 알아서 할 거야."

코랄리는 두 눈을 질끈 감고 호흡을 가다듬었다. 아이 앞에서는 화 내지 말자. 침착하자.

"우리 엄마 아빠가 빌려 간 돈 언제 갚을 거냐고 묻는데 뭐라고 말할까?"

딸은 이제 속옷 페이지를 찢기 시작했다. 딱히 할 말이 없었다. 코랄리는 침실로 들어가 버렸다. 하신은 오토바이를 타고 한 바퀴 돌고 오기로 했다. 하늘이 몹시 창백했다. 기어를 바꾸며 부르르 몸을 한 번 떨었다. 공포감에 멀리 도망치고 싶었다. 그러나 엎친 데 덮친 격으로 기름이 거의 바닥인 데다 신용 카드를 챙겨 나오지 않아 빈털터리였다. 결국 밤 10시가 조금 못 되어 하신은 다시 집으로 들어가야 했다.

"그래서, 좋아?" 코랄리가 말했다.

딸은 잠들어 있었다. 하신은 그렇다고, 좋다고 대답했다.

그 뒤로 하신은 노력을 기울였다. 코랄리는 그를 이해하지 못했으나 타협했다. 두 사람은 점점 전쟁 태세에 돌입했다. 코랄리는 자기 생각만 하고 아이처럼 구는 하신을 질책했고, 하신은 모든 질책을 뱃속 깊이 삼켰다. 저녁에 하신은 오토바이를 타러 갔다. 헬멧 없이. 그러자 비로소 마음이 놓였다. 전반적으로 일들이 안정을 찾는 듯 보였다. 다만 월드컵 문제는 예외였다.

일단 장인이 그를 살살 약 올리기 시작했다. 모로코가 준결승전에 진출했고, 만에 하나 그 보잘것없는 나라가 프랑스와 맞붙기라도 하면 터무니없이 깨져 개망신을 당하고 말 거라며 장인이 바보 같은 웃음을 터뜨렸을 때, 하신의 불뚝한 배와 두 턱이 덩달아 젤라틴 덩어리처럼 움찔움찔했다. 모로코가 브라질과의 경기에서 세 골을 내주자 장인의 빈정거림은 두 배로 늘었다. 다행히 며칠 뒤 아틀라스의 사자[87]가 스코틀랜드를 3 대 0으로 이기자, 치욕은 전부 씻겨 나갔다. 그래도 결승전까지는 가지 못했다.

일상이 완전히 틀어져서, 일을 마친 뒤 하신은 평소처럼 집으로 곧장 들어가는 대신 동료들과 프랑스 대 덴마크 경기를 보기 위해 술집을 찾았다. 집에 들어가고 싶은 마음, 특히 집 안의 변함없는 장식, 아파트, 장인 장모, 아이의 울음소리를 되

---

87 모로코 축구 국가 대표 팀의 별명.

찾고 싶은 마음은 굴뚝같았으나 그럴 수가 없었다. 그래서 남들이 다 하듯 500밀리리터짜리 맥주를 시켜 놓고 만족감과 찝찝함이 뒤엉킨 채로 시합을 보았다. 집에 돌아갔을 때 벌어질 장면을 미리 생각하노라니 시합을 맘껏 즐기며 볼 수도 없었다. 머릿속에 이런 생각이 가득 차서, 프랑스가 첫 골을 넣는 장면도 놓쳤다. 그저 소리치며 환호하는 사람들을 보면서 골을 넣었구나 했을 뿐이다. 마침내 전반전이 끝나고, 하신은 집에 가기로 마음을 먹었다. 최악의 상황에 놓였다는 절망감과 죄책감이 동시에 찾아들었다.

집은 텅 비어 있었다. 부엌 식탁 위에 코랄리가 남긴 메모가 놓여 있었다. "애 데리고 친정집에 가 있을게." 이런 말을 하기는 좀 그렇지만 하신은 오히려 안도했다. 하신은 스파게티를 한 솥 가득 삶아 축구 시합을 보며 게걸스럽게 먹어 치웠다. 잠들기 전에는 혼자 조용히 있는 시간인 만큼 포르노 DVD를 보며 자위를 했다. 하신은 아주 천천히 아주 진한 오르가슴을 느꼈다.

샤워를 하며 도대체 내가 지금 어디에 있는 걸까 자문했다. 물줄기가 그의 몸과 성기를 타고 흘러내렸다. 발치의 거품을 내려다보았다. 이제 어쩌려는 걸까? 하신은 함정에 빠진 것 같았다. 딸은? 딸은 하신에게 아무것도 요구하지 않았다. 하신은 딸을 미친 듯이 사랑했다. 견딜 수가 없었다. 하신은 수면제를 먹고 잠들었다.

코랄리는 이튿날 돌아왔고, 두 사람은 일주일 내내 다 합해서 세 마디도 나누지 않았다. 그리고 프랑스 팀이 모든 축구 해설자들을 미치게 만들었다. 예선을 치르고 나서 프랑스 팀은 파라과이를 8위로 젖혔고 이탈리아도 가볍게 따돌렸다. 너도 나도 프랑스의 승승장구를 목격했다. 악독하기로 이름난 이탈리아를 무릎 꿇리고부터는 불가능이 없어 보였다. 오로지 코랄리만 이 보편적인 열광의 도가니에 섞이고 싶지 않은 것 같았다. 하신은 시합, 경기 요약, TV 뉴스, 코멘트, 재방송을 하나도 놓치지 않고 보았으며, 심지어 신문을 빼놓지 않고 샀다. 그것은 열광적인 동시에 편안했다. 일상의 비극을 떨치기 위해 국가적 기록 속으로 빠져들었다. 푸른 파도 속으로 침잠하는 내내 하신은 코랄리의 소리 없는 지탄을 느꼈다. 하지만 그녀의 발소리, 서랍장 여는 소리, 냉장고 문 닫는 방법, 요플레 먹는 소리를 통해 그녀가 뚱해 있다는 걸 알았다. 분노하는 것이 아니었다. 코랄리는 슬퍼하거나 그보다 더 최악으로 치닫고 있었다.

그래서 하신은 용감하게, 마치 아무 일도 없었던 양 행동했다. 긴장은 점점 고조되었다. 하신은 폭탄이 터지기만을 기다렸다. 아이에게는 최소한의 일만 하는 조합원처럼 굴었다. 두 번에 한 번씩 기저귀 갈기, 가끔 우윳병 물리기, 저녁에 재우기, 간혹 노래를 불러 주되 아주 빨리 재생 불가로. 하신은 소파에서 잤다. 마치 탈주병 같았다.

그리고 준결승전이 있던 날 아침, 코랄리가 커피 한 잔을 들고 와 거실에서 자는 그를 깨웠다.

코랄리가 커튼을 젖히고 창문을 활짝 여는 동안 하신은 커피를 마셨다. 날씨가 좋았다. 7월의 맑은 햇살이 바닥에 깔린 새하얀 타일 위를 비추자 눈이 부셨다. 수도교 쪽에서 자동차 소리가 들려왔다. 커피 향은 또 얼마나 좋은지.

"아기는 자?"

코랄리가 그렇다고 대답하고는 다가와 작은 탁자 위에 앉았다.

"어떻게 할 거야?"

"뭘?"

그는 자세를 바로잡고 얼굴을 문질렀다. 모든 것이 함정 같았다. 하신은 커피를 한 모금 삼켰다.

"오늘 저녁 경기 말이야. 어디로 갈 거야?"

"몰라."

"여기는 오지 마."

"왜?"

하신은 조금 목이 메는 느낌이었다. 어쨌거나 여기는 그의 집이었다.

"여기서 네 얼굴 보고 싶지 않아." 코랄리가 다시 말했다.

"무슨 미친 소리야? 그렇게 말하는 이유가 뭔데?"

"어어……!"

코랄리가 한 손을 펴서 그의 눈앞에 흔들면서 그가 혹시 이성을 잃지는 않았나 확인했다.

"뇌졸중 같은 거 온 건 아니지? 뭐가 이해가 안 가는데?"

"나한테 겁주려고 이러는 건 알겠다."

그 순간 코랄리가 하신의 한쪽 귀를 잡고 뜯어내기라도 할 듯 세게 당겼다. 너무나 아파서 하신은 배가 갈라지는 듯한 다소 우스꽝스러운 비명을 내질렀고, 그 소리가 온 집 안에 울렸다. 밖에서도 분명히 들렸을 것이다. 두 사람은 아기가 깰지 모른다는 생각에 흠칫 동작을 멈추었다. 만일의 경우 다시 재우는 데 더러 삼십 분이 넘게 걸렸다. 하신이 무슨 말을 하려는데, 코랄리가 두 눈을 크게 떴다. 째각째각 시계 소리가 들렸다. 다행히 아기는 깨지 않았다.

코랄리가 하신을 똑바로, 깊은 데까지 꿰뚫을 듯 바라보며 아주 낮은 목소리로 덧붙였다.

"이 병신 쪼다 같은 자식아, 내 말 잘 들어. 네가 다 정리해. 아니면 내 딸과 내가 짐 싸서 나갈 거야. 우리를 두 번 다시 못 볼 줄 알아."

그리고 코랄리는 하신과 아기를 남겨두고 나가 버렸다. 하신은 한 시간 뒤면 출근해야 했는데 말이다. 다행히 장모가 도착했다. 장모는 하신의 품에 있던 아기를 받아 안을 뿐 다른 얘기는 없었다.

"내가 보고 있으마. 괜찮을 거야."

하신이 출근 준비를 서두르는 동안, 장모가 아이를 간질이는 소리, 이어서 아이가 터뜨리는 웃음소리가 들려왔다. 아주 작은 것, 아주 사소한 것으로도 아이는 행복해 했다. 그 작디작은 삶을 영위하는 데는 어쩌면 아무것도 필요하지 않을지도 모른다. 삶을 끝내는 데도 딱히 필요한 것이 없다. 잘못 넘어지거나 지나가는 차에 치이거나 자기 집 욕조에 빠져 죽거나, 죽을 기회는 헤아릴 수 없을 만큼 많다. 허약한 인생들. 한순간의 부주의나 태만으로 우리는 1미터 20센티미터짜리 관 속에 들어간다. 씨발. 집을 나서며 하신은 아이의 머리와 꼭 쥔 주먹에 입을 맞추었다. 그러고는 오토바이에 올라탔다. 코랄리가 차를 가져갔다.

온종일 하신은 곱씹고 또 곱씹어 보았다. 직장은 휴가 전날처럼 분위기가 들떠 있었고, 똑같은 말이 여기저기서 계속 맴돌았다. "프랑스가 준결승전에 올랐다." 손님들도 판매원들도 온통 축구 이야기였다. 창고 직원들과 운송업자들도 마찬가지였다. 평면 TV가 빵가게에서 빵 팔리듯 쉴 새 없이 팔려 나갔으니 주주들도 반색할 일이었다. 생맥주 기계, 냉장고, 바비큐 그릴도 마찬가지였다.

근무가 끝나고 동료들은 대형 스크린으로 축구를 보겠다며 다들 르나르디에르 스타디움으로 떠났다. 하신은 따라가고 싶지 않았다. 대신 오토바이를 타고 시내를 돌았다. 글자 그대로 광기의 도가니였다. 바마다 사람이 넘쳐 인도까지 바글거렸다. 이 세상 TV에는 채널이 오직 라 윈[88] 하나뿐이었고, 티에리 롤랑,[89] 장미셸 라르케[90]는 모두의 가족이었다. 괜찮은 장소를

88   프랑스 공영 TV 방송 채널.
89   프랑스의 축구 전문 기자.
90   1960~1980년대에 활약한 프랑스 축구 선수. 이후 축구 전문 기자가 되어 티에리 롤랑과 함께 프랑스에서 가장 유명한 축구 해설자로 활약했다.

찾아 이 카페 저 카페를 전전하다 보니 어느새 카페 '공장' 앞이었다. 그날 사건 이후 한 번도 발을 디딘 적 없는 곳이었다. 정말 오랜만이었다.

3

다보르 슈케르가 아사노빅의 긴 패스를 받아 점수를 냈다. 탈의실에서 돌아오자마자 후반전이 시작된 지 단 일 분 만에 쏘아 올린 깔끔한 골이었다.

온 나라가 외줄 타기 하듯 아슬아슬한 긴장감에 사로잡혔다.

다보르 슈케르는 얼굴에 살집이 없고 턱이 앞으로 삐죽 나오고 눈이 움푹 들어간 사내였다. 죽을 만큼 배가 고파서 결국 무장 항독 지하 단체에서 막 빠져나온 용병대를 연상시키는 얼굴이었다. 너무 얇아 보일 듯 말 듯한 입술 사이로 기쁨의 함성을 토하는 그는 어딘지 사악한 기운을 풍겼다. 붉은 사각형이 점점이 뿌려진 하얀 유니폼을 입은, 으스스할 정도로 얼굴이 창백한 그가 두 팔로 십자가를 그리며 내달렸다.

다보르 슈케르. 이 이름은 그에게 불쾌한 기억을, 독일 비행기, 무엇으로도 대적할 수 없는 민첩함을 환기시켰다. TV를 지켜보던 수많은 사람들은 일제히 풀이 죽었다. 앙토니는 맥주 잔을 내려놓고 다른 사람들처럼 두 손을 머리 위에 얹었다. 다분히 비극적인 동작이었다. 희망은 없어 보였다.

팩 와인을 가지고 자동차를 운전해 사촌 집에 도착했을 땐 오후 5시가 다 되었다. 사촌은 테니스 코트 근처에 새로 마련된 주택 부지에 집을 짓는 중이었다. 그의 모든 일상은 척척 진행되었다. 일 년쯤 전에 나트를 만났고, 난방 기술자로 클라인호퍼사에서 정규직 일자리를 구하기 무섭게 은행에서 대출을 받았다. 나트는 이미 임신 중이었고 사촌은 행복했다. 그도 배가 부쩍 튀어나왔다. 나트와 사촌은 잘 어울렸다.

매번 그랬듯이 이번에도 앙토니는 공사가 잘 진행되는지 살피기 위해 집을 둘러보았다. 집은 어느새 아담한 땅 한가운데에 골격을 갖추고 서 있었다. 조만간 땅 위에 잔디가 깔리고 네 개의 벽, 지붕, 1층 바닥엔 하얀 타일, 2층 방들에는 마루가 깔릴 것이다. 모든 것이 최신 제품이었다. 벽 틈으로 전선이 튀어나와 있었고 손에 하얀 칠이 묻었다. 2층에 올라가려면 아직은 사다리를 이용해야 했는데, 나트는 그걸 힘들어했다. 그래서 두 사람은 거실에 침대를 두고 아래층에서 잤다. 부엌과 거실을 포함해 총 여섯 개의 방이 있는 집에 놓인 소나무 원목 가구는 어딘지 허접해 보였다. 이제 월드컵 우승만 남았다. 그리고 은행 대출 상환도.

경찰서에서 근무하는 나트는 살짝 노르스름한 기운이 도

는 눈동자에 갈색 머리카락을 가진 미인이었다. 그녀에게는 학업을 다시 시작하거나 공무원 시험에 응시하겠다는 계획이 있었지만, 그건 나중에 아이가 학교에 들어가면 구체적으로 생각해 볼 일이었다. 어쨌든 지금으로서는 집이 그들의 모든 시간, 돈, 에너지를 집어삼켰다. 사촌은 뿌듯해 했으나 동시에 말할 수 없을 정도로 피곤해 보였다. 그리고 세상의 모든 집주인들처럼 고민이 많았다.

"더 이상 못 해 먹겠다. 하루 종일 만들었다 부쉈다 다시 만들어. 겉창은 사이즈도 안 맞아. 이 집에서 제대로 닫히는 문은 하나도 없어. 전부 빈둥대기만 한다니까."

집 구경을 끝내고 세 사람은 테라스, 그러니까 테라스를 만들기로 정하고 플라스틱 테이블과 의자를 가져다 놓은 네모난 자갈밭 위에 둘러앉았다. 나트는 다리를 쭉 뻗어 사촌의 무릎 위에 얹고서 물을 마셨고 남자들은 캔 맥주를 마셨다. 앙토니는 어딘지 수심 가득한 감독관 같고 완전히 뿌리 내린 사람 같은 사촌의 새로운 면모가 불편했다. 반면 나트는 좋았다. 재미있고, 시치미 뚝 떼고 그럴싸한 농담을 하는 사람이었다. 앙토니와 둘이 죽이 맞아 사촌을 약 올리곤 했다. 앙토니에게는 뭐랄까 가족을 되찾은 느낌이었다. 그래서인지 여름이면 정기적으로 이들을 찾아갔다. 혹시 앞으로 태어날 아이의 대부가 되어 줄 수 있는지 사촌네가 물었을 때 앙토니는 그러겠다고 했다.

대화는 주로 축구 쪽으로 흘러갔다. 나트는 '블랙 블랑 뵈르"[91]를 조금도 신뢰하지 않았다. 그녀가 볼 때는 일시적인 집단 욕망이며 코믹한 아편 효과에 지나지 않았다. 경찰이라는 직업상 그녀는 거기서 오히려 다양한 색깔의 인종주의를 보았으며 고급한 냉소주의를 잠시나마 감추려는 쇼라고 생각했다. 사촌은 동의하지 않았다.

"나는 그렇게 생각 안 해. 우리가 이기면 뭔가 달라질 거야."

"뭐가 달라질 것 같은데?"

"더 잘 지내지 않을까."

"무슨 소리야? 자기는 터키나 아랍 출신 인부들한테 따지고 막 화내잖아. 옆집에 사는 포르투갈 사람들한테도 매번 불만이면서." 나트가 비웃었다.

"아니, 그 사람들은 정신병자야. 월드컵이 시작할 때부터 하루 종일 「아이 윌 서바이브」만 들어. 진짜 돌 지경이라고."

"그렇지. 그러니까 포르투갈 놈들 때문에 짜증 난다는 말이잖아."

"그건 인종차별이랑 달라."

"어떻게 다른데?"

"생생한 관찰의 결과라고나 할까."

---

91 1998년 프랑스 월드컵 당시 여러 인종이 섞인 프랑스 팀을 지칭하던 말. 각각 아프리카인(black), 프랑스인(blanc), 아랍인(beure)을 가리킨다. 프랑스 팀이 승승장구할수록 사람들은 이 구호를 외치며 응원의 열기를 더했다.

앙토니는 배꼽을 잡고 웃었다. 이따금 멀리서 경적 소리와 폭죽 소리가 들렸다. 옆집에서는 불꽃을 쏘아 올렸다. 동네 아이들이 탄 자전거가 "레블뢰 팀 화이팅"이라고 외치며 지나갔다. 공공주택의 집집마다 모두 한결같은 초조함이 흘렀다. 이윽고 사촌이 바비큐 그릴에 돼지갈비와 소시지를 올렸다. TV는 그대로 켜 두었다. 차분함 속의 떨림. 나트는 점점 지쳐 보였다. 임신 삼 개월째였다. 남자들은 서둘러 테라스를 정리하고 개수대에 접시를 담가 둔 채 거실로 들어갔다. 이제 곧 시작할 것이다. 온 나라가 숨을 죽였다. 국가인 「라 마르세예즈」가 울려 퍼졌다. 경기 시작!

비록 프랑스 팀이 소심하고 둔해 보이긴 했지만 전반전은 그리 나쁘지 않았다. 그런데 어느 순간부터 잃을 것 없고 상대적로 젊고 열등감이 없어서 공격적인 데다 독일을 눌렀다는 자신감을 그대로 품은 크로아티아가 본격적으로 위협적인 모습을 띠기 시작했다. 이 상황이 사촌 형제에게 선수들 한 명 한 명을 향한 인신공격을 부추겼다. 이 그지 같은 상황이 도대체 뭐냐? 기바르쉬는 도대체 어디 간 거야? 한잔하러 갔냐? 카랑뵈는 부상당했고, 티에리 앙리가 대신 들어왔다. 프랑스의 장벽이 점점 무너지고 있었다. 크로아티아 선수들은 프랑스 팀을 마구 휘저으며 빵 반죽처럼 마음대로 주물렀다. 미드필드에 믿기 힘들 만큼 큰 구멍이 생겼다. 앙토니가 차마 술도 삼킬 수 없어서 애꿎은 손톱만 깨무는 동안 사촌은 쉴 새 없이 앉았다 일어났다를 반복했다. 전반 40분쯤 나트는 꾸벅꾸벅 졸기 시작했다. 완전히 녹초였다.

하프 타임이 되자, 사촌은 나머지 경기는 바에 가서 보자고 제안했다.

"나트는 이제 열두 시간 동안 안 깨. 침대에 눕히고 올게. 밖에서 잠깐 기다려. 금방 갈 테니까."

"서둘러. 후반전을 놓치면 안 돼."

"알았어. 걱정 마."

앙토니가 클리오 보닛 위에 걸터앉아 담배를 피우는 동안 저녁이 내렸다. 주위의 집들은 가족적인 분위기를 물씬 풍겼다. 한 뙈기 땅, 붉은 지붕, 새로 세운 벽, 만들다 만 울타리, 집 앞에 세워 둔 자동차. 나무 이름을 달고 새로 생겨난 길들이 구불구불 이어졌다. 안락한 호젓함이 이 작은 세상을 장악했다. 많고 많은 세세함들 속에 주민들이 편안함과 사생활, 그들이 소유한 것들을 존중받고자 하는 근심들이 들여다보였다. 한 남자가 분사기로 잔디에 물을 주고 있었다. 셔츠 단추를 모두 푼 남자는 흡족한 모습이었다. 가끔씩 멀리서 웃음소리가, 이제 날이 저물어 정원에 두었던 긴 의자를 들여놓느라 끄는 소리가 들려왔다. 종달새 무리가 머리 위로 쏜살같이 날아갔다. 하늘은 광활하고 여자 배처럼 둥그스름했다. 그때 사촌이 나왔다.

"자, 가자. 어서."

"나트가 뭐라고 안 해?"

"깨지도 않았어."

사촌 형제는 집에서 제일 가까운 술집을 향해 전속력으로 차를 몰았다. 온 시내를 뒤지고도 빈자리 하나 찾지 못했다. 길고 황량하던 거리가 자동차들로 꽉 찼다. 바와 테라스들은 서포터들로 발 디딜 틈조차 없었다. 그중에 크로아티아 출신은 한 명도 찾아보기 힘들었다. 반면 예사롭지 않은 실루엣들이 눈에 띄었는데, 머리를 빡빡 민 어처구니없을 정도로 촌스러운 모습이었다. 근처 시골 사람들이 시내까지 흘러 들어온 것이다. 정기 세일 때보다 더한 광경이었다. 사촌은 결국 자동차를 다른 차 옆에 나란히 세웠다. 어쨌거나 너무 취해서 일렬 주차는 불가능해 보였다. 앙토니와 사촌은 자리가 남은 바를 계속 찾아다녔다. 빈자리는 없었다. 그러는 동안 하프타임은 계속 흘러갔고 광고도 거의 막바지였다. 용광로 쪽으로 간 사촌 형제는 '공장'으로 빨려들듯 들어가 사람들을 밀치며 간신히 바가 있는 곳에 다다랐다. 앙토니가 뤼디를 알아보았다. 마뉘도 있었다. 맥주 한잔 주문할 시간이 간신히 남았다.

다보르 슈케르가 한 골을 넣었다.

모두 입을 다물었고, 온 나라가 망연자실했다.

"등신 새끼."

그때 곱슬머리 남자가 술집에 들어서더니, 앙토니가 앉은 바까지 미끄러지듯 걸어왔다. 남자는 맥주를 한 잔 주문한 뒤, 혹시 아는 사람이 없는지 둘러보다가 앙토니를 알아보았다. 앙토니도 그를 알아보았다. 하신은 말없이 시선을 거두고 다시 대형 벽걸이 TV 쪽을 바라보았다. 47분이 지날 때였다. 여태 한 골도 넣지 못한 릴리앙 튀랑이 경기장 절반을 몰아치듯 달려 마침내 한 골 넣었다. 술집은 불이라도 붙은 듯 난리였다. 그 많은 입들이 하나의 구호를 외쳤다. 테이블이 엎어지고 바닥에 맥주가 흘렀다. 관중은 자리에서 일어나 펄쩍펄쩍 뛰고 소리치며 서로 부둥켜안았다. 하신은 하늘을 향해 두 주먹을 쏘아 올렸다. 누군가 그를 들어 올리는 느낌이었다. 그중에서 기억 상실증이라도 걸린 듯 혼이 나가고 아이처럼 행복해 하는 사람은 지긋지긋하고 끔찍한 프랑스인 앙토니였다.

이제 시합은 열광의 도가니 속에서 진행되었다. 맥주가 흥청망청 넘쳐흘렀고, 사람들은 소방수가 호스로 물을 뿜듯 담배를 피우고 소리치고 서로 이름을 부르며 이 테이블에서 저 테이블로 오갔다. 앙토니로 말하자면 원하는 만큼 마음껏 술을 마셨다. 사촌 형제는 서로에게 한 잔씩 술을 사고 뤼디도 잊지 않고 대접했다. 뤼디는 전에 없이 격해져서 프랑스 팀의 동작 하나하나에 꼬끼오 하며 닭 울음소리를 냈다. 하신도 한 번에 잔을 비웠다. 충분히 그럴 만했다.

후반 70분에 튀랑이 두 번째 골을 찔러 넣자, 더 이상 의심할 여지가 없었다. 온 국민이 갑자기 하나가 되어 운명적인 덩어리를 이루며 차이와 신분을 전부 벗어 버리고 덩실덩실 춤을 추었다. 바깥에서 주뼛거리는 건 이해할 수도 있을 수도 없는 일이었다. 사람들은 모두 똑같은 종소리를 들었다. 온 나라가 흥청거리는 환상에 막 접근하려는 찰나였다. 성적이면서 묵직한 대동단결의 순간이었다. 역사도 죽음도 부채도 아무것도 존재하지 않았다. 전부 환희와 함께 지워졌고 프랑스는 엄청난 형제애로 불끈불끈 달아올랐다.

한순간 더 이상 참기 힘들어진 앙토니는 화장실로 향했다. 소변기에 줄이 길게 늘어서 있었다. 앙토니는 차라리 밖으로 나가는 편이 낫겠다 싶어 사촌에게 말했다.

"오 분만 나갔다 올게."

사람들의 함성이 너무 커서 손가락 다섯 개를 쫙 펴서 보여 주어야 했다. 사촌은 이해 못 하겠다는 듯 입을 삐죽거리다가 이내 뚱한 표정을 지었다. 경기 마지막 몇 분을 놓칠 것 같았지만 그렇다고 바지에 오줌을 쌀 수도 없었다.

"갔다 올게."

밖에 나간 그는 저녁 공기를 마시며 정신을 차렸다. 거리는 고요했다. 간간이 카페에서 환희의 숨결과 함성이 뿜어져 나왔다. 땅거미가 질 무렵의 더운 공기, 취사 직전의 압력솥이 쏟아내는 김 같았다. 앙토니는 조금 떨어진 구석을 골라 메탈로르 공장 담벼락을 향해 오줌발을 겨눴다. 용광로의 무시무시한 외형이 그의 몸 위에 압도적으로 다가왔다. 코를 들어 수천 톤짜리 괴물을 향해 욕을 하는 것과 동시에 오줌 줄기가 담벼락에 아라베스크 문양을 그렸다.

앙토니가 바에 돌아오자 사촌이 말했다.

"나 가야겠어."

"정말?"

"응. 사람들이 전부 도로로 몰려들 때까지 있고 싶지 않아서. 세기의 체증이 시작될 것 같아."

"축하주는?"

"아니야. 집에 가는 게 좋겠어."

앙토니는 충분히 이해할 수 있었다. 나트와 아기가 있으니 당연했다.

"축하주는 결승전 때 마시자." 그가 말했다.

"그러자. 잘 들어가……."

사촌 형제는 서로를 한 번 안고 등을 탁탁 두드렸다. 매우 특이한 순간이었다. 이대로 두었다가는 사랑한다고 고백이라도 할 것 같았다. 물론 두 사람에게는 어울리지 않는 일이었다.

"자, 가." 앙토니가 말했다.

"그래. 조만간 보자. 갈게…… 엉뚱한 짓 하지 말고."

사촌은 고갯짓으로 바에 한쪽 팔꿈치를 대고 다른 사람들처럼 TV만 주시하는 하신을 가리켰다.

"알았어. 이런 날 누가 싸워." 앙토니가 말했다.

사촌은 달리기하듯 빠른 걸음으로 술집을 빠져나갔다. 앙토니는 바로 돌아와 500밀리리터짜리 맥주를 주문했다. 프랑스가 이겼다. 프랑스가 결승에 진출했다.

4

마지막 호루라기가 울리자 에일랑주가 전부 일어났다. 거리는 곧 사방팔방에서 경적을 울리는 자동차들의 끝 모르는 행렬로 가득 찼다. 집집마다 창문이 활짝 열리고, 가느다랗고 유연한 막대에 달린 프랑스 국기가 펄럭였다. 마루 체조를 연상시키는 걷잡을 수 없는 광경들이 눈앞에 펼쳐졌다. 심지어 얼굴을 삼색으로 칠한 사람들도 있었다. 젊은이들은 달리고, 휘파람을 불고, 폭죽을 터뜨렸다. 거리에서 사람들이 대형 맥주 캔을 들고 건배를 했다. 어떤 멍청이들은 자동차 보닛 위를 경중경중 건너다니며 교통 체증을 가중시켰다. 경찰들은 선량하고 무심하게 구경하고 있었다. 어떤 사람들은 일부러 걸음을 멈추고 그들을 부둥켜안았다. 자신이 이런 힘, 이런 에너지를 품고 있었다는 걸 도시는 일찍이 알지 못했다. 경제 위기로부터 삼십 년이 지나 월드컵 승리가 경제 위기를 전부 쓸어 버리자 시는 마침내 제 모습을 되찾았다. 시청에서는 샴페인을 터뜨렸다. 시내 중앙 광장에서 지방 신문 기자가 사람들의 뜨거운 목소리를 취재했다. 다소 진정된, 그러나 격앙을 감추지 못한 기사들이 다음 날 신문을 장식할 것이다. 입은 달랐으나 구호의 주어는 하나였다. '우리'가 이겼다, '우리'가 결승에 간다, '우리'가 챔피언이다. 알제리 국기도 몇몇 거리에 흩날렸다. 그나저나 시내에서 자동차 정비소를 하는 오베르탱은 이미 며칠 전부터 플래카드를 매달았다. 거기엔 이렇게 쓰여 있었다. "지단을 대통령으로!" 극우파 FN 사무실은 일시적이긴 해도 셔터를 완전히 내렸다.

자정이 지나고 새벽 1시 무렵, 앙토니와 하신은 '공장' 앞 보도블록에 서 있었다. 멀리서 아주 간간이 폭죽과 경적 소리가 들려왔다. 술집들은 문을 닫고 술에 취해 비틀거리는 고깃덩어리들을 집으로 돌려보냈다. 앙토니도 중심을 잡지 못하고 심하게 비틀거리는 바람에 담뱃불 하나 붙이면서도 담벼락에 등을 기대야 했다. 저녁 내내 수없이 떠들고 수많은 사람들과 술을 퍼마셨다. 특히 뤼디는 곤드레만드레 취해 테이블에 뻗어 버렸고, 아이들은 탄산음료 병뚜껑으로 뤼디의 얼굴을 긁으며 장난을 쳤다. 앙토니와 하신은 가능한 한 서로를 피하려고 애썼다. 마침내 두 사람 사이에 한마디가 오가기까지는 늦은 시간, 알코올, 승리, 그리고 공기 속을 부유하는 용서와 사면의 강렬한 감정이 필요했다. 하신이 주머니에 손을 꽂고 다가왔다.

먼저 말을 건넨 것도 하신이었다.

"엉망진창이긴 해도 멋지네."

"그러게."

휜히 불을 밝힌 용광로의 몸체가 우뚝 서 있었다. 두 사람은 딱히 무슨 말을 하면 좋을지 알지 못했다. 하신이 말을 던졌다.

"이쪽에서 일하냐?"

"응. 고르동."

"아, 괜찮네."

"아니야."

이 대답이 하신을 만족시켰다.

"어디나 똑같지 뭐."

"넌 어디 다니냐?"

"다르티, 라멕에 있는 거."

"그래도 좀 웃기다."

"뭐가?"

"이렇게 다시 보는 거."

"그러게."

앙토니가 다음 말을 꺼내기까지 몇 초가 더 흘렀다.

"아버지는 돌아가셨어. 딱 이 년 전에."

앙토니는 자기 말이 하신의 얼굴에 어떤 효과를 가져올지 궁금했지만 별다른 효과는 없었다. 다만 한 가지는 분명했다. 이제 끝이다. 전부 과거가 되었다.

"어떻게 돌아가셨는데?"

"물에 빠져서."

"호수에서?"

"응."

앙토니는 생각에 잠겨 담배를 빨았다. 하신은 기억하고 있었다.

하신의 아버지 역시 좋은 상태는 아니었다. 호흡 부전. 프랑스로 다시 와서 치료를 받자고 해도 거절했으며, 이제 어디를 가든 바퀴 달린 산소통을 끌고 다녔다. 아버지를 만나러 모로코에 갔던 하신은 눈앞의 광경에 진절머리를 쳤다. 노인네는 밖에 나가지도 않고 그늘 속에서 도자기처럼 살고 있었다. TV 앞에 앉아서도 멀찍이서 하신의 일거수일투족을 놓치지 않았다. 그리고 이런저런 이유로 얼굴과 손에 무슨 크림 같은 걸 덕지덕지 발랐는데, 그러다 보니 얼굴이 더욱 창백하게 반짝거렸다. 아버지는 태양과 아주 멀리 떨어져 눈이 멀고 무른 채로 동굴 깊은 데서 살아가는 곤충을 닮아 있었다. 역한 냄새는 말할 것도 없었다.

"오토바이 한 대 샀다."

"대박." 앙토니가 말했다.

앙토니의 얼굴이 갑자기 어린아이처럼 반짝였다. 그가 다시 말했다.

"그래도 좀 재밌네."

"그렇지. 재밌어."

"뭐로 샀어?"

"스즈키. 125 DR."

앙토니가 웃음을 터뜨렸다. 결국 이렇게 되려고 그랬나. 가만히 생각하면 인생은 코미디다. 앙토니는 갑자기 명랑해져서 말했다.

"한번 타 보게 해 줄 거지?"

"아닐걸."

"뒤에 탈게. 한 바퀴 돌자."

"아니, 안 돼."

"짜식, 치사하게 굴지 마라."

그들 머리 위로 솟은 아파트 어느 집에서 누군가 「라 마르세예즈」를 불렀다. 여자 목소리였다. 노래는 잘했지만 가사를 버벅거렸다. "온 국민의 피가 우리 땅을 비옥하게 하네."에서 노래는 멈췄다.

"어이, 친구. 사촌이 나를 여기 버려두고 갔단 말이야. 집까지 5킬로미터 넘게 걸어야 한다고." 앙토니가 떼를 썼다.

결국 하신이 양보했다. 자랑하고 싶은 마음도 없지 않았다. 오토바이를 세워 둔 데까지 갔을 때 하신이 물었다.

"몇 살이셨지, 너희 아버지?"

"사실 나도 잘 모르겠다."

앙토니가 오토바이 뒷자리에 앉자, 하신은 차도 한쪽에 버려진 파편들 사이를 지그재그로 달렸다. 에일랑주는 아주 작은 도시여서 밤 11시에 터진 기쁨의 환성은 금세 사라지고 축제

끄트머리 차분한 재난의 풍경만 남았다. 거리에는 기름기 묻은 종잇조각, 우그러진 맥주 캔, 폭죽의 흔적, 아직까지 비틀거리는 지각쟁이 몇 명뿐이었다. 하신은 온 신경을 모아 속도를 바꾸며 그러나 매우 빠르게 달렸다. 액셀, 브레이크, 다시 액셀. 뒷자리의 앙토니는 밤과 풍경을 감상했다. 그의 얼굴 위로 바람이 어루만지듯 스쳐 지나갔다. 머플러 냄새, 작은 엔진에서 나는 사춘기적인 소리가 그를 멀리 데려가 주었다. 오토바이를 몰아 보고 싶었다. 신호등 앞에 멈추었을 때, 앙토니가 다시 물었다.

"한 번만 몰아 보자. 진짜 조심할게."

"말도 안 되는 소리 하지 마."

"주차장에 세워 봐. 딱 두 번만 왔다 갔다 할게. 아주 빨리. 그냥 테스트만 하는 거야. 이거 봐, 난 눈 감고도 운전할 정도라니까."

"그래도 안 돼."

앙토니가 다시 매달렸다. 그 결과 몽테의 새로운 재개발 지구 쪽으로 가게 되었다. 시의 경제 활성화 계획 중 하나에 해당하는 그곳은 아직 밑그림 상태였다. 여기저기 창고 몇 채가 들어섰고 옷가게 라알이나, 코넥시옹 같은 매장이 보였다. 새로 지은 사무실들은 켜켜이 쌓아 올린 컨테이너 같았다. 으레 그렇듯 최소한의 노력으로 편리하게 지은 건물이었다. 이틀 만에 올린 벽이나 복도, 계단은 전반적으로 약해 보여서 바람만 한 번 불어도 무너져 내릴 것 같았다. 회계사 사무실, 병원, 온갖 행사 매장, 오픈 스페이스와 컴퓨터, 커피 메이커, 복사기 등이 들어찰 것이다. 미래에. 그리고 머지않아 시멘트 축대로 나뉘고 가로등이 빛을 흩뿌리는 초원처럼 드넓은 주차장이 들어서겠지.

하신이 주차장 서쪽 입구에서 한쪽 발을 내렸다. 거기서부터 시야가 완벽하게 트였다. 그들 앞에 500미터쯤 되어 보이는 직선이 곧게 뻗어 있었다. 앙토니가 뒷좌석에서 내렸다. 하신은 시동을 끄고 오토바이 스탠드를 세웠다. 급할 것 없었다.

"담배 있냐?"

앙토니가 담뱃갑을 건넸다. 앙토니는 잔뜩 뿔이 나고 성마른 상태였다. 하신보다 훨씬 운전을 잘하는데 스즈키로 한 바퀴 돌고 오는 것조차 허락을 못 받다니 있을 수 없는 일 같았다. 빚진 것이 있지 않으냐는 생각이 점점 더 밀려왔다.

하신은 화단 가에 앉아 팔을 무릎 위에 얹고 아주 침착하게 담배를 피웠다. 앙토니는 선 채로 그를 노려보았다. 이렇게 서로 할 말이 없는 것도 우스웠다. 사연이야 어찌 되었든 두 사람은 같은 시에서 자라고 같은 일에 권태를 느끼고 같은 학교를 다니다가 너무 일찍 그만두지 않았던가. 심지어 아버지들은 메탈로르 동료였다. 그동안 두 소년은 수도 없이 마주쳤다. 그럼에도 이런 공통점들은 아무것도 아니었다. 어떤 두툼한 벽이 두 사람 사이에 놓여 있었다. 앙토니의 인내심이 바닥을 드러냈다. 운전 욕구가 오줌이 마려워 절절 맬 때처럼 그를 불태웠다.

"야, 한 번만 타 보자." 그가 다시 말했다.

하신이 두 눈을 들자 두 사람 사이에 묘한 기류가 오갔다. 앙토니가 다가가 한 손을 내밀었다.

"자……!"

하신이 주머니를 뒤져 열쇠를 던졌다.

"저 끝까지 갔다가 다시 와."

"오케이."

"한 번만 왕복하는 거야. 끝."

앙토니가 얼굴을 찡그렸다. 이런 집요함은 짜증스럽다. 알았다고 했지만, 앙토니의 눈에는 비웃는 듯한 기미가 숨어 있었다.

"문제없어."

"진짜다……."

하신이 다시 말했다. 이번엔 거의 위협에 가까웠다.

앙토니가 그에게 등을 돌리고 스즈키에 올라 시동을 걸었다. 여름밤의 정적 속에서 엔진 소리는 잔인하리만치 시끄러웠다. 연료를 확인한 다음 앙토니는 허벅지와 골반을 타고 가슴까지 차오르는 125만의 특별한 진동을 느꼈다. 말할 수 없이 좋았다. 앙토니는 난폭한 쾌락 속으로 들어갔다. 앙토니처럼 젊고 교양과는 담을 쌓았으며 통이 큰 남자들은 늘 말을 타고 적진을 파고들지 않았던가. 그들은 두툼한 허벅지로 냄새 나는 짐승의 몸뚱이를 조이고 몰아치며 달려가 제국을 격파한 적도 있다. 그러려면 오직 하나, 도약에만 신경 쓰면 되었다. 앙토니가 속도를 내자 오토바이는 망설임 없이 화답해 왔다. 앙토니는 스스로 도취된 채 불의 압력 아래 금속이 내는 농축된 소리로 한밤을 가득 채우며 앞으로 내달렸다.

주차장 끝에 다다르자 속도를 늦추고 커브를 돈 뒤 한 발을 땅에 내려놓았다. 이번에는 좀 더 빨리, 앞바퀴를 허공에 쳐들고 천둥 같은 소리를 내며 여전히 술이 깨지 않은 채 무서울 정도로 내달렸다. 앞바퀴가 아스팔트와 접촉하기 무섭게 앙토니는 다시 속도를 냈다. 앙토니는 하신을 향해 시속 90킬로미터에 가깝게 미친 듯 돌진했다. 하신은 제자리에서 빙빙 돌고, 그런 하신 주위를 오토바이가 빙빙 돌았다. 앙토니의 동선은 1센티미터의 오차도 허락하지 않았다. 그리고 어둠을 향해 한밤의 얇은 막을 찢듯 다시 내달렸다. 하신이 그 뒤를 따라 달리기 시작했다.

"돌아와, 씨발!"

앙토니는 도전하듯 조금 더 약을 올리다가, 다시 멋지게 돌아오기 위해 더 멀어졌다. 그건 매우 유감스러운 투우 같은 광경을 방불케 했다. 하신은 땀을 뻘뻘 흘리며 우스운 신세가 되어 두 주먹으로 허공을 내리치며 미친 듯이 달렸다. 앙토니는 이제 오토바이 모터와 완전히 친숙해졌다. 어렵지 않게 하신을 따돌리며 앙토니는 더 이상 두려울 게 없었다.

마침내 앙토니는 그대로 내달렸다. 생각할 여지도 없이 스테프네 집으로 향하는 길에 올랐다. 심장이 오토바이보다 더 세게 뛰었다. 앙토니는 자기 속도보다 더 빠르게 달리고 있었다.

오토바이는 쇼수아의 집 앞에서 우아한 원동 운동과 함께 멈추었다. 지붕 아래 다락방과 발코니가 딸린 으리으리한 이층 집이었다. 잘 다듬어진 돌들이 모퉁이를 장식했다. 계단을 오르면 강철 문고리로 꾸민 육중한 문이 나왔다. 잔디밭엔 시청 앞 원형 로터리에서 본 것과 똑같은 꽃을 심은 화단이 있었다. 버드나무 두 그루, 축 늘어진 자작나무 한 그루, 부겐빌레아도 한 그루 보였다. 자갈밭에는 BMW 7 시리즈와 지붕이 열리는 낡은 골프 한 대가 서 있었다.

빛도 소리도 없었다. 앙토니는 청바지에 두 손을 문질렀다. 옆집들도 측백나무가 있고 잔디가 깔려 있었다. 스테프가 집에 있는지 없는지 어떻게 알까? 오지 말았어야 했다. 이건 누가 봐도 바보짓이었다. 그럼에도 물러설 수가 없었다. 오늘은 특별한 밤이었다. 하늘을 바라보는 것만으로도 충분했다. 별들이 가슴을 콕콕 찔러 댔다.

앙토니는 오토바이를 세워 두고 집을 향해 걸어갔다. 과연 높고 웅장한 집이었다. 아버지와 함께 울타리를 깎으러 다니던 옛날식 부르주아 저택하고는 또 달랐다. 훨씬 현대식이었다. 앙토니는 집 안 풍경을 그려 보았다. 지금보다 어렸을 때, 그러니까 마리화나 거래를 하고 다니던 시절에는 부잣집 도련님들을 자주 만나며 이런 집에 사는 사람들의 생활을 직접 볼 기회가 있었다. 그들의 미국식 냉장고, 발소리를 흡수하는 카펫, 500프랑짜리 화집을 올려놓은 묵직한 테이블, 벽에 걸린 그림들이 앙토니는 많이 부러웠다. 부모들은 언제나 집을 비웠다. 거실에

TV가 없는 집도 더러 있었다. 스테프네 집은 아늑한 골동품들로 채워져 있을 거라고 상상했다. 로슈 보부아 브랜드 소파 옆에 스트레스리스 안락의자가 놓여있고, 차고에는 직접 만든 사우나가 있고…… 앙토니는 두 손을 주머니에 꽂은 채 우물쭈물 앞으로 한 발 더 나아갔다. 여전히 취기가 가시지 않았지만 아까보다는 덜했다. 앙토니는 약간 뻐딱하게 전진했다. 그때 갑자기 어딘가에서 환하게 불이 켜지며 앞이 보이지 않았다.

"씨발……."

지붕 아래 고정된 50와트짜리 간접 조명의 하얀 불빛이 앙토니를 꼼짝 못 하게 붙들었다. 한 손을 들어 불빛으로부터 눈을 지킬 뿐 아무 동작도 할 수가 없었다. 그러다 불이 다시 꺼졌다.

앙토니는 한동안 털끝 하나 움직이지 않고 서 있었다. 긴가민가하는 마음으로 한 손을 흔들어 보았다. 그러자 찌를 듯한 불빛이 다시 켜졌다. 교도소 담벼락처럼 하얀 빛줄기였다. 웃음 섞인 한숨이 새어 나왔다. 움직임을 감지해 고양이나 도둑을 겁주는 장치였다. 쓸데없이 놀란 격이었다. 이쯤 해서 돌아가는 편이 낫겠다는 생각도 들었다. 몇 초쯤 지나 불빛은 다시 꺼졌다. 앙토니가 오토바이 쪽으로 돌아서자 다시 한번 대낮처럼 환해졌다.

"야, 거기!"

계단 꼭대기에서 누가 그를 불렀다.

"거기서 뭐 해?"

스테프였다. 역광인데도 앙토니는 어렵지 않게 알아보았다.

"안녕." 그가 대답했다.

"기다려 봐."

스테프는 안에서 뭔가를 조작하는 듯하더니, 그에게로 오려고 현관문을 닫았다. 조명은 다시 켜지지 않았다. 소녀가 두 계단씩 성큼성큼 내려왔다. 청바지, 블라우스, 맨발의 스테파니. 머리가 전보다 짧았다.

"너 운 좋다. 우리 부모님 안 계셔."

"어디 가셨는데?"

"떠나셨어."

그는 그녀의 얼굴을 찾아보았으나 보이지 않았다. 창백한 하늘, 거리에서 내려오는 침울한 가로등 불빛뿐이었다. 그것으로는 성이 차지 않았다.

"무슨 일이야?"

"아무것도 아냐. 그냥 들러 봤어."

"지금 시간이 몇 신데?"

"결승에 진출했잖아."

"맞아, 그렇지⋯⋯."

두 사람은 그렇게, 푸르스름한 암흑 속에 가까이 서 있었다. 인내심 있는 여름이 두 사람을 둘러싸고 보드라운 풀잎 소리를 냈다. 앙토니가 눈을 내리깔았다. 스테프는 조바심이 났다.

"그게 다야?"

앙토니가 다시 고개를 들었다.

"같이 한 바퀴 안 돌래?"

"한 바퀴라니?"

"오토바이로."

"어디 가려고?"

"아무 데나. 그냥."

"술 냄새 나는데."

그것에 대해선 딱히 할 말이 없었다. 앙토니는 스테프에게 두세 가지 질문을 던지고 싶었다. 뭘 하는지, 어디에 사는지, 남친은 있는지. 그러나 마음이 내키지 않았다. 그래도 앙토니는 다시 한번 졸랐다.

"진짜 한 바퀴 안 돌아 볼 거야? 딱 십 분만. 그러고 나서 집까지 바로 데려다줄게."

"싫어."

그가 한 손을 오른쪽 눈꺼풀 위에 얹었다. 오래된 반사 작용이었다. 이번이 마지막 기회일지도 몰랐다. 마음속에서 이런 저런 말들이 복잡하게 뒤엉켰다.

"미안해. 다 끝이야." 스테프가 말했다.

그는 두 손을 청바지 뒷주머니에 찔러 넣고 깊은 한숨을 쉬었다. 벌써 내일이었다. 기회는 손가락 사이로 빠져나갔다. 그녀의 손이든 뭐든 붙잡고 싶었다. 그러나 이 말만 했다.

"계속 네 생각을 했어."

그녀의 실루엣 속에서 파랑 같은 것이 몰려와 움찔했다. 스테파니가 말했다.

"혼자 상상하지 마. 이제 들어갈게. 내일 일찍 일어나야
해."

스테파니는 몸을 돌려 집 안으로 들어갔다. 며칠 뒤 그녀
는 비행기를 타고 캐나다로 떠났다. 저널리즘 연수를 막 끝내
고 오타와의 작은 지방 신문사에 인턴 자리를 구한 남자 친구
가 거기서 기다리고 있었다. 공식적으로는 삼 주 동안 머물기
로 되어 있지만, 스테프는 일단 도착하면 그곳 대학에 등록하
겠다는 은밀한 계획을 세워 두었다. 레스토랑에서 서빙을 하며
생활비와 학비를 마련할 것이다. 사람들의 팁 인심이 후하다니
그것만 가지고도 생활은 될 듯싶었다. 드넓고 완전히 새로운
나라. 마음은 벌써 비행기에 몸을 싣고 대서양을 횡단했다. 에
일랑주와 관련된 것들은 그녀에게 더 이상 아무런 의미가 없었
다. 스테파니는 계단을 두 개씩 성큼성큼 올랐다. 앙토니는 그
녀의 얼굴조차 보지 못했다.

"안녕." 그가 말했다.

이별의 표시로 그녀가 한 손을 들었다. 세월이 세월이니만
큼 스테파니는 앙토니의 내부에서 부쩍 자라나 하나의 삶이나
다름없어졌다. 앙토니는 몇 년 전 7월 어느 날의 포니테일을
다시 한번 바라보았다. 그것이 현관문 앞에 마지막으로 모습을
나타내는가 싶더니, 이내 문이 닫혔다. 이제 다시는 그녀의 가
슴을 만지지 못할 것이다.

오토바이에 시동을 걸기 전, 앙토니는 일단 조심스럽게 그

녀의 집에서 멀어졌다. 어느 정도 거리가 떨어졌을 때 시동 버튼을 눌렀다. 오토바이는 순순히 말을 들었다. 기계는 적어도 믿을 수 있었다. 기계를 이루는 요소 하나하나가 위풍당당한 간결함으로 정확한 기능을 수행했다. 휘발유 혼합물에서 스파크가 튀고 연소 작용이 흡입, 연소, 머플러 단계를 차례차례 거치면서 올라갔다 내려가는 피스톤 운동을 일으켰다. 신선한 휘발유가 연소된 휘발유를 몰아냈다. 동작은 점점 빨리, 점점 세게 지칠 줄 모르고 이어졌다. 완벽한 회전이었다. 휘발유가 순환하며 에너지와 속력, 망각을 무한대로 만들어 냈다.

앙토니는 잠시 에일랑주의 밤을 배회하다가 오토바이를 자기 집 차고에 세워 두기로 결심했다. 철제문을 다시 닫으면서 내일 출근할 때 사촌한테 들러 클리오를 가져와야겠다고 생각했다. 귀찮았다. 아니면 오토바이를 타고 갈까. 두고 봐야겠다.

그런 다음 아파트로 올라갔다. 라벨 5 병이 있어서 큰 잔 가득히 붓고 냉동고에서 얼음 두 덩이를 꺼내 잔에 넣었다. 주위는 조용했다. 얼음이 부딪치며 쨍그랑거렸다. 가로등 불빛이 거실 안으로 새어 들어와 가죽 소파 위에 창백한 마름모를 그렸다. 앙토니는 밖을 내다보았다. 신형도 구형도 아닌 자동차들이 가로등 불빛을 받으며 서 있었다. 아파트 건물은 주민들의 잠에 푹 잠겼다. 사람들은 자명종 소리를 기다렸다. 앙토니는 오디오를 틀었다. 한 소녀가 나와 만일 배의 선장이었다면 어떤 삶을 살았을까 상상력을 펼치는 중이었다. 위스키는 지나치게 맛이 없어서 다른 걸 마셨다. 그의 고통에는 먹음직스러운 뭔가가 있었다. 사물들 한가운데에서 앙토니는 오히려 초연했다. 입안이 씁쓸했다. 손목시계를 들여다보았다. 세 시간만 지나면 일터로 간다. 엄마와 저녁을 먹기로 했다. 고르동은 7월 14일부터 8월 15일까지 완전히 문을 닫았다. 앙토니는 바캉스 계획도, 어딘가로 떠나고 싶은 마음도 없었다. 전부 끝이라고 생각했다. 모든 채무에서 벗어난 기분이랄까.

샤워를 하러 욕실로 향했다. 옷을 다 벗고는 세면대 위 큰 거울에 비친 자기 모습을 가만히 쳐다보았다. 그런 다음 물을 아주 뜨겁게 틀었다. 델 듯이 뜨거운 물줄기 아래에서 앙토니는 입을 벌리고 검고 숱 많은 머리칼 속에 손가락을 집어넣으며 몸을 떨었다. 뜨거운 물이 미지근해졌다가 차가워질 때까지 한동안 물을 맞았다. 스테프가 남긴 공허는 단연 물리적이었다. 가슴속, 뱃속에서 그녀의 냄새가 났다. 삶은 계속될 것이다. 그게 가장 힘들었다. 이러고도 삶이 계속된다니.

물기를 닦지도 않고 침대에 들어간 앙토니는 그대로 곯아 떨어졌다.

5

다음 날 아침 앙토니는 버스를 타고 출근하기로 했다. 벌써 지각이었지만, 틀림없이 다른 직원들도 마찬가지일 터였다. 회사 주차장을 가로지르면서 보니 빈자리가 꽤 있었다. 앙토니는 느긋하게 자기 자리로 갔다. 침대에서 뛰쳐나오며 아스피린 두 알을 먹었는데도 여전히 몽롱하고 다리가 무겁고 골이 띵했다. 그래도 얼마나 멋진 아침인가. 하늘은 시칠리아의 그것처럼 푸르렀다. 새들이 노래했고 날씨마저 좋았다. 출근길에 앙토니는 치마를 입은 소녀들, 유모차를 밀고 가는 엄마들, 축제의 잔해를 모으는 도로 청소부들을 보았다. 앙토니는 하신이 언제쯤 나타날지 기다렸다. 놈의 모습을 그려 보기도 했다. 버스 정류장에 도착할 때까지 보이지 않자 심지어 실망했다. 어쨌거나 그는 앙토니가 어디서 일하는지 아니까.

창고 뒤에서 다시 만난 동료들은 기분이 최고였다. 얼굴에 피곤한 기색임에도 빛이 났다. 전부 머릿속에 전날 시합의 흥분을 간직했고 그걸 결승전까지 고스란히 가져갈 기세였다. 평소 작업장을 무겁게 짓누르던 분위기가 감쪽같이 증발했다. 그렇다고 그 활력이 작업 속도를 높이는 데까지 영향을 미치지는 않았다. 직장 생활의 법칙은 과장하지 않고 리듬을 유지하는 데 있으니까. 그러지 않으면 다음 달에 목표가 상향 조정되고, 생산성을 높이라는 경영진의 압력이 따르게 마련이었다. 그리하여 우리는 기계에 덜미가 잡혀 먹히고 털린다. 작업반장들이 표정을 감추고 아무 일 아닌 듯 시간이나 죽이며 계속 돌아다녔다. 노동자들의 얕은 속임수 정도야 쉽게 알아챘지만 증명할 방법이 없었다. 노동자들의 속임수란 줄곧 일하지만 신중을 기한 지체, 경제적인 노동, 중간중간 끼워 넣는 자잘한 휴식, 동작 두 번에 숨고르기 한 번, 공식적인 휴식 시간을 원만하게 누리도록 늘 그렇듯 은밀하게 진행되는 유예에 있었다. 작업장에서 벌어지는 끝없는 속임수와 감독관의 감시 아래 부단한 불신과 물샐틈없는 연대의식이 재생산되었다. 그러니 열심히 일하는 머저리들은 얼마나 불행한가.

휴식 시간이 되자 사람들은 커피 머신을 둘러싸고 다시 축구 이야기에 열을 올렸다. 마르티네가 유난히 흥분해서 그런 경기는 머리털 나고 처음이라는 말을 수도 없이 했다. 슐랭제 영감은 동조하는 대신 갖가지 축구 상식을 늘어놓았다. 멕시코, 코파, 피안토니, 라퐁텐[98] 등 그냥 두었다가는 선사 시대까지 거슬러 올라갈 기세였다.

"영감이 바로 그 라퐁텐이지."[93] 르주크가 말했다.

르주크는 평소 습관처럼 한쪽 구석에 놓인 쓰레기통 위에 앉아 혹시 잠든 건가 하고 생각할 즈음 짧게 한마디씩 던졌다. 눈두덩과 코를 두들겨 맞았는지 상처와 부기 때문에 얼굴이 울퉁불퉁해서 눈이 잘 안 보일 정도였다. 나이는 스물다섯 살이었지만 언뜻 사십 대로 보였다. 하루 열 번씩 마리화나를 피워도 표정은 늘 안 좋았다. 상상력은 없지만 뜬금없이 던지는 말마다 퍽 재미있는 동료였다.

대화는 계속 이어졌다. 이번에는 평소와 달리 작업반장과 감독 들까지 합류했다. 릴리앙 튀랑은 메달을 받을 자격이 있으며 프랑스 역사에서 나폴레옹과 플라티니 사이쯤에 기록될 만한 사람이라는 게 모두의 의견이었다. 경기 포상금과 호나우두의 건강에 대한 얘기도 나왔다. 브라질은 쉽지 않은 팀이었지만, 남아메리카 팀들은 자기네 반구 밖에서는 좀체 승리하지 못했다. 어쨌거나 지단과 함께라면 프랑스는 무엇이든 할 수 있었다. 중요한 건 믿음이었다. 별안간 카림이 에메 자케가 어디든 들고 다니는 까맣고 제법 큼직한 수첩엔 무슨 말이 적혔을까 궁금해 했다. 전략이겠지, 뭐. 술책이나 비법 같은 것일 수도 있다고 누군가 거들었다. 지금은 축구 팀 감독이지만 한때

---

92 코파, 피안토니, 라퐁텐 모두 20세기 초중반에 활약한 축구 선수들이다.
93 1910년생 호주 축구선수 알란 라퐁텐과 '라퐁텐 우화'로 유명한 17세기 프랑스 작가 라퐁텐을 두고 말장난하는 것.

생샤몽에 있는 제강소에서 일했다고 한다. 시릴의 표정이 잠시 우울해졌다. 마침 초등학교 때처럼 휴식 시간의 끝을 알리는 종이 울렸다. 앙토니는 한마디도 하지 않았다. 마르티네가 말을 걸었다.

"뭔 일 있냐?"

"놔둬."

"오호, 그러시다면야."

저마다 자기 위치로 돌아갔다. 발걸음이 한결 가벼워 보였다. 일시적이긴 해도 오늘 업무가 더 쉽게 느껴졌다. 앙토니 혼자만 골이 나 있었다. 아무도 그에게 말을 걸지 않았다.

구내식당에서 이야기는 다시 시작되었다. 밥을 먹으려면 식권을 사야 했다. 빨간색은 음식용, 파란색은 와인용이었다. 노동자들은 매달 파란 티켓을 열 장씩 받을 권리가 있었다. 한 병을 다 사려면 티켓 네 장이 필요했다. 술 소비를 줄이려고 경영진이 찾아낸 방법이었다. 한때 술 판매를 아예 금지한 적도 있지만, 항의가 빗발치는 바람에 티켓을 이용한 방법이 등장했다.

그날 노동자들은 티켓을 모아 레드 와인을 한 병 샀다. 구내식당에 있던 와인이 순식간에 동났다. 식사 시간 내내 식당은 지붕이 들썩거릴 만큼 떠들썩했다. 사람들은 웃고, 떠들고, 들떠 보였다. 돌아오는 일요일이 결전의 날이 될 것이다. 여기저기서 예측이 튀어나왔다. 아무도 패배를 떠올리지 않았다. 감히 그럴 수는 없었다. 기적의 시대가 시작되었다. 증거라도 제시하듯 카림이 의자 위에 올라가 「라 마르세예즈」를 부르기 시작했다. 노동자들이 다 함께 따라 불렀다. 합창은 혁명을 방불케 하는 소동으로 번졌다. 애국심이라는 미명 아래 난장판이 벌어졌다. 어쨌거나 그건 구석 자리에서 밥을 먹는 관리자들을 엿 먹이기에 딱 좋은 방법이기도 했다.

앙토니는 노래를 부르지 않았다. 와인 잔에도 손을 대지 않고 접시 위의 쇠고기, 당근, 감자를 삼키듯 먹어 치우고는 초콜릿 크림 요거트 다네트로 마무리했다. 거기서는 유년의 맛이 났다. 어릴 때 엄마가 늘 초콜릿 맛 다네트를 사다 놓았다. 아버지 몫은 커피 맛이었다. 한 번에 두 개씩 먹어 치운 아버지가 더 이상 자기 몫이 남아 있지 않으면 초콜릿 맛에 손을 대곤 했다. 앙토니는 셋이 함께하던 식사를 떠올렸다. 서로 말은 하지 않아도 사랑하고 또 증오하던 시절. 결국 모든 것이 제자리로 돌아갔다. 아버지는 죽었고, 엄마는 인생을 다시 시작하는 것 같았다. 남자들을 만나기도 했다. 머리를 적갈색으로 물들여 대충 빗고 다녔다. 정부에서 딴소리를 하지 않는, 한 앞으로 십오 년만 지나면 정년이다. 아직 먼 얘기였다. 엄마는 하루하루를 헤아리며 지냈다. 주말이면 여동생을 만나고, 친구들이 사는 데도 가 보았다. 인생을 즐기고 싶어 하는 혼자 사는 여자들은 정말 많아서 같이 산책을 하고 단체 여행에 등록했다. 이렇게 우리는 싱글 여성이나 미망인, 어떤 이유로든 혼자가 된 여성들을 가득 싣고 알자스 지방과 포레누아르를 달리는 관광버스를 종종 보게 된다. 그 여성들은 천장 들보가 드러난 여인숙에서 식사에 치즈, 과자를 곁들이고 커피까지 전부 포함된 요금을 지불하고는 양껏 먹고 마시며 자기들끼리 깔깔거린다. 성과 토속 마을을 견학하고, 가라오케에 가는 저녁 일정을 계획하고, 발레아레스 제도로 떠나기 위해 돈을 모은다. 그네들의 인생에서 아이들과 남자들은 하나의 에피소드로 남을 뿐이었다. 그네들은 수천 년 동안 이어진 속박과 복종으로부터의 탈주를 생애 처음으로 스스로에게 선물했다. 칠부바지를 입은 겸손하고 잘 웃는 그 아마조네스들은 머리를 염색하고 절제된 멋을 부렸다. 스스로도 엉덩이가 너무 크다고 생각했지만, 사실 인생은 너무 짧으니 마음껏 누리고 싶어 했다. 이 노동 계급의 딸들, 예예를 들으며 자란 소녀들은 대거 월급쟁이가 되었고, 한숨과 쪼들리는 생활 뒤에 몇 푼의 돈을 손에 쥐었다. 전부, 아니, 거의 모두가 몇 번의 임신을 겪었으며, 해고당하고 우울증에 빠지고 난폭하고 마초적인, 실업자 신세가 된 강박적인 남편과 함께 살아왔다. 그 남자들은 식탁에서, 술집에서, 잠자리에서도 우울한 얼굴을 했으며, 굵은 손과 기진맥진한 마음으로 수년 동안 세상을 원망했다. 그토록 대단했던 그들의 공장이 문을 닫고 용광로가 입을 꾹 다문 뒤로는 위로받을 길조차 막혔다. 그중 어진 쪽인 세심한 아버지, 선량하고 말수 없고 순종적이던 남자들도 마찬가지였다. 모든 남자가, 아니, 거의 모든 남자가 침몰했다. 그 아들들 역시 짝을 찾아 자리를 잡기 전까지는 일반적으로 기대에 어긋나고 아무 짓이나 해 대고 근심만 낳았다. 그 모든 시간 동안 아마조네스들은 견디고 인내했으며 학대받았다. 그러다가 심각한 위기를 겪고 나서야 상황은 비로소 받아들일 만한 방향으로 나아갔다. 경제 위기라고 해도 그것은 더 이상 한순간을 가리키지 않았다. 그건 순리였다. 운명. 그네들의.

　마침 앙토니는 그날 저녁에 엄마를 만나기로 되어 있었다. 엄마는 예나 지금이나 매주 목요일에 장을 보았기 때문에 르클레르 셀프 식당 앞에서 저녁 7시에 만나기로 했다. 스테이크와 감자튀김이 겨우 20프랑이었다. 앙토니는 등심 스테이크 110그램과 일플로탕트[94]를 주문했다. 집에서 만나면 말다툼으로 끝나기 십상이어서 찾아낸 방책이었다. 앙토니가 집에 발을 들이기가 무섭게 엄마는 암컷 늑대의 본능을 되찾고 이런저런 잔소리를 늘어놓으며 그의 인생을 좌지우지하려다가 곧 눈물을 보이곤 했다. 앙토니는 자기 영역을 지키려고 엄마의 모든 제안을 단호히 거부했는데, 그게 엄마의 성미를 부추겼다. 적어도 르클레르에서는 하고 싶은 대로 할 수 없었다. 음식값은 돌아가면서 냈다. 식당 안은 금연이어서, 커피를 마신 다음 주차장으로 나가 담배를 피웠다. 엘렌은 말이 많았다. 목소리가 갈라지고 이가 누렜다. 눈 밑에는 주름과 다크서클이 지나간 세월의 추억을 지켜 주었다. 이제 그녀는 더 이상 우울하지 않아도 되었다. 아들은 떠났고, 남편은 죽어 땅속에 묻혔다. 그녀에게 다가오는 남자들은 어

94　달걀흰자에 설탕을 섞고 잘 저어 거품을 낸 다음 생크림을 얹은 프랑스식 디저트.

떻게 행동해야 할지 즉각 알았다. 그녀는 걱정 없이 평온했다.

    디저트를 먹고 나서 앙토니는 기다리지도 않고 구내식당을 떴다. 동료들은 또 무슨 일인지 의아해했다.

    "쟤는 매사 불만이야."

    "알바 애들이 다 그렇지 뭐." 슐랭제 영감이 평했다.

    "영감도 알바잖아." 르주크가 응수했다. 그 역시 인력 회사 맨파워를 통해 파견된 알바였다.

    앙토니는 작업장과 구내식당 사이에 있는 주차장에서 담배를 한 대 피웠다. 점심을 먹는 동안 날은 부쩍 더워졌고, 자동차 보닛 위에서 공기가 진동했다. 앙토니는 손목시계를 확인했다. 아직 이십 분이 남았다. 담배에서 신맛이 났다. 손이 축축하고 손톱 사이사이엔 까만 때가 끼었다. 도무지 정신이 들지 않았다. 근본적으로는 불안도 있었다. 하신이 올 것이다. 문제는 시간이었다. 아직 오지 않은 게 오히려 놀라웠다. 하신이 어떤 반응을 보일지는 미지수였다. 모든 것이 아득히 오래전부터 지속되어 온 일이었다. 앙토니는 그저 피곤했을 뿐이다.

    얼마 지나지 않아 알코올로 묵직해지고 쾌활함을 한결 잃은 동료들 무리가 구내식당에서 쏟아져 나왔다. 그들은 자갈밭 위로 발을 질질 끌며 걷다가 코를 쿵쿵거렸다. 퇴근까지 아직 네 시간이나 남았고 아침의 명랑한 행복은 벌써 사라지고 없었다. 오후 3시 휴식 시간이 되자, 남은 건 침묵과 하품뿐이었다. 커피 머신은 쉬지 않고 꾸르륵 꾸르륵 소리를 냈다. 바캉스에 대해 얘기하는 사람도 있었다. 시릴은 오늘 저녁에 연차였다. 아이들을 쥐라에 있는 처가에 데려다 놓고 도배를 다시 한다고 했다. 그러고 나면 다 함께 바다를 보러 갈 것이고, 기분이 좋아질 것이다.

퇴근 전 두 시간이 제일 길었다. 납덩이 같은 침묵 속에 두 시간이 흘렀다. 마침내 야간 조가 속속 등장했다. 퇴근하려던 앙토니는 지각 때문에 근무 시간이 두 시간 모자란다는 걸 알게 되었다. 3인 1조로 여덟 시간씩 일하는 경우 모자라는 시간을 채우기가 불가능했다. 월급을 깎이고, 인사과로부터 경고 편지가 날아오고, 인력 사무소에서 한 소리 듣겠지. 위가 쓰렸다. 앙토니의 생활은 이미 아슬아슬했다. 매달 7000프랑씩 벌었지만 절반이 집세로 나갔다. 차가 있었고 기름값, 담뱃값, 식료품비, 각종 할부금까지 해서 4000프랑이 들었다. 매달 적어도 500프랑씩은 적자였다. 약간 삐딱해져서 레스토랑을 드나들고 바에서 코가 비뚤어지게 술을 마시기만 해도 파산이었다. 앙토니는 희망도 없이 땅속으로 내려갔다. 월급날 다시 목숨을 건져 이번만큼은 노력하겠다고, 허리띠를 졸라매겠다고 다짐하곤 했지만, 오래지않아 돈은 줄줄 샜고 다시 원점으로 돌아가 빚쟁이 신세가 되었다. 그럼에도 불구하고 자율성은 여전히 보장되었다. 한 달에 이십 일을 은행원의 재량으로 살았다. 그러므로 매일매일 꾸역꾸역 출근을 했다. 자동차, 냉장고, 침대, 가죽 소파, 새로 산 소니 110 TV 할부금을 부어야 했다.

퇴근길 버스 안에서 앙토니는 별안간 이상한 감정에 사로 잡혔다. 버스 안은 한산했다. 벌써 바캉스를 떠난 사람이 많았다. 교통이 원활했고 공기는 부드러웠다. 앙토니 바로 앞에서 할머니 둘이 수다를 떨었다. 한쪽 귀로 대화를 엿들었다. 토마토 작황이 작년과 다르다, 서리가 제때에 내리지 않아서 그렇다……. 버스가 한 정거장 한 정거장 지나며 시를 가로질렀다. 퐁드라트르, 뤼콩브, 오텔드빌, 피신드베커, 콜레주루이아르망, 루트데탕주. 앙토니는 트루아에피 정류장에서 내렸다. 집에서 좀 멀긴 했지만 걷고 싶었다. 하루가 저물 무렵의 햇살은 편안하고 희미했다. 앙토니는 한쪽 어깨에 가방을 메고 아무 생각 없이 계속 걷다가 기분이 좋다는 걸 문득 깨달았다.

집에 들어선 앙토니는 엄마에게 전화를 걸어 방금 떠오른 생각을 말했다.

"엄마, 거기 재활용장 알지? 사촌하고 옛날에 맨날 가던 호숫가 말이야."

"그런데?"

"거기 가서 뭐 좀 먹으면 어떨까 하고."

"피크닉을 하자고?"

"응."

엄마는 잠시 머뭇거렸다. 이런 식으로 제안하는 것이 앙토니답지가 않아서였다.

"안 될 건 또 뭐라니?"

"가져올 것 좀 있어?" 아들이 물었다.

"그럼, 그럼. 타불레[95]랑 닭고기 남은 거 있지."

"그럼 내가 감자칩이랑 마실 것 가져갈게."

"그러럼…… 무슨 일 있니?"

"아니, 전혀. 걱정 마." 앙토니가 말했다.

엄마가 먼저 전화를 끊었다. 엄마가 보인 반응이 딱히 불만스러울 것도 없었다. 배낭에 플라스틱 컵, 로제 와인 한 병, 감자칩, 초콜릿 따위를 담았다. 그런 다음 차고로 가서 하신의 스즈키를 꺼냈다. 시동을 걸면서 앙토니는 금속 레이스가 내는 멋진 소리를, 토하는 것도 같고 알파벳 i자처럼 날카롭기도 한 소리를 음미했다. 엔진은 금세 반응을 보였다. 앙토니는 오토바이가 열을 받을 때까지 잠시 기다렸다. 결심이 섰다. 저녁 늦게 하신이 일한다는 라멕의 다르티 대리점 앞에 오토바이를 세워 둘 것이다. 열쇠는 매장 우편함에 넣기로 했다. 복잡한 일도 아니었다. 집까지는 걸어오거나 차를 얻어 탈 것이다. 앙토니는 출발했다.

골짜기에 저녁이 내렸고, 앙토니는 두 팔과 두 다리를 활짝 벌리고 숲속을 달렸다. 나무들이 불규칙하고 변화무쌍하게 늘어서 있었다. 7월은 천상의 행복이었고, 막 스물한 살이 된 앙토니는 고통스럽지만 아직은 무사한 머리를 속도 한가운데 놓인 그의 자리로 들이밀었다. 속도를 올리자 스즈키가 가벼운

---

95 밀, 쿠스쿠스, 파슬리, 박하, 양파, 잘게 썬 토마토 등에 올리브유와 레몬 즙을 넣어 만드는 시리아·레바논 요리.

오팔 빛 공기를 굉음으로 긁으며 내처 달렸다.

누가 뭐래도 앙토니는 자유로웠다.

호숫가에서 엄마가 바둑판무늬 천 위에 종이 접시를 늘어 놓으며 아들을 기다리고 있었다. 알루미늄 호일로 덮은 큼직한 샐러드 볼에는 타불레가 담겨 있었다. 닭고기는 타파웨어에 담아 왔고 냅킨도 챙겼다. 소년은 바로 옆에 오토바이를 세웠다. 조금 떨어진 물가에는 십 대 아이들이 모닥불을 둘러싸고 옹기종기 모여 있었다. 몇 살쯤 되었을까? 열여섯, 열일곱. 여학생 셋, 남학생 다섯, 맥주, 기타 한 대.

"이 오토바이는 뭐니?"

신발을 벗고 앉기 전에 앙토니는 엄마의 볼에 입을 맞추며 인사를 건넸다.

"친구한테 빌렸어요."

"그렇구나."

무리 중 한명이 「노 워먼 노 크라이」[96]를 연주하기 시작했다. 앙토니가 와인을 땄다. 좀 더 아래에는 호수가 깊고 신비하게 누워 있었다.

"짠!"

"건배!"

둘은 와인을 마셨다. 엘렌이 고백, 통보, 뭔가 중요한 일을 기다리는 듯 너그러운 동시에 의심스러운 표정으로 아들을 바

---

96 「No Woman No Cry」.

라보았다.

"그래서?"

"그래서라니?"

"아무 이유 없이 여기까지 불러낸 건 아니겠지?"

자기 행동이 그렇게 보일 수 있다는 것이 의아했다. 앙토니는 미처 거기까지는 생각해 보지 않았다. 그저 평소와 다르게 해 보고 싶었을 뿐이다. 날씨가 좋았다. 피크닉을 나온 지참 오래되었다. 그게 다였다.

"아빠 얘기를 하고 싶어서 그런 줄 알았지."

그러고는 플라스틱 컵을 든 손으로 슬쩍 호수를 가리켰다. 엄마와 아들은 잠시 호수를 바라보았다. 저녁이 되자 호수면이 기름층처럼 보였다. 기슭에는 나무가 초록빛을 흩뜨렸다. 그리고 그 모든 것을 완전히 뒤덮은 하늘.

아버지가 세상을 뜬 후로, 두 사람이 아버지에 대해 이야기할 기회는 좀체 찾아오지 않았다. 앙토니는 독일에서 군 생활 중이었다. 엄마는 아들에게 우편으로 소식을 알렸다. 앙토니가 장례를 치르러 왔지만 각종 절차, 쓸데없는 서류, 아버지의 원룸 정리 따위로 정신없이 바빴다.

"이걸 다 어떻게 하지?" 앙토니가 물었다.

"오, 할 게 뭐 있다고."

정말로 아버지는 손바닥만 한 원룸에서 가진 것 하나 없이 살았다. 청바지 두 벌, 티셔츠 세 벌, TV 한 대, 냄비 몇 개가 다였다. 벌써 오래전부터 서서히 돛을 접고 있었다. 그의 죽음은 서서히 지워지는 것들 다음에 오는 논리적인 결과였다. 몇 주가 흘렀다. 몇 달. 앙토니도 엄마도 죽음에 대해 또는 미국 드라마에 등장하는 엇비슷한 일에 대해 입도 뻥긋하지 않았다.

그다음부터 엘렌은 전남편을 떠올릴 때면 좋은 쪽으로도 나쁜 쪽으로도 말하지 않았다. 추억은 동전처럼 무너져 내렸다. 엘렌은 추억들의 순서를 맞추었고, 자기 편의에 맞게 이야기들을 재구성했다. 이러니저러니 해도 두 사람에게는 행복한 시절이 있었다. 그녀가 후회하지 않는 그녀 삶의 일부였다. 누구의 책임도 아니었다. 경제 위기 탓은 더더욱 아니었다. 어쩌면 술이 문제였을까. 그것이 운명이고 그들의 삶이었으니 창피하지 않았다. 그래도 가끔 앙토니가 고집을 부리거나 꽉 막힌 사람처럼 보일 때면 이렇게 말하곤 했다. 넌 어쩜 그렇게 네 아빠랑 똑같니. 칭찬이 아니었다. 앙토니는 자랑스러워 했다.

"네 아빠는 지금 있는 데서도 잘 지낼 거야."

"그렇겠지." 앙토니가 동의했다.

엘렌이 화제를 돌렸다. 이모가 곧 갑상선 검사를 받아야 한다고 했다. 한참 기다렸던 일이다. 새로운 주치의는 그 검사로 많은 걸 밝혀낼 수 있다고 했다.

"네 이모는 만병이 거기서 온다고 상상하고 있어. 하여간 참 귀찮은 애야."

두 사람은 허물없이 음식을 먹어 가며 서로 잘 아는 사람들을 흉보기도 했다. 기분 좋은 시간이었다. 적어도 공통점을 찾을 수 있었다. 와인은 금방 바닥을 보였다. 아래쪽 아이들은 박장대소하는 중이었다. 저녁이 내려앉았다.

"한 병 더 가져올걸." 앙토니가 말했다.

"아니. 지금이 딱 좋다. 어쨌든 시간이 많이 늦었어."

곧 여름 특집 드라마가 시작할 시간이었다. 앙토니는 조금 더 있고 싶었다. 짐을 다시 챙기는 것을 거들자 엘렌이 슬쩍 바라보았다. 아무래도 석연찮은 데가 있어 보였다.

"자, 갈게. 뽀뽀." 엄마가 말했다.

"응. 또 봐요."

엄마가 아들의 한쪽 뺨을 살짝 어루만졌다. 거의 닿지 않게.

"진짜 괜찮은 거지?"

"그럼. 걱정 마요."

"그러자. 내일은 또 다른 하루야."

맨발에 통굽 샌들을 신은 엘렌이 손에 무거운 쇼핑백을 들고서 여전히 미심쩍은 걸음으로 자동차로 향했다. 엘렌은 여전히 날씬했다. 팔꿈치는 마치 말린 과일 같았다. 청바지 엉덩이 부분이 살짝 닳았다.

혼자 남은 앙토니는 담배에 불을 붙였다. 아버지를 생각했다. 마실 술이 더 이상 없다는 게 정말 안타까웠다. 돈이 좀 있으면 그 돈으로 저 아래 아이들한테 맥주 한두 캔쯤 살까 하고 주머니를 뒤졌지만 텅 비어 있었다. 서쪽으로 미끄러지는 태양을 바라보았다. 이윽고 지평선이 이글거렸다. 기타를 든 소년이 이번에는 필시 스페인 노래 같은 복잡한 곡을 연주했고, 두 소녀는 손뼉을 쳤다. 그러더니 아이 둘이 수영을 하러 가기로

했다. 두 아이가 옷을 벗고 나머지 아이들은 약을 올리는 모양
이었다. 소년의 몸은 정말 예뻤다. 수영으로 다져진 기다란 방
추형의 조각 같은 몸매였다. 여자 친구는 좀 더 살집이 있었다.
장딴지가 두툼하고 가슴은 거의 없었으나 그래도 예뻤다. 내내
생글거리는 얼굴이 미래를 향해 활짝 열린 매우 건강한 등반가
같은 이미지였다. 물속에 들어가자 잠시 물장구를 치고 자맥질
을 하며 즐거워했다. 그러다가 기타를 치던 녀석이 호수 건너
기 내기를 제안했다.

"미쳤어? 이제 밤이야."

"직진만 하면 돼. 쉽다니까."

"하자!"

"무슨 내기 할까?"

"100프랑." 기타를 든 녀석이 말했다.

그들은 먼 호수를 향해 헤엄치기 시작했다. 나머지 아이들
은 호숫가에서 박수 치고 휘파람을 불면서 응원의 말들을 외쳤
다. 아이들은 열정적이었고 너무나 젊었다. 두 친구가 규칙적
인 발차기로 호수의 묵직한 휴식을 살짝살짝 방해하며 완벽한
동작으로 물살을 갈랐다.

앙토니는 차라리 보지 않고 싶었다. 스즈키에 올라탄 앙토
니가 전속력으로 지방 도로를 달렸다. 엔진의 강하고 갑작스러
운 떨림이 손바닥에 다시 찾아들었다. 당장이라도 폭발할 듯한
이 감정, 지옥의 소리, 머플러가 뿜는 달콤한 휘발유 향기. 그리
고 한숨 가운데 에일랑주에 7월이 다시 찾아올 때 보드랍게 와

닿는 빛의 질감. 해가 저물 녘의 하늘은 솜처럼 나긋나긋한 분홍빛을 머금었다. 여름날 저녁 언제나 똑같은 이 느낌, 숲속에 드리운 그늘, 얼굴 위로 부는 바람, 공기의 이 틀림없는 냄새, 소녀의 피부처럼 오돌토돌한 아스팔트 길의 친숙함. 호수 골짜기가 그의 피부에 남겨 놓은 지문. 거기에 속해 있다는 이 끔찍한 포근함.

감사의 말

나를 낳고 기뻐하진 않으셨지만 이 책을 쓰는 내내 도움을 주신 내 어머니께 감사드리고 싶다.

우정과 눈물겨운 유머, 메시지를 통해 분노와 풍자, 냉소를 함께 나누며 내내 행복했던 동료 작가 마리옹 브뤼네, 브누아 맹빌에게도 감사의 말을 전한다.

사빈 바르텔레미, 알렘 벤사이다니, 신디 쿠발, 클로틸드 외스타슈, 베르나르 파브르, 에마뉘엘 필리페토, 베로니크 제르베, 엘사 그림베르크, 기즐란 라이리니, 알렉상드르 랑베르, 다비드 마티외, 그리고 마리레온 바케트의 도움에도 고마움을 표해야겠다.

그리고 마뉘엘 트리코토, 그가 지닌 수많은 재능 가운데 특히 사람들이 보낸 편지를 확인하고 읽어 보는 재능에 감사한다.

마지막으로 내 아버지를 생각한다. 침묵한다고 해서 우리가 그를 덜 생각하는 것은 아니다.

이 책은 국립도서센터의 지원을 받았다.

옮긴이의 말

　2018년 가을과 겨울 사이에 프랑스는 세 가지 키워드로 술렁였다. 니콜라 마티외라는 이름과 그해의 공쿠르 문학상 수상작으로 선정된 그의 장편소설 『그들 뒤에 남겨진 아이들』, 그리고 1990년대 록 음악의 아이콘 그룹 너바나가 부른 「Smells like teen spirit」가 그것. TV 뉴스나 생방송 인터뷰 등에서 공쿠르 문학상 수상자 니콜라 마티외가 등장할 때면 어김없이 이 작품의 첫 장을 상징하는 노래 「Smells like teen spirit」가 배경 음악으로 울려 퍼지곤 했다. 그러면 진행자와 작가 자신뿐 아니라 시청자들도 전부 커트 코베인의 전자 기타 사운드에 맞추어 고개와 발끝을 까닥이는 것이다. 확실히 소설 『그들 뒤에 남겨진 아이들』은 기성 세대에 대한 냉소와 반항을 담은 너바나의 노래와 더불어 2019년 현재 사십 대가 된 프랑스인들이 사춘기와 이십 대 초반, 소위 청춘의 추억을 소환하는 데 크게 한몫했다. 이것이 2018년 늦가을 프랑스의 풍경이었다.

이 작품은 프랑스 북부 로렌 지방의 작고 보잘것없는 가상 도시 에일랑주에서 벌어지는 네 번의 여름에 대한 이야기이다. 첫 여름인 1992년부터 이 년씩 차이를 두고 1994년, 1996년 그리고 1998년까지 작가의 시선은 첫 여름에 고작 열다섯 살이던 주인공 앙토니가 중학교를 간신히 마치고 고등학생이 되고, 이후 군대에 자원 입대했다가 의병 제대하여 사회인이 되는 과정을 네 장으로 나누어 그려내고 있다. 땅딸한 몸매에 한쪽 눈은 늘 반쯤 감겨 있으며 수줍음 많고 소심한 '찌질이' 앙토니와 그와는 정 반대의 체격 조건을 갖춘 사촌, 작품 초반부터 마지막 장까지 앙토니가 애절하게 사랑한 스테파니와 그녀의 단짝 클레망스, 마지막으로 옆 동네 아랍 이민자 밀집 구역에 사는 하신이 성장하고, 무료해하고, (짝)사랑하고, 탈출을 꿈꾸었다가 번번이 되돌아오고, 절망하고, 훔치고 달아나거나 누군가로부터 도둑맞은 것을 되찾아오는 이야기. 이 평범한 사춘기 청소년들의 성장기가 특별하게 읽히는 이유는 아무래도 이야기의 중심 공간, 즉 프랑스 북부 로렌 지방의 특수성 때문일 것이다. 문학 평론가들과 공쿠르 문학상 심사위원들이 이 작품에 주목한 이유 역시 다르지 않다. 작가 스스로도 작품 서두에 적고 있듯 이 작품은 아무도 기억해 주지 않는 곳에서 마치 '존재한 적이 없었던 듯 사라져 버린' 이들과 '그들이 남기고 간 자녀들'에 대한 연대기인 것이다.

1990년대부터 악화되기 시작한 프랑스의 실업률을 이야
기할 때 제일 먼저 거론되는 곳, 한때 철강 산업과 광업으로 오
늘의 프랑스 경제 발전에 성실하게 제몫을 다했으나 지금은 폐
광과 폐제철소가 흉물처럼 남겨진 곳, 그리고 실업자들의 무
덤이 되어 버린 곳이 바로 로렌 지방이다. 이 지역 철강 산업의
시작은 16세기 대장간이 있던 시절로 거슬러 올라간다. 풀무를
위해서는 불을 피워야 했고, 이렇게 주조된 쇳덩이는 가마 속
으로 흘려 보내야 했다. 이 과정에는 철광석과 숯이라는 두 가
지 천연 자원이 필요했는데, 로렌 지방은 한때 숲의 고장이라
고 불릴 정도로 삼림이 우거졌고, 철분이 풍성한 이 지역 토양
은 철광석의 보고였다. 이 같은 천운을 바탕으로 로렌 지방은
19세기 산업 혁명과 더불어 유럽 철광 산업의 중심지로 급부상
하고 1970년대 초반 전성기를 이룬다. 하지만 석유 파동과 프
랑스의 탈산업화 정책으로 인한 제조업의 쇠퇴, 그리고 세계화
의 바람을 차례로 겪으며 이 지역의 용광로들은 하나둘 작동을
멈추고 일자리 파괴를 낳는다.

로렌 지방에서 나고 자란 작가 니콜라 마티외는 바로 이
시기, 그러니까 인구 절반 이상의 생계를 책임지던 제철소의
용광로가 동작을 멈추고 서서히 식어 가다가 마침내 도시의 괴
물로 전락한 바로 그 시기, 1992년과 1998년 사이에 주목한다.
제철소의 폐쇄와 일자리 파괴라는 21세기 프랑스의 사회 문제

를 고스란히 떠안은 이곳, 이 시점에서 직장을 잃은 어른들은 우울과 대상을 일일이 지적할 수 없는 분노에 시달리고, 그들이 낳은 아이들은 무료함과 나태, 그리고 어서 빨리 그곳을 떠나고 싶은 탈출 욕망과 싸운다. 평균 나이 열다섯 살에서 열여섯 살 사이의 이들이 무료하게 흘려 보내는 네 번의 여름 속에는 너바나의 반항적인 선율을 들으며 누군가의 오토바이를 훔쳐서라도 멀리, 멀리 달아나고 싶은 청소년들의 욕망이 꿈틀거린다. 가난으로 휴가를 떠날 수 없는 이들에게는 도시의 흉물이 놀이터가 되고, 바다도, 강도 없는 소도시의 청소년들은 호숫가로 몰려들어 밤을 지샌다. 바로 그런 이유에서 어떤 이는 이 작품을 두고 19세기 자연주의 문학의 거장 에밀 졸라의 그것을 닮은 사회, 정치, 경제 고발 소설이라고 부르기도 하고, 또 어떤 이는 청소년 성장소설이라고 부르기도 한다. 뭐라고 부르면 어떠랴. 우리는 이 작품에서 1990년대 프랑스를 읽고, 거기에 공감하며, 같이 분노하고 쓸쓸해 하다가 주인공 앙토니와 함께 성장하고 웃는다. 앙토니의 이야기를 따라가다가 틈틈이 웃음 폭탄이 터지는 건 어쩌면 가난과 무료함, 그리고 이루어질 듯 말 듯 하다가도 결국 어그러지고 마는 사랑과 미래 앞에서 좌절하는 '흙수저 소년' 앙토니가 우리가 보낸 청춘의 모습과 너무나 닮아 있기 때문일 것이다.

어쩌면 고향이란, 지나가 버린 청춘이란 그런 게 아닐까. "존나 허무하네. 아무도 없잖아." 하고 폄하하다가도, 언제나 똑같은 그 느낌, 공기의 정확한 냄새, 얼굴 위로 부는 바람과 호수 위의 파문이 엄지 손가락의 지문처럼 정겹고 감미롭고 친숙하게 보이는 것. 지나가 버린 시절의 향수와 삶의 원동력을 되찾고 싶은 독자 모두에게 이 책을 권하고 싶다. 여기 이 하찮은 녀석들이 살아가는 힘, 삶에 휘둘리다가도 다시 일어나 꾸준히 살아가고 사랑하는 이야기를 한동안 읽고 나면 우리는 지난 날에 대해 조금쯤은 긍정하고 다시 건강해질 수 있을지도 모른다.

2019년 가을
태양과 물의 도시 엑상프로방스에서
이현희

옮긴이 **이현희**
대학에서 불문학을, 대학원에서 한국 현대시를 공부했다. 이후 출판사에서 일했고, 프랑스 부르고뉴-프랑슈콩테 대학에서 비교문학 박사 학위를 받았다. 현재 프랑스에 거주하며 번역가이자 엑스-마르세유 대학 강사로 일하고 있다. 한국어로 옮긴 책으로『모비딕』,『섹스와 거짓말』,『그녀, 아델』,『세상의 마지막 밤』,『인생은 짧고 욕망은 끝이 없다』,『노아』(전 2권) 등이, 프랑스어로 옮긴 책으로『멈추면 비로소 보이는 것들』,『물방울 삼형제의 모험』 등이 있다.

그들 뒤에 남겨진 아이들

1판 1쇄 찍음   2019년 9월 30일
1판 1쇄 펴냄   2019년 10월 7일

지은이   니콜라 마티외
옮긴이   이현희
발행인   박근섭, 박상준
펴낸곳   (주)민음사
출판등록   1966. 5. 19. (제16-490호)
주소   서울특별시 강남구 도산대로1길 62(신사동)
            강남출판문화센터 5층 (우편번호 06027)
대표전화   02-515-2000 | 팩시밀리 02-515-2007
홈페이지   www.minumsa.com

한국어 판 © (주)민음사, 2019. Printed in Seoul, Korea
ISBN   978-89-374-4398-5 (03860)

INSTITUT
FRANÇAIS   Cet ouvrage a bénéficié du soutien des Programmes d'aide à la publication de l'Institut français.
이 책은 프랑스 문화원 출판번역지원 프로그램의 도움으로 출간되었습니다.